丽日熔金

杜安隐·著

天津出版传媒集团

百花文艺出版社

图书在版编目（CIP）数据

丽日熔金 / 杜安隐著. -- 天津：百花文艺出版社，
2025. 3. -- ISBN 978-7-5306-8981-3

Ⅰ. I247.5

中国国家版本馆 CIP 数据核字第 2025V1N163 号

丽日熔金
LIRI RONG JIN

杜安隐 著

出 版 人：薛印胜
责任编辑：胡晓童　　装帧设计：丁莘苡
出版发行：百花文艺出版社
地址：天津市和平区西康路 35 号　邮编：300051
电话传真：+86-22-23332651（发行部）
　　　　　+86-22-23332656（总编室）
　　　　　+86-22-23332478（邮购部）
网址：http://www.baihuawenyi.com
印刷：天津鸿景印刷有限公司
开本：880 毫米×1230 毫米　　1/32
字数：460 千字
印张：19
版次：2025 年 3 月第 1 版
印次：2025 年 3 月第 1 次印刷
定价：68.00元

如有印装质量问题，请与天津鸿景印刷有限公司联系调换
地址：天津市宝坻区马家店工业园区金广路
电话：(022)29644216
邮编：301800

目录

我是骑着黑白花斑马的神,掌管白昼和黑夜的运转。

——回鹘文献《占卜书》

楔子

天象预兆,有将星坠落。

永安元年十二月戊辰日(公元 258 年 1 月 18 日),适逢腊日朝贺。裹挟着黄沙的狂风叫嚣着扑向藏匿在厚重迷雾里的太初宫。

往年腊日,建业城都会降落初雪。今年反常,灰沉沉的云团如同心怀鬼胎的恶魔,在密谋着不可告人的诡计。坐在神龙殿内的孙休手握龙首玉珪,紧张地倾身凝望殿外阴霾的天际,目光落在敞开的殿门,越过百官、公卿的面容,独不见丞相孙綝那张气焰嚣张的丑陋面孔。他知道,真正的对手,尚未露面。已传了数道急诏,这奸诈的孙綝,仍不肯上当吗?孙休愈发坐立不安,生怕重蹈覆辙——少主孙亮就因事败泄密,被丞相、大将军孙峻所废,贬为会稽王。

左将军张布掀开青色帷幔,径直到他身旁,声音透出压抑不住的惊喜:"陛下,大将军孙綝来了。"

竖子的死期到了。悬在孙休心中的石头终于落地,他将掌中的龙首玉珏塞进袖笼,示意张布退至御座旁,自己则仰身向后,静待鱼儿上钩。一股刺鼻的龙脑熏香味突然四处弥漫开来,孙休精神一振,打了个响亮的喷嚏。他太熟悉这香气了,定是喜用香料的大将军孙綝到了。死到临头,还不忘沐浴更衣熏香吗?他一抬眼,通身锦绣的孙綝,脚踏铺满土腥味的沙砾,从昏黄的迷雾中蹒跚而来,左将军丁奉亦步亦趋尾随其后。

孙休双掌撑在膝面,偏头望向心腹爱将张布,这位从会稽郡就追随他的忠诚下属,剑眉虎眼的炯炯亮光,流露出好整以暇,轻裘缓带的气象。孙休的拳头攥得死死的,逼视渐渐近前的丞相孙綝。

孙綝昂首挺胸立定他面前,连君臣之礼也免了,言语间不改权臣本色的志得意满:"腊日吉时,为何不见百官朝贺?"

孙休兀自"嘿嘿"哂笑不语,这竖子倚仗他拥立自己为新君便居功自傲——大肆修建奢华的宫室,孙氏兄弟一门五侯,权势盖过天子,功高震主的宗室败类,不早日除掉,便有尾大不掉的后患无穷,少主孙亮的废黜便是前车之鉴。

左将军张布、丁奉闪将出来,左右包抄大将军孙綝……

孙綝神色大变,情知不妙,扭头就要逃跑,哪里能逃得了?全副武装的层层将士如铜墙铁壁将他包围……

立在殿中的水箭刻漏,到了酉时,孙休命人点灯,灿若星辰的连枝灯照得殿内亮堂如白昼。他背靠隐囊闭目假寐,回味刚结束的杀戮,不免升起侥幸险胜的沾沾自喜。

猝不及防,被丁奉、张布两位将军拿下的丞相孙綝犹在垂死挣扎:"臣愿意被流放到交州赎罪。"

孙休板起面孔怒哼:"卿当初为何不流放滕胤、吕据,而将他们无情诛杀?"

衣冠不整的孙綝立刻捂面号啕大哭起来。左将军丁奉飞腿踢中他后背,孙綝扑翻在地,磕得头破血流哀声求饶:"臣愿受罚为官奴。"

孙休冷笑道："为何当初不让滕胤、吕据为官奴？"

孙綝自知求饶无望，顿如被抽掉筋骨的老虎，瘫软在地，张嘴爆发出死神逼近的恐慌号叫。孙休厌恶地皱皱眉，令左将军张布和丁奉立马将孙綝拖下去斩首，诛灭三族。

除掉孙綝这头猛虎，孙休放心地合拢双目，准备睡个安稳觉。迷迷糊糊进到梦乡，仍旧是当琅琊王时的梦境，他乘龙上天，兴奋地扭摆龙身，屡屡回头竟见不到龙尾，他焦急地四处寻觅，始终无法找到……

每每此时，他就会从梦中惊醒。黑黢黢的天幕，无月无星，有种窒息的紧迫感。四名提着八角宫灯的宫女，簇拥着夫人朱砂前往神龙殿。萤火微光的宫灯，模糊照见殿前廊下两名全副武装的侍卫正跪拜行礼。

"陛下，夫人到。"宦官的呼声在身侧响起，孙休点点头，倚墙的青釉博山香炉焚烧着气味热烈的交州香料，袅袅青烟游走在帷幔与龙柱间，似哀怨的宫娥在挥洒云袖起舞。

夫人朱砂，身着一袭白地紫花的衫裙，青色锦缎束着乌丝高髻，朝他盈盈下拜。

"妾身参见陛下。"

孙休笑着拍拍交椅前的锦凳，赐她落座。他对她尚有歉意。当年，生怕遭受大将军孙峻的清算，为了自保，他将朱砂送回建业，幸得孙峻将她送回会稽郡他身旁。

朱砂扬起面如渥丹的脸庞，露出莹莹春水的美目，声音婉转动听似云雀在歌吟："陛下，忙碌半日，该回寝殿歇息呢。"

"不急，朕还想与夫人痛饮三杯呢。"孙休神清气爽地摆摆头，手指摩挲她垂到肩上的束发缎带，莫名想念起在会稽郡春日射雉的逍遥时日。他揽过朱砂的腰，俯身试探她："丞相孙綝满门抄斩，全公主被他流放豫章郡,夫人,若想替枉死的母亲报仇,朕可派人赐鸩酒于她。"

全公主孙鲁班是陷害朱砂母亲朱公主的罪魁祸首。朱砂微闭丹凤眼摇摇头,一串泪珠滚落面颊,悲切哭道:"想来也是荒唐,联姻的都是亲骨肉,杀得你死我活的还是亲骨肉。"

孙休心有戚戚地搂紧她,先祖以孤寒之微掌权,若无江东士族的扶持,怎能成为东吴霸主?这不过是为笼络人心不得已而为之的下策。他抚弄着她滴水状的绿松石耳环,温言软语安抚她:"夫人,庙堂上的江东豪族,哪个不是修了千年的老狐狸,岂能不斗法玩妖?你是妇道人家,就别操心了,回寝殿早点歇息去。"

朱砂温顺地听从他的话。迟疑着起身走向宫门,又跑来拉着他的手哀求道:"陛下,可别大开杀戒了。"

看着泪光盈盈的朱砂,在烛火下,神似会稽郡断桥上的那株带雨梨花。孙休愧疚地点点头——当年因惧怕杀身之祸,他将朱砂送回建业,交给孙峻处置,就是在断桥旁的梨花树下送别她的。

"夫人,朕绝不会再辜负你的情意了。"孙休牵起她的手,扶她踏出宫门,目送光影里的朱砂徐徐远行后,方才回到座席上闭目思忖,明日该忙着封赏功勋重臣左将军张布了。

"陛下,真要放过那蛇蝎妇人的性命?"左将军丁奉从龙柱后转出来,愤愤不平地问道。

蛇蝎妇人是丁奉给夫人的姑姑全公主取的绰号。孙休情知他是想斩草除根。全公主与前丞相孙峻勾搭成奸,淫乱后宫,构陷朱公主孙鲁育,为免少主孙亮追责,她把朱公主的两个儿子连带借刀杀人除掉,算得上是蛇蝎毒妇。

"孙綝已将全公主流放豫章郡,与庶民无异。朕念及夫人朱砂,她不想朕大开杀戒。且那全公主已是虎落平阳被犬欺,不足为虑。"孙休被他逼问得骑虎难下。他挠挠脑袋,思绪飘飞到会稽郡,还是当郡王逍遥:刚日领队射雉,柔日闲读诗书,携手夫人同撑油纸伞,漫步花间……

"陛下,万不可有妇人之仁!万不可羡青山有思,白鹤忘机!"丁奉似乎看穿他隐秘的心思,递过盛有桂酒的青瓷酒盏,虎眼跳动着灼灼逼人的精光。

孙休遗传了父皇孙权的风疾顽症,遵医嘱,常饮肉桂酒驱体内寒邪。他接过桂酒,浅浅啜饮,手握酒盏,踌躇不定。

"陛下,还有丹杨太守李衡,当年他罔顾陛下郡主颜面,数以法绳之。陛下理应法办重惩!"

琐窗外的迷雾随着夜色弥漫而厚重,一股倦意袭来,孙休将残酒饮尽,仰靠隐囊发话:"那竖子是可恶了些。不过,朕不愿以私嫌杀人。"

第一章　野庙碧眼僧

腊祭这日，远在千里外的豫章郡，正被一场突如其来的暴雪侵袭。

白雪覆盖的城墙下，三三两两挑担提篮的商贩，踩着尺深厚雪，进城忙活各家的生意，无人留意城门前那株高五丈五尺的老樟树下，蜷缩了位裹了身红花烂絮被褥的妇人。她那身点点红花混在白雪中，类似炮仗炸裂后残留的红色碎屑，和雪同尘。

腊日是一年中的大祭之日，又逢暴雪天，谁不想忙完小本营生，赶回家和孩子老婆喝壶热酒暖和暖和身子，再祭祀先祖，以期庇佑呢。

飞雪愈来愈猛，当真是千山鸟飞绝，万径人踪灭的凄清孤寂，老樟树上的雪簌簌掉落在那妇人头上。她头歪身斜地侧卧雪地，暗暗嗟叹："想不到自己就要冻死在豫章郡，成为孤魂野鬼了。"

她是全公主孙鲁班的侍女白秋水，与孙鲁班面貌、神态酷似，成为全公主流放豫章郡的替身。

白秋水本是与华佗同乡的沛国谯人,少时跟随他学过医术,因母亲早逝,战乱中,与父亲和妹妹走散,沿途行医觅亲至东吴避乱,被选入全琮的将军府,成为奴婢。

牛车车毂的吱呀声在雪地里陡然响起,是一辆载着木柴的牛车走出城门。赶车的是一位头戴斗笠的碧眼老僧,身旁偎依着虎头虎脑的黑面少年。

经过大樟树旁,少年瞅见莹莹雪白的地上,一截红花破絮被面外露出颗乱发头颅。

"师父快看,雪地里埋了个死人不成?"黑面少年扯着老僧臂弯,手指向那一抹快被雪掩埋的点点殷红。

"咳咳,慧蛮,莫乱说话。下去瞧仔细了!"碧眼老僧的语调苍凉如荒原的狼嗥。他转过脸,深陷的眼窝上方,是疏淡到看不见轮廓的眉毛,碧蓝的眼珠、挺直的鹰钩鼻、突出的下巴,倒像是西域那边的异人。

叫慧蛮的少年纵身跳下牛车,跑到大樟树下拖出红花破被,向上摊开抖动,雪花纷落,冻成雪人的白秋水赫然出现在眼前!

"师父,真是个死人咧。"慧蛮到底年轻,吓得扔掉手里的红花破被,说话都带着颤音。

"莫乱说!慧蛮,许是冻得不省人事呢,快抱上车,先回寺庙救人。"碧眼老僧说完,挥起乌油油的皮鞭,扑打木柴上的落雪。

慧蛮伸出粗臂,单手环抱白秋水的腰在腋下,另一手抓起破花被,将她平放在牛车的木柴堆上,替她盖上被。

碧眼老僧双眉紧锁地望向漫天大雪的前路,等慧蛮靠近身旁,他才挥鞭抽打牛背,向着东郊缓缓驶去。

雪住了,牛车拐进一片密集的香樟树林,在幽深的空旷地停下。这里有座破败的朱门老庙,门前两尊断头菩萨石雕前,三根长短不一的细香已熄灭了火,并排搁了一坛酒、一筐落满白雪的胡饼。

慧蛮搀扶着碧眼老僧走下牛车,一眼瞅见酒食,抱起酒坛,以肩顶开庙门,乐呵呵笑道:"师父,佛菩萨庇佑咧,谁能想到,还会有人跑冷庙来祭祀先祖?"

碧眼老僧动怒了,倚在牛车前狠狠挥起牛鞭抽打雪地,雪花飞溅迷人眼。

"劣徒,酒是你爹还是你娘?还不快来救人要紧!"

"好,好,师父勿怒,劣徒来也。"慧蛮放下酒坛,左手横抱牛车上的白秋水,右手牵着师父,跨过空地,推门进到前殿。

近前的火盆还燃着熊熊炭火,铁钩上悬吊的瓦罐正"咕嘟咕嘟"冒着热气。蒸腾的水雾里,回旋着香茅草炙烤鹿肉的诱人香味。

"咦,师父,有人来过?"慧蛮反手把横抱的白秋水平放在靠墙的卧榻,一惊一乍地急呼,"师父,隐囊不翼而飞了!定是那路过的强盗所为!"

碧眼老僧仍是一言不发,蹲身用火钳勾住盆边将之挪近榻前,坐在墙柱后。

殿中有尊披发跣足、身着玄袍、金甲玉带,仗剑怒目,脚踏龟蛇,形象威猛的神人铜像,漆色斑驳的供案摆一坛酒,被扒了皮的半张鹿肉下压了一片细绢,碧眼僧上前一看,细绢上用黑炭歪斜写着一行如石压蛤蟆体的丑字:"路过大地,奉以供品祭祀先祖、百神。"

他撒开手,慢腾腾直起身,掀开酒坛倒出些酒,淋湿双手,俯身卧榻,搓揉白秋水的太阳穴。

慧蛮从墙角几案上端来两个陶碗,从瓦罐中倾倒出滚烫的茶汤,一碗搁在师父身旁,一碗握在自己手中,圆乎乎的猫眼不时瞟向那鲜活的鹿肉,他试探道:"师父,要不要先烤些鹿肉佐酒暖身?"

碧眼老僧手臂推磨般转动，嘴里呼呼冒着热气，眼见白秋水冻得青紫色的面容渐有血色，他方松口气，坐回火盆前，喘息着点头应许。

"师父劳累半日，先歇息，待徒儿烤肉去。"黑眉舒展的慧蛮，拎起鹿肉，说着话就颠跑进后院。

细绢飘飞落火盆，转瞬被火苗吞噬殆尽。

"亏得逢腊祭日，有酒有火。"碧眼老僧搓揉掌心，贴在白秋水的太阳穴，絮絮说道。

白秋水迟缓地睁开双眼，总算是捡回条性命来！但四肢仍然毫无知觉，只有太阳穴由里到外蔓延着火烧火燎的灼痛。

她方才做了个梦，梦到全公主死去的先夫全琮提剑来追杀她，她东躲西藏，跌落深渊，又被废太子孙和的母亲王夫人揪住索命……

"吾非全公主本尊啊，你们这些死鬼，还没超生吗？"白秋水心有余悸地抬起头，见到房梁上趴了一排黑蝙蝠，如同阴魂不散的冤家，不怀好意地瞪着她，被惊得眼前一黑，又偏头晕过去。

待意识清明，便见碧眼老僧和黑面少年正对坐火盆前，酒肉的香气诱惑着白秋水撑起手肘，她正欲起身，听那老者笑道："宫廷政变，全公主流放豫章郡，真是成也少帝孙亮，败也少帝孙亮。"

突闻此言，白秋水以为他猜出了自己身份。宫内血腥权斗，荒郊野岭的碧眼老僧怎会知情？少主孙亮谋杀丞相孙綝失败，同谋者全公主被流放豫章郡，因自己与全公主容貌相似，被她命令冒名顶替押送至此，全公主本尊则在驿站昼锦亭逃跑不知所踪。

她颤声低问："你怎知吾是全公主？"

那老者并不作答，探手摸了摸喝得酡红的双颊，着令黑面少年："慧蛮，给公主端汤来。"

慧蛮左手端热汤，右手抱锦囊垫在她腰间。白秋水坐起身，管他误认自己是谁呢，活命要紧。一碗热汤下肚，她恢复了些精气神。

铁青色的天空飞起点点雪花，滴落在梅花格的窗棂，白秋水环顾这寒酸、破旧的大殿，不免怀念建业城的夏夜，紫蓝色的苍穹上空，明明暗暗的群星簇拥着一轮白练单裙色的圆月，辉煌壮丽的景象终究是逝去了。

碧眼老僧手持燃了安息香的青釉盘托三足炉，将其放在供案上，回首含笑问她："全公主若知今时流放豫章郡，可会懊悔昔日所作所为？"

白秋水心头大震，搓揉着发痒的冻疮小指头。她虽非全公主孙鲁班，但深知全公主的命运，岂能由她做主？全公主常向自己抱怨，两桩婚事，都是父亲孙权说了算，哪轮得到她懊不懊悔？

"吾非鱼，焉知鱼之乐？"白秋水语气淡淡地答非所问。她瞟向那尊真武大帝的铜像，纳闷远离建业城的豫章郡怎么会有华丽金身的神像。

"请问师父，这供奉的是何方神圣？"

"守护北天门的北方神兽玄武，玄武星宿的第一宿是掌管人增寿的南斗星。南斗注生，北斗注死。"

白秋水心头大震，她是得到了上天神人的庇佑啊。

"玄武也是水神、北方财神，公主能与玄武大帝结缘，想来后福不浅。"碧眼老僧抄起供案旁一把断头木如意敲打墙面，幽暗的殿内回荡着"嘭嘭"的干涩空响，映照门外的雪落，这真是远离红尘的冷清道场。

白秋水苦笑无语，刚从鬼门关爬出来的人，活下来最要紧。卧榻旁的几案上有只橄榄绿的瓷碗，盛了翻着淤青色肉块的热汤，汤中的怪味刺激得她想呕吐。她捧住瓷碗，强忍不适，摸索藏在胸前刺绣红莲绿穗的装有丁香、肉桂、豆蔻的香囊，举至鼻端嗅着淡香痴痴出神。

慧蛮弯腰拾捡起火钳，拨弄得火花四溅，碧眼老僧丢掉木如意，粗声粗气地念出盛行在汉兴平年间的吴中童谣："黄金车，斑斓耳，阊昌门，出天子。"

白秋水听得背脊发冷，这碧眼老僧究竟是何人，识得她，还能知晓预兆大帝登基前的童谣？她依稀记得是有位碧眼老道曾救过她，可眼前的碧眼老僧分明不是当年的碧眼老道啊。冷飕飕的风灌进嘴里，白秋水打了个寒战，哆哆嗦嗦问道："师父，师父莫非也是宫里人？"

碧眼老僧定定地凝视窗外扯絮飘雪，声音哽咽："那年腊日朝贺，贫僧尚年轻，随师父去太初宫，由公车门登神龙殿，得以亲睹丝竹管弦之盛的光景。"

这老僧熟悉宫中地形，他到底是谁？白秋水急不可待地颤声问道，差点儿泄露出自己也是宫内人的秘密。

"师父？哪位师父？"

"建初寺的胡人康僧会。"碧眼老僧掸掸衣袍，气定神闲地揭开谜底。

原是西域康居国大丞相的儿子，来东吴得舍利造塔的沙门。白秋水满怀忧伤地垂头不语，还以为是能解救她于深渊谷底的高人呢。她失望地瞟向外面，夜色晦暗的樟树林灰败凄冷。雪花簌簌飞落，她将香囊藏于胸，仿若梦回建初寺的阿育王塔后，她透过偏殿前的芭蕉树，隐约听见大将军孙峻怀拥全公主的亲密呢喃："中心藏之，何日忘之？"

全公主的成败得失皆因与大将军孙峻两人的孽缘而沉浮起落，全公主到底忘不了他！她亦然，忘不了卫将军全琮。

"朱公主是我前一世的女儿……"碧眼老僧没来由的这话，惊扰了白秋水的臆想，死里逃生的幸存，让她已无所畏惧，直面坦言："朱公主小虎早死了，死于全公主之手。"

碧眼老僧沉默半晌,霍然起身,疾步退出门外,哐当锁住庙门,发出苍狼的凄厉嗥叫:"孽缘牵绊,何人挣脱?因果循环,何时了了?"

　　"全公主已死!吾曾是她的侍女白秋水。"白秋水提高音量辩解。押送她的士兵已跑,她要做回自己。

　　门外的脚步声远去,唯有北风裹挟雪花的凄厉呼号。

第二章　空庭丁香怨

晨起,孙鲁班例行去拜见母亲步练师。她十七岁,夫君周循就因病去世。步练师便央求夫君孙权准许女儿回宫同住。

孙鲁班推门而入时,曦光如薄金镀在寝殿四壁,几位穿红着绿的奴婢簇拥着紫衫白裙的步练师坐在妆奁前,在梳好的飞天髻间插戴一支碎叶金步摇。

逆光将孙鲁班的身影折射进铜镜,对镜自照的步练师冲着镜中人问她可用过早膳。孙鲁班立在妆奁前,饶有兴致地从琳琅满目的金银首饰中挑选出一根玳瑁发簪,懒懒回应:"母亲别操心了,女儿并非不谙世事的黄毛丫头。"

步练师笑而无语,缓缓起身立在她面前,孙鲁班放下玳瑁发簪,顺手拿起桌面的团扇,抬眼瞅见母亲的黛眉凤目间凝结了一团愁绪,郁郁寡欢似有满腹心事。她以为母亲是为自己的婚事烦忧,忙支开奴婢,挽起她到庭院散心。

仲夏时节,白色、紫色的两株丁香树花开正盛,伴随着和风飘来缕缕馨香。一丛高出宫墙的芭蕉树旁是一棵绿叶青色的石榴树，披挂枝头的橙红花朵，喜滋滋地吐露芳华。两只粉蝶飞来，停在翠绿的阔长蕉叶上。

孙鲁班不由得顽心大发，忙丢开母亲，蹑手蹑脚张开团扇去扑蝶。

"大虎，你已为人妇了，还不收敛收敛野性？"步练师疾步赶来，捏住她臂膀，长指甲掐得孙鲁班咧嘴叫起来，以至于手中团扇掉落在地，只得眼睁睁看那对粉蝶翩翩飞走。

"母亲好不扫兴！"孙鲁班埋怨着蹲身捡团扇，踱步至石榴树下折朵橙红石榴花，夹在指间揉捻，又倚靠步练师身前，撒娇道，"母亲愁眉不展，可是为大虎的婚事担忧？"

烟视媚行的步练师站在红花绿叶的石榴树下，神色清冷地瞄了眼满树色泽喜庆的红花，目光定定望向一簇簇洁白的丁香花，幽幽叹息："唉，原以为开到荼蘼花事了，这石榴也来凑热闹，真是一茬接一茬的春花开尽见深红啊。"

宫里人都说，中宫步练师宠冠后庭的秘诀是性情和婉且不嫉妒。孙鲁班听母亲这饱含酸楚的口气，与往日大不同。她偎依在母亲身旁，安抚道："母亲放心，父皇对您，可是白首情深的恩宠。"

"白首情深？哼，他虽已由王称帝，还不是做不得主？"步练师娇声怒叱，原本流光溢彩的凤目滴出晶莹泪花。孙鲁班猜到她心思，低声求证："母亲可是为父皇册封你为皇后，却被那帮不知好歹的大臣们驳斥的事生怨？这怨不得父皇，都怪那帮多事的老臣从中作梗。"

几只布谷鸟欢叫着从半空飞过，步练师缓过神来，摸出锦帕擦拭泪珠，抚弄着孙鲁班的脸颊，笑意凄楚："是啊，怎能怨你父皇呢？要怨就怨母亲不争气，生了你和小虎两个女儿。比不得父皇的新欢琅琊王夫人，生了个儿子孙和傍身，母以子贵呢。"

孙鲁班瞅着石榴树上含苞待放的花骨朵儿，眼前浮现出面容娇俏的琅琊王夫人，她虽比不上母亲貌美，胜在年少青春，生下皇子孙和，一时风光无限。

凉爽的夏风吹来，紫色丁香花摇摇欲坠，洒下一地的落英缤纷。孙鲁班琢磨明白了，父皇的恩宠开始移情别恋，这才是刺中母亲内心最锋利的荆棘啊。

她走到芭蕉树前，拿起扇柄在蕉叶的纹路上划来划去，不服输地争辩道："母亲，谁说女子不如男？父皇常教导女儿，要向足智多谋的武烈皇后学习。再者，太子是孙登，关她那竖子何事？更何况，随她入宫的谢姬不也有了皇子孙霸，南阳王夫人也产下了孙休？"

步练师抬臂拢了拢鬓角发丝，黛眉稍稍舒展，嫣然笑道："谢姬的孙霸是蛮横的家伙，不足惧，唯你父皇与太子孙登对那五岁的孙和甚为看重，你刚回宫住，怕是不知内情。"

孙鲁班撕扯着碧绿的蕉叶，听着嘶嘶的蕉叶断裂声，觉得煞是有趣。"母亲，有什么内情？惧他们做甚？你是与淮阴大族的骠骑将军步骘同族！"

步练师思索片刻，以手遮面，直视碧蓝天幕的一轮红日，咬牙切齿的恨意溢出来："大虎，母亲以美丽得宠后宫，日后自会色衰爱弛。也是母亲大意，以为那琅琊王夫人是能听命顺从的奴婢，谁想到，有了孙和，她便翻脸不认人，气焰如日中天了……"

孙鲁班见母亲对那琅琊王夫人怨恨深重，不禁心疼起她来——母亲所思所念还不是为了她和妹妹小虎？她扔下半截蕉叶，转身跪在步练师的裙摆前，发狠赌咒道："母亲，大虎这就去向父皇求情，册封母亲为皇后……"

步练师弯腰扶她起身，爱怜地摩挲她肥厚的耳垂，笑中带泪："大虎，别枉费心机了。太子孙登屡次恳请你父皇册封远在曲阿的徐夫人为皇后，百官公卿们均附和太子，人心所向，大势所趋，母亲恐怕是命里没有当皇后的福分。"

"母亲放心，大虎对天发誓，若母亲当不了皇后，那曲阿的徐夫人、琅琊王夫人都甭想当上皇后！"孙鲁班紧紧拽住步练师的衣袖，恨恨发愿。

步练师昂首轻笑，发髻间的碎叶金步摇发出灼灼耀目金光，她的黛眉飞扬起压抑不住的喜悦："大虎，就你这不服输的狠劲，要真是个男子，定不会比诸皇子们逊色！你妹妹小虎就太文气了。"

小虎孙鲁育刚过及笄之年，父皇意在将她许配给文武兼备的建义校尉朱据。反观自己，竟成了守寡新妇，命运不公啊。孙鲁班不由得悲从中来，攀着步练师的臂膀哀求道："母亲，大虎正值锦瑟年华，可不想守寡终老。"

步练师捏了捏孙鲁班的脸蛋："慌甚！你父皇刚登基，江东的百官公卿屡次谏言，宁饮建业水，不食武昌鱼，宁还建业死，不止武昌居，要你父皇早日迁都建业。"

孙鲁班抖动长袖，撇嘴说道："迁都！迁都！武昌有何不妥，建业有甚好？还不是那帮江东老臣们的私心作祟。"

步练师面色一沉，凤目含威，"可别口无遮拦闯祸！你父皇的基业全凭了江东豪族们的拥戴。你没听他曾常对公卿念叨，'孤非周公瑾，不帝矣？'勿心急，缓些时日，要你父皇重择一位身强力壮的高门贵婿便是了。"

孙鲁班揉了揉眼，含羞带俏地跺脚嘟嘴道："可不能再嫁个短命鬼了。"

步练师望向靛蓝如染布的苍穹，轻声叹气："唉，也不知是不是讨逆将军孙策执意杀了琅琊道士于吉，触怒天神降罪于后代身上的缘由。皇帝的女儿哪愁嫁？你就安心静候佳音好了。"

"讨逆将军也是，何须与一个道长计较高低？"孙鲁班对孙策甚为不满，认为他的固执与一意孤行的父皇相似。

"他是将军，与你父皇一样，均需要深得民心。而那道长于吉则惯于妖言惑众，操控人心，若不杀他，就怕东吴会江山易主。"

　　母女二人手挽手，边说着话，边走向内殿。谁也没有留意，一群毛发赤色的鸟雀啼叫着从低空扶摇直上云端。

第三章　镜听占吉兆

碗儿荡的初冬，是一卷银白静谧的绢画。藏身芦苇丛的白鹭与秋雁，从结着薄冰的湖面飞向低空。

之字形的渡口，停泊一叶扁舟，建义校尉朱据单腿跪在船头，搭弓瞄向半空盘旋的雁群，一箭三发，箭箭皆中。三只中箭秋雁，悲鸣着"噗噗噗"跌落湖面，砸得冰面迸裂无数裂纹，在日光下透射出琉璃色彩。

手握长矛的小吏趴在船舷，扒拉死雁上船，又拨开繁密的芦苇丛，窝在芦苇深处的几只野鸭受到惊吓，"嘎嘎"慌叫着在滑溜溜的冰面东倒西歪地跟跄奔跑。看着它们滑稽的步态，朱据扔下弓弦，起身又腰大笑起来。

小吏见状，面带喜色跪身禀报："校尉，芦苇丛里窝藏了不少野鸭咧，夫人爱吃炖鸭，要不要捉几只鸭？"

朱据暗想，杀鸡焉用牛刀？虽不能学君上只手擒猛虎，也犯不上用射箭的技艺捉野鸭！但他又怜悯夫人白霜不辞辛劳随他辗转各地的不易,便令小吏抓肥鸭,捡鸭蛋。

头顶孤雁发出失去同伴的悲鸣声,冲向高空变为小黑点,渐渐消失在远方的绛崖山后。朱据腹内咕咕乱响,出来几个时辰,该回去用午膳了。他打了个呼哨,渡口跑来他的坐骑,一匹甩动马尾的黄骠马昂首望向他。

朱据阔步跳上渡口的青石板,飞身跨上马背,侧身朝小吏高喝:"早点回城吧。"

两旁密集的芦苇丛,在冷风中摇曳柔软的身姿,毛茸茸的芦苇不时吹拂他的脸颊,痒痒的麻酥感犹如妻子白霜的长发不小心撩动他的情思。

白霜也是吴郡朱氏的族人,本是纺织女,为安葬亡父,在集市卖身为奴。朱据恳请从兄朱桓仗义疏财,帮她安葬亡父。从兄朱桓见白霜正值豆蔻年华,便做主将她嫁给时年二十五的朱据为妻。婚后,夫妇也算举案齐眉,琴瑟相和。白霜产下两个儿子,随他驻兵湖熟。此地是物产丰饶的鱼米水乡,夫妇二人都爱这里的山水秀美、民风淳朴。

"夫君,若能就此驻兵不迁徙边疆就万幸了。"白霜常会在枕畔与他如此念叨。朱据知她心忧为何:皇帝派遣镇守边疆的将军,为防叛乱,妻儿都得留在都城成为质子。这不是他能左右的命运,尽管他的从兄朱桓刚官至前将军、青州牧,假节,封为嘉兴侯。他尚无赫赫战功封侯,仅是建义校尉。

"奈何夫君地位卑微,无法做主。"朱据甚为自卑,苦笑道。

"夫君相貌堂堂,文武双全,定有时来运转之日。妾身与君相逢,真是前世修来的福分。"白霜微启如秋天殷红浆果的丰唇,笑意蔓延至眼尾眉梢。红烛下的她,虽已是两个儿子的母亲,神情仿若含羞带怯的二八少女,这是最令朱据心动的娇憨少女气。

他爱怜地抚弄她散乱的云鬟,边吻边笑道:"娶夫人为妻,何尝不是我子范的福分?夫人面若桃花,可是有驻衰之术的秘传?"白霜"咯咯"笑得欢快:"夫君对妾身的情意就是易容术的秘方啊。"

她说笑着爬上他身来,两人嬉笑打闹正扭成一团,烛台的红烛就毕毕剥剥爆响连串的灯花。

白霜忙止住笑,一面推开他下地穿鞋履,一面咋舌惊呼:"咦,可是夫君将有荣迁之喜?"

轻纱罗帐内,香气氤氲,朱据仰面枕臂思忖,他是刚封为嘉兴侯的朱桓从弟,按理,一人得道鸡犬升天也不是没可能,怕就怕是妄念一场空。

顾念至此,他探身提醒手执银剪剪灯芯的白霜:"子范并未立功,何来荣迁之喜?"

剪掉灯芯的蜡烛,火光明艳,映得白霜的面颊红彤彤似三月桃夭。她回眸轻笑道:"夫君,妾身在除夕夜偷偷学当地镜听占卜的习俗,出门就听人在说黄龙元年有结亲的吉兆呢。"

湖熟盛行占卜巫术,朱据从不信此邪祟,正欲辩解,系在轻纱罗帐顶的鸳鸯戏水香囊晃荡着跌落额面,遮挡了他双眼。他捏着针脚细密的翠绿香囊,嗅着艾草干枯的药香味,哑然失笑道:"结亲?子范已三十有五了,哪家名门望族的大家闺秀肯青眼相看?"

白霜起身坐在铜镜前,伸手拔掉插入发髻的鱼骨簪,满头青丝如披挂的黑绸缎垂及腰身。她抓起桌面的竹节爬如意,俯身到朱据胸前,给他挠痒痒。

"君上迁都建业,夫君从兄又官至前将军、青州牧,保不齐朱将军会提拔夫君呢。"

朱据攥紧她的一绺黑发在掌心摩挲,闭目享受竹节爬如意游走在前胸的惬意。他的思绪飘向建业的宫阙,不知从兄这位生性节俭的前将军府邸会是何等的寒酸。

"夫人不知,从兄个性刚毅,加之子范无功,岂肯无功受禄?过些时日就是腊祭了，夫人备好大白鹅，以谢从兄当年的成人之美。"

白霜伏在他肩膀，笑语盈盈："夫君放心，妾身已备好上百头大肥鹅，够朱将军享用珍馐美味了。"

朱据满心喜悦，娶妻当娶贤，他娶对人了。窗外，淡月朦胧，朱据拿掉白霜手里的竹节爬如意，探头吹灭蜡烛："夜深了，咱们歇息吧。"

这一觉，朱据睡到天边霞光四射才悠然醒来，他用过早膳，就骑马至碗儿荡射雁。

朱据拍马冲出芦苇丛，刚上到两旁种植一排排桑树的官道，就见传诏令的一队官吏迎面奔来，疾呼着拦住他："建义校尉接诏，君上征召即刻启程建业。"

朱据滚下马鞍，接完诏令。传诏的官吏慌忙骑马离去，留他跪在原地发怔，不知君上如此急迫征召他回建业是吉是凶。

一阵"叽叽呱呱"的野鸭聒噪声传来，他定睛望去，是肩挑一头绑了大雁另一头捆了野鸭的长矛扁担的小吏，颤悠悠地跑近身来。

朱据纵身飞上马背，信马由缰慢腾腾向城门走去。那小吏跑步前行，眉飞色舞地添油加醋："校尉印堂发亮，定有大喜！"

"去去！就你话多聒噪。"朱据内心怀着对喜事的隐隐期待，双腿夹紧马肚，甩鞭疾驰。

踏步进府邸正堂，朱据正欲更衣，就见夫人白霜愁容惨淡拉着两个儿子扑进他怀里嘤嘤哭泣，一大一小两位婢女松脂、松露也跟着抹泪。

朱据不明就里，只得先搀扶她坐在榻上，撩起衣袖替她擦拭泪珠，关切问道："发生何事了，夫人？"

"君上急征夫君回建业，会不会派你到边疆？"白霜哭哭啼啼扯着他衣袖，十岁的大儿子朱熊，八岁的次子朱损齐齐跪在他脚前。

"噢，夫人原为此事。不必伤悲，你不是说镜听占卜是吉兆吗？

或许是从兄在君上面前谏言呢,速速备好大肥鹅。"

话虽如此,朱据的内心同样忐忑不安,为了抚慰夫人,他以目示意松脂、松露将两个儿子带进后堂回避。

正堂剩下夫妇二人,气氛安静得有些怪异。白霜突然揩干眼泪,整顿衣袖,躬身跪拜道:"夫君,听闻君上的大女儿孙鲁班新寡未嫁,定会重择驸马都尉,夫君何不尽力一搏?"

朱据大惊,他从未奢望过会成为皇亲国戚,细观白霜神色庄重,也不像是说笑逗趣,他半真半假质疑道:"夫人何出此言?你我夫妇已有割臂之盟。不得胡言乱语,离间了夫妇情意。"

白霜抿嘴笑了笑,好似能看穿他隐藏的野心与妄念——世间英豪,几人能抵挡住荣华富贵的诱惑?

"夫君志向高远,岂能甘居人后?人向高处走,妾身祈望夫君平步青云,儿子们就能免去身为奴婢的命运。"白霜奉上五彩丝线刺绣的鸳鸯香囊,言辞恳切。

朱据握着刺绣交颈鸳鸯的香囊,垂首不语,他明白妻子白霜的好意,但总觉得天大的好运不可能砸落在他头上。

"别胡思乱想了!子范不过一介庸才而已。"

"夫君不要有顾虑,为了孩子,就算休掉妾身,妾身也无怨无悔!"

白霜说完,义无反顾匆匆离去。

"你,唉,你……"朱据跟上去,半道又停下来。浓烟滚滚的厨舍,传来松枝熏肉的香味,他深呼这一口热烈的烟火气,即将离别这孤寂的乡野,奔赴华丽的建业皇宫,心窝塞满欢腾与伤感的愁绪。

第四章　青桐知卿意

琅琊王夫人与孙鲁班的初次相识，就充满了剑拔弩张的戾气。

黄龙元年的季夏，武昌城内酷热难耐。琅琊王夫人的庭院植有数棵丈高的青桐树。夫人芳名吟凤，凤非梧桐不栖，故而独爱其树。

那日，琅琊王夫人头枕手臂，坐在树下避暑，从层环叠绕的绿叶缝里看那一点一点的青天，手背突感一阵冰冷的寒意，似步夫人瞪视她的凌厉凶光。王吟凤以为是鸟屎，一面尖叫奴婢秋棠的名字，一面站起身细瞅，原来是手背沾了坨黏糊糊的桐树油脂。

竹帘摔打门框的响动后，冲出肤黄瘦高的奴婢秋棠，她怀抱黑陶双耳蕉叶纹的大腹酒罍，站定廊前，苦着脸劝道："夫人，可是遭青桐树的油脂污了衣衫？陛下早劝夫人将青桐树砍了当柴烧，换种桂花树咧。"

王吟凤吐口唾沫搓揉手背的桐油脂，怎么也搓不掉，还染黑了手指头，气得她白了秋棠一眼，愤然作答："青桐树也不找你要饭吃，讨水喝！瞎嚷嚷作甚！快去替本夫人打盆皂荚水来清洗！"

秋棠叹叹气，将酒罍搁置廊前圆柱旁，进房端出盆皂荚水，再扶她坐在靠墙的方凳上，跪身替她擦洗手指头上的油污。

"子孝去哪里了？"子孝是其子孙和的字。王吟凤母凭子贵，孙和是她在后宫保存富贵荣华的希望。

"回夫人，在书房读书习字呢。"

"是与孙霸？那小子野性得很，没再以下犯上吧？"手指头的油污用皂荚水清洗得很干净。王吟凤接过秋棠递来的绸巾，擦干水渍，恨声问道。

孙霸是与自己同选进宫的谢姬之子，比孙和小一岁。这小霸王人如其名，生来就爱争强好斗，屡次和兄长孙和较量高下。眼看儿子受欺负，她这当娘的不敢向吴王诉苦，怕被其他夫人耻笑管教不严，只得隐忍不发。

"夫人放心，有太子在，这小霸王自不会放肆。"秋棠腰间的黑发，在风中凌乱飞舞。她说着话，端起脏水，泼向青桐树身。

"咦，不知轻重的贱婢，太子来了，怎不早说？"王吟凤急吼吼地起身迈向后院书房。

吴王宠爱皇子孙和，太子孙登爱屋及乌，不时邀孙和读书习字或郊外田猎。

"是太子可以嘱咐奴婢，不要打扰夫人啊。"秋裳神情憋屈，张嘴辩解。

太子孙登的生母出身寒微，养母徐夫人被吴王以善妒为由，遗弃于吴郡曲阿。孙登刚被立为太子，朝中公卿皆知吴王意属步夫人为皇后，孙登仍力荐养母徐夫人，吴王沉默以对，但孙登此举竟赢得后宫诸多夫人的交口称赞——天底下的母亲，谁不望着自己的儿子能尽孝道？况且孙登并非徐夫人的亲生骨肉。

穿过雕刻花瓣的垂花门，廊前两棵亭亭如华盖的龙爪古槐遮住书房纱窗，透过繁密的槐荫，王吟凤听见两位男子正在高谈阔论。她手攀门框仔细聆听,辨出是太子孙登与左辅都尉诸葛恪,忙理理鬓发,扯平裙摆的褶皱,方才掀开门帘,踏步进去。

儿子孙和头趴榻边,单腿跪地;太子孙登慢摇羽扇,斜身歪躺在里间的斗帐小榻内。对面是体形肥胖的左辅都尉诸葛恪,他手肘靠着黑漆曲凭几,两人交谈正欢。

跪在墙角的孙霸最先发现她,他抬起唇间用黑墨勾勒猫须的方脸,眼泪汪汪地欲言又止。"你这小霸王也有成病猫的时候。"王吟凤暗自幸灾乐祸。她强忍着笑,拢起长袖躬身行礼:"妾身不知贵客登门,望太子恕失礼之罪。"

诸葛恪吃力地撑住黑漆曲凭几,颤颤巍巍地直起臃肿的上半身,喘息着朝她拱手作揖行礼。身穿玉白色绣金边锦袍的太子孙登只把腿收拢,拿扇指向孙和,笑道:"夫人勿怪。是吾多日未见子孝,甚为想念,顺道来瞧瞧他,本不敢惊扰夫人。"

王吟凤走近孙和,看他额头渗出一层细密汗珠,摸出锦帕要替他擦擦,他却摇手拒绝:"母亲不用管孩儿,孩儿听他们的论战正入迷呢。"

手绞锦帕的王吟凤讨了个无趣,走到门帘前,不罢休地回身询问:"天儿热,诸位不如到前院落座吃盏茶去?"

孙登伸臂拉起孙和坐在榻上,举袖替他擦汗,口里说道:"夫人不必多礼,子孝对兵法求知若渴,吾与他多谈谈也无妨。"

原本沉默的孙霸突然抢话了:"太子偏心,子威也熟读兵书,怎不一视同仁?"

"你还有脸狡辩,不知长幼有序的伦理纲常吗?"孙登面色大变,以羽扇扇柄直指孙霸。

孙霸见太子发怒,索性站起身,退到墙壁,扭头摆出一副蛮横惯了的骄纵之样:"哼,吾也是父皇的儿子,你又为何偏爱于他?"

王吟凤见孙霸竟忤逆太子孙登,便借机煽风点火,拿出做低小低的身段："太子勿恼，子孝到底年长些，是该让着子威几分。"

孙登从榻内走下地，轻摇羽扇，在孙霸面前来回踱步，面带不悦训斥，道："子威，自古尊卑有别、长幼有序，万不可乱了纲常，酿成大乱！"

想那孙霸再逞强也无用，他又没资格当太子。论起来，孙登后该是儿子孙和，怎么也轮不到他孙霸！暂且由他横吧。王吟凤便假笑着打圆场："太子多虑了，小孩子顽皮，哪能惹什么祸害？"

孙登不再言语，诸葛恪一面撩袖胡乱擦拭满面热汗的肥脸，一面望向日头毒辣的窗外喘息不停。王吟凤瞥见他的冬瓜脸淌着汗珠，正欲启齿请两人到前院歇息。

秋棠突然掀帘禀报步夫人、孙鲁班、谢姬到前堂了。王吟凤错愕不已，她们怎会来拜访自己？不期然与太子孙登四目相对，孙霸突地飞身从她腋下穿过，高呼着母亲救孩儿，朝前堂逃去。

"定是子威的奴婢去搬来的救星。"孙登不满地皱起剑眉。王吟凤尤为紧张，孙鲁班是吴王与步练师的心头肉，能惊动这尊大神出面，谢姬还真是有些手段。

孙登飞身跃地，左手挽孙和，右臂揽诸葛恪，三人径直奔出房去。王吟凤见状，也紧随其后，令秋棠速去斟茶待客。

经过龙爪古槐前，头顶飞过一只喜鹊唧唧乱叫，王吟凤提裙疾行，生怕步夫人会怪罪她迟来迎接的失礼。

那年，自己已被选进宫，尚未称帝的吴王便以身旁顾盼生姿的步夫人温婉、不嫉的性情训导新进宫的美人们。她偷窥坐在高位上的步练师母仪天下的端庄高贵风范，不肯相信步夫人会真的心胸豁达，乐意与诸多年轻貌美的女子共享世间少有的英雄。

刚进王府，步夫人甚为提携她，在吴王面前美言她雅性宽仁、婉静有礼。因了她的举荐之恩，王吟凤受到吴王宠爱。产下孙和后，王吟凤对步练师总以一副恩人嘴脸待她的狂妄态度，日渐不满。天底下的恩情也有个头不是?就算没有她步练师的引荐,凭借自己的年轻美貌,同样能获得君心,迟早而已。

在王府住久了,她听到不少传闻:陛下平生最恨女子善妒,忧愤离世的正室谢夫人、备遭冷落弃在吴郡的徐夫人,无一不是吴王认为她们太过小肚鸡肠,容不下别的女子的咎由自取。王吟凤猜出步夫人表现出来的宽宏大量极有可能是讨吴王恩宠的障眼法,便从心底里轻看了她——她不屑学她假装宽宏大量的伎俩,遴选佳人,以博帝意,新人会成为对手,不就是引狼入室了?

华光灼灼的云母屏风映照着身姿窈窕的步夫人,一股烈香直冲王吟凤脑门,她心虚气冷地猫身上前,施礼跪拜:"不知步夫人光临寒舍,还请宽恕贱妾未能远迎之罪。"

一袭翠绿衣裙的步夫人神色淡漠,懒声懒气地应了声"无妨",明媚的凤目盯向院内的梧桐树。王吟凤惊惧地垂头不语,昔日所谓的姐妹情深,在她生下孙和后,在吴王称帝后,便形同面和心不和的陌路人。

太子孙登、左辅都尉诸葛恪、皇子孙和齐齐向步练师行礼跪拜。

趁这当口,王吟凤偷偷起身,见秋棠已设好樽俎在桌,盘置切成瓣的翠皮黄瓤甜瓜和一樽泛起浮沫的温酒,便恭请步夫人、孙鲁班、太子孙登、左辅都尉诸葛恪四人坐下,独不见谢姬与孙霸。堂前晃过两道人影,体态娇弱的谢姬冷着脸拉起孙霸,急急跑来跪在桌前,呜呜抹泪啼哭。

"哭什么?不见是在王夫人的府邸?"步夫人不悦地端起酒盏,娇声怒叱。

王吟凤担心谢姬恶人先告状,正待辩解,紧挨步夫人的孙鲁班抢先答话:"母亲,没见到子威面有墨水涂鸦?必然是子孝以大欺小啊。"

王吟凤闻言大怒,孙鲁班不分青红皂白就挑拨是非,怪不得年纪轻轻会守寡。但她敢怒不敢言,娘家无居高位于朝堂的外戚,比不得步练师有同族的骠骑将军步骘撑腰,唯有忍气吞声埋头饮酒。

太子孙登出面主持公道:"大虎,不过是子孝、子威两个黄毛顽童间戏闹,何来以大欺小之说?"

谢姬扬起苍白的瓜子脸,跪爬至步夫人裙裾前,不依不饶地晃动不停。步夫人嫣然一笑,拿手拍拍孙鲁班的肩,轻击纤掌,云母屏风后立刻闪出手捧色泽艳丽新袍的侍女梅香。

"太子,妾身替太子新制了件如意虎头连璧锦夏服,看看合不合身?"

孙登漫不经心地瞅了瞅花纹繁丽的新袍,笑意牵强地拱手作揖:"多谢步夫人有心,子高乐于笑纳。"

王吟凤明白,步夫人当然不会是专程跑来就为给太子送新服的。偷眼望向孙鲁班,不过十七岁的女子,眼里跳动的却是心冷意绝的凶光,她感到莫名的恐慌与忧惧。

步夫人起身推开孙鲁班,走到斜格花纹窗棂前,眺望后院覆荫如盖的青桐树,轻笑道:"人人都道青桐树能遮阴避暑,果真如此。还是妹妹福泽深厚,有大树好乘凉。"

王吟凤听得诚惶诚恐,不知步夫人的真实意图,暗想你有陛下独宠的风光还不知足吗?她正不知如何回应,儿子孙和站到她身旁,出言顶撞:"步夫人有父皇这棵大树独宠,不比母亲更幸运吗?"

她慌得伸手捂住孙和的嘴,这孩子孝顺至极,可他不知摸老虎须的严重后果。孙鲁班冷笑着又来搬弄是非:"哟,不就是有太子撑腰,你这竖子才敢胡言乱语吧?"

"子孝年幼,还望步夫人恕妾身管教不严罪过……"王吟凤何曾想过会惹怒孙鲁班,她惊慌地强拉孙和要下跪赔罪,被太子孙登伸手拦住:"大虎,三弟不过是童言无忌,何必较真?"

步夫人见状，走向孙鲁班，她拍拍女儿的背，幽幽叹气道："太子，大虎新丧夫，脾气暴躁了些，切莫往心里去。"孙鲁班不服气地噘嘴扭扭腰。

锦衣艳服的母女并列眼前，如一对气势显赫的人间富贵花，逼得王吟凤不敢直视，畏手畏脚地垂首不语。孙登笑着挥挥衣袖："谁不知大虎素来爽利，有不让须眉的巾帼风范？"

步夫人笑了，扶着孙鲁班的后腰，目光越过谢姬与孙霸，嘴角轻轻上扬暗示她母子："时辰不早了，咱们也该告辞了。"

王吟凤如遭大赦的囚犯，放宽心地躬身跪送。一行人来去匆匆。孙登挥挥衣袖，笑语轻快："子孝，元逊，落座吃瓜！"

浓烈的辛香味渐渐淡去，王吟凤抽动鼻翼，轮到自己扬眉吐气了，她的心情比夏日吃冰镇的瓜还要快意。

第五章　如意虎头连璧锦

炽热的正午阳光钻进青桐树的叶缝，露出星星点点的光影。孙登坐在琐窗下，啃了瓣甜瓜，愈嚼愈觉味苦，擦净手，摸摸孙和稚嫩的脸颊，与诸葛恪起身辞别。

刚跨出门槛，琅琊王夫人捧了锦衣追上来："太子，莫忘了如意虎头连璧锦衣。"

眼前的琅琊王夫人，似水横波的眼眸令他想起出身微贱的生母，眼眸同样有这般亮光，可惜生母早逝。孙登伤感地摸了摸光滑柔软的面料，脑海里浮现遭父皇遗弃在曲阿的养母徐夫人，缩手笑道："罢了，吾有养母亲手缝制的夏袍，这件留给三弟吧。"

诸葛恪举袖揩掉肥圆下颌的汗滴，睁大精光爆射的豆眼，暗示他："太子，步夫人所赐的可是价值百金的袖裁连璧锦……"

"是呢，太子，不好拂了步夫人的一片心意。"琅琊王夫人面露难色，捧着锦衣，似托举千钧重物。

同美相妒，知道她怕得罪步夫人，孙登只得令诸葛恪收起锦衣。孙和偎依在琅琊王夫人怀中,母子倚靠云母屏风前,目送他们离去。

孙登抬腿踏向大门的青石板,俯身时瞥见石板缝隙塞满腐烂的枯黄碎叶,一群黑蚂蚁拖着只断翅的蜻蜓,向洞穴深处爬去。眼看着断翅蜻蜓尚在垂死挣扎,他捡起小树枝驱散黑蚂蚁。孙和跑来,攀住他臂膀,仰面说道:"殿下,母亲让子孝恭送你呢。"

孙和眉清目朗的俊秀模样,颇有二弟建昌侯孙虑的几分神韵。他埋头见群蚁吞吃蜻蜓,叹气道:"唉,天上飞的蜻蜓成了地下爬的蚂蚁口粮,真是龙困浅滩被虾欺,凤凰落魄不如鸡。"

孙登见他小小年龄竟心怀慈悲,浑不似那一味蛮横的孙霸。难怪这三弟会深受父皇宠爱,他不由隐隐生出莫名忧惧——父皇不顾上下有序、礼秩有益的伦理纲常,宠溺孙和太甚,令他生疑怕父皇会废黜他,另立东宫,才不得不违心地亲近孙和。

孙登丢掉树枝,牵着孙和手缓步出门。门前有棵老桑树和苦楝树,体胖的诸葛恪骑上枣红马,躲在苦楝树的阴凉处候着他。侍卫孙左牵来额前有两团黑但通体雪白的骏马,扶他上马。孙登单手勒住辔头,回头对孙和笑道:"子孝,快些长大,他日陪吾出城骑射。"

孙和站在苦楝树前,面带与世无争的欢笑,向他挥手作别:"殿下,记得常来看子孝。"

回到东宫,已是日影西斜。孙登绕过前殿,径直去后院,刚走上回形长廊,迎头撞见低头慢行的太子妃周依,身着鸦青色衫裙的她怀抱束粉白花苞的菡萏。他偷偷放慢脚步,张开双臂,正欲给周一个惊喜,周依冷不丁见到个人影站在面前,吓得尖叫着松手,花苞散落在地,跌成了掐头断尾的残花。

"太子妃,是本宫啊。"孙登坏笑着扶她起身。周依头靠他胸前娇哼道:"殿下,那可是吴郡曲阿的徐夫人派人送来供神仙西王母的菡萏。"

本来想和她逗趣呢，弄巧成拙了。孙登懊恼地推开她，蹲身瞅着跌烂的花苞，拍额自责："这大热的天，母亲还派人送来菡萏，难为她有心了。"

"太子也不必念念于兹。徐夫人还着人送来新制的单衣夏服，来者在武昌城内现采这些菡萏，不过是借花献佛而已。"周依笑语盈盈，唤来奴婢挑拣尚完好的几支花苞插瓶。

"虽是如此，来者也是秉承母亲心意。步夫人也送了套如意虎头纹的锦衣，左都尉说珍贵得很。可再贵重的锦衣华服，也不及母亲裁制的常服贴心。"

说罢，孙登俯身在周依后脖颈，陶醉地嗅着她衣衫散发的熏香味，搂住她的柳腰，走向内室。

回廊外的景致风雅，堆砌有玲珑假山，前后栽种有芭蕉树和几丛丛绿叶纤细的紫竹，扶手栏上攀爬着一根叶片乌亮的藤蔓，叶间开了朵橙黄的凌霄花，随风展来清凉绿意。

周依在凌霄花前驻足叹道："太子分别心重，锦服单衣都是为人母的情意，孰轻孰重，藏在心中不好？何苦显露于外，让人抓住话柄，讨不自在？"

孙登弯腰摘下凌霄花，别在她发髻间，亲吻她花朵般娇嫩的面颊，拉她坐在扶手栏前，搂住她细腰，狡辩道："子高非圣人，当然会有分别心。"

夫妇正亲昵，奴婢阿蛮慌里慌张跑来，立于回廊的扶栏前畏缩不前，吞吞吐吐禀报说捉住了偷盛水金盂的奴婢，请示两人如何处置。

周依气得甩开孙登的手，发髻间的橙黄凌霄花被抖落掉地。她边走边骂："可恨的家贼！胆敢偷盗东宫财物！"

太子妃是周公瑾的女儿，和父亲温文尔雅的脾气相悖，下人们都忌惮她暴躁的雷公脾气。自孙登立为皇太子，她才有所收敛。

孙登泄气地抬腿碾碎地上的黄花，追上周依。回廊下的青石地板上，倒扣的金盂前跪着个赤裸上身的黑瘦男子，他双臂反剪在背，哭丧着紧闭双眼的黑脸，似乎在克制对那金盂的欲望。

阿蛮搀扶太子妃周依，在偷盗者前站定，她先发制人，上前打了那黑奴两巴掌，怒叱道："你这黑奴，也不哀求告饶，偷盗还有理了？"那黑奴固执地偏过头颅，就是不肯出言申诉。

孙登托起他下巴，见他面色鳘黑，额头刻印岁月流逝的皱纹，想来也是为生存奔波的底层人。为了个金盂，就此行刑诛杀或令他服终生劳役，不就祸害了一个平民家庭？他于心不忍，扯扯太子妃周依衣袖，周依扭头望向他，明媚的杏仁眼里波光潋滟，话语却杀气腾腾："殿下，犯偷盗罪者理当诛杀！"

"砍头流血的事，就不劳烦太子妃了。阿蛮，还不扶太子妃进房歇息？"孙登不容周依反驳，推她后背，等她们进到内室，孙登这才唤来他的侍卫孙左，令他给偷盗者松绑。

生了张其貌不扬瘦尖脸的孙左看似孱弱，实则身手敏捷。此刻，他眼神游离，一脸的错愕之色："殿下，参照汉律，偷盗百钱就得市刑，这可是金盂，当真要轻饶这盗贼？"

孙登飞腿将金盂踢到黑奴眼前："不但要饶，金盂也赏他。"

孙左含酸带妒地推搡黑奴："还不去谢殿下宅心仁厚，饶你贱命，还赏你小子金盂。"鳘黑面孔的家伙并不感恩戴德，他活动活动乌青的双臂，头脚伏地跪下来。孙登伸腿踏在他脑袋上，严令他余生不准踏足东吴的地界。黑面汉子呜呜答应，重重磕三个响头，抓起金盂塞进裤裆，像山中的野猴，跑跳着消失在回廊的假山后。

孙登眯眼看了看白云翻卷的湛蓝天幕，夜来定是月色清明，便动了饮酒赏月的兴致，叫孙左速去邀请东宫四友赴宴。回到内室，周依坐在几案前托腮生闷气，见他进来，眼角挤出冷嘲热讽的笑纹:"殿下,可是要以仁德治天下?"

孙登不发一言,掀帘四处寻找徐夫人送来的单衣夏服,周依忙走下地,开柜取出新服递给他,换上温言软语的贤妻良母模样:"殿下,善待家贼,岂非纵容他们继续作恶?"

孙登笑而不答,他捧起新服,朝向吴郡曲阿的方位虔诚跪拜,以谢徐氏的养育之恩。

"太子妃,吾善待的不是家贼,是家贼的高堂老母。"言毕,他便去沐浴更换新衣。

夜色降临,天公不作美,无星无月。孙登略微扫兴,眼见宾客满座,诸葛家族是父皇信赖的股肱之臣,任命诸葛恪为左辅都尉,张休为右弼都尉、顾谭为左辅正都尉,这两人祖上都是江东大族,须得拉拢;忠勇之后的陈表为翼正都尉。日后登基,他得全倚仗这帮父皇权力掣肘的故交老友,便举杯提议不醉不归。

"殿下,臣等决议奏请陛下早日迁都建业,你驻守武昌,不知妥否?"

酒过三巡后,诸葛恪与张休向他拱手道出这番言辞。孙登也不觉意外,父皇年富力强,偏安江东一隅,南郊即皇帝位,与魏国、蜀国形成三足鼎立之势,江山迟早要统一,就看鼎主谁手了。

他转头看着频频点头的陈表,再望向顾谭,本就不饮酒且寡语的他,手握茶盏默然无语,真如父皇所言,顾公在座,使人不乐。

东宫四友,老谋深算者乃诸葛恪,江东是他与张休的故土,力谏迁都建业,难保不是二人的私心作祟,父皇自会权衡定夺,他就免操心了。

"本宫谨遵父皇之命。"

孙登举杯饮下酒,想起步夫人赏赐他的珍玩华服甚多,放着也可惜,就令孙左全拿出来,任由他们挑选。诸葛恪率先挥舞起肥掌,高声嚷嚷他要袖裁连璧锦的如意虎头纹锦衣。

孙登暗笑他真是贪图享乐的家伙，双颊酡红的张休在一旁劝阻诸葛恪，那可是步夫人的赏赐，易遭人嫉恨。

诸葛恪抖动肥胖的肉胳膊，满不在乎地搂起锦衣，在肉乎乎的脸颊上摩挲，嘴里嘟囔道："殿下赏赐，关她何干？"

众人都听得大笑起来，孙登也觉他醉酒方显可爱本色，疾呼孙左斟满酒。此时，一轮明月从云层里爬出来，挂在假山上，光华映照庭院，真是天遂人愿，孙登开心得手舞足蹈。

第六章　祥瑞意未消

　　建业宫内，孙权俯身几案在竹简上运笔书写，写到手腕酸麻，他才撂下狼毫，背靠胡床休憩。

　　乳白的晨雾宛如惊鸿，在密稠苍翠的侧柏林间翩飞。郁郁苍林的冷峻之气，令他浮想联翩。蜀中大耳玄德以重手足情谊博取虚名，俘获人心；魏国细眼曹贼放言宁肯他负天下人，休要天下人负他的狠话。这二位枭雄，何曾将他这江东碧眼儿放在眼内？望气者云：东吴有王气，应验到自己头上。他四十岁即吴王位，七年后，便脱离曹魏管辖，统领江东称帝。孙权得意地抬臂抚摸额面的王纹，感怀良多，母亲说产他的前夜，梦日入怀，注定他命运不凡，果真如此。

　　四月吉日于武昌称帝，九月迁都建业，因陋就简，以这长满桧柏、侧柏的将军旧舍为前殿、后寝的建业宫。

　　后宫的步夫人很是忌讳，言柏树多生在寺庙、陵墓，阴气太重，易招惹树妖鬼魅出现。

　　孙权嘴上笑话她是妇人见识，实则暗中存疑，他不是不信鬼神,当年汉朝派使者刘琬来答礼,对同僚说:"吾遍观孙氏兄弟,虽各才气秀达,然皆禄祚不终。唯中弟孝廉形貌奇伟,骨骼非常,有大贵之表,年又最寿,众皆不及也。"长兄孙策被刺身亡,四弟孙匡早夭,皆被言中。他庆幸之余仍深忧家族遗传的短寿命数,在他这一世是否还会延续。

当真砍掉这些古老的侧柏,会不会触怒千年成精的树妖?孙权手捻长至胸前的紫髯,起身挪步至窗前。一只白颈乌鸦蓦然从浓荫中钻出来,张开两翅呱地一声大叫,箭也似的飞落至窗前,惊得他回身躲向堆满竹简的几案,跌坐草席,抬头再看时,已不见那白头鸦的踪迹。

孙权也不在意,端起盛满醇酒的酒爵,咕咚喝光,抓起搁在砚台的狼毫,见笔尖的墨汁已凝固化不开。

"来人!"孙权边吼边摊开竹简,将狼毫笔横在唇边不住哈气。

黄面无须的宦官黄松,两手执着盛有清水的双耳青瓷盆,颠跑近前禀报道:"陛下,赵、袁两位夫人觐见。"

姿容才情双绝的赵夫人、操行贤良的袁夫人都来自汝阳郡,因为同乡,私交甚密,奈何都未能为他生育一男半女,枉费了美貌与才情!袁夫人进宫八年,他把几位姬妾的孩子交给她抚育,许是天意,不是夭折就是病亡。心灵手巧的赵夫人是方士赵达之妹,以机绝、针绝、丝绝,"三绝"为名,终日忙于技艺,对延绵子嗣也不上心。亏得步夫人识大体,替他选了琅琊王氏、谢姬、南阳王夫人等诸位良家女,充实后宫,延绵子嗣。

孙权点头闷哼了一声,黄松心领神会,跨门出去。

他将狼毫笔抛掷盆内,看着墨渍慢慢散出两团线条曼妙的墨花来。

须臾间,裙摆在地面移动的窸窣作响,像风穿过竹林。他走至卧榻前,手肘斜靠于玄色金纹的隐囊,见那赵、袁两位夫人均着了通身雪白的八蚕绵,如水面清圆的一对粉白并蒂莲,俏生生地迎风招展。

孙权盘腿上榻,垂眼扫了扫跪在榻下的两位夫人,搓着手掌,拿话激她们:"你们可谓姐妹情深。"

梨涡浅笑的袁夫人,携手杏脸桃腮的赵夫人,盈盈下拜:"妾身参拜陛下。腊祭日快到了,我们姐妹商量着想替陛下分忧解难呢。"

"分忧解难?你们不是知朕的心病吗?"孙权话刚说出口,嗓子眼儿就发痒,禁不住张嘴打了个响亮的喷嚏,唾沫星子沾满紫髯,亮晶晶地闪着光。

赵夫人忙掏出锦帕,跪在他膝前,替他细心擦拭。孙权握住她柔若无骨的玉手,暗夸她这一双巧手生得好,正欲抱她,赵夫人扭身跑到袁夫人身后,捂嘴哧哧偷笑。

袁夫人拉过赵夫人的衣袖,指向静谧无言的排排古柏,脆声笑道:"陛下,妾身有一事相告。"

孙权甩了甩阔袖,恼怒赵夫人还耍欲擒故纵的小女人手段,快快不乐地甩袖闷哼道。

"但说无妨。"

袁夫人跪爬前行,掩面低语:"不如砍掉这些遮天古树,辟为种植桑树的蚕馆,以利春分皇后主持亲蚕礼。"

"皇后?"孙权的神经绷紧了,自登基立孙登为太子,朝中大臣集体谏言逼他封孙登的养母徐夫人为后。那帮重臣当真可恶,明知他早将人老珠黄的徐夫人冷落在吴郡曲阿,意属的皇后人选乃步夫人。

孙权不由对赵、袁两位夫人登门求见的意图起了疑心,揣测她们是太子孙登的说客,来软硬兼施逼他封徐夫人为后。他顿觉被人戏弄,恼羞成怒地手按额头,语气决绝。

"不成!"

袁夫人始终是平静的表情,她波澜不惊地与赵夫人四目相对。

赵夫人手提裙角，挨着孙权后背，伸出纤手揉捏他的肩膀，呵气如兰地在耳边撒娇："陛下，何须动怒伤害龙体？成与不成，不都是陛下的圣意？"

孙权并不领情，粗暴地推开她，踞坐于几案后，手搭腹部，摇头晃脑地笑道："皇后人选，朕意属步夫人。就算群臣震怒，天不降祥瑞，朕宁愿空着后位，谁也别痴心妄想！"

沉不住气的赵夫人愀然变色，移步至袁夫人身后。他不动声色望向袁夫人，她则喜笑颜开地拍手欢呼："陛下，说起祥瑞，妾身方才见天空的云彩，幻化出两只母羊打架，一只母羊跌落在地不见踪影，围观的人都说这是祥瑞吉兆呢。"

两只母羊打架？孙权心里咯噔一下，他刚选好两位驸马都尉的人选，即将迎娶步夫人所生的大虎、小虎。

"打架的母羊，怎么能说是祥瑞吉兆？"孙权满腹狐疑。

赵夫人从袁夫人背后走出来，单手高举衣袖，一副犹抱琵琶半遮面的娇态，嘻嘻笑说："陛下，五彩云色泽艳丽，幻化为母羊打架的形状，不就是前来拜贺的把戏？"

孙权被她说笑了，向两位夫人招招手，待她们挨近，左拥右抱，无可奈何叹气道："后宫就数你二人古怪，莫非前世与朕有仇？"见她们神色不自然地左顾右盼，他换上笑脸，话锋一转："朕为大虎、小虎觅得好夫婿，可不是喜事两桩？"

袁夫人歪头倚靠他肩，用皂荚与栀子花熏过的衣衫浸透出花香，她的话语也如花瓣飘落君心。

"陛下福泽深厚，琅琊王夫人、谢姬、南阳王夫人的皇子们不已渐成大才了？"

琅琊王夫人所生的孙和有好善之姿、谢姬所生的孙霸个性骁勇，虽是迥然各异，终究是虎父无犬子！他欣慰地捻起胡须频频点头称是。

第七章　琴音与剑吟

　　枭鸟的凄厉叫声划破夜空的静谧，低头赶路的全琮立刻止步。前面引路的两名侍女，正晃动手提的八角红灯笼在掩嘴嘀咕，似乎早已见惯不惊。虚惊一场的他忙攥紧斗篷，踏着被粗枝浓荫遮蔽得疏离斑驳的暗淡月影继续前行。

　　君上素喜豪饮，不，该改口称皇帝陛下。他掐了坨掌心肉，提醒自己万不可大意，新王朝建立。孙权不再是隶属魏国的王，而是独立为雄霸江东，欲图天下的帝王。

　　今日酉时，他刚领兵操练完毕，接到皇帝孙权召他赴宴的诏令。全琮来不及更衣，披上斗篷，骑马奔进宫内时，早有两位提灯侍女在庭院背阴黝黯的角落候着他。

　　薄雾给垂枝覆地的侧柏古树蒙了层幽蓝的神秘面纱，全琮不适应地揉揉双目，远远见到灯火摇曳的大殿，像先朝的九层高台从远古岁月的河床露出模糊不清的轮廓。

　　"卫将军，到了。"侍女把灯笼挂在柱廊下，两位手执兵器的门卒举手将殿门推开,全琮深呼口气。枝形的膏油灯照亮殿内,色彩单调的靛青色帷帐下是一张长条形的食案,有条鱼尾肥大的熏鱼与五碟果蔬、六只酒爵,几位容貌平平的侍女在弯腰摆放碗、碟、竹筷。

不见宴请的主人,全琮立在殿中央,忐忑不安地踌躇不前。一名黄衫红裙侍女紧趋几步上前来,全琮解开系斗篷的绸带,她躬身捧走斗篷,悄然退到琉璃围屏后。

全琮凝视靛青色的四壁,一股子清冷气从脚心蹿上头来,他怕冻,轻轻跺了跺脚,正待寻个座席安顿这尊肉身,就听琉璃围屏后有女子的笑声,说:"母亲,大虎可是非英雄豪杰不嫁呢。"娇滴滴的话语中透出不服输的英气。全琮暗自纳闷,皇帝召了家眷侍宴不成?他慌得倒退数步,又听得嗓音婉转清脆的女子叹息道:姐姐,父母之命媒妁之言,哪由得你挑选选?《诗》曰:"妻子好合,如鼓瑟琴。兄弟既翕,和乐且湛,宜尔室家,乐尔妻帑。"

"错也!小虎,姐姐不愿青春守寡,自得精挑细选!咱们并非寻常人家的女子,管什么好合不好合?不得是那幸运的男子俯首听命于我?"伴随着裙裾拖地的窸窣声,话语爽利的女子"咯咯"娇笑着回应。

"小虎,你也太墨守成规了些,全无我们临淮步氏家族的女子风骨。"全琮听见环佩叮当,暗自猜测柔媚低语的女子,该是孙权最宠爱的步夫人。坊间传闻,貌若天仙的步夫人,并不似别的夫人善妒,她时常劝孙权多纳良家女子充实后宫,延绵皇家子嗣,故而深得恩宠。想起自家那织布操劳的老妻,都生了三个儿子,仍改不了醋坛子的习性,若能有步夫人一半的见识就好了,他正百般感慨,忽闻尖声尖气的侍女在禀报:"步夫人,卫将军到了。"

全琮不敢怠慢,忙跪伏在地,准备行礼,听到步夫人微微惊愕的语气："噢,陛下还没到吗?"

"回夫人,陛下出城迎接建义校尉朱据。"

全琮内心五味杂陈,他因军功已迁卫将军、左护军、徐州牧,算得上是皇帝身边的股肱大臣,可皇帝竟屈尊去迎接小小的建义校尉,莫非是顾虑吴郡大家族的朱据从兄朱桓?他与朱桓分别曾以左、右都尉身份并肩作战,那朱桓不甘为人下,性子锐意爱险,并非居高位的人选,可这家伙不知用何诡术,竟深得兵将们的忠诚拥戴。

"噢,请卫将军稍坐片刻,大虎、小虎还不快回避?"步夫人慢声慢气地笑道。

"小虎,你爱织布,那就快去织布,我来陪母亲会会卫将军。"

"大虎,就数你顽皮。"

伴随着说笑声,一股由胡椒、孜然、茴香夹杂沙漠玫瑰花的西域香料的烈烈香气传来,从屏风后转出羽扇遮面的步夫人,弄得全琮紧张不安,急切跪伏在地,搜肠刮肚也想不出好词,只得干笑道："全琮拜见步夫人。"

步夫人的声音如溪流淙淙,令人闻之欣然。

"卫将军来建业,可还适应?"

全琮激动地重重点头,正待回话,一阵恶作剧的笑声在殿内放肆地响起。他茫然地抬起头,才知说此话的并非步夫人,竟是那羽扇遮面、名为大虎的女子,顿时窘得欲辩忘言。

屏风后闪出身穿翠绿常服的步夫人,头梳的飞天髻斜插金光夺目的步摇,在她的一颦一笑间瑟瑟作响。

她牵起大虎的手,笑不露齿地柔声说道："大虎自小淘气,卫将军可别见怪。"

全琮已然猜到性情豪迈的大虎是孙权和步夫人的长女,她嫁给周公瑾家的长公子周循,婚后不久,周循早逝,成了寡妇。他眼尾扫向手摇羽扇的大虎，差点儿失声惊呼——世间竟有两枝相同的花朵！大虎和他府上的女奴白秋水的长相、神态宛如孪生姐妹。惊愕之余，他心底掠过一丝不安分的念头：大虎是二八佳人的寡妇，孙权和步夫人必定舍不得她独守空房虚度余生，自会挑选豪族的子弟下嫁。他一激灵，像是神灵附体，说出口的话，自己听了也觉古怪，怎么学会言语谄媚了？

"岂敢！岂敢！女子天性活泼明快，本就是世间罕有的品格。"

步夫人笑而不语，大虎举袖捂面偷笑，细长的丹凤眼望向他，眉梢间流露的一抹凌厉的妩媚风情，似利刃直插全琮心脏！他心猿意马胡思乱想，且喜且怕别过头，刻意躲避她炽热目光的直视——那是高明的猎手见到充满危险诱惑力的猎物的心境。

殿门突然敞开，面带喜色的孙权携手身躯伟岸的建义校尉朱据，如旋风刮进来。全琮忙做出恭顺的态势，跪迎皇帝孙权。

"子璜属猴，如此猴急？"孙权惯会说笑，挥袍疾走过来捏了把全琮的肩胛，揽着步夫人纤腰，牵起大虎的手，三人走向席垫。孙权箕踞而坐，步夫人与大虎跪坐于青蒲。

眼见大虎不时瞟向建义校尉朱据俊朗的面庞，酸溜溜的醋意直冲全琮脑门。朱据这膂力绝人的竖子，不光是有姿貌，还善论难，才兼文武，怨不得能引得大虎频频注目。

孙权举手招呼全琮和朱据，指向他左右两方的席位："子璜、子范，还不上座？"

全琮慌忙走到左边食案，朱据也跪在右边，两人四目相对，全琮不自然地硬挤出丝笑意，眼尾余光扫向大虎，步夫人与她正低头笑语。

"怎不见小虎？"孙权睁大一对精光碧眼，沉声喝问。

"父亲，小虎在织布咧。"又是那娇媚如荒野罂粟花的大虎抢先作答。

侍女过来斟酒，全琮偷偷咽了口唾液，单手握住酒爵，斜视食案的熏鱼果蔬。操练消耗体力，他真想回到幕府，躺在席面，跷腿啃炙烤的羊腿下酒，方才过瘾。

"还不唤她出来？"

孙权一声令下，步夫人迅速击掌，琉璃屏风后，转出一位容颜端庄的粉衫少女，她对着孙权敛衽盈盈一拜，声音如画眉啾啾的叫声："父皇，请宽恕小虎迟来之罪。"

孙权捋着垂至胸前的紫黑色美髯，笑逐颜开地招呼小虎坐到他身旁，高举酒爵，对全琮、朱据发话："子璜、子范，今日家宴，不必拘礼。"

听到"家宴"两字，全琮暗自窃喜，难免不想入非非，以袖掩面吞酒的同时，偷望高位的小虎，以为她也会盯着朱据不放，但那小虎只一味低头浅笑，很是安守本分的模样。这姐妹的性格真是南辕北辙，该不会是皇帝假借赐宴，旨在替大虎招揽夫婿，找他来当绿叶陪衬不成？全琮兀自沉浸在天马行空的臆想中，直至孙权手执酒爵立定他的食案前，才蓦然惊醒。

"子璜，为何魂不守舍？好似身在曹营心在汉的关羽。可是惦念府上的娇妻幼子？"

"噢，不，陛下，臣空腹饮酒，不觉微感醉意，失礼于陛下，罪该万死。"全琮犹自惴惴不安，在三位美人前出丑，真羞煞人也，慌忙跪地磕头请罪。

孙权一面扶他起身，一面向爱女下令："大虎，小虎，快过来向卫将军敬酒。"全琮方觉心安，又见二美来敬酒，窘得面红耳赤，一时手足无措，暗地里埋怨自个儿笨嘴笨舌，比不上言辞犀利的朱据应对如流，无有凝滞。

朱据双手捧住酒爵，走到席前，出面恭维他："卫将军赈济灾民的仁义之举，子范早有耳闻，今日得见，将军真乃人中龙凤、世间豪杰！"

智过百人谓之豪，贤万人曰杰。全琮虽然很受用朱据对他的奉承，念及自身比朱据年少，官位高过他，本该先发制人，竟被这能言善辩的竖子抢了风头，心中有些愠怒，但不敢流露于外，只得强笑着敷衍道："子范过誉了，你才高八斗，文武兼备，是子璜所不能及啊。"

朱据喝完酒后，神色认真地拱手作揖："卫将军言重了，尺有所短，寸有所长。"

全琮见他谈笑风生，潇洒自如，愈发忌恨他风姿伟岸的仪容。孙权走近前，挽住两人的手，笑道："子璜、子范，你们都是朕的爱将，就别斗嘴了。长女大虎善舞剑，幼女小虎爱操琴，不如坐而观之赏之？"

两人堆笑承欢，跪座席前，正襟危坐。

大虎早隐身屏风后更衣，小虎端坐如旧。不多时，一名侍女怀抱古琴，褪去琴衣，平放几案。

琴声响起，似深谷幽兰在瑟瑟风中哀叹。全琮不通音律，铮铮琴音只觉聒噪，无趣地闷头吃酒，却听得建义校尉朱据惊呼，道："莫不是师旷琴？"

全琮丢下酒盏，瞄见小虎扬起脸，杏仁眼里泛出与知音相遇的惊喜之色，她娇羞地抿嘴轻笑不语，纤纤玉手飞快拨弄琴弦。

全琮见这二人已是郎有情妾有意，对这自命清高的小虎便没了好感，她连正眼都没瞧过自己，也不把他这将军放在眼里。

琴音起，孙权和朱据一脸沉醉之色，好似小虎弹奏的此曲只应天上有。琴声落在全琮耳朵里，成为丝弦摩擦桐木的噪音。那可恶的朱据又在鼓掌炫耀他的学识："善哉，峨峨兮若泰山。志在流水。"

枯坐多时的步夫人抿着菱形红唇，神态矜持地发话："陛下，人道'曲有误，周郎顾'。不承想建义校尉也通音律，甚是难得啊。"

孙权本捋须不答，听到周郎顾曲，浓黑的剑眉不服气地皱了皱，朱据神情惶恐，匆匆下跪，朗声作答："步夫人谬赞，臣是求田问舍之辈，世家周公瑾乃风流天下闻，岂敢相提并论，辱没斯文？"

全琮恨得牙痒痒，朱家是望族吴郡朱氏，自谦求田问舍之辈，不就是暗讽他全氏家族门第不够显贵？

他正觉羞愤，便见换了身戎装的大虎手捧剑匣现身于堂前。她抽出寒光四射的长剑，手指用力弹了弹，剑尖激烈战栗，发出龙吟虎啸的尖锐之声："小虎，你弹奏的可是《凤求凰》？学那蜀地邛崃卓文君琴挑司马相如？"

"大虎公主，此言差也，卓文君是寡妇，小虎姑娘正值豆蔻年华，'琴挑'二字不妥不妥。"朱据真把自己当皇帝的乘龙快婿了，胆敢纠大虎的错？全琮气得跳出来怒叱："子范，可别以下犯上，没了尊卑！"

朱据突遭他呵斥，当场颜面扫地，下不了台，通红着脸诺诺应声。

"无妨，无妨。大虎，舞剑。"孙权挥挥衣袖，手持酒爵连连痛饮。

大虎领命，急速旋转手中剑，剑花舞动出令人眼花缭乱的团团雪练，全琮看呆了，忍不住高声喝彩。

突然，胸前有寒意袭来，他定睛一看，是微微娇喘的大虎将长剑直抵他胸膛，远山黛眉下的含情美目直勾勾盯着他。全琮不知她是何心思，心跳如鼓，浑身如被冰雪冻僵。

"卫将军，小心啰！大虎会刺伤将军的心！"大虎飞扬起黛色长眉，狭长的丹凤眼扑闪着挑衅的亮光，全琮心如鹿撞，读懂了她话里的挑逗之意。他大喜过望，本想说"牡丹花下死，做鬼也风流"，似觉不妥，忙改口迭声应道："君要臣死，臣不得不死！"

"谁要你死了？"大虎收回宝剑，捂嘴娇笑着跑到屏风后。

六神无主的全琮傻站着，偷偷望向面颊显现两团酡红的孙权，他虽醉了,但神志清醒,吐字清晰:"子范,朕将小虎赐婚予你,拜为驸马都尉,迁左将军,封云阳侯。"

竖子真走运!嫉妒的怒火塞满全琮胸腔,眼见朱据扑倒在地磕头跪恩,他气得握住腰间佩剑,真想拔出来与朱据这竖子一较高下。孙权的目光看过来,惊得全琮诚惶诚恐,但听孙权慢悠悠道来:"子璜,朕将大虎赐婚予你,意下如何?"

全琮激动得浑身触电般战栗不已,巨大的幸运从天而降,砸得他晕头转向,他已经站立不稳了。双膝发软,不由自主跪拜在地,竭力克制一泻千里的狂喜之情,带着哭腔:"陛下,臣,臣,当万死不辞啊!"

第八章　拜月订私情

雪晴后的天，干燥阴冷。风声呜咽，如同失宠的怨妇在悲泣。

竹榻旁的地面搁了双层的提篮食匣，一层是豌豆粥、一层是盘冷却的幽菽（即豆豉）蒸银鱼。白秋水扯扯花色破絮被，举袖驱散与腐肉相似的豆豉臭味。她素不爱闻豆豉味，甭管蒸毛瓜还是银鱼，都觉那是腌臜之物。

碧眼老僧蹲坐火盆前，手指夹起掌心炒熟的蚕豆，慢条斯理地咀嚼，眼神游离瞟向半躺竹榻的白秋水。

"汝当初为何不选建义校尉朱据？"

白秋水望向雪地里尤为耀目的一株积雪覆盖枝条，树身呈红褐色的樟树。这便是豫章郡盛产的樟树，是打造君王棺椁的上等木材。而她熟稔的是琅琊王夫人庭中郁郁苍苍的青桐树、皇后潘夫人琐窗前开出赤红色花的石榴树。

干冷的风从窗台的裂缝飘进来，熬过雪夜的白秋水不再畏惧寒冷，她坐起身，端着浓稠似乳汁的豆粥，吞咽几口润润喉咙，落寞地幽幽叹气："人家和小虎是王八看绿豆对上眼的夫妇，天造地设的姻缘。"

"既明且哲，以保其身。情执已断，断相亦无。"碧眼老僧的话，总使她摸不着头脑。

"师父为何不回建业城的建初寺呢？"白秋水搓揉着冻成紫姜的小指头，试探性地问向挪身坐在供案旁的碧眼老僧。他张开的嘴，像脱离水塘的鱼吐气呼气，又貌似在吐纳运气修炼神功，对她的问话充耳不闻。

若在建业，如此无礼冒犯，以全公主的脾气，他早已成刀下鬼了。白秋水佯作恼怒地张张嘴，正欲责备，门"哐当"被推开，头缠玄包裹巾的小沙门慧蛮，披着冷飕飕的雪气，径直闯进来。他拿手掸掸双臂的雪粒，扬起鼻头沾了黑炭锅灰的脸颊，单腿跪在碧眼老僧脚前，恭敬请示："师父，雪停了，还需砍柴到城中卖否？"

白秋水见小沙门滑稽可笑的模样，拿手点点他乌黑的蒜头鼻，忍笑道："小师父这是钻灶孔里偷吃烤芋头了？"

慧蛮鼓起腮帮，大声武气讥讽她："咦，皇宫里养尊处优的老媪，怎会晓得偷吃芋头这等乡坝田间的野事？"

这野小子的随性气话，触动了白秋水心事，她怔怔无语。烤芋头的乡村趣事，是卫将军全琮酒后与她温存缠绵时的戏话啊。

她比孙鲁班先进卫将军府，凭借能写一手好字，会采摘药材诊治病痛的本事，被安排在全琮将军的书房当奴婢。

夏夜，是将军老夫人的寿诞，奴婢们都跑去正堂庆贺，趁机热闹吃酒快活。她一人守在空旷的书房，见月色明媚，便推窗纳凉，翻出废弃的木简，平摊几案，手持竹管毛笔，悬肘书写家信，抒发对失散的父亲与妹妹的思念之情。

写完信，耳闻丝竹管弦的喜乐从窗外隐隐传来，白秋水信步跨出门，来到枝叶扶疏的庭院。站在竹篱笆搭建的葫芦架下，仰望紫蓝的夜空,繁星点点冲她眨眼,她不禁黯然伤神,自己已远离故土多年,成了无依无靠的蒲公英随风吹散,年迈的父亲、少不更事的妹妹均生死未卜,她该到哪里去寻他们?

白秋水愈想愈伤悲,便跪在庭院,合掌拜月祈求神灵,保佑亲人安康。突然有人从后面死死箍住她的腰,不用回头,她已猜到是卫将军全琮,他口齿不清地吐出刺鼻酒味的情话:"你好胆大,不好好在书房当值,跑庭院求神拜鬼,可是想念本将军了?"

"卫将军放手,若被夫人撞见,妾身可就死无葬身之地了。"白秋水恐慌地扭身挣脱他怀抱,飞奔着躲进密实幽暗的葫芦藤蔓编织的墙后,又喜又怕地站在阴影里。她被委派在书房守夜的当晚,全琮就拉着她强行做下巫山云雨之事,并告诫她不可对外说。既失身于他,白秋水只得听命于他。

全琮追上来,拥她入怀,手掌伸进衣衫内抚摸她光洁的后背,安抚道:"别闹了,她在陪母亲看伶人们玩杂耍,我想你一个人孤单,偷跑出来会会你。"

听着全琮的温言软语,白秋水顺从地任由他摆布,谁让自己喜欢他呢。全琮表面是威风凛凛的卫将军,实则惧内,他和夫人生了三个儿子,深得老夫人疼惜。碍于母亲威严,他不曾纳妾。

两人缠绵许久,才一前一后进到书房。全琮躺在帷帐里,敞开的单衣,露出布满紫红色疤痕的上半身,白秋水先伺候他喝完醒酒汤,再拧干面巾,俯身替他擦拭古铜色的胸膛,望着触目惊心的伤疤,白秋水动情地将脸贴在他胸膛,温柔地磨蹭那些粗粝的疤痕,一时间,意乱情迷,她爱他,也许就是爱他征战沙场的骁勇威猛……

"你方才拜月祈求什么?"双目透出醉酒红丝的全琮,伸手插进她以蜀绣裁剪的夏衣后背,漫无目的地游走,声调懒散问道。

"老夫人寿诞,妾身有感而发,祈求神灵保佑父亲与妹妹安好。"白秋水替他穿好单衣,走到几案前,将竹简收拢,堆放在角落。

全琼酡红的脸庞变成了青白色,他猛地走过来牵起她的手,阔步迈到庭院,与她耳语:"吾和汝在月下发誓,与汝今生今世永不分离。"

"当真?"白秋水难以置信地凝视着月光下的卫将军,这个和她有过肌肤之亲的男子,一张扁平的方圆脸,一对向下耷拉的三角眼,配上耷拉的短黑眉,长挺的隆鼻,上厚下薄的丰唇,委实算不上眉目清俊、身形颀长的美男子,正面看来,顶多就是五官略略顺眼的普通人,扔在人堆里也不出彩。不过,他的侧面因了高挺的鼻梁,倒隐现出几分男子汉的英勇气概来。

全琼咧开上厚下薄的方嘴笑了,月亮从云层里钻出来,皎洁的月光洒在他头顶,映照得他两排白牙璀璨晶莹。"自然,君子之诺,永世弗忘。"

白秋水激动得瑟瑟发抖,紧紧依偎在他身旁。紫蓝的天幕渐变成墨紫色,白月亮也成了黄月亮,两人在黄金般的光晕里相拥,寂然欢喜。此时,惠风和畅,远处飘来琴瑟合奏的乐声,真乃良辰美景的花好月圆夜……

"慧蛮,休得冲撞贵人。"碧眼老僧抬起眼帘的暴喝声,将白秋水拉回清冷现世。

"师父不是说她搅乱朝廷,陷害无辜吗?再者,她不过是贬为庶人的平头百姓,干甚善待毒妇?"

"住嘴!你这顽劣的毛猴,还不上山砍柴去?胡言乱语说些什么!"

"师父,徒儿日砍夜砍,砍了三年,究竟砍到何日是个头?"慧蛮委屈地站起身,带着哭腔冲到门旁,抬起揉花的脸,手搭门框,痴痴问道。

"又不是砍你的头!直到你心中贪、嗔、痴、慢、疑的五毒被斩断！"

"师父的老生常谈，徒儿耳朵都听起茧了！"慧蛮是孩童心性，将庙门合拢，蹦跳着离去。

碧眼老僧从袖管里摸出写满密密麻麻黑字的白绢，平摊在双膝前，碧眼闪出灼灼精光，仿佛成了白秋水肚内的蛔虫："全公主还想回建业城？"

"还能回得去吗？"白秋水此刻犹如全公主本尊。富贵荣华转头空啊！全公主排除万难扶持的幼帝孙亮被废流放，全氏家族的族人遭到牵连，就连大帝亲外孙、被封为都乡侯的全吴能不能逃过这一劫难，都是未知数。

寒风从门槛的缝隙钻进来，追赶地面的尘埃，扑打在墙面，发出"呜呜"的悲鸣。

"是啊，太初宫的血腥气太重了，尚不如荒郊野庙洁净清静。安为清，般为净，守为无。"碧眼老僧喃喃自语道。

白秋水对小沙门慧蛮称她为毒妇尤为记恨，真正的毒妇是全公主，可比起潘皇后，全公主令人发指的行径不过是小巫见大巫。她发出力不从心的责难："师父，妾身当真是罪不可赦的人？"

随后，她愤愤不平丢下豆粥碗，掀开花色破絮被，双脚刚沾地，就觉金星直冒，站立不稳。她手撑在隐囊，暗想已经静躺数日了，还如此虚弱，当真是岁月不饶人了！年华老去的悲伤流淌过她的心田，她不由得唏嘘着认命，抬腿上榻躺好。

碧眼老僧把白绢卷起来，塞进袖笼，单手托起那盘幽菽蒸银鱼，蹲身在地，鸡爪手拈起整条鱼狼吞虎咽，鱼骨在他嘴里咬得咯吱咯吱响。白秋水瞅着他难看的吃相，暗想这老沙门怎不茹素呢？说他是假冒的修行人招摇撞骗，可他肯收留并善待自己的行为，分明不是。

一盘银鱼和幽菽被他舔得精光，白秋水诧异他竟没被鱼骨刺喉。碧眼老僧举袖擦拭油腻腻的嘴，手掌就在缝补过的旧衣袍上来回抹，口里啧啧感叹："五味调和的幽菽蒸银鱼，真乃天下美味啊。不过太咸，又得浪费一坛旧年的雪水煮茶啰。"

白秋水思量着要不要与他多说两句，行医多年，她也将药食同源的原理融会贯通。作为调味的幽菽，是以青蒿、藿香、苏叶、佩兰、荷叶等多种草药捣烂成汁，倒进大缸浸泡黑豆发酵而成。入药，幽菽能治寒热头疼、腹痛吐泻等病症。

她也会烹制些时令美食，进献给全公主及驸马都尉全琼享用。能苟全性命，无非也是靠这手绝活——谁也靠不住，还得拥有自救救人的真本事。卫将军与孙鲁班的新婚夜，她躲在漆黑的阁楼，绝望地吞声啜饮。前几日，卫将军全琼还与她在枕畔耳鬓厮磨，拜月立下生死相伴的海誓山盟，她天真地以为自己是得到神灵庇佑的幸运儿。

心生的欢喜，如昙花一现，似晨起朝露，转瞬即逝。

那晚深夜，白秋水在书房的阁楼睡得正香，被偷偷溜上来的全琼惊醒。窗外已是鸡鸣三更，浑身如火炭灼热的全琼一头拱进她暖烘烘的被窝里，一个劲儿傻笑。她急忙摸他滚烫的额头，追问是不是风寒发烧，全琼摆摆头，像往常那样热烈地抱她入眠。

次日晨起，一向逞强的将军夫人爆发出捶胸顿足的号哭，奴婢们窃窃私语，夫人被卫将军休了。白秋水趴在书房的几案上，自以为是地幻想着是卫将军要迎娶她过门。

全府上下张灯结彩，萱草栏杆，榴花庭院，原来，是将军成为驸马都尉！白秋水犹如雷轰顶，正室夫人被休，她连小妾都不算的卑贱女子，怕也是要被撵出将军府了。

门外响起慧蛮的呼喊声："师父，徒儿赶车进城了。"碧眼老僧似耳聋了，并不搭话。

"师父，妾身当真是罪不可逭的人？"白秋水啃着小指头的指甲盖,重复问道。

碧眼老僧摇头又点头,"也是,也不是。罪不可赦的是你个人的业力,罪魁祸首的是众生共同的业力牵引。谁也无法幸免,谁也不是无辜者。皇帝有皇帝的焦虑,将军有将军的困惑,百姓有百姓的苦恼,乱象丛生,谁都惧怕失败,哪怕一次,就可能一蹶不振甚至身首异处。"

白秋水死死咬住小指头,愁眉苦脸地哀叹。圣人云"达者兼济天下,穷则独善其身",动荡不安的世道,让她一介弱女子谈什么独善其身?

"素富贵,行乎富贵;素贫贱,行乎贫贱;素夷狄,行乎夷狄;素患难,行乎患难,君子无入而不自得焉。随遇而安,心安住是吾乡。你不见星辰落入银河抛落凡间的种种幻象?在天,是星星,在地,是尘埃。"碧眼老僧舒展淡淡的八字眉,合掌再问:"卿是谁?"

"吾是全公主,不,曾是她的替身,不,吾是白秋水。我在宫里是全公主的奴婢,在豫章郡是无亲无故的路人。不,也不是路人,我要在豫章郡安度余生。我是白秋水,但不是从前在宫里的白秋水。"白秋水突然灵光乍现,絮絮叨叨说了这一箩筐无用的废话。

"卿开悟了。"碧眼僧笑道。

"开悟?不,凤凰涅槃,俱足圆成。"白秋水摆摆头,眼前雪白的世界豁然开朗,她既一无所有,也圆满具足。

第九章　鸳鸯金虎

"左将军回府了！"

朱据刚踏进门，影壁后跑出神色慌张的婢女松脂，朝他躬身行礼。从建义校尉到左将军，这惯会谄媚的奴婢都改口了！朱据甚为愠怒，念在她是夫人白霜的贴身侍女的情分上，不便计较，径直走向转角处的织房。

织房的门前是夫人白霜手栽的一丛幽篁，因熬不住冬日的寒霜，往日竹木丛蔚的盛景不复存在。朱据伫立廊下，踌躇不前。思虑了千百遍的措辞，真要对夫人白霜说出"休妻"二字时，他竟有心虚气短的百般不舍。

织房的门"吱呀"被推开，一袭月白色衫裙的白霜从阴影里走出来。淡扫蛾眉，重敷脂粉的她，似雨后的茉莉花，充满哀戚之色，又像是从银河跌落尘埃回不到天宫的落魄织女。

朱据立在廊上，头梳灵蛇髻、插戴银质栀子花步摇的白霜向他盈盈下拜时，步摇细细碎碎的脆响撞击他的心房——步摇乃他相赠的定情信物。

"妾身贺喜子范荣升左将军，封爵云阳侯。"

朱据羞惭得语无伦次："夫人何必作弄吾？不过是时无英雄，使竖子成名罢了。"

白霜拾阶上来，她的双眸进出点点泪珠，与他四目相对："怎会是时无英雄，使竖子成名？左将军言过其实了。自是左将军英勇磊落，使得小虎公主心生爱慕。"

朱据且喜且悲，他接到诏令那日，夫人白霜还半真半假地怂恿他与守寡的大公主孙鲁班联姻，以求平步青云。真是造化弄人。

他紧搂着白霜纤腰，走下台阶，移步正堂。堂内帷幕两侧摆有吐出嫩黄花朵的水仙花，居中的长条几案前，侍女松露和松脂躬身铺陈杯、碗、碟、盏。

"卫将军全琮迎娶了大虎大公主。"朱据松开白霜的手，忽而苦笑道。那夜，乍见小虎小公主如五月枝头的青梅，他不觉心荡神摇，继而与之相谈甚欢，竟似与久别重逢的故友捉笔陈情。

"故剑情深也抵不过乍见之欢，没想到妾身的戏言成真了。"白霜倚靠在他怀里掩鼻抽泣，瘦削的双肩战栗耸动。朱据终究于心不忍，新人笑旧人哭，原是这般痛楚，"休妻"二字，他说不出口。

侍女松脂走来，拜曰："夫人，酒席摆好了。"

白霜离开他怀抱，边擦拭泪痕，边强作笑颜走到席位："夫君风餐露宿，快吃盏温酒暖和暖和。那全氏一族虽不算寒门，到底不能与吴郡朱氏的豪门大族相提并论。"

朱据对全琮印象不佳，曾听从兄朱桓评判他算不得是有大智慧的人。庞士元送周公瑾归葬东吴时，全琮和陆绩、顾劭都跑去拜见他。庞统对全琮的评价是："卿好施慕名，有似汝南樊子昭，虽智力不多，亦一时之佳也。"

他跪坐于青蒲团，手执长嘴酒壶，仰头痛饮大半壶，再晃动酒壶，耳听着"哐当哐当"的声响，注视着盘中切得整齐且撒了葱花、豆豉的熏鸭，回想起宫中的宴请，也有盘切得齐整的熏鸭，但少了葱花和豆豉。君上一左一右拉着他和全琮喝得醉醺醺后，大笑着强调，日后他们就是一家人了，要两人务必共肝胆同进退。

他望向比他年幼，但地位比他高大半截的卫将军全琮，原本陌生的两位武将，就此成为君上的女婿，这是他从来不敢奢望的妄念。他从全琮的眼神里捕捉到一丝不可名状的笑意，令朱据无端猜想，以亲疏而论，全琮的父亲全柔在君上还是车骑将军时，已是车骑将军长史、桂阳太守，他轻视自己这位吴郡朱氏的后裔，也在情理之中。

"大公主对卫将军一见如故。"他丢开酒壶，拿手撕掉熏得紫红发亮的鸭腿，递给身旁的白霜，白霜摆摆手。他望了望她的惨淡愁容，猜测她狠心冷意对他，可是为了分离时少些伤悲？朱据心情沉重，缩回手，嘴里啃食的酥脆鸭肉，也味同嚼蜡。

气氛变得沉闷古怪，站立白霜身后的松脂跑去端来熏香的香炉，袅袅青烟散出佛手柑的果香，仍然无济于事。

白霜好似在赌气，抓过酒壶，"咕咚咕咚"喝了个底朝天。她将空酒壶砸向墙面，溅落满地碎片，松脂和松露闻讯跑来，围在白霜身旁，三人搂作一团抱头痛哭。

朱据被她突如其来的发作惊得目瞪口呆。结婚数载，她可是从未与他红过脸的温柔贤妻！他撸起衣袖，走到墙角，抱起坛开封的老酒，让侍从将酒壶换成大碗，不是酒壮尿人胆，是心知有愧于白霜，索性由得主仆三人发泄，自己则喝着闷酒浇愁。

他深爱夫人白霜，可在生死存亡的现实面前，将被他弃之如履的爱显得渺小又可笑。朱据空腹喝光半坛酒，也是头重脚轻，四仰八叉栽倒席面，虽身躯笨重，但意识清明，耳听哭声低弱，白霜爬过来，瞪大泛红的泪眼质问："夫君打算如何安置妾身？"

她也没提"休妻"二字。朱据羞惭地环顾空旷的四周,无绚丽多彩的丝织品,无奢华繁复的器皿,囊中羞涩的他,也无丰厚的财宝安顿好爱妻余生。朱据负罪深重地垂下头颅,犹犹豫豫地拱拳作揖道:"子范愧对夫人。"

白霜抿起下垂弯弯的嘴角,摆摆头,银步摇发出风吹林中树叶的轻笑。她握住他的手掌,贴在面颊摩挲:"将军喜交士人,轻视财货,乐于施舍,是为人谦虚的堂堂大丈夫。妾身焉能不知?只是放心不下尚未及弱冠的熊儿、损儿。想那小公主自小长在富贵温柔乡,正值豆蔻年华,哪能操持家中事务,尽心抚育幼子?"

朱据无惧朱熊、朱据离别母亲,唯独对孙鲁班讥讽小公主孙鲁育喜欢织布的话记忆犹新,便安慰白霜:"夫人勿忧,小公主比大公主面目和善,应该是与夫人良善品性相似的女子。"

"还没迎娶过门,就替人家说好话了?"白霜气恼地揉揉通红的眼眶,白了他一眼。朱据难为情地挠挠后脖:"呀,难不成夫人希望子范娶刁蛮的泼妇踏进家门?"

白霜半仰着脸,失去光彩的双眼落寞地凝视墙角的水仙花:"人家并非普通的良家子,是皇帝的女儿。唉,妾身以刍荛之姿,不如独居吴郡,织布度日了。"

朱据听她竟自嘲是草野鄙陋之人,急得拍案而起,几案的碗筷震得跌落在地:"回吴郡作甚?距建业路途遥远。你可真狠心,不替熊儿、损儿考虑,他们怎方便去探望你?"

门外有人影晃动,跑进来的是朱据的随从朱青松,他是位紫红面皮、肌肉虬结的络腮胡须大高个儿,比朱据还高壮。嗓音却异常尖细:"左将军,宫里派人来了。"

朱据充耳不闻,白霜正紧盯着他呢。

"将军可是有了安顿妾身的良策?"白霜睁大透着蒙蒙雾气的双目,以调谑的口吻,嗤笑道。

"夫人惯会激子范。留在建义,总有法子活下去。"

"留在建义,学卓文君当垆卖酒?"

随从朱青松不适时宜地插话,打断两人的争执。

"左将军,宫里派来的人在外候着哩。"

"小公主可真是性急的可人儿。"白霜拢了拢鬈发,飞快地瞟了眼朱据。

"不,他自称是奉了大虎公主的命令。"朱青松憨憨笑道。此话如一道惊雷,炸得朱据和白霜齐齐高呼:"大虎公主的命令?"

朱青松抄手叠在腹前,抬起络腮胡须的方脸,故作聪明猜测道:"可不是,怕是去卫将军府邸迷了路绕了道?"

朱据板起面孔,厉声训斥道,"胡说八道!卫将军府第在都城建业,可不是在湖熟的荒郊乡野。况且卫将军比左将军地位尊贵,除非是不识好歹的醉汉。"

朱青松遭他的责骂,仍面不改色拱手作揖,厚着脸皮夸赞他:"将军神机妙算!还真就是位鹄面鸠形的斗鸡眼醉汉。"

"这也太儿戏了!委派个斗鸡眼的醉汉来,将军还不出门看个究竟?"白霜扯扯他衣袖,蹙眉低语。

朱据挥挥手,朱青松转头跑在前方带路,进到昏暗的厢房,发现里面空无一人。朱青松急得揪住守门小兵的耳朵,追问带来大虎公主命令的人去哪里了。

"哎呀呀,那人要了酒和菜,吃饱喝足,跑去马厩酣睡咧。"小兵哭丧着脸,指向黑暗中的马厩方位。

朱据望着幽暗中的马厩,正迟疑不决,就听白霜走过去,冲朱青松吩咐:"你们还不去将远方的客人抬进正堂!"继而扭身挽住他臂膀:"将军,愣着作甚?回房去,静候贵客登门。"

朱据正有此意,两人并肩走入室内,侍女松脂、松露立在已摆上新的酒菜的几案后,恭候贵客上门。

"将军勿忧，车来将挡，水来土掩。妾身留在湖熟，到东辛里的集市租间酒肆……"

"真要学卓文君当垆卖酒？"朱据心疼地捏了捏她的手，打断道。

"妾身不卖酒，湖熟野鸭多，雇个抓鸭、杀鸭的小兵，松脂、松露打下手，腌制作料，做成香酥的秘制熏鸭。"

朱据无言以对，白霜是见血就头晕的弱女子，遇到难关，总能见招拆招。自己枉为她的夫君了！

他正寻思给妻子安顿好去处，就听马厩那边传来惊天动地的哭骂声，他吃惊不小，以为是行事鲁莽的朱青松和贵客起了争斗。

不想，朱青松一溜烟从暗夜里跑进来，呱呱坏笑着娓娓说来。原是大虎公主得了对鸳鸯金老虎，派牙门将送到卫将军府。牙门将将这差事分派给守城门的值日老兵，哪知这老兵贪杯，卫将军、左将军分不清，骑上快马颠跑好几日到了湖熟地界。

朱青松推醒瘫在马厩草料酣睡的老兵，他从怀里摸索大半天，掏出个层层包裹的锦绣绸布，打开一看变成两坨石块！老兵自知难逃重罪，哭得呼天抢地。

"听老兵念叨大虎公主的那对金疙瘩，能买得下东辛里的一串酒肆咧。"朱青松遗憾地甩动双臂，哀声叹息的是未能亲睹那值钱的金疙瘩。

"分明是牙门将见财起意，施了调包计，结果害苦老兵了。将军，快想想法子，该如何向大虎公主求情，免去这倒霉的老兵罪责。"白霜也气不过，为老兵喊起冤来。

"那老兵也是糊涂，大虎公主可不是好说话的人。"朱据眼瞅着灯下容色憔悴的白霜，不由得心疼起她来，天性良善的妻子，自己都快被扫地出门了，还想着帮老兵脱身。他只能去找小公主求情，给他些贵重财物，让老兵渡过难关。

暗暗打定主意后，朱据踱步到席位，神色从容地自斟自饮起来："夫人放心，明日本将军启程回建业，当面向大虎公主请罪。"

　　"夫君该不会是明修栈道暗度陈仓吧?"白霜语泛酸意地哭道。

　　朱据情知瞒不过心细如发的她，也不反驳，抓起竹筷，如庖丁解牛般扒拉掉均匀分布在熏鱼头身的豆豉，剔掉肥白的鱼肉，直至盘中剩下完整的一副鱼骨，他舒展粗黑的剑眉，拊掌笑道："夫君自有主意。"

第十章　情合同云汉

织室的窗外有半亩池塘,若逢夏至,塘中粉白的菡萏、碧绿的蒿草和白茅团绕池塘,葳蕤生长。孙鲁育爱极了热闹纷繁的池塘夏夜。推窗望去,银月当空照,风送菡萏香。青蛙、蛐蛐奏响夜曲,燥热的暗流涌动,似她此刻情窦初开的殷切渴盼。

她正欲入睡,侍女禀报左将军朱据来访,据沙漏显示的刻点,已是深夜亥时。惊喜又恐慌的孙鲁育急忙穿衣梳妆,坐在织布机前。

朱据的脚步声如擂响的战鼓,不紧不慢敲击孙鲁育的心房。她忍不住转过眼去看,琉璃屏风上倒映着他伟岸的模糊身影,搭在织布机架上的双臂不住战栗,她体会到心如鹿撞的喜悦,低头凝望领襟间缠绕的凌霄花藤蔓,回想起相见乍欢的初识。

当朱据缓慢抬起高鼻深目的脸庞时,透过烛火荧荧的光影,孙鲁育与他灼灼星眸对视,她当场怔住了:这一对犹如星辰大海般深邃的双眸,怎会有梦中人的熟稔错觉? 在梦里,她与双目神似朱据的男子,牵手漫步在稻花田间,听取蛙声一片……

父皇的笑声、全琮那头呆鹅的附和声皆充耳不闻,她眼里全是朱据的身影。她强装镇定,埋首抚琴,未料到,他一介武夫,竟懂得自己所弹的是师旷琴,明了她奏响《高山流水》的琴心,两人心意相通,仿佛是前世相爱的情人在今生重逢。难道,两人的缘分真如神婆阿离所言:"小虎和子范前世是对欢喜冤家。"

裙摆拖地的步履声,打破孙鲁育的神思,侍女阿离慢吞吞从帷幕后转出身来。阿离生得鹤发童颜,言辞诙谐,时不时爱掐指胡诌人运势吉凶,后宫步夫人对神叨叨的阿离尤为嫌弃,撵她出宫时,被孙鲁育撞见。她怜悯神婆阿离遭遇墙倒众人推的境遇,便央求母亲将其留下跟随身旁。

阿离抬起眉眼疏淡的瓜子麻脸,伸出生姜老手,掸平孙鲁育衣袖的赤橙凌霄花翻卷起的细小褶皱,薄薄的嘴抿成条直线,促狭地笑道:"小公主,左将军恐是熬不过相思之苦了。"

孙鲁育娇羞地抓起梭子,假意愤然要砸向她,眼尾余光瞟向琉璃屏风。朱据高大的身躯压得她喘不过气来,她挣扎着发出甜蜜的梦呓:"你这颠神婆,就爱胡言乱语。"

阿离笑嘻嘻地撇撇刀片薄嘴,拍拍她后背,暗示她迎接左将军:"小公主是不知浮生若梦,为欢几何啰。"

孙鲁育忙慌慌立身抬腿,不曾提防裙裾压在木榻脚下,绊住她右脚,亏得阿离抱紧她后腰,才不曾跌跤摔跟头。

"小公主啊,心急吃不了热豆腐的。"阿离捏了捏她臂膀,嗔怪道。

孙鲁育羞涩地笑了,瞥见近在咫尺的朱据站在琉璃屏风后,躬身作揖行礼的身影甚是清晰。

"朱据拜见小虎公主。"

他浑厚的声音落进孙鲁育耳内,如无数只柔软的小手在后背挠痒痒，挠得她麻酥酥的快活无比。孙鲁育且羞且急，一绺散落的鬓发飘落腮边，想要揽镜梳妆，显见来不及。

"阿离，我……"她惶急地一手提起撕烂的裙摆，一手向个头比她矮小的阿离摇手求助。

阿离保持着泰山崩于前面不改色的稳重，朝深蓝色的帷幕努努嘴，端起青瓷高脚烛台，一面蹀步出去，一面高声发话："请左将军随奴婢到堂前稍坐片刻，小公主随后就到。"

见阿离原来是先支走他，孙鲁育松了口气，这刀子嘴豆腐心的神婆，仿佛是上苍诸神派遣给她的守护神。她蹑手蹑脚绕到帷幕后，迅速换上新裙，对镜理好云鬓，朝脖颈间扑洒香粉，收拾停当后，缓步走出来。

经过琉璃屏风，隔着花架上一盆青翠欲滴的水仙，孙鲁育见到坐在木榻上的朱据，双臂搭在膝面，神情拘谨地紧盯着莲花图案的青石地板不语。

她有心要戏弄他，便远远站着，后背松松贴在花架前，故作正经逗他。

"左将军深夜来访，可是有何公干吗？"

朱据听她这话，神色更为拘谨了，他仰起枣红色的阔脸，孙鲁育注意到他浓黑的左眉峰有道醒目的疤痕，似被刀砍伤过，但并不影响他威严的武将尊荣，反而为他增加一丝彪悍的霸气。她更喜欢了，见他张开棱角分明的丰嘴，正寻思他这狗嘴会吐出什么样的象牙呢，就听见呃啾的一声响，朱据先打了个大大的喷嚏，孙鲁育忍不住掩面偷笑。

朱据尴尬地揉揉鼻头，撅起屁股向前倾身，木榻被他一个后踢腿，掀翻在地。眼见这大高个儿毛手毛脚的可笑举止，逗得孙鲁育捧腹大笑，竟撞到花架上的水仙"哐当"跌落下来，黑泥巴裹着莹白的水仙蒜茎，散在地面，醒目异常。

阿离颠跑过来,蹲身捡起水仙,摇头嘟囔道:"今儿是甚好日?!忽而是左将军栽跟头,忽而是小公主跌跤,牵连得水仙花也倒霉了。"

朱据窘得面红耳赤,举手搔搔宽阔的油亮额面,吐舌自嘲:"灯下的小虎,真是'罗衣何飘摇,轻裾随风还'。"

百般柔情涌上孙鲁育心头,她移步至朱据面前,边曼声吟哦出曹子建流传甚广的《美女篇》,"顾盼遗光彩,长啸气若兰",边大胆伸手攀向朱据的肩膀。他似有所顾虑,她不管不顾,挽住他臂膀,脸伏在他脖颈旁,吹气如兰:"子范还会胆怯吗?"

朱据腼腆地"嘿嘿"笑着偏过头,答非所问:"吾与小虎乃同道中人,曹子建的诸多佳作,吾独爱此首。"

"小虎没问左将军爱谁的文章,将军夜会小虎,可是思念小虎所致?"孙鲁育不知哪来的勇气,如觅食的母狼,贪婪地嗅着他汗津津的雄性气味,没羞没臊追问道。

朱据僵立原地,神情沮丧,言语也迟钝了:"子范……子范羞于启齿。"

"阿离!"孙鲁育感应到他有心事要对自己诉说,冲着背对她清扫地面的侍女大呼小叫起来。

阿离转过头,眯缝着眼皮耷拉的三角眼,眼角细纹皱成秋日的蟹菊,憋着嗓音笑道:"小虎小公主,阿离年迈耳聋啰。你们年轻人要说悄悄话到织室去,那里清静无人扰。"

孙鲁育自然领会阿离的潜台词,织室有温暖的火盆,有柔软的睡榻,有能诉说衷肠的隐秘角落。她满心欢喜,拖着比她高大半个头的朱据,向琉璃屏风后的织室走去。

隆冬时节的织室,毫无半分清冷寂静之气,全赖跳动着锈红火花的火盆内的炭火燃烧正烈。

朱据站在织布机旁,裹足不前。孙鲁育独自走向床榻,扭身坐上去,伸手拍拍柔软的织花波斯毯:"说吧,子范。这里就剩天地神灵,汝与吾。"

朱据突然在她眼前矮下身来,匍匐到她脚前,高贵的头颅深埋胸腔,嗓音嘶哑:"小虎,子范对不住小虎。"

孙鲁育的心一点一点下沉,她不愿意见到所爱的男人轻易在任何女人——包括自己面前低头。

"究竟所为何事?!"她有些动怒了,本欲伸手去抚摸他,安慰他,想想又作罢。

"子范囊中羞涩,恳请小公主资助财物,安顿夫人白霜的下半生。"朱据抬起头,露出双目通红的泪眼,神色坚定。

"白霜?她是你妻子?"孙鲁育不由得醋意爆发。凭什么他还对她这般好,还想要照料她的下半生,那他将自己这高贵的小公主置于何处?

对,她是子范明媒正娶的妻子,已生育两子。子范做不到喜新厌旧,也当不了无情寡义之人。

孙鲁育听他貌似振振有词的辩解,失声哭道:"子范如此不舍糟糠之妻,小虎这就去求父皇取消这门婚事吧!"

"不,小虎,不,小公主,苍天可鉴,子范绝非此意!"轮到朱据急了,他爬起身抬头申辩,孙鲁育并不为所动。朱据迟疑片刻,走至织布机前的木榻旁,再不敢吱声。

火盆的火势渐微,丝丝冷气从地面蹿出来,孙鲁育见他也不来说些软话哄自己,赌气地抓起隐囊,朝他后背砸去!朱据反应快速,接过隐囊,来到她身旁,贴心地将隐囊塞进她后腰,苦着脸向她拱手赔礼:"小虎,怪子范莽撞,望请海涵。"

子范是真的后悔了吗?孙鲁育擤擤鼻涕,失落地望向黑黢黢的窗外。他深夜造访的意图,原来是为妻子乞讨财物,怨自己多情。他分明是在哀求自己,可为何不卑躬屈膝,不奴颜媚骨,不花言巧语?

孙鲁育正恼怒他不解风情,朱据退步至门前,双手作揖,似有所感,吟诵道:"情合同云汉,葵藿仰阳春。"

"情合同云汉,葵藿仰阳春"是世间多少痴情女子所追寻的挚爱!孙鲁育的心彻底乱了,她折服于他的才情,可她有她的尊严:她不愿成为单相思的傻女子。若爱,那得是双方不辜负彼此的深爱。孙鲁育背过身,狠心向他下逐客令。

"子范,夜太深了。"

"小虎,子范……子范告辞了。"朱据柔声呼唤她的名字,他的脚步声渐渐消失,如同渐渐减弱的战鼓,不再敲击孙鲁育的心房。回想起他诉说"情合同云汉,葵藿仰阳春"的呢喃话语,孙鲁育伤感地扑倒在隐囊上,无意瞥见枕头旁的紫金缎面锦匣,这锦匣内有母亲步夫人赏她的价值不菲的西域琉璃珠。孙鲁育翻爬起身,说:"阿离,把这锦匣交给左将军。"

第十一章　霜花密如林

"小虎，小虎！"

孙鲁班怒不可遏闯进妹妹孙鲁育的织室时，火盆内的灰烬堆成山，织布机前的木榻空无一人。

她冲至被褥齐整的睡榻，令侍女阿桃拉开深蓝色的帷幕，推窗望去。池塘水面，无数枝衰败的莲蓬傲立在凝结的冰纹中，如秋日繁盛的花果丛林。

一阵飕飕的风拂过，阿桃打了个喷嚏。望着那些弱不禁风的枯枝在风中摇摆，孙鲁班突然伤感起来，天地万物在四时中繁盛，周而复始地凋零，不也就是人的命运轮回？

"大虎公主，这天寒地冻的时节，小虎公主能跑哪儿？不如回府烤烤火？"阿桃扬起冻得青紫色的冬瓜圆脸，哆嗦着双臂，赔笑道。

刺骨的风刮得孙鲁班面颊生疼，她回转身，冷眼瞪视面目憨傻的阿桃，疑窦丛生。前几日新得一对鸳鸯金虎，安排她送给卫将军全琮……就这点儿芝麻绿豆大的事都未能办妥，愚蠢的奴婢，要她何用?

"阿桃,鸳鸯金虎可是你和那牙门将串通好给盗去私吞了?"孙鲁班斜睨她鼻梁上布满的褐色雀斑,怒声责问。

阿桃被唬得软下双腿,磕头如捣蒜,干号着狡辩:"大虎公主,奴婢可是连蚂蚁都不敢踩的胆小鬼,怎敢与那武将有私情,冒着性命危险去拔老虎须呢?"

"我何曾问过你和他有私情?"孙鲁班听出她话里破绽,飞腿踢中她屁股。阿桃不敢吭声,跪爬到她脚下,显摆她的小聪明:"大虎公主认为奴婢和他串通,不是私情还会是甚咧?"

孙鲁班揪住她单薄的招风耳,充满快意地来回用力拉扯,不屑地嘲讽道:"你怎么这会子不说太难了,太难了?"

阿桃含糊不清地呜呜叫着,像哭又像笑。孙鲁班戏弄她一番后,甚觉无趣,撒手拍拍她后脑勺,踱步到织布机前,摆弄得织布机咣咣乱响。

她与小虎不像是一位母亲所生,性情温婉的小虎喜织布、看书,是当贤内助的女博士。她偏爱骑马射猎的快意恩仇,胸有丘壑的运筹帷幄,远大理想是江东枭雄能对她俯首称臣,成为如吴太夫人那般的巾帼豪杰。

"大虎公主,那对金疙瘩可是能换多少斛粟、多少匹帛?"阿桃搓揉着赤红的招风耳,谄笑着打探金疙瘩的价钱。

"还敢问?再问,可就把你当牙门将的同党拘了。"孙鲁班怒视着她,怨自己怎会以她的蠢笨为乐事,主动要在身边使唤,反而惹是生非。

外面传来清脆的说笑声,孙鲁班趴到窗前,瞧见身披猩红连帽斗篷的小虎从衰草连天中冒出头来,身后跟着怀抱一簇干莲蓬的老颠婆阿离。

妹妹小虎的殷红朱唇吐出团团白雾,她好似贪玩的孩童,踮脚望着房顶,"咯咯"娇笑道:"阿离,快看,盛冬浓霜,房屋的瓦片皆成百花之状呢。"

"是咧,每瓦一枝,大花似牡丹、芍药,细花如海棠,萱草,枝叶全具,天然神韵。应是预示来年好兆头。"阿离咧嘴笑说着讨喜的吉利话。

孙鲁班只觉两人的话语极为幼稚可笑,太阳高照,霜花消散,岂非不吉?又见小虎指向塘内那些枯枝败叶的莲蓬,幽幽感叹:"都言菡萏出淤泥而不染,我想来,若无腌臜淤泥的滋养,岂能亭亭玉立向晚晴?"

阿离拢了拢鬓角的银发,欠身答道:"世间的事,是这么个理。难就难在从淤泥中脱身而出,永葆洁净本性。"

孙鲁班可没耐性听这主仆二人卖弄风雅。她没好气地冲着小虎招手急呼:"小虎,快回屋来,有要紧事。"

小虎乍见是她,无动于衷地只手攥紧斗篷,神色贪恋地遥望远方的冬景怔怔出神,片刻后,才一步三回头地离开池塘。

风从门窗的缝隙钻进来,孙鲁班令阿桃加些炭火,火盆的火星毕毕剥剥跳动。她仰躺睡榻,歪靠隐囊,思忖着如何向小虎提及鸳鸯金虎的事。

碎步声慢慢走近,她抬眼望去,俏脸冻成红桃花的小虎踏着阴飕飕的冷气进来,她脱掉斗篷搭在织布机上,站定火盆前,歪头瞄着大虎浅笑嫣然:"咦,姐姐怎会得空来找闲人小虎?"

"你未来的夫君左将军朱据到我府邸负荆请罪呢。"孙鲁班跷起腿,头枕双臂,存心捉弄她。

"啊?他何故到姐姐府邸?"小虎顿时方寸大乱,到底是未经世故的小女子,她的脸更红了,如熟透的红石榴。

孙鲁班起身走上前,小虎面庞上细密的白色绒毛,真像刚摘下树的蜜桃。她故作亲热地拉起小虎冰冷的小手,坐在锦凳上。

"左将军他，他难道没来找过你？"孙鲁班试探着问道。

"阿离！"小虎仰脖呼喊着侍女的名字，呼吸变得急促，下意识甩开她的手。

"小虎，你是主人，她是任打任卖的卑贱奴婢，怎可事事要由她来拿主意呢？"孙鲁班不满已过及笄之年、即将成为新妇的妹妹，内心仍是离不开老颠婆的幼童。

"妹妹是想让阿离煮点姜汤暖暖身子。"小虎笑得勉强，倾身凝视火盆。

透过琉璃屏风，孙鲁班能见到阿离在忙碌的背影。她将干莲蓬倚靠墙角后，掀开门帘进到内室，不多时，就托着放有青瓷茶器的朱漆托盘，跨步进到织室。

侍女阿桃从托盘内接过茶杯，屈身递给孙鲁班，孙鲁班刚抿一口，就嫌茶汤酸涩，弃之不饮。

"你就不想知道左将军上门请罪的缘由？"孙鲁班从衣袖摸出边角刺着黄蝶绕红花的绸巾，擦嘴斜睨小虎，横竖看不惯她——总是一副温婉柔情的顺从模样，既无父皇的强悍气势，亦无母亲不怒自威的神韵，就是民间那些个小门小户的良家子。

"他，他昨夜来找过我。"小虎低垂着头，啜嚅道。

"夜晚就来找你？他就那么急不可耐了吗？"孙鲁班发出不可名状的坏笑声。

"哎呀，姐姐就别打破砂锅问到底了。"孙鲁育双手捂住脸，扭着纤细的腰身，腰间的环佩随之叮当作响。跪在孙鲁育侧身的老颠婆阿离突然插话："大虎公主不是有要紧事吗？"

孙鲁班不由得勃然动怒，怨不得母后会讨厌这多嘴的颠婆子，要将她撵出宫去。她提腿欲飞踢过去，被孙鲁育死死搂住，孙鲁班摆脱不掉，嘴里恨恨骂道："不识抬举的老颠婆，那是我们的家事，哪轮得上你这低贱的奴婢指手画脚了？"

孙鲁育见她怒气冲冲，起身替她揉捏双肩，语气温和地转移话题："姐姐指的要紧事，可是左将军登门谢罪？"

孙鲁班嗤笑道："我的一对鸳鸯金虎宝物被可恶的牙门将调了包，这竖子还假模假样派个耳背的老兵误送左将军府上。你道怪不怪哉？更怪哉的是，左将军揣着两块破石头，跑来替老兵说情，关他何事？！"

"左将军当得上是顶天立地的男子汉大丈夫。"阿离又不合时宜地啧啧称赞。

孙鲁班可不这么想，什么狗屁顶天立地的大丈夫，不过是多管闲事的愚夫。传闻左将军朱据轻财好义，这般刻意为之的行径，还不是为了博取侠义浮名？

孙鲁班闲闲瞄了瞄小虎，假笑道："左将军总归是妹妹的夫君，如何裁定罪责，姐姐我自然会看妹妹的情面。"

小虎抿抿状若元宝的朱唇，音量提高了些："姐姐，这事也怪不到左将军头上。他愿意替毫不相干的老兵求情，那是他的事，与妹妹何干？"

孙鲁班看她这油盐不进的倔强样，气得火冒三丈，本是想以此落个人情，日后好拿捏她，可她不上钩，真是气煞人也。

"那就算姐姐狗拿耗子多管闲事了！"孙鲁班阴阴笑道，甩袖走向织室的大门。

"大虎公主，请留步。"

阿离颠跑着上来，扯住她衣袖，颤声恳求。孙鲁班正在气头上，这讨人厌的奴婢还自投罗网，她不客气地甩开抓住自己的阿离，手肘顶住阿离的胸，将她摔倒在地后，扬扬得意地绕过琉璃屏风。

"大虎，站住！"妹妹孙鲁育娇喝着跑来，不想撞上琉璃屏风。她摔倒在地，翻爬起身，追上孙鲁班，揪紧她衣袖不放。

小虎太不像话了，还是她的亲妹妹吗？孙鲁班气得怒骂："不知尊卑的狂妄家伙！竟然为了个外姓的老颠婆，胆敢对自家姐姐无礼？"她扬手就是一掌，正击中小虎秀挺的鼻梁。

小虎的鼻内顿时渗出蚯蚓般的血线，"滴答滴答"落在地面，阿桃尖叫着躲到门后去。孙鲁班情知自己过分，哪肯认输？她做出气急败坏的焦躁样来，朝着阿桃的后心踢过去，指桑骂槐："撞事就躲的贱货，还不来扶我！"孙鲁班一边骂，一边大踏步跨出织室的门槛。

阿桃闷哼着爬起身，掸了掸发髻沾染的灰尘，跑跳着蹿近身前。小虎悲悲切切的哭声，渐渐升高，像是平地里刮起的旋风，骤然扑向孙鲁班。

"小虎也会用苦肉计的伎俩？！"

她装腔作势嘟哝道，拽起阿桃的手臂，走得更急了。

第十二章　西域琉璃珠

幕帘掀开，闪出侍女红蓼的身影，她单手托住放有银碗的朱漆方盘，缓步走出来。

步练师含笑注目她弧线优美的侧面，这女子与那些仗着几分姿色就妄想攀龙附凤的奴婢不同，她话语不多，性格宽和温柔，且爱读书，又勤劳持家，前院后庭都被她拾掇得井然有序。

"夫人，该喝参汤了。"红蓼的轻言细语，如和煦的春风吹拂步练师的面颊。她接过银碗，喝了两三口，便将余下的参汤赏给红蓼，目光扫向跪身在地的阿桃，漫不经心问道："究竟是何宝物呢？"

阿桃手捧高举过头的紫纹锦匣，尖声尖气地照本宣科："佛书记载西域有'琉璃珠'，投进水中，水深皆可见，如人仰望水中虚空的月影一样。"

"红蓼。"

步练师一发话，红蓼就似她肚中蛔虫，疾步从阿桃手里捧走锦匣，躬身放至她手心。紫色的锦缎面上刺绣着两只肥壮的金麋鹿，纵身隐入苍莽的原野。步练师好奇地拨动着锦匣内鸟卵大的琉璃珠,此珠上半部雪白如牡蛎壳,光彩夺目,令人无法直视;底端则宛如夕阳照在湖面,泛出紫缎般的潋潋波光。

"这颗西域琉璃珠,怎会落到左将军手里?"她"啪"地合上锦匣盖,递给站立身旁的孙鲁班。她稳稳捧住锦匣,随手搁在镶嵌着玳瑁花纹的妆奁上,尚未说话,阿桃抬起肉嘟嘟的冬瓜脸,迫不及待地抢白一句:"这样的宝物,不是明偷便是暗夺啰!"

孙鲁班望向别处,冷笑道:"哟,你是亲眼所见了?"

"那左将军虽贵为江东望族后裔,实则落魄得很呢。"当着步练师的面,阿桃反诘孙鲁班,"大虎公主不就很鄙视他?"

阿桃从前可不是这样没规没矩。步练师瞟了眼孙鲁班,不紧不慢地问道:

"大虎,这便是经你手调教过的奴婢?"

孙鲁班发出如遭毒蜂蜇了的嘶嘶呼声:"母亲难道不知阿桃底细?自作聪明的她总认为自个是千人亦见万人亦见的神女。殊不知是只会说'太难了,太难了'的愚不可及的蠢物。"说完,孙鲁班还啐了一口。

步练师也很费解,从前的阿桃确是碰上什么事,只会摆头说"太难了,太难了"的愚蠢奴婢,众人都当她是个开心解闷的笑料,时常逗她,毫无征兆地,怎么就性情大变了?

"阿桃,你是误食迷魂药了,还是被谁施了厌胜术?怎会换了个人一样?"步练师半开玩笑地问。

"奴婢的苦衷,夫人哪能懂啊?若步夫人首肯,奴婢情愿回到夫人身旁做牛做马。"阿桃苦着脸,跪爬上来,抱着步练师的腿哀求。

"母亲,你看看,你听听,好像她成了侍奉过母亲的奴婢。"孙鲁班抬腿踹向阿桃的腰窝,笑得花枝乱颤。

"这有何好笑?阿桃莫非真是中了邪?"步练师托起阿桃铁青色

的下巴,觉察出她漆黑的眼珠里透出诡异的亮光。

"中邪?女儿看她本就是心怀鬼胎的恶人。"孙鲁班邪魅地笑应,"母亲,现将她撵出宫最好。女儿也纳闷,左将军朱据怎会有这件西域珍宝?该不会是妹妹私下赠予他的定情之物?"

步练师知道大虎素来就爱争强好胜,她转动手中的红宝石戒指,以息事宁人的口吻笑道:"别以为小虎是你,你以鸳鸯金虎赠予卫将军全琮定情,小虎就得拿琉璃珠给左将军朱据救急?"

孙鲁班举起戴满金钏的手腕,撩动鬓角发丝,嘟嘴撒娇,"母亲总一味偏袒妹妹,就不疼惜新婚丧夫的苦命大虎……"

"呸呸呸,还提丧夫?你可即将是卫将军全琮的正室了。"步练师飞速打断她,盯视她的高颧骨,想起相面的高人说过大虎颧骨太高易克夫的预判,对这大虎心生爱怜。

"夫人明鉴,大虎公主就喜信口雌黄,还冤枉奴婢和那腌臜的牙门将有私情盗走金疙瘩呢。"阿桃不失时机地恶人先告状。

"休得放肆!"步练师一声怒喝,阿桃悻悻松开抱着她大腿的手,滚爬到一边去。

"夫人,西域琉璃珠不足为奇,比琉璃珠更稀罕的是鼠毛织以为布,且能防火的火浣布。"红蓼走进来,轻启殷红如秋日浆果般的丰唇,语调舒缓说道。

"什么火浣布"?步练师对这奇物闻所未闻,走至铜镜前,将妆奁上的锦匣放进床榻的枕头旁。

"再如何珍贵,也不过是匹布罢了。能与鸳鸯金虎、琉璃珠相比吗?"孙鲁班撇撇嘴,起身寻到一张能容纳两人并坐的扶手交椅,窝身坐进去,两手交叉搭在扶手上,跷腿抖动不息。

仪态娴雅的红蓼侃侃而谈:"东方朔的《神异经》曰,南荒之外有火山,皆生不烬之木,昼夜火烧,得暴风不猛,猛雨不灭。火中有鼠,毛长二尺余,细如丝,可做布。此巨鼠常居火中,色洞赤,时时外出而色白,以水逐而沃之即死,续其毛,织以为布。"

步练师听得入迷,想起小虎也是手不释卷的读书人,与红蓼反倒有些姐妹情缘。

那对鸳鸯金虎是她库房收藏的前朝宝物,原想给大虎、小虎每人一个,是大虎硬生生强行夺去,说雌雄不能分离。她只得把西域的琉璃珠拿给小虎。何承想,这姐妹二人,都是痴情的主——大虎拿鸳鸯金虎给全琮示好,小虎献琉璃珠救朱据脱身。

步练师坐在床榻前,抚弄起垂挂帐面的缎纹流苏,爱怜地望向大虎那张绝世容颜的漂亮皮囊,深感遗憾:她要是男儿身就好了。偏偏是女儿身、英雄心。大虎手下人盗走金虎,她抓住小虎送西域琉璃珠给左将军为由,想要栽赃毫不相干的左将军朱据泄愤,以她这睚眦必报的脾气,夫君孙权也束手无策,还得由步练师来管教。

"大虎,别总想着摆布小虎。她有她的路,你走你的道。"

"母亲,大虎哪是摆布她,不过是咽不下这口气,替母亲教训教训她。"孙鲁班的腿抖得更凶了,像患了风寒的病人无法自控在打摆子。

步练师沉默不语。静谧安宁的隆冬清晨,就被气势汹汹的大虎搅得阖府上下鸡飞狗跳,哪有百般顺从的小虎省心?可她也明白,大虎就是年轻的自己。

"姐妹间有什么好怄气呢?小虎又是与世无争的人,不似你这头性情暴烈的猛兽,你都是要当新妇的人,该收敛收敛些野性,好好相夫教子。"

"母亲,女儿和她是两个哑巴睡一头——没得话说。"孙鲁班不耐烦地侧身作答完毕,忽而偏头冲着不远处的阿桃呵斥,"阿桃,你鬼鬼祟祟躲这儿偷听什么?还不快滚出去!"

阿桃没理会孙鲁班,她执拗地朝步练师跪爬过来,神色悲切地磕头哀号:"奴婢求求夫人……"

"红蓼,领阿桃去膳房。"

步练师无视她的哀求,向刚跨门进来的红蓼安排。红蓼牵着阿桃衣袖,边拖她出门,边以《诗经》里的"食我桑葚,怀我好音"警示阿桃要对大虎怀有感激之心。

"母亲,阿桃这般令人生厌,或打或杀或撵就是了……"孙鲁班走下胡床,紧挨着步练师坐在床榻前。

"大虎!阿桃活着,自有她活着的用处。"步练师语气严厉地回应她,阿桃纵有千般不好,但她有一样好——愚忠于主。

步练师走到铜镜前,仔细端详镜中美人略显暗淡的面容。色衰爱弛的常理,她比谁都清楚。孙和的母亲琅琊王夫人、孙霸的生母谢姬、孙休的母亲南阳王夫人,还有被孙权冷落疏远的徐夫人——太子孙登的养母,这些女人,谁是省油的灯?谁不明里暗里嫉恨自己?她虽统领后宫,履行皇后的权势,毕竟未能行过册封礼,仅仅享受皇后的尊荣罢了。阻挡登后位的幕后黑手,乃是太子孙登,他勾结江东豪族的群臣谏言皇帝孙权,执意要册封他的养母徐夫人为皇后。

孙登这竖子,委实可恶!他对自己表面恭顺,暗中将赏赐的衣物不是束之高阁,便是随意赐予下人。步练师不动声色安抚孙鲁班:"大虎,得有耐心。人生路长,一步一个脚印向前走。等你进了卫将军府,那些奴婢不就任由你挑拣,或打或杀?"

"阿桃这贱婢究竟有什么好,母亲要这般袒护她?"孙鲁班仍不解气,"到那时,她就任由女儿折磨了。"

步练师笑了笑,手指向地面的日影:"该用午膳了。"

第十三章　食梦神兽宛奇

孙鲁班侧坐楼上的琐窗前,没精打采地扫视竹木丛蔚的后院。乌黑房檐露出书房紧闭的半扇棕黄木门,台阶两旁的石柱站着两匹憨态可掬的神兽天马,庭院的院墙是一溜儿碎石泥糊的矮墙。墙外一片杂果园,石榴树的枝头戳进墙内,葫芦交错着开黄花的南瓜秧,爬上门扇高的竹篱笆。侍女阿桃臂挎提篮,弯腰采摘南瓜叶。

"阿桃,采南瓜叶做甚?"阿桃笑嘻嘻地叉手禀报,"回全公主,秋水要奴婢采南瓜叶蒸新麦野菜馍咧。"

孙鲁班懒洋洋地摸弄腹部丝滑面料的赤红石榴缠枝纹理的花样,想象着即将出生的胎儿像自己多些还是像夫君全琮更甚。全琮的儿子们都已成人,皆是他休掉的正室所生。拜见她时,个个噤若寒蝉的怯弱样,孙鲁班不免暗自得意:有父皇撑腰,她就是将军府的女王,谁敢不畏惧她?

唯独白秋水那贱奴!她想起来就恨。新婚不久,她临时起意到书房去探视全琮,房内不见他,但见一位背影窈窕的女子正俯身擦拭屏风。孙鲁班看她眼生,侍女阿桃在旁说,她是全府书房的女婢白秋水,粗通文墨,略懂医术。

孙鲁班盯视她曼妙的背影,直觉这女奴与全琮定有男女之情,甚是不满,闷闷问道:"将军人呢?"

"大虎,子璜在内室整理书册呢。"隔着屏风,孙鲁班都能听出全琮的声音透出做贼心虚的慌乱。分明刚才是在行云雨之事!孙鲁班猜测,心中的妒火"嘭"地点燃,她上前抬腿踹向白秋水的后背!

"啊!"白秋水猝不及防重重跌倒在屏风下!听她痛苦的尖叫,孙鲁班心中生起一丝隐隐的快意。

"大虎!她,她如何惹怒你了?"身穿簇新朱袍的全琮从内室冲出来,立在孙鲁班面前,像是做错事的孩子,不知所措地搓手问道。

孙鲁班看他面色潮红,更坚定自己的猜想,自己有孕在身,他就这么猴急,胆敢在她眼皮底下行这肮脏的苟且之事?

"自然是那个贱奴得罪本了公主。"孙鲁班一手搭在微微隆起的腹部,一手指向伏地嘤嘤哭泣的白秋水。

全琮低头走过去,伸手想要拉起她:"白秋水,还不过来拜见全公主?"

"不准碰她!你不过来陪我?"孙鲁班发疯一般怒吼道。全琮乖乖听令,缩回手,抄手进袖笼,走向她身旁。

白秋水止住哭泣,鬓发散乱地低垂着头,双手在裙摆来回擦拭,跪身向她行礼。

孙鲁班伸手托起她下巴,以审判的眼光挑剔她的长相。这女人的双眸藏有一团不易觉察的忧伤,如远山黛影飘来散去。她愈看愈愠怒,世间竟会有与她长相如此相似的女人?

"怎不把她一并撵走?"孙鲁班转头怒视身旁的全琮。他眼神躲闪,竭力辩解:"她,她是华佗的弟子,懂医术,放在府内,总会有用武之地。"

"哟,将军是想养兵千日用兵一时?"孙鲁班边说着风凉话,边逼视全琮,顺道抬手再扇白秋水两巴掌。

白秋水发出嘤咛的娇哼声,手捂住脸颊,敢怒不敢言地软软歪倒在地,阿桃想要去搀扶又不敢,摇头说着口头禅:"太难了,太难了。"

孙鲁班本欲质问全琮是不是心疼了,他神色不变地抚摸她的腹部,轻言细语地边说边拉她并肩跨门出来:"大虎,可别动了胎气。书房这地方,阴气重,少来为妙。"

"撵走她!不然,撕破她的脸,毁她容,她也配和本公主长得像?"

全琮没吱声,脸色有些难看,沉默良久强笑道:"子璜素来敬重公主乃胸襟豁达的巾帼英雄,怎会连一个小小的奴婢都容不下?"

孙鲁班想想也是,她是金枝玉叶的皇帝女儿,岂能与寻常百姓家的庸脂俗粉一般见识?她捏了捏全琮有着厚厚老茧的手心,自作主张安排道:"换阿桃到书房伺候将军可好?"

这阿桃她进将军府后,成了全府最懒、最没斗志的奴婢。稍微复杂点的琐事,就会双手一摊,摇晃着梳双环发髻的圆脑袋说"太难了,太难了"。娇憨傻笨的模样,任谁见了都会嘲笑她是个浑浑噩噩的傻子,孙鲁班甚为得意——惯耍小伎俩的阿桃终被她调教好了。

全琮埋首不语,张嘴发出虚与委蛇的干笑。孙鲁班情知他有怨气,放缓语气,"那女奴柔弱似菟丝子,岂能堪当大任?不如放她去舂米。"

全琮仍旧不吭声,两人走至正堂前,就听马厩的骏马在刨地嘶鸣。孙鲁班忍着气,立定全琮面前,凝视他稀疏淡眉下的奋拉眼,伸出手指头刮了刮他修长挺直的鼻梁,再替他掸平红袍领襟,柔声道:"书房以后就少去了,将军当以朝堂军事为重。"

全琮这才腾出手，揽住她腰，俯首帖耳诺诺应道："公主所言极是。"

孙鲁班掰开他的手，想着欲擒故纵撒撒娇，耳闻杂乱的脚步声近前，是位戎装的青面壮汉正飞奔进来。她疾步至影壁后回避，只听那壮汉跪下禀报："卫将军，陛下有诏，传将军进宫议事。"

"速速牵马来！"全琮击掌高呼后，面朝孙鲁班拱手作揖："请公主回房休憩，吾办完公务，归来与公主饮酒作乐，噢，不，是赏月。"全琮意识到说错话，脸唰地红了，掉头就跑开。

孙鲁班乐得捂嘴笑了。作战英勇的大将军言及闺房之乐，也会显现忸怩作态的腼腆神色，好似乳臭未干的青春少年。

时光真如白驹过隙呢。望着凸起的大肚，孙鲁班仰头感怀，脑海显现白秋水的面孔，明明放她去舂米，不过数月光景，谁将她私自派遣东厨弄蒸馍了？她焦躁地跺跺脚，俯身朝着提了满篮子南瓜叶的阿桃下令，要她唤白秋水上楼端些水果来。阿桃晃动梳了双环发髻的圆脑袋，快步走向东厨。

不多时，楼梯发出"咯吱咯吱"的细微声响，孙鲁班变换坐姿，摆出公主的高贵仪态来。

躬身前行的白秋水，双手托了黑地红漆的食案，挡住面容，露出梳了状如鸟翼的惊鹄髻的头，如蛇匍匐前行："奴婢拜见全公主。"

孙鲁班瞟了眼食案上高脚琉璃盘内的青皮红腮桃，思忖如何发落她。蝉鸣不绝于耳的噪声从高空传来，她跷起二郎腿，仰躺在身后的隐囊上，想等待白秋水向自己哀求——她不发令，白秋水就只能一直手托食案跪着。

食案在她眼前微微颤抖，孙鲁班瞅见白秋水的手指变得粗糙，想来舂米的活儿是能使人强身壮体，她懒懒地开腔了："桃子可是野桃？"

"回全公主,是西域桃与建业野桃混杂的青皮脆桃,并不十分甜,酸甜适度,宜生津解渴。"

孙鲁班以手示意白秋水放下食案,同时审视着她,白秋水的面颊泛出蜜桃成熟的红晕,这些时日的粗活儿,并没将她的容颜磨损褪色,反而愈发鲜活了。不由得妒火中烧,话也说得尖酸刻薄:"春米的滋味可好受?"她渴盼白秋水能诉苦求情。

白秋水抬起眉眼灵动的鹅蛋脸,举止间流露出说不尽的妩媚风情,她不卑不亢地垂手作答:"禀公主,春米也罢,研墨也好,砍柴、采药等苦力活儿,都不过是修炼人心性安静的功夫。"

孙鲁班见她一副练就金刚不坏之身的从容神态,暗暗吃惊,这绝非一个普通人家的奴婢,于是放慢声调,指向白秋水面若桃花的双颊说:"本公主想不到,春米会令你气色更好,听将军说你懂医术,可有驻颜秘方?"

白秋水倾身向前,面色如常:"公主可知魏国时兴的'晓霞妆'?并非奴婢好容色,奴婢研制名为'石榴娇'的胭脂,可进献给公主。"

孙鲁班顿时来了兴致,她抓住盘中个头儿最大的一只青桃,"咔哧咔哧"啃起来:"什么'晓霞妆'?"

白秋水拎起素色裙摆,轻笑道:"魏文帝曹丕的宫女薛夜来拜见他时,撞在透明的水晶屏风上,面颊被屏风刮红,好似将要散尽的红霞,极为好看,宫中上下纷纷效仿,名曰'晓霞妆'。"

孙鲁班啃完大半个酸甜多汁的脆桃,舒心畅意地伸展双臂,漫不经心问她:"可是将军把你调来东厨的?"

白秋水的双颊褪了些红晕,她整整衣衫,将脸藏在双袖间,声音倒还寻常:"将军吩咐奴婢研制药食同源的方子,尽心尽力侍奉公主待产贵子。"

孙鲁班收拢腿,丢掉露出半边内核的青桃,头枕隐囊闭眼琢磨全琮背着她将白秋水遣去东厨的真实意图,看来还是余情未了啊。

她的心有瞬间被针尖刺破的疼痛。留她还是废掉她?两种念头交织,如枭鸟的啼哭扰乱她心智。孙鲁班徐徐撑开眼皮,白秋水似乎感应到她隐藏的杀气,带着畏惧的神情,托词退下:"阿桃说公主爱吃菜羹,奴婢去做点清热的菜羹可好?"

孙鲁班迟疑不语,玩味地打量她与自己神似的面孔,是放她一马留在府中,还是撵走卖到别处?

在她持久且凶恶的注目下,白秋水的神色终于变得局促不安,将头垂得更低了,保持着执拗的姿态跪在她面前。两个女人相互僵持不下,空气里弥漫着寒霜凝结的冷气。

阿桃"噔噔"冲上楼来,连串的话语像利刃斩断凝固的冰块:"秋水,阿桃做噩梦了,快帮阿桃祭祀食梦神兽吃掉噩梦!"

孙鲁班平生第一次听说世间还有食梦神兽的神灵存在,直呼怪哉怪哉,努努嘴要阿桃将白秋水扶起来,并给她赐座,对她的好奇心压过她是假想情敌的嫉妒之情。

"哪来的食梦神兽?"

白秋水半边屁股坐在玉石圆凳,神色宴然,徐徐道来:"古书记载,秦人有依靠咒语召唤食梦神的习俗。人做了噩梦,就可披头散发,面向西北,求食梦的神兽宛奇把噩梦吃掉、带走。"

孙鲁班想起困扰她多时的一个梦境,她忍不住向白秋水倾诉:"吾的梦里常浮现远山黛影,隐隐有猿猴的悲鸣,不知有何寓意。你可懂解梦?"

白秋水含笑宽慰道:"中原有解梦高人,公主何必庸人自扰呢?况且,公主的梦境画面平和,也不算是噩梦缠身。"

半空的蝉鸣声更聒噪,孙鲁班看着白秋水,就如观照另一个自己。她忽然记起父皇给她讲述汉高祖刘邦的传奇。刘邦麾下就有位与他长相相似的将士,名为纪信,因两人长得相像,刘邦重用他。果然,这人解救刘邦于危难中,替代刘邦,被项羽捉住烹死了。纪信的故乡因而被汉高祖赐为安汉,享有"忠义之乡"的美誉。

全琮说得在理,这位与自己酷似的女子,或许真有她的用武之地呢。孙鲁班心下踏实了,她对着白秋水招招手,欢笑道:"汝日后就伺候吾。"

第十四章　万物静默如谜

嘉禾元年(公元 232 年)的早春,建业城外的河边,落日喷射的金光从橘红混合烟灰色的晚霞中渐次坠落,跌进碧波荡漾的水面,化为点点碎金,沉进河底。

孙登站在河岸, 遥望在风中整齐划一地晃动毛茸茸脑袋的狗尾巴草,如同毛发青翠的大鹏展开翅膀,将地平线内的万物收纳囊中。他伤感地抚弄袖袍刺绣的吐绶鸟暗纹,无端思念起远在吴郡曲阿的养母徐夫人,年迈且孤零零的她,恐怕已容色憔悴形同暮色残阳。

"嗒嗒"的蹄声引得孙登侧目而视,瘦猴似的孙左牵着他的坐骑黄骠马走过来,手执马鞭指向落日,催促道:"太子,再不走,城门可就得关闭啰。"

一只归巢的乌雀倏地扫过他的面颊,迅疾无比而又悄无声息。孙登望了望瞬息黯淡的云彩, 不是每个春天都会孕育万物复苏——他的从弟,驻守半州的镇军大将军建昌侯孙虑骤然去世,时年二十岁,尚未婚配、延绵后嗣咧。

"子智,你为何英年早逝?"他悲伤地揉揉眼角,朝向湖对岸的远山黛影长啸数声,弯腰蹲身于狗尾巴草丛间,掩面低声啜泣。他和孙虑同病相怜,两人的生母均为地位卑微的奴婢,他比孙虑运气稍好,被立为皇太子。每逢深夜,孤苦无依的失落感,吞噬他脆弱的灵魂。他渴望将养母徐夫人册封为皇后,以此报答养育之恩,笼络江东豪族,巩固自己的太子之位。但刚愎自用的父皇的皇后人选是他宠爱的女人步练师,而非徐夫人。

步练师!狗尾巴草调皮地摩擦他面颊,他讨厌这样痒酥酥的快感,拿手拢住狗尾巴草,拽在掌心连根拔起!泥土的腥味在他鼻端弥漫,潜藏于心的怒火逐渐爆发。

"孙左,吾不回城了,就此将就过夜。"

"好嘞!我去林中捕捉肥兔、野鸡。"孙左丢掉马鞭,拔出腰间佩刀,钻进草丛后面的密林中。

天色逐渐暗沉,孙登踏平脚下一圈狗尾巴草,头枕双臂仰躺上去。一朵淡紫色的牵牛花斜地里冒出来,受惊的蚂蚱跳走了,飞来只绿头蜻蜓,趴在嫩绿的藤蔓上一动不动。他定睛四顾,原来这洼地的狗尾巴草已被多株菟丝子、牵牛花这些藤蔓植物所缠绕。

自然界的弱小生物都要相互依附生存,苍茫大地的渺小人类亦然。孙登闭眼沉睡,泥土中的虫鸣活跃起来,隐隐有狼嗥。此地并非陇西荒漠,怎会有狼?他睁开眼,幽蓝夜空,闪现诸多星辰,最耀目的那一颗泛着莹莹绿光,如同渐渐放大的狼眼,乖戾地注视着他。孙登一个激灵,好似大虎孙鲁班的凤目!他睁眼看到夜色昏暗的河对岸是萤火虫般的点点灯火,身后是孙左劈断树杈的"咔嚓咔嚓"声响,黄骠马半卧脚下,马头支棱着,充满野性的双眼望着他。

"孙左!"孙登坐起身,与马对视,恰似和黑暗中瞠视他的孙鲁班对峙。那是个不好惹的女人。虽为同父兄妹,他很是惧怕她——

生了副千娇百媚的皮囊，内心则是凡事皆想染指逞强的枭雄。

松脂燃烧的芳香味在背后飘散，孙登回转身，高举火把的孙左腋下夹干柴，胸前挂了两只野鸡和三只鸟雀，兴冲冲地跑来。

"太子，安心等候美味佳肴便是了。"孙左是位贪食的家伙，最喜动手烹制些野食。

孙登毫无胃口，想起全公主和步练师母女寸步不离父皇左右，他犹豫起来，心烦意乱地摘下一朵牵牛花，揉捏它稚嫩的花瓣，嘟囔道："是趁天黑回城还是留宿野地？"

"太子，回城吃闭门羹吗？既是访友，自然要大醉不归。"孙左忙活着堆柴生火，麻利地把未剃毛的野鸡、鹌鹑埋进火堆，又钻进草间寻找野菜调味。

浓烟冒起来，孙登步履仓促地躲避随风吹来的呛鼻烟味。此番借口出城访友，就为排遣心中愁闷。

"人唯尽心以忠于君，竭诚以孝于亲。儿臣斗胆问父皇，母亲独居曲阿多年，皇后之位悬空数载，父皇为何就不肯册封她为后呢？"

孙权握住垂至胸前的一绺紫髯，紧绷着脸质问他："太子明知朕心所属后位非步夫人，太子为何与群臣沆瀣一气反对呢？"

孙登顿时哑口无言，父子各自有理，各不相让，正僵持不下，孙鲁班突然从里间走出来，笑得明媚如春花："哎哟，父皇何不成全太子母慈子孝的拳拳忠心呢？"

"哼！他是当得母慈子孝的虚名。"

"是喔，太子怎不顺从父皇心意，博取父慈子孝的虚名呢？对了，是太子有不可告人的私心，明面以尽孝道，暗地是为徐氏谋取母家权势，巩固东宫之位的把戏吧！"

眼见他父女二人一唱一和，孙登绝望地意识到他的无能为力。他为母亲徐氏册封为皇后的孝心，竟被孙鲁班曲解成打压他的借口。他不禁既恨且羞，如丧家之犬，仓皇拜别而去。

一轮玄月当空升起,孙登倒背双手,沿着河岸赏月。他曾天真地以为他才是父皇最器重的儿子,可他对皇弟孙和同样宠溺;当建昌侯离世后,父皇如遭重锤的悲恸,他方才醒悟:其实,自己连建昌侯都不如。

　　"上苍待朕的儿子太不公,子智才刚过弱冠之年啊……"身形憔悴的父皇孙权坐在青琐门后,背对着以孙登为首的众位皇子顿足捶胸悲号不已。

　　"父皇……"孙登的泪水模糊了双眼,他跪爬上前,想要劝阻父皇。孙权转过身,张开双臂,孙登忙迎上前,不想,父皇目不斜视,径直走到琅琊王夫人面前,抱起年幼的孙和,搂在怀里号啕大哭。

　　孙登扑了个空,神色尴尬地假装举起衣袖擦泪,谢姬突然蹿身起来,娇声哭诉:"陛下,请保重龙体呀。"顺势把她的儿子孙霸也推向孙权怀里。

　　孙登见状,想起孙和、孙霸都有母亲庇佑,而自己则是孤家寡人,生母不知是谁,养母远在一方,不由得放声大哭,不是为建昌侯孙虑的死亡,而是哭自己的命运凄惨。跪在殿外的群臣也跟着失声痛哭,顷刻间,寝殿内外哭声震天。

　　正哭得起劲,双肩被人用力晃动,孙登回身一看,是目光呆滞的父皇正直视他,哑声追问道:"子高,莫非孙氏家族的后辈,真逃不过短命的诅咒?"

　　孙登盯着父皇布满血丝的惨淡双目,内心五味杂陈,父皇真的苍老了。正欲答话,就见神色肃穆的上大将军、右都护陆逊从寝殿的拐角处趔出来:"太子,陛下连日来,膳食大减……"

　　孙登更觉心痛,三足鼎立,魏国和蜀国虎视眈眈,江东大业未定,父皇不该如此消沉。何况,从弟孙虑早逝,不是还有自己、孙和、孙霸、孙休、孙奋?他强打起精神,斟酌词句,向孙权谏言:"虑寝疾不起,此乃命也。方今朔土未一,四海喁喁,天戴陛下,而以下流之念，减损太官肴馔，过于礼制，臣窃忧惶。”

孙权松开揪住他肩膀的手，双目空洞地在室内走来走去，行如疯癫之人，喃喃自语："上苍，快还我的子智来！"

孙登见父皇并不为他的谏言所打动，强忍满腔悲愤，扫视非他同类的琅琊夫人、谢姬、孙和、孙霸，再转向上大将军陆逊求助："伯言，如何是好？"

陆逊沉默良久，方才叹息道："太子，此乃家事，还得请步夫人来。陛下素来对夫人言听计从……"

孙登一愣，还是陆逊看得明白！父皇能为一女子言听计从，却不肯听从亲生儿子的谏言，算什么贤明君王？他很不情愿地传令恭请步夫人后，心灰意冷地挥手示意陆逊及跪在殿外的大臣们全都退下。伯言说得对，这是家事。

步夫人偕同全公主来了，还将两位深居简出的袁夫人、徐夫人一并招来——莫非是在向他示威？孙登本意不愿大张旗鼓，不过是劝慰父皇从丧子的悲痛中早日走出来，统管朝政事务要紧。

孙权见到淡妆素裹的步夫人，顿时换了个人，一扫愁云惨淡，紧搂步夫人，坐在青琐门下，窃窃私语。

孙登见两人卿卿我我的场景，这一刻，他看清了亲情的真实面目。在父皇的有生之年，他的养母徐夫人不可能成为皇后，绝望夹杂着悲愤的痛苦，折磨得他一刻也待不住了，只想逃离此地。

全公主怀抱一尊青釉斗鸭栏的瓷器，拦住去路，她殷红如血的菱形嘴角抿出不可一世的怪笑："太子失职啊……"

面对她虽是带着玩笑意味的责问，孙登竭力克制对她的厌恶之情，强装笑脸，敷衍道："怨子高愚钝，不及公主聪慧。"

"太子饱读诗书，还说这些假惺惺的话，终归是少了些英雄气。"全公主并不理会他的难堪，不顾尊上的忌讳，将他数落一通后，跪身在孙权和步夫人膝前，欢笑着撒娇："父皇，你可是强大的王者，别哭哭啼啼如妇人。"

"大虎天生一副直肠子，直来直去，也不怕得罪人？"步练师嘴上责备，眉眼间难掩对全公主的溺爱之情。

全公主转过头，飞扬起眼白多过黑眼珠的凤眼，桀骜不驯地藐视着孙登与其余的夫人们："母亲，大虎可是要成为与英雄抗衡的巾帼豪杰。"

孙登打个冷战，暗想这女人是想翻天了？孙权恢复起威严的帝王语气："大虎，你怀抱何瓷器？"

"父皇，子智生前不是爱斗鸭吗？大虎便遂了他心愿，找了能工巧匠连夜赶出来陪葬品。"全公主换了张悲切的面孔，抽泣着回道。

孙权面上的笑容逐渐凝固，目光凶狠地注视全场，嘶哑的音量压得孙登喘不过气来。

"还是当姐姐的懂得疼爱子智。子高，你怎么就没想到？你们这帮妇人，怎么就没想到？"

琅琊王夫人、谢姬、袁夫人、徐夫人见孙权龙颜震怒，呼啦啦围拢过来，匍匐在孙权脚下，静默无语。

"尔等退下，朕要静一静。大虎和夫人留下。"孙权带着怒意低吼，拉着步练师的手不放。

恨得牙痒痒的孙登急于逃离这群狼环伺之地，前脚才跨出殿门，就听见全公主喝住那帮夫人，狐假虎威地训示道："天底下善妒的女人没几个好下场！汝南袁氏兄弟袁术、袁绍的妻妾，这些酷妒的毒妇，几人是好下场？"

他壮胆回望，全公主笑吟吟地手扶飞天发髻，神态好不妩媚："袁夫人，汝认为吾是恶毒的妇人？比起那帮绞杀冯夫人的后宫毒妇，大虎差得远咧。"

孙登直觉后脊梁发凉，全公主真是在训斥后宫夫人们？还是指桑骂槐？养母徐夫人就是父皇以她善妒为由冷落在曲阿的。

"皇太子，吃鸡啦。"孙左拿佩刀挑起一只烤得黑乎乎的野鸡递给他，孙登闻见烧焦鸡毛的臭味，嫌弃地要推开，孙左又挡回去。

两人正相互推让，半空突地射来支冷箭，不偏不倚穿过野鸡的脖颈，惊得孙登立马扑倒在地，滚向草丛中。

孙左抓起中箭的黑鸡，扯出箭镞，失声怒呼："谁敢刺杀皇太子？"

"谁不敢刺杀皇太子？"孙登冷哼着接过箭镞，仔细查看，这是很普通的箭镞，分不清从何方射来。他想起死因不明的建昌侯孙虑，下一个会不会是自己？星空下的夜色，万物静默如谜，充满风声鹤唳的惊悚气息。

孙登的心跳加速，如仓皇逃命的野兔在林中乱窜。他慌忙跨上黄骠马，令孙左掉转马头，回吴郡曲阿。

第十五章　明月别枝惊鹊

　　吴郡曲阿有座白鹤山，山中松柏成林，杂以藤蔓、荆棘交错的翠绿屏障，引得迁徙的白鹤来此栖息，得名白鹤山。

　　山下是平坦的瓜田，横卧染满白霜的枕瓜，在月色下泛出清冷幽光，与高台院落窗前映照的豆灯微光，遥遥相望。

　　厢房内的案头上，摆放着针法细密的"长乐光明""延年益寿、大益子孙"字样的祥云花卉丝织品。

　　伏案刺绣衣裳的徐汀乐感到视野模糊，原是烛火转淡。她放下绣花针，捡起银剪，行至墙角高脚木几旁，剪掉青铜烛台的一截蜡芯，火光霍然跳动，指甲盖大小的烛泪突然滴在手背，烫得她撒手摔落银剪，噔噔退步至窗台前，将火辣辣的手掌伸出窗外，由得夜风吹凉。倚窗望去，一轮月晕浑似昆仑山的羊脂玉满月悬挂于澄澈的深蓝色苍穹，清晰照见轮廓如梳着灵蛇髻的美人，垂首拜月祈福的白鹤山影。

　　月是故乡明，徐汀乐本是吴郡豪族徐琨之女，若以辈分论，该是吴王孙权的表侄女。夫君陆尚离世，孙权即刻迎娶她，新婚夫妇的短暂欢愉，随着新夫人步练师的出现而终止。吴王以她嫉妒心重为由，将其冷落在吴郡曲阿孙氏家族的乡野之地。

"吴王，是汝辜负了吾锦瑟华年的真情！"徐汀乐咬牙切齿地恨恨低语。她不想步郁郁而终的谢夫人后尘。已到不惑之年，她愈发觉得造化弄人，冥冥中自有天定，半点不由人。

迁都建业后的吴王身旁，有宠爱的步练师、年轻貌美的琅琊、南阳两位王夫人与谢姬、赵、袁夫人等新欢簇拥，唯独她独守吴郡曲阿瓜田。幸得有孝顺的皇太子孙登惦念，她才不至于落得谢夫人的悲惨结局。她欣慰地望望天，月光变得明媚皎洁起来，侍女红姑的细语声飘落耳内："徐夫人，该安寝了。"

手背烫伤的地方平复了疼痛，她伸展酸麻的双臂，转头瞟了瞟掀帘进来的红姑。鸡皮鹤发的她捡起银剪，立在摊开的泛黄锦被的睡榻前，背明显有些驼了。徐汀乐于心不忍，说："红姑，等太子送来新的奴婢，汝就告老还乡去。"

红姑颤巍巍地跪下身，揉着人老珠黄的混浊双目，扯着她裙裾哀求，"徐夫人，奴婢早无家可归了，容奴婢再侍候夫人些时日……"

徐汀乐定定望向睡榻上褪色的花锦被，念及自身已是美人迟暮，容色衰败，不免生起同病相怜之感来，强笑着扶她起来："哄汝的玩笑话呢，还当真了？"

红姑这才破涕为笑，摊开锦被，搀扶徐汀乐躺上睡榻："徐夫人，奴婢晨起见篱笆墙后的大槐树有喜鹊在欢叫，看来夫人会有喜事降临呢。"

"喜事？"徐汀乐心一沉，盯着红姑似干瘪核桃的脸皮，能有甚喜事？除非是太子登门探视。就算他孝心可鉴，可人远在千里迢迢的武昌呢。

红姑放下罗帐,抱着被褥在地面打好地铺。起身吹灭蜡烛,室内暗黑,窗边的月色洒进来,漏出半地清辉。徐汀乐打着哈欠:"快睡啰。半截身子入土的老人,喜从何来?"说完,迷迷糊糊合上眼。

红姑有气无力的话音像墙洞的老鼠在吱吱叫:"夫人有太子呢,兴许,这喜事是落到太子头上呢。"她突地拍起手掌,空洞的掌声惊醒徐汀乐:"会不会是册封夫人为皇后?"

徐汀乐喜得屏住呼吸,册封皇后是她活下去的唯一盼头,日思夜想的执念啊。她强压住内心的惊涛骇浪,不留痕迹地侧身面向窗外沉思。

月影如粒粒白盐,投射在窗棂的梅花格,形同她对皇后尊位的寸寸相思。她当然嫉妒吴王宠爱别的夫人,不,不仅仅是嫉妒,她恨夺走她所爱的夫人们!她日夜祈求吴王会看在她是皇太子养母的情分上,封她为皇后——若皇后的权势在手,既能庇佑并延续徐氏族人的富贵与荣耀,还能铲除她怨恨的夫人们,为谢夫人复仇。奈何天不遂人愿啊,她终究是不得势的失意人,形如熟读兵书也枉然的书生。

次日辰时,坐在铜镜前的徐汀乐,正烦躁地以指肚压住跳动不停的左眼皮,红姑尖锐的声音闯进耳内。

"徐夫人,喜从天降!喜从天降!"

徐汀乐起身跑至窗边,俯头看去,短褐麻裙的红姑站在晾晒的红花锦被下行礼,太子孙登骑马踏进青竹编织的篱笆柴门。他从黄骠马翻滚下地,边扑打红边黑地儿长绸袍,边迈步上楼来,口里高呼,母亲,子高来拜见你了。

徐汀乐忙慌慌走到铜镜前审视妆容,再理顺留仙裙摆的褶皱,红姑领着提满桶清水的壮实女奴随后跟上来:"徐夫人,奴婢就说嘛,喜鹊不会乱叫,天大的喜事不是上门来了?"

徐汀乐撇开她,赶到楼梯口迎接孙登,喜极而泣:"子高吾儿!"

然后，她便哽咽着说不出话来。

孙登脱下头冠，牵着她坐上胡床，埋头伏至她双膝间，呜呜哭泣："母亲，子高不孝，不能陪伴母亲左右朝夕问候。"

徐汀乐见孙登身形消瘦，嘴唇干裂脱皮，定是风餐露宿赶路所致，听他话语，似有难言之隐，一面心痛地摩挲他单薄的后背，一面忍泪支走红姑。

"快去杀只鸡，炖锅枕瓜，切条熏鱼，端斛葡萄美酒，配上那对西域的白玉杯，整一桌酒菜来。"

红姑退下后，孙登走到案前，拿起完工的刺绣品欣赏，赞叹徐夫人的巧思后，又劝她不必过于操劳，说是旧年缝制的衣裳足够他穿了。

徐汀乐揉揉涩眼，打趣道："后宫赵夫人手巧，能绣山川地势军阵图，子高可不要嫌弃母亲的粗工滥制就是了。"

"母亲净说笑。儿臣的中衣、膝裤、袍，皆为母亲的呕心沥血之作。"孙登掀开衣袍，露出贴身穿的麻衣。

徐汀乐一怔，太子竟内穿孝衣，顿感大事不妙："子高，你父皇龙体还好？"

"母亲，父皇无恙。是建昌侯子智猝然暴毙。"孙登面色阴郁，举袖揉揉泪眼。

"子智尚年轻，怎会遭此生死劫？"徐汀乐大感不祥。

"是啊，儿臣也无法相信。坊间传闻甚嚣尘上，言建昌侯死得蹊跷，不是病亡，是巫人的短寿诅咒作祟。"

徐汀乐顿觉心惊肉跳，想起刀光剑影的血腥往事，惊惶地拉住孙登厚实软绵的手，悲伤诉说："人与人的命运，真是天壤之别。子智弱冠之年仓促离世，可你父皇刚及弱冠，就做出了处死会稽郡名士盛宪，为孙策、孙翊、孙河报仇的大事。人道三国鼎立，奸诈枭雄是曹阿瞒，刘备大耳蛊人心，你父皇杀伐无情的决断并不在这二人

096

之下。"

"父皇不顾'杀贤'恶名,背负骂名。"孙登的面部肌肉抽搐,大有往事不堪回首之意。

"哼,士族门阀,顺我者昌逆我者亡。你父皇是图谋霸业的王者,岂会顾及'激浊扬清'的名士们的口舌之争?"

楼下沸腾着人间烟火的热闹景象,红姑正指挥奴婢们捉鸡、烧火、切肉、洗碗。昔日静寂无人的瓜田因为贵客来访成为欢腾之地。徐汀乐难得享受这样欢快的氛围。也许是离得远的缘故,她认为自己比起宫内的其他夫人们更能看透吴王本性。

"母亲是因为父皇冷落你,让你长居龙兴之地,才会出言冒犯父皇吗?"孙登霍然起身,甩开她的手,以质疑的目光责问道。

徐汀乐苦笑无语。是,这里确实是他们孙氏家族的龙兴之地,可也是她等死的坟墓!她恨吴王孙权,给予她希望又毁灭她希望的恶魔!楼下动静渐渐消停,看左右无人,她挨身到孙登旁,以不无担忧的语气如实道来:"子高,你不怀疑子智是被那些嫉恨吴王的门客所刺杀的?"

"不可能!"孙登如遭黄蜂蜇,红润的面容陡然成青白色。

"有何不可能?讨虏将军孙策不就是被许贡门客刺杀的?五行无常胜,四时无常位,日有短长,月有死生。"徐汀乐步步逼近。她早已饱经沧桑,深知人心险恶,世态炎凉,没有不可能的善,只有想不到的恶。

想当初,讨虏大将军孙策以袁术之令,冲进江东地界,不听命于他的豪族不是惨遭灭族就是逃匿远方,借此毒辣、残暴手段降服人心。就连夫家吴郡陆氏的后裔陆逊也投靠孙权,成为上大将军——再深仇大恨的家族恩怨,在个人的存活面前,都轻如鸿毛一般了。

微风吹来孙登身上的汗酸味,徐汀乐回过神来,走到盛满清水的木桶前,拿起搭在提桶上的面巾递给他,等他擦净脸后,才淡淡问道:"他答应册封皇后人选了?"

孙登闻言,手握的面巾掉落在地,他神色不自然地蹲身捡起面巾,在手心搓揉,避开话题:"曲阿的气温竟酷热难耐啊。"

徐汀乐的心像从险峰坠落深渊的石头,疾速滚落下沉。楼下膳房的奴婢手起刀落砍瓜的咔嚓咔嚓声直冲耳膜,震得她头晕眼花。她挪动双腿,吃力地靠近胡床,偏身挨坐,回想起老巫翻着白眼的冷面断言:"夫人占卜的卦象,是水中花镜中月,痴心妄想,作不得数。"

她苟延残喘地挣扎着要摆脱老巫对她命运的谶言。既然自己得不到,别的人也妄想得到。

"子高,皇后人选,他是意属步练师吧?母亲想铤而走险,以厌胜术……"恶毒的念头一闪而过,徐汀乐欲言又止。

"不,母亲,那会要儿臣性命……"孙登慌忙冲过来,趴在她膝上,像个孩童般大哭。

徐汀乐痛苦地低下头,脸挨在他头顶,下巴磨蹭他的硬发,感受锥刺的痛楚,不禁泪如雨下。子高于她的孝心,成为置她于死地的枷锁。

"母亲,人生世间,如轻尘栖弱草耳,万不可走谢夫人老路。"

徐汀乐听出太子孙登言辞背后的怯弱之意——他继承了生母胆怯的卑贱本性。她失望地抬起脸,明白竖子不可同谋,笑得甚是酸涩:"是啊,谢夫人是前车之鉴。"

"母亲,子高不孝!子高无能啊!"孙登羞惭地跪地不起。

楼下响起手起刀落的剁瓜声,徐汀乐心意坚定,她深知不是孙登不孝,而是他无能——皇权在握的人是正值年富力强的吴王孙权。

第十六章　几曾着眼看侯王

　　孙权的箭瞄准窝在银杏树杈的胖白罴。这畜生扭动黑白花色的圆屁股，"咔嚓咔嚓"啃着紫竹的嫩竹叶。

　　白罴是极少现身的神物。射杀还是不射杀？他犹疑着缩了缩头，突觉额头发冷，银杏树上的白罴也似听到风声，溜下树来，一头拱进低矮的灌木丛。孙权忙将箭移向白罴屁股，正待射去，前方飘来一团裹挟腥臭阴风的黄雾，在参天古树和碗口粗的古藤交错的荫翳上空翻腾。这不会是传闻中能使人致幻而死的南蛮瘴气？孙权手中弓箭堕地，他忙以袖遮面，背靠树皮暴突的樟树身，暗自后悔轻信兄长孙策的怂恿。

　　兄长孙策以徒手捕虎为乐，吴太夫人多次警告，兄长不以为然，定要会猎于丹徒之西山。

　　风中传来兄长孙策的叫喊："仲谋，快跑！"他一个激灵，抓起弓箭，寻声望去，骑在斑纹绚丽似锦的老虎背上的孙策从漫天枯黄落叶的迷雾里冲出来！但见他单臂环抱虎颈，手执长枪笑对他，好似平日驯烈马那般洒脱自如。

孙权忍不住击掌笑曰："兄长'小霸王'的美誉，绝非浪得虚名！"孙策哈哈大笑着如一道霹雳闪电，从他身旁飞驰而过，消失在翠波荡漾的紫竹林海。

孙权跑步追上去，在茂密的修竹茂林前踯躅不前，父亲孙坚就是在岘山竹林，被江夏太守黄祖部将发射暗箭身亡的……

腥风散去，密林如死气沉沉的幽谷，阴森恐怖。他感到一种从未有过的后怕，正欲转身，眼前跌落一团黑影，手提长枪的长兄孙策从天而降，他额头的疮口涌出汩汩热血，染红整张脸，看上去似杀人如麻的刽子手。

"仲谋，杀尽那些江东豪族，替为兄报仇！"长兄孙策一贯性急，他龇牙咧嘴冲自己咆哮。

"长兄，许贡门客早已被斩成肉酱了！"孙权哭喊着张开双臂扑上去，却扑了个空。

"不，不是成为白骨的他们，是那些活着尚不肯听命的江东士族。"孙策的身影被风吹散，唯留他中气不足的呐喊声，在他脑海回旋。

江东士族？不是都被他铲除干净了吗？孙权茫然四顾，霍然翻身坐起，原是南柯一梦。他赤足下地，站在琐窗前思索梦里孙策的话意。此时，鸡鸣五更，东方现出鱼肚白，疲乏像偷袭的利剑刺中他，孙权滑身进胡床，想再休憩会儿。

大门突地被人奋力撞开，孙权睁开眼，是夫人步练师的侍女梅香。她发髻钗环散乱，额头双颊均有撕裂的血口，慌里慌张跪地磕头不息："陛下，快去劝劝步夫人。晨起后，夫人浑似被鬼魂附体，好端端正梳妆，就变脸要拿刀杀人……"

孙权听得汗毛倒竖，昨夜的梦境真不是空穴来风？他张嘴直呼兄长孙策的名号，愤然下令："伯符，快令人把这胡言乱语的贱婢拖出去棒打二十板！"

跨门进来的是孔武有力的侍卫雄侯，垂首按剑鞘的他语带凄楚："陛下，讨逆将军早身亡了啊。"

孙权愣了片刻，是老糊涂，还是思念成疾了？他叹口气，见梅香只是哭道："若陛下不去阻挡，恐怕步夫人会伤害自己啊。"

孙权忙令她前头带路，又要雄侯速到全将军府，请大虎孙鲁班进宫。他刚拐进步练师殿前的庭院时，一把明晃晃的短刀朝他飞来！亏得他偏头躲过，抬眼便见面色乌青的步夫人裹着小绫纹绛地锦棉衣，黑发凌乱披散于前胸后背，状若女巫。见没刺中他，她随手擒住挺立墙角的一杆长枪，忽而戳向前边奴婢的头，忽而戳中身后奴婢的肩，见谁戳谁，发癫痴狂，浑然似换了个人！

孙权趁其不备，猛地抱紧她腰，仰头冲着抱头鼠窜的奴婢们怒喝："胆小鼠辈，还不抢走兵器？"步练师在他怀里使劲挣脱，发狂般不停乱叫："杀了你们！"

梅香出其不意夺走长枪，孙权反手扛起嗷嗷乱叫的步练师，登阶进室，入眼便是鸳衾，西域白叠布，散乱一地，无处立足。

孙权用脚踢开白叠布，把步练师放在睡榻，摁住她手脚，令尾随而来的梅香挑四位力气大的奴婢，以鸳衾捆住夫人，暂时制服她。

躺在鸳衾内的步练师，须臾间，便发出轻微的鼾声。孙权这才放心坐下，双臂搭在膝间，徐缓吐气纳息。

梅香领着奴婢们清扫遍地狼藉，孙权凝视房檐下绿荫覆盖的槐树的树冠，揣测步练师突发的疯魔症状该不会是后宫哪位夫人在作妖施法？

窗外，大虎孙鲁班的身影从垂花门前闪现出来，她心急如焚地跑到近前："父皇，母亲可是中邪了？"看她双目噙泪的伤心样，孙权捉住她手，安抚道："无恙！你母亲福泽深厚，上苍自会庇佑她无恙。”

话虽如此，他心中也没底，只得先行一步是一步。眼尾扫见立定门旁的雄侯与一位翠色长裙的女子低声交谈的侧影，孙权想起太子孙登已几日不曾来请安了。

“雄侯，太子呢？”

“回禀陛下，太子到曲阿祭祖，该是在返回的途中了。”

“又去曲阿祭祖？太子还在玩明修栈道，暗度陈仓的把戏。明面孝顺养母徐氏，暗中不就想笼络徐氏望族。”大虎闻言，勃然动怒。

孙权虽不满太子孙登经常擅自出宫，但念及他是去尽孝道，不予计较。他突感头疼欲裂，应是昨夜的梦境扰得他心绪不宁有关。他撑住前额，要雄侯快斟壶酒来止痛。

大虎摇晃他的臂膀，话音急切：“父皇，快召宫内的巫医，要不张榜告示寻求民间高人？”

孙权摆摆手。宫中的几位巫医，皆是太子孙登举荐，步夫人常抱怨是些滥竽充数的庸医，虽无确证，眼下她这光景，还是另请高明稳妥。

“步夫人这病，恐得神医华佗才能治好，只是他生性散漫自由，人又不在江东。”梅香端来飘散乳香的豆粥，插话道。

大虎起身寻到铜镜旁的胡床，跷腿坐上去：“华佗？远水解不了近渴。”她忽而探头向外高呼：“白秋水，你不夸口是华佗的医徒？”

一位穿着碧绿衫裙的女子低头进来，分别向孙权和大虎行跪拜礼。孙权并不在意，雄侯高举放了酒壶和酒盏的托盘，躬身摆好在食案上。他吞了吞口水，拎起酒壶一气喝完，清冽的甘泉，洗净充塞胸腔的烦恼，平息肉体的疼痛。孙权快意地放下空酒壶，雄侯重新斟满酒，他接过酒壶，浅斟慢饮，随意瞄向那名为白秋水的侍女，顿觉惊为天人——她怎么会有一张与大虎几乎能以假乱真的面孔！造化弄人啊，孙权错愕地自言自语：“世间怎么有如此相像的两人？"她不会与被长兄孙策斩杀的道士于吉一样会用妖术吧？孙权手一松，酒壶应声落地，酒香溢满室。

"父皇，女儿也感到纳闷儿，身份卑贱的奴婢怎能与女儿长得相似？亏得她粗通医术，有些许用。"大虎满不在乎地咧咧嘴，以她惯有的虚张声势的口吻，喝令白秋水赶快诊治病情。

知女莫若父，孙权明白女儿的心思，大虎嫉恨这奴婢的美丽容颜。天下之大无奇不有，小女儿小虎偏偏不像自家人。

白秋水并无半点儿奴婢的媚态。她神色自若地环顾四周，目光落向院内的那株古槐树斜刺伸出的枝条，跪在酒水溅湿的地面，声音如夜莺婉转。

"陛下，全公主，夫人这病，或许是惹怒了附体古槐树的树精。"

"树精？"孙权半信半疑。梅香正蹲身捡起青瓷碎片，抬头望了望睡榻上沉睡不醒的步夫人，咬住下唇，似有难言之隐。

"你这贱婢，人命关天的大事，还不从实招来？"大虎急得朝她脸吐了一口唾沫，愤然怒骂。

孙权正欲发话，院外传来纷至沓来的脚步声与闹哄哄的啼哭声。侍卫雄侯飞奔出门查看，回身拜曰："陛下，是琅琊王夫人、谢姬、袁夫人、赵夫人。"

大虎的利嘴从不饶人，她皱起远山黛眉，厉声高喝，故意说给她们听："又来一群猫哭耗子的害人精。父皇，还不令她们退下，免得母亲醒来见到心烦。"

院外叽叽喳喳的莺声燕语戛然而止，大约是四位夫人知趣地离去了。孙权欣慰地拊掌大笑，大虎虽是女儿身，火暴性急似长兄孙策，果决胆大与自己不相上下，颇有当年吴太夫人的风范。

孙权笑罢，对雄侯下令："守住院门，闲杂人等无令不得入。"

"若是太子呢？"雄侯小心翼翼地把重新灌满的青瓷酒壶递给他。

"瞎眼的鼠辈，太子岂能是闲杂人等？"孙权佯装发怒。雄侯掩嘴在他耳根下私语："臣看来，陛下宠爱全公主更胜一筹咧。"

孙权摩挲滑如凝脂的壶身，呲溜啜饮壶中酒，并不言语。太子孙登什么都好，唯有一样——他执念太深，总想逼迫自己册封远在曲阿长居的徐氏为后。

孙登骨子里深藏"几曾着眼看侯王"的傲气，以为仅凭太子之位，就能随心所欲、无法无天？子高，汝尚年轻啊，不知世情险恶。为父想册封宠爱的女人步练师为后尚且不能如意，况且是根基不稳的你呢？

他望向大虎。倘若大虎是男儿身，他会力排众议改封他为太子，夫人步练师理所当然册封为后，奈何事事难两全啊。

第十七章　无魔无我已降魔

全公主坐在背靠琐窗的胡床上，回廊庭院的古槐树的绿荫洒在她双肩，仿佛给她披了身暗色的青铜铠甲。

她双目迸射出识破人心的刚毅寒光，瞪视白秋水："白秋水，夫人可是中了谁的毒害？"

步夫人是遭人施了厌胜术。白秋水能诊断病因，但不能如实道出，恐引发后宫大乱。白秋水正斟酌如何应付全公主，纱帐内的步夫人嘴里发出"咕噜咕噜"的怪响，伴随着四肢的缓慢扭动，当是渐渐苏醒的迹象。

白秋水冲全公主摆摆手，抽出发髻插戴的菊花银步摇，取出藏在花蕊内的麻沸散，要梅香倒碗酒来，抖散麻沸散兑在酒中，喂给步夫人。

梅香端着药酒，迟疑着不肯听令："步夫人还未醒来咧……"

若待夫人清醒，就为时晚矣。白秋水从她手里夺过酒碗，疾步走近睡榻，抱起步夫人的头，撬开她的嘴灌进去。不多会儿，只听步夫人"哎哟"了一声,全公主、梅香、孙权唬得全围拢过来,将白秋水硬生生排挤在外。

"夫人又睡着了。"梅香替步夫人盖好鸳衾,全公主站在白秋水面前,眼神柔和了些:"白秋水,夫人风体何时能痊愈?"

"须得静养三日。"

白秋水将菊花银步摇插戴发髻,镇定作答。忽有股酒气飘拂鼻端,她侧过身,只见面色酡红的皇帝孙权大步流星走来,碧蓝的双眸看似在笑,额面的纹路隐含着王者峥嵘的不怒自威。

"步夫人到底是得罪何方神灵了?"他甩动修长的猿臂,望向琐窗外的古槐。

"陛下勿忧,步夫人只是染了风寒……"白秋水屈身下跪,谨慎措辞。

全公主拖曳在地的浅紫留仙裙,似开在暮光里的夕颜花。她神色自负地抬起下巴,粗暴地打断她:"哼,方才不是说惹怒树精吗?这会子怎变成风寒?定是后宫不安分守己的夫人使出的下作手段!是不是?"

白秋水暗暗告诫自己,万不可因畏惧全公主淫威,就乱了方寸,祸从口出,伤及无辜。

"全公主,怨奴婢糊涂,还是请出宫内神医……"

"你不就是神医的高徒?难道你是后宫哪位夫人派来的细作?"全公主生性急躁,常不管不顾旁人话说一半就迫不及待打断。她是全府的女王,对奴婢不是鞭打就是责骂,人人见她都如耗子见到猫,躲避不及。唯有白秋水能做到心性平和,沉着应对。

庭院的日影已落在申时,白秋水忍饥挨饿,头伏在地,承受全公主的奚落与质疑的嘲讽——世间之物,总会一物降一物。

"大虎,别疑神疑鬼,误了你母亲的病情。"步履稳健的孙权走到全公主身旁,一手搭在她肩,一手捻起他那引以为傲的紫髯,徐缓说道。

"父皇,你到底喝了多少坛酒,又说醉话?"全公主举起衣袖捂住口鼻,蹙眉嗔怪道。

"父皇的海量,你不知?不过一坛子烈酒而已!"孙权爽朗大笑道。他是以豪饮著称的君王,就算一坛酒落肚,也不会显醉态。

细竹编织的门帘突地被人掀开,一头闯进来的是侍卫雄侯,他躬身作答:"陛下,太子回宫了,正跪在寝殿的院外等候陛下觐见。"

孙权捻起垂至胸膛的美髯,面颊红彤彤似赤日,愈发映出他的碧眼如炬。他环顾众人一番,无力地嘟哝道:"人都睡沉了,还来做甚?让太子回宫,明日早朝朕有战事要议。"

雄侯领命而去,风吹得古槐的树叶呼啦啦作响。白秋水暗暗心焦,麻沸散的药性支撑不了多久,她得赶紧支走全公主和吴王。

"陛下,全公主,天色不早了,这里交给奴婢便是了。"

孙权走几步,又回首望了望纱帐内的步夫人,双目浮现泪光,大有不舍之意。全公主一面推着他的背走出殿去,一面口头宽慰他:"父皇放心去吧,女儿留下侍奉母亲。"

白秋水听得全公主要留下,不禁叫苦不迭。阳光穿过槐树的树冠,从叶缝间漏出斑斑点点的阴影投射于地。吴王刚走进暗影处,恰逢身穿一袭月白色刺绣团花暗纹新袍的太子孙登硬闯进来,跪在他脚前。

庭院外,这对皇家父子客气寒暄的对话,飘落在白秋水耳内。

"父皇,请恕儿臣来迟之罪。"太子孙登如履薄冰的谨小慎微,隔着院墙,白秋水都能感受到他如临大敌的惶恐不安。

"无妨,无妨。"吴王的客气话,始终有种不可捉摸的冷淡意味。

白秋水正敛声屏息地听着他们说话,突然,全公主嗤笑着掀帘进来:"一家子人还装模作样,看得旁人也难受。"说完,她一屁股坐在胡床上,跷起二郎腿,那对寒光闪闪的凤眼在白秋水身上瞄来瞄去，像根铁钉，刺得她如坐针毡，浑身不自在。

"秋水，是谁陷害步夫人的？本公主知道你是识大体的女子，也不怪母亲，独宠后宫数年，后宫的诸多夫人谁不嫉恨，是不是？"全公主的话语柔软起来。

"是。"白秋水老老实实作答。

"连你也认为是后宫这些夫人们在作妖？快说，谁是主使？可是用了'厌胜'妖术？"

全公主的远山黛眉皱出"川"字形，眼内火光灼灼，忽然变脸怒叱。

白秋水明白，一旦认定步练师的疯狂之举是遭受"厌胜术"所致，后宫定会掀起一场无人幸免的血雨腥风。这是一道魔咒，万万不可打开。

全公主好似一条吐出蛇芯子的蟒蛇在追赶猎物，白秋水竭力躲闪着，强笑道："是这么个理。奴婢说的也是全公主认为的事实。"

"有何不妥？"

"既有全公主认为的事实，还有别的人认为的事实，以及真相存在的事实。"白秋水壮胆申辩完毕，不觉后背已沁出层冷汗。她低垂着头，回想将军全琮对她的温柔相待，暗暗替他叫屈，迎娶如此悍妇，性情反复无常，实难应付。

全公主摩挲着衣袖间双色交领的牡丹绣花，起身绕着白秋水慢慢踱步，突然向她眉心狠戳一指头，冷哼道："是欺负本公主不懂四书五经？"顿了顿，她又补充一句："怪不得全将军总夸你聪慧，还真有能耐，净说绕口令。"

白秋水的眉心火辣辣的疼，她打了个寒战，就怕全公主提及将军全琮与她的私情。她的头身快低到尘埃，慌乱叩头啜泣，道："奴婢不敢。"

正在这当口，梅香跑来，拍掌乱叫："哎呀呀，全公主，步夫人那边又快不行了……"

白秋水抬头与梅香四目相对,立马心领神会,慌忙擦干泪痕,磕头道:"全公主息怒,容奴婢先伺候好步夫人,到那时,任由全公主发落。"

"算你识相!"全公主伸出纤纤玉手,轻轻扫过白秋水的脸颊,吓得她紧闭双目,静候她发号施令。

全公主把流仙裙的裙摆向上提,梅香撩起竹帘,两人前后脚走出院内。全公主一长一短地问她,是在干舂米的苦力活儿,还是快许配人家嫁人了?

白秋水缓缓起身,趴在琐窗的梅花窗眼看去,吴王父子二人的身影早已消失在回廊后,院内只剩那棵饱经沧桑的古槐树,屹立晚风中寂然不语。

她忙关好门,走到铜镜旁的妆奁前,寻出针线筐,拿起剪刀和一截布样,依样画葫芦,剪出步夫人的小像,刺破手指,以血点染小像的头、身、腹、两足,再分别扎上银针。忙完这些,她已感到四肢乏力,刚坐上胡床,梅香推门而来。

扎了银针的小像还放在妆奁上呢,白秋水慌忙奔过去要把小像藏起来,来不及了。梅香径直走到步夫人睡榻前,一眼瞥见小像,迅疾拿在手里,满面不解:"天哪,这是哪里冒出来的鬼玩意儿?"

白秋水惊叫道:"可别乱动!"

梅香吓得手一抖,小像掉在地面,银针也随之摔落。白秋水暗暗叫苦,步夫人的凤体怕是无法痊愈了。她弯腰捡起银针,重新扎在小像的各个部位,背对梅香幽幽叹气:"你我皆是为了步夫人。"

梅香没吱声,白秋水回头,见她神色古怪,猜出梅香起疑心了,便攀住她的肩,附耳警告她:"梅香,咱们当奴婢的人,懂得保守秘密,这比泄露秘密更能活得长久。"

梅香也不搭理她,两眼只向床榻上的步夫人看去。"该掌灯了。"语气平静地说完,梅香就撇开她,移步绕进内室。

　　白秋水捏着小像出神，她恍惚见到睡榻里的步夫人像枯萎的花朵，花瓣凋零，一片一片地掉落在地。

第十八章 彗星见东方

屏风后是皇帝孙权议事的宣室。

穿破琐窗的晨光，在光可鉴人的屏风上折射出形若帝王头戴华冠的疏淡轻影。中书典校郎吕壹行至琉璃屏风前立定，他谨小慎微地四下张望，确信无人，才举手摩挲腮帮的一圈络腮胡及上唇留着的髭须，掌心划过有荆棘扎刺的疼痛。他缩回手，整整衣冠，退步细看，屏风里的人影扭曲，面容模糊。他冲着镜中的自己得意地笑了，本是江东地位卑贱的兵家子，被擢升为负责典校诸官府及州郡文书的中书。

"是神助？"

"噢，不，是天助。"他凝神思忖，对着镜中人，摇头又点头，自问自答。公元235年，自十月不雨的旱情，令朝廷上下束手无策。吴王孙权在群臣的谏言下，先是祭祀神灵，继而大赦天下，仍无济于事。

冬十月，东吴各地的旱情加剧，使得百官公卿心力交瘁，高居御座的吴王孙权，愁眉不展地望着殿外出神。

太史令卫道夫颤颤巍巍的身影晃荡进来，他气若游丝的禀报更是雪上加霜："陛下，天象有异，彗星见东方。"

彼时的吕壹还只是跟随太史令卫道夫左右的穷学徒。师父进殿去，他蹲身宫墙，揉着咕咕乱叫的空腹，惦念锅中煮熟的青豆。

一股窖藏的腌酸菜出坛的呛鼻汗臭味飘来，迎头跑来位灰头土脸的士兵，他手举朱漆文书，惊惶失措地高呼："陛下，鄱阳贼彭旦等为乱！"

这股恶臭连自小闻惯鸡鸭粪臭的吕壹也嫌弃地捂住口鼻，宫门两旁布列森严的守卫纷纷闪开让道，任由他横冲直撞。吕壹暗自诧异天象的预兆灵验，耳朵紧贴宫墙，屏息聆听殿内动静。

"到底是何人作妖，才引发的天灾人祸？"问出这话的人，定是吴王孙权。吕壹听他波澜不惊的平和语调，不似想象中望而生畏的君王。

有位语调平和的大臣字斟句酌："陛下，天子父天母地，故宫室百官，动法列宿。若施政令，钦顺时节，官得其人，则阴阳和平，七曜循度。至于今日，官僚多阙，虽有大臣，复不信任，如此天地焉得无变？故频年枯旱，亢阳之应也。"

吕壹虽是听其声，也觉此人定是性情宽雅深沉的智者。

"陛下，骠骑将军所言甚是，上苍要作妖，岂能怪罪于臣等？"说话者应是位居高位的武将，瓮声瓮气的大嗓门震得吕壹耳膜嗡嗡作响。他推测此人可能是太史令师傅常念叨的那位备受皇帝恩宠的上大将军陆逊。

群臣们随声附和，殿内一团嗡嗡杂音，如几百只苍蝇飞过吕壹双耳。

"各位爱卿，何人去鄱阳擒拿乱贼？"孙权的声音透出疲惫的嘶哑。

朝堂顿时沉寂一片。

仍然是孙权的声调打破沉闷："伯言，依朕看来，那鄱阳彭氏也不是安分守己的书香门第，直接将其灭族就是了。"

话里话外，流露出顺我者昌、逆我者亡的绝情冷漠。

"陛下，臣以为鄱阳彭旦乃有勇无谋之徒，犯不上灭他全族。"说此话的男子沉着冷静，或许是位温文尔雅的文臣。

"陛下，上大将军所言极是。何必动辄灭族，失了人心。"瓮声瓮气的武将在旁插话道，原来他并非上大将军陆逊。

"子范，你方才言干旱是上苍作妖？你这率直的本性怎不改改？"孙权笑道。吕壹感受到皇帝孙权的笑声朗朗中，暗含不满。

"陛下，为人臣者，尽忠竭愚，以直谏主，臣朱据是也。"言毕，他也发出爽朗的笑声。原来他便是赫赫有名的左将军朱据，吴王小女儿孙鲁育的夫君。

群臣们也都跟着笑起来，太史令卫道夫"呼哧呼哧"的笑声最为刺耳。吕壹暗觉好笑，师父不是以不畏权贵的正人君子自居吗？正咧嘴偷乐，后背遭来重物砸中的钻心疼痛，他愤怒地回过头，铁塔般的矮壮莽汉昂起长满钢针黑胡须的方脸，如一尊瘟神从天而降。不等吕壹回应，那厮暴喝道："何方细作，光天化日下，敢窃听家国政事？"旋即，脑门又挨上他一脚！

遭此偷袭的吕壹眼前金星直冒，来不及反抗，那厮揪住他衣领拖拽向前，吕壹急得张嘴尖叫："师父，快救救徒儿！"

吕壹被莽汉扔小鸡般摔倒在殿堂地上，那莽汉正扬扬得意邀功："陛下，臣抓来个蠢货细作咧！"

吕壹吓得瑟瑟发抖，偷眼瞥见混在群臣中的师父卫道夫阴沉着三角脸，轻摇手中羽扇，一副事不关己的冷漠模样。

"师父，快救救徒儿！徒儿哪会是细作？不过趴在宫墙打瞌睡……"吕壹匆忙爬到他脚前，扯紧他的袍襟，央求道。

"太史令净网罗些鸡鸣狗盗的门客。"

"哪里跑来的兵家子，也妄想一步登天？真不知天高地厚。"

"他也配当细作？"

文武百官交头接耳的嘲讽话语，听得吕壹羞愤不已——好歹他也是熟读过四书五经，能背诵《孝经》的人，虽不敢妄想"学成文武艺，货与帝王家"，但也是凭了自身识文断字的本领，成为师父太史令卫道夫的门徒。勉强苟活于世的读书人，岂能受此污蔑陷害的羞辱？！

"太史令，此人真是你的徒弟？"吴王孙权不慌不忙地转向卫道夫。吕壹忙松开手，期盼师父卫道夫能以他舌绽莲花的辩才，还自己清白。

卫道夫不徐不疾地摇动羽扇，从人群中踱步出来，叩头拜道："陛下，吕壹是江东的兵家子，臣见他读过几本书，识得两个字，留下打杂，谈不上什么师徒情分。"

太史令此言一出，群臣亦默然旁观，吕壹惊得瞠目结舌，"师父"两字刚叫到嘴边，硬吞下肚。

不会有人会为一个身份卑微的兵家子出头。见多了秋草人情的背信弃义，惊惧之后，吕壹已然身无挂碍，冷眼望去，站立两旁的百官公卿，全是陌生的面孔，他们或是步骘、朱据、全琮、顾谭等威名远扬的大人物，不是江东豪门，便是淮泗望族，哪一个人不是师父太史令卫道夫常挂在嘴边高山仰止的名门望族的领袖？

就他不是。

无人替他出头，吕壹自知死罪难免，浑似坠落无底深渊，他绝望无比——身处门阀等级森严的时代，冤死他个无名小卒不就是踩死只蚂蚁？他不死心，再次转头望向太史令卫道夫，企望他能念在辛勤侍奉的功劳上，为他说句好话，保全条性命。他死不足惜，家中尚有孤寡的老母亲需要他赡养啊。

卫道夫偏不遂他心愿，拿起羽扇挡住半边面，边咳嗽着，边发出牙疼似的古怪声调:"陛下,吕壹这竖子,生性凉薄,苛刻阴毒,净想从老臣的齿牙余论中存菁去芜,有所得于己心。"

过半的群臣个个如应声虫摇头谴责,这些人的唾沫星子都能淹死吕壹。渺茫的求生之火被浇灭了。吕壹漠然窥探高高在上的豪门权贵们,心底腾起一股歹毒的怨念,有一朝一夕,他若翻身为手握杀生大权者,定会加倍偿还——就如今时今日,他们待他的毫无怜悯的无情无义!

隔岸观火的孙权举手捻须,沉思半晌才威严下令:"唔,伯言,鄱阳彭贼,你率兵前去平定。"

上大将军陆逊是位面目祥和的男子,他躬身领命退下。表情凝重的孙权忽而定定直视吕壹,重复卫道夫的话语:"吕壹这竖子,生性凉薄,苛刻阴毒。"

吕壹不知孙权葫芦里卖什么药,抱着必死的信念,他干脆跪地不语。

"太史令身边还有哪些门客?"孙权继续问道。

"秦博,李衡。"太史令卫道夫神色疑惑小声作答。哼,他也不知皇帝怀揣何心思。吕壹侧目而视,深感快意。

"可都是世家子弟?"

"皆为兵家子。豪门大族的贵公子,怎肯屈身老臣门下?"卫道夫两腮泛红,让你这迂腐势力的老学究也尝尝遭人轻视的滋味。吕壹幸灾乐祸地看笑话,从卫道夫不认他为徒弟的那一刻,他就视卫道夫为眼中钉肉中刺了。

孙权若有所思地捻捻紫髯,碧蓝双目逼视太史令卫道夫:"冬十月了,尚未降甘露,太史令何不效法道士于吉,堆柴祈雨,解救百姓于困苦中?"

"陛下,使不得使不得!老臣法术浅显,无能担当此重任啊!"太史令卫道夫面色大变,羽扇摔落在地,俯身磕头不止。

孙权气得大发雷霆："既遇干旱，又逢兵乱，上苍屡屡降罪于东吴百姓，难不成是朕失德于民心？你身为太史令，不以身作则，是想罔顾王法？"

群臣噤若寒蝉，似被庄户挥刀收割的麦穗，齐刷刷倾倒在地。须臾间，吕壹脑中冒出大胆念头，他曾听过乡人传言于吉道士的神奇法术，干旱后，就会有洪灾抑或瘟疫蔓延。横竖都会死，不如冒险一搏，救自己于危难之中。他强忍后背连心的剧痛，绕过群臣，跪爬到前方，壮胆禀报。

"陛下，兵家子吕壹愿替太史令舍身祈雨。"

百官们皆面露错愕之色。有位神态风雅，衣衫朴素的老臣站出来，他的鬓角斑白，瘦削的双颊抖动着褐色斑团，摇头叹息道："陛下，国之大事，在祀与戎。吕壹乃无名鼠辈，只怕会亵渎神灵，引发更大的祸乱，万万不可！"

太史令卫道夫的咳嗽更为猛烈了，他一遍一遍地擦拭眼泪，战战兢兢附和道："陛下，骠骑将军言之有理啊。大丈夫处世，当交四海英雄，如何与兵子共语乎？万不可让这兵家子弟坏了大事。"

吕壹窝着团无名怒火，想不通同为出身卑贱的师父卫道夫为何又拿他的身世说东道西。王侯将相宁有种乎？豪门大族的发迹不也是从寒门崛起的吗？他强忍着满腔怨气，偷偷瞄了眼骠骑将军步骘，记住这位皇帝重臣的淮阴士族，后宫步夫人的同族。

"顾公怎么看？"孙权似笑非笑，抬手指向人群中一位容貌矜严的老者，他不胖不瘦，自有位高权重者的威严之风。

吕壹无助地望向丞相顾雍，见他板起面孔，锐利的眼神似冰冷的刀锋，又似暗夜里的枭鸟。吕壹以为他定是好为人师者，引经据典要说教，毕竟，吴郡顾氏是江东吴郡四大望族之一。

顾雍面无表情地欠身作揖："但凭陛下做主。"

好个老奸巨猾的老狐狸，等于没说。吕壹暗想，回首瞥见满目头戴纱冠的重臣们,心底升起一丝悲凉与骄傲的复杂情愫。这些能站立在朝堂的文武百官,谁不是修炼成精的各路妖魔鬼怪?他这自小就受人轻视的兵家子,今日也能在殿堂与之交手,他们并非坚不可摧的大人物,面对危险,比他还会算计趋利避害,心底便更加藐视他们。

"太史令,愣着作甚?速去准备祈雨法事。"孙权大手一挥,散朝。

待群臣走远,卫道夫才弯腰捡起羽扇,边砸向吕壹的脸,边骂骂咧咧说他这条老命将毁在兵家子吕壹手中。

吕壹偏头躲闪,稳稳抓住羽扇,慢悠悠扇起来。他就是要拉上师父卫道夫垫背,谁让他不见死相救?

士别三日当刮目相看,昨日下贱的兵家子,今时君王身旁的中书郎。命运翻转,谁能预料得到呢?吕壹无限感怀,拿眼望向琐窗外庭院两侧枝繁叶茂的古柏。这里曾是一片苍翠的松柏林,听师父太史令说,后宫的步夫人嫌阴气太重,令人砍掉,独留下两棵高耸入云的古柏。

"辰时已到,请中书郎进宣室。"屏风后闪出宦官黄松的臃肿身影。

吕壹整整衣袍,诚惶诚恐踏进权力的殿堂。

第十九章　唯有饮者留其名

孙权的目光越过巍峨宫墙的那棵枝叶苍翠的参天古柏，青幽幽的枝条间或点缀一抹殷红和绿白色，那是攀附古柏的菟丝子与凌霄花，乌油油的藤蔓竭力缠住柏树身，毫不掩饰它们攀附向上的雄浑野心。

天降的甘霖虽是万物之灵，但无法疗愈夫人步练师的怪病。病榻上昏睡不醒的步夫人，容颜憔悴似白露节后日渐黯淡的花朵，孙权伤心欲绝，怨恨上苍待他不公——征战讨伐大半生，身边的夫人们，就数这位夫人最善解人意。母亲为他聘娶的谢夫人，性情刚烈，在他新纳徐氏，令谢夫人居其之下时，谢夫人誓死不从，抑郁而终。他封徐氏为妃，并令其抚育太子孙登，哪知，这徐氏竟比谢夫人的妒心更甚，他不得已将她废黜在曲阿。

当真是情深寿浅，慧极必伤吗？孙权抬起泪眼，见到帐幕刺绣的一对停歇梁上相互偎依的双飞燕，忍不住失声痛哭——他和夫人步练师曾拜月许愿，今生来世都要像那梁上燕，岁岁长相见。

诱人的肉羹香味扑面而来，手持食盘的侍女梅香呈上热香袅袅的肉羹，双目泛泪："陛下，切勿悲伤过度。倘若夫人见陛下痛哭，定要责备奴婢……"

话未说完，幕帘被人掀开，一头闯进身披朱红裘袍的全公主大虎。她冲上前扯住孙权衣袖，直呼其名地伏到他膝上号哭："父皇，怎不治罪赖在曲阿的毒妇徐氏？"

"她尚罪不至死！"孙权知她怀疑是徐氏背后使坏，可空口无凭啊。他压低声音阻止她，生怕惊扰步练师。

梅香放好肉羹，在全公主面前叉手作揖："全公主，不如随陛下到殿外详谈。"

孙权赞许地打量着梅香，她的五官带着男子气，算不上漂亮。粗短的浓眉、豆粒小眼、山根低矮的小鼻头，轻微的龅牙显得下巴短促，胜在身段苗条、肌肤幼白。步夫人常夸她性情温顺，做事有分寸，果真如此。

他拉着全公主的手，父女二人并肩迈出寝殿，侍女梅香乖觉地合拢殿门。殿外摆放着棋盘及堆满竹简的两张长条书案。

孙权双手勒紧腰间刻有神兽的碧玉腰带，手扶案角，顺势坐下，随手从堆积成山的竹简抽出一卷，正待细看，耳畔飘过朝堂上骠骑将军步骘的谏言，指责他没采纳贤臣的忠言导致天降旱情！岂有此理，怪罪到天子头上？还有左将军朱据，明目张胆地顶撞他，孙氏三代人血拼的东吴江山，竟被满朝豪门望族的文武百官暗地里把持，他还做不得主，当不了家？天理难容！他愤然用力掰扯竹简，串联竹简的麻绳断裂，片片竹简"噼噼啪啪"炒豆子般热闹地抛落一地。

坐在他对面的全公主脱下裘袍，露出碧青色绣明黄花卉的衫裙，映衬得她面色如芍药花娇媚。她手肘撑住棋案，凤目圆瞪："父皇，徐氏怎么就罪不至死了？母亲的怪病，分明就是她动用巫蛊之术使坏！"

"巫蛊之术？可别乱说！"孙权后怕地抬高音量，似乎瞥见前朝受到巫蛊之术斩首的一颗颗血淋淋的人头随地乱滚！他不想节外生枝，祸起萧墙。当这帝王也不自在，整日都因面临内忧外患的家国大事而焦头烂额。

全公主扬起妩媚的远山黛眉，盛气凌人的语态像极了逝去的吴太夫人，不，仿佛年轻时英姿焕发的自己。

"父皇，还需要什么证据？满朝文武百官，谁不知她徐氏想当皇后想疯了，串通太子……"

"大虎，休得胡言乱语！这可是要灭族的死罪。"孙权怒不可遏制止她说下去。他比大虎了解太子孙登的品性，他断断不会施展下作的卑鄙手段。

全公主昂起轮廓分明的鹅蛋脸，侧身拿手拨弄棋盘上的棋子，冷笑道："父皇，你不觉得母亲的病太过蹊跷？子高去一趟曲阿，母亲就发作疯癫病。白秋水那奴婢虽能手到病除，但母亲的凤体是大不如前了。谁都知道，徐氏对皇后宝座垂涎已久……"

"大虎，拿来！"孙权注视女儿攻击性极强的绝美侧颜，摊开手掌，笑问道。在他看来，大虎的美貌胜过小虎，胜过夫人步练师，尽管后宫夫人们私下搬弄口舌，嘲笑大虎是一株生长在悬崖上的罂粟花，惯会蛊惑男人，接近她的男人都不会有好下场的风言风语。

他自己引以为傲——孙氏家族是《孙子兵法》的集大成者孙武的后裔，男人依靠勇力和头脑征服王国，孙氏的女子同样能建功立业。

"白秋水！"全公主挽起袖袍，洁白的手腕向半空舒展击掌。

孙权双手兜进袖笼，盘腿坐下，心想看她会使出什么花招来。

帷幕后的墙壁，裂开一道暗门，一位穿了豆绿色长裙的年轻女子从里面走出来。她怀抱大肚长颈的青瓷酒壶，俏生生立在孙权面前。虽是再次相见,他仍觉愕然,仔细瞅瞅她,再仔细瞧瞧大虎,惊叹世间真有两片相同的叶子。这女子的莹莹双目,真如秋水无痕清见底,体态神韵竟略胜大虎!

"父皇的眼珠快掉地下啦。"全公主走过来,含酸带醋地摇晃他臂膀撒娇笑道。孙权脸色一变,语气严厉:"快说正事。"

白秋水的声调像包裹一层蜜糖那般柔糯好听:"陛下,这壶九酝春酒得之不易。全公主费了九牛二虎之力酿成,献给陛下享用。"说完,把酒壶放进墙角的镂空花边铜温酒炉内。

孙权喜得拊掌大笑,他嗜好世间美酒,洛阳的杜康、蜀国的文君、绿色微白的缥酒、西域的葡萄美酒统统饮遍了,就这来自曹阿瞒的故乡沛国谯县的九酝春酒,未曾品饮过。

"知朕者,大虎也。"他迫不及待要畅饮为快。

白秋水斟满酒,全公主端来递至孙权手中。孙权先浅浅抿一口,品咂这春酒,杂以百花揉捻的馥郁香气,浸润着五脏六腑,又似春日和风吹拂面庞,舒坦至极。古人云醇酒似美人,最能瓦解英雄斗志,此话不假。

孙权仰头饮完残余的春酒,白秋水适时提来酒壶,一边斟酒,一边温言软语说道:"陛下,此酒要以九汲法所酿造,须在腊月二日清曲,正月冻解,用好稻米施去曲滓酿制而成呢。"

"大虎,你是想灌醉父皇成为昏君不成?"孙权冲着全公主招招手,要她坐过来。全公主扭摆着纤腰,拍打白秋水的后背,取笑道:"秋水,你就别在父皇面前卖弄聪明了,父皇可不是全将军那么好糊弄的俗人。"

白秋水的脸唰地红了,双手死死护着酒壶,悄声辩解道:"奴婢怎敢在陛下跟前班门弄斧?"

孙权一口气吸尽残酒。全公主接过空盏,伸出食指,刮了刮白秋水的鼻头,调笑道:"不过是水和粮食发酵的穿肠物,有何稀罕?

你以为父皇不知九酝春酒是魏太祖进献给献帝的贡酒？"

白秋水讪笑着，不敢言语，揭开壶盖，默默向酒盏内注满酒。一壶春酒下肚，孙权仍觉不尽兴，叫嚷着要再添壶酒来。

全公主将他搀扶到胡床内坐好，捡着地上凌乱的竹简，岔开添酒的话题："父皇，甭被子高的孝心蒙骗了。他若真孝顺，怎会忤逆你，不立母亲为皇后，偏偏妄想封徐氏为后呢？"

春酒烈性，孙权明显感到不胜酒力，他撑住滚烫的脑门，说得含混不清："子高恐怕是怜悯徐氏不得宠吧？"

全公主扬起手攥的一把竹简，用力摔打桌面，恼羞成怒地娇呼："呸呸，他扶持徐氏登上后位，不就是待他登基统领朝政，多个帮凶！"

"大虎，太子他可是你兄长。"孙权不满地嗔怪道。大虎性子焦躁，亏得卫将军全琮能容忍。

全公主抛下竹简，走来蹲身揉捏孙权的腿肚，温声笑道："父皇，是你太过仁慈了。白秋水，快把那扎了银针的纸人拿出来给父皇瞧瞧！眼见为实呢。"

一阵困意袭来，孙权眼皮沉重得快睁不开了，他想尽快结束和大虎的争论："不用，巫蛊之术并非儿戏。徐氏纵有妄念，也不至蠢到搬起石头砸自己的脚。"说完，他脑袋耷拉在胡床的椅背，迷迷糊糊听见全公主喝令白秋水去备好醒酒汤。

"世间也会有父皇喝醉的酒。来，来，饮盏醒酒汤。"全公主笑着喂他喝下酸辣汤，孙权出了身热汗，意识瞬间清明。他摸摸发烫的腮帮，醉眼瞟向白秋水，懒声懒气笑道，"这魏国的春酒真不能小觑。"

白秋水正弯腰拾掇地面的竹简，闻言便叩拜作答："陛下酒量惊人，饮尽整壶酒竟不显醉态。九酝春酒又名'三日醉'。初入口，都觉醇酽好吃，吃上三盏，寻常人就会睡到三日方醒。不过，河间还有更为烈性凶猛的醇酒,名曰'千日醉'咧。"

孙权捻须大笑,道:"此酒果然烈性!和曹阿瞒的霸道一个德行!你且退下。"

白秋水顺从地躬身后退,全公主能读懂他不喜奴婢太过聪明的心思,俯身把散落的竹简归拢好后,附耳密语:"父皇,何不学曹阿瞒'宁肯我负天下人,不可天下人负我'?他增加耳目,设置抚军都尉、校事官来监督内廷,父皇何不效仿?"

孙权的酒彻底醒了,他以欣赏的眼光,重新审视他的大女儿孙鲁班,能说出这番言论来,就比太子孙登高明几许!他对曹操素有论断:"操之所行,其唯杀伐小为过差,离间人骨肉以为酷耳,御将自古少有。"

满朝文武百官,不是江东豪族,就是淮泗士家,须得寻位手段狠辣、无枝无蔓的兵家弟子,方能无所顾忌地制衡那帮江东的恶虎猛龙。

想起朝堂上,被众人围攻的太史令卫道夫的徒弟吕壹,孙权暗喜,真是踏破铁鞋无觅处!他抬腿跨出殿门,要守候门前的宦官黄松前来:"传诏下去,兵家子吕壹,祈雨有功,擢升为中书郎。"

第二十章　梦里不知身是客

　　月色清冷，星辰暗淡，全公主和白秋水从孙权的宣室出来，上马骑行至北宫的铁柱门，就被一队执戟武士拦住。

　　"究竟是天太黑还是人眼瞎，连本公主的坐骑都不认得？"全公主手挽缰绳，侧身对白秋水嗤笑道。

　　那将士毫无惧色，只拿手扣长刀的刀鞘，咣当作响，语音铿锵似削铁如泥的利剑相砍："臣乃武卫都尉孙峻，请马上的贵客报上名来，不然别怪在下无礼冲撞！"

　　"孙峻？不过是位孙氏宗亲的平庸子弟，就学会狐假虎威了？"全公主高傲地仰望蓝黑天幕飘来一团忽明忽暗的乌云，冷哼道。

　　似乎为了震慑那位轻狂的武卫都尉，白秋水突地举手飞鞭，向半空划出一条银线，怒喝道："武卫都尉，日后可得长记性，这匹西域的名驹照夜玉狮子，整座建业城仅得全公主独有！"

　　她的话音刚落，全公主胯下的照夜玉狮子就飞扬前蹄，仰天嘶鸣。全公主正念叨这畜生果然是灵物，听得懂人话，猝不及防直立前蹄的马身向后翻仰,吓得她撒手丢掉缰绳,惊呼道:"照夜玉狮子发狂啦!"

浑身洁白无一根杂毛的骏马,撒开四蹄向宫内跑去,在靛蓝的幽深夜色中,似一道从雪山之巅飞流直下的白练!马背上的全公主被颠簸得晕头转向,她伸长双臂死死抱住温暖的马腹,防止摔落下地。

清凉夜风,吹来白秋水爆发的哭喊:"武卫都尉,还不快救下全公主!"

飞速颠跑的照夜玉狮子震得全公主的手臂酸麻得快散架,她不知道自己还能撑多久,照夜玉狮子的速度快如闪电,还在来回绕圈,她的五脏六腑都快被抖出体外。

"马鞭扔来!全公主莫怕,臣来也!"听到武卫都尉孙峻洪亮的嗓音,全公主咬紧牙关,拼尽全力不松手,她可不想落得个从马背上摔死的可笑下场。

透过眼前冒出的点点闪烁金星,她隐约瞥见孙峻将挽成圆环的银鞭拴在长刀上,动作潇洒地高举双臂,对准照夜玉狮子的头稳稳套来!唉儿唉儿,照夜玉狮子的头被银鞭套住,这野性的畜生终于口吐白沫消停下来。全公主的浑身筋骨都瘫软了,整个人恍若蜕皮的蛇,委顿在地。

"快,叫人抬来步辇。"全公主模模糊糊能听出仍是武卫都尉孙峻的声音。这位孙氏宗亲的后裔,果真有几分临危不惧、骁勇果敢的本领!全公主暗喜,头顶飞来一顶巨大的黑锅,把她罩进无边的黑暗深渊。

叮当叮当,全公主悚然惊醒,环顾四周,她已置身在熟悉的将军府内。夫君全琮坐在榻边,正举袖擦拭通红的泪目,垂首叹气,幕帘后是乳母怀抱牙牙学语的小儿子,晃动拨浪鼓在逗他发笑。

"巴图尔呢?"全公主冲着全琮追问道。

"谁？何人会有此古怪的名字？"一脸茫然的全琮，缓缓抽出握住她的手。

"不告诉你！"全公主醒悟过来，羞涩地闭上眼。她刚做了个漫长而离奇的梦，她和堂侄儿孙峻在翡翠绿的湖中沐浴嬉戏。不过，在梦里，她不是孙权的女儿，也不是全琮的妻子，她是一头卷曲黑发的异族女子，他叫她玛依努尔。他也不是武卫都尉，更不叫孙峻，他的名字是巴图尔。她希望能再次进入梦境，探个究竟。

一股腻人的甜香钻进她的喉咙，伴随着白秋水欢天喜地地高呼："佛菩萨庇佑，全公主醒来了。卫将军，快喂公主喝下加乳汁的热豆粥，补充元气。"

全公主抵挡不住豆粥的奶香诱惑，她睁开眼，见到身姿曼妙的白秋水手持托盘，像一尾妖娆的银鱼在全琮这片池塘里自由穿梭。她不由得醋意翻腾，伸手扯扯全琮的臂膀，他忙抓起隐囊垫在她后背。

全公主摸出枕头下的碧玉梳，一面慢腾腾地梳着垂在胸前的黑发，一面没好气地奚落她："白秋水，别在卫将军面前卖弄风骚了。"

"是，奴婢再也不敢了。"白秋水埋头将托盘放在全琮手中，低头疾步出门去。全琮端起冒热气的豆粥碗，骨节粗大的手指捏不住滑溜溜的调羹。全公主看不下去，摔落碧玉梳，夺过碗，手持调羹，三两下吃个干净，将空碗推给全琮。

全琮动作笨拙地拾起空碗，放在食案，又替她搓揉双肩，没话找话说："大虎，日后就别骑那照夜玉狮子了，那畜生太过烈性，恐怕世间尚无人能驯服咧。"

全公主慢悠悠地扭动脖颈，暗觉好笑。夫君全琮也太小瞧人了些，那孙氏宗亲、武卫都尉孙峻不就能驯服？她抿嘴轻笑道："那可不行！倘若本公主都不能骑，天下人就不可再骑了！不然，本公主宁

126

愿射死它,也不愿任他人糟践我的宝物。"

全琮的双手加重力道,带着宠溺的口吻,在她耳旁笑道:"大虎,你这宁肯我负天下人的暴脾气,幸亏生在帝王家,若是在那小门小户,可就难嫁人喽。"

全公主听着这话,甚为刺耳。就因强横的个性,背负克夫的污名,但她是皇帝的女儿,哪有愁嫁之说?她才不会搭理这些个闲言碎语——自个儿能做主的事,何必听信空穴来风,自寻烦恼?她梗着脖子冷笑道:"将军是嫌本公主太过强悍吗?"

全琮见她动怒,讨好地将那粗粝似仙人掌的下巴紧贴她的脸颊,蜻蜓点水般来回摩挲……

全公主最怕痒,她"咯咯"笑着推开他的头,伸手扯住他肥厚的耳垂,笑骂道:"若本公主不强悍,哪有将军的今日?"

"是咧,公主大恩,臣得再回故里钱塘,重修祠堂,祷告先祖……"

"少贫嘴了,子璜!"全公主最看不惯他好施慕名的穷人乍富的嘴脸——全琮当年途经钱塘,就"修祭坟墓,麾幢节盖,曜于旧里,请会邑人平生知旧、宗族六亲,施散惠与,千有余万,本土以为荣"。真如谋士凤雏庞统的断言:"卿好施慕名,有似汝南樊子昭。虽智力不多,亦一时之佳也。"

全琮见她突然转变脸色,一面昂首向幕帘外的乳母招手示意,一面温言软语安抚她:"公主,快瞧瞧我们的儿子,是不是有虎父无犬子之风?"

乳母跪在睡榻前,全公主随意地扫了眼乳母怀里虎头虎脑的小儿子,小家伙皱巴巴的五官,尚未长开,看不出像谁多些。她是期望儿子似她——与全琮同床共枕的这些时日,她心里愈发失落,在他卫将军的盛名之下,难副其实。他缺乏骁勇果决的胆量和敢于独挑大梁的担当,不过是依附于父辈荣光的平庸贵公子罢了。

全公主鼻孔哼了哼,脑中竟然蹦出武卫都尉孙峻矫健骁勇的身影!她的脸微微发烫,不自然地舔舔嘴皮,支支吾吾说出牛头不对马嘴的话来。

"那武卫都尉孙峻没来邀功?"

邀什么功?有何功劳可嘉?全琮听出她话音里微妙的情愫,面带愠怒地抬高音量。全公主感受到他浓浓的醋意,心里升起一丝报复的快意——允许你有所爱的女人白秋水,就不许本公主偶尔撩拨撩拨真勇士?她顿觉心绪畅快,撒着娇拖过他的臂膀,撩起他刺绣精美的袖袍,手指划过全琮密布金色绒毛的白皙手臂,这真不像那些出生入死、疤痕触目惊心的武将的手。

她将脸挨着他滚烫的胸膛,温柔地说,"昨夜本公主险些丧命于马蹄下。此等救命之恩,如再生父母,岂能无功?"

全琮降低声调,许是抵挡不了她的柔情似水,服服帖帖地迎合她:"但凭公主做主,子璜素来以公主马首是瞻。"

全公主强掩内心的失落,漠然地转移视线,望向琐窗外霜叶红于二月花的秋景。她多希望他能彪悍野蛮地抗命不从,哪怕一次也好——可他是习惯在权力面前俯首称臣的庸人。

她凝视着殷红似血的霜叶,心中不再泛起嫉妒的涟漪,转头笑吟吟地对全琮提议:"缓些时日,你、我和白秋水,再邀请武卫都尉孙峻到郊外鹿鸣山狩猎去,可好?"

"公主是怀疑那奴婢图谋不轨,想伺机处决她?这可不关子璜的事啊。"全琮神色惊惶地连连向后退步。

全公主失望地垂下眼帘,他可真是个窝囊废物!继而想起白秋水挥舞马鞭后,照夜玉狮子就发狂,该不会是太子孙登买通了白秋水陷害自己?这番猜想,惊得她汗流浃背。孰真孰假,鹿鸣山狩猎或许能见分晓。

"子璜多虑了,大虎不过是贪恋秋日红叶的景致,想纵马策腾,散散心罢了。"全公主不动声色地笑道。

"公主放心,此等小事,子璜自会安排妥当。"全琮稍显尴尬,心照不宣地打了个哈哈,便急速离去。

全公主侧身而眠,想着还能进入甜蜜的梦境,与梦中的巴图尔相会。虽然,梦里不知身是客。

第二十一章　鹿鸣西上虎符归

斜阳穿过便室的琐窗，似一撮撮秋日桂花的金粟飘落于案。孙峻举起根蓍草，凑拢鼻窦深嗅，不过是枯草衰败的气息，便将它丢开一旁，摊平双腿，倚靠隐囊假寐。

"嘭嘭"，便室的铁门被人砸得地动山摇。孙峻不为所动，随意瞟了眼窗外那一抹姜黄色的暮光，寻思应是急性子的堂弟孙綝造访。

"来者可是子通？"他一个鲤鱼打挺起身后，从里间推开门，孙綝那张熟悉的猪肝色马脸从门缝里露出来。他举起花色斑斓的袖袍，一头擦拭紫亮的宽脑门，一头挤进来，埋怨道："子远兄当真健忘！竟不记得鹿鸣山的狩猎之约？"

"又非有美人兮，见之不忘。慌甚？为兄还要熏香占卜咧。"孙峻坐直身，不以为然地撇撇嘴。他比孙綝年长十二岁，但两人性情相投。

孙綝上前扭住他手腕，丹凤眼笑成条细线，鹦鹉学舌："又非野战群龙,平白无故占什么卜?"

孙峻反手掐起孙綝后脖颈的一坨肉,孙綝疼得咧嘴哀叫着连连告饶。

嬉闹一番后,孙峻退至交椅内,捡起那根蓍草,颇有感触:"蓍千岁而三百茎,故知吉凶。而人生一世,譬如朝露,却连这根毫不起眼的枯草也不及,想来也觉无限惆怅。"

身形伟岸的孙綝虽未及弱冠之年,明亮的丹凤眼却流露出世事洞明皆学问的沉稳。他神情轻松地摆摆手,躬身朝天三拜,高呼出豪言壮语:"问世间,惆怅为何物?生为男儿身,不干番惊天地泣鬼神的伟业,岂不辜负这身好皮囊?"

孙峻心头一震。吴地的孙氏宗亲,少说也有上万人口,脱颖而出的佼佼者终归凤毛麟角。平日里看堂弟孙綝,以为他仅是身强力壮的莽夫,料不到他还志存高远,能与之共谋大业了,孙峻兴奋地抛下蓍草,拽住他衣袖,跨出铁门槛,行至秋阳高照的敞亮庭院。

孙峻撇下孙綝,走到院角那株亭亭如盖的龙爪古槐树下,孙綝脚踩慢慢升起的薄雾,紧跟上来,站定他面前。风刮下几片落叶飞到他肩头,孙峻替他掸掉树叶,直视他清澈的双目,夸赞道:"子通,料不到汝是燕雀安知鸿鹄之志的人物。"

孙綝揉揉肉嘟嘟的蒜头鼻,倒背双手,学着老学究的深沉腔调说:"子远兄,苟富贵勿相忘。"

孙峻听他少年老成地说出这种话,不禁五味杂陈。孙世宗亲,吴王孙权称英年早逝的孙桓是"宗室颜渊"。自己眼下算不上拔尖的人物,也非地位尊崇的重臣,好歹算是一门皇亲国戚,若能攀附全公主,富贵当是指日可待。

他抬起头,颇为自负地揶揄道:"子通,你这文绉绉的语气,令为兄想到那位'宗室颜渊'了。"

孙綝一愣,偏头想了想,恍然大悟起来,瞬时跳脚否决:"可是那建武将军孙桓?他虽器怀聪朗,博闻强记,可天妒英才,二十六岁就早逝。不像,不像!"

孙峻被他这认真的表情逗乐了,扯起他衣袖上下摇摆,故意叫板:"子通,那你想像谁?"

孙綝扭身甩脱他的纠缠,爬上龙爪槐树,孙峻环抱树身摇动。两人玩得正欢,身形精瘦的侍从飞奔前来,叉手禀报:"武卫都尉,全公主派人送牛酒相谢。"

孙峻惊喜交加,慌忙吩咐侍从将人迎到正堂好茶伺候,他则甩袖向前院走去,孙綝忙从树上跳下地,尾随而至。

呦,子远兄何时攀上全公主的高枝了?听着孙綝不无艳羡的口吻,孙峻如暑日饮冰酒,浑身舒坦。他心中得意,表面装出毫不在意:"子通,此言差也,若论高枝,还得是吴王。"

"全公主乃吴王最宠爱的女儿,攀上她,不就近水楼台先得月了?子远兄,当要记得今日苟富贵勿相忘的相约哦!"孙綝举袖擦拭并无汗渍的紫亮印堂,毫不掩饰他的勃勃野心,谄媚笑道。

孙峻瞅着幻想年少得志、一步登天的同宗子弟,对比那些身居庙堂高位、动辄就爱摆出一副好为人师嘴脸的老前辈,他更愿提携孙綝为同盟。

"那是自然!吾等的志向是与翱翔天空的雄鹰结伴,而不是与埋头刨食的乌鸦为伍!"孙峻豪情顿生,欣然应许。他脚下生风一般,行至正堂门前,生生收住脚——那架剔透光亮的玳瑁屏风,倒映出全公主婀娜多姿的身影。

他甚觉愕然,全公主怎会屈尊亲自送牛酒上门?正踟蹰不前,孙綝推着他后背,低声打趣道:"子远兄是动情怕羞了?来者真会是全公主本尊吗?"

孙峻揪住他衣领,坏笑着嗔怪道:"别总自作聪明,你仔细瞅瞅,不是公主本尊还是谁?"孙綝失落地嘟哝道:"子远兄,小弟尚未建功立业封官职,哪有机会识到身居高位的全公主?"

孙峻知他说的是实情,不再计较。右腿刚跨进门,就听侍从在说:"白姑娘,稍坐片刻,武卫都尉即刻便来。"

咦,不是全公主?孙峻失望地退步到门后,眼贴窗棂,仔细端详她的侧颜,她的身段,她的语态,分明就是全公主啊。他当值的那日,日光昏暗,竟没看清全公主身旁奴婢的真实容颜。

只听名为白姑娘的女子扑哧一声轻笑,语调不疾不徐:"不必见了,奴婢是来传全公主口谕的。三日后的辰时,请武卫都尉到鹿鸣山下的芦苇丛集合,上山狩猎。"

孙峻暗自窃喜,真是祖宗积德,让他巧遇全公主纵马受惊,救下她!此举赢得全公主芳心,以后侍奉她左右,位极人臣的梦想就不会是痴人说梦了。他愈想愈激动,踌躇满志地迈步进去,换上一副义正词严的面孔,假意推托道:"白姑娘留步,牛酒还请姑娘带回将军府,子远无功不受禄,受之有愧!"

白秋水冲他盈盈下拜,娇笑道:"都尉是贵人多健忘吗?只身驯服照夜玉狮子,使全公主免去灾祸,此等救命大恩,岂能是无功不受禄?"

孙峻打量神韵酷似全公主的奴婢,言谈举止不卑不亢,绝非等闲之辈,可想而知,全公主本尊该是何等厉害了。

"事君,敬其事而后其食。子远不过是尽了身为武卫都尉的本分。"

孙峻自诩这番冠冕堂皇的说辞,定能使白秋水折服,不想,这女奴一味狡黠地掩嘴偷笑不语,晶莹如黑夜星辰的双目瞄了眼门外的日影,神色淡淡地辞别离去。

孙峻还想虚伪地客套几句,见她是个绝顶聪慧的可人儿,话到嘴边,便吞落回肚。

身披黑缎凤袍的白秋水骑上紫檀色的骏马,施施然踏上绿意蔓延的林荫大道。孙峻双臂抱胸,背靠门框,痴望她在霞光里的窈窕背影,冷不防白秋水突然回眸娇笑,柔情绰态似翩若惊鸿,宛如游龙的河洛之神女。

他顿觉心旌摇荡,身后飘来孙絅不怀好意的话音:"子远兄,其心有慕焉啊。"

孙峻克制着意乱情迷的缥缈思绪,回想鹿鸣山那树树秋声,山山寒色的绚丽秋景,探手摸着孙絅的后脖颈,没头没脑地回应道:"汝愿当猎人还是猎物?"

"这还用说?自是那挽弓射虎的猎手。"

吾却想成为全公主射中的猎物。孙峻凝视头顶上方飘过一缕流光溢彩的晚霞,稍纵即逝于云端,突然萌生出大逆不道的荒唐妄念。

三日后,孙峻骑着他那匹色黑而青的大骊马,率领一队精骑,到了约定的芦苇丛浅滩,不见全公主的人马,唯有飘逸轻灵的芦苇丛在明晃晃的日光里如一汪水银泻地。

"都尉迟到,得罪全公主,误卿大事了。"身穿武将铠甲的孙絅从芦苇丛里钻出来,高举马鞭指向蜿蜒的碎石窄路。

此番狩猎,本没孙絅的事,这小子竟然躲在芦苇丛里当这甩不掉的跟屁虫。孙峻扭头望向被苍翠古树与郁郁密林涂绘的色彩绮丽的鹿鸣山,笑骂道:"滑头的家伙,狗嘴吐不出象牙来,兴许全公主也会迟到呢?"

孙絅猫腰钻进芦苇丛,牵出他的小白马,甩开膀子走上碎石路,回头哂笑道:"人家全公主是乘坚策肥、履丝曳缟,浩浩荡荡一批人马早上山了。"

孙峻知他所言不虚,忙从马背滚下来,将缰绳抛给随从,抓起弓箭袋绑缚在背,大步追上孙絅。

蜿蜒的山路两旁是比人高的茅草,杂以依附茅草的铁锈红藤蔓。前方是上百棵披挂金甲的银杏树，混杂着殷红的元宝枫林，点染靛蓝色的古老松柏，风吹铃铛的脆响与猎狗的欢叫，从密林里隐隐传来。

孙峻心跳加快，既紧张又不安。他一口气跑到银杏树下立定，脚下滚落发出腐臭鸡蛋味的银杏果渣，他捂住口鼻，对着气喘吁吁的孙綝发问："子通，全公主带了多少人马上山？"

孙綝举起手背，擦拭他那永远汗津津的油亮脑门，答非所问："都尉，被小心茅草的锯齿割伤脸。"

随即，风吹落几颗银杏果，一颗砸中孙綝的手背，腐臭的气味在空气里炸裂。孙峻厌恶地别过脸，催促孙綝赶紧找水洗手去。

"这半山腰哪儿来的泉眼？"相比被茅草割伤的痛楚，孙綝并不嫌弃银杏果的臭气，甚至还饶有兴趣地低头闻了闻。

"你小子喜欢臭味？"孙峻正奚落他，忽听有人在呼唤武卫都尉，忙侧耳倾听，貌似全公主的声音！他大喜过望，令骁勇之士们快步跟上来。

一行人经过殷红的枫林，爬上阴气森森的松柏林，眼前地势逐渐开阔，断断续续的马嘶犬吠，从林中半截朱墙黑瓦的庙檐内传来。

"怪哉，鹿鸣山何时盖了座寺庙来？"孙峻迷惑地抠抠手背，目光绕过齐齐整整站在林间静候他下令的骑士们。他记得鹿鸣山是既无麋鹿也无野猪，不知为何偏偏叫了这牛头不对马嘴的山名。

"进庙问问不就全知晓了？"孙綝抬腿就要跨进去，孙峻揪着他的招风耳，令他伪装成侍从陪同进去。

遵命，都尉。孙綝伸出粉紫的舌头舔舔残留银杏果臭味的手背，一本正经地躬身答应。

孙峻仰头望了望庙门的黑漆牌匾，簇新的隶书"鹿鸣寺"三个金字似乎还残留着生漆的刺鼻味。真不明白这寺庙为何也成了"鹿鸣寺",鹿在何方?

无暇多想,两人走过青烟袅袅、檀香淡淡的天王殿,来到大雄宝殿前的空旷庭院,殿前石阶两旁有雌雄银杏古树,青石地板铺满一层如龙鳞层叠的银杏叶。

"都尉,这庙宇真邪门,银杏树竟不掉果子了?"孙峻没理会孙綝,独自迈过伽蓝殿,绕到西院的月亮门前,就听见全公主声如裂帛的话语:"以战去战,盛王之道。"

孙峻悚然心惊,忙跪身门前,沉声禀报:"武卫都尉孙峻拜见全公主。"

"哎哟,武卫都尉终于姗姗来迟了。"全公主皮笑肉不笑的娇哼声,孙峻又喜又怕,慌得磕头请罪:"臣接驾来迟,罪当该罚。"

孙綝也傻傻跟着他下跪,静候发落。透过敞开的月亮门,孙峻见到乌泱泱的一帮随从,簇拥着面色清冷的卫将军全琮与雍容华贵的全公主。

全琮慢吞吞地走来,语调温和地与他客套:"武卫都尉于公主有救命恩情,岂能以迟到降罪?快快请起。"

孙峻能感受他客套后面的虚情假意,心想这世间哪有什么英雄惺惺相惜,不过都是迫于生存的表面敷衍的客套功夫。他垂首后退数步,毕恭毕敬地行礼:"武卫都尉孙峻参见卫将军。"

全琮飞扬起雄伟的浓眉,手指揉揉驼峰鼻,嘴角抿出世家子弟的清高笑意:"此地并非朝堂,都尉不必拘礼,本将军还要以牛酒重谢于你。"

孙峻见他绝口不提全公主赠牛酒一事,便偷偷瞟向身披花灰色貂毛领披风,神色倨傲端坐锦凳的全公主。不承想,她也望过来,两人四目相对,孙峻如遭雷击,浑身酥麻。他心虚地将头埋至胸前,思忖着如何应答时,身旁经过一位身形健壮、颧骨高耸的黑瘦黄眼僧人,他一手托盆散发焦香的烤白果,一手提着汩汩冒热气的瓦罐走向全公主。

身披黑风袍的白秋水抢身迎上去，接过托盘和瓦罐，笑道："劳烦师父了，烤的可是银杏果，煮得可是茅根水？"

那僧人合掌作揖道："姑娘聪慧！贵人临门宝刹，贫僧以鹿鸣山的烤白果、茅根水供奉，卫将军、全公主权当尝个鲜，汲取此山的灵气。"

卫将军全琮从托盘里抓把白果，走到全公主面前，贴心地喂她吃。全公主吃了几口就吐到地上，说太苦了。推开全琮，要白秋水将余下的白果、茅根水赏赐给武卫都尉及勇士们。

孙峻象征性地捡起两颗白果品尝，虽微微苦涩，也不至于难下肚。全琮被公主当众难堪后，面上有些挂不住，他挨着白秋水，抓起手心的烤白果，一颗一颗丢进嘴里咀嚼着，有一搭没一搭地问那僧人："师父，鹿鸣山可是有许多麋鹿？"

僧人摆正僧帽，转动着眼白多的黄眼珠，合掌含笑作答："回卫将军，鹿鸣山并无麋鹿，多的是黑兔、山鸡、野猪、金丝猴。"

全公主姿态慵懒地直起腰身，挥洒刺绣祥云的衣袖，欢笑道："为何取了个欺世盗名的山名？"

不等黄眼僧人作答，澄碧的万里晴空倏忽飞来上百只白雁，挨挨挤挤落在西院的房顶栖息，将晾晒在房顶、铺满银杏果的簸箕掀翻，上千颗淡黄色的银杏果纷纷砸向全公主。众人皆仓皇奔跑，躲避这从天而降的银杏果雨。

孙峻眼里只有全公主！他奋力冲上前，拦腰抱起被银杏果砸得花容失色的全公主朝门外跑去！全公主惊魂未定，挥舞胳膊，怒骂那些只顾逃命不管她死活的奴婢们。

众人均四散溃逃，黄眼僧人立定院内，念诵咒语，那群白雁似被咒语降服，挨挨挤挤地站立房顶，呱呱欢叫。

孙峻紧紧抱着体香奇特的全公主，沉醉于她温暖、香软的肉身，不舍放下。他目光散漫地搜寻卫将军全琮，危急关头，最应该保护全公主的人是他才对。

横冲直撞的人堆里，额头渗血的全琮冲出来，他攥着那女奴白秋水不放，声嘶力竭地高呼全公主小名："大虎，你在哪里？"

孙峻慌忙放下全公主，全公主冷冷地注视着全琮和白秋水，孙峻在她身旁，似乎能听见她心碎的哭泣。

为了缓解尴尬的气氛，他主动向全琮挥手。白秋水最先看到，急赤白脸地挣脱全琮的手臂，带着哭腔喊道："卫将军，全公主在门外啊。"

全公主抽出金钗，任由乌黑油亮的秀发垂下来，她撩了撩发丝，温柔地笑道："夫君可是被白雁啄伤了眼，看不到大虎？武卫都尉，还不射杀这些扰乱人心的畜生！"

孙峻一声令下，他的精骑分队开始搭弓射箭，雨点般的长箭射向匍匐在瓦面的白雁。可神奇的是，那些长箭连一只白雁都没射中！

孙峻傻眼了，他抽出弓箭，边走边瞄准白雁，一支接一支射去，同样没射中！那群白雁欢呼着冲向万里碧空。

全公主怒不可遏地抢过孙峻手中的弓弦，朝着跪爬过来的白秋水狠狠打去，冲着全琮嘶吼："肯定是那妖僧作怪！卫将军，还不把那僧人抓来乱剑砍死！"

黑瘦的黄眼僧人缓步走来，低眉顺眼地称颂佛号："阿弥陀佛，善哉善哉。"

卫将军全琮奔上来，一手搭在满面怒色的全公主腰身，一手夺下她紧握在手的弓弦，温言软语劝阻她："大虎，该杀的是这帮逃命的奴婢！"

"夫君是指贱奴白秋水当杀？"全公主媚眼如丝地甜笑道。

卫将军全琮一愣，双目燃起两团嫉妒的火焰，猛地擒住全公主的手，含酸带醋地低吼："大虎身边不是有年轻力壮的武卫都尉护身？"

"那，谁是本公主的夫君？人家只是武卫都尉孙峻！"全公主不甘示弱地甩开他，挨近孙峻旁边，娇声驳斥道。

见夫妇二人为他吃醋，孙峻且喜且得意，心思一动，俯身向全公主低语："全公主，臣可杀掉那女奴！"

全公主面露微笑，侧身他耳后，吹气如兰："不，养兵千日用兵一时。"

卫将军全琮的面色煞白，双目射出利刃一般的寒光刺向孙峻。他后怕地移动步伐，偷偷与全公主拉开距离。

空气瞬间凝结，一旁的黄眼僧人看出端倪，合掌相问两人："全公主，卫将军，宝刹有千年夫妻树，二人可随贫僧拈香祈福，以庇鹣鲽情深，白首不渝。"

全琮听得频频点头，满含期待地望向全公主，全公主带着调谑的语气，指向天空："老师父，本公主和卫将军相敬如宾，用不着劳烦神仙操心了。"

"也罢，不劳烦神仙操心了。"全琮支支吾吾地附和道。全公主打了个呼哨，照夜玉狮子如同一道雪亮的闪电从霜林尽染的林中飞奔而至。

风吹拂密林，发出呦呦如鹿鸣的声响，黄眼僧人突然拊掌笑道："全公主，这下总该明白此山为何叫鹿鸣山了？可惜喽，白雁停栖庭院，是寺庙将要荒废的征兆。"

无人理会黄眼僧人的悲叹，孙峻绝情地伸掌推开他，快步迎向颠颠跑来的大骊马。

第二十二章　此情可待成追忆

白秋水费力钻出爬满锈红阔叶藤蔓缠绕着尖刺荆棘的洞口，抬头就见像鸵鸟缩着脑袋的卫将军全琮立在不远处。他捏了捏高挑的驼峰鼻，语气中掩饰不住对她的心痛之情。

"你是怎么从鬼门关走出来的？"

"回将军，奴婢是一步一步走出来的。"劫后余生的白秋水心有余悸地回望深渊似的乱石深坑，将受伤的手掌藏在后背，忍泪作答。

全琮环顾四周无人，猛地将她搂进怀，下巴摩挲白秋水的额头，话音严厉："你必须得离开她！我厌倦了担惊受怕！她容不下你，有朝一日你会被她害死！"

全琮的情话，犹如炙热的夏风吹过田野的麦浪，将白秋水形如槁木死灰的心吹得活泛了，她欢喜地抱紧他——他还是爱她的！鹿鸣寺的白雁作乱，他冒着大不韪的风险，抢先来保护她。当时，白秋水甚至恶毒地祈祷雁群能将全公主一帮人驱赶出寺庙，整个世界就留下她和全琮独处。她太想念他了,平日忌惮全公主的淫威,不敢有丝毫的爱意流露,这种禁忌之恋折磨得她快发疯了。

白秋水偎依在他厚实的胸膛,口鼻、心房皆塞满他充满雄性力量的浓烈男人味,这是让她痴迷的温暖气息。刹那间,天地静谧,时间仿若静止,她多想时间凝固,她和他就这样共度余生。

一只云雀欢叫着掠过树林,白秋水从幻境里惊醒,全公主孙鲁班那张透出野兽狰狞凶光的凤目,好似在天上觑视她。白秋水惊恐地推开全琮,瘸着腿走到柏树下,背靠树身,撩起乱发,惨然笑问:"天下虽大,妾身又能逃向何方?"

清风徐来,黄叶翩然,全琮仰视那棵直插云霄的古柏树杈,一束幽深的光芒照耀着他弧线俊朗的侧颜,白秋水看呆了,她极度迷恋他贵公子派头的好看皮囊。

全琮浑然不觉她的心思,双目蒙上一层阴影:"你真受得了她那醋缸子随时撒泼的苦头?"

风声簌簌,虫鸣啾啾,白秋水并不急于作答,目视前方世界的颜色如同玫瑰一样迤逦的斑斓密林,拉着他的手,让全琮紧挨着她并肩而坐。

铺满厚厚落叶的地面潮湿松软,白秋水舒适地伸展四肢,以坦然接纳万物的轻松语气,谐谑道:"人这一辈子,不就是生下来,活下去?"

全琮抚弄她鬓角的黑发,神色凝重:"大虎不是有心要射杀你。射中你的弓箭,是我眼花,误以为那披风是只花灰色野兔呢。"

白秋水爱怜地握着他温暖的手掌,泪水无声地划过面颊。他真是傻瓜,为何要解释?解释不就在掩饰真相?一行人徒步茂林中,全公主脱下被银杏果残渣溅污的花灰色貂毛领披风,朝白秋水兜头抛去,说赏赐给她。

是纯属无心之举还是有意为之,她不能确定。唯一能确定的是,在孙鲁班见到全琮拉她冲出人群的那一刻,孙鲁班是恨不得亲自手刃她!白秋水不怪她,换作是自己,同样会有这滔天的嫉恨。

她认命——人世间,出于爱所做的事情,总是发生在善恶的彼岸。

她释然了,深情地凝视他高挑的驼峰鼻,如同一座替她遮挡风雨的山峰,满腹柔情充盈腹腔,她靠近他,相互偎依着取暖。

冷风卷起地面的枯枝败叶,在半空打旋。白秋水打了个寒战,萧瑟秋意令她记起黄眼僧人的话,充斥着一腔无人诉说的凄苦。

"将军,依那黄眼僧人所言,白雁停栖庭院是寺庙将成废墟的征兆,有何玄机?"

全琮皱着短促的浓黑眉头,指头捏住爬上手臂的七星瓢虫抛向远处,搓揉手掌,拉她起身:"盛极必衰的常理,算何玄机?"

白秋水心想,哪有的盛啊?如果是指吴王孙权的帝业,岂不就成了犯上作乱、妖言惑众的死罪?她畏惧地不再言语,拿手扯起长在树根里的野草,看手背的血渍干了,附着在皮肤上,血肉模糊的伤口的痛感逐渐消失;再撩起裙摆,腿肚的伤痕是被洞内的石块擦伤的,休养几日,应当无碍。

全琮趴下身来,要背她出去和全公主会合。白秋水咬住下唇,迟疑着不肯听他的话照做。

"将军就不担心全公主暴怒,迁罪到奴婢头上?"

全琮动作迅猛,将她拦腰托举,边走边感叹:"她是皇帝的女儿,多少俊美的少年英雄妄想对她大献殷勤。她已有年轻勇武的武卫都尉孙峻。你不同,你只有我。"

全琮这番话,搅得白秋水的心房如热烈馨香的夏花绽放。她整个人都酥麻了,双臂搂住他脖颈,任由他在幽暗的林中横冲直撞。

穿越茫茫密林,来到视野开阔的溪流边,全琮放下她,蹲在河岸舀水洗面。

"秋水,你不离开将军府,可是因为我?"他的面孔滴着水珠,琉璃色泽的眼珠显得魅惑迷离。

"是,也不是。"白秋水伸出双手,浸进冰冷的河水,刺骨的寒意钻进全身,血渍慢慢退散,与清澈的溪水融为一体,汩汩欢叫着奔流向前。她痛苦地挣扎着,不知当不当讲。毋庸置疑,她爱他,不肯与他分离,但她深知,爱,不是她生存的全部。活下来,才是当务之急。

全琮舀水泼湿了白秋水的脸,半真半假地戏言:"不要太过爱我,你见过几位将军是多情之人?"

白秋水一怔,听说过自古商贾重利轻离别,尚未听闻征战疆场的将军也是薄幸者多。她举袖擦拭脸上的水滴,笑意温婉,故意将他一军:"将军温文尔雅,怎似那薄情寡义的狠人?"

一片红叶飘落河面,在逆水的旋涡中打转。全琮走到河对面,捡起那片巴掌大的红叶,遮挡他的半张侧脸,神色认真:"你别忘了,一将功成万骨枯,将军是生死无惧的狠人,若他没狠过几回,岂能看淡生死?"

原本充满杀气的血腥战事,从全琮的嘴里说来,竟有闲看庭前花开花落,夜来灯下敲棋嬉戏的淡然之气。

白秋水喜忧参半,这还是她深爱的卫将军全琮吗?她从未感受到他杀气腾腾的另一面。也许,每个男人都是魔鬼与野兽、小人与君子的合体。她不知所措地惊惶四顾,清新的松针混合着污浊的腐叶,交织成迷迭香的漫长气息,昭告着黑暗即将降临。

河对面的全琮脱下盔帽,将毛发浓密的头颅完全浸在水中片刻,然后仰起浑圆的头,像刚涉水过河的雄狮,潇洒地抖动湿漉漉的毛发,手心抹过面庞,露齿微笑:"你的腿还能走路吗?"

白秋水娇羞地点点头,想着他始终对自己关爱有加,不觉心头一暖,鼓起勇气追问他:"将军爱她吗?"

"爱！当然爱她！她是世人追慕的金枝玉叶，岂能不爱？"全琮俯身从溪流底下摸出一块纹路漂亮的鹅卵石，不假思索，对答如流。

"将军是爱她的显赫身世罢了。"白秋水手握湿漉漉、冰凉凉的鹅卵石，赌气地背过身。

全琮走到她面前，举起灰棕色的心形鹅卵石，笑道："这世间，哪有洁白无瑕的纯爱？连白玉都有瑕疵。爱，不是掺杂情色的本能就是混杂权力的欲望，不然，怎会爱得深沉，恨得刻骨？"

"将军怎会说起浑话来？"

白秋水被他逗笑了，笑声引发的颤动撕扯到她的腿伤，她呻吟着低下身来。全琮忙丢下鹅卵石，查看伤情，顺势搂住她，白秋水惊喜不已，两人倾倒在河岸激情翻滚。

全琮疯狂地热吻，几欲令白秋水窒息。她要推开他，可他大力无比，根本推不动。他咬破了她的嘴皮，血水和唾沫粘连，将两人融化。他含含糊糊地说："大虎是从不在意他人感受的刁蛮公主，你是处处替别人着想的善良女子！享用荣华富贵的是她，受尽百般折磨苦楚的却是你，本将军心疼啊。"

她是全公主，皇帝的女儿，自然处处是别人替她考虑周详！以她的阶层，断然不会去考虑他人感受。你可曾见过吃人的老虎会考虑柔弱的羊羔的感受？白秋水看透这一切的本质，但不想说破，说破也毫无意义，改变不了现实。她的前半生太苦了，刚经历生死劫难，她宁愿享受这片刻的纵情欢愉！她达到身心灵肉的极致愉悦，整个身子都虚脱了，脑袋昏沉沉的空白一片。欢爱的极致就是如此虚无吗？腿上传来一阵钝感的疼痛，白秋水想要大叫，全琮用嘴堵住她，她只能扭摆身躯呜呜娇啼。

全琮突然双手摁住她的双肩，张开的嘴里喷着一股热气，用力舔她唇间的血，恶狠狠说道："疼吗？疼就对了！你不是要留在将军府吗？你成为瘸子，大虎定会饶你不死，我们也能长相厮守。"

言毕，他果决地抽身离开她。

白秋水的泪水如决堤的洪流汹涌而泻。世间的爱当有千姿百态，她和全琮之间算什么呢？也许，就不是爱，不过是肉体的欲望纠缠罢了。

如恶鬼在咆哮的秋风被滚滚前来的马蹄声淹没，是全公主的大部队到了。白秋水慌忙理好凌乱的衣衫，缓缓放平伤腿，闭眼装昏，耳听武卫都尉诣媚的呼声："全公主，不过一个贱奴，杀掉就是了，何须劳心费力？"

秋风摇动树木，一片黄叶遮盖她的双眼，难道自己就这样死去，就这样被埋葬吗？一行清泪滑过白秋水的面庞，滴进她的锁骨凹陷处，冰冷异常。

"公主，她掉进石洞，腿被猎人设下的尖石刺伤，成了有残缺的人了。"是全琮平静的声调，他伪装得真好。尽管全公主背地里时常讥讽他智力不多，好施慕名。但对陷入无尽黑暗中的白秋水而言，卫将军全琮便是她的天地，是她的勇士。

第二十三章　一尺深红胜曲尘

"腿当真瘸了？"孙鲁班走到躺身于地的白秋水身旁,撇掉遮盖她面容的一片黄叶,不可置信地问道。

白秋水容色苍白,失去血色的嘴唇微微嗫动:"全公主,奴婢怕是会成跛足,不能尽心侍奉公主了。"说着话她就要起身行礼,孙鲁班以目示意她不要动。

潮湿的泥土地面,一堆黄蚂蚁围着腐烂的山楂果正卖力拖曳。孙鲁班指向它们,嗤笑道:"你也是命如蝼蚁啊。"

白秋水羞惭地别过脸,一串串泪珠扑簌滚下来,她举起手背抹抹泪,强颜欢笑:"是,奴婢生来就是蝼蚁的命。"

"哼!算你尚有自知之明。"孙鲁班直起腰身,几位侍从忙搬来竹几,铺上软垫,扶着她坐下来。一人屈膝俯身在前,手持盛满石蜜的琉璃盏敬献于她。黏稠的琥珀色石蜜,流淌着甜腻的香气,孙鲁班浅浅啜饮半盏,便将剩下的石蜜水递给随从,赏给白秋水。

白秋水忍羞含耻地饮下石蜜水后,拖着伤腿,爬到孙鲁班脚前,磕头谢罪,哭得涕泪交横:"全公主,奴婢知错了……"

风卷起漫天落叶,无情地将其抛掷汩汩溪流,冲向下游,瞬息不见。孙鲁班举起纤纤玉手,目不转睛欣赏指间的蓝宝石戒指——夫君全琮赠予的定情信物,昔日闪耀光芒的宝物已褪色成了明日黄花!她毫不在意地垂下手臂,注视着如银蛇蜷缩一团的白秋水,咯咯笑道:"你何罪之有?"

白秋水被她的问话噎住了,她虚张声势地咳嗽起来。孙鲁班充满快意地望着她如鲠在喉的难堪模样,别头朝静候一旁的全琮挥挥手:"卫将军,还不快去查看她的伤势?"

全琮巴不得她这声令下,迅疾跑到白秋水身旁,撩起她的裙摆,展示给孙鲁班:"大虎,她所言不虚。"

孙鲁班探头望了眼血淋淋的皮肉翻卷出一截白森森的骨头,既大快人心,又恶心反胃。她起身离开原地,朝着溪流的上游走去。风呼呼吹过面颊,她恶心的哪里是白秋水的伤腿?是恶心夫君全琮和白秋水的私情,在自己遭受性命攸关的时刻,全琮竟然放任不管,反而去保护那个贱人!此等公然在大庭广众下毫不掩饰的私情,对她而言真是奇耻大辱!她何曾受过这般羞辱!

默默跟上来的是武卫都尉孙峻,他善解人意地递来一方丝帕。孙鲁班用手指夹住这方四角绣花的丝帕,擤完鼻涕,丢给他。

孙峻像捧着举世无双的珍稀宝贝,小心塞进袖笼,孙鲁班看得忍俊不禁,捂嘴笑出声来。眼角余光瞥见全琮小跑上前,她不快地收敛笑意,眺望溪流下游的远山黛影呆呆出神。全琮在她身后,脸凑在她香肩,嘴里的热气吹向她后脖,贴着她耳朵哀求道:"大虎,借延年杖一用。"

孙鲁班当然明白他的用意,不由得腾起一腔嫉恨的怒火,随手把全琮推开:"放肆!她也配用延年杖?卫将军耳聋了?那可是鸡鸣寺的黄眼僧人献给父皇的宝物。"

全琮向后趔趄两步，方才站稳。他脸上青一阵红一阵，许是未料到孙鲁班会对他翻脸无情。他神色惊惶，如斗败的公鸡，耷拉着脑袋，垂首作揖："是子璜鲁莽了，本以为公主慈悲为怀，能赏赐黄眼僧人的石蜜，定不会吝啬那根延年杖。"

得寸进尺的白狼眼！妄想与本公主平分秋色？孙鲁班强压住翻滚不息的怨火，手指向密林深处，放缓语气，冷笑道："漫山遍野的竹林树枝，随便砍一根来当拐杖用，不比这圆长皮紫的延年杖强？"

缓步走来的孙峻，双手捧着不知从何捕获的一对啾啾叫的翠色雀鸟，嘴角抿出促狭的笑意："全公主，卫将军恐怕稀罕的是延年杖的尊贵吧？"

孙鲁班狠狠瞪了他一眼，孙峻识趣地弯腰后退。这是她和全琮夫妇的家事，还轮不到外戚来掺和。

全琮没搭理孙峻不安好心的戏弄，只顾点头哈腰向孙鲁班应许道："是，大虎训斥得极是！怨子璜糊涂，差点儿犯了以下犯上的欺君之罪。"

看他一脸惶恐不安的神色，孙鲁班心软了。自从生下儿子后，全琮常借故繁忙脱不开身，鲜少与她亲近，怕是和贱婢白秋水频频暗度陈仓。她屡屡升起退婚休夫的念头，又忌惮自己头顶克夫高帽，就算恳求父皇真退婚休夫，她又能嫁给谁？父皇常告诫她，小不忍则乱大谋，权且忍住。

起风了，捎带着丝丝寒意，孙鲁班抱紧双臂，朝全琮努努嘴，要他斟盏酒来暖暖心。

随从们仍旧搬来竹几，铺上软垫，孙鲁班俯身望着翠绿水草乱舞的清澈水面倒映着的她的倩影，忍不住临水自照，摸摸略显干燥的脸颊，顿感娇颜被时光摧残的无情。想来这世间美人，谁都会走到一尺深红胜曲尘，天生旧物不如新的地步。她暗自叹惋："就算倾国倾城的佳人，也会落得个绿鬓朱颜的时候。"

孙峻蹑手蹑脚走来，手捉那对翠绿雀鸟跪伏她侧身献媚："全公主,此乃翡翠。雄赤曰翡,雌青曰翠,羽可为饰。"

孙鲁班淡漠地摆摆手,她对什么鸟雀、珍禽没多大喜好,忽然念及缠绵病榻的母亲步练师若还在人世,这对鸟兴许能逗她开心呢,她忙叫住孙峻,吩咐他将翡翠鸟装笼提回宫,献给中宫步夫人。

"步夫人?步夫人?"孙峻一脸茫然,稍一走神,手中的翡翠鸟就飞走了,他呆头呆脑拔腿就要去追赶。孙鲁班才记起母亲步练师得怪病后,很快就香消玉殒了。

"武卫都尉,别追了。"

全琮指挥着随从抬来一桌酒菜,稳稳搁置在地。桌面佳肴丰盛:整盆鹿肉脯、烤得外焦里嫩的野鸡、清炖的野兔肉、煮熟的鹌鹑蛋。孙鲁班甚为满意,招手要孙峻等人都来吃杯热酒。

众人欣然从命,均席地而坐。孙鲁班接过全琮为她斟满的暖酒,仰头饮尽,刚放下空盏,孙峻又奉上野鸡的一对翅膀放在她碗中,殷勤的谄媚之音令孙鲁班甚是受用:"全公主,食了这鸡翅,寓意公主将似翱翔于九天的鲲鹏展翅。"

孙鲁班扑哧笑了,伸出指头,向孙峻脑门深深一戳,调笑道:"武卫都尉这张嘴啊,都能与舌战群儒的蜀国丞相诸葛亮相媲美了。"

孙峻脸皮涨得通红,放下鸡翅,纳头便拜:"全公主,臣非有求于斗升之禄,而所愿者,只是一睹贤人之光耀,闻一言以自壮。"

"你们听听,武卫都尉真是初生牛犊不怕虎,豪情可嘉,后生可畏。"

孙鲁班连饮三盏后,索性撒娇要全琮把整壶酒拎来。她继承了父皇豪饮、嗜酒的基因,就算几坛酒落肚,也不会有丝毫醉意,这一点,连全琮也自叹不如。

全琮拗不过她,令随从抱酒过来。

孙鲁班拿起酥脆的鸡翅，缓缓啃食干净。见全琮只是低头喝闷酒，余光不时瞟向躺在草地的白秋水，心中醋意大发又不便发作，显得她这全公主还小肚鸡肠了，与奴婢争高低，岂不是丢人现眼？她带着浅浅的醉意，歪头靠在全琮肩上，调侃道："夫君何须担忧？白秋水略通医术，自会调养，不至于残废成瘸腿。她既是夫君所爱，还不去将她抱来？"

全琮喜欢得双眼放光，他攥紧她的手，毫不掩饰的喜悦之情溢于言表："大虎，此话当真？"

孙鲁班暗自恨得咬牙切齿，面上佯装若无其事，平静地抽回手，后背似有一双热辣辣的眼睛在直视她，她蓦然回首，是孙峻！这竖子身披红袍，立定于苍翠绿林间，昂扬着那张俊美阴郁脸庞，仗着酒劲，大胆地与她眉目传情呢。

孙鲁班的内心泛起一圈小鹿乱撞的涟漪，但她并不即刻回应，而是面无表情地扭过头，高高在上地接受全琮拱手作揖的感恩戴德："大虎果真是菩萨心肠！秋水定会死心塌地侍奉你。"

全公主嫉恨交加，突然心生一计，扯住他衣袖，手持酒壶，慢慢站起身，趴在全琮耳旁柔声细语："放心，大虎不会伤害夫君心爱的女子。"言毕，她踏着松软的草地，颤颤悠悠走向白秋水。

全琮忙不迭点头称是，喝令不远处的部属去砍木棍，十几位士兵便挥刀砍树挖藤，制成背靠的木椅，铺上柔软干燥的野草，扶白秋水坐上去。孙鲁班打量着她，见她早已将伤口敷上草药，她捡起赏赐白秋水的花灰色披风，拔出扎在后背心位置的箭，暗想这奴婢真是命大，本想借全琮的手射死她，哪知机智的白秋水只是把披风挂在树权上，受惊跳进石坑，还捡回一条性命。

她会不会就是大难不死必有后福的女子？孙鲁班恼怒地把披风揉成一团，扔进溪水中，抓起酒壶，把酒壶塞进她怀里，逼她饮酒。

白秋水抬起惨白的俏脸，低声下气恳求道："臣侍君宴，不过三爵，惧其失节也。全公主，请准许奴婢饮三盏即可。"

孙鲁班态度决绝："不可！你不是善医术吗？既能自救，何惧花间一壶酒？"白秋水不得已，双手捧起酒壶，对着壶嘴，咕咚咕咚喝不停，孙鲁班叉着腰，心里那个痛快啊，如同奔腾向前的溪流，欢快畅意。

白秋水是真不胜酒力，大半壶酒刚下肚，她就低头哇哇吐得满地腥臭，泪流满面地向她告饶。孙鲁班以不可一世的自负藐视她那张年轻白皙的俏脸，轻轻吐出几个字："以色事他人，能得几时好？"

"全公主饶命，奴婢，奴婢再也不会有非分之想了。"白秋水咬破的嘴唇，渗出血丝。

孙鲁班向徘徊原地的全琮招招手，半是怂恿半是威逼："当着卫将军的面，再说一遍。"

"海誓山盟，终究是兰因絮果。奴婢，奴婢不再对卫将军有半点儿非分之想了。"白秋水的嘴角溢出点点血珠，断断续续说完，便栽倒在木椅内不省人事。

长久以来扎在她心尖的毒刺，算是拔掉了。孙鲁班走到呆若木鸡的全琮面前，替他戴上皮帽，正想说些温情的话语，一人骑马冲过来，滚翻在地，急吼吼地高呼："全公主，卫将军，太子孙登病危，陛下命速速回宫。"

"中宫步夫人病危？"孙鲁班惊得双手在空中乱舞。孙峻从后面托住她的腰，附耳提示："全公主，步夫人去世三年了，是太子孙登。"

"啊？"孙鲁班顿觉头疼欲裂，是真醉了？她软软倒在孙峻怀里，隐约听见全琮在催促随从："快，扶醉酒的全公主上马，即刻回宫！"

第二十四章　故人两座绿蒲团

月朗星稀,瓜田静寂。

孙登正倚窗赏月,忽见田埂桑树后闪现一道鬼鬼祟祟的黑影!惊得他探头高呼:"来者何人?"

那黑影踏进瓜田埋头跪拜,脱口而出的腔调既妩媚又尖锐,令人难辨雌雄:"殿下莫慌,山民东野荒木盗得岷江菩提花归来也。"

东野荒木是上党武乡人,种麻为生,为争麻地和乡邻殴斗,逃亡到丹阳郡的崇山峻岭当山民。孙登上山打猎撞见这厮采草药正为人治病,便将他收留为宾客,带到吴郡曲阿替徐夫人诊治。

这家伙口称有神功,真不是打诳语。东吴距蜀地岷江,少说也有万里路途,他这一趟来回不过十日,果然神速!孙登喜得忙向怀抱雪白花束的东野荒木频频招手:"荒木,快进屋来,想煞本宫了。"

东野荒木抬起罩着纵目青铜面具的脸,张开双臂,如夜空的黑蝙蝠向他居住的东厢房俯冲而来。

孙登反身走到几案旁,端起冷却的茶汤,复而放下,顺手把冷茶泼洒进几案下的葵口大肚瓷瓶内，朝向直立门框的孙左下令：
"孙左,去看看徐夫人醒来了吗？"

孙左躬身领命,倒退至台阶,不妨脚下踏空,摔了个四仰八叉,
滚翻到地。孙登忍住笑,改变主意,要他别打扰徐夫人,到膳房备些
饭菜给东野荒木。

孙左翻爬起身,掉转头向膳房跑去。

孙登倒背双手,立定台阶漫步思索,此番借口回吴郡曲阿祭扫
祖祠,实则是探视病情日益加重的养母徐氏。中宫步夫人病逝,父
皇力排众议,固执坚持以皇后礼制下葬,徐夫人自知与后位无缘,
至此忧虑成疾。宫内,全公主成日在父皇面前污蔑他与养母徐氏串
通术士下蛊,害死步夫人。朝堂上下,谣言四起,弄得他百口莫辩,
寝食难安。

月亮慢慢钻进云团,星辰渐渐暗淡,一股浓郁的香风袭面,东
野荒木如枭鸟飘落院内。他举起手中芳香四溢的白花,青铜面具遮
住他的真实表情："殿下,湿气重,邪气易浸身,进屋去。"

孙登点点头,两人一前一后拾阶进屋。东野荒木将菩提花插进
大肚瓷瓶内,搁置居中的几案,莹莹白花映衬着墙面一副"老骥伏
枥,志在千里"的楷书,给原本冷清的室内添了些许凌云壮志的豪
气。

孙登抚摸着硕大的洁白花瓣,这来自西南山崖的奇花,香气浓
烈,不多时,花香便溢满室内。他长舒口气,将花香吸入肺腑,跪坐
蒲团,直视对面东野荒木那如螃蟹凸出鼓目的青铜面具,手指点向
它,暗示他取下："这菩提花真能治好徐夫人的心病？"

东野荒木压根儿就没摘下面罩的念头,躲在青铜面罩内的眼
神飘忽,语气倒是从容徐缓："此花清心安神,能让徐夫人睡得安
稳。她的心病,难以根除。生关死劫,皆有天定。"

孙登听出他隐晦的潜台词——养母徐夫人怕也活不长久,唯

有听天由命吧。他不满地指着像怪兽一样可怕的青铜面具。

"还不快快摘下它？看着好瘆人。"

东野荒木的手指在护目上轻轻划过，看不到任何表情变化："殿下，山民在悬崖盗花时，被守护菩提花的毒蛇偷袭，半张脸已溃烂。也算是天遂人愿，山民本想戴面具，重新做人……"

孙登听得浑身起鸡皮疙瘩，挥手打断他的话。东野荒木本就相貌古怪，胜得风神雅爽，既已破相，戴着面具也好，免得吓人。

淅淅沥沥的雨滴声突然而至，孙登顿觉寒意浸身，连日来承受全公主与父皇的猜忌似泰山压顶。他不安地扭动脖颈，门哐当被风吹开，拎着食盒的孙左与怀抱酒坛的壮汉齐齐冒出来，东野荒木迅疾如鸵鸟将头埋胸前。

"太子，腌鱼、熏鸡、蒸芋头、野菜团……"孙左边絮絮禀报，边麻利地将盘儿、盏儿、碟儿、碗筷摆放齐整。孙登头也不抬，挥手示意他们退下。

孙左拉着壮汉夺门而出，室内恢复寂静，飘浮着花香肉味。孙登挤出笑脸，邀请东野荒木落座吃菜。他也不推辞，两人相对而坐，闷头饮下三盏酒。孙登听檐下雨打芭蕉叶的滴答声，甚觉凄凉，一怀愁绪涌上心头。他手捏酒盏，想起父皇的脾气喜怒无常，妹妹孙鲁班总和自己针尖对麦芒，两头受气，他这名正言顺的太子当得也忒窝囊了。

"却才须臾之间，竟飞起冬雨来，老天也是阴晴不定，变化无常啊。"

东野荒木不吃荤，他咀嚼着野菜团，呲溜吸两口酒，重重放下酒盏，瞪大通红双目，拱手禀道："殿下，富贵荣华同样变化无常。"

孙登惊得六神无主，念及自身孤苦伶仃——生母无靠、养母病重、妻子周妃的父亲周公瑾早逝，父皇厚待皇弟孙和——是在警示他的太子位并未固若金汤？他替东野荒木斟满酒，脸凑拢他，掩嘴低问:"此话怎么讲?"

东野荒木端起酒盏,小小酒盏投射到墙面是整堵墙的阴影。他的话语意味深长:"皇权如这酒盏的阴影,最能蛊惑人心。世间之人,谁不妄想长久拥有皇权?谁不妄想长生不老?"

孙登体味着话中深意,听出玄机来:年富力强的父皇根本就不愿他早日继位登基呢!怨不得他对待皇弟孙和与自己这位太子未有长幼尊卑之分,宫内传言是宠爱琅琊王夫人缘故。他清楚,父皇才不会是倚重男欢女爱的痴情男儿,是拿他这太子权且当个摆设,连傀儡都不是!

一时间,孙登顿觉万念俱灰,生无可恋。他猛地举起酒盏砸向地面,酒珠飞溅,酒盏碎裂!东野荒木岿然不动,他突然握住孙登的手腕,语气急切:"太子体内有暗疾,请多自爱。"

孙登苦笑着脱开他的手,拣起盘中一块熏鸡腿,有滋无味地细嚼慢咽,惨然笑道:"本宫无碍,你只管留在此地,疗愈徐夫人风体便是了。"

东野荒木不再言语,定定望着雨帘密集的窗外,叹息着缓缓揭下青铜面罩,露出半边疤痕重叠似鬼脸的紫红脸膛来。

孙登略略瞄了眼他那张可怕至极的鬼脸,便低头饮酒回避。

"殿下,徐夫人风体并无大碍,倒是殿下你,已病入膏肓了。"东野荒木重新戴上青铜面罩,言辞间的忧虑令孙登大为不快:"你吃惯了村醪野菜,才说这番危言耸听?"

一朵碎花飘落于地,此种孤寂之意,正如"春意一炉红榾柮,故人两座绿蒲团"的诗意画面。

东野荒木起身走至菩提花前,手在青铜面具上摩挲良久,徐徐道来:"山中野趣怎及得朝堂富贵?"

孙登瞬间明了东野荒木的心思,他为盗取蜀地岷江的菩提花劳心费力且毁容,哪里肯就此归隐田园?处处与他作对的孙鲁班身旁有颇懂医术的女奴,不如将他带回建业,让其侍奉左右,自己也多个帮手。

这般思忖后,他举起酒盏:"卿非蓬蒿人,曲阿又是小庙,不如明日随本宫回建业……"话还没说完,东野荒木已跪拜上前行大礼:"多谢殿下青眼相看!"

孙登深感欣慰,贪图富贵荣华的人,最好使唤。鼓目的青铜面具看眼熟了,也不觉得阴森恐怖。他将东野荒木扶起来,随口问道:"卿可会下蛊?"

"下九流的雕虫小技耳。"

孙登松开手,走向香气清冽的菩提花前,听雨声缓慢滴落台阶,不禁思绪万千。他想起自己的前半生,看似深得父皇的恩宠,名士的拥戴,可均为繁花似锦的幻境,处处充满尔虞我诈的殊死搏斗,连血肉相连的亲情都不堪一击,何况同生共死的君臣情谊?想起自己在长夜漫漫里独自吞咽的满腹凄惶,他不觉潸然泪下。

东野荒木的声音似琴声悠扬:"殿下是想以其人之道还治其人之身?"

雨夜里的桢楠树散发着鱼鳞般的亮光水气,恍如成精的树妖,耀武扬威地向他咆哮。孙登不为所动,背对他:"有何不妥?"

东野荒木以手击打青铜面罩,仰天长啸:"下蛊者终究会被蛊虫反噬,得不偿失啊。山民才不屑用此下九流的法术。"

孙登心有所动,张嘴回应他清越的啸声同时暗自思忖,岳父周公瑾曾发出"既生瑜何生亮"的哀叹,他深有同感,既生他孙登何必又有孙和?他不甘心空有太子虚名,既然父皇爱三弟孙和胜过自己,何不假意让太子位于孙和,借机试探父皇的真实意图?

啸声毕,雨停息。

孙登转身挽起东野荒木,同坐食案前,拱手相求:"卿既善医病,定能通达人情世故,替本宫读心可好?"

"读心？大人虎变，其文炳也；君子豹变，其文蔚也；小人革面，顺以从君也。"东野荒木眼神犀利，娓娓道来。

本宫并非占卜！孙登听他无缘无故提及《周易》的革卦，急得抓起东野荒木的手，将盏里的残酒洒在食案，按住他的手指划出"吴王"二字来。

东野荒木抽出手，拊掌大笑，笑声呱呱似枭鸟。随即，他讳莫如深地垂首道出："无可，无不可。"

孙登似懂非懂，人心叵测，父皇更甚。有何无可无不可？东野荒木加重语气："顺势而为，趁时且行。"

第二十五章　青松也有落色时

灯台的如豆火苗晃动不已。

正伏案翻看菩提花的孙权抬起头，身披暗红色鹤氅裘的太子孙登携一只黑纹虎皮猫，一人一猫越过庭内的桑树，踏着浓浓月色走上殿来。

孙登撩起鹤氅裘的下摆，跪地长拜。

"儿臣参见父皇。"

孙权放下菩提花，好奇地凝视跟随孙登的那只黑纹大猫，它蹲在主人身旁，爱理不理的冷傲样，使他想起生气时就是这副模样的建昌侯孙虑。孙虑热衷斗鸭，可惜福薄早夭，这让孙权一时悲从中来，他拿起花色衰败的菩提花，紧盯着不知世道艰险的虎猫，揉捏着泛酸的鼻头，不满嘟哝道："不是说那位精通医道的方士，怎会是这小畜生？"

孙登半仰起头，缩在暗红氅衣间的面庞呈现憔悴的蜡黄色，往日飞扬的剑眉也耷拉下来，神情恭敬地磕头："父皇恕罪，东野荒木偶感风寒，儿臣怕惊扰龙体，待他静卧几日，便上朝拜见。"

孙权失望地掩面叹息，菩提花从他手里滑落到地，发出"吧嗒"的破碎声。他仿佛听见夫人步练师一寸一寸撕裂丝帛的脆响，一腔悲痛涌上喉头，他猛然击掌在案，狂呼道："带那方士上朝！"

那虎猫冷冷瞅了他一眼，面色不变地弓腰蹿上房梁。孙登强作镇定，边起身后退，边拱手作揖："父皇息怒，儿臣尊令！"

虎猫在房顶发出凄楚的喵喵声，惹得孙权心烦意乱，击掌暴喝："回来！那虎猫呢？你是想学斗鸭的建昌侯玩物丧志？"

孙登垂首疾步上前，似有所忌讳，吞吞吐吐："禀告父皇，儿臣在曲阿祭祖的半道上撞见这只虎猫，怎么也撵不走。东野荒木说它是灵物，儿臣不忍丢弃，就留在身边了。"

虎猫从房顶沿着门柱爬下来，静静蹲在孙登后面。孙权心想，莫不是太子和这小畜生有缘，那就随他了，便冲他摆摆手，孙登转身退下。

两位黄衫的宫女从屏风后走出来，一位跪身递上烫热的温酒，一位将地面的菩提花收拾洁净，静静消失在朱红的幕帘后。

孙权大口饮尽温酒，刚放下酒盏，殿门飘来气韵娴雅的赵夫人的倩影。她朱唇微启，发出胜过黄鹂鸟的软糯娇声："陛下，不过是只小野猫，何必大动干戈，伤了龙体，可得不偿失呢。"

绿衫白裙的赵夫人，手持素锦画轴，踱步进来，朝端坐高位的孙权施礼："陛下，妾身的话可有理？"

望着她灵动的美目，孙权的怒意渐消，目光落到她手持的画轴上，捻须笑问："夫人好雅兴，是何新作？"

赵夫人抿嘴浅笑着将画轴展开，高举至他眼前，孙权走近前，痴痴凝视画中凤目迷离的美人，不觉潸然泪下。赵夫人描绘的是病逝不久的步练师，她身裹一袭绯红长袍，神色悲哀地半抱琵琶半遮面，倚坐枝头绿叶缀满火红石榴花的树下。

赵夫人撩起衣袖擦擦眼窝,垂泪悲泣:"妾身不才,恐陛下思念成疾……"孙权不等她说完,大步上前拥她在怀,赵夫人始料不及,手中画卷啪嗒落地。她惊慌失措地就要俯身捡画,被孙权出手阻拦,他弯腰捡起画轴,揽住她腰,走向如意长榻,并肩坐下。

孙权放下画卷,抚弄赵夫人头插的银步摇,感叹道:"后宫的几位夫人,就数你心细如发。朕赐你金镶玉的凤首步摇,以示嘉奖。"

赵夫人神情娇羞地将脸靠在他胸膛,娇声婉拒:"陛下,万万不可!凤首步摇乃步夫人宝物,妾身福德浅薄……"孙权伸出手指捂住她的唇,板起面孔教训她:"朕是帝王,后宫夫人的福报荣辱,皆由朕安排。"

赵夫人的娇躯在他怀里瑟瑟发抖,头垂得更低了,含羞带俏似沾泪的海棠花:"陛下乃九五之尊,自然如是。"

孙权推开她,拿过画卷走到胡床上坐下,把画卷铺开在案,手指摩挲画中美人裙裾的褶皱,眼前浮现眉梢含笑的步练师细心地侍候他宽衣,服侍他饮酒的画面,他冲地面啐一口,哪位夫人比得上她?给她提鞋都不配!

赵夫人怯生生地走来,手里捧着空空如也的酒碗,高举过头:"陛下,妾身去添些酒来。"

孙权摆摆头,转向素锦上的美人图,以无尽伤感的语气命令她:"再画得精细传神些!"

赵夫人面有难色,捧着空碗的纤手颤抖着差点儿将酒碗摔落。孙权不乐意了,霍然转身背对她:"赵夫人号称后宫'三绝'才女,是想违抗朕的诏令?"

赵夫人忙把空碗放回桌案,跪地掩面悲啼:"陛下,妾身所学为雕虫小技,哪敢枉称后宫才女?听闻太子新得一位能起死回生的方士,妾身日夜祈福,愿步夫人死而复生,化解陛下所忧。"

话音刚落,琉璃屏风后闪出全公主和她的奴婢白秋水来。身着紫金衫裙的全公主,满头珠翠摇曳着盛气凌人的华光,轻启朱唇的话语戗得赵夫人无话可说。

"赵夫人拿这美人画作甚?是要让父皇触景生情,还是拿父皇开心?"

赵夫人一见全公主现身,就如老鼠见到猫,吓得面皮煞白,身子哆哆嗦嗦着不敢言语。枭鸟的叫声划破夜空,太子孙登领着一位脸罩青铜面具,猫着腰身的男子阔步踏进殿来。孙登行至全公主身前,朗声笑道:"全公主,此言差也!后宫上下,谁不知赵夫人行事素来贤淑得体?"

全公主神色倨傲地扭过头,来到赵夫人身后,双手搭在她肩,出言不逊:"太子,本公主知道你有怜香惜玉的君子之风,但在宫廷,赵夫人且是父皇的夫人,尚轮不到你来打抱不平。"

孙权见到青铜面具的男子,猜出他就是道行高深的方士,便摆出息事宁人的架势,呵斥两人:"你们是兄妹,难道上辈子是仇家?怎么一碰面就要唇枪舌剑争个高低?"

全公主哼了声,兀自坐在胡床上,把那画轴卷起又摊平,要白秋水找来黄衫宫女问东问西。

太子孙登忙拉着戴青铜面具的东野荒木跪拜施礼,孙权令人搬来锦凳赐座,赵夫人趁乱就想拜别离去,全公主却扭住孙权的臂膀,撒娇卖乖令她留下,同赏高人法术。孙权虽不解全公主其意,拗不过她的请求,只得令赵夫人坐下陪同。

"山民通施何种法术?"孙权直视东野荒木那副无法辨清病态真伪的青铜面具,换上求贤若渴的和蔼语气。

东野荒木貌似不堪重负面上的青铜罩,呼哧呼哧喘粗气,不自然地晃动脑袋,傻傻反问孙权:"山民斗胆,陛下是想得长生不老术?"

太子孙登赶紧扯扯他衣袍,东野荒木还没明白过来,仍然固执地晃动青铜脸。孙权不禁哑然失笑，见过无数个自诩为得道高僧的人物，却头一回见到这般胆大傻笨的方士。

"太子，你老实交代，这方士究竟有何本领？"

坐在一旁的全公主咯咯笑得花枝乱颤，插嘴道："父皇，这不就是大智若愚的高人吗？"

孙登被全公主羞辱得全然丧失斗志，他双目露出心如悬旌的泪光："父皇，东野荒木大约是病糊涂了……平日，他可不会这样犯傻。"

孙权对孙登懦弱的表现大为失望，到底是贱奴所生，心性、胆量连全公主这女流之辈都不如。倘若他与步夫人所生的大虎是男儿身，他定会废除孙登的太子位，还是苍天待他不公啊！

袖手旁观的赵夫人突然起身禀报："陛下，妾身早有耳闻，东野荒木是被褐怀玉之人，长年隐居深山，修炼有起死回生的妙法。"

孙权顿时精神大振，迫不及待拢起衣袖，对准东野荒木后背击掌高呼："当真能起死回生？"

全公主也用狐疑的眼光瞟向东野荒木，孙登蓦然回过神来，连连点头，迭声答应着用手肘顶住东野荒木的后腰。

在他的胁迫下，东野荒木依然死鸭子嘴硬："陛下，势有不可得，事有不可成。"

孙权仅存的一点儿耐心被他敬酒不吃罚酒的矫情言语彻底消磨掉。他转向太子孙登，冷笑无语。

赵夫人急得如热锅上的蚂蚁团团转，她慌里慌张靠拢束手无策的孙登，掩面低问："殿下，东野荒木不会是吃错药了吧？"

全公主本是起哄夹楔子不嫌热闹的人，她摆一出张假惺惺的笑脸，夹枪带棒地激怒孙权："哎哟哟，赵夫人真会投桃报李，处处替太子圆场，外人看来，还当你们是娘儿俩呢。"

孙登被吓得脸色惨白，他疾步冲到孙权脚下，磕头不止："父皇,都是儿臣的过错……"

赵夫人也奔过来,欲哭无泪地躬身下拜。

孙权见这两人言行,竟真有情意相通的可疑之处。他不动声色地朝着屏风后站立的黄衫宫女挥挥衣袖,手持酒壶和酒碗的两位宫女,迈着碎步走出来。

孙权接过斟满酒的酒碗,一口接一口饮尽,慢吞吞抹去胡须上的酒珠,望向殿外的星空,哑声问道:"太子何错之有?"

太子孙登呜呜哭泣,断断续续道出心声:"父皇,儿臣不堪重用,愿将太子之位传给皇弟孙和,请父皇恩准……"

面对痛哭流涕的太子孙登,孙权不为所动,几次三番了,孙登是想以退为进逼他早些传位吗?他愈想愈生疑,打了个响指,黄衫宫女递上注满烈酒的碗,他接过酒碗,用力摔在地面,任凭酒花四溅,龙颜大怒:"又来了!你有完没完?"

整个殿堂鸦雀无声,众人都似寒蝉仗马。全公主也缩了缩头,双手兜在袖笼内,偏头软软斜靠胡床的隐囊上看热闹。

东野荒木迎上前,长跪不起:"陛下息怒!山民的神魄方才去了一趟蓬莱仙境,山民观陛下,自是椿龄无尽、瓜瓞绵绵、福泽深厚的帝王。"

他这一通滴水不漏的奉承话,将孙权的怒气消散得无影无踪,他饶有兴致追问道:"蓬莱仙境可有起死回生的仙丹?"

东野荒木像变了个人,侃侃而谈:"青松也有落色时,陛下是想步夫人死而复活?"

"你能做到?"孙权对他满腹质疑。

"陛下,山民能使步夫人死而复生,不过嘛……"东野荒木手托青铜面,卖起关子来。

"不过什么?"孙权两眼放光,凑近他。

"那就得逆天而行了,陛下可愿冒险?"

163

"噢？"孙权暗中权衡利弊。全公主起身走来，手搭在他肩头娇笑道："父皇，从古至今，逆天而行的事还少吗？连圣人都曰，'言必信，行必果，硁硁然小人哉'呢。"

殿内的空气愈来愈凝重，孙登神色不安地张了张嘴，被东野荒木暗中扯下衣袖，便垂首不语了。

孙权沉吟半晌，捋了捋紫色美髯，甩开全公主的手，勃然动怒："大虎，休得无法无天，胡言妄语！"

孙登正欲躬身下跪，又被东野荒木拉住，他推开太子，径直来到孙权面前，缓缓揭下虎目青铜面具，露出半边歪嘴斜眼的狰狞鬼脸，笑比哭还难看："陛下，山岳则配山，物莫能两大，这便是山民冒大不韪的下场。"

全公主突然冲过来，面带愠怒，扯起孙登的手，尖声哭喊："这也不成，那也不成，太子莫不是寻了这荒野山民来戏弄父皇？"

一脸尴尬的孙登杵立原地，张口结舌不知作何辩解，东野荒木立马替他解围："全公主莫急，山民不过是如实道来，万物不得两全。若要步夫人起死回生，就得降灾他人避祸。公主可有人选？"

全公主撇撇嘴，回首高呼："白秋水！"话音未落，一位身段柔娜、气韵清雅的年轻女子缓步出来，她行至孙权面前，施礼下拜："陛下，全公主，奴婢白秋水自愿降灾临体。"

孙权望向东野荒木，那山民早已重新戴上青铜面具，将白秋水上下打量一番，躬身朝拜："陛下，此女可行。"

第二十六章　一枕槐安散梦碎

淮河岸边一座修建气派的馆舍，是南来北往的客商们的旅居之地。和煦暖阳映照在二楼室内的清供莲花图上，留下一抹暖洋洋的金色光影。

东野荒木抄手观看插在青瓷瓶内的翠衣白花，摇头晃脑吟诵道："制芰荷以为衣兮，集芙蓉以为裳。"

坐在琐窗前的孙登，抚摸于臂弯昏睡的大黑猫，口出怨言："本宫真没料到你竟会要步夫人起死回生！本宫岂非自讨苦吃？"

东野荒木不慌不忙地转过身，身陷斑驳光影里的太子孙登不依不饶埋怨他，不满的话音透出病恹恹的无力感："全公主和父皇绝非常人，就连神通广大的道士于吉，也落得个身首异处的下场。"

东野荒木自然明白孙登所指，整座后宫，最不想步夫人起死回生的莫过于他和琅琊王夫人了。他摸摸青铜面具冰冷的下巴，从面罩内传出的笑声，带有野猫发情的凄厉之声："登上权力巅峰的王者，岂会是善茬？"

黑猫似乎被他的笑声惊醒，从孙登的怀里滑落到地，悄无声息跳到琐窗下的阴影里。

孙登起身踱步至长条食案旁，攥紧拳头，有节奏地捶打桌面，魁梧的背影犹如一道高不可攀的山峰，带着嘲讽的语气问道："你真会令步夫人真起死回生？那本宫岂非弄巧成拙？"

东野荒木凝望躺在地面安睡的黑猫，这畜生全然不知世道无常，仰躺的睡姿极为销魂。他蹲身抓了抓它温暖柔软的猫腹，悄悄低语："殿下，起死回生不过是一枕槐安散梦碎的障眼法。"

孙登惊得转过身，他的面色已被唬得发青。他使劲扭住东野荒木的手臂惊呼："卿真是胆大妄为！就不怕犯下株连族门的欺君之罪？"

"荒木不过是无牵无挂的山民，何惧有之？"

言罢，两人四目相对，东野荒木注视着孙登死水微澜一般的灰暗双目，不禁悚然心惊——太子孙登已经陷入绝望境地，他的心已如槁木死灰，恐怕来日无多。回顾方才孙权并不拿那菩提花当宝贝，顺手扔在地面摔个稀烂的场景，他痛惜地揪住孙登的衣袖，老泪纵横地跪在他脚下呜咽："殿下，山民冒死盗来的菩提花怎么转头献给了陛下？就算是借花献佛，可殿下您日日难以安寝，正是用药之际啊，而陛下并非惜花之人。"

孙登松开手，推开琐窗，东野荒木来到他身边。对岸密集排列着酒旗飘扬的酒馆、火花飞溅的打铁铺、嗷嗷乱叫的杀猪宰羊的门店，与此起彼伏的商贩们兜售叫卖声，好一幅熙熙攘攘的太平盛世画卷。

淮河的水面漂浮着红黄落叶，偶有疾驰而过的轻舟搅动得水波荡漾。孙登举袖擦拭泪痕，掩饰不住满腔的悲愤："与其行尸走肉地活着，不如早死早超生，哪怕来世当个屠狗杀猪之辈都强过现在！"

东野荒木慌了神,强行拉孙登退至室内,关好琐窗后,恳求孙登:"殿下,不可妄语招来杀身之祸。"

躺在地面的黑猫,受到惊吓般扭头发出咕噜咕噜的怪叫,好似也对孙登鲁莽言辞的不满。孙登揉揉眉头,怀着歉意拱拱手:"东野荒木,本宫真愿脱下这身贵重的衣袍,跟随你四海山川远游。"

东野荒木想起在深山采药时,碰见从西域康居部落到吴国避战乱的无名沙门,后者教会他修持能起死回生咒语,并告诫他不可以此敛财。他不由得发出无奈的唏嘘之语:"人人都道神仙好,所见皆为修道者的潇洒自如,不知山民同样要为黄白物发愁。这世间,前路漫漫,风雨难测——权力和欲望、情爱与信念,都抵不过变化莫测的无常与转瞬即逝的虚无。"

对岸传来待宰的羔羊发出临死前的咩咩哀号,孙登颓然瘫坐于铺地的草编软垫,痛不欲生地拍打着胸口悲号:"你又如何说起这丧气的话来?本宫本就孤家寡人,形同砧板上的鱼肉,任人宰割……"

投射清供莲花图上的金光已褪色,沉静的室内,成为无人问津的荒岛。

一股寒意从东野荒木的脚心升至颅顶。他倒吸一口冷气,太子孙登怕是在吴郡曲阿见到徐夫人病重,就萌生出心灰意冷的绝望?情深不寿啊,东野荒木暗暗叹惋,出言安抚:"殿下何出此断绝人心的冷言冷语?你是继承皇位的太子!'东宫四友'任由差遣,家有太子妃和幼子环绕,被徐夫人视为己出,怎能说孤家寡人呢?"

孙登闻言一愣,片刻后仰头哈哈大笑,笑得泪水直流。哭笑罢,他蹲身抱起醉睡的黑猫,用脸磨蹭着黑猫的脑袋,眼神空洞,声音沙哑:"东野荒木,一个人的心死了还能复活吗?"

"自然!换心就能!"东野荒木虽不解孙登话中深意,又担忧他走火入魔,慌不迭点点头安抚他。

"杀死一个活人再给本宫换上他的心脏？罪孽深重啊。"

"不，殿下误解。山民所说的换心乃是转换此处心神意识。"东野荒木指指青铜面具的眉心部位。

"哐哐哐"，紧闭的大门外传来好似啄木鸟在啄树洞找虫的声响。孙登身手敏捷抛下黑猫，纵身跃至东野荒木身旁，言语惊慌："定是父皇派人来召你去宫内施展法术。"

"快躲进去！"东野荒木忙把孙登推向竖立在墙的柜子后，抱起扑向门板的黑猫，拉开一条门缝，立马呆住了：面前站着容貌胜似全公主的奴婢白秋水姑娘！她身披黑地镶黄缎的连帽披风，手捧纹路精巧的漆匣，冲他颔首轻笑："东野道长，可否容奴婢进屋稍坐片刻？"

她怎会得知自己的住处？莫非是全公主安插耳目在太子孙登身旁？东野荒木满腹狐疑，无暇思索，只得敞开门，将她迎进室内。

白秋水扬起明媚的双眸，飞快瞄了眼东野荒木手里的黑猫，浅笑不语。东野荒木连忙抛下黑猫，结结巴巴解释道："殿下将这灵物赏赐给山民了。"

白秋水并未搭腔，把漆匣放于几案，掀开匣盖，里面是四块黄澄澄的金饼！东野荒木暗想感召力真是不可思议，刚寻思念叨黄白之物，就有人送上门来！他快速把漆匣一拢，轻轻推给白秋水："白姑娘，此等贵物，山民无福消受，完璧归赵为妥。"

白秋水的面容蒙上一层阴云，她望向琐窗，神情忧伤，语音凄婉："东野道长，奴婢受全公主之令，将起死回生的灾祸转嫁给太子孙登。"

此言一出，木柜后响起声若隐若现的漫长叹息。东野荒木惊得毛发倒竖，青铜面罩松动着下滑，他忙拿手向上托紧面罩，晦涩地试探道："不会是白姑娘怕死，才借了全公主之名假传诏令吧？"

白秋水轻移莲步至琐窗前，陷在梅花格的窗影内的她，眉宇间透出一抹隐秘的哀怨,自有北方佳人顾影自怜的凄美之态。她抽出发髻的木簪搔搔头,继而以木簪指向漆匣,苦笑道:"道长委实抬举人了。就算奴婢有心,也无此财力收买人心啊。"

说完后,她踏着碎步走向大门,回身弯腰行礼辞别。

东野荒木看她单薄瘦削的轻盈娇态,内里竟有"泰山崩于前而色不变,麋鹿兴于左而目不瞬"的气势,暗叹这弱女子恐是蛟龙得云雨,绝非池中之物也。

他只得拱手相送:"白姑娘,是山民得罪了,竟以小人之心度君子之腹,还望海涵。"

白秋水并不言语,媚笑着飘然离去。东野荒木左右察看无人,迅疾关上门,将木柜后的太子孙登搀扶于胡床小憩。

"殿下,可都听见了?"东野荒木小心翼翼地把装有金饼的漆匣递给孙登,孙登看也不看那纹路雕刻精细的漆匣,平静地抬起脸,面色晦暗如病入膏肓的垂死之人,东野荒木不忍直视,目光搜寻黑猫的踪影。

"不足为奇,说不定是父皇授意全公主……"孙登说不下去了。他痛苦地咧咧嘴,面颊肌肉剧烈抖动,竭力克制内心巨大的悲痛。

"太子,绝非可能!你是吴王的亲生骨肉……"东野荒木紧张得青铜面具又开始松动下滑,他双手托紧脸颊,以不可置信的语气抚慰他,内心其实也明白吴王无情无义。

孙登绝望地冷笑道:"有何不可能?父皇的亲生骨肉还有孙和、孙霸、孙休、孙奋。这些年,本宫算是琢磨透了,他心里最合适的太子人选并非本宫。"

"是孙和?"

"非也,非也。本宫也看不懂,估计唯有父皇自知。也许父皇本就无意传位于东宫……他自个儿要当那万寿无疆的永生之王呢。"孙登的情绪愈发暴躁,言辞愈发荒谬。

东野荒木便不再吱声，保持局外人的自知之明，洗耳恭听。此乃帝王家事，太子孙登不过是一时情绪崩溃的失态之语，自己是外来的山民，绝不能就此认为孙登会当他是心腹。

不知去向的黑猫跑出来，傲然从孙登面前走过，无视他正大吐苦水："父皇若心里真有本宫这位太子，为何给皇弟孙和所赏赐的珍玩器服与本宫一样？他是君王，岂能不懂尊卑有序？是故意为之的障眼法罢了。"

东野荒木听得毛骨悚然，假若太子所言不虚，吴王孙权的真实意图着实是个谜。他欠身起来，暗想宫廷的权力游戏，冷冰冰的毫无意趣，不及凡夫俗子的寻常日子平凡、温暖。

孙登发泄一通后，回归沉默，沉默片刻后，他起身推窗长啸。东野荒木听出他啸声竟有"袅袅兮秋风，洞庭波兮木叶下"的悲怆与凄楚，不由得被触动心事，满腔愁绪，静坐不语。

须臾间，孙登的侍卫孙左破门而入，东野荒木见他们要离开，左手抱着漆匣，右手揪住黑猫追上去："太子，还有黑猫和漆匣咧。"

孙登头也不回，闷声说道："将死之人，要这些俗物何用？"

黑猫喵喵叫着挣脱他的手，倏忽不见踪迹，只剩下东野荒木独立在风中呆呆出神。

第二十七章　辞柯落叶最知秋

凤栖堂的正殿内，煎茶的黑陶茶罐咕咕溢出葡萄串般的雪白茶沫，滴答淋湿燃烧的柴棒。坐在火盆前的琅琊夫人王吟风浑然不觉，只顾呆望袅袅升天的白烟发愣。

耳畔飘过吴王伤心欲绝的号啕大哭声，她内心窃喜，假模假样地捏住绸巾抹抹眼泪——步练师病逝，该迎来属于她的母凭子贵的恩宠了——儿子孙和从翩翩少年郎成长为玉树临风的十七岁贵公子，且深得父皇宠溺，吃穿用度的丰厚赏赐与太子孙登不相上下，令她时常生出吴王此举是暗示孙和也有可能成为太子人选的错觉！尽管她警告自己不可有此妄念，欲望一旦滋生，哪能轻易消失？

随风摇摆的珠帘撞击着沥沥细雨归于尘的轻响，掀开珠帘的侍女秋裳，拉长她蜡黄的苦瓜脸，手提半筐劈成利刃似的腐木，跪身禀告。

"夫人，谢姬在外求见。"

王吟凤捡起竹筐内的木柴丢进火盆,凝视火星迸裂的柴棒,迟疑不决。她和谢姬面和心不和,步夫人刚病逝,她就跑来攀她的高枝,分明是黄鼠狼给鸡拜年——不安好心。

　　数点火星砰地蹿出一束红彤彤的火花,蹲身在地的秋裳笑逐颜开地拍手欢呼:"夫人,有喜事来临呢,看这火燃烧得多兴旺!兴许谢姬就是带来喜讯的信使呢。"

　　王吟凤不以为然地笑笑,面无表情地叉腰直起身来,摆出不可侵犯的冷漠表情:"别耍奸卖乖了,请谢姬进来,热茶伺候。"

　　秋裳慌不迭地拎起咕咕冒泡的茶罐,迈出门去。王吟凤走进屏风间的妆奁架前,歪坐锦凳,揽镜自顾。铜镜里的女子,眼波流转,妩媚娇美。她摸了摸被火烤得面若桃花的脸颊,抚平淡绿色青衫的褶皱,取出篦子理理鬓角乌发,重新匀粉敷面,就听得秋裳领着谢姬落座,便踏步出来。

　　坐在胡床上的谢姬,双手压在腹前,左右观望。她披了件黛粉色的连帽风袍,内里也裹了与自己同色的淡绿色轻衫。好个轻狂的人物,竟有样学样!王吟凤强压不快,坐在她斜对面的交椅上。

　　谢姬忙起身下拜施礼,一双丹凤眼胡乱扫向秋裳添了水、重新放在火盆上煎茶的茶罐子,神情夸张:"哟,吟凤姐姐真有雅兴,这是在'学曹孟德'对茶当歌,人生几何'。(此处用茶替代酒)'吗?"

　　"妹妹是无事不登三宝殿啊,竟还有雅兴吟诗作对了?当真是士别三日当刮目相看。"王吟凤掏出丝绸汗巾在手心里绞动,不留情面地嘲笑她。

　　"姐姐说笑,妹妹不过凡间一俗物,今后还得处处以姐姐为典范呢。"谢姬眼窝的芝麻黑泪痣陷进细密的冰裂纹。她边说着话,边得意地扯了扯淡绿色的轻衫,穷人乍富的炫耀一般。

　　王吟凤不置可否地冷哼了声,此一时彼一时了,她根本不会在乎谢姬出言不逊的挑衅,便若无其事举起茶碗,示意她吃茶。

谢姬见自讨没趣,干笑着低头喝茶。秋裳躬身端来红漆食案,上面摆了漂浮茶沫的茶碗与装有碎姜、芝麻的两个盏。她低眉顺眼地请示王吟凤:"夫人,吃淡茶还是荤茶?"

王吟凤本想说素茶,继而想到谢姬最怕辣,有心捉弄她一回。王吟凤朝秋裳使眼色,放慢声调,嗲声嗲气冲谢姬笑道:"妹妹不是说要处处以姐姐为典范吗?姐姐可是吃荤不吃素。秋裳,还不给谢姬多放姜渣!"

秋裳心领神会,不由分说将满盏的碎姜扣进谢姬的茶碗内,谢姬的白瓜子脸骤然成了酱紫长茄子。在王吟凤的注目下,她不得不勉强吞进一口碎姜,刚入嘴,就被呛得咳嗽起来。她推开茶碗,眼眶里蓄满泪水,神色委屈嘟哝道:"姐姐还没当皇后呢,就让妹妹先尝了姐姐的泼辣手段!妹妹自讨苦吃,唉,真不值当!"

"这可是你自寻苦吃。说吧,有何贵干?"王吟凤把手里的汗巾递给她,换上一张假慈悲的笑脸。

"还不是妹妹替姐姐打抱不平!步夫人病逝被封为皇后,以皇后礼制安葬,姐姐难道不明白?"

"明白什么?"王吟凤揣着明白装糊涂。

"哎呀呀,看吴王这架势,他分明是不会再封皇后了呀。"谢姬愤愤不平地拿起汗巾在手里搓揉。

"死者为大,你又何必和一个死人去计较?"王吟凤浅浅抿口茶汤,漠然置之地笑道。整座后宫,就数她和谢姬、南阳王夫人、仲姬正值锦瑟年华,均抚育有子,皇后尊位,指不定就是四人中的谁呢,不过,胜券在握的是自个儿。

谢姬抬手摸摸飞天发髻间的银莲步摇道:"姐姐,妹妹近来恍恍惚惚,很是不安呢。"

"你呀,就是想太多了,谁没个头疼脑热的烦心事。"

"不,不是咧,妹妹总觉得太子孙登会出事。"

"太子？人家是铁板钉钉的太子，能出何事？"王吟凤翻翻白眼，愈发觉得谢姬不安好心，没好气地回敬她。

谢姬跷起兰花小手指，拨去浮在汤面的碎姜，深吸口茶汤，故作神秘地掩嘴低语："听闻全公主认定是徐夫人下蛊陷害了步夫人，太子怎能不受牵连？妹妹是担忧姐姐，城门失火殃及池鱼呀！"

谢姬话里话外透着股幸灾乐祸的意味，王吟凤不为所动，冷眼扫视过她泪窝的那颗刺眼的芝麻黑痣，在泪光莹莹中，那颗黑痣给谢姬平添我见犹怜的媚态。烂心肝的小骚狐狸精！她暗地骂道，端起茶盏捧在手心，沉吟不语。

珠帘外，秋裳和谢姬的侍女梅香，一人手里端盘赤红浆果，一人托着金黄柿子，说说笑笑着踏足进来。梅香原是步夫人的侍女，被赐给全公主，步夫人刚安葬完毕，又被全公主打发到掖庭，谁承想，谢姬会挑中她——还真是一丘之貉。

秋裳将盘中的赤红果端到王吟凤面前，嘴里嘻嘻笑道："咦，方才还念叨，怎不见梅香人影呢，她竟然藏去膳房偷食了。"

王吟凤瞧这果子浑身布满麻点，看着就不顺眼，便借机指桑骂槐："哪里来的野果子，就不怕吃了中毒？"

谢姬招招手，梅香立马跪在她脚下。她俯身从果盘里选了个头儿最大的柿子，拿起汗巾擦了擦，递给王吟凤，赔着笑脸："姐姐多虑了，这是通气消胀的山楂，全是妹妹院内的山楂树、柿子树刚结的新果。来，尝尝甜津津的柿子。"

王吟凤嫌弃她汗巾有臭味，只拿在手里，放在鼻端嗅了嗅，扔给秋裳："闻着这味儿还不错，秋裳，先放到窗台去晒晒，冬日里的柿饼好吃呢。"

谢姬扭摆着蜂腰，双手捧着堆满柿子的果盘，放于案桌，忽而倚案叹气："说起柿饼，妹妹倒想起一个人来，她也最爱吃柿饼。"

梅香高抬起头，得意地插话道："步夫人就爱吃柿饼、石榴呢。

吴王为讨她欢心，在宫里腾出空地，栽上柿子树和石榴树。奴婢各移栽一棵到谢姬院内，没承想，还都结果了。"

"哎哟，梅香，你这偷儿，就不怕步夫人的鬼魂不放过你？"秋裳扒拉着山楂果，以瞧不起的语气阴阳怪气地讥讽她。

"这怎能叫偷呢？若步夫人在天之灵有知，定会感念奴婢对她的一片赤诚。"梅香急红了眼，不服气地追着她。

王吟凤听两位奴婢你来我往地针锋相对，一时心烦意乱，不过是敷衍的闲话，又被谢姬听着有意说三道四了，真是晦气！她正要下逐客令，谢姬不依不饶又将她一军："姐姐，妹妹替姐姐打抱不平。"

王吟凤心里明镜似的，她分明是替自个儿鸣不平，还打着为别人好的旗帜惺惺作态，真真惹人厌。她摩挲着祥云缠绕金菊的银丝绲边衣襟，笑吟吟问她："还不说来听听？妹妹的好心，姐姐不会辜负。"

谢姬紧蹙眉头，一副魂不守舍的样子，语气变得焦躁："吴王忒无情些，以皇后规制安葬步夫人，虽说是为了让曲阿吴郡守活寡的徐夫人死心，何尝不也令后宫咱们这些正值韶华的夫人们死了心？"

听着她这来回绕的车辘辘话，王吟凤忍不住撕开她的虚伪嘴脸："妹妹是在嫉妒步夫人死后还能得君心吧？那是人家的本事，怨不得谁。"

谢姬一脸不屑："妹妹就是不服气，她究竟哪里好了？又没生皇子，吴王还被她迷得神魂颠倒。"

王吟凤冲口而出："哪里好？人家大度，肯为陛下分忧，广选美人，充实后宫……"蓦然意识到自己便是步夫人推荐给陛下而获恩宠的，她便咽下话尾。

谢姬眼下的芝麻黑痣隐入细密的皱纹，她挺挺胸，傲然冷笑：

"若是这般的胸怀宽广，妹妹确实做不到。姐姐可知，织室押来一批罪臣之女的奴婢，其中不乏年轻美貌者呢。"

谢姬说完，面上浮现一层忧郁之色。

明知谢姬是在故意激怒她，王吟凤仍觉心烦意乱。她扪心自问，她成不了步夫人，做不到不嫉妒其他美貌的女子分享君王的情爱，她做不到！她只得说些口是心非的话语宽慰自己："别自寻烦恼，胡思乱想，吴王能对步夫人痴情，不也说明他会对后宫其他夫人重情重义。"

谢姬扑哧笑了，以看穿她秘密的精明眼色倚老卖老："妹妹可不这么想。陛下，陛下的心思似大海，妹妹猜不透他。"

王吟凤实在不愿再继续搭话了，借口要沐浴更衣，谢姬会意，忙行礼辞别。目送谢姬和梅香一前一后的身影消失，秋裳掩上门，走到她耳旁说："夫人，梅香说谢姬老做梦，梦见步夫人总对她严厉警告，说什么日中则昃，月盈则食，若不思后日，恐会初吉终乱的鬼话。"

王吟凤大吃一惊，怪不得谢姬对步夫人口出怨言呢，原来事出有因。她不由得暗自庆幸，步夫人没给她托梦出言警告。一阵翻江倒胃的恶心涌来，她蹲身拿手指掏着喉咙干呕。秋裳急急捧来件裘袍，替她披戴在身，又去抓来一把山楂果塞给她。

"夫人，可是胃疾的老毛病犯了？"

王吟凤点点头，捡起一颗山楂嚼碎含在嘴里，酸涩的山楂味缓解了不适，突如而至的悲伤，铺天盖地压得她喘不过气来。她坐在窗前，望向外面的世界：几只大雁悲鸣着落在院内仅剩下光秃秃树杈的青桐树上，风吹过，卷起满地堆积的黄叶。一如"惊起归鸿不成字，辞柯落叶最知秋"的萧瑟清冷，她不禁怅然若失，想念起吴王与她温存后的只言片语。

地面的黄叶被风带走了，王吟凤直视空旷且荒凉的庭院，唤过秋裳，安排她在寒衣节前夕，烧些纸衣给步夫人。

第二十八章　故剑情深昼锦亭

晚霞散落成绮。

孙登和孙权迎着瑟瑟初秋的寒意，沿着驿道飞奔策行，跨过一座山石磊磊、葛草漫漫的黛青色山脊。方圆数里，杳无人烟，坡下遍布荒草萋萋的直道，数百棵枝叶剥落的桑树散落田垄，两旁的芦苇、绿黄衰草，在暮色中随风起伏。

直道尽头的半山腰，一处木楼的模糊轮廓掩映于蔚然成林的杂树林间。孙权勒住缰绳，目视这人烟凋敝的荒芜之地，气恼地狠甩马鞭，一丛芦苇被鞭打得东摇西摆："为何选这鬼地方？"

从马背滚下来的孙登左手举袖挡住漫天飞舞的芦花，右手拽住缰绳，跪身作答："儿臣听东野荒木言此地阴气最重……"

话未说完，两只褐麻野鸡扑棱着翅膀，咕咕叫着从路旁的枯草丛里钻出来。"他就不怕孤魂野鬼附体？走，上山去！"孙权挥鞭直往桑树林的碎块石阶去，孙登爬起身来，牵上大青马，快步紧跟其后。

斜阳落坡，秋虫啾啾，松脂燃烧的烈香飘荡四周。夜色像一匹黑布当头兜盖下来,孙权的坐骑忽然驻足不走,他低头细看,一只目露凶光的黑猫蹲身挡住前路。

"哈哈哈,高头骏马还惧怕野猫?"孙权拍拍马头,骏马甩甩尾巴,打着响鼻,绕开黑猫继续前进。

石阶尽头是一处地势开阔的鹰嘴平地,有座残旧的两层木楼。门前空地有一排呈扇形的苦楝树,枯瘦嶙峋的树冠,如垂暮老人在风中苟延残喘。

孙权把马拴于树身,上前去敲门。暮光投射在亭驿曾髹过清漆,钉着青铜铺首的大门上,门框曾被刀砍过、剑刺过的疤痕,无声诉说着驿亭过往的峥嵘岁月。

设立十里一亭、三十里一置的沿途驿站,是为方便过往官吏投宿及传递文书,按照律令,并不允许留宿陌生过客歇息,除非这是一座废弃的驿亭。那方术会选地方,年久失修的驿亭,自然会成为各路鬼怪的藏身之地。

孙权与太子此番微服私访,就为步夫人死而复生。此事不知怎么传到丞相顾雍那里,素来寡言的他直言不讳,说让步夫人死而复生乃荒唐之举,理应斩杀妖言惑众的东野荒木。他不死心,就算无法令挚爱的女人复生,就算阴阳相隔,东野荒木能用法术让两人相见,也算了无遗憾了。

孙权举手叩响厚实的大门,抬头望见黑地牌匾上书写"昼锦亭"三个金色楷书,字体带有草书的漫不经心,尚不如他手书的字体气势雄浑。随着"啪啪啪"的拍门声响,房檐瓦当抖落纷纷扬扬的细沙黄尘,他躲避不及,忙忙退步,扑打散落肩颈的尘土。

"父皇,让儿臣来。"孙登疾步上前,撸起衣袖,抡起拳头重重砸门,口中高呼东野荒木的名字。

"来啦,来啦。"门后传出东野荒木混浊不清的咳嗽声,听着像是步入风烛残年的病者。莫非那山民也患有不治之症?孙权暗自猜疑。

大门开了,面罩青铜面具的东野荒木站在门后,行动迟缓地躬身行礼,拖长破锣鼓的声调:"陛下,殿下,山民恭候多时了。"

孙登莞尔一笑:"卿真会选地方,不明实情的过路人,还以为卿就是此间'昼锦亭'的亭长呢。"

东野荒木笑着拱拱手,领两人进门,边走边絮叨:"小小山民,岂敢有此妄念? 山民曾投宿这驿亭,观此地阴气极重,当时便留了意,如今果真派上用场。"

这是一个两进的小院,院墙角落有一排苦楝树、槐树、榆树,墙面衰败的藤蔓是葫芦藤与豆荚。旁边有一张石桌、磨盘,几尺远有一座四方的石质井栏,辘轳上的绳索有拇指粗。

孙登见这前院有容车马轨辙宽度的碎石道,忙打了个呼哨,大青马扬蹄跑进来。他把马拴在槐树上,随东野荒木进到第二重院子,东北角是二层楼,房顶是庑殿样式,这便是兼作仓楼的望楼。楼下并列四间曲尺形的客舍,西侧是冒着青烟烟囱的斜坡房顶的厨舍,屋外堆了斧头劈裂的青杠树的树墩、散枝。

孙权信步走去,东野荒木横冲过来,神色慌张阻拦他进厨舍:"陛下,请留步。"孙权不解其意,愠怒地直视东野荒木:普天之下莫非王土,这可是他统领的疆土!

"陛下,在里间烧火的老奴面容丑陋,山民怕陛下、殿下受到惊吓。"东野荒木摇摇头,退步在石桌前的石凳上坐下,冲着厨舍张嘴高呼,"驼背奴,温壶热酒。"

榆树上的倦鸟懒懒叫着归巢,厨舍里走出一位豁嘴独眼的驼背老人,他手提酒壶,怀里护着堆叠的三口陶碗,抬起碧眼瞄了眼孙权,丑陋的脸上立刻堆起谄媚的笑意,不等他开口,孙登拦住他,接过酒壶、陶碗,挥手驱赶他退下。东野荒木令那老奴端火盆出来生火,他则上前帮忙摆好陶碗,孙登提壶斟酒。

驼背老奴双臂环抱堆满干柴棒的生锈火盆,吃力地将它搬到石桌下,擦起火镰生好火,便躲进厨舍里。

孙权倒背双手,仰望天际一弯弦月,数点星光,心有所触:"东野荒木,可知这昼锦亭的驿亭名有何出处?"

东野荒木双手托举食案,放在石桌上,把一盘鹿肉脯、一碗煮熟的青豆、一碟熏鱼、一盆白果炖鸡摆放齐整,垂首回应:"陛下,仕宦而至将相,富贵而归故乡,此人情之所荣。山民想,芸芸众生,谁不想衣锦还乡呢?"

孙权对东野荒木的话不置可否。太子孙登手托陶碗趋步前来,他身披领间一圈黑狐狸毛的鸦色披风,颇有几分闲云野鹤的气度。

"太子以为呢?"

阵阵阴冷的秋风袭来,孙登脖间的黑狐狸毛簌簌抖动,眼神坚毅的他抬起瘦削苍白的脸,朗声作答:"父皇,儿臣以为,兴许是途经此驿站的官员以'富贵不归乡,如衣锦夜行'反其意而用之,故名'昼锦亭'警示同僚?"

"唔,言之有理。"孙权接过陶碗,一饮而尽,抬手抹掉唇边的酒珠,踱步至火堆。三人围坐火盆前烤火、饮酒。

夜色如浓墨泼洒下来,偶有枭鸟与草虫的鸣叫,昼锦亭仿佛成了被世人遗忘的林中秘境。

满壶寡酒落肚,孙权略感倦意,便令孙登搀扶他上楼进屋休憩。东野荒木和太子孙登盘腿坐于地,围炉烹茶。

睡意昏沉的孙权躺在铺着厚实暖和的兽皮被褥上,这一刻,他不是东吴的君王,也非号令百万雄师的大将军,只是平常的痴心情种。

眼见月色暗淡,孙权摸向空空的枕边,思念起美貌柔情的夫人步练师,今生辜负她的情意,未能在她活着时封她为后,唯有在她死后赐予她皇后尊位的荣光。逝者如斯夫,九泉之下的她能感受他对她的爱意与情意吗?

思绪万千中,孙权忍不住扶额叹息:"唉,朕想起来了,这座昼锦亭是吾当年与夫人步练师停留过的驿站,怎么竟荒芜到如此田地了?"言毕,他不禁掩面痛哭。

东野荒木手握火钳把黢黑的木墩翻个面,腾起的黑烟呛得他边咳嗽边举袖抹泪:"陛下,世事变化无常,情爱反复无常。从前的昼锦亭是月有微黄篱无影,挂牵牛数朵青花小。眼下则是孤亭野鬼昏鸦,断桥流水人家。"

孙登来到孙权睡榻前,递给他一方绸巾,话音哽咽道:"父皇,儿臣在寒食节裁剪了锦衣华服祭奠步夫人。"

孙权欣慰地以绸巾揉揉眼眶,牵起孙登的手,百感交集。太子是好太子,奈何生母卑贱;岳父周公瑾早亡,虽有"东宫四友"辅佐,最可恨的是他的养母徐氏,一味痴心妄想登上皇后宝座,毫无半分顾全大局的见识,日后孙登继位,必会受制于这蠢妇,恐有隐患酿成内乱。若为大局,他应废除孙登,另立孙和,但苦于太子并无过错,且深得人心,才会拖延至今。

东野荒木呈上飘散出辛辣味的浓稠热汤:"陛下饮了山民熬制的椒汤,就能在梦中与步夫人欢会。"

孙权纳闷地望向太子孙登,语带愠怒:"不是说重生复活吗?"

东野荒木抢先作答:"陛下,饮下椒汤,自见分晓。"

"父皇,谅他一介山民,不敢明知故犯欺君之罪。"孙登也跪拜禀道。孙权半信半疑接过陶碗,热腾腾的椒汤刚落肚,一抹奇异的椒香从嘴里吐出来,他感到浑身舒坦,身子轻飘似张开翅膀的神鸟,循着香迹,扶摇直上云霄。

他穿过乳汁般的浓雾,耳听泉水叮咚,河边是一片白桦林,一轮皓月在林间投下缥缈的清辉,清晰照见一圈绿色的竹篱笆围住一座黑顶白墙的独楼,镶嵌于密林中,孙权跑上前,敞开的柴扉上方挂了张木制的牌匾,上书"昼锦亭"。

又是"昼锦亭"!?孙权满腹疑团登上楼,推门便见身着白衫绿裙的步练师,坐在织布机前织布。他不由得悲从中来,已夜阑人静了,心爱的女人却还在辛勤劳作!

"练师,仲谋来迟了。"孙权奔跑着扑进她怀里哭泣道。

"陛下,不迟,不迟,刚刚好。"步练师仍然是那么善解人意,她温柔地托起他的头,不施粉黛的面颊留下两行深刻的泪痕。孙权心疼地抱紧她,喃喃自责:"朕辜负你的深情了。"

"陛下不是说过,会与妾身白首偕老吗?"步练师亲吻他唇,扶他起身,像变戏法一样,从织布机旁的竹篮内拿起个拳头大的红石榴塞给孙权,神色凄婉,"妾身未曾为陛下产下皇子,抱憾终生。神灵言后妃若螽斯不妒忌,陛下则子孙众多也。愿陛下思云雨之均泽,识贯鱼之次序。"随后,她强颜欢笑:"妾身特以石榴果相赠,望陛下铭记故剑情深。"

孙权手握石榴果,感动地放声大哭,步练师死后也没忘记皇后母仪天下的使命!她不配当皇后,谁配当皇后?!

"陛下,不必悲伤,天地不仁以万物为刍狗,世间事,就没有十全十美的理。"步练师边说边向门外走去。

"练师,要去哪里?朕陪你同去。"

"陛下,去不得啊,妾身与你已阴阳相隔,快回去吧。"步练师推了推他。孙权站着不动,急得扯紧她衣袖不放:"朕可令你起死回生啊!"

步练师笑了,笑意无奈且悲凉。

"死而复生?难道还奢望生生世世做夫妇吗?陛下又不能与妾身一生一世一双人,陛下很快就会有新欢。"说罢,步练师推着孙权的后背,扭身飘然而去。

孙权跌足坠落深渊,高呼着醒来,见太子孙登神色焦虑地来回踱步。回想方才的场景,他气急败坏地迭声高呼:"东野荒木在哪儿?朕要重回梦境,梦里有故剑情深!"

东野荒木的破锣鼓声音在门外响起："陛下，是该梦醒时分了。"

孙权想起梦里步练师的那番话，似乎对他深怀怨言，不禁又羞又恼，疾步冲出门去，拔出宝刀，挥刀欲砍下东野荒木的头颅："你这满嘴胡言乱语的山民，竟然欺骗朕可令步夫人起死回生，以荒唐梦境迷惑朕心，当杀！"

东野荒木偏头躲避，被宝刀砍断的一条右臂，血淋淋地滚至太子孙登脚下。神色错愕的孙登眼看仅剩半条手臂的东野荒木真如大漠的胡杨木杵立原地，不由得搂着他血流不止的断臂在怀，跪地大哭。

东野荒木捂住血流如注的断臂，话语平静："殿下，山民命贱如蝼蚁，一条残臂而已，无碍。"

"子高，号哭什么！一介山民罢了。"孙权不满孙登如此失态，责备道。

"父皇，何必滥杀无辜啊。"孙登跪爬上前，扯住他衣袍哭道。

"他欺瞒朕，蛊惑太子，是死有余辜！"孙权愤然蹬腿甩脱孙登，宝刀的刀刃并无半点血渍，他得意地吹起呼哨，扬手作势要砍向东野荒木的头颈。

"父皇，请宽恕东野荒木的贱命，儿臣还要靠他的法术续命啊。"孙登扔掉东野荒木的断臂，长跪不起，哭得撕心裂肺。

"看在太子求饶的份上，先饶你这条贱命。"

孙权本就是做做样子，刚插刀进鞘，宦官黄松的公鸭声就从身后响起："陛下，中书典校郎吕壹求见。"

听闻吕壹求见，孙权陡然清醒，彻底回到他统领的世界，他的王朝。吕壹是他派出去监视群臣的爪牙，这般着急赶来，定是有重大发现。他从睡榻上翻身落地站稳，两掌搓揉面颊，威严下令："太子，退下！黄松，召中书典校郎吕壹进来。"

第二十九章　夜来幽梦忽还乡

孙登悠悠醒来，喉咙似被硬物堵塞，他呼吸急促地撑开眼皮，低垂的紫罗帐外是侍卫孙左的朦胧身影。他张嘴呼喊，发不出声来，欲举手拍打睡榻边沿，感觉手臂似已剥离躯体，动弹不得。他知道大限来临，并不惊慌。意识开始模糊并出现幻觉，他化成一只玉带凤蝶，趴在紫罗帐的顶部角落，漠然窥探自己的肉身在缎面被褥中垂死挣扎。

忽高忽低的悲号从紫罗帐外传来，侍卫孙左伸出干姜瘦手撩开罗帐，太子妃周依急匆匆跑来，身后跟着怀抱儿子孙英的胖乳母。

周依跪在睡榻前，神色哀痛的泪脸贴在朱红被褥上，显得她的面色更为惨白。她拽住孙登的手，哑声号哭："子高，你怎么忍心抛下妾身和儿子啊？"

孙登想要安抚她，却举不起手来！他不觉万念俱灰，唯期盼父皇快些到来，把写好的举贤荐才的上疏呈给他。

周依见他没有回应，欠身坐在榻边，娇声喝问："孙左，太子怎会突然大病至如斯地步？平日里生龙活虎的人，竟然气若游丝了，可是那深山野林跑出来的山民搞的鬼？"

周依暴怒的问责，也道出了孙登的疑问，这场突如其来的大病来得甚为蹊跷，像是蓄谋已久的骤然爆发。

立定帐前的孙左，干瘦得黄脸发白，他语音战栗着摆手否认："回太子妃，绝非东野荒木！"

"什么郊野废材，他人呢？"周依问这话时，扭头看着孙左，目光好似要穿透他内心的秘密，探究真相。

孙左如同过惯庸常而琐碎日子的杂役，平静地躬身作答："回太子妃，陛下斩断东野荒木一条手臂，他应该还在疗伤。"

周依不满地哼了哼，转头俯身摇晃孙登的双臂，抹泪哭诉："太子，你怎么就不能开口言语呢？"孙登定定瞟向周依背后的灯台，那里是一盏快燃尽的半截红烛，堆砌的烛泪凝固成墓碑的雏形，他绝望无比，好似看见自己体内的热血在逐渐冷却，滴答滴答向外淌。

乳母怀里的孙英突然"哇"得大哭起来，孙登心痛至极，想要舒展双臂抱抱他的幼子，可他身躯仿佛一尊石像，纹丝不动。

周依接过啼哭不休的儿子孙英，让他趴在孙登的胸前，眼见儿子双腿乱蹬，孙登无力地眨眨眼，周依扑过来，抱住他的脖子放声痛哭。胖乳母伸出气血充盈的粉色肉掌掩面垂泪，刹那间，殿内哭声震天。

忽然，孙左的高呼制止所有人的哭声："太子妃，陛下快到了！"

哭声戛然而止，周依忙慌慌抱起孙英塞给乳母，催促她躲进内室回避。她则整整衣衫，匍匐在地，恭迎吴王孙权。

随着一阵凌乱的脚步声由远而近，孙登望见大步流星走在前头的是父皇，左边是浑身珠光宝气的全公主挽住他的臂膀，右侧是一脸奸相的中书典校郎吕壹亦步亦趋。孙登愤恨不已，怎么来的都是他平生所恨者！失望之余，他的眼尾余光越过父皇，终于见到了"东宫四友"顾谭、诸葛恪、张休、陈表的熟悉身影，拖着半条残臂的东野荒木与步态蹒跚的侍中胡综落在最后。

吴王孙权径直奔到孙登的病榻前，摇晃着头颅，哽咽道："子高，吾儿啊，怎么轮到你了……"

透过泪水模糊的双眼，孙登见到父皇孙权引以为傲的紫色美髯已有星点斑白，当真是时光催人老，继而想起自己壮志未酬，他万般不舍地转动眼珠，竭力搜寻东野荒木的身影，心中还燃起一丝希望——东野荒木能以奇妙的法术将自己从死亡的深渊拉上岸。奈何那可恶的中书典校郎吕壹挡住视线，他又急又恨，正一筹莫展时，侍中胡综将东野荒木强行推向前，硬生生把中书典校郎吕壹挤到了众人之后。

见到东野荒木的身影，孙登欣喜地转动眼珠，正待和他眼神交流，中书典校郎吕壹忽然冲上前，拉长他不阴不阳的声调说道："陛下，殿下来日无多了，切勿太过悲伤，保重龙体要紧。"

孙登听得不寒而栗，吕壹怎能预言自己的死期？他将求助的目光盯向父皇。果然，知子莫若父，孙权探手在他的额头摩挲片刻，回转身就对着不识好歹的吕壹一顿臭骂："放肆！谁敢说太子来日无多了？你这竖子不安好心，是想诅咒我们孙氏家族的人都会短寿吗？"

殿内霎时一片死寂，朝中重臣本就对生性奸诈的吕壹心生厌恶，这位地位低下的兵家子，仅对陛下言听计从，完全不把其他大臣放在眼里。吴王授予他中书典校郎的官职，他专干抓大臣们把柄的下三烂勾当，向吴王告密，搞得群臣敢怒不敢言，个个恨不得生吞活剥了他。

正当孙登以为吕壹这下该遭罪时，全公主不知从何处现身出来，不痛不痒地替他开脱："父皇，何须迁怒他人！生死有命富贵在天。太子的命数,明眼人都能看出来,当年的建昌侯不就是英年早逝?"

孙权面色一沉,高举衣袖,踏地咆哮:"大虎,太子是你同胞兄弟,你竟出言不逊如此恶毒!"

孙登的耳朵被震得嗡嗡直响,头顶的紫罗帐也在颤动。他暗自哀叹,全公主本就不是忍气吞声的人,平日骄纵惯了,倘若父女二人当场翻脸,岂不是又会怪在他头上?该有人来充当和事佬,化干戈为玉帛。

太子妃周依挺身而出,可并未平息争斗,反而成了火上浇油:"全公主,陛下言之有理。太子与全公主虽为同父异母所生,始终是兄妹,长幼有序……"

全公主不等太子妃说完,就开始撒泼耍横,假哭道:"父皇偏袒太子!不就是欺负大虎母亲病逝,无人可靠吗?大虎要去母亲坟前申冤去!"

许是大虎提及夫人步练师,触动了孙权心底的软肋,他愣在原地,见全公主哭着跑出门,无奈地捻了捻紫髯,神色凝重地挥手示意太子妃周依退下。

侍中胡综拱手作别:"陛下,此乃陛下家事,恕老臣先行告退。"

孙权环顾四周,苦笑道:"也好,尔等都退下。朕要好好陪陪太子。"

顾谭、张休面面相觑,体态臃肿的诸葛恪极不情愿地缓慢站起身,正欲走上前,就被顾谭、张休强行拖走。

胡综临走时,回首望了望紫罗帐,张了张嘴,还是什么也没说,跨出门槛。宦官黄松和太子侍卫孙左守在门口,殿内只剩下孙权和东野荒木,在死一般的沉寂中,灯台的蜡烛突地爆响,火光明亮,瞬间便黯淡下去。

孙登的呼吸愈发吃力,听得东野荒木正向父皇乞求:"陛下,快令人换上新烛点燃！"

门外的孙左迅速领命离去。转瞬间，他怀抱两根手臂粗的扭花红烛，动作麻利地换掉熄灭的残烛，再添一盏灯台，殿内顿时亮如白昼，照得悬挂墙面的那副"妄念常从剑下消，清心独在壶中养"的黑字异常分明。

孙权一屁股挨坐睡榻边，双手搭在膝面，向东野荒木招招手，焦灼不安地催促："还不快施展法术，救活太子！"

东野荒木神情悲痛地摇摇头："陛下，山民能救殿下一时，救不了一世啊。"

"此话怎讲？"孙权面色灰白，低头凝视太子孙登，父子二人四目相对，彼此都洒下泪来。

"陛下，恕山民冒犯，天机不可泄露。"东野荒木躬身禀报后，对着孙左耳语一番。

意识昏沉的孙登突然闻到一股花椒混合松脂的芳香，游荡在外的魂魄重新回到五脏六腑，整个人神志清爽，他尝试性地摆摆头，居然能动了！他惊喜万分地张开嘴，冲口而出的嗓音中气十足："父皇，想死儿臣了。"

"天哪，子高真活过来了！"孙权抓过他的手，孙登立马起身下地，父子两人激动地相拥而泣。

从死亡的边缘重生，孙登心中有千言万语要对父皇诉说。不知是哪个不懂事的竖子在扯他的袖袍，他回身就撞见面色阴郁的东野荒木，支支吾吾地委婉暗示道："殿下，时间紧迫……"

松脂的气味浓烈，孙左手举燃烧的松脂火把，如同被操控的木偶在殿内绕行。孙登一个激灵，明白他话里的深意。他慌忙抬头望向紫罗帐，寻找那只玉带蝴蝶，哪里有它的影子？东野荒木站在红烛前，单手呈上一卷奏折："陛下，这是太子昨夜病重写下的上疏。"

孙权颤抖着双手接过来，展开细看："臣以无德，身缠重病，自知昏聩，恐怕将要殒命……鸟之将死，其鸣也哀；人之将死，其言也善……愿陛下留意听采，臣虽死之日，犹生之年也。"孙权读完，跪在地上，仰天高喊："苍天啊，为何待朕如此之薄？才夺取建昌侯的性命，又来抢走朕的太子？"

眼见父皇如此悲恸，孙登的思绪飘向当年建昌侯孙虑死后，父皇也是如斯悲伤的场景，他清楚，父皇深爱他们几位皇子，这份爱并无差别。他心中泛起一阵刺骨寒意的悲凉涟漪：父皇怎能爱无分别？长幼有序，尊卑有别，既立他为太子，又岂能待皇弟孙和如出一辙？他绝望地跪在孙权面前，痛哭流涕："父皇，儿臣不孝，先行一步到地府去陪建昌侯了。儿臣只有一个恳请，望父皇恩准。"

"速速道来。"

"儿臣死后，请立弟弟孙和为太子，儿臣就死而无憾了。"

孙权沉吟不语。

孙登刚说完，胃里翻江倒海翻滚，他张嘴吐出一口黑血，软软栽倒在地。他梦见他的躯壳成了破茧成蝶的蚕蛹，他又变成了一只玉带蝴蝶，飞向高空，无比眷恋地徘徊回顾；侍卫孙左和东野荒木把他的肉身抬在睡榻上，盖好被褥。

父皇被宦官黄松搀扶出门，殿内就留下东野荒木一人。他神色肃穆地吹灭那盏快燃烧尽的半截红烛，单掌交叉扣结，念诵起他听不懂的咒语。随后，他推开窗，朝着玉带蝴蝶单手作别："太子，山民知道你放下不徐老夫人，快去曲阿与徐老夫人诀别。"孙登拍拍翅膀，围着他的头盘旋一圈，冲向月色皎洁的夜空。

孙登飞呀飞，飞过吴郡曲阿的瓜田，停栖在亮着微弱灯光的西厢房的窗台，透过窗棂缝隙，他瞧见伛偻着背的养母徐氏，还在穿针走线为他缝制新袍。

他心痛至极，躲在窗台边独自垂泪伤悲。在这人世间，他本以为生无可恋，太子妃周依和儿子会受到父皇庇佑，"东宫四友"也会侍奉新的太子,唯独放心不下是备受父皇冷遇的养母徐氏。自己一旦身死,徐氏也会命不久矣,他终究辜负了养母的恩情。

窗户突然被人推开,孙登慌忙飞上房檐,只见养母徐氏探头出来,望向天上清冷的月色,低声自语:"子高啊子高,母亲偷用了厌胜术制衡步夫人,你不会责备母亲狠毒吧?"

孙登惊得差点儿跌落下来,记起自己已经死了,徐氏煞费心机也是为他好,可惜时运不济。他飞向徐老夫人,她伸出枯瘦的手掌,孙登在她温热的掌心稍作停留,听见徐老夫人气息微弱在念叨:"子高,母亲近来神思恍惚,多想夜来幽梦忽还乡啊。"

"母亲,子高只能来世再当你儿子了。"孙登心如刀绞,默默言道,四肢渐觉无力,他情知魂魄快散,立马奋力飞向茫茫夜空。

第三十章 《佛上殿》与骷髅幻戏

从窗棂漏进铜盆的一束暖阳，映得盆内漂浮着乌黑皂荚和赤红花椒的水面银光闪闪。

白秋水弯腰将篦子浸湿，梳理打结的发梢，眼前突然一黑，一双结实的大手蒙住她眼。她从指尖嗅到熟悉的被松烟熏过的墨味与青铜宝剑的剑气，明知故问地嗔怪道："谁啊？别逗了。若被全公主撞见，可就得倒霉了。"她边笑着边放下篦子用力去掰，却掰不动。

全琮不松手，前胸贴紧她后背，嘴巴凑近她后脖，咬住她耳垂坏笑道："今儿稀罕了，她出门怎不带上你？"

白花花的暖光透过指间的缝隙，晃得白秋水腰身酥软，她娇哼着瘫在他滚烫的怀里，双手趁势搂住他后脖，翻转身趴在他前胸，捏住一撮湿漉漉的头发撩拨全琮的眉眼。全琮最怕她这般挠痒痒，他扼住她手腕，左右摇摆着脑袋躲闪她。白秋水揪住他不放，两人搂抱着滚在地，嬉笑打闹一番，都有些累了。

全琮搂着她倚靠墙面,抚弄她乌油油的黑发,凝视她的双眸,喘息道:"你目似秋水,真愿成为你眼里的一滴泪珠。你喜欢白芍,可白芍是道药,我不想你成为治疗他人的一味药。"

一向笨嘴笨舌的全将军也会嘴上涂蜜,说这些撩拨人心的情话。白秋水欢喜地将身躯蜷缩在他胸膛偷着乐,她当然只想成为他一个人的药。听见他的心脏跳动剧烈,她感到不同寻常,翻身起来,瞥见他面色发青,眼神透出力不从心的疲态,全然没了昔日威武雄壮的模样。白秋水心疼地抓过他的手腕,认真地替他把脉问诊起来。

听其脉弦急促,观其面色潮红,是内热体虚之症。白秋水甩开他的手,举起衣袖擦拭他额头镌刻的深纹,追问道:"将军身体怎会虚弱至此?"

全琮握住她的手,浓黑的剑眉皱成"川"字,心有戚戚地叹道:"唉,可能这就是富贵在天生死有命。秋水,你可记得全公主的前夫?他也不是长寿的主咧。"

全公主以前所嫁的夫婿是周公瑾的长子、官至骑都尉的周循。白秋水听他语焉不详,似有不可名状的苦衷,便笑着把话岔开:"世间事总是祸福相依,若无骑都尉当年的早卒,哪有将军眼下的艳福?"

全琮若有所思地摩挲突出的喉结,瞟向琐窗外那一排树叶飘零的柞树,冷不丁冒出句话来:"全公主近来也喜欢附庸风雅了?"

白秋水惊得抽身离去,倒掉铜盆的水,换了条湿巾俯身给他擦脸:"将军是说每日晨起为她吹笛的少年?"

那位粉面含春的吹笛少年是全公主买来陪她饮酒玩耍的奴婢,虽是男儿身,可眉清目秀,身段柔娜,善鼓琴吹笛,常常男扮女装,全公主便给他取了个雌雄难辨的诨名:花萼。

"除了那男不男女不女的贱人还有谁?"全琮气哼哼低吼道。眼瞅着全琮把喜怒哀乐都写在脸上,像追风少年那般坦率可爱,白秋水忍着笑抚摸他高挺的驼峰鼻,笑道:"哟,将军这是吃醋了?人家不过是位弱不禁风的奴婢,将军何必自降身份与他争风吃醋?"

"笑话!本将军是指挥千军万马的人,岂会沉沦儿女私情?"全琮的脸涨成酱紫色,鼻翼渗出汗津津的汗珠儿。

他虽是征战疆场的武将,实则是爱面子的风流贵公子。白秋水靠近他,掏出贴身的扇面香囊,这香囊是用了肉桂、花椒、艾草、薄荷、栀子、香茅等多种香料杂糅而成的,具有辟邪养正气的功效。她将香囊放在他鼻端,柔声抚慰:"闻闻香,消消气。"

全琮使劲嗅了嗅,似被刺激得鼻腔发痒,他张张嘴,捏住鼻头,扭头打了个响亮的喷嚏。白秋水忙递过绸巾,他抹去唇边的唾液,捏着她下巴,逗她:"椒廖之实,繁衍盈升。若有来生,本将军准你住椒房,享椒房恩宠。"

白秋水知道他说这些闲话不过是诳她开心,她轻轻捶着他的胸,苦笑道:"此生能和将军无病无灾过些太平岁月,也算万幸,哪敢指望来世?"

全琮自知失言,便拉白秋水坐下来歇息,两人各怀心思静坐无言。过了半晌,全琮突然愤愤不平地拍案而起:"秋水,你没发现自从潘夫人受宠怀孕,大虎成天跑去嘘寒问暖,比起侍奉当年的步夫人还殷勤?"

白秋水听出他突如其来发作隐藏的潜台词,是抱怨全公主缺乏贤妻良母的操行。素来独行独断的全公主,儿子出生,就丢给乳娘照看,自个儿仍如当姑娘家那般随心所欲。这横行霸道的母老虎,世间就没她的克星。

"谁让人家取了个大虎的威风芳名呢?"她半是艳羡半是自卑。

"同样带个'虎'字,嫁给朱据的小虎与她个性怎么恰恰相反?唉,命数,一切都是逃不过的劫数。"全琮无奈地摇摇头,拉起白秋水,跨出庭外。

暮色残阳,天空灰蒙,地面堆满柞树的萎黄落叶,踏脚叶面,会发出"咔嚓咔嚓"的脆响。全琮停下脚步,双目盯住白秋水的腿部,以指肚搓揉着鼻翼两端的穴位,轻声问她:"受伤的地方可痊愈了?"

白秋水撩起裙摆,露出高丽白锦包裹的严密的小腿,自豪地倚靠在他胸前撒娇:"天可怜见,托将军的福,总算是痊愈了。将军忘记奴婢是一味药,能自救、独活吗?"全琮埋头轻吻她的唇:"哪能忘呢? 如今的你不是一味药,是一汪能淹没本将军的秋水。"

起风了,白秋水和全琮在风中深情相拥,忘我热吻,好似天地间就只有两人一般。

"好个自救的一味药,好一摊兴风作浪的死水微澜!"不知何时,全公主带着花萼杀回府,径直走进庭院,撞见两人的好事。

白秋水恐慌不已,推开全琮,落荒而逃,被全公主伸腿踩住裙摆。她知道逃不脱这场劫难,匆忙匍匐在地,听天由命。

全公主的脚来回践踏她的裙摆,嘴上冲着白袍飘然的吹笛少年怒吼:"花萼,还不快吹一首曲子助兴?"

"尊令,全公主。奴婢吹奏《佛上殿》。"言罢,花萼缓缓抽出腰间的青玉笛,徐缓吹出舒缓沉郁的曲调。白秋水的前胸挨上重拳一击,偷袭来得突然,导致她向后仰翻在地,头发又被全公主攥紧,她疼得不敢吱声,只得闭眼咬牙承受这自取的羞辱。

全公主拔出全琮腰间的软鞭,边抽打白秋水,边恨恨骂道:"贱人! 抬起你的狐狸脸,本公主倒要看看你的狗眼,怎么就像一汪秋水了?"

全琮面色青白,搓着手,焦躁不安地在原地徘徊,嘴上虚张声势地劝她:"大虎,息怒啊,别气坏了凤体,得不偿失。"

"得不偿失?全琮,全将军,还不都是你捣蛋气本公主!"全公主怒不可遏,扔下白秋水,疾步冲至全琮面前,埋头向他撞去。亏得全琮身强力壮,他后退几步,站稳脚跟,恼羞成怒地指向她:"够了!大虎!只许州官放火不许百姓点灯?我好歹是堂堂卫将军,就不能偶尔为之?"

全公主气鼓鼓地扯断他腰间玄色裘袍的细带,扬了扬扭曲变形的黛山长眉,厉声呵斥:"卫将军?若非迎娶本公主,你哪能当什么将军!花萼,别吹了,到膳房寻把尖刀来,把这贱人的眼睛给剐掉!"

《佛上殿》的尾音急促且战栗。花萼收起笛子,跪在全公主脚前,出口的稚嫩腔调似乳燕娇啼:"全公主,饶恕奴婢,奴婢生来羸弱晕血,见不得血腥之事啊。"

白秋水暗道侥幸,这吹笛少年看似弱不禁风,还是条懂得知恩必报的汉子。当初,他刚入府时偶感风寒,奴婢们借故嫌弃他娘里娘气,都不搭理他,是她顺手熬了姜汤端给他。

全公主鼻孔喷出团团冷气:"哼,本公主打死了那个呆瓜阿桃,也不怕再多条人命!难不成你这竖子也对她有怜香惜玉之情?"

白秋水听她提起阿桃,不觉心惊肉跳。倒霉的阿桃就因问错句话,惹得全公主暴怒,下令侍卫以布满倒刺的狼牙棒乱槌至死,血肉模糊、面目全非的死状令所有奴婢都吓破了胆。她惊恐万状,暗想全将军是泥菩萨过河自身难保,花萼人微言轻,这回看来是难逃心肠歹毒的全公主毒手,真是叫天天不应,喊地地不灵。

正当白秋水自认倒霉的绝望之际,她忽闻叮当叮当的清脆铜铃声由高墙外传来。伴随着竹杖芒鞋轻胜马的沙沙脚步声走近前,她侧脸偷窥,一位头戴竹笠、手持紫黑拐杖的瘦高男子出现在庭院的月亮门前。他的大半张脸隐在斗笠的阴影中,只露出模糊的瘦削下巴的轮廓。他单手在胸前作揖,声音雄浑有力:"哪位能行个方便,施舍饥肠辘辘的老人一碗热汤果腹?"

"何方来的妖魔外道？轰出去！"性情急躁的卫将军全琮刚要走过去撵人，被全公主拦住。白秋水脑中灵光乍现，全公主虽是天不怕地不怕，内心却畏惧天地鬼神，何不趁机脱离生死未卜的苦海？她忙自告奋勇地磕头请求去备热汤，也不等全公主回话，起身冲向后院膳房。

她跌跌撞撞到膳房，便见门口站了秋蝉、冬妩两位门神。她们是全公主新调教的忠仆，一个个长了张慈眉善眼的观音脸，实则是佛口蛇心之辈。对付这些扒高踩低的小人，白秋水自有法子。她装出目中无人的骄狂样，目不斜视地硬闯进膳房，见灶台正煮着一锅沸腾的羊汤，便利索地舀了半瓢倒进盆里，顺手捡起吊篮内金黄的胡饼揣在怀，任凭秋蝉和冬妩在身后大呼小叫，跑回庭院。

院内四角点上灯笼，照得庭院明晃晃如白昼。深海蓝的天幕上，一轮素白的皎月升腾于高空，寒意从地表渗透出来。白秋水见全公主和头戴竹笠的老者面对面坐在交椅内，卫将军全琮与花萼一左一右立定她两旁。白秋水低垂头，弓腰走到老者面前，递上汤盆与胡饼。老者也不客气，接过汤盆和胡饼，一阵狼吞虎咽，风卷云残吃喝干净，这才拍拍手，拈起焦黄的稀疏虾须，意味深长地目视全公主和白秋水，有感而发："全公主，这女子与公主容貌极为相似，前世是一根藤上结的倭瓜，一荣俱荣一损俱损啊。"

全公主似信非信地偏头凝思，瞟向白秋水的目光流露出不可名状的脉脉温情。

白秋水按捺不住内心的狂喜之情，真想给神秘的老者磕头重谢救命之恩，她眼尾瞧见躲在全公主身后的吹笛少年花萼举起手指竖在唇间，示意她别轻举妄动。白秋水心头大震，忙假扮出呆傻的畏惧样，悄然挪步至角落站定。

灯火照耀下，老者取下斗笠，露出饱经风霜如干核桃的一张马脸，高耸的鹰钩鼻和散发灼灼光芒的碧眼，显示他非中原人士。他直视全公主："全公主，老道在西域居住多年，习得骷髅幻戏的雕虫小技，若公主不嫌弃，老道献丑，以博诸位一乐。"

全公主喜得击掌欢呼："本公主素闻西域幻术极为玄妙有趣，从未亲眼所见呢。"

碧眼老者站起来，走到院中央，疾速地挥洒阔大褐色的衣袖，随着衣袖的旋转，竟幻化成一个大人、两个小孩的人影雏形。

众人都把眼睁得大大的，屏住呼吸看老者变戏法。他上下扭动胳膊，嘴里念念有词，三个骷髅人影开始行走、说话。

白秋水看懂了，老者展示的三个骷髅人，栩栩如生演绎了步夫人和大虎、小虎母女的成长史。步夫人短暂的一生，浓缩在一炷香工夫的骷髅幻戏中。

直到骷髅变回衣袖，碧眼老者拱手辞别，众人才如梦方醒："贫僧为笛声所惑，这位施主吹奏的《佛上殿》真乃天籁，上可通天与神灵对话。全公主，贫僧告辞了。"

"本公主果然没看走眼。花萼，随本公主送别尊者。"全公主面带喜色地瞄向花萼，伸手牵起他的手，毫不避讳对他的宠溺之情。

"尊者何不在将军府多住几日？"全琮急赤白脸地出言挽留。

"贫僧住惯了朱雀门外的石桥洞。再者，原是因笛声乘兴而来，既闻笛声，理应乘兴而归。"

待全公主、花萼与碧眼老者的背影消失于茫茫夜色，全琮才迫不及待揽住白秋水的腰，悻悻埋怨道："娶了母老虎在家，岂能长寿？"

死里逃生的白秋水浑身轻松，仰头靠在他厚实的肩膀，暗中唏嘘，她命运的险途，终究得靠自救。她揉揉全琮额间的川字纹，抚摸他高挺的驼峰鼻，坦然笑曰："难道我嫁给你就能长寿了？人这一生，不都是要独自行过生命，蒙受玷污，承担罪过，痛饮苦酒，再寻觅出路？"

"秋水,你是天性凉薄,还是早炼就金刚不坏之身?"全琮眯缝着狭长的细目,低头亲吻她。

　　白秋水闭目承受他深情的爱抚,哀伤至极。每个人的经历,都会藏匿一只受伤的小指头,藏起它,就会少受无妄之灾。

第三十一章　乌桕经霜满树红

深秋的天空,灰黑色的云团压顶,仿佛诸神发怒的面容。

阴沉的甬道走来一群罪臣后裔的女奴,个个神色呆滞,灰头土脸如同刚出土的陶俑,俯首疾行。

因父亲坐罪犯法的潘淑和姐姐潘樱也在其间。姐姐潘樱视进宫为奴乃命运不公,潘淑则对进宫充满别样的憧憬与幻想——自小她就喜与众人反其道而行:别人恐惧,她欢喜;别人欢喜,她恐惧。

甬道两旁是枝叶繁茂的柏树林,她好奇地偷望掩映在翠色里的灰白色墙面的陈旧殿宇,暗想东吴的君王都住在这般寒酸破败的宫殿,应该也不是什么可怕的人物。几片落叶斜飞在地,她昂起头,一抹似曾相识的猩红在色调清冷的前方摇曳。

潘淑认出那一树红叶是故乡会稽山里的乌桕树,她惊喜地扯住姐姐潘樱的衣袖低语:"姐姐,快看,宫里也有乌桕树呢。"

面相老成的潘樱眯起双眼,胆怯地四下张望,瞥了眼浑身披挂的乌桕红叶,垂头哀叹无语,接着她警告妹妹当下为奴的身份有别,再不可随心所欲地口无遮拦。

潘淑不快地嘟嘟嘴,不时回望那乌桕经霜满树红的秋景,扭头便将姐姐的话当耳旁风。

一行人走过甬道,拐弯进到被乌桕树环绕的一排青瓦白墙的殿宇前,青石地板的缝隙塞满红叶,虚掩的大门内传出织布机织布哐当哐当的声响。几位胆壮的奴婢唉声叹气:"唉,就要老死在这宫内的织室了。"

潘淑听得字字分明,急切挽住潘樱,在她耳旁私语:"姐姐,咱们姐妹可不能老死在这小小的织室!"

潘樱翻翻白眼,戳着她秀挺的鼻梁苦笑道:"妹妹,织室能遮风避雨,能苟且偷生,还奢望什么呢?"

潘淑骄傲地抬抬下巴,自恃天生一副绝世容貌的好看皮囊可不是为了当一辈子的织女。

押送她们的是一位满脸大胡须的武将,他跳上台阶,挥起手中长剑跃身砍断一截乌桕树干,那树干应声落地,骨碌碌滚至潘淑脚前。她惊得跳起来,吓得那些奴婢纷纷后退,唯恐避之不及。

"何人胆敢在后宫吵嚷?此地非朱雀门外的集市!再喧哗者,当如此树!"潘淑自幼在家仗着美貌骄纵惯了,哪受得了武将莽夫的高喝?她扭腰走出来,扬起面若春花的俏脸,娇笑着朝那武将撒娇:"大人休要动怒,奴婢们不过嗓音略略高了些,罪不至死啊。"

"没皮没脸的狐狸精,都入宫当奴了,还在勾引男人。"

"可不是嘛,自个儿父亲刚死,就挂念男女之事,毫无廉耻之心。"

身后是嫉妒她美貌的女奴们的讥讽杂音,潘淑气得转过身,她才不怕这些姿色平庸的妇人们呢。她快步冲向人群,刚要伸手去抓嘲讽她的妇人的老脸,被姐姐潘樱拦腰抱住。

潘淑不认输地蹬腿尖叫:"姐姐,放开妹妹,这些贱人总以为我们姐妹好欺负……"几个皮糙肉厚的女奴一哄而上，伸腿踹脚把潘淑姐妹硬推翻在地，拿脚踢打二人，痛得潘淑、潘樱哇哇号哭，场面顿时闹得不可开交。

"放肆！你们这帮泼妇太放肆了！还不快住手！"那武将暴喝着揪住领头的壮妇将其摔飞在地，动粗的女奴们才被吓得停下手，装出唯唯诺诺的顺从样，一溜烟儿站在乌桕树下看热闹。

织室的木门被推开，一股暖乎乎的安息香味飘来，一阵清脆的环佩叮当响起，从地上慢慢撑起身的潘淑听见武将颤抖的声音透着惊恐之意："末将不知袁夫人在此，惊扰夫人，望夫人恕罪。"

袁夫人的语音似潺潺溪流那般舒缓："好端端地闹这么大动静，所为何事？"

武将尚未回应，被他摔趴得鼻青脸肿的几名悍妇蛇形匍匐向前，恶人先告状："禀袁夫人，罪魁祸首就是这罪臣之女作妖引发混乱，望夫人严加责罚。"

潘淑气得怒火攻心，换作以往，她必将睚眦必报，去争个高低！可脊梁的锥心之痛令她无法自由行动，只得转向蜷缩身旁的姐姐潘樱，发髻凌乱的姐姐撩起衣袖擦拭额头尘垢，强颜欢笑，惹得潘淑愈发难受。

"袁夫人，全是奴婢的错，与他人无关。"潘樱强撑伤体，跪爬上前，重重磕头认罪，"奴婢久闻袁夫人德行操守俱佳，恳请夫人网开一面，饶恕吾等过错。"

潘淑暗中埋怨姐姐潘樱真是个傻子，保护她一人就行了，为何还要庇护那些猪狗不如的贱妇？她愤然瞟向站在台阶上的袁夫人，她头梳飞天髻，斜插凤首金钗，身披胭脂红斗篷，内衬月白色衫裙，如亭亭玉立于夏日池塘的一枝红莲。

潘淑暗自不服，论容貌，自己并不输于她，且比之年轻，怎么她就能当夫人？大约是她出身的家世好罢了。有朝一日，自己定会飞上枝头变凤凰,与之平分秋色。

袁夫人扬起肤如凝脂的鹅蛋脸,抿嘴轻笑时,菱形红唇旁露出两颗豌豆小酒窝。她走向潘樱,微微弯腰,悬挂腰际的豆青色香囊晃晃悠悠,闪花了潘淑的眼。

"你是何人家的女儿,竟能如此深明大义?"

"夫人,奴婢是罪臣之女,贱名潘樱,父母均亡,现今与妹妹潘淑相依为命。"潘樱边说边拭泪。

袁夫人似有所触,隐有泪光的双目环顾台阶下的众多奴婢,扭头唤出个人名来:"凤鸾!"织室敞开的门内,碎步走出一位头梳双环发髻、身着青衣碧裙的年轻女子,朝袁夫人躬身行礼,脆生生应道:"袁夫人,有何吩咐?"

"去,把这些个身强力壮的,打发到菜园子挑粪浇菜或是舂米去!潘樱姐妹留在织室。"

袁夫人双手绞着豆青色的绸巾,语气温柔如春风拂过蒙蒙烟柳。

凤鸾竖起指头,指指戳戳选出那些面相不善的悍妇,令武将押送她们离去。院中剩下的七八位女奴,忙欢天喜地磕头谢恩。

眼见袁夫人被她们众星捧月一般千恩万谢,潘淑的心头老大不乐意,她故意躲在人群外围,耳听姐姐潘樱在高声奉承:"袁夫人心慈貌美,奴婢姐妹愿来生为夫人当牛做马侍奉夫人。"

潘淑听不下去了,忍不住呛声反驳:"姐姐喜欢当牛做马,可别扯上妹妹。"

此话如平地惊雷,刹那间鸦雀无声。潘樱被当众闹了个难堪,她沉下脸,强忍怒气:"潘淑,还不快过来磕头谢恩?"

潘淑照旧板起脸,不冷不热嘲弄道:"姐姐不已经谢过了?再者,袁夫人哪会在意无名小卒的恩情呢。"

潘樱的嘴唇都憋紫了:"你!你还以为在潘府?"见一向体弱的

姐姐气急败坏,潘淑才不情不愿地偏头不语。

眼神空洞幽怨的袁夫人抖抖绸巾,塞至潘樱手内,说了句耐人寻味的话:"你妹妹天生丽质难自弃,且尚年轻,就不必为难她了。"随即,袁夫人向凤鸾招招手,她立刻上前搀扶袁夫人,两人施施然绕过一排红叶的乌桕树,慢慢远去了。

"若非袁夫人性情宽厚,你早死八百回了。"

黑暗中,姐妹二人头挤着头睡在厢房的阴冷长榻上,潘樱揪住她耳朵训道。这间织室的厢房,堆满破铜烂铁的废旧织布机等杂物,两张木板拼接的睡榻上,摊了张潮湿的烂絮被褥,处处飘散着铁锈的霉味。

潘淑疼得转身背对她:"她并非皇后,姐姐何必恭维她?"

潘樱与她背心贴背心,疲倦地打了个哈欠:"你忘记父亲处决前,对咱们提及的后宫秘事了?袁夫人以德行操守深得帝心,步夫人去世后,吴王曾多次欲封她为皇后,可她总以无子而固辞咧。啧啧啧,多少女人垂涎的后位,她能视如敝屣,可见是位心气高的奇女子。"

潘淑则有不同意见:"哼,不过是假清高,她是在以退为进,欲擒故纵罢了。"

"妹妹,你怎么会对袁夫人心怀敌意?咱们与她无冤无仇的。"潘樱不解。

"吾要取而代之!"潘淑的心里话没说出口。

房顶瓦片轻响,隐约有拖长声调的夜鸟咕咕声,厢房陷入长夜漫漫的幽寂之地。潘淑蹬蹬双腿,背上的疼痛折磨得她意难平,想起从小到大何曾受过贱奴们的欺辱,她用手肘碰碰姐姐潘樱的腿,怨气冲天地发愿:"姐姐,妹妹他日登上高位,定将往日欺辱我们的奴婢们赶尽杀绝!"

几只老鼠窸窸窣窣在床脚啃食鞋履,潘樱拿手敲打睡榻边沿,想以嘭嘭的空响震慑这些猖獗觅食的畜生,谁知,这些家伙的唧唧叫声更为欢腾了。她伤感地叹气道:"亏你还有这心肠,也不瞧瞧咱们眼下的处境,还这样疾恶如仇。"

"眼下是眼下,明日是明日,将来是将来,妹妹正值锦瑟华年,上苍肯定不会辜负妹妹。"潘淑正说得起劲,裸露在外的臂膀上爬来一只毛茸茸吱吱乱叫的老鼠,把她吓得哇哇尖叫着爬起身,掩面大哭。

潘樱忙替她赶走老鼠,可地面钻出的老鼠攀上睡榻,房梁上爬下来的老鼠摔落被褥,吱吱欢叫着把睡榻当成安乐鼠窝。

一向养尊处优的姐妹俩哪见过这阵仗,惊得赤脚跳下床,躲在角落里抱头痛哭。

夜色深沉,气温骤然降低,潘淑光脚踩在冰窖般的地面,冷得四肢发麻。她熬不下去了,哀求姐姐不如躺在睡榻上与老鼠为伴相互取暖,都比冻死在这里强。

两人胆战心惊地爬上睡榻,蒙头盖上那床臭气熏天的破絮,任凭老鼠在被褥上跑来跑去。

"姐姐,我们不能这样活着啊。"潘淑鼻音浓重,是受到风寒感染所致。潘樱擤擤鼻涕,也开始咳嗽:"若非走投无路,谁愿意猪狗不如地活着啊?"

当鸡鸣三更,老鼠们不再叽叽喳喳作妖,两人这才探头呼吸外面带有霉味的浊气。

潘樱望向厢房那扇低矮逼仄的窄门, 幽幽叹气:"要想离开这里,先得跨过这扇窄门。"

"那还不易? 跨过去就好啦。"潘淑搓着手,不服输的气头上来了。潘樱爱怜地摸摸妹妹的黑发,怔怔出神,半晌才说:"也是,得有袁夫人引路。"

"姐姐还是要去求她? 她与我们无亲无故,肯帮忙吗? "

"这世上原本没路,走的人多了就有路。那些攀龙附凤的伎俩,咱们也能做到。"潘樱神色凝重地抬起手臂,指了指她的心窝。

潘淑似乎理解姐姐的话,她心无旁骛地躺下身,蒙蒙眬眬进入梦乡。她看见自己身穿朱红新衣,手撑着窄门的门框,弯腰跨出门槛,迎头就撞见挺立在院墙下的一株石榴树,枝丫上的朵朵石榴花,裂开朱砂色的花苞,冲她灿然欢笑。

第三十二章　梅须逊雪三分白

彻夜燃烧的炭火烤得青石地板热烘烘的。穿着青绿新服的袁花影赤脚走到窗边，漫天碎雪在呼号的北风中翻卷的壮丽景象，令她动起到野梅园去踏雪寻梅、祭拜花神的念头。

袁花影缓行至睡榻旁的妆奁前，抓起碧玉梳梳头，一面对镜梳头，一面呼唤侍女凤鸾。掀帘进来的凤鸾在她背后惊呼："啊呀呀，夫人，外面风雪正猛，怎不穿罗袜御寒？"

铜镜内现身的凤鸾双颊冻得紫红，袁花影回头抡起碧玉梳朝她怀里摔去："就数你火气旺，快安排人到丛蔚居请赵夫人出城祭拜花神。"

凤鸾嬉笑着稳稳接住碧玉梳，退步至门前唤立在廊下的侍卫骑马出门请赵夫人。安排妥当后，她又疾步至衣柜旁，俯身寻出双丝织罗袜，蹲身替袁花影套好，嘴里叨叨不停："怪哉，这建业城多少年未下大雪了，咱们可别乘兴而去败兴而归。"

袁花影背倚妆奁，手撑锦凳，跷起高腿，等着凤鸾捧来她的鞋履。侍候她穿上鞋，凤鸾又旋身开柜，取出鹤裘给她披上。

"你是以为建业城外那处野梅园的梅花未开？"袁花影随手拢了拢鬓发，侧身瞟了眼窗外无声无息飘落的雪花覆盖在院内低矮的灌木丛上，与儿时在洛阳城见到的雪景大不同。

凤鸾拿起碧玉梳，跪下身为她梳头，话语里充满顾虑重重："踏雪寻梅虽是雅事，只怕后宫有些夫人会借机在陛下面前捕风捉影，乱嚼舌根，对夫人不恭。"

吴王的后宫中，深得恩宠的步练师死后被封为皇后，觊觎皇后位的是三皇子孙和的生母王吟凤、四皇子孙霸的生母谢姬。步练师病逝后，吴王屡次当着夫人们的面，夸赞袁花影德行操守俱佳，有母仪之风，定要立她为皇后，都被袁花影以无子嗣为由婉拒了。

自那以后，王、谢两位夫人便视她为眼中钉、肉中刺，也牵连到与她交好的丞相赵达的妹妹赵羽飞。

"怕何闲言碎语？本夫人是无欲则刚，身正不怕影子斜，德高何忧生是非。"袁花影挺挺胸，冲着铜镜里的女子嫣然轻笑。

凤鸾掀动两片薄嘴皮喋喋不休："人家才不会讲无欲有欲呢，芝麻粒大的事都能添油加醋夸成个大倭瓜。也就夫人好性子，别人眼馋的皇后尊位不要，在这深宫不争不抢，活脱脱成了庙里供奉的无欲无求的仙姑，连我们这些奴婢也跟着受气。"

袁花影饶有兴致地听着她的老生常谈，有一搭没一搭地回应。她居住的明瑟堂太过冷清，有凤鸾叽叽喳喳的东家长西家短的闲话，算是给死气沉沉的明瑟堂增添些生机。

凤鸾的双手灵巧地翻转，很快梳好凌虚髻，斜插支金树步摇，镜中女子便似从画中走出来的绝世美人。

"夫人，奴婢不懂，夫人为何就不肯当皇后？倘若夫人成了皇后，奴婢们不就是一人得道鸡犬升天了？"

谁都想摊上一本万利的好事，可她不想，个中缘由，就算给凤鸾说个三天三夜,终不会明白。袁花影起身拍拍凤鸾的肩,说木已成舟,就别瞎操心了。

门外响起侍卫洪亮的禀告,称赵夫人到了。厚实的门帘被掀开,凤鸾疾步上前,扬手替踏足进来的赵夫人扑打她双肩的点点雪粒。

体态娇弱如柳絮、面色净白似凝肤的赵夫人披了件松绿色镶白狐狸毛边的连帽斗篷,她双手捧着手炉,面颊、鼻尖被冻得红扑扑的,像个粉雕玉琢的雪娃娃站在袁花影面前。

"花影,当真要去野梅园?风雪冻僵人哩。"赵夫人将镂空雕花的铜手炉塞给随后进来的侍女青鸟,皱起远山黛眉,嘟着菱形樱桃口,搓手哈气。

袁花影伸手拉过她冰冷的纤手,眯眼笑道:"羽飞,建业城何曾下过这般密密大雪?久闻野梅园的绿梅世间罕有,走吧,走吧,莫要辜负花神的情意。"

赵羽飞拗不过她,两人手牵手肩并肩走出来。雪不知何时停住了,天空呈现出纯澈的靛蓝色,地上铺层晶莹如盐的厚厚积雪,踩上去发出咯吱咯吱的脆响,极为动听。

明瑟堂的大门外,停着由两匹黑骏马拉着青油布帷盖、两侧开窗、后方开门的辎车,矮壮的驾车车夫正在抖动身上的落雪,嘴里呼哧呼哧吐出团团白气。

赵羽飞突然停下脚步,拽住袁花影的腰封,在她耳旁轻笑道:"陛下要封你为皇后,你不肯,不然今日出行乘坐的可就是云母安车了。"

袁花影无声地笑了,见雪地上深黑色的车轮痕迹向未知的前方延伸,失落地嗔怪她:"总比刚进宫时坐的鹿车好。皇后主祭先蚕之神,方能乘坐牛画云母安车。当皇后有什么好?不过是一尊华丽的摆设!"

赵羽飞咯咯笑着弯腰团起一坨雪球,砸向前方:"你这么说,让我想起楚有死已三千岁的神龟,藏于庙堂之上。此龟者,宁其死为留骨而贵乎?宁其生而曳尾于涂中乎?"

袁花影见她又引经据典卖弄学识,假装生气地撇开她:"就会南辕北辙地胡诌一通。"说完,她径直走向马车,在凤鸾的搀扶下刚坐好,赵羽飞也爬上来。车夫扬起马鞭,马车颠簸着在雪地奔跑,袁花影探头向后看去,怀捧熏香器皿的凤鸾和赵羽飞的侍女青鸟说说笑笑紧跟车后。

建业城外的野梅园本是一片荒芜之地,也不知谁在那儿搭建了一座茅草亭,沿着草亭四周栽种红绿双色的梅花,天长日久,亭中供奉一尊花神牌位,便成为建业城的王公贵妇们春日踏青、冬来赏雪祭拜花神的佳境。

袁花影和赵羽飞到野梅园时,早有两辆华盖辎车停在黄泥巴糊就的土墙下,三三两两的黑面莽汉围蹲着烤火取暖。她扯扯赵羽飞的衣袖,逗趣道:"看看,还有比我们姐妹更风雅的人呢。"

"花影,我瞅这辎车怎么这么眼熟呢?不会是宫里哪位夫人也来踏雪寻梅了吧?"赵羽飞边向园内走去,边回头看那装饰华美的辎车。

一树树的红梅傲然绽放,在白雪地彰显着遗世独立的孤傲身姿。袁花影欣喜地双手捧雪,深吸着夹杂花香的清冷空气,满怀愁绪消散得无影无踪。她漫不经心地甩甩手心雪融化的水渍:"不正妙?刚好结伴同行。"

"妙什么妙?若非同道,岂能结伴同行?"赵羽飞跑到一棵老梅花树下,踮足仰头攀摘一根梅花枝,悻悻说道。

"羽飞,你辣手摧花,就不怕花神降罪?"袁花影惊得勃然变色,暗想本是来祭拜花神,怎么先做下大不敬的蠢事来。

赵羽飞充耳不闻,令侍女青鸟采花,手指戳向那些含苞待放的红梅花枝,回敬她:"花影,何必动怒?摘些梅花供养瓶中,每日焚香换水,不也是对花神的恭敬?"

"羽飞,先去祭拜花神要紧。"袁花影拿着满肚皮学识的赵夫人无可奈何,斗嘴是斗不过她,只得强拉起她,走向隐蔽在翠竹修林后的茅亭。

凤鸾突然横冲直撞拦住去路,上气不接下气地向袁花影禀报:"夫人,夫人,外面的辎车是宫里王夫人、谢姬两人的啊。"

"你又如何得知?"

"驾车的马夫和烤火的几位壮汉攀谈得知。"

"唉,真是冤家路窄!"赵羽飞面色一沉,脱口而出。

袁花影转头与她四目相视,两人都各怀心思,缓缓前行。愈靠近茅亭,沿路的红梅开得愈发殷红,几只羽翼鸦黑的野鸽蹲在雪地上咕咕咕叫不停。心事重重的袁花影思索片刻,以商量的口吻对赵羽飞说:"羽飞,要不你和青鸟去摘花,就别去祭拜花神了。"

赵羽飞的面色因羞愤而涨得通红,她一手掰扯花枝的梅花,一手抓起白雪,口嚼梅花,和着白雪咽下:"赵羽飞是打退堂鼓的胆小鬼吗?花影,你是怕我和她们吵闹惹出是非,损你清誉吗?"

"行,当我没说过这话。"话已至此,袁花影慌忙摆摆手,勉强挤出个尴尬的苦笑,深一脚浅一脚地朝前走去。

绕过雪压青青翠竹的茂林,一股沁人心脾的芬芳灌进袁花影的口鼻,建在高台的茅草亭上有人影晃动,遍布周匝的绿梅齐齐怒放,好一处人间仙境。

"有人捷足先登了。"赵羽飞娇喘微微跟上来,恨恨地发话。

"靡不有初,鲜克有终。"袁花影伸手为她掸去斗篷上的落雪,柔声安抚。赵羽飞斜眼看她:"后宫就数你淡泊明志,将皇后尊位视为弃履。你若真喜欢宁静致远,何须入这斗兽场的后宫?"

"这岂能由得我选择?"袁花影眨巴眨巴双眼,不堪往事浮现心头。汝南袁氏曾经门生故吏遍天下，父亲曾与曹操、刘备、孙权齐名，也是雄霸天下的枭雄，无奈时运不济，父亲败亡后，她不得已入吴王后宫，拜为夫人。

两人正闲闲说话，茅草亭内就有女子在击掌欢呼："呀，王夫人，素喜清静的袁夫人、赵夫人也来凑热闹啦。"

袁花影听出是性情泼辣的谢姬在挑拨是非，想着忍气吞声敷衍过去算了。气盛的赵羽飞推开她，手提裙摆，拾梯而上，与之针锋相对："敢问谢夫人，踏雪寻梅乃风雅之事，天底下的女子，谁会以祭拜花神为凑热闹的俗事呢？"

袁花影急了，这俩女人真是俗世仇敌，谁也不让谁。她冲上草亭，准备拉走赵羽飞息事宁人。哪知，一身红衣的谢姬不依不饶，话语刻薄："是，是，你们是情趣高雅的夫人，王夫人和我就是俗不可耐的浊物？就不怕我在陛下面前告发，治你们欺君罔上的大罪？"

袁花影听得心头大震，谢姬看似娇柔，心肠如此歹毒，当真不可小觑。赵羽飞挣脱她的手，正要和谢姬辩理，从花神牌位后走出头梳惊鹤髻、身穿通体黑地镶金边衣裳的琅琊王夫人来，搀扶她的是一位面黄似干姜的瘦高个儿女子。

"谢姬，有花神在此，休得无礼！"

长眉蝉鬓的琅琊王夫人虽是笑语盈盈，眉目间隐现不怒自威的仪态。太子孙登病逝后，太子位空悬，宫内传言纷纷，孙登临终前举荐皇子孙和为太子。看来大势所趋，孙和的生母琅琊王夫人母以子贵，滔天富贵是指日可待了。一番思忖后，袁花影连忙拉起赵羽飞，向琅琊王夫人躬身行礼："花影、羽飞拜见王夫人。"

琅琊王夫人点点头，抿嘴轻笑着抖动衣袖，一股热烈的奇香从四面八方袭来，刺激得袁花影鼻腔发痒，她忙捏住鼻头垂首躲避。遭受冷遇的谢姬不满地踱步出草亭，边走边含沙射影地讥讽袁花影："有些人总装出视荣华富贵为粪土的清高嘴脸，不也会来攀王夫人的高枝？"

北风呼啸着刮过袁花影的脸，她不自在地摸摸滚烫的腮帮，攥紧胸前的璎珞，若无其事地望向别处，不屑与谢姬逗口舌功夫，争嘴上高低。

琅琊王夫人语气淡然地说着客套话："谢姬，不留下来赏花饮酒了？"

赵羽飞逮住时机，出言不逊："怕是吴王在宫里摆好宴席，专等谢姬侍宴，给陛下暖心暖身咧。"

谢姬发髻的金树步摇在风中瑟瑟作响，白嫩的马脸变成猪肝色。她带着幸灾乐祸的神情，嘶嘶冷笑着道出杀人诛心的狠话："赵羽飞，你猖狂什么呀，身旁连个一男半女都没有的福薄小人。"

袁花影知道这是赵羽飞的心病，忙伸手稳住她摇摇欲坠的娇躯。赵羽飞的面色煞白，她张张嘴，但似被硬物噎住喉咙，最终硬生生憋出这话来：你也别太嚣张，后宫有皇子的还有南阳王夫人呢。

"谢姬，人家赵夫人天生一颗七窍玲珑心，你可比不得人家。"琅琊王夫人适时发话了，她的夸赞半真半假，袁花影不予理会。

姗姗来迟的凤鸾走到供奉花神牌位的桌案前，摆正香炉，点燃檀香。袁花影拖起赵羽飞，示意她一起祈福发愿。

赵羽飞扭头冲着草亭下正攀摘绿梅花枝的侍女青鸟高呼，要她上来祭拜花神。袁花影寻声看去，青鸟刚掰断一条绿梅花枝，拾起地面的大捆红梅花枝抱在胸前，慌慌张张低头向前冲。兴许是花枝挡住她视线，青鸟竟然直端端撞向谢姬后背，谢姬毫无防备，尖叫着侧身翻滚下台阶！青鸟吓得扔掉花枝，一屁股坐在雪地上哇哇大哭。

袁花影意识到闯大祸了，她上前揪住赵羽飞的臂膀，愤怒地直视她闪烁不定的双眼，真想冲她低吼："不是你有多聪明，而是你比你的对手谢姬聪明多少，胜算才有多少啊。"

"花影，你是要撕烂我的衣裳吗？"赵羽飞躲闪着她充满怒火的双眼，虚张声势地诘问。琅琊王夫人匆匆走下茅亭，不忘回头朝她的侍女怒喝："秋裳，还不下去扶起谢姬？"

她的话提醒了袁花影，急令凤鸾速去帮忙。眼见天色突变阴沉，雪花开始飞舞。袁花影懊悔不已，真应验了凤鸾这乌鸦嘴的话，乘兴而去败兴而归。

"还不下去看看？"她推搡着赵羽飞，后者固执地站立原地不动，偷笑着嘟囔："不去！不去！她此刻正恨不得吃我的肉，何必自取其辱？"

"傻女子，不去自证清白？"袁花影扯着她的耳朵。赵夫人憨憨笑着摇摇头。袁花影叹口气，这赵夫人心思缜密，是耐得住寂寞的女红好手，一旦离开绣房，就成了非黑即白的粗人。

浑身裹满雪屑的谢姬冻得面色乌青，由琅琊王夫人的侍女秋裳和谢姬的胖侍女一左一右架着挪步出园。

袁花影奔出野梅园，扑通跪在冷冰冰的雪地上，俯首恭送琅琊王夫人、谢姬，待她们上车远去，才让凤鸾扶她起身，重新去祭拜花神。

"袁夫人，为何怕她们啊？论理，夫人才是宫中老人呢。"

"闭嘴！就怪你这乌鸦嘴，把好好的踏雪寻梅弄得人仰马翻。"袁花影心里正烦躁不安呢，凤鸾还多嘴，她当然不给她好脸色。

"那谢姬可是睚眦必报的人。"回宫途中，袁花影拧干沾满雪水的裙摆，乏力地靠着赵羽飞，不无担忧地说道。

赵羽飞嘴上逞强："她不就仗势欺人嘛，有个小霸王了不起！唉，谁让我们姐妹都没有儿孙承欢膝下的福报呢。"

雪花卷着风漫天飞扬，马车在积雪地上艰难前行。袁花影陷入自怨自艾的沉思中。吴王孙权有心成全她当皇后，将别的嫔妃生的儿子交由她抚育，可惜好几个全夭折，未能得偿所愿。袁花影将此当成是上苍对她的警示,或许她命里就没有当皇后的福分,才会绝了她掌管中宫的念头,用时间煮雨,岁月织花,以欢喜心过寻常日。

后宫哪有岁月静好的寻常日?防不胜防的明枪暗箭随时袭来,打得人措手不及,方是后宫生存的真相。

"先顾上眼前这道关!谢姬为人狡诈,你我都不是她的对手。"袁花影拍拍赵羽飞的手背。她和自己都未能生育,才会成为同病相怜的朋友。

"你有何锦囊妙计?"赵羽飞睁大明亮的杏眼,歪着脑袋,浑然一个不谙世事的顽童。袁花影暗想她真是孺子不可教也,悲叹着转移话题:"你干吗这么沉不住气,就这么等不及?"

"是天意,也是她活该。"

细细飞雪如扯不断的白絮将草木山川渐渐覆盖。袁花影感到自己正走进皑皑白雪的深渊旋涡,她有些不寒而栗:"谢姬定会在皇帝面前恶人先告状,且回宫养精蓄锐。"

第三十三章　落花人独立　轻雪燕双飞

大寒节气，明朗的晴空毫无征兆地飘起雪来。

正伏案审阅奏章的孙权撂下手中的紫毫笔，将平摊在案桌的简帛推向一边，起身挥动酸疼的胳膊，眼见那雪势甚猛，不觉酒瘾上头，急召宦官黄松速去温酒、烤肉。

两名宫女端来火盆放好，黄松扶孙权坐在火盆边，拧干热汗巾替他擦拭双手。

"陛下，趁天色尚早，不如请琅琊王夫人过来侍宴？"

后宫的嫔妃们不尽如人意：袁夫人、赵夫人在宫中清心寡欲；琅琊王夫人、谢姬、南阳王夫人均心系皇子，只是对他唯唯诺诺顺从的木美人，无甚意趣。能替他张罗美人的皇后步练师又红颜薄命……

念及此处，孙权不由灰心丧气地仰天长叹："偌大的东吴就找不出位能歌善舞的美丽女子陪朕欢宴？"

黄松捧上酒樽，目光闪烁："陛下的解忧酒还得是步皇后。"

可不是？貌美的步练师是他无法忘怀的解语花。孙权接过酒樽，伤感地吹了吹浮在酒面的绿沫，一饮而尽。热酒从喉咙流淌心田，温暖他的五脏六腑。他快意地把空酒樽扔给黄松，目光投向步练师曾居住的椒房殿，富丽华美的殿宇早已人去楼空。昼锦亭的梦里相会，不过是隔靴搔痒，意犹未尽。他难过地抹了抹唇上酒珠，颓然倒在铺了软绵被褥的席地。

辛辣香料的烤肉味萦绕殿内，孙权呼吸着酒气肉香的烟火味，枕臂假寐。

雪花飞落的夜色，是烟雨江南的另一种迷离凄清的意境。四壁的枝形灯被点亮了，照耀得室内明亮温暖。

"陛下，朱公主求见。"侍从在他耳畔轻声禀告。

"小虎？快请进来，正好一道吃肉喝酒。"孙权甚感纳闷，他这个性情文雅的小女儿，自嫁给左将军朱据后，便甚少露面。

黑色斗篷上洒满雪花的孙鲁育，神色哀婉地踏足前来，仿佛从幽深的黑暗丛林闯入光芒万丈的黄金世界的女神。

她脱下白锦貂毛边的风雪帽，露出消瘦的苍白脸庞，跪拜在孙权面前，声音哽咽："父皇，曲阿的徐夫人病逝了。"

孙权无动于衷，冷眼旁观俯身哀哀啼哭的小虎，心生不快：小虎的亲生母亲步练师去世，她都没如此悲痛咧。那心胸狭隘、性情恶毒的徐夫人早就该死了，她总以养育之恩要挟孙登屡次威逼自己立她为皇后，他宁肯皇后位空悬，也不遂她心意。

孙鲁育哭诉半日，见他没动静，抬起泪脸，抱住孙权的腿，询问道："父皇，徐夫人将以何礼制安葬？"

换了新酒樽的宫女小心翼翼走近前，孙权端起酒樽，暗想这徐夫人真是愚蠢，还以为死后自己能大发善心给她风光大葬？她不知道，自己有多爱步练师，就有多恨她。他小口啜饮樽中酒后，漫不经心地问孙鲁育："徐夫人的丧事，怎会指派你来了，莫非她留有遗言不成？"

朱公主摇摇头，举袖擦擦泪痕："不，女儿是受宣太子生前所托前去照看她的，不想徐夫人得知太子离世，就自寻死路了……"

孙权听小虎提及病逝的太子孙登，暗想徐夫人妄想自己能以皇后礼制安葬她咧！他举手打断她的话。宫女蹲身上前为空樽续满酒，浮沫溢出来，在桌面洒出一片水渍。孙权举起酒樽，酸溜溜地感叹："子高和她真是母子情深啊！"略略停顿，见小虎双眼扑闪着希冀的亮光，他不忍心毁了她的希望，只得勉强笑道："徐夫人不会为难朕，她就以夫人礼制厚葬。"

孙鲁育欢喜地磕头不已："多谢父皇开恩，女儿这就告辞。"

"小虎，你就不肯陪父皇吃盏热酒再走？"孙权心里有些不痛快，小虎就是不如大虎贴心。

孙鲁育重新将斗篷的帽子戴好，歪着小脑袋，调皮地笑道："父皇有后宫的诸多夫人做伴，恕小虎不能奉陪啦。"

这老实巴交的小女儿，说话也不中听！孙权没奈何地挥挥衣袖与她作别："那你总该去母后坟前祭拜祭拜。"

孙鲁育系好连帽的领结，回眸轻笑："母亲都被封为皇后了，有父皇的恩宠足矣。"她边说边头也不回地快步走，就像穿梭在黑夜的蝴蝶，轻盈地来去自由，很快隐身在黑暗的夜色中。孙权扔掉手中的酒樽，追上去拉住小虎的手："小虎，你就不怕为父生气？"

雪停了，夜空有一轮满月，孙鲁育的美目在忽明忽暗的火光下如月光下的宝石熠熠生辉。她抽出手，低垂的侧颜，轮廓弧线优美，她的声音低下去，生怕被人听见："徐夫人说父皇不会立三皇子孙和为太子……"

"这有何关系？"胸中怒火噌地一下涌上头，孙权仍不动声色，竭力压低嗓音。

"徐夫人还说，父皇是只会爱自己的寡王……"孙鲁育双手捂面，好似在为他蒙羞。孙权气得双腿发抖，转身阔步跨进殿内，一屁股坐在胡床上，一樽接一樽地喝闷酒。他恨极了徐夫人，生前利用太子孙登，死后又来蛊惑女儿！岂有此理！孙权借酒浇愁，不知不觉已狠狠吃下十几樽酒，微有醉意时，宦官黄松一溜儿小跑进来禀报："陛下，梨花院那边来人说谢姬凤体有恙，哀请陛下前去探视。"

"不去！朕又不懂医术！"孙权正在气头上，扬手把空酒樽砸向地面，黄金锻造的酒樽骨碌碌滚到门槛下。

门帘掀开，身披朱红斗篷的琅琊王夫人站在雪花飞舞的夜色里，如同盛装的新娘，她拖长软绵绵的声调巧笑嫣然："陛下，饮酒过多易伤龙体。"

正觉愁闷的孙权抬眼见到明眸皓齿的琅琊王夫人，喜得起身疾步至门前，张开双臂将她拦腰抱在怀里，并肩坐在食案前。

三位宫女穿梭其间，清扫杯盘狼藉的食案，换上新的碗、盏、食筷与熏鱼、烤肉、几样果蔬。琅琊王夫人带来的侍女秋裳端出玛瑙酒杯盛满翻滚着肉桂香味的葡萄酒，在两人面前各放一盏。孙权手握滚烫的葡萄酒盏，柔声问她："这大冷天跑来作甚？"

"妾身新得一升西域葡萄酒，便立刻献给陛下尝尝。"

孙权甚为快意。他最爱步练师亲酿的桂花酒，不喜饮甘蔗酿造的金酒，更不爱民间盛兴的椒酒与柏酒。西域的葡萄酒稀少珍贵，算是上等佳酿。

他凝视着面若桃花的王夫人，灯火映照下，醉眼惺忪中，媚眼如丝的她与薨逝的步皇后竟有几分相似了，孙权不由得百感交集。那夜，步练师领着一身翠绿色衣衫长裙的琅琊王夫人到他的寝殿，他淡淡扫了她一眼，她如受惊的梅花鹿，神色惊恐地向后退。他嫌她太过稚嫩青涩，是步夫人执意举荐琅琊王夫人，夸她有诸多好，他才勉为其难宠幸了她。

"朕初次见你，你还是挂在枝头的一枚青梅，现在却成了绽放枝头的娇艳桃花了。"

"陛下取笑妾身,妾身是当母亲的妇人了,怎能与桃之夭夭灼灼其华的桃花相比呢?"琅琊王夫人眼底泛起一丝独享圣宠的得意之光。孙权喝下葡萄酒,后背靠着隐囊,牵过琅琊王夫人的纤手,问她皇子孙和的学业状况如何。

"陛下,子孝本来要随行同往,妾身没让他来,怕扫了陛下饮酒的兴头。"琅琊王夫人头倚他胸前,指尖梳理他的紫色长髯。

温香软玉在怀,酒劲开始发作,孙权想起徐夫人对小虎造谣,说他不肯立孙和为太子的预言,故意装酒醉,道出亦真亦假的酒话:"子孝热爱文学,可别荒废了骑射功夫,男子汉总得要文武双全,谋略胆识都得兼具,不然日后怎能当好仁君,统领天下?"

琅琊王夫人掩饰不住狂喜之情,立马从他身上翻爬起来,带着喜极而泣的哭声,磕头谢恩:"妾身谢陛下成全。"

孙权抚摸着昏沉沉的脑门,口齿含混不清:"朕倦了,你也别走,明日,明日去谢姬的梨花院。"

琅琊王夫人娇笑着扑进他怀里,犹如身体炙热的火狐狸。孙权累极了,搂着她沉沉睡去。

孙权是被外面铲雪的声响惊醒的。他睁开眼,身边的锦被空无一人,看来琅琊王夫人早起身梳妆了。他下床穿戴齐整后,走到窗边,拉开幕帘,雪后的天空,呈现出绚丽如锦缎的云霞,院内是银装素裹的琉璃世界,身着色彩斑斓宫衣的奴婢们忙着洒水、铲雪,好一片热闹欢喜的画面!他正看得入迷,身后传来隐隐的梅花香,孙权好奇地回转身,身裹胭脂红衣的琅琊王夫人怀抱插有绿梅的龙泉青釉瓷瓶,与穿了苏芳色衫裙、手捧红梅瓷瓶的谢姬两人笑吟吟走进来。

"咦,谢姬不是凤体有恙? 又跑去哪里采摘的梅花?"他一手拥着谢姬,一手环抱王夫人,梅花的冷香夹杂脂粉的暖香呛得孙权连打几个喷嚏。

面上扑了厚厚铅粉的谢姬，朱唇微启的莺声燕语，听得孙权心花怒放："陛下日夜操劳，妾身才疏学浅，无能替陛下分忧。适逢城外野梅园内的梅花开，便采撷给陛下闻闻初雪的第一缕梅香。"

孙权乐不可支，拊掌大笑："哈哈哈，都是朕的好夫人！昨夜王夫人送来西域佳酿，今晨谢姬献朕初雪梅香，妙！妙！朕要重赏两位夫人！"

"多谢陛下重赏！"王夫人和谢姬得意地对视一眼，齐齐跪身致谢。

"赏赐何物呢？"孙权坐进胡床跷起腿，眼尾余光瞥见两人翘首以盼的神态，蓦然灵光乍现。她们均为人母，于母亲而言，儿子的锦绣前程方为大事。

"陛下总爱揣着明白装糊涂。"谢姬走到他面前，双臂攀住他的腿摇晃不休，脉脉深情撒着娇。

琅琊王夫人分别取出一枝红梅、绿梅的枝条，凑近他的鼻窦，馥郁的花香刺激得孙权奇痒难忍。孙权憋不住笑，畅笑完毕，他左拥右抱，郑重其事对琅琊王夫人、谢姬两人许下承诺："明日早朝，朕传诏，封三皇子孙和为太子、封四皇子孙霸为鲁王，算不算重赏？"

"算！自然算天大的重赏！陛下圣明！"琅琊王夫人喜极而泣，谢姬则欣喜若狂，两人跪拜在地，向他施以大礼。孙权仰面枕着隐囊，想起孤身在九泉之下的步练师，倘若两人所生的大虎是男儿身就好了。

"陛下为何落泪？"琅琊王夫人凑近前来关切问道。孙权摇摇头，示意她们退下。

风掀开靛蓝色的厚实门帘，露出挺立院内的那棵由步练师手植的石榴树，步练师倚靠花树下，神色落寞凝视地面的落英缤纷。琅琊王夫人与谢姬的身影淡淡远去，当真是"落花人独立，轻雪燕双飞"。

第三十四章　多情只有春庭月

命运总是翻云覆雨。

赵羽飞把自己关在密室内闭门思过。暗无天日的密室,白天和黑夜颠倒,不知时日过。

后宫女子以年轻貌美得宠者,莫若步练师、琅琊王夫人、谢姬之流;以德行操守获宠,便是夫人袁花影。自己呢? 她摸摸腮帮,指尖滑到脖间隐隐突出的颈纹,自问自答:"靠了长兄神机妙算的九宫一算之术。"

"别给他生儿育女,君王非寻常男子,不值得你托付终身。"长兄赵达的叮嘱早已在她心中生根发芽,茁壮成长为参天大树。想起谢姬那副小人得志的猖狂嘴脸,赵羽飞虽觉她可憎,暗自仍会嫉妒她因此获宠。她很失落:自己能用五彩丝线绣制山川地形图,也练就出神入化的织锦术,善用发丝编织薄如蝉翼的发帐,苦练一身技艺,还不是会遭到有子嗣的嫔妃们的嘲笑?

缕缕细香从地缝里钻进来,侍女青鸟的脚步声在门槛前停下。

青鸟的嗓音如同矛和盾碰撞那般尖锐："赵夫人,该用膳了。"

都有些什么菜肴?她伸出指头抹了抹干涸的嘴唇,有气无力地问道。

"梅花酥、蒸乳酪、鹿肉脯。"青鸟边说边推开门,一团柔和的金光照进来。她指挥两名五官平庸的壮妇,抬来摆满碗盏菜品的食案,摆放齐整。赵羽飞反手捶打酸涩的双肩,瞟向雪地里两棵枝干扭曲、树叶枯萎的桑树和杏树,它们既像是壮志未酬的英雄,又似怒发冲冠的将军。

"夫人又在思念赵丞相了?"青鸟的粗嗓门冷不丁在脑后响起,赵羽飞被吓得伸手劈向她脑门:"你就学不会温言软语?"

青鸟难为情地向后俯下身去,偏头指向满桌的菜品,赔笑道:"赵夫人,你可是有三日米粒未沾了呢。"

赵羽飞表情认真解释道:"既然是闭门思过,不就得受这囊萤映雪之劳、悬梁刺股之苦?"说着话,她忽觉得头晕,青鸟的身影模糊不清。她忙手撑额头定定神,再取块鹿肉脯放进嘴里细嚼慢咽。

"赵夫人,思不思过,不都得用膳?"青鸟招招手,从台阶上走出一位眉目生疏的小宫女,她双手捧食案,战战兢兢站在门外。青鸟从食案上端过一碗漂浮菜碎末的肉汤放在赵羽飞眼前,她毫无食欲,歪靠隐囊,挥手要她挪开。

一只毛发凌乱的老鸦从半空飞来,落在窗台上,冲她呱呱叫两声后拍打着翅膀飞远了,引得赵羽飞胡思乱想起来。这头老鸦该不会是病逝的长兄赵达的转世?她悲戚地望向空旷无人的庭院,巨大的悲伤如海浪翻滚而来,几乎将她淹没。从前,她有长兄的庇佑,失去了长兄,她就成了与惊涛骇浪殊死搏斗的一叶轻舟。

"青鸟,去备些祭品。"赵羽飞瞟一眼那棵衰败的老桑树,捡起汗巾擦净手,起身迈步出门去。

干冷的风吹来阴冷的泥土气,脸如刀割般生疼。赵羽飞哆嗦着走近树叶凋敝的老桑树下站定,蓝白色的云彩在头顶飘浮,她张开嘴,隐隐有花香吐出来,那是和雪嚼过的梅花气味。

兄长赵达自幼跟随汉朝侍中单甫求学,精通九宫一算数,能计算飞蝗之数,预测深藏的事因,无不言中有效。他在洛阳就是名满天下的人物,为躲避战乱,望见东南方有帝王气象,带她离开中原,渡江南下东吴地界。

吴王孙权出兵征战,兄长预先推算,结果如他所言,被吴王封为丞相。两人去野梅园赏雪,兄长拈起数朵梅花,抓取一团树枝的堆雪丢进口里,笑言和雪嚼花能使体态轻盈,口齿生香。

"丞相可是想羽飞成为香夫人后羽化登仙?"赵羽飞学他抓雪吃花,随口胡诌。赵达转过面无表情的鞋拔子脸,清冷的目光闪现利刃出鞘的寒光:"你年纪轻轻,别想什么羽化登仙的事。"

"那该想什么呢?"赵羽飞知道兄长的预测精深微妙,便抱住他的臂膀撒娇。赵丞相双手背在身后,直视前方:"进宫当贵夫人。"

赵羽飞顺着他的目光望去,前方山峦重叠,一轮红日正缓缓下滑。她慢慢松开手,走向傲立雪地的一棵绿梅树,树枝上有几只鸟雀在啾啾喧闹。

"谁不向往成为贵夫人?自古的后宫美妇人哪个没点心机手段?妹妹愚笨,只怕进宫会碍兄长大事啊。"她踮足攀住吐露花骨朵儿的绿梅枝条,任由一缕梅香在鼻端萦绕。

赵达走近前来,手搭于她肩,透过厚实的斗篷,赵羽飞仍能感受到冰冷的寒意。

"不怕。吴王垂涎兄长神机妙算的秘籍呢。你爱弹筝、刺绣,入宫后,就可心无旁骛做你喜欢的事了。"

赵羽飞心头一暖,原来当初兄长执意带她渡江南下,是为她着想。远方的重重山峦模糊如一团团淡墨,她眼泛泪光,偏头倚靠在赵达的臂膀,嘶哑着嗓音问他:"伴君如伴虎,兄长就不怕吴王得到秘籍后,会将我们兄妹弃如敝屣?"

赵达腾出手来,拍拍她后背,笑着叹气:"生在这烽火四起的乱世,今日不知明日事啊,宁当君王妾,不做穷汉妻。"

淅淅沥沥的雨点徐徐飞落,赵羽飞抹了抹湿润的眼眶,心中好不凄凉。是啊,宁做太平犬,不当乱世人。她羞涩地把脸埋在兄长的臂弯:"妹妹听凭兄长安排。"

迎风送来酒糟的香气,赵羽飞回身就见雪地里走来挎着食匣、单手托举酒壶的青鸟,她扬起双颊冻得青紫的脸,口吐白雾:"夫人,祭品备好了。"

赵羽飞望望天色,若出宫到郊外祭祀,又怕变天,想想还是改变主意:"抬张供案来,将祭品摆在桑树下。"

"夫人,快进屋添件衣裳。"青鸟弯腰放下祭品,走过来伸手搀扶她,向丛蔚居的正房走去。

丛蔚居的石阶两旁栽种的竹子干枯了,赵羽飞看着枯萎的竹子黄叶,有些动气地责备青鸟偷懒,不早些把枯竹砍断,坏了风水。

"夫人,不是奴婢犯懒,别看它们现在蔫头巴脑,挨春就活过来了。"青鸟一反常态地犯起浑来护竹。

"你这贱奴,偷懒就偷懒,还敢嘴犟?"赵羽飞气呼呼提起裙摆冲上台阶,立在房檐下怒骂不休。

跪在廊下深雪处的青鸟,冻得浑身哆嗦,就是不肯知错改错。赵羽飞拿这痴爱竹子的青鸟束手无策。

"夫人,袁夫人造访。"面生的小奴抄手叠腹,在一座玲珑假山前躬身禀告。赵羽飞跺跺脚,溅得青鸟满身碎雪,这才恨恨走下台阶迎客。身披绛紫色斗篷的袁花影从灰色假山后绕出来,神色关切地牵过赵羽飞的手,边轻移莲步边宽解道:"羽飞,看你气色可不好,何必自寻烦恼,妄求奴婢能闻过则喜?"

"凤鸾怎么没跟来?"赵羽飞见她独自前来,甚觉怪异。

"凤鸾回明瑟堂取些绢帛相赠予妹妹。"

赵羽飞说几句寒暄的客套话，袁花影在枯竹前驻足，探手掰断一根竹竿，轻笑道："又非此树婆娑、生意尽矣的庭院老槐，几根乱竹而已，不值当。"

赵羽飞撇撇嘴："她就是个竹痴，丛蔚居的角落皆是竹子。枯死了也舍不得砍断！"

"世间人，谁没有嗜好？有人爱财，有人好色，有人喜权，有人嗜酒，人无嗜不可交。竹痴算是风雅了。"

听袁花影这般开解，赵羽飞便不再计较，正逢腹内咕咕作响，她抢过袁花影手里的竹枝，抛到青鸟头上，唤她起身温酒置菜。

丛蔚居的正房摆有一尊熊彪顾盼、鱼龙起伏的用树身雕琢的木屏风。日光照在雕刻得栩栩如生的神兽、织锦、花卉、烟霞等图纹上，浸润出春日和睦的光泽。袁花影俯身木屏风前，手指抚过脚踏莲花、口吐火焰的鼓目神兽的凹凸纹理，不无羡慕地夸赞："啧啧啧！重重碎锦，片片真花；纷披草树，散乱烟霞。宝物也！"

赵羽飞双臂抱胸，退步注目这一副吴王赏赐的木屏风，雕琢的山川、草木、花卉，仿佛带有天地孕育的灵气。她不无炫耀地拊掌叹道："日子久了，这些木雕的花木神兽都沾人气了，当得上丛蔚居的镇宅之宝。"

袁花影直起腰，指头刮过她的鼻尖，含酸带醋："还不是你有福气，陛下赐这神兽屏风。姐姐的明瑟堂空旷寂寥，委实拿不出半件宝物来。"

赵羽飞听她这话里有半真半假的酸意，知道自己说错话，忙扯着她衣袖，揶揄道："姐姐连陛下封赏的皇后宝座都不稀罕，世间怕就没有什么宝物能入得了姐姐的慧眼。"

"又来了！就不能换个花样奉承我？"袁花影不满地嘟起如花瓣的红唇，转头望向庭院，红日西沉，寒鸦斜飞，桑树下的黑漆食匣分外扎眼。

"呀,该死的青鸟,就为两丛破竹,差点儿误了我祭拜亡兄大事。"赵羽飞懊恼地拍拍脑门,骂骂咧咧跨门出去,噔噔跑下台阶,将食匣、酒壶拎回房内。

暮色渐渐掩盖室内的亮光,袁花影蹲身掸掉食匣上的落雪,整个人陷进绛紫色斗篷内,她扬起俏丽的粉面,揩着泛红的泪眼:"你尚有亡兄祭奠,我可是远离故土的孤女子。"

赵羽飞也觉心酸,两人都是父兄皆亡的天涯沦落人。她正待出言安慰,门口闪现两位短腿的黄脸老宫女,一位双臂环抱摆有菜品的食案,一位手提温酒的酒器,步伐粗野地晃荡着跨进门来。

赵羽飞忙喝住她们:"青鸟人呢?"

"回禀夫人,她到膳房吩咐奴婢们整治一桌酒菜后就不见人影了。"

赵羽飞不快地皱皱眉,她不喜动作粗鄙的膳房奴婢闯进正房,示意两人将食案搬至木屏风前,就轰她们退下。她亲自点亮宫灯,关好房门,拉过袁花影耳语:"姐姐,与其遭冷挨冻祭拜桑树的树神,不如向木屏风上的神兽跪拜祈福九泉之下的亲人们庇佑你我?"

袁花影点头称是:"妹妹与我想到一处了。方才你还说世间无能入姐姐法眼的宝物,再贵重的宝物,也没有挚爱亲情贵重。"

赵羽飞深有同感,她找来香炉,摆在对准神兽的铜铃鼓目下,拈香插进香炉,与袁花影并肩跪拜在地,合掌闭眼,心中默念:"兄长,你说妹妹的命数是后宫夫人,可你没说妹妹是个无子嗣依靠的后宫夫人,还望兄长庇佑妹妹万事顺遂。"

祈福完毕,她睁开眼,扭头见匍匐在地的袁花影双肩耸动,已哭成泪人。赵羽飞暗暗叹气,情知在后宫生存,日日都如履薄冰,便由她哭去宣泄情绪。她望着木屏风的神兽那对凶神恶煞的虎目,开始异想天开,兄长的魂魄能不能附体在神兽上呢?听袁花影哭声悲切,她有心作弄她一番,便故作神秘悄声说道:"花影姐姐,别哭了。这头神兽有兄长附体,所求皆灵验呢。"

"是赵丞相附体?此前怎不曾听你提及?"袁花影抬起泪水涟涟的美目,露出难以置信的表情,愕然地看着神兽,又望向赵羽飞。

赵羽飞憋住笑,郑重其事地点点头,继续圆谎:"兄长安葬后,他托梦于我,他将魂魄附体神兽,是为能随时随地保护我……"赵羽飞愈说愈动情,多希望谎言成真啊。可惜,多情只有春庭月,犹为离人照落花。她咬住唇,竭力不让眼泪流出来。

房门哐当被推开,一股冷风窜进来,吹得灯台的烛火摇曳不定。怀抱绢帛的凤鸾率先踏足进来,身后跟着神色阴郁的青鸟。

"为何姗姗来迟?"袁花影站起身,夺过凤鸾手臂的绢帛,嗔怪道。

"姐姐,夜深风冷,不如围坐饮酒作乐?"赵羽飞见那绢帛在灯下泛起清冷的光泽,喜得忙要凤鸾一同落座吃酒。

簌簌飞雪在琐窗前编织成珠帘,袁花影挽住赵羽飞,娇笑道:"适逢良宵,围炉煮酒,促膝长谈,人生快事!理应不醉不归!"

第三十五章　人生若只如初见

建业宫的大殿内,飘浮着椒酒的刺鼻烈香。

已喝下整坛椒酒的孙权,虽微有醉意,仍觉尚未尽兴。人生而不自由,他是帝王,同样有帝王的枷锁。才会寄情于觥筹交错的酣宴之乐——酒能带他进入虚幻的新世界,在那个新世界,他任性而为,强大而狂妄,癫狂且浪漫,一切不可能都能幻化成可能。

堂上的刻漏已过子时,他双肘撑住食案,斜睨着醉眼,扫视醉态百出的群臣:骠骑将军步骘、丞相陆逊、左将军朱据、卫将军全琮皆醉得不省人事,东倒西歪仰躺在各自的座席,就连从不饮酒的大臣顾雍已歪躺隐囊酣然沉睡。

望着满地狼藉的残羹剩菜,宫灯投射在楹柱和门枋上的模糊阴影,孙权的内心升起一种高处不胜寒的孤独感来。忆及当年豪饮的热血场景,他黯然伤神,喃喃自语:"朕当初在武昌临钓台的豪言,便是今夜酣饮,唯醉堕台中乃当止耳!"

座中诸将,皆醉得不省人事,唯有左将军朱据摇晃着上身,想要挣扎起身,嘴里断断续续低呼几声:"陛下威武!"俄而便跟跄着步履,栽倒在地。

"陛下,左将军素有海量,此时该不会是装醉?"一脸通红的卫将军全琮手臂撑地爬起身,昂首怪笑道。

朱据动作迟缓地背靠墙,手掌托起双颊酡红的俊美面庞,没好气地反驳道:"卫将军,子范绝非口是心非的阴险小人。"

"左将军是指子璜乃口是心非的小人?"全琮倚仗酒劲,顺手抓起地上的空酒樽,朝朱据当头抛去!亏得朱据偏头闪过,空酒樽砸向大臣顾雍的腹中!

大臣顾雍悚然惊醒,他低头拾起空酒樽,神色茫然四顾张望,像极了长眠地下的人醒来后,面对世界之变新的傻模样。孙权憋着笑,重新坐回他的席位,只手擒住酒壶,仰头畅饮壶中残酒。

卫将军全琮晃荡着醉步走在顾雍面前,毕恭毕敬地躬身作揖,想要回空酒樽:"顾丞相,都是子璜的错,还请丞相包涵。"

顾雍还来不及回话,朱据起身搬开横挡在前面的食案,朗声笑道:"顾丞相,是子范无礼冒犯,跪请丞相开恩。"

孙权放下空酒壶,拣起半条熏鱼,咀嚼着冷却的鱼肉,饶有兴致地袖手旁观他的两位驸马都尉如何收场。

顾雍面无表情,目光定定地望向孙权。孙权瞄了他一眼,并不作答。顾雍稍加思索,便站起来,抖动双袖,捧起空酒樽跪下来,徐缓道来:"常言道,将相和,国富强;家人和,业必兴。两位将军乃陛下的乘龙快婿,且在建业宫,当和睦欢喜,可别做那些有辱斯文之嫌的行为。"

孙权从酒樽的缝隙里瞥见他双鬓斑白,从前敬重他的老成持重,眼下却嫌弃他是谨言慎行的老头子,啰里啰唆半日,全是废话!一阵呼噜声响起来,寻声而去,竟然是怀抱酒壶的骠骑大将军步骘、臂搂酒樽的丞相陆逊并头挨坐靠墙酣睡!面色赤红的全琮与朱据则神色尴尬地面面相觑。这两位自恃清高的女婿都不是省油的灯——全琮贪恋女色，和府邸侍女白秋水藕断丝连；朱据不好色，但他素喜仗义疏财，导致日常开销入不敷出，竟胆敢挪用军费中饱私囊！随他们自作自受去，总会有各自的因果报应。

孙权挥动云纹衣袖，击掌高呼："奏乐！饮酒！"

眼前烛光暗淡，孙权不满地眯眼瞟去，神色惊慌的宦官黄松疾步过来，遮住烛火光影。他凑近孙权耳旁，掩嘴低语，言琅琊王夫人派人禀报太子孙和突发重病。

孙权惊得酒醒大半，紧盯着宦官黄松丑且喜感的胖脸渗出油亮的汗珠。迟疑片刻，他高举衣袖摆手令诸臣们退下。卫将军全琮架起骠骑将军步骘，朱据搀扶丞相陆逊，顾雍押后，一行人齐齐跪拜行礼后，醉步蹒跚地鱼贯出门而去。

他的大臣们都离去了，宫灯的烛光渐微，几只飘忽不定的飞蛾扑扇着灰暗的翅膀在杯盘狼藉中挑三拣四。孙权感到口干舌燥，黄松唤人端来盏兑好的石蜜水，侍奉他喝完，这才着人备好车马，直奔琅琊王夫人的凤栖堂。

凤栖堂门前的两棵龙爪槐树，在黑夜里如同魔王能伸缩自如的权杖。孙权扶着炙热的额头，驻足幽暗的树冠下，思绪缥缈。他想起了步练师，两人曾在枕间许下生生世世结为夫妇的诺言，她是与黑暗同在还是已转世重生？

"陛下，请进屋吧。"宦官黄松靠近他，孙权怅然若失地点点头，脚步轻飘迈上台阶。厚实的门帘被掀开，一位鬓角插戴红绢花的侍女探出头来，朦胧的光束从她身后跳出来，孙权嗅到一丝草药的苦涩味。他心急火燎地踏步冲进烛火闪烁的明亮室内，并排跪在他眼前的是装束华丽的琅琊王夫人、浓妆艳抹的谢姬，哪有太子孙和的人影！

"不是说子孝病重？耍什么伎俩哄骗朕？"孙权生气地扭头朝宦

官黄松怒吼,实则是给自作聪明的琅琊王夫人来个下马威。

"陛下,此事十万火急,臣妾才出此下策,望陛下恕罪。"琅琊王夫人跪爬上前,抱着他的腿,悲悲切切地哭诉。

"都大半夜了,哭哭啼啼就不怕招来鬼?速速道来,到底何事?"孙权不满地摆脱她的纠缠,坐进居中的交椅,傲慢地审视琅琊王夫人和谢姬精心修饰的妆容,猜度她们怎么就交往过密了。

谢姬抬起惨白的瓜子脸,嗫嚅道:"陛下,袁夫人、赵夫人在丛蔚居偷偷跪拜神灵附体的木雕像诅咒陛下……"

乍然听见"诅咒"两字,孙权顿觉后背的毒疮,又在隐隐作痛。皇后步练师的病逝,大虎就怀疑是吴郡曲阿的徐夫人动用巫术……

他愤恨地甩甩袖袍,瞪视谢姬,语气极为严苛:"此话当真?"

"陛下,臣妾姐妹的吃穿用度全赖陛下恩赐,岂敢儿戏?"神色幽怨的琅琊王夫人,眉尖积攒团愁云,昔日面若桃花的俏脸,隐现些许憔悴黄色。

孙权捻须不语,他知晓袁夫人的品性,绝非那热衷攀龙附凤、暗地使诈的心机女子;至于赵夫人嘛,她的兄长赵达本就是深谙术数的高手,可恨那厮对术数的秘诀守口如瓶,就连对他也不肯吐露半分。孰真孰假,不好评判。他苦恼地搔搔头,转向立在侧身的黄松,闷声下令:"温些酒来!"

谢姬跪行向前,飞扬起透着精明亮光的丹凤眼,笑吟吟道来:"陛下,何不将袁、赵两位夫人招来陪饮?"

孙权明白她的用意,不过是想当堂问罪。他回避着她炙热的目光,犹豫不决。刚离去的宦官黄松突然转身赔笑插话:"夜深人静,陛下已然倦乏了,还是等明日早朝……"

琅琊王夫人伺机趁热打铁,竭力怂恿:"择日不如撞日,陛下!"

孙权眼见她们迫切如斯,不由得感到好笑,存心要戏弄她们一番："二位夫人如此猴急，令朕不得不生疑啊。"

谢姬明亮的眼神瞬间黯淡，扭着腰身，嘟嘴埋怨："臣妾不明，陛下为何偏袒她们？又不曾为陛下延绵子嗣，不过是吃白饭的闲人。"

孙权冷笑无语，换作平日，他定会拿她的无理顶撞治罪。他疲惫地瞥了眼燃烧欢畅的红烛，困倦地打了个哈欠，揉揉眼皮，催促宦官黄松：莫非是要现种粟米，还不端上酒来？

琅琊王夫人温热的手像从洞穴内钻出来的黏糊糊的青蛇，缠绕着孙权的臂膀，一寸一寸向上爬行，停在他的肩膀上轻轻揉捏。她的脸紧贴他面颊，张嘴呼出兰花香气："陛下，少安毋躁，青梅煮酒须得些时辰。"

孙权惬意地闭上眼，清冷的夜风吹来或淡或浓的异香，犹如昙花欣然绽放。他精神大振，猛然睁开眼，敞开的大门外，两位手提八角宫灯的宫女一左一右簇拥着紫衫白裙的袁夫人、红衫白花裙的赵夫人拾梯而上。

"陛下，椒酒来也！"赵夫人空灵的声调，将孙权带回丞相赵达邀请他到野梅园赏雪听筝的场景。身披红衣、面罩红纱的赵羽飞坐在雪地里弹奏古筝，他当时就看呆了，以为她是红梅花成妖幻化出的美人。

岁月易老，时光荏苒，故人不再。孙权颇为感怀，他推开琅琊王夫人，起身疾步走至门前，见到赵羽飞手提酒壶，不由得大笑道："施弦高急，筝筝然也。赵夫人莫非偷学了赵丞相的神通法力？"

急赤白脸的谢姬尖叫着急急追来："陛下，哪能这般凑巧？肯定是她们安插了耳目眼线……"刚跨进门的赵羽飞闻言色变，她立定帘后，神态倨傲地与之针锋相对："谢姬，只许州官放火，不让百姓点灯？"

袁夫人慌地夺过她手里的酒壶，训斥道："羽飞，不可出言不恭!"继而把酒壶高举过头,强扭着赵羽飞,一起伏身跪拜:"陛下,这壶加了鸡舌香的椒酒乃羽飞妹妹特制,此酒能清热驱邪,应能缓解陛下毒疮复发之痛。"

"有劳夫人费心了。"孙权颇感欣慰,还是袁夫人心细如发。他接过缠枝莲花纹的青釉酒壶,对准壶嘴,仰头畅饮。

入口清洌的椒酒,浸润着香料的热气滚落肚内,滚烫的暖意立刻从肚脐眼涌向四肢。孙权舒畅地扔掉空壶,俯身牵起两位夫人的手,左拥右抱着坐在纹绣艳丽花卉的波斯地毯上,卿卿我我。

"陛下,慢饮。"袁夫人眼里蓄满疼惜的波光粼粼,孙权感受到她真诚的灼热情意,动情地亲亲她的额头。她害羞地偏头躲闪,提醒他:"陛下,这是在王夫人的凤栖堂呢。"

孙权哂笑不语,莫说一座凤栖堂了,整个东吴都是他的疆域,他当然能肆意撒野。赵羽飞像一只调皮温顺的鸟雀扑进怀中撒娇:"陛下,你来主持公道,姐姐总为别的夫人着想,可她们心中何曾有过姐姐?"

烛火的余光照得赵羽飞头插的银树步摇银光闪闪,孙权摸摸冰凉的步摇,三国鼎立,虎狼环伺,前朝的钩心斗角、疆场的残酷杀戮,他已经受够了,后宫闺帏当是他的温柔乡。他的手移到她的额头,指头刮了刮她秀挺的鼻头,打趣道:"同样是乐器,你这脾气如古筝,叮叮咚咚,就不能学学花影眠琴,清雅悠远?"

袁夫人捂嘴娇笑,三人正说笑间,琅琊王夫人捧了盅酒,盈盈走来,梨涡浅笑:"陛下,尝尝青梅煮热的百花酿,这可是步皇后生前教臣妾酿制的延年酒。"

孙权一个激灵,自己可是口口声声称冠绝后宫的步练师才是他的挚爱啊!她们这些人皆为扒拉着各自如意算盘谋私利的庸脂俗粉!自孙和被立为太子后,百官多次奏请立皇后,均遭到他的断然否决,封死后的步练师为皇后,就是借此灭掉她们的非分之想。

他阴沉着脸,拿起酒盅一口喝光,正待言语,就见一脸怒容的谢姬蹀步前来,神情哀怨地向他发出追问:"陛下,为何不责问两位夫人私自祈求神灵诅咒陛下的罪过?"

"你胆敢挑衅朕?"酒气上涌,孙权犹如被激怒的猛兽,他粗暴地扔掉空酒盅,起身踢翻食案,挥舞双袖咆哮道:"你们谁也别想当皇后!除非是朕的步练师死而复生!"

见众位夫人噤若寒蝉,孙权这才满意坐下,蒸腾的酒气在体内乱窜,他感到一阵眩晕,手脚不由自主开始战栗。袁夫人看出端倪,忙跑来搀扶他,不想被琅琊王夫人抢了先,她用力把袁夫人推到一旁,毫不客气地轰人:"夜深了,陛下需要就寝,劳烦袁夫人、赵夫人回避。"

言罢,琅琊王夫人和谢姬两人架起孙权向内室走去。刚行至几步,孙权蓦然回过神来,驻足朝袁夫人、赵夫人厉声疾呼:"丛蔚堂的木雕屏风真有神灵附体?"

袁夫人的桃花面瞬间成死灰色,赵夫人浑身颤抖着瘫软在地,张口结舌辩解道:"陛下,是不安好心的人在污蔑啊。"

见她二人神色大变,不像是无中生有的空穴来风,孙权顿时气急败坏,他喘喘气:"侍卫何在?把她们押送回丛蔚居,待朕明日来亲审!"

第三十六章　卿客薇栀榴是王

织室的中庭，紫薇花开正盛，一树艳色繁花纷纷扬扬，飘落在长有青苔的灰白石板。

潘淑从织室的窄门偷偷溜出来，瞅见满地落英缤纷的紫色花瓣，欣喜地弯腰拾起花瓣，放进手心。

突然有人在拍她的后背，她转过身，是两名身穿鹅黄色新衣、手捧空碗的小宫女，奶声奶气问她："姐姐，要不要一起来玩'射覆'游戏？"

潘淑很好奇："何为'射覆'呢？"

另一位双手揣在袖笼的小宫女歪着圆圆的苹果脸，略带嘲讽的语气回敬她："姐姐是入宫的新人吗，连'射覆'都不知晓？"

潘淑见她乳臭未干，口气骄狂，猜她会不会是哪位夫人的掌上明珠，记起姐姐要她进宫学会夹着尾巴做人的叮嘱，立马换成笑脸，躬身装傻："奴婢确是刚进宫的新人，有劳姑娘指教了。"

"青杏，别为难姐姐了。姐姐，'射覆'简单且好玩儿。"捧着空碗的小宫女说着稚嫩的儿化音,牵起潘淑的衣袖,拽着她向树林荫翳的空地走去。

潘淑跑得上气不接下气,小宫女才肯放开她,背转身,再朝空碗内放了东西,将碗倒扣在地,得意地扭着小脑袋问她:"姐姐,猜猜里面有何物?"

苹果脸蛋的小宫女似乎与潘淑有世仇,她打量着潘淑,眼里流露出掩饰不住的蔑视:"她又非深明数理的赵夫人,妹妹何必要找她?"

潘淑对小宫女提到的赵夫人,早有耳闻,她是病逝的赵丞相的胞妹,托了丞相兄长的洪福进宫得宠,算不上有什么真本事。

"谁说唯有深明数理的人才能玩'射覆'了?我也能猜中!"潘淑不甘心被两个女娃娃摆弄,盯着掌心粉嫩的紫薇花瓣,大胆撒谎。

"快说,是何物?"苹果脸的小宫女轻信了。潘淑慌忙环顾四周,唯有紫薇花树在风中簌簌作响,凭着女性的直觉,她故作高深闭眼回答。

"是花瓣!"

"噢,真神奇,莫非你也学过数理?"扣碗的小宫女惊诧地吐吐粉红舌头。

潘淑暗觉好笑,随便猜中的运气。当然,运气也是她聪明机智的实力。

苹果脸的女孩不依不饶:"猜猜有多少片花瓣?"

潘淑慌了,她怎能猜得出具体的数目呢?想着这两位天真无邪的小女孩容易哄骗,她便强作镇定,在脑海里搜索熟悉的数字,正欲胡编乱造,听见姐姐潘樱在呼唤她的名字。

潘淑迟疑着回首望去,裹了身褪色绿裙的姐姐潘樱行走在阳光灿烂的中庭,像一朵尘封在黑暗的野花,刚沐浴过雨露均沾的恩赐,微微舒展花苞。

"你一个人躲在树荫下做甚?"走到近前的潘樱,蓬乱如鸡窝的黑发沾着鸡屎臭味,她双手搁在腹上,绞着手帕,不快地皱眉责问。

头顶飞过两只羽毛艳丽的翠鸟,唰溜飞出宫外。

"姐姐眼瞎啊,没见到还有两位小宫女?"潘淑边笑边转头,脸上的笑意顿时僵住,哪有小宫女的身影?就连倒扣地面的青釉碗也不翼而飞,仅留堆粉嘟嘟的花瓣,被风一刮就吹得无影无踪。

"不可能! 大白天撞鬼了?"潘淑惊恐地掐着手背的肉,难以置信方才的场景如一场春梦了无痕,她在中庭的紫薇树下转圈寻觅,自然是一无所获。

潘樱从地上选了两朵完好的紫薇花,吹掉花瓣间的碎尘,命令潘淑乖乖站好。她踮足替她别在发髻上,左右端详一番,满意地拍拍手,搂住潘淑走出中庭,潘淑扭捏着不肯就范。

"去哪儿?"

"到丛蔚居看热闹去。"

"姐姐不怕被织室的大娘撞见,惩罚舂米啦?"潘淑闻不惯潘樱身上始终有股洗不掉的鸡屎臭气,使劲挣脱姐姐的手臂,如跳跃奔跑的梅花鹿一路向前。

"嘘嘘,丛蔚居即将发生大事,怕是会死人咧。"潘樱边说边颠跑着追赶她,潘淑跑得更快了,姐妹二人一前一后上到通往丛蔚居那条花木扶疏的石径,再绕过沿路栽种翠竹的深洼池塘,就能见到丛蔚居两扇常年紧闭的黑漆木门。

池塘边的水藻茂盛,绿幽幽的点点浮萍,浸透着鲜活的生命力。潘淑和潘樱刚行至半途,就听见女人凄惨的哭喊声从敞开的黑漆木门内隐隐传出来,吓得潘淑站立不稳,差点儿滑进池塘。她搂住姐姐潘樱的腰封,朝前偷望,丛蔚居的两侧站立手执长矛的卫兵,面无表情地守护大门。

"姐姐,守门的卫兵凶神恶煞的像恶鬼,这热闹不看也罢。"潘淑瞥见面目不善的门神守卫,就打起退堂鼓。

"不可离去!这是你能邂逅吴王……"潘樱顿了顿,做贼般四下张望,挨着她,嘀嘀咕咕,"这可是遇见吴王的千载难逢的机会!"潘樱死死捉住她的手,生怕她会像一阵风刮走。

"啊呀呀,姐姐……"世上只有姐姐好呢。潘淑巴不得赶快攀上高枝,早日脱离苦海呢。她惊喜得掉转身,吐唾沫在掌心,理顺鬓发。

潘樱托起她,揶揄道:"别臭美了,我的妹妹天生丽质,上苍自会厚爱于你。快,咱们从堂后的柴门进去。"两人反身钻进竹林,踩着厚厚的枯竹叶,穿过破土而出的新笋,来到丛蔚居的后门。角落堆有高高的柴垛,两人站在柴垛上,双手趴着黄泥巴混合碎石糊成的墙头,窥探着姹紫嫣红的庭院。

潘樱目不转睛地紧盯人头攒动的身影,逐一品评:"啧啧,紫衣的袁夫人憔悴得像片枯叶,可朱衣的琅琊王夫人粉面桃腮,翠绿衣衫的谢姬仍然是小人得志的趾气高扬!咦,却不见赵夫人和吴王,怪哉,吴王呢?"

潘淑的目光被缠绕在苦楝树上的倭瓜藤蔓吸引住,这一棵苦楝树也开着浅紫色的小碎花,倭瓜的藤蔓结了碗口大的黄花,似裁断的一截粗制滥造的麻布。

突然,一团墨黑色的滚滚浓烟,伴随着赵夫人凄厉的哭声冲天而起:"陛下,使不得,使不得啊!这木屏风是为兄的遗物啊。"

黑烟幻化出面目狰狞的怪物模样,一脸血污的赵夫人爆出尖锐刺耳的哀号,似狂风摧残插在雨夜的残剑。潘淑有些后怕:"姐姐,快看,赵夫人,赵夫人好像个疯婆子……"

赵夫人身裹血渍斑斑的鹅黄色衣衫冲进火堆,两位身强力壮的士兵强行将她拉回来,她挣脱开来,滚在地上,悲号不停,浓密的黑发覆盖她的脸,像鬼神附体的巫婆。

围观的人群，眼瞅着她自说自话地发作癫狂，无人靠近她，更无人去劝阻她，众人都在冷眼旁观她唱独角戏。

"这赵夫人是犯什么滔天大罪了？"潘樱也害怕了，紧挨着潘淑问道。

面容浮肿的吴王终于现身了，往日飘逸的紫色长髯也失去了光泽，燃烧的木屏风的火光照耀着他铁青色的面容。他双手拢在臃肿的腹部，慢悠悠说道："朕就要看看，这排木屏风刻画的神兽真会成精了？"

风声呜呜，吞咽他的冷哼，浓烟在上空拼凑出神兽的云彩，众人皆仰头惊呼，窃窃私语是怨灵现身。

"陛下，赵夫人乃深明数理的赵丞相胞妹，望陛下看在丞相情面……"宦官黄松走出来，替赵夫人求情。他话未说完，便遭到谢姬的出面阻拦："又非赵夫人深明数理，再者，赵丞相宁肯把秘籍带进棺材，也不肯献给陛下，此等欺君大罪，死不足惜！"

袁夫人委身跪在火堆前泣泪哀求："陛下，赵夫人惊惧过度，已神志不清，望陛下饶恕她，臣妾愿替赵夫人受罪！"

一脸怒容的吴王孙权揉揉眉心，仰头望天，仿佛在观察天象云彩的变化，对她的恳求充耳不闻。琅琊王夫人见状，慢吞吞走至吴王跟前，关切地问道："陛下，可是背部毒疮又复发了吗？"

吴王习惯性地手捻紫髯，双目凝视渐渐变淡的烟雾，如口含硬物，混沌不清："朕梦见有两只小鬼锯开结痂的毒疮，吞噬朕的血肉，不就是神兽在作怪？"

原本低垂头的袁夫人神情慌张地抬头申诉："不，陛下，臣妾姐妹是祈福神灵庇佑陛下龙体康泰啊，怎敢安生加害之心，望陛下明察。"

琅琊王夫人走到袁夫人面前，语气温柔责问她："袁夫人，陛下毒疮本已结痂痊愈，为何会突生变故？且是在你们祈福神兽之后，这又如何解释？"

潘淑站在高处，恍惚见到袁夫人的眼泪一滴一滴砸落在地。她紧闭双目，默然承受着琅琊王夫人的诘问，随后缓缓睁开眼，一步一步挪至哭晕在地的赵夫人身旁，以毫不畏惧生死的坚毅神情，摇头叹气："妾身，妾身百口难辩！自古以来，莫须有的罪名还不多吗？世间事的巧合，大都是有幕后操纵者的谋划。花影福薄，不能侍奉陛下，要杀要罚，任凭陛下处置。"

谢姬阴阴笑道："袁夫人是在使激将法，妄想陛下怜香惜玉，网开一面吗？"

袁花影神色漠然，冷哼一声，不予回应。

天色陡然转暗，一团灰暗的乌云晃悠悠地飘过来，如锅盖遮挡在丛蔚居的上空。那排熊彪顾盼、鱼龙起伏的树身雕琢的木屏风很快燃成一堆灰烬。

赵夫人蜷缩着身躯，呜咽哭泣。吴王的双眼盯着燃烧殆尽的灰烬，神情变得狰狞："去刨刨火堆，看看神兽是不是烧得魂飞魄散了。"

数十位士兵手握长矛，在灰堆中胡乱戳，天空飘散灰烬的碎片，突然，灰白色的地面滚出两颗晶莹剔透的黑圆珠。

"果真有神灵现身？"士兵们丢掉长矛，围着黑珠，七嘴八舌议论纷纷。

哎哟，朕的背疼发作，快，去将全公主请进宫来！吴王孙权突然发出痛苦的叫声，琅琊王夫人、谢姬忙上前围着他嘘寒问暖。

"陛下，龙体要紧，臣恳请陛下先回建业宫静躺为妙。这里交给臣来看管就是了。"一位方脸黑须的侍卫躬身请示。

"也罢，回宫。"吴王孙权点头应许。

人群散去，方脸黑须的侍卫指挥部下将袁、赵两位夫人架进正房，两人的侍女青鸟、凤鸾赶紧端水洒地，清理庭院。

待众人散去,潘淑跳下地,拍拍裙摆的碎叶,发现姐姐脸色不太好。

"姐姐,她们犯什么过错了?"

"别管闲事,引火上身。"潘樱心事重重地独自走在前头,边走边低头抹泪。就这般无功而返?潘淑犹自不甘心,不停向姐姐追问:"姐姐,吴王是真的被神兽祸害了吗?姐姐,两颗黑珠是不是无价之宝?吴王忘记拿走了!"

"潘淑,别孩子气了!要出人命!"潘樱被问得烦躁不安,不耐烦地拍打她的肩。

"姐姐才孩子气呢,她们谁死,关我们姐妹何事?"潘淑满不在乎地抬腿踢起地面的落叶。

"你还真是没心没肺,不知兔死狐悲?"潘樱站在一丛修长的翠竹前,神色忧虑地摇摆竹子。

"姐姐杞人忧天,她们是她们,谁没有来头?不是家世显赫,就是门第相当,我和你一无所有,怎么和她们是兔死狐悲了?"潘淑说着话,踏脚踩断一截冒出头的新笋,咔嚓咔嚓,听来甚是悦耳。

"别糟蹋嫩笋!快来摇摇新竹,长高些个头儿!"潘樱拉着她,选了一根纤细的竹子,轻轻晃动竹身,哼唱着故乡的童谣,故乡有摇新竹人长高的习俗。

潘淑摇着新竹,听着熟悉的童谣,眼泪啪啪掉下来,她想起父母在世时的热闹光景。在泪眼迷蒙中,她见到因父亲犯罪遭遇牵连下狱的母亲,母亲临死前悲叹,她们是父母双亡、无所依傍的寒门士族,要她嫁人定要择那名门望族的后裔,哪怕是当妾呢,总强过给下贱人家的男子为妻。

潘淑推开嫩竹,目光投向高处的建业宫,暗暗发誓:"我不要当夫人,我要当皇后。夫人众多,皇后才是唯一!"

第三十七章　凤栖不在梧桐树

落日熔金，长夜将至。

凤栖堂的黄昏，静谧异常。暮光投射在青桐树碧绿阔叶的金色光影，随风轻舞，转瞬即逝。

琅琊王夫人坐在琐窗旁，一只年幼的金龟子缓慢地从窗台前爬过，她张望着空荡荡的庭院，把玩手中的羊脂玉梳的流苏穗，回想陛下病痛发作时深情呼唤全公主的画面，她从未在吴王的眼里感受过他温柔的目光，从未。吴王的柔情，她不懂。她羞愤地咬住下唇，时至今日才知晓，陛下所信赖的女人不是她，不是谢姬，竟然是他与步皇后所生的大女儿全公主！

原想着儿子孙和被立为太子，朝堂的百官屡次谏言，皇后宝座必然将归属于她，但吴王均以各种理由搪塞。难不成自己也将落得与吴郡曲阿的徐夫人一样的凄惨下场？一股刺骨的寒意袭来，她忍不住打了个冷战，举起羊脂玉梳，失望地在窗棂上刮来刮去。

两点火光映照琐窗，琅琊王夫人懒懒回首，双手持灯台的侍女秋裳跨门进来,她放好灯台,撩撩额前乱发,弯腰禀报:"王夫人,该用晚膳了。"

琅琊王夫人站起身,放下羊脂玉梳,铜镜里倒映出年轻侍女正从食匣内端出菜肴的瘦弱身影。她嗅到熟悉的炙烤鲍鱼的气味,踱步至食案前,坐在交椅上,闷闷不乐地抓起银筷,捡块鲍鱼吃,鲍鱼的肉硬得割喉,她勉强吞咽下肚,令秋裳去拿壶百花酿来润润口。

"夫人,百花酿仅剩最后一壶,不用留给陛下吗?"秋裳委婉地提醒她,顺手把豆豉拌青豆、粗盐蒸倭瓜和半截熏鱼推近前。

琅琊王夫人淡淡地扫了眼秋裳的死鱼眼,为何要把苦心酿制的上等美酒留给那个从没将她当成皇后的薄情王?她拿起银筷粗暴地划烂熏鱼肚,盯着翻白的鱼肉,咧嘴笑道:"长本事了?本夫人饮酒还需你个贱婢来安排?"

秋裳的脸涨成猪肝色,双掌交叉叠在腹部:"是,奴婢知错了。"转头冲年轻的女奴发火:"别在这儿笨手笨脚挡道了,还不快去给夫人取酒来?"

百花酿的酒香绵长,琅琊王夫人根本提不起半点儿饮酒作乐的兴致,她落寞地打量四壁,低垂的紫红锦缎幕帘遮住琐窗,绯红的纱帐内,是折叠齐整的凤凰牡丹花纹的大红被褥,好个热闹富贵的华美殿堂!可落在她眼里,却是处处透着一股子冷清味的空庭冷宫。

琅琊王夫人将金线刺绣花卉如意纹的锦囊抱在怀中取暖,拎起酒壶喝着寡淡的百花酿,直至喝得昏昏沉沉,就见秋裳慌慌张张跑来,掩嘴低呼:"夫人,梨花院的人来了。"

琅琊王夫人暗觉纳闷,谢姬不是在建业宫内侍奉陛下吗?深更半夜登门造访,定是有急事。她扔下隐囊,勉强支撑着站起身来,刚摇摆着走几步,就与谢姬迎头相撞。一脸喜色的谢姬扯起她的衣袖,欢叫道:"姐姐独自喝闷酒都不叫妹妹来凑个趣?"

自吴王召唤全公主进宫欢宴,琅琊王夫人心里便老大不痛快,借故有事告退,谢姬自告奋勇留下在旁殷勤伺候。

她酸溜溜回应:"妹妹不是侍奉陛下正忙,哪有闲工夫陪姐姐喝无用的寡酒?"

"得了,姐姐!妹妹可是好心替姐姐解围啊。"谢姬的手搭在她臂膀上,亲热地姐姐长姐姐短地说个不停。

"陛下龙体可好些了?"琅琊王夫人莲步飘忽至胡床坐下后,拣要紧的话问她。

谢姬在食案侧边的空席位跽坐下来,伸出手指敲打酒壶,言语间充满失落:"陛下一见全公主,精神大振地拉着她不放,妹妹也插不上话,由得他们父女说体己话去……"

琅琊王夫人心里舒坦了些,看她眉眼间隐现的倦怠之气,也是饿着肚子忙活大半日了,便令秋裳安排些下酒菜来。

室内只剩下两人,烛火暗淡,琅琊王夫人的上半身陷进绯红纱帐内,嘟哝着宣泄不满:"陛下始终放不下步练师,人家真是命好,死都死了,还能惹得活人牵肠挂肚。"

谢姬附和着点点头,仰头将酒壶的残酒喝掉,边抹抹嘴,边起身走近前,掀开绯红纱帐,坐在床榻前,诡笑着用手蹭了蹭小鼻子,定定望着她:"姐姐,妹妹闻之,'树德莫若滋,去疾莫如尽'呢。"

"此话何意?"琅琊王夫人直视她苍白面颊飞起的两团暗红,猜她是想把后宫某人斩草除根呢。

谢姬眼波流转,掩嘴低语:"姐姐糊涂,不就是明瑟堂和丛蔚居的那两人吗?"

琅琊王夫人松了口气,那两人都无子嗣,不足以威胁到她在后宫的地位,犯不上大动干戈。小心眼的谢姬向陛下禀报袁夫人和赵夫人祈求神兽诅咒陛下,本就是子虚乌有在污蔑她们,她肯与谢姬唱这出双簧戏,意在敲山震虎,并非要置她们于死地。

"赵夫人已神志不清了，都是乱世讨活的女子，何苦逼上绝境？"她正色道。

谢姬拍手阴笑，咧嘴露出两颗尖尖的小虎牙："得得得，姐姐要当好人，博取仁慈美名，坏人就该妹妹来做。留她一日在，始终是祸害啊，永绝后患，就得斩草除根！"

琅琊王夫人看花了眼，以为是毒蛇吐涎。暗想自己太大意了！原以为谢姬只是心眼儿小，骨子里还真是狠辣无情的人！有朝一日，她也会这样对付自己吗？她迟疑着不肯表态。

"姐姐，不会是因为心软而想要退缩吧？咱们可是拴在一根绳子上的蚂蚱。"谢姬带着半是嘲笑半是胁迫的意味。

琅琊王夫人蓦然心惊，绝不能让谢姬看出破绽来。她舒展双臂，抬手捏了捏她紧致的腮帮，展颜强笑道："都走到这地步了，哪有退路可寻？就算前方是万丈深渊，不也得硬起头皮跌下去？说说看，有何打算？"

门外突然"哐当"几声巨响，惊得琅琊王夫人和谢姬匆忙下地，并肩跨出门来。明媚的月色下，热腾腾的饭菜被抛洒在地，弥漫着鲍鱼和豆豉的臭味。膳房的侍女蹲在破盘烂碟间哀哀啼哭。

"秋裳呢？"满地碎瓷渣片，如同她苦心守护的美好岁月被人故意撕裂，琅琊王夫人一时方寸大乱，变得烦躁不安。

"夫人，秋裳姐姐出门去了……奴婢，是奴婢粗心大意，把食盒打翻了……"面生的侍女被吓得六神无主，话也说得不利索。

琅琊王夫人提起裙摆跺脚怒骂："惯会偷奸耍滑的奴婢！撵走算了！"

谢姬若有所思地仰视天空的明月，愁肠百结地叹息道："姐姐何必动气伤了身子？是妹妹没口福，妹妹还是回梨花院安睡去了。"

不等琅琊王夫人出言挽留，谢姬张嘴呼喊着侍女雪雁的名字，步履匆匆走下石梯，须臾间，转身不见人影。

月光如银，似倾泻在院内的一池深潭。琅琊王夫人怅然若失地在廊下徘徊良久，唯恐花睡去。

在这万籁俱寂的深夜，她感到无比孤独，自我无比渺小。

"快去洗净手，侍候本夫人就寝。"侍女的娇弱身影，触动她柔软的内心。

琅琊王夫人躺在睡榻，和衣而眠。秋蝉吹灭烛火，寝殿便成为漂浮在深不见底的黑暗世界中的孤舟。

她惊恐地紧闭双目，将被褥盖住头，沉沉进到梦乡。在梦里，她回到故乡，那座临海的山村。每逢夏日涨水，村头的池塘就会跳出无数只青蛙，彻夜呱呱叫不停，吵得村民睡不好觉。晨起，她会拿竹竿插伤青蛙，再推进池塘溺死它们，乐此不疲玩耍……

拂晓时分，琅琊王夫人从阵阵鸡鸣中醒来，她头靠玉枕，回想溺死青蛙的梦境，正寻思着有何征兆。大门被推开，衣衫不整的秋裳冲进来，面色赤白地站在纱帐外，立拜禀报："夫人，不好了！丛蔚居的赵夫人失足跌进池塘溺亡了。"

琅琊王夫人脑袋嗡得如挨了一记闷棍，"溺亡"两字与她的梦境对应上！她强作镇定，假装云淡风轻问话："何时发生的事？"

"夫人，昨夜寅时。听丛蔚居的凤鸾说，赵夫人是半夜听见竹林旁的池塘有人在召唤她。肯定是闹鬼了，都说是盘踞池塘深处的水鬼在作祟呢。"

琅琊王夫人直觉是谢姬下的毒手，她身子颤动着，迁怒秋裳："妖言惑众！青天白日的，是你心里有鬼才对，还不到建业宫报信去！"

秋裳落荒而逃，琅琊王夫人扯过被褥裹紧全身，仍觉得浑身发冷，额头发烫。她明白，自己快被吓出病来了。

第三十八章　纵使千千晚星，不抵灼灼月光

潘淑的双耳充斥着"哐当哐当"的织布声，她烦透了此种枯燥无味的噪音。为赶制夏服的布料，织室的织女们忙得四脚朝天，就连身后最爱扯闲话的银姑也低头劳作，顾不上说笑。

从卯时忙活至午时，潘淑累得浑身酸麻，她挪开腿，摊平双臂于织布机上，侧头望向窗外如瀑布倒垂的一丛鹅黄色的迎春花，在风中笑语盈盈。她暗想何时能离开这鬼地方才好呢。前方是姐姐潘樱，她的背影被垒成山堆的杂色布料挡住。潘淑百无聊赖地打着哈欠，伸伸懒腰，准备出门净手去。

"啪嗒啪嗒"的杂乱脚步声从窗外经过，伴随着惊恐地低呼："丛蔚居的赵夫人溺亡了！"

刹那间，整个织室静谧如荒原，一只黑色老鸦从房檐下呱呱叫着冲向云端，潘淑惊得"哎呀"喊出声来，姐姐潘樱立刻回过头，脸趴在紫红莲花纹的布料上，怒目示意潘淑别乱说话。她识趣地以手捂嘴，望向如金线的日光笼罩着织室那堆颜色斑驳的布匹。

先是银姑爆发出一阵猛烈的咳嗽，扰乱了织室突如其来的清静。

"唉，纤纤擢素手，札札弄机杼。"咳嗽完，银姑没来由地冒出这番话来，好生古怪。

躲在阴暗角落的织女金梭子，忽然接话："银姑，你素日不是和赵夫人交好，这会子还不赶过去悼念悼念人家，送她一程？"

"是咧，银姑。"众人七嘴八舌随声附和。

平日性子最为温顺的银姑发作起来的脾气也不小，她勃然变了脸，一手提起裙摆，一手抢起梭子，冲到金梭子的面前，用力敲打织布机，直嚷嚷："谁的狗眼瞧见我和她交好了？"

潘淑暗暗吐舌头，原以为爱说爱笑的银姑是个菩萨心肠的老好人，没想到也是翻脸比翻书还快的狠人，她不由得朝姐姐潘樱比画起唇语来。

潘樱面无表情地以唇语暗示她注意门外有人偷听。潘淑会意，埋头织布，织布机"哐当哐当"的声响，提醒了其他的织女们，纷纷忙活起来。

潘淑察觉到唯有银姑没有动静，她偷偷瞄向她，银姑香肩耸动，正趴在织布机上无声哽咽呢。

"哐当哐当"，织室恢复紧张有序的繁忙景象。

烈烈香风呛得潘淑喉咙发痒，她不快地捂住口鼻，寻香望去，推门而入的是头梳灵蛇髻、身裹翡翠底色殷红花的百褶裙的谢姬。她手捏纨扇，上半身倚在门板，摆出一副唯我独尊的妖娆模样，眼神冷冽地藐视织室内的织奴们。

潘淑揣摩着她的来意，姐姐潘樱抢先奔出来，跪伏在地，激动地颤声叩拜："奴婢潘樱参见夫人。"

谢姬收拢纨扇，漠视主动上前献殷勤的潘樱，冷眼环顾四周，看似温情的话只对银姑而言："银姑，真不去送送赵夫人吗？什么姐

248

妹情深也抵不住人走茶凉哟。"

有的织奴嘶嘶窃笑。银姑用力踏动织布机,撞出刺耳的杂声,很不客气地回应谢姬:"夫人,人都死了,何必刻薄一个死人呢?世态炎凉,人走茶凉不也是常理?"

"哐当哐当",织室内的织布声,一声高过一声,谢姬被银姑反驳得无言以对。她腾出一只臂膀搭在门框,偏头向外啐口痰,眼神飘向花开如浪的迎春黄花,飞扬着黛山远眉,出言不逊:"还以为织室的银姑性情温顺,料不到这般伶牙俐齿,就不怕有朝一日,祸从口出,被人拔掉满口獠牙?"

织室内顿时鸦雀无声,人人都心怀鬼胎,欲见银姑与谢姬能正面交锋,杀出个高低来。

金梭子平日是个呆头呆脑的闷葫芦,这会儿好似另一个银姑的神灵附体。她从织布机前探出半个脑袋,嘻嘻笑着露出一口龅牙:"夫人说笑咧,银姑可不是青面鬼,哪来的獠牙利齿呢?"

"金梭子,本夫人看你是真糊涂还是装傻?"谢姬打开纨扇,自顾啪啪扇风,温和的话音浸透着刺骨寒意。

织奴们窃窃私语,偷偷溜回织布机前的潘樱也回头冲着潘淑坏笑。潘淑没忍住,咯咯笑得前仰后合。

谢姬高举纨扇,拍打门框,怒声呵斥:"有何可笑?没大没小,有娘生没爹教的贱奴,总有你哭的时候!"

平白无故遭此辱骂,潘淑愤懑不已,她真想学金梭子迎头反击,抬头便与姐姐潘樱四目相对。她强压住怒火,撩了撩额头的一缕黑发,暗想凭借自己的年轻美貌,若能有面见吴王的机会,定能艳压群芳,绝不会受今日这窝囊气。

"潘淑,还不快起身给谢姬赔罪?"潘樱面色乌青地冲过来,强行将她拖至谢姬脚下,摁住她脑袋往硬石板上用力磕头,还不住嘴大骂,"谢夫人乃梨花院的贵妇人,你不过是身份卑微的织奴,怎能忘记尊卑有序的礼数？"

从小到大,从未被姐姐这般当众羞辱!潘淑娇嫩的脸蛋擦着冰冷的石地板,钻进鼻窦的尘土的土腥味令她厌恶地屏住呼吸,心里诅咒谢姬赶紧死去,少来折磨她这可怜人。

听那张牙舞爪的谢姬以过来人的口吻教训姐姐潘樱:"你这当姐姐的还像话,懂得用点手段调教调教她。"

潘淑突感头皮一紧,是谢姬上来揪住她的发髻向上提,逼得潘淑与谢姬那张刻薄的老脸对视。谢姬捏住扇柄,眼神轻佻地划过潘淑的面颊,嘲弄道:"啧啧啧,是人比桃花艳,别口无遮拦作践自己,祸从口出得不偿失,那就辜负了这张倾国倾城的脸蛋了噢。"

潘淑疼得眼泪哗哗流!如此奇耻大辱快使她丧失理智。她恨死了谢姬,心里再次对她施以更恶毒的诅咒!

"啪嗒啪嗒"的碎步声打断了潘淑咬牙切齿的恨意,于泪光模糊中,潘淑瞅见一位身段窈窕的青衣女奴跪在门外,声若铃铛:"谢夫人,琅琊王夫人有请。"

"雪雁,扶本夫人去凤栖堂。"谢姬不甘心地放手,临走前不忘抢起纨扇的扇骨砸向潘淑的额头,这才恨恨甩袖离去。

潘淑长吁口气,揉着火辣辣痛的额头,嘤嘤哭泣。银姑、金梭子和姐姐潘樱全跑来安抚她,她捂住耳朵,谁的话都不想听!

当满天星斗缀满深邃的夜空时,潘淑的怒火早已消散得无影无踪,她躺在姐姐潘樱温暖的臂弯,听着姐姐东拉西扯。

"赵夫人溺亡,并未掀起什么涟漪。后宫夫人朝富贵,夕贫贱的命运跌宕,充满不可捉摸的变数,慢慢就习以为常了。妹妹,宫里的人心比蛇还冷,一点儿人情味都没有。他日妹妹若幸获宠,定要将姐姐送出宫外嫁人方算是不误此生。"

潘樱谈虎色变地感叹道。潘淑仰望着满天繁星冲她挤眉弄眼,忽然记起赵夫人溺亡当晚也是如斯月明星稀的璀璨夜景。

"姐姐，赵夫人是真的溺亡吗？"

"唉，谁知道呢？宫里怪异的事也多。恐怕只有天上的明月才知道真相呢。"潘樱爱怜地抚摸着潘淑的额头，已敷了以冰台捻碎成汁的药膏，散发着草药的苦涩味。

星辰点点，月色皎洁，大有纵使千千晚星，不抵灼灼月光的景象。潘淑嗅到迎春花的馨香，憧憬锦瑟华年的富贵荣华，低声道出梦呓："姐姐，妹妹他日当上夫人，此处改建为华丽的宅院，赐名'春在堂'供奉给姐姐享用。"

"好，姐姐就靠妹妹赐福了。妹妹，你要当就当那群星捧月的月亮！"潘樱刮了刮她的鼻头，戏谑道。

潘淑踌躇满志地仰视中天皓月，合掌欢呼："自然！"

第三十九章　竹外疏花,香冷入瑶席

　　袁花影凝望着"丛蔚堂"漆面剥落的牌匾,犹豫半晌,还是下令凤鸾把门锁打开。青鸟似有所忌惮,出手拦住凤鸾:"袁夫人,丛蔚堂已荒废七载,何必睹物思人呢。"

　　一只黄蚂蚁爬过锈迹斑斑的门锁,裂开的门缝,闪现一抹芳草萋萋的枯黄绿意。袁花影更觉凄凉,她扯掉夹在门框间的一片落叶,抬头见日头正烈,笑道:"无碍,本夫人不过是想祭奠故人。"

　　"袁夫人,奴婢回明瑟堂去备些香烛纸钱与酒水祭品?"站在门前开锁的凤鸾扭过头,眼睛红红地垂泪立拜道。

　　袁花影想起赵夫人生前爱美如命,常在冬日和雪吞花以保持清雅体香,可死状腌臢——神志失常失足滑进池塘溺亡,拖上来时,七窍糊满淤泥……

　　碾落成泥香如故。袁花影暗自哀叹,并要青鸟随凤鸾同去,顺带捎上珍藏的洒金百蝶长裙、再取一匹蜀绣面料来。

　　久闭的大门徐徐推开,在"吱呀呀"的声响中,一小撮黄土从杂草繁茂的房檐下飞落！袁花影慌忙退步跨下台阶躲避。

青鸟不无忧惧地扫了眼门内密集的宽叶白茅草，将凤鸢推向袁花影身旁："袁夫人，奴婢一人去即可，让凤鸢留下陪着你。出过人命的宅院，就怕闹鬼。"说罢，她很快消失在五月苍翠的竹林后。

"呸呸，乌鸦嘴！就不会说些吉利话！"凤鸢笑骂着扭摆腰身，踏足进去。袁花影并不畏惧鬼神之说，自恃平日并无亏心事，不怕夜半鬼敲门。风吹过比她还高的宽叶白茅草，掀起一层毛茸茸的白色波浪刮过她的面颊，袁花影忍不住掩面感伤，物是人非事事休啊。

陛下那日突然闯进丛蔚居，以巫蛊之术的由头对赵夫人大打出手，她在旁百般哀求也无用，眼睁睁见到赵夫人遭受毒打，若陛下不下令把赵夫人视为宝贝的雕刻神兽的屏风砸烂烧毁，赵夫人应该不至于发作癫狂，更不会绝望寻死——她一直认为赵夫人失足跌落池塘溺亡，是她生无可恋的自杀行为。

"羽飞，你太脆弱，也太傻了。天地不全，山高自有客行路，水深自有渡船人。岂无通达之理？"袁花影揽过一条白茅草攥紧手中折断，替她轻生的草率举动，深感不值。

凤鸢从白茅草后冒出头来，还未张嘴说话，就被地面的杂草绊倒，她哎哟叫着爬起身，神色慌张地捂住额头被荆棘刺破的一道伤痕，指向翠竹林深处的池塘方位："袁夫人，池塘那边有很多工匠呢。"

工匠们怎会进来了？袁花影暗觉古怪，明明正门在这头啊。"快，去看个究竟！"她提起裙摆，撩开白茅草，向竹林那边走去。

影影绰绰的人影在池塘内忙碌，真是石匠们在凿开石墙。袁花影放慢脚步，暗叹来得不是时候，想安安静静祭奠赵羽飞都成奢望了。她转过身，毫不留恋地跨过白茅草丛，朝凤鸢招招手："走，打道回府。"

"袁夫人，就这样走了？"凤鸢神色不解地紧咬嘴唇，不肯挪动脚步。她白生生的俏脸与摇曳生姿的白茅草交相辉映。这一刻,袁花影以为是赵羽飞重生,她泪眼婆娑地别过头,义无反顾走向丛蔚居正门。

"袁夫人,等等奴婢。"凤鸾快步追来,替她在前面劈开挡道的白茅草。一对彩蝶翩翩飞来停在白茅草上,草茎上趴着一只蜗牛和七星瓢虫,引得袁花影童心大发。她蹲身靠近前,张开双手,想要捕捉那对彩蝶。

"袁夫人,袁夫人!"凤鸾忽然回头呼喊,声音充满惶恐与不安。眼看兜住手心的彩蝶被吓得倏忽飞远,袁花影悻悻地侧脸望向她,正待责骂,眼前一亮,色泽绚丽的百蝶洒金长裙跳入视野。她愣住了,这条彩蝶长裙似曾相识,分明比自己珍藏的那条色彩明艳得多。

"奴婢拜见潘妃。"听着凤鸾跪拜行礼的恐慌之声,袁花影醒悟过来,是吴王的新宠——由织室的奴婢擢升为嫔妃的潘淑。她直起腰,不自然地拢了拢鬓发,扯平竹绿色裙摆的褶皱,稳步走过去,向身穿一袭橙黄衣衫搭配富贵的彩蝶洒金长裙的潘淑,不卑不亢地屈膝施礼:"妾身参拜潘妃。"

"袁夫人是故地重游吗?"梳了飞天髻的潘淑,晃动发髻间闪耀刺目光芒的金步摇,纤纤玉手抓着怀里眼露凶光的虎皮黑猫的毛,眼神轻佻地俯视她。

袁花影瞥见她身后站立着她的姐姐潘樱,潘樱对袁花影从来都是恭敬有加。她徐徐走出来,跪身下拜:"奴婢参见袁夫人,别来无恙,袁夫人?"

袁花影笑着点头回应她。说起来,潘淑能受宠封妃,还是自己主动引荐的呢,料不到尚未三十年河东三十河西,短短七年,人家就后来者居上了。她内心泛起五味杂陈的酸涩苦楚,扫了眼气象颓败的丛蔚堂,没话找话搭讪道:"潘妃也有闲情逸致来这里游玩?"

潘淑双手一松,虎皮黑猫敏捷地跳下地,纵身跳跃上房顶。她拍拍手,美目追随着虎皮黑猫,态度倨傲地轻笑道:"袁夫人尚不清楚丛蔚堂即将成为废墟,夷为平地,全栽上石榴树,改名'榴环园'?"

轰隆一声巨响,石墙轰然倒塌,扬起漫天尘埃。

袁花影被惊得打了个寒战,心脏如被秋日一寸寸的白霜蔓延覆盖,她脸上的笑容凝固了,只听见自己麻木的声调在负隅顽抗:"赵夫人溺亡于此,潘妃就不怕吗?"

潘淑笑意盈盈地伸出纤纤十指,把玩着指间的红宝石指环,噗噗吹气道:"蝼蚁尚且偷生,猪狗尚且活着,她赵夫人自个儿寻死觅活,本妃有何可怕?不过三五载光景,满园石榴花开,谁还会记得香消玉殒的失宠人呢?"

墙倒众人推的呐喊声,此起彼伏。

后宫夫人中,琅琊王夫人、她和谢姬都美人迟暮了,眼下的新世界属于豆蔻年华正当时的潘妃。袁花影强撑着一口气,怀着最后的眷恋,回望即将不复存在的丛蔚堂,泪水模糊了双眼。她依稀瞥见站在云端的赵夫人,向她远远地笑语晏晏,鼓励她别回头,向前看。为什么她能激励别人勇敢,自己却成为轻生的胆小鬼了呢?她再也控制不住压抑许久的悲痛,捂嘴哽咽,哭得泣不成声。

忽然,凤鸾扯扯她衣袖,附耳低语:"袁夫人,全公主到了。"

这可是令后宫夫人们闻风丧胆的母老虎!哪怕是行事乖张的谢姬和琅琊王夫人均对其忌惮三分。袁花影慌忙擦干泪水,速速回旋身,深埋着头,原地下拜。

全公主对她的叩见爱理不理,自顾扯着潘淑的臂膀套近乎:"潘妃,何苦来到这破败的地方游玩?"

潘淑挽住全公主臂膀,声音极尽谄媚:"全公主有所不知,陛下已下令,将此地遍种石榴树,改建为'榴环园',正所谓远飞者当换其新羽,善筑者先清其旧基。"

两人边说边并肩踏进冷清的丛蔚堂,剩下袁花影一个人孤单单跪于地,顶着毒辣的日头。袁花影抹了抹面颊渗出的细密汗滴,她的内衫已经黏糊糊地贴在前胸后背,甚为难受。

凤鸾刚将她扶起身,就见青鸟一手举食盒,一手挎食匣,健步如飞走过来。袁花影很是心疼,青鸟跟她受苦了,什么粗笨的活儿都要做,天长地久,把个娇嫩的女子历练成力大无穷的壮汉子。

"哎呀呀,亏得你才来!"凤鸾前怕狼后怕虎地东张西望一番,上去接过食匣,放在袁花影脚旁,朝着敞开的丛蔚堂的大门努努嘴,"袁夫人,她们还在里面呢。"

青鸟将食盒堆在食匣上,双手叉腰,嘟嘴说道:"怕什么呢?我们祭奠我们的,她们游玩她们的。人生一场,不就是新人笑旧人哭的轮回嘛。"

袁花影懒理两人斗嘴的顽话,踱步至阴凉的树荫下整理思绪。潘淑是自己推举给陛下获宠的,次年产下七皇子孙亮,母凭子贵,一时宠冠后宫。当初,赵夫人反对她举荐年轻的潘淑给陛下,认为此女面相不是知恩必报的良善之辈,她只得作罢。赵夫人溺亡后,为了不受牵连遭罪,她才铤而走险主动献计将潘淑推举给陛下,没奢望她报恩,但也没料到她会恩将仇报,被封为妃子后,隔三岔五刁难自己。

"羽飞,我悔不该听你的话,如今是自作自受了。"袁花影撩起衣袖擦擦脖颈的热汗,后悔不迭。

一股干燥的椒香混杂着潮湿的脂粉味,随着全公主的大呼小叫,齐齐落进袁花影耳内、鼻窦,如平地一声惊雷,震得她忙做出低眉顺眼的卑微身段,心想着将这尊瘟神快快送走为好。

四五位穿红着绿的奴婢高举扇盖,簇拥着身穿紫红长裙的全公主和光彩夺目彩蝶裙的潘妃慢悠悠地走在日光下。

全公主说话素来尖酸刻薄："潘淑，你说有些夫人是老糊涂还是天性愚钝？不想着为父皇延绵子嗣，反而霸占着夫人的名头封号，坐享其成，真不知道父皇养着她们有何用！"

袁花影本就被日头暴晒得头昏脑涨，心绪不宁，全公主这番指桑骂槐的恶毒话语，无疑是火上浇油、伤口撒盐。她强忍着如赤足在烈火上炙烤的痛楚，不敢吭一声。

潘淑紧挨过来附和道："全公主，真正深爱陛下的夫人，恐怕也只有步皇后了。那些口口声声说爱陛下的女人，不过是贪图富贵享乐的虚妄之徒。"

难道吴王就真心爱过后宫夫人们？热汗一滴一滴从袁花影的头顶渗出来，浸湿了她的脸。

全公主手里摇动着白孔雀羽毛扇，耸动着修长的远山黛眉，鼻孔使劲嗅了嗅脖前的五彩香囊，将其猛地扯下来，亲热地塞进潘淑手里，笑道："潘妃，本公主明白，你是最爱父皇的了。七弟子明，天资聪颖，诸王子里，他又最像父皇。"

潘淑紧握全公主的手，微微欠身，言辞恭敬："子明年幼，还得要多靠全公主调教才是。"

两人恬不知耻地一唱一和，看在袁花影眼里，不过是各有所图的逢场作戏罢了。有位容貌、神韵酷似全公主的绿衣女子手攥开白花的绿色植物，神色欣喜地跑来，伏地下跪："全公主，潘妃，奴婢在丛蔚堂发现白茅草间还有独活、白术两味中药材呢。恳请全公主、潘妃开恩，令工匠们把它们留存下来，日后大有用处。"

全公主招招手，那绿衣女子递上白花植物，她挑拣两根在鼻端闻了闻，忽而仰面大笑："啊呀呀，独活这草药的名字当真应景，怨不得呢，怨不得赵夫人会死于此地，留下袁夫人独活。"

全公主的话如针刺穿袁花影的内心，她强咽泪水，掐住手背的皮肉，不让自己悲痛失态。

她听得绿衣女子若有所思在斟词酌句："全公主，能如'独活'于世，以药性利益病患，何尝不也是独活的意义呢？"

"白秋水，你是在为你的同类叫屈？"全公主蓦然粉面含霜，拿起白花药草劈头甩向绿衣女胸口，她稳稳接住。笑得天真无邪："全公主健忘，奴婢是秋水了，望穿秋水的'秋水'，可不叫'独活'呢。"

袁花影暗自钦佩，这貌似全公主的绿衣奴婢胆量不小，胆敢与全公主争辩，莫非是倚仗容貌神似全公主，还是另有其过人之处？全公主转头向潘淑摊开手，鬓发的树叶金步摇随她晃得毕毕剥剥乱响："潘妃，你见过这么没皮没脸的奴婢吗？"

潘淑斜睨着丹凤眼，神情自负地扫了眼名为"白秋水"的绿衣女子，略略娇笑："全公主，当奴婢嘛，不厚颜无耻点，哪能活得好？"随即，她行至跪得头晕眼花的袁花影旁，嘴角露出开恩的笑意，道："念在你昔日提携的情分上，准许你去祭奠赵夫人，谁让你们姐妹情深呢？本妃就是心软啊。"

青鸟与凤鸾喜得磕头如捣蒜，潘淑娇笑道："袁夫人，昔日的引荐之功就两不相谢了，彼此皆扶持也。"

袁花影情知她虚伪做作，还得装出感恩戴德的顺从样谢恩。待她们一行人扬长而去，青鸟和凤鸾忙扶起袁花影，荒凉的丛蔚堂内门墙歪斜，瓦砾杂草丛生，星星点点的白花草药在房前屋后蓬勃生长，沿着墙脚编织成弧形的花环。

待落日西沉，残阳如血，祭品摆在阴凉的竹林间，袁花影的眼泪早已流干。她斟满三杯酒洒向黄土，对着地面诉衷情："羽飞，你把人生都勘破了，没有点儿幻想和盼头，那活着有什么劲啊？"

清风吹拂竹林，沙沙作响，好似赵羽飞在回应她："凡所有相，皆是虚妄。若见诸相非相，皆见如来。勘破就勘破，不是更勇敢，就是更怯弱。"

袁花影扯起把清香的白花草药放在唇边，仰望竹叶遮蔽的荫翳上空,想到自己孑然一身,她问苍天:"羽飞,你为何就不肯生皇子来保全自身?"

赵夫人凄楚的笑容恍如隔世:"长兄告诫,为免日后手足相残,不如独活,独活就好……"

第四十章　一派秋声入寥廓

凤栖堂的白孔雀，高昂着小巧的羽冠，拖着洁白无瑕的长尾巴，步态娴雅地在后院的芭蕉树下漫步闲行。

素颜未妆的琅琊王夫人坐在琐窗前，摆弄手中的锦帕，心事重重地向园中张望，一眼见到芭蕉树耷拉下来的阔叶已卷边泛黄。她扭转身，上着水粉色衣衫，下裹条半新不旧的淡绿色长裙的侍女红蓼正手端金盆，臂弯搭块抹布，迎面走来，要去擦拭朱漆雕花的妆奁。

"红蓼，芭蕉有残叶了。"

红蓼放下装满清水的金盆，撂下抹布，抬起白净的圆脸蛋，举起衣袖擦擦塌鼻梁，一副眯眯眼永远睡不醒的样子，嘴上回应着，着急忙慌跨出门去。

"猴急做甚！不就扯片黄叶子，又不是赶着投胎。"王吟凤愤怒且无奈地摆摆头。手底下的两位侍女不是笨嘴笨舌，就是反应迟钝，那些个聪慧伶俐的全被潘妃抢占了。潘淑这贱人是麻雀变凤凰，风头早盖过她了！她愤恨地将锦帕折叠成小老鼠的形状，心烦意乱地拆散抛进妆奁的镜匣内。

左右眼皮突地同时跳起来，琅琊王夫人不安地以指肚按压眼皮，红花黄衣的秋裳从廊下走来，立定门口跪拜："王夫人，太子携太子妃到了。"

太子和太子妃可是许久未曾登门了呢。她由怒转喜，摸出锦帕擦擦手，边走边下令："快！去拣些杏干、肉脯，再兑两盏石蜜水。"

琅琊王夫人跨出门槛，静静站在廊下，满心欢喜地目视日光下的这对璧人：一袭簇新红花长袍的太子孙和挽着头梳惊鹄髻、身穿天水碧色留仙裙的太子妃张氏拾梯而上。

琅琊王夫人刚弯腰欲行礼，双臂就被踏步前来的太子孙和扶住："母亲不必多礼，该是儿臣给母亲赔不是。"

"儿媳参见母亲。"太子妃本名张怀夕，她是孙吴大臣张承之女，舅舅是大将军诸葛恪，成为太子妃，可谓亲上加亲。她脾性温顺，与太子情投意合，深得琅琊王夫人的欢心。

"来，咱们进里屋说话。"三人寒暄着进到正房，琅琊王夫人将两人引到中堂，分别落座。

孙和抬头张望墙上那张云山雾绕的山水图，画两侧是吴王孙权的墨宝——字迹苍劲的楷书对联：揭天地以趋新，负山岳而舍故。他流露出钦佩的神色，颔首赞叹："父皇的笔力雄浑，帝王气象峥嵘。"

秋裳和红蓼早备好温热的石蜜水，趁两人饮石蜜水的工夫，琅琊王夫人俯身从妆奁内选了一颗龙眼大小的珍珠，塞给张怀夕。

望着手心光泽明亮的大珍珠，张怀夕受宠若惊，她撩起苏芳色的阔袖，露出戴有两串金环的一截白藕手腕，取下镂刻花卉交错的金环，跪拜着要敬献给王吟凤。

"都是一家人了，就无须学外人那一套礼尚往来。"琅琊王夫人拦住她,推辞道。

"母亲,这颗深海珍珠,定是扶南使者敬献父皇,父皇赏赐母亲的,怀夕岂敢夺人所爱?"太子妃张怀夕将珍珠捧还给她。

当年扶南使者赠送陛下有七宝琉璃与一斛深海珍珠,七宝琉璃被赐予潘淑,深海珍珠分赏给各位夫人,她这一颗算是颗粒饱满的佳品。王吟凤欣慰地点点头,张怀夕不愧是出身书香门第的女子,知书达理。

太子孙和向半空击掌,门外走进一位身强力壮的随从,手托刺绣如意云纹的鼓囊囊锦绣包裹,呈送给太子孙和,他转交给琅琊王夫人:"母亲,太子妃所言甚是。深海珍珠乃父皇赐母亲的爱物,宜珍藏。这包天竺的胡椒香料,儿臣孝敬给母亲享用。"

"红蓼,打开包裹,分拣些给梨花院的谢姬。"琅琊王夫人也不勉强,收回珍珠,笑纳胡椒。

红蓼的双手不经意间抖动,打结的包裹顿时被抖散,胡椒撒满一地!热烈的椒香如昙花在夜色中飞扬绽放,琅琊王夫人被刺激得连打两个喷嚏,郁结于怀的闷气随着喷嚏消解不少。

秋裳忙拿来竹帚清扫,太子孙和突然紧皱眉头,端起茶盏啜饮两口,轻声问道:"母亲,近来还和梨花院的谢姬来往熟络吗?"

琅琊王夫人听他这话问得出奇,看太子妃张怀夕面色即刻笼罩愁云,想必是和谢姬有什么难言之隐的过节。她不再言语,等秋裳和红蓼合力将胡椒扫净,便令她们关门退下。

"和儿,何故出此言?"待外面的脚步声远去,琅琊王夫人疾步走到太子孙和身旁,关切问道。

孙和放下茶盏,缓步走至琐窗前,背对着她,吞吞吐吐地闪烁其词。

"母亲,鲁王,鲁王对儿臣出言不逊。"

琅琊王夫人长松口气,不以为然地从盆内抓了把杏干,硬塞到孙和手中,絮絮说道:"他就是小霸王本性,自小还顶撞前太子孙登呢,你是当兄长的人,让着点他。"

一贯性情平和的太子孙和勃然发怒,他扔掉杏干,朝着窗外怒吼道:"母亲糊涂!让着点,让着点,难不成儿臣的太子之位也要让给他?"

"啊?!"琅琊王夫人的左右眼皮又开始剧烈跳动起来,她惊恐地退步至胡床,上半身缩进去背靠隐囊,陷入沉思。想起那谢姬百般奉承的讨好心思,不就是希望日后鲁王能获得太子孙和的关照?他既封为鲁王,岂能得陇望蜀,人心不足蛇吞象?

眼含泪花的太子妃张怀夕走近前,单腿跪地,抓住她的手,哭泣道:"母亲,花开生两面,人生佛魔间。你和谢姬虽交好,可架不住爱逞能的霸道鲁王,他自以为有全公主撑腰,就妄想与夫君争夺东宫之位……"

"他敢!"琅琊王夫人勃然动气,粗暴地打断她的话语,全公主是她生命中的克星。她神情恍惚地扼住儿媳张怀夕纤弱的手腕,怒视她煞白的鹅蛋脸,差点儿将她误认为是全公主。

"母亲松手!你弄疼儿媳了。"张怀夕表情痛苦地哀声求饶。

太子孙和转过身,他掰开琅琊王夫人拧住太子妃张怀夕的手,轻声细语对她说:"母亲不知,儿臣为免母亲担忧,故意隐瞒父皇对鲁王的赏赐,与儿臣毫无分别,不是一次两次,是屡次。"

"陛下怎么会如此昏聩?宗事太子的丞相陆逊、大将军诸葛恪、太常顾谭、骠骑将军步骘、会稽太守滕胤、大都督施绩、尚书丁密他们怎不谏言?"王吟凤难以置信地扯起太子孙和的衣袖,迭声追责。

"母亲,他们多次上陈适庶之义,理不可夺,陛下均敷衍过去。"孙和叹口气,推开王吟凤的手,坐在食案前,端起茶盏抿了抿,又放下。

六神无主的王吟凤傻傻地瞪着窗外,步态轻盈的白孔雀刚经过，像片洁白的羽毛飘落进她嘴里，堵塞住喉咙，她费力地哑声自问："那，母亲能为你们做点什么？"

孙和捏住斗笠茶盏，奋力砸向地面，剑眉下的星眸黯淡无神："母亲，以后别再去梨花院了。"

青瓷碎片的破裂声惊得王吟凤浑身发抖，她愈思愈惊恐："如此说来，太子与鲁王不和，我一直都被蒙在鼓里？谢姬可知晓？她前日还送了西域的葡萄酒与琉璃杯。"

太子妃张怀夕缓步走来，头趴她膝面，神情哀怨："谢姬怎不知晓？她一头明修栈道讨好母亲，另一头与全公主暗度陈仓。"

"你们为何如此轻敌大意？又为何不早说？"王吟凤瞪视着张怀夕清澈的双眼，明白太子夫妇对她都是报喜不报忧，她也为两人的孝心而引以为傲，可这毕竟关系到他们母子一荣俱荣一损俱损的生死攸关的利益关系，就不该对她有所隐瞒。

张怀夕眼角垂泪，悲切道来："太子孝顺，不想母亲受累，本以为我们夫妇齐心协力，加上大将军的舅舅、朱公主、陆丞相，陛下定能转换心意……"

王吟凤的头嗡得炸了，她冲着耷拉着脑袋不发一言的太子孙和怒喝："太子之位乃陛下所封，他岂能不知礼数？陛下究竟安的什么心？他是你们的亲生父亲，能目睹太子与鲁王手足相残？不，我不信，虎毒还不食子呢。"

孙和皱着眉又摇摇头，离开座椅，弓腰牵起琅琊王夫人的衣襟，痛哭流涕："母亲息怒，梨花院的谢姬拉拢全公主，母亲可多与朱公主走动走动。此番儿臣专程拜见母亲，是因事态严重，还望母亲助儿臣一臂之力。"

孙和的这番话，不亚于是后背突遭尖刀袭击，插穿琅琊王夫人的肉身。她痛苦地扭动脖颈，黑暗的隆冬将至，这看似富丽堂皇的后宫啊，就是你死我活的修罗场，处处充满血腥的诡异。她站起身，看着比自己高大半个头的儿子，喜忧参半。原以为扶持他成为太子，当母亲的就能万事大吉，安享清福了呢，哪里料到，这才是权力博弈、图穷匕见的真正开端。

"子孝，母亲誓死与你同战！"琅琊王夫人没有将心底话说出口，思绪转向掌控杀伐大权的吴王。

"你父皇可曾搬进南宫？"

"就这几日。"太子妃张怀夕抢先作答。

琅琊王夫人深感疲惫，看时辰也拖得久，仰头倚靠隐囊，强笑道："好，等他搬进南宫，我们母子再从长计议。"

太子孙和牵过太子妃张怀夕的手，并躬身辞别："儿臣不孝，有劳母亲费心了，儿臣夫妇先行告退。"

红蓼掀开门帘，看着散落在地的杏干，一声不吭地蹲身捡起来。琅琊王夫人听着红蓼的裙摆在地面摩擦的碎声，想起谢姬谄媚的虚伪嘴脸，亏得还总拿她当自己人，竟然被她算计，不由得悔恨交加，忽而怨自己耳根子软，忽而恨谢姬心肠歹毒，只顾着唉声叹气地自责，一时连茶饭也不思了。

"王夫人，胡椒还要分给谢姬吗？"琅琊王夫人正在诅咒谢姬呢，见红蓼还这般没有眼力见儿，她冲动得抬手就是一巴掌扇在她脸上。

"王夫人，奴婢知错了。"红蓼没来由地挨上这巴掌，捂住半边脸，边哭边惧怕地退步躲闪。

琅琊王夫人感觉全身的力气都使在这一掌上了，她心虚气喘着坐进胡床内，偎依在枕畔，怔怔不语，满脑子都是谢姬阴险的瘦白脸，躲在她身后阴阴坏笑。

后院的白孔雀突然叫起来，叫声高亢急切。琅琊王夫人一个激灵，翻身猛拍床榻，迭声尖叫："秋裳！秋裳！快把那畜生杀了，羽毛剥净，制作成羽扇！"

"王夫人，此举可不成了焚琴煮鹤？再说了，那白孔雀乃吉祥物……"闻讯赶来的秋裳，蜡黄脸变惨白面，她双手交叠在腹部搓揉着，迟疑着不肯听令。

琅琊王夫人有一瞬间的犹豫，继而想起谢姬的狠毒无情，白孔雀又是从梨花院走出来的畜生，她硬下心肠，嘶嘶冷笑道："管它什么神兽宝物，来到凤栖堂，它就没开过屏。吃白食的畜生，还抵不上羽毛艳丽的野鸡。"

"落草的凤凰尚不如鸡呢。王夫人，白孔雀的羽毛也赏些给奴婢？"秋裳便不再固执己见，眉开眼笑地盘算起白孔雀的羽毛来。

"这会儿不认为是焚琴煮鹤，有伤风雅了？吃里爬外的东西！"

秋裳拍拍腰间的香囊，狡黠地笑道："夫人方才不是说过，它是吃白食的野鸡吗？"

琅琊王夫人并不觉得好笑，秋裳的狡辩只会令她生出更多厌恶之情。她走出门至后院，浩瀚的湖蓝色天幕上，争先恐后涌现出些许暗淡的星子。她隐约能瞥见手持灯台的两位奴婢，像木偶人，悄无声息地取下廊下的灯笼点燃，又悄无声息走进正房，须臾间，室内便亮堂起来。

红光照耀着后院的芭蕉树，发黄的残叶被剔得干净，失去白孔雀的陪伴，夜色中的芭蕉树像是孤独终老的垂暮之人，风卷起树叶，发出"噼噼啪啪"的怪声。

向来热闹的膳房，此刻愈发喧嚣，白孔雀凄惨的叫声，夹杂着屠户在磨刀霍霍，奴婢们在大呼小叫……

琅琊王夫人饶有兴致地侧耳聆听，这一切的喧嚣消失了，似乎刚才的嘈杂不过是她臆想的梦魇。她累了，慢吞吞走回正堂，烛火摇曳中，满桌丰盛的佳肴散发出色香味俱全的诱惑，蛊惑她品尝。

她无力地扶着食案，满桌的肉菜，她只拣了盐渍的青豆，含在口里品咂着淡淡的咸味。

秋裳一阵风似的跑进来,她的脸颊与双手沾满鲜红的血迹,在火光下,看得王吟凤心惊肉跳。她涎着脸,缩头缩脑地憨笑道:"王夫人,白孔雀的肉,奴婢们商议着炖了吃比炙烤味道好。夫人意下如何?"

"那些羽毛呢?"琅琊王夫人将头转向墙上的山水画,烟火熏得有些泛黄的山水画,如同野庙里遭风雨侵蚀的神像,失去了应有的庄严,云雾更是模模糊糊一团糟。

"全拔下来了,塞满整个空酒坛咧。红蓼说,若加上几头野雉的羽毛,就能缝制成与鹤裘相媲美的羽衣了。"

"去,用五彩丝线串联成羽毛扇,拿给梨花院的谢姬。"

"可要到织室找个心灵手巧的织娘?"

"不白费那闲工夫!就你和红蓼,连夜串联,羽毛也别清洗,沾血带污最好。"

"王夫人,奴婢和红蓼可是干粗笨活儿的人,哪能干穿针引线的巧活儿……还得另请高明吧?"秋裳扭扭捏捏婉拒着,还以为琅琊王夫人是说笑呢。

"少废话!你们是想偷懒?不怕本夫人像拔掉孔雀羽毛一样生生拔掉你们的头发?"琅琊王夫人板起面孔,威严下令。

秋裳顿时被吓得花容失色,迈着碎步,颠颠离去。

"全是些假仁假义的家伙!"琅琊王夫人坐在睡榻前,抱起妆奁,打开镜匣,铜镜里的自己,不再是容光焕发的美娇娘。她摸摸涂了铅粉的嫩滑腮帮,指尖向上延伸,手触碰到细纹丛生的眼尾,难过地放下手,任何华贵的绫罗绸缎也掩盖不了韶华易逝的真相。

无数金银首饰中,一颗硕大圆润的珍珠将她的思绪带回现实,琅琊王夫人握紧深海珍珠,啪地合拢镜盖,嘴贴着冰冷的匣盖,低声咆哮:"谢姬,咱们的好戏登场了。"

第四十一章　梨花谢了春红

"梨花院"因其三棵野老梨花树而得名。

谢姬搬进来后,又从别处移栽了三棵杏树,凑成六合双数,讨个好兆头。望着深坑内的杏树,她合掌祈祷,希冀往后余生的命运皆会如杏花的谐音,蒙上苍幸运眷顾。

三棵杏树含苞待放时,谢姬正临窗写字,叫声清脆的两只喜鹊突然蹁跹飞过,她推开琐窗,竟然见到吴王孙权信步走至花树下,随手攀折一株绽放的杏花枝丫,边走边低头闻花香。

谢姬喜之不尽,慌张对镜整理云鬟,又转身假装伏案认真写字。吴王走来,立定窗外,把玩着手中的花枝,静静望着她。谢姬的心咚咚跳得太快,她都快窒息了,忍不住抬起头,正与吴王四目相撞,谢姬紧张得东张西望,不知是软软跪下施礼还是找个地缝躲进去,被吴王抬臂拦住了。

"朕非老虎,你想跑去哪里?"吴王扭转着指间的花枝,似笑非笑问道。

"妾身,妾身想跑进陛下的心里呢。"谢姬灵机一动,大胆地直抒胸臆。

"哈哈哈,好张会说话的巧嘴!怎么,你也爱写字?"吴王喜得咧嘴大笑。

"天下何人不知善书法的吴王行、草、隶书都写得极有气势?"谢姬渐渐定住心神,偷眼瞟向吴王的紫色长髯,幻想着若能亲手抚摸该多好。

正胡思乱想,吴王冷不防伸颈探头而视:"朕看你写了什么字?"

谢姬忙以手遮住墨迹未干的"绣罗衣裳照暮春"七字小楷,扭着腰肢谦虚道:"陛下,妾身技艺不精,恐会贻笑大方呢。"

吴王并不作答,掀起衣袍的袍襟,纵身跳进来。谢姬且惊且喜,望着从天而降的吴王,如同面对仰慕已久的天神,不知所措地倚靠在书案前,娇羞地埋头不语。

"来,朕手把手教你。"

吴王说着话,搂住谢姬纤腰。谢姬激动得娇躯发软,倒向他宽厚滚烫的胸膛。吴王左臂环抱她腰,右手捉住她的手,抓起紫毫毛笔,蘸上墨汁,在铺好的纸上一笔一画缓缓游走。

"暮春时节恰逢君。"吴王低声念出声后,扔掉紫毫毛笔,拦腰横抱起谢姬,踏步走进内室……那夜,谢姬梦见自己站在繁星闪烁的夜空,漫天的紫花随着仙乐飘飘从天而降,她欢呼雀跃着摊开双手,捧住瓣瓣紫花,快乐地转圈。

每逢杏花未开时,谢姬就会令奴婢把梨花院从里到外清洗一遍,再焚香净手,坐在琐窗的书案前,研墨临摹吴王的字帖。

日月如梭,儿子孙霸已封为鲁王,晨起习字成为谢姬雷打不动的功课。奴婢曲莲斟满一盏袅袅生香的热茶过来,低头看了眼写好的字,神色讶然。

"谢夫人,何时变成暮春时节才逢君?"经曲莲提醒,谢姬这才意识到宣纸上的一行黑楷体的"恰"字,被自己误写为"才"字了。

天意如此吗?谢姬握住热乎乎的茶盏,径直步出门来,杏花的花期早过了,枝叶繁密的满树翠荫,已结出累累青杏。"杏花结子春深后,谁解多情又独来。"谢姬生出几许感怀。

孙和刚被立为太子,琅琊王夫人正得盛宠,频频向陛下吹枕头风,令诸姬有宠者,皆离开建业城,到各自的封地居住。与自己交好的南阳王夫人与皇子孙休就被迁到了遥远的公安。

儿子孙霸成为鲁王后,向来眼高过顶的全公主突然对鲁王夸赞有加,吴王对他的赏赐等同太子,这一切一切的现象不由引得谢姬产生大胆的猜想,莫非是孙权父女想将孙和废黜,另立鲁王为太子?倘若成真,那她谢姬就可以不再对琅琊王夫人卑躬屈膝了!她拉下挂满果实的杏枝,摘下颗青杏咬在口中,酸涩的滋味从齿间渗透心田,她打了个寒战,并不觉得难受,反而品咂出石蜜水的甜味。

杏树枝头飞来一群麻灰色的鸟雀,围着她叽叽喳喳乱叫不停。谢姬定睛见这些飞鸟形态平庸,嫌弃地挥舞衣袖驱赶它们,嘴里叫嚷着:"滚!滚!滚!贱鸟偏从末世来!"

那些鸟雀不依不饶在她头顶盘旋鸣叫,像是故意与她作对,谢姬气得来回奔跑,撵走它们时已累得双臂酸疼。她蹲在杏树下喘着大气,高呼侍女曲莲。

闻声而来的曲莲手提盛满清水的木桶,在月亮门前放下后,穿门而来扶起谢姬。

"你耳聋了?磨磨蹭蹭许久才出来。"谢姬不满地掐住她手臂的肉,厉声呵斥。

曲莲哼也不敢哼一声,忍住痛,皱眉笑着辩解:"禀谢夫人,梨花院门口飞来一群聒噪的黑鸦,最可恨的是它们乱拉鸟屎,弄脏了房檐、门柱。奴婢和雪雁方才忙着在清扫呢。"

谢姬觉得很是晦气,低头朝地"呸呸呸"吐半天唾沫后,才又腰叹气:"定是本夫人刚才撵跑的那只黑鸟。"

曲莲扑哧又笑道:"谢夫人,杀鸡焉用牛刀?奴婢和雪雁一头一尾,两头夹攻,抢起长杆,三五两下就打得它们落花流水。"

谢姬冷冷地听着她自吹自擂,虎着脸进到室内,本欲躺下歇息,赫然见到铺了帛书的案上搁着一只花纹繁复的朱漆匣,很是扎眼。这个贵重的漆匣甚为眼生,不像是梨花院的物件。她打开朱漆匣,内里平躺着一柄血迹斑斑的白羽扇!

"曲莲!雪雁!"她惊叫着奴婢们的名字,捂胸后退。

"谢夫人,有何事吩咐?"雪雁和曲莲从门框前同时探头相问。谢姬半闭着眼,后怕地竖起手指点向匣内沾血的白羽扇。

雪雁瞥了瞥漆匣,也神色大变,委身跪在门外,双肩哆嗦着禀告:"谢夫人,奴婢一时忙昏了头!此漆匣乃昨夜寅时,凤栖堂那边的人连夜送来的。"

谢姬抚平情绪,暗觉好笑,琅琊王夫人还以为是军情急报吗?非得连夜送来。她踱步至案前,伸手拈起做工粗制滥造的白羽扇,仔细端详。

曲莲蹑手蹑脚走来,停在她身后,忽然低语:"谢夫人,这羽扇的白羽毛甚为眼熟,好似夫人从前豢养的白孔雀的羽毛咧。"

谢姬听得心惊肉跳,急忙翻转白羽扇,用力扯断串联羽毛的五彩丝线,轻盈的白羽毛飘然飞向半空,如同冬日的雪花飞扬,虚幻且迷离!谢姬握住一根血迹斑斑的白羽,放在鼻端深嗅,刺鼻的血腥味钻进鼻窦,她嘟嘴吹走白羽毛。

凤栖堂的白孔雀是她当年煞费苦心采买献给琅琊王夫人,作为皇子孙和被封为南宫太子的贺礼。

她吃准琅琊王夫人会投桃报李的骄傲本性——传闻白孔雀乃祥瑞物,琅琊王夫人定会深信不疑。

果不其然，孙和在春天被立为太子；同年腊月，孙霸就被封为鲁王——自然离不开琅琊王夫人向陛下美言的些许功劳。

人生境遇，真是此一时彼一时啊! 谢姬感叹道。从前，她眼里只有琅琊王夫人这一棵大树当靠山，以为是长远之计，何曾料到，半路杀出个全公主，她竟向自己抛下橄榄枝……说什么三十年河东三十年河西，不过短短数载光阴! 她思忖良久，反身从睡榻的玉石枕下摸出把金叶子，朝雪雁兜头撒去："雪雁，你去打听下凤栖堂昨夜可有古怪的事发生。"

雪雁连连点头从命，蹲身快速捡起散落在地的金叶子，装进葫芦香囊内，匆忙离去。谢姬望向院落的杏树，只觉惴惴不安，理不出头绪来。瞅见书案上的朱漆匣，犹如被铁锥刺中心脏，她疾步冲上前，撩起衣袖，拔出发髻内的金簪，使劲在朱漆匣面胡乱划动泄愤。

曲莲在旁干着急，劝也不是，不劝也不是，便寻了个到膳房端炖好的甘果奶酪为由退下。一绺散乱的黑发遮挡着谢姬的视线，书案的朱漆匣也被金簪划得面目全非，听见有甘果奶酪，谢姬才恨恨停手。

发泄一通后，谢姬心情轻快了些，她丢下金簪，坐在铜镜前，镜中女子，粉面桃腮，娇艳如山涧野桃，她重新挽好发髻，拣了银步摇稳稳插好，得意地朝镜中女子笑了笑，站起身来。

曲莲高举托盘，姿态优美地旋转着舞步挨近前，下跪时，裙摆在地面散成伞状："谢夫人，尝尝蒸热的甘果奶酪。"

谢姬端起盛奶酪的银盏，坐在琐窗前的锦凳上，小口吞咽着这来之不易的珍稀甜品。后宫的众位夫人，谢姬与琅琊王夫人最是嗜好甜食。琅琊王夫人堪比浮瓜沉李的魏文帝。想当初，魏文帝馈赏给吴王的大橘，吴王也遍赏后宫夫人们，谢姬舍不得吃，择了色泽金黄、个头儿肥大的橘子留下敬献给琅琊王夫人，以示讨好之意。

甘果奶酪带有浓郁、黏稠的花朵芬芳的甜香，使人欲罢不能。

谢姬吃完奶酪，犹觉不过瘾，要曲莲去舀温水，将残留碗底的奶酪冲饮干净。

"日后再不用看她眼色行事了！"谢姬舔舔嘴唇，想象儿子孙霸即将替代太子孙和，得意之余，心里话就情不自禁冒出来。

"谢夫人！谢夫人！"雪雁连滚带爬地从门外奔进来，打断她春风得意的浮想联翩，谢姬狠狠瞪视她。脸色蜡黄的雪雁，呜咽着说她先去了凤栖堂的膳房，平日她都是在膳房与那些奴婢们说说笑笑，顺道打探些后宫夫人们的小道消息。

"谢夫人，那帮奴婢太过分了，竟在膳房燃起柴火烤孔雀肉，剩下的白羽毛做成抛足戏具的毽球，边踢毽球玩，边烤肉吃咧！"

谢姬隐隐感到一丝不安，莫非是琅琊王夫人开始嫉恨她？那就图穷匕见了！她非但不惧怕，甚至还有一种莫名的亢奋："如此说来，白孔雀真是琅琊王夫人下令杀死的？"

雪雁义愤填膺地扭起脖颈叫嚷："素日众人把白孔雀当成个宝贝疙瘩，若不是琅琊王夫人下令，谁吃错药发癫狂敢吃它的肉，喝它的血，拔它的毛当球踢？"

谢姬被她的话激得怒火又涌上头，见曲莲皱起远山黛眉，缩手缩脚沉默不语。她转向雪雁，面红脖粗的雪雁快人快语："谢夫人，分明是琅琊王夫人在欺辱夫人！"

曲莲走到书案前，抱起满目疮痍的朱漆匣，边说边走向门外："雪雁，可别乱说话，扰乱夫人心性。"

"曲莲，你不认为琅琊王夫人就是在欺凌本夫人吗？"谢姬听出曲莲话里有偏袒琅琊王夫人之意，拦住她问道。

"谢夫人，奴婢头发长见识短，不敢背后非议他人长短。"曲莲面色平静，声音平和地躬身作答。

雪雁急得爬起身，跑至曲莲身旁，扯着她半新不旧的衣袖提醒她："曲莲，你是梨花院的人，可不能胳膊肘向外拐！"

曲莲的眉宇间飘过一团阴云,她冷冷地甩掉雪雁的手,不发一言。谢姬见她这般冷漠绝情,便知她是喂不熟的白眼狼,横竖自己身后有全公主撑腰,她大可在宫里横着走!于是,谢姬高傲地抬起下巴,明里是对雪雁说话,暗中敲打曲莲:"雪雁,何必唤醒装睡的人,多不值当!"

曲莲停住脚步,似在权衡利弊,并不回头,迈步跨出门去,惹得雪雁跺脚谩骂:"逞什么能呢?会有你后悔的时候!"

谢姬笑了,笑得很是古怪。

第四十二章　浅予深深，长乐未央

初夏时节，卫将军后院的紫丁花开了，馥郁的甜香引得几位刚入府的年轻奴婢围着花树看花。

怀拥锦被的孙鲁班，慵懒地仰靠在交椅内闭目养神，拨浪鼓的铃铛脆响由远及近，在门前戛然而止。

定是父皇的新欢潘妃带着牙牙学语的小皇子孙亮登门造访，她睁眼瞥见门廊下站着鬟后斜插枝紫色丁香鲜花、身着通身紫衣衫的白秋水。她调皮地晃动手中的拨浪鼓，嫣然浅笑："全公主，要不要出门赏花踏青去？"

孙鲁班对贵族、雅士热衷的曲水流觞、眠琴烹茶、吟诗作对，全无兴致。所谓的风雅，哪比得上驰骋疆场、主宰他人生死的大权在握的快意？她攥紧手心的黄龙玉环，贴在额面来回摩挲，希冀抚平岁月留下的沧桑细纹。

"赏花？踏青？中书典校郎何时抵达将军府？"孙鲁班语气淡然地问道。

白秋水乖乖收起拨浪鼓，单手藏背，弓腰后退着奉承她："公主亏得不是男儿身，不然就是建立赫赫战功的大将军了。"

孙鲁班冷冷盯视她，等着看她笑话——若她再后退，就会跌落台阶，摔个四仰八叉。为了转移她的注意力，孙鲁班故意激她："谁说女儿身就不能谋男人的霸业？本公主若能上阵杀敌，必将拉你同行出征。"

"全公主，饶了奴婢，奴婢可不喜欢打打杀杀……哎哟喂。"白秋水听着她的话，认真回应，退步踩了个空，尖叫着摔了个脚朝天，头插的紫丁香也不知掉落何处了！孙鲁班看着她揉腿惨叫的狼狈模样，笑得前仰后合，谁让你打扮得花枝招展去蛊惑卫将军？

"白秋水，你就喜欢洗手做汤羹伺候男人，对吧？"孙鲁班吹着口哨，不忘奚落她。摔跤后的白秋水不再叫苦连天，她默然翻身起来，一拐一拐瘸着腿，静悄悄离开了。

孙鲁班快意地望向梁柱的红蓝色纹饰，正蹬腿展臂，耳旁飘来侍女冬妩的细碎声："全公主，中书典校郎到了。"

"来得正好！带他到后院。"孙鲁班兴奋地掀开艳丽斑斓的锦被，下令冬妩撵走那帮看热闹的奴婢，搬胡床、木榻至后院的丁香花树下。

藏在天穹的一团团洁白绵软的云朵缓缓飘过，孙鲁班心情舒畅地坐在馨香袭人的丁香树下。花枝低垂的浅紫丁香花，密密匝匝头挨头簇拥着吐露甜腻的芬芳，她将视线转移到跪伏脚下的中书典校郎吕壹，居高临下打量着他，他身着褐色单衣，瘦骨嶙峋的身板浸透着腌制酸瓜的穷酸味。

全公主有些嫌弃地捏住鼻尖，不动声色暗示他："左将军朱据免官禁足在家四年，怕早已闲出毛病来，毕竟，没了钱财去仗义疏财，他可就寸步难行啰。"

中书典校郎吕壹抬起头，颧骨高耸的刻薄脸上浮现起谄媚的笑纹："全公主所言极是。左将军不过是徒有虚名的人，不然，他何以会青眼高看曹魏的细作隐蕃?附和廷尉郝普，齐赞那贼人有王佐之才？"

"廷尉郝普如今在哪儿？"孙鲁班掰断那花枝，轻轻拂过面颊，陶醉在甜香中。

"全公主说笑，那竖子见隐蕃谋划作乱吴国，事败逃亡，惶惧自杀，早化作一堆森森白骨了。"

孙鲁班当然知道廷尉郝普的下场，那些攀龙附凤的短视之徒，不值得怜悯。她脑中闪现常被父皇褒奖的一位老臣，不禁脱口而出："潘太常倒是个目光毒辣的明白人。"

吕壹面色阴沉下来，如遇见危险的鸵鸟，又似缩头乌龟，把脑袋趴在地面。风吹过丁香花树，刮起一片绿叶粘在他的官帽上。

"怎么不吱声了?中书典校郎怎会对潘太常心生畏惧?"全公主发现她提到潘太常潘濬时，吕壹的神情很反常。

吕壹抬起头，耷拉的三角眼露出惊恐之色。帽间的落叶滑到他鼻尖，他想扬手拍掉，又觉不妥，噗噗吹气也吹不掉，只得鼻头顶着片绿叶，勉强挤出既尴尬又难为情的笑意："人人都有克星啊，那潘太常正直不阿，赏罚得当，又深得帝心……"

孙鲁班见他说得可怜兮兮，朝着木榻努努嘴："坐下说话，中书典校郎。深得帝心的人，满朝文武百官，也不止潘太常一人啊。中书典校郎你不也同样得圣宠？再说了，潘太常与丞相陆逊驻守武昌，管理荆州事务，距建业城路途遥远，有何畏惧？"

吕壹半边屁股挨坐木榻，双手捧下锦帽，淡淡的三角断眉紧紧拧成团悲愤暗色，恶言恶语的语气，凡人都会听得起鸡皮疙瘩，浑身不自在："他怒骂臣操弄威柄，并屡次当众扬言要派门客刺杀臣！臣能不胆战心惊，惶惶如丧家之犬吗？还望全公主能替臣做主，保全臣性命。"

全公主深知这位骤然暴富的兵家子本就是父皇豢养的一条咬人的疯狗。她召见吕壹来府邸就是为打压左将军朱据："父皇心慈，换作是旁人胆敢贪取兵饷，早就被诛杀灭族了！"

吕壹抖动着稀疏的山羊须，摆动头颅，鼻端的绿叶终于滑落，自责道："还不是因为没坐实左将军贪取兵饷的口供。臣本欲拷问主管兵饷的人，哪知竖子不堪用，死于杖刑之下！"

"多少杖啊，这么不禁打？那就死无对证了。"全公主失落地掰断丁香花枝，摘下花朵在掌心搓揉。她恨左将军朱据，更恨妹妹孙鲁育，事事与她作对，处处与她虚以委蛇，从来不和她一条心。她俩哪里是亲生的姐妹，分明是累世结下的仇家。

坐在木榻的吕壹面露愁容，兴许是心机太盛的缘故，他的面相比实际年龄显得苍老。全公主满腹怨气盯着他丑陋的面容，正欲迁怒于他，吕壹突然击掌而起，睁大那双滴溜溜的棕黄色鼠眼，敞开露出龅牙的干瘪嘴："也许还有一线生机。左将军厚葬了主管兵饷的死人，极有可能是心生愧疚之举！"

经他提醒，孙鲁班仿佛从黑暗中见到一线曙光，她举起沾染花香的手掌，边噗噗吹着碎花，边娇笑道："中书典校郎，接下来就看你啰，定要置他于死地！"

天空骤然黯淡，一团渗透出乌金色亮光的灰云团飘来，笼罩头顶。

"全公主，该用膳了。"白秋水不知何时走来，站在廊下施礼请示。孙鲁班愕然且愤怒地瞪视着她，不知方才的对话是否被白秋水偷听到。见她神色自若的状态，孙鲁班暗想这贱奴的定力不同凡人。她厌恶地摆摆手，吕壹见状，马上跪身告辞。

"你还没摔断腿？"孙鲁班从胡床上走下地，边搓掌边冷笑。

白秋水还是那千年不变的云淡风轻样，她自嘲道："全公主，奴婢是皮糙肉厚的山间野人,跌倒就爬起来,摔伤就扯把草药捣烂敷好。"

"哼,说得好轻巧! 倒像就你会自救一般。"

孙鲁班走进内室,食案上空空如也,哪有摆好的膳食? 她挥舞衣袖,勃然动怒道:"你这贱奴,竟会哄骗本公主了?"

站在门廊里的白秋水,腰虽然弯得更低,言语间却充满无畏恫吓的从容:"全公主息怒,是梨花院的谢姬登门造访,奴婢见公主与中书典校郎说得投机,才借口如此。"

孙鲁班尤为痛恨白秋水卖弄小聪明的把戏,她走向琐窗,背对着白秋水下令:"以后你还是多关心关心卫将军,由冬妩来侍奉本公主。"

是,奴婢遵令。白秋水平静如水的回应,听不出丝毫的乍喜乍悲的变化。孙鲁班眼见白秋水渐行渐远,侍女冬妩碎步前来。她走向睡榻,斜身平躺于上,扶额感叹。时光最是催人老,曾几何时,她孙鲁班最在乎的男人是卫将军全琮,眼下,宫中琐事繁杂,卿卿我我的儿女私情不值一提。

"冬妩,去让秋蝉叫花萼过来吹吹笛子,再蒸煮些下酒的吃食,备上西域葡萄酒和夜光杯,本公主要和谢姬畅饮通宵。"

第四十三章　长烟落日孤城闭

左将军朱据府邸的门前两侧有两棵五百年的侧柏树，这两棵侧柏都曾遭受过雷电的劈击，焦黑、断裂的树身被野生的胳膊粗的凌霄藤蔓缠绕，似乎在昭示它们顽强的生命力——纵然被大自然的暴力摧毁，还是会孕育出枝繁叶茂的新生命！

左将军朱据站在树下，朝向前方插满长箭的壶内抛掷长箭，又中了！在旁围观的孙鲁育与侍女龙葵、虎杖齐齐娇声欢呼，"神婆"阿离怀抱孙鲁育的女儿朱砂，蹲坐于门前石墩观望。

孙鲁育走近比她高大半截的朱据，递给他一方绸巾。朱据弯腰垂首，示意她帮忙擦拭额头的汗珠。

她踮起足，又顾虑在众目睽睽之下，娇羞地将绸巾塞给朱据手里："夫君又非小孩！"朱据倾身凑到她耳边笑道："小虎，咱们都是老夫老妻了，还怕什么？"

受到曹魏细作隐蕃的牵连，左将军朱据被禁足四年，是祸也是福，夫妻两人安心在府邸养育女儿朱砂，花前月下，吟诗射箭，愈来愈依赖彼此。孙鲁育嗅到他身上带有奶酪味的体味，拉起他汗津津的手，走向塞满长箭的壶前，神情腼腆地低语："子范，这可是在大庭广众之下呢。"

"好好，我的小虎有一颗永葆豆蔻年华的少女心，子范再也不造次了。"朱据轻轻拍拍她的肩，随即站在箭镞锋利的箭壶前，快速地拔出一支支长箭，奋力抛向远方。

孙鲁育看他像是有心事的顽童，蹲身捡起他丢下的箭，一边插进箭壶，一边小心探问："夫君是为吕壹弹劾一事而烦忧？"

"那竖子弹劾我贪取兵饷，严刑拷打主管兵饷的下属……关键是陛下重用那奸贼嘞！"朱据浓眉紧锁，叹气道。

"该不会屈打成招了？"孙鲁育后怕不已。她虽不过问朝廷大事，但对声名狼藉的中书典校郎吕壹像疯狗样逮住大臣就告状的恶行，早有所闻。

朱据的神色变得悲愤，他提起空壶，抛向远处："用了杖刑，活活打死了。他是因子范而死啊！"说完这话，他已双目垂泪。

经受过杖刑的人，皮开肉绽，通身无一片好肉，死状惨烈。孙鲁育难过地仰视盘绕着侧柏的凌霄藤，嫩绿的树叶与侧柏苍翠的枝叶相互滋养。当初选这所旧宅院，她便是看中侧柏与葡萄藤缠绕的奇观，她向往的就是夫妻同心、肝胆相照、其利断金的情义。

她深爱朱据，爱他文武兼备的才学、爱他雄姿勃发的仪表堂堂、爱他乐于施舍的慷慨义气。若无隐蕃的出现，左将军的府邸从来都是"谈笑有鸿儒，往来无白丁"的热闹，绝非眼下"门前冷落鞍马稀"的冷清。

但她从未责备夫君未能慧眼如炬识人，相反，她心疼他——那么热爱结交士人、饮酒畅谈、仗义疏财的美男子，整整四年闭关在府，此等境遇的巨大落差，换谁都不会好受。他强作欢颜的背后，是承受遭人冷嘲热讽、无颜愧对吴郡朱氏宗族子弟的痛苦煎熬。

她走到他身旁,挽住他臂弯,为父皇开脱,也是减轻她的负疚感:"子范,父皇原想披榛采兰,并收蒿艾,造福苍生……"

朱据偏过头,搂住她的脸,蜻蜓点水般轻吻她的唇,继而洒脱地击掌大笑:"小虎,别操心,子范已安排人厚葬了。你去照顾女儿朱砂,我面壁思过去。"言罢,朱据撩起玄色刺绣祥云花卉的长袍下摆,走进树荫,背对她。

孙鲁育听话地回身走向坐在石墩上打瞌睡的"神婆"阿离,她担忧朱砂的安危,呼叫侍女龙葵、虎杖把朱砂抱回屋睡去。喊声惊动"神婆"阿离,容色苍老的她撑开眼皮,怀里的朱砂突然咯咯笑不停,孙鲁育放缓脚步,等待阿离把孩子抱来。

忽闻"踢踏踢踏"的马蹄声传来,孙鲁育转身望去,尘土飞扬中,闪现出黑、白、黄三匹高头大马,马背上的人都戴着斗笠,蒙着面纱。她很诧异,他们家的府邸多少年未有骏马奔驰了呢。

"夫君!"孙鲁育忙忙呼唤朱据。成亲多年,她早就当朱据为她的主心骨,什么事都会向他求助。

朱据早已跑向刚滚落马鞍的三位蒙面客,不等他们揭开面纱,就迫不及待地安排孙鲁育:"小虎,有贵客上门,快安排人去焚香、煮茶。"

朱据神色恭敬地双手抱拳,躬身向居中的人行礼,孙鲁育猜到来者身份尊贵,应当是太子孙和。她要龙葵、虎杖去速速安顿。自己则推搡着阿离疾步进府内回避。迎头撞见从假山后走出来的朱据副将千夫长徐长卿,他同样是仪表堂堂的壮汉,不过天生一张肉乎乎的圆面,笑起来露出的小虎牙,既喜庆又稚气。

"朱公主。"身穿前胸后背刺绣苍鹰黑衫的徐长卿委身行礼。

"快随同左将军迎接贵客。"孙鲁育指向门口。侍女虎杖、龙葵走来禀报已安排妥当。

孙鲁育要两人守在正室门前听令,再支走阿离:"该给朱砂喂糜粥了。"她独自来到正室紧锁的后门，墙下并列两口大水缸，一个养鱼，一个养花。

她摸出钥匙，解开已生出锈斑的黄铜锁，反锁好门，拉开遮挡窗棂的帘布，左眼贴近梅花格的窗眼，偷窥正室的场景。

首先踏步进来的是太子孙和，他脱下包裹严实的灰黑色披风，露出一袭耀眼的朱红色长袍，神情凝重地坐在交椅内。接着是丞相顾雍之孙，瘦得形销骨立的太常顾谭，面色灰暗，黑多白少的双目中有种威而不怒的冷静，他抬起手臂扑打青绿色衣袖上沾染的霉斑。最后进来的是身穿墨蓝色便服的朱据，他关门前令副将徐长卿领着太子侍卫志远到膳房弄点吃喝，并支走守门的侍女龙葵和虎杖。

不等朱据行礼，孙鲁育就见太子孙和面对顾谭发声："子默，快给子范说说那奸贼图谋不轨的意图。"

朱据焦灼不安地面向太子孙和，掩饰不住的满腔愤懑，怒吼道："难道真是子范时运不济，刚禁足完毕，又摊上这不幸祸事？"

又出事了？孙鲁育紧张地盯着夫君前胸刺绣的洁白祥云环绕墨蓝色缠枝莲的图形，不觉心尖发颤。

顾谭继承了他爷爷丞相顾雍沉默寡言的行事风格，他字斟句酌地徐缓道来："今日早朝，中书典校郎吕壹竟然向陛下奏请重治左将军贪取兵饷的死罪。"

朱据被气得面色发青，脖颈青筋突起成条条蚯蚓状："他还有完没完，我的下属不都让他逼死了吗！"

太子孙和素来都是谦谦君子温润如玉的做派，连责怪他人的语调也是温和如涓涓细流："怪就怪子范你太大意，何必明目张胆厚葬死人，又给那竖子逮住借口，指责你是做贼心虚。"

"莫须有的污蔑！满朝文武百官，就无人能治他？唉，还不是背后有建业宫的人撑腰，这竖子才会肆无忌惮，无法无天。"

孙鲁育羞惭地低下头,夫君所言建业宫的人不就是父皇?她听出朱据语气里对父皇存有不满的情绪。夫君朱据究竟有无贪取兵饷,还真是个谜。她不愿过多追究,以免自寻烦恼。

朱据正在气头上,说辞未免过激:"若南宫早日当政,臣就不会受那竖子无中生有的血口喷人!"

一向惜字如金的顾谭忍不住顿足悲叹:"子范,你以为自己是血气方刚的莽汉吗?说话怎能不知深浅?倘若隔墙有耳,岂不是又被人捉住话柄,连累南宫太子?"

孙鲁育大为惊骇,见朱据也被吓得跪伏在地,惶恐地磕头请罪:"太子,太常言之有理,是子范大意,子范知错了。"

太子孙和将他扶起,语重心长地开导他:"闻过则喜。子范,凡人都会有克星,一物降一物,潘太常就是吕壹的克星。"

香炉点燃的安息香袅袅飘向空中,三人均沉默不语。太常顾谭打破平静,他警惕地环顾四周,朝太子孙和拱手作揖:"夫大有为天下者,必下有人而上有君。殿下,臣以为迫在眉睫的是如何令陛下不要听信吕壹的谗言,追责问罪左将军。"

孙和神态娴雅地端起茶盏,放在鼻端闻了闻,又皱着眉头放下。朱据赔着笑脸,指向茶盏,满怀歉意:"太子,臣这府邸可没南宫的好茶多,全是往年剩下的碎叶子,凑合喝两口。"

太子孙和以不可置信的语气质疑道:"以左将军的丰厚俸禄,日子岂能过得这般寒酸,穷酸到连新茶都喝不起?"

孙鲁育委屈地捂住嘴,生怕哭出声来,太子孙和的疑问戳中了她的苦楚。夫君朱据交友甚广,又轻财重义,所得俸禄皆花费在此。巧妇难为无米之炊,她时常还得拿嫁妆贴补家用。

朱据难为情地挠挠头皮,太子孙和看出些许端倪来,把话题引开:"太常思虑周全,难道胸中早有锦囊妙计了?快些吐出来,安抚安抚左将军。"

朱据转向他，眼里流露出期盼的光芒。太常顾谭拉着两人衣袖，三颗脑袋凑在一起，孙鲁育隐约听见顾谭的窃窃私语："殿下，左将军，当今天下三国鼎立，时局虽稳，然蜀国、魏国派出的细作防不胜防，臣以管中窥豹的见识，密语告知。"

安息香的缥缈青烟，将三人笼罩在模糊的荫翳中。孙鲁育悄悄离去，她情愿当那耳聋眼花的愚妇。

第四十四章　天下英雄谁敌手

晨光射进建业宫的大殿，倒映出满地橙黄色的窗影。龙泉青瓷香炉内残留着彻夜焚烧的龙涎幽香，使人昏昏欲睡。

大醉初醒的孙权坐在交椅内，背靠隐囊，只手托起沉重的头颅，斜视着掌心葫芦状的重瓣石榴花，红似玛瑙的花色繁缛厚重，似醉酒后的皇后步练师的酡红娇颜。他伤感地扔下石榴花，目光扫过几案上摆放的朱漆托盘，伸手将盛满米酒的银碗端来一饮而尽。

甜津津的米酒是他手下虎将甘宁的嗜饮之物，奈何他已卒。孙权颇感遗憾地放下银碗，抹掉唇边的酒滴，目光触及垂至胸前的紫髯，过半已斑白了！廉颇老也，尚能饭否？他可不愿成为"出师未捷身先死，长使英雄泪满襟"的诸葛亮！魏、蜀、吴三国霸主，曹孟德病逝、大耳朵刘备归天，昔日强大的对手均死去，仅剩已过耳顺之年的自己存活于世，真正的孤家寡人啊，天下英雄谁敌手的悲凉感油然而生："孟德有张辽，孤有兴霸，足相敌也。"

"陛下，中书典校郎吕壹求见。"宦官黄松迈步前来，俯身禀报。

孙权充耳不闻,他还沉浸在英雄迟暮的失落悲痛中。

黄松重复一遍,他方如梦惊醒,竖起指头揉揉眉间川字纹,想起曹孟德的诗句"何以解忧? 唯有杜康",挥手要黄松再去拎坛酒来。

黄松面有难色,下颌的焦黄色虾须随他缓慢的语速轻微颤抖:"陛下,全公主叮嘱老臣,劝阻陛下不可多饮,恐会有损龙体安康。"

孙权心里很是舒坦,笑着点点头:"既是全公主好意,朕自然照办。"黄松笑逐颜开地向门前后退:"陛下贤明,臣便领中书典校郎进来面圣?"

孙权摆摆手,歪头靠在松软的隐囊上沉吟不语。为钳制势力雄厚的本地江东士族,保存草创之初的淮泗集团的实力,他设了场局——重用兵家子吕壹,将其视为爪牙,暗中搜罗罪证,借此整治江东士族重臣。眼下轮到小虎的夫君左将军朱据了,吕壹认定他贪取兵饷……若坐实此罪,朱据便会以一己之力,撬动整个吴郡望族的朱氏家族的深厚根基。

小虎孙鲁育跑来向他哭诉求情,遭到大虎孙鲁班的嗤笑,怒叱小虎放任左将军朱据轻视财货,乐于施舍,才会导致生活困顿去觊觎兵饷……

性情温婉的小虎气急败坏地一个劲哭着矢口否认,大虎的拳头砸在棉花团上,转头把怒气撒向他。

"父皇怎么像局外人看热闹呢?"

大至朝堂,小到家庭,内部势力的平衡,有异曲同工之妙。旁观姐妹二人的吵闹,孙权无言以对。大虎对小虎心怀芥蒂,根源在于两人的夫君面和心不和——卫将军全琮与左将军朱据,因朱据从兄青州牧朱桓不满全琮在魏国庐江太守李膺防范森严下撤兵一事而交恶。

孙权清楚,自己外仗吴郡四姓,顾、陆、朱、张,内近胡综,是以庶绩雍熙,邦内清肃。倘若他没派偏将军胡综去宣传诏命,参与军事,或许,全琮与朱桓尚能相安无事。

不过,战功显赫的朱桓且会听令年轻气盛且好施慕名的全琮?他煞费苦心派胡综去平衡各方势力,无非是想遵循孟子所言——万物皆为吾所用。

"陛下,左将军罪证俱全……"身穿靛蓝粗服的吕壹轻飘似阴风刮进来,旋倒在孙权脚下。

"他亲口承认了?"孙权见他眼神闪烁不定,便知他碰壁而归。

吕壹干笑着直起身来,腰间那条莹莹发光的绿松石腰带,扣住松垮垮的靛蓝布袍,勒得腰身如二八佳人的杨柳腰。他垂下眼帘,瞄向别处,声调透出腌酸菜的霉味:"陛下,以左将军的身份,臣无疑乃蚍蜉撼树,唯有陛下出面亲审。"

"朕亲审?"孙权半闭上眼,双掌交叉抵住颔下的紫髯,暗中权衡利弊。若真查出事来,势必牵连青州牧朱桓,他很是忌惮这位生性高傲、耻为人下统率的老将——全琮就被他责问行军计划时发作的暴怒吓得将责任推卸给偏将军胡综。

剑室的方位忽然传来时长时短的阵阵剑吟,孙权疑惑地望向被紫红幕帘遮住的剑室,低垂地面的幕帘纹丝不动。他侧耳倾听,如露如电的剑吟声的确是从挂有白虹、紫电、辟邪、流星、青冥、百里六柄宝剑的密室内传来。

空旷的殿堂响起密集的碎步声,孙权手搭在交椅的椅背,抬眼瞥见神色惊慌的宦官黄松跑进来,手执的拂尘哆嗦着指向剑室:"陛下,剑气吟,战事发啊。"

吕壹躲闪着向后退,躬身抢答:"中常侍,陛下身经百战,又得蒋王庇佑,何惧战事发?"

孙权笑而无语,自赤壁之战后,他就无心恋战了。吕壹这竖子竟能读懂他心思,是可造之才。

面带惭色的黄松垂手而立："中书典校郎所言甚是。陛下，全公主即将拜会陛下。"

孙权挥挥衣袖，黄松趋步离去，吕壹走来，附耳低语："陛下，若不亲审，难以服众。必得杀鸡儆猴，震慑文武百官。"

孙权踌躇不决，他不担忧小虎丧夫成寡妇，皇帝的女儿哪愁嫁？他思虑的是最坏的结果——朱据罪证坐实，不杀不足以平息风波，可这朱据文武兼备，在年轻后辈里，能力、才识是与全琮平起平坐的人物，东吴本就人才匮乏，他不舍啊。

"朕想去蒋山的庙内拜祭蒋王了。"孙权捻捻胡须，情知这场内战不可避免，期望蒋王能显灵，庇佑他顺心如意。

"陛下英明，臣即刻准备。"面露喜色的吕壹眼里冒出贼亮的精光。正待转身离去，他见到殿外飘过两团红云，慌忙收住脚，垂首站立一旁。

孙权定睛一看，是头戴金冠着朱衣的全公主，身后是一袭胭脂红衣衫、不施粉黛的侍女，两人容貌相仿，恍如姐妹花。孙权看得走神，暗叹造化弄人，明明是亲骨肉的小虎，却与大虎容貌、神韵、体态则大不同。

全公主行过礼，移步至孙权前，半跪在地，扭着他臂膀撒娇："父皇，不许偏袒那朱大头！"

孙权摩挲着她柔顺的黑发，看向立定殿内、神似大虎的侍女，猜想她的母亲该是何等绝色的女子，口里敷衍道："谁是大头？占大头的不是咱们的大虎吗？"

"父皇又来装傻！明明知道朱大头就是朱据！"大虎气咻咻地用力扭摆他的胳膊，孙权的臂膀被她的蛮力扭得发酸，他忙告饶道："好好，朕的全公主，人家好歹是你妹妹的夫君，堂堂左将军，别给人胡乱取诨名！"

全公主趴在他臂弯，仰起粉白的满月脸，嘟起樱桃朱唇："父皇还在偏袒他！他干的那些好事，换作其他人，早该灭族了！"

孙权暗觉好笑，大虎原来是想公报私仇，无非还是她们姐妹间的恩怨牵扯。他甚为头疼，倘若深明大义的皇后步练师在世，大虎、小虎姐妹间的感情不至于如此水火不容。

"你们是同胞姐妹，何必相煎太急？"

"父皇，是小虎一意孤行，怨不得大虎。"全公主永远是得理不饶人的脾气。气氛一时僵持不下，孙权也无可奈何，只得使出缓兵之计应付她："左将军有罪无罪，并非父皇说了算。"

全公主立马跳起来，撩起衣袖，指向站在龙柱前的吕壹："中书典校郎不是查出罪证了？他厚葬主管之人，必定是做贼心虚！父皇还在迟疑什么？"

"陛下，别犹豫了，不如快刀斩乱麻，明日早朝亲审？"吕壹走上前，直视孙权的三角眼射出刺骨寒光。

孙权猛击掌高呼："那就安排个吉日到蒋王庙前审查！当着神灵的面，谅谁也不敢欺瞒！"

"父皇英明！"

"陛下明鉴。"

打发走两人，孙权乏力地靠在交椅内闭目养神。

熟悉的香风扑来，孙权明白，定是刚迈出殿外的大虎。他睁开眼，胭脂红衣衫的侍女低头搀扶着全公主跨进殿内，晨光笼罩着她的倩影，如春日不胜凉风的杏花。他心里一动，捻起紫髯，随口问道："大虎，她是谁，如此文雅娴静？"

全公主反手将那侍女推开，横身遮住孙权的视线，捂嘴嘲笑他："父皇真眼拙，瞧不出来她是卫将军的小妾也罢了，还看不出她是个瘸腿！"

孙权暗道可惜了，美人如斯，竟是个瘸子，可明明见她行走如分花约柳，毫无瘸态啊。正待召她近前细问，被全公主挡回去了：

"父皇,可不许暗地里派人给小虎送信啊。"

孙权忍不住仰面大笑,生性多疑的大虎果真是继承了他猜忌心重的衣钵。他探头向前,寻找那侍女的身影,逗趣道:"大虎啊,你还是多提防身边人,父皇哪会有闲工夫去报信。"

全公主面色一变,转身揪住那侍女的耳朵,威胁道:"你要敢去报信,本公主就拿刀划破你的脸,要你生不如死!"

世间那些容貌略略齐整点的女子,以为能就此获利,谁不视美貌为珍宝?孙权很是欣慰,大虎善用杀人诛心的狠招,是得他真传的亲生女儿!

"行啦,蒋王庙见分晓!"他打了个哈欠,歪头靠在隐囊上,目送全公主和那侍女向殿外走去,双手高举托盘的宫女跨门进来。他闻到米酒软糯的甜香,顿时精神大振,一个念头一闪而过。他急忙唤住全公主。

"父皇,有何要事?"全公主狐疑地俯身近前。

"善待她那张与你相似的皮囊,日后会有用处。"孙权郑重其事地叮咛她。

"白秋水?"全公主的表情不置可否,神色纳闷地回望被她轻贱的侍女。

"秋水时至,百川灌河。"孙权点点头,目光停留在陷进光影中的女子,心想这是个好名字,与她的人相得益彰。

"父皇可别对她动了心思。"全公主不满地娇喝。

孙权尴尬地收回目光,挥挥衣袖,懒笑着驱走她的恐惧:"大虎多虑了,父皇又非抢占杜夫人的曹阿瞒。"

第四十五章 谁共我,醉明月

谷雨时节后,建业城外的山峦便被连绵不绝的新绿叠翠浸染得勃勃生机,通往蒋王庙的褐色山路藏身于碧波汹涌的古柏树林,心事重重的朱据骑着矮脚赤马,在蜿蜒的山路疾驰。

穿梭林间的布谷鸟偶尔响起催农人播种的啼鸣,惹得他更心烦意乱。昨夜子时,他正欲入眠,吹灭灯火的刹那间,见到门缝里被人塞进一张来历不明的密信,绢布上涂写着"明日陛下亲审"的一行朱砂红字,在烛火的照耀下,似鲜红的血滴,看得他心惊肉跳。

"是谁?"

朱据猛地推开门,门外并无人,唯有月光映照着一地清辉。他立刻关上门,烧毁绢布,换上便服,骑马到南宫,私会太子孙和商议对策……

回到府邸,已是卯时,辰时就收到建业宫派人送来陛下的诏令,要他速速赶往蒋王庙受审。

"左将军,请骑马上路。"传诏令的宦官面无表情地催促朱据。

他是位眉清目秀的矮个子，右嘴角的法令纹间长了颗带毛的黑痣，看着是位斯文人。朱据暗想，平日都是宦官黄松来传令，突换新人，陛下是真要对自己下狠手了？他忐忑不安地瞟向小虎的居室，估摸这会儿她早该起床梳洗了，他故意磨磨蹭蹭，抬高音量问他："怎不见中常侍？"

矮个子的宦官皮笑肉不笑地甩了甩臂间的拂尘，毫不客气地直奔主题："左将军还是抓紧骑马上路，别让陛下等太久。"

"那，容本将军沐浴更衣。"朱据明白碰上硬茬了，恐怕这家伙就是吕壹指使的同僚呢。他迟疑片刻，转身抬腿登上台阶，矮个头的宦官尾随而来，溜溜转的鼠目直勾勾监视朱据的一举一动。

朱据暗自冷笑，他从来就不怵这种狐假虎威的小人。他若无其事地当面褪下翠色长袍，露出贴身单衣，高举粗壮的双臂，斜睨着细胳膊细腿的宦官，带着炫耀的口吻笑问："大人看着面生，可是中书典校郎举荐而来？"

矮个子的宦官举手搓揉着右嘴角的黑痣，踏着内八字步，停在比他高半个头的朱据身旁，抢起拂尘顶了顶他的心窝，冷笑着挖苦他："左将军死到临头了，还瞎操他人心？速速上路！"

朱据的笑容顿时凝固，"速速上路"四个字透出残酷的森然冷气，他弯腰捡起刚脱下的翠色长袍重新穿好，推开琐窗，急切地冲着小虎居住的后院楼阁高呼："上路喽！"

敞开的雕花窗台前，终于探出小虎的半张脸。见到有陌生的宦官身影，她立马缩回去，透过窗影，朱据能依稀瞥见她双手扶着梳了半边发髻的头，颤声问道："卫将军，这么早就去郊外狩猎吗？"

见小虎全无警惕之心，朱据也无计可施。她本与大虎个性迥异，素不爱插手男人的事务，撞见烦心事总是躲得远远的。换成是大虎，早就拦截住宦官，任由他脱身。朱据感怀着前后张望，搜寻侍卫花山虎的身影。

矮个子的宦官又抡起拂尘抵向他后背，警示他："左将军，陛下有令，不得带随从同行！"

"小虎，子范到蒋王庙去去就回！"朱据无奈作别，随矮个子的宦官走出府邸，骑上他的矮脚赤马；那宦官身手矫健，纵身跃上高头黑骏马。朱据不服气地抢先挥鞭疾驰，就是为了将他甩下。

赤马忽然停下来，啃食路边的藜藿菜，朱据看看矮个子的宦官没追上来，遂丢下缰绳，任由赤马去果腹，他则蹲身路边思忖。

风中摇曳的紫色豌豆花拂过他的面颊，痒酥酥的怪难受。朱据望向草丛的尽头，郁郁葱葱的古柏林中有一两棵树冠点缀紫碎花的苦楝树，它们的树杈努力向上抽枝发芽，似四面八方刺向湛蓝高空的长剑。

朱据沮丧地撩起翠色袖袍，双掌交叉压住两侧的太阳穴，焦虑不已。贪取兵饷，可是会灭族的死罪！吴郡望族的朱氏不能在他手头葬送名声。尽管已向太子孙和求助，可他仍有后背凉飕飕的恐慌——中书典校郎那对阴冷的三角眼，如同蛰伏暗处的毒蛇，随时会攻袭猎物。

碧波绿海掩盖的褐色山路，传来闷雷滚滚的密集马蹄声。他懊恼地掐断豌豆花的花秆，冲着赤马吹响呼哨，赤马昂首欢叫着颠颠跑来，亲热地磨蹭他的大腿。朱据揉揉马头，把豌豆花秆塞进马嘴，翻身跨上马背，立定路边等候矮个子宦官的到来。

银杏树突然簌簌抖动，一股浓烈的椒香随风送来，朱据嗅着熟悉的气味，这不就是吴王的建业宫常年点燃的熏香的气息？马嘶狗吠渐渐逼近，他惊得滚下马背。前方浓墨重彩的翠绿，闪现出黄红相间的旌旗招展，吴王陛下骑着他那匹青葱色斑点的骏马，飞逝如闪电，飘过他身旁时，吴王振臂高呼："左将军，速速跟来！"

浩浩荡荡的一行人纷纷越过朱据，他举目望去，有中书典校郎吕壹、陛下的侍卫雄侯、中常侍黄松、矮个子宦官、全公主及侍女等人簇拥着吴王登上蒋王庙的山路，他不敢怠慢，掉转马头迅速跟上。

蒋王庙的灰白色拱形门后，是丈宽的青石地板，两旁排列齐整的龙爪槐，绿荫亭亭如盖，墙头停栖一排毛发灰黄的雏雀，啾啾叫不停。

庙门前的走廊，早摆好一张交椅，身披朱砂红斗篷的吴王孙权坐在其间，跷起脚，上半身前倾着，双手抱住膝头，似笑非笑地环顾左右。

朱据从马背跳下地，刚跪在潮湿的青石地面，脸色晦暗的吕壹就抢先向他发难："左将军，你的部队应受兵饷三万缗，工匠王遂作假贪污，作为其上级领导，小小工匠岂能有此胆量？必定是受你的指使，是不是？"

朱据的心脏如出征前鼓声渐渐密集的战鼓，他猜不透吴王陛下的心思，是秋后算账还是重新清算，抑或借题发挥。

风吹过槐树，哗啦啦地响，他昂起头，目光扫过站在吴王身旁的众人：大虎全公主、吕壹、矮个子的宦官、中常侍黄松，环绕在侧的奴婢、宫娥。一张张或陌生或熟悉的面孔，一个个冷漠的眼神，皆是居心不良且等着给他落井下石的局外人。

太子孙和一再告诫他，陛下亲审，对其他人等的问话均可装聋作哑，置之不理。他缓缓摇动沉重的头颅，克制心如悬旌的恐慌，强忍住申辩的冲动，沉默应对。

"左将军平日可是最善于论辩的人，今日为何一言不发？是默认罪证还是无话可说？"

头戴银冠的全公主走出来，不怀好意地质问道。朱据羞愤地转头逃避她热辣辣的直视。大虎高举绯红色的阔袖袍，张牙舞爪像头发情的母豹。朱据暗叹，听闻大虎处处庇护卫将军全琮，倘若小虎的性情能有她几分泼辣就好了，他甚至开始有些羡慕全琮的福分了。

中常侍黄松端来晃动着殷红的西域葡萄酒的琥珀杯，呈给吴王孙权。他啜饮两口葡萄酒，皱眉咂咂嘴："酸掉牙了，赏你喝！"

"陛下，臣身贱，无福消受美酒，不如另赏他人？"中常侍黄松是个胆小怕事的人，他捧着琥珀酒杯，似握了块烫手山芋，退步至手持长矛的侍卫雄侯身旁。

"不如赐给左将军！西域的葡萄酒也是稀罕物，不能学昏君暴殄天物，害虐烝民。"

朱据甚感惶恐，生死攸关，他哪有心思饮酒？君命难违，他不得已将残余的葡萄酒喝得干净。酸涩的酒味从喉咙流进五脏六腑，呛得他泪花流。

"左将军怎么哭了？莫非是人之将死的恐惧？"连矮个子宦官都敢奚落自己，当真是龙困浅滩被虾欺啊！朱据恨不得抡起拳头砸烂他的脸！空中渐渐飘来馥郁的槐花香味，他顿时精神抖擞，那是他的救兵——太子孙和快到了。

一群云雀欢叫着徐徐飞过头顶，轮到吴王孙权发话："左将军，中书典校郎查出你厚葬主管兵饷的属官，摆明是贪取兵饷后做贼心虚，你认不认罪？"

属官是因自己无辜受刑而死，厚葬他是为减轻内心的负罪感，此乃人之常情，这也能成为罪证？朱据谨遵太子孙和的叮嘱，苦笑着摇摇头，重重磕了三个响头，哑声回应："陛下，全是些子虚乌有的妄论，臣不能认罪。"

吕壹气急败坏地跳出来，立在朱据身前，干瘦的手臂颤抖着指向他："岂能是子虚乌有的揣测？臣亲眼所见，那属官身份低微，左将军竟舍得用上等桐木棺安葬他？不信刨坟验棺！"

朱据懊恼地握紧拳头，他安排侍卫花山虎去安葬属官。事以密

296

成,粗心大意的花山虎不知奸诈的吕壹还会以此要挟大做文章。忽闻马蹄疾驰的声响传进耳内,救兵到了!朱据索性站起身,与身躯瘦弱的吕壹对峙。

"陛下,众口悠悠,初不知其所自起,亦不知其所由止。有才者忿疑谤之无因,因悍然不顾,则谤且曰腾;有德者畏疑谤之无因,而抑然自修,则谤亦曰熄。臣怜悯属官受刑而死,将其厚葬,薄尽心意,这也是做贼心虚?纯粹无稽之谈!"

吴王孙权偏头瞟向墙面站立不稳的雏鸟,捻须沉思。站在龙爪槐树下的全公主,手拿半截树叶繁密的槐树枝,边走边一片一片扯掉槐树叶,以眼尾扫向朱据,媚笑道:"左将军可敢向蒋王庙内的蒋王发毒誓,不曾因私念贪取过兵饷?"

朱据惊得心殒胆落,诡谲多变的全公主真是条阴冷的毒蛇,猝不及防就咬住他,死死甩不脱。天地神灵,谁不敢敬畏?她无疑在变相逼迫他说出真相或者坦录罪证。不,不能中她的激将法,被牵着鼻子走!

庙内端坐的蒋王塑像,并非怒目圆睁的威严相,略略下垂的眼帘与微微上扬的嘴角,一副看尽人世沧桑的玩世不恭。

朱据叉开两腿,双拳抱胸,以戏谑的语气反将她一军:"若全公主也能在蒋王前发毒誓,子范必定信守承诺。"

全公主气得粉面潮红,她"咔嚓"折断手里的槐树枝,抛向朱据,面目狰狞怒骂道:"朱据,你这顽劣的竖子,胆敢调戏本公主!若有一日落到本公主手里,定教你生不如死!"

朱据侧身闪过槐树枝,心想:就调戏你了又能把我如何?他跪地长拜,言辞间故意拿话戏弄她:"子范鲁莽,全公主是宰相肚里能撑船的脂粉英雄,理应不会与小肚鸡肠的子范计较。"

"父皇,左将军油腔滑调,你就不管教管教?"全公主听出他弦外之音的讥讽,急急冲向吴王孙权,趴在他臂弯抹泪撒娇。此情此景,令朱据想起小虎常对他的抱怨:"姐姐就会赖着父皇假哭撒泼!雄才大略的父皇偏就吃她这一招,屡试不爽。"

"有何奇怪?陛下嗜酒、好斗、贪恋女色,就是正常男人的七情六欲啊。"这些话,朱据没敢说出口,历经魏国细作隐蓄的风波,被禁足四年,深谙言多必失的祸患,已学会喜怒不形于色的自保方略。

门外响起群马嘶鸣的喧嚣,吴王孙权面露狐疑,中常侍黄松如风似的跑到门口探头一瞅,跪下高呼:"陛下,是太子一行到了。"

朱据暗自窃喜,见到太子孙和率领笑容满面的太常顾谭、神情肃穆的太子太傅吾粲、风尘仆仆的羽林都尉张休缓步近前。

全公主神色大变,扭住孙权就干号问责:"父皇,太子怎会闻风而动?是谁告了密?"

朱据偷偷打量孙权,他眼底闪过一抹愠怒的冷光,决然推开胡搅蛮缠的大虎,仰面靠着椅背,以睥睨天下的神色,俯视着踏步进门的这群人,不咸不淡地说:"太子来得可真谓星流影集!"

吴王孙权明显不满太子孙和贸然率队前来搅事,朱据听他言不由衷的风凉话,愈发不安——太子孙和这般大张旗鼓出现,会不会弄巧成拙?

"儿臣拜见父皇。"

"臣等参见陛下。"

眼见众人齐整整地跪拜在地,孙权漫不经心地点点头,笑意牵强地盯着张休,阴阳怪气讥讽道:"连羽林都尉都惊动了,太子,你可真得人心啊。"

羽林都尉张休勉为其难地笑了笑,举袖揩揩额头,竭力消除吴王的疑虑:"陛下,臣欲去建业宫参拜陛下,听闻陛下在蒋王庙祭拜蒋王,路上与太子偶遇,方才结伴同行。纯属偶遇,纯属偶遇。"

兵者诡道也。朱据自然清楚羽林都尉张休在说谎,他是太子孙和的太子妃的叔父，一荣俱荣一损俱损的同盟者。

"太子又为何来蒋王庙？可是要乱而惑之？"吴王孙权清冷的目光转向身穿一袭橙黄新服的太子孙和，笑问道。

"父皇，只因母亲凤体突然欠安，儿臣特来向父皇禀报……"

朱据明白，太子孙和在谨慎地说谎。用真话骗人，筛选事实、断章取义的手段，他们父子倒是一脉相承。

"既然都来了，那就随朕祭拜蒋王，看看众位爱卿，日后谁能获得蒋王的庇佑。"

孙权从交椅上下来，甩动袖袍，向蒋王庙走去。朱据迟疑着不知是跟上还是留在原地，有人在扯他的袍襟，侧耳一看，是满面焦虑的小虎孙鲁育与背负草垫的侍卫花山虎，躲躲闪闪藏身于拱门外。

"你们怎么来了？"他惊喜万分，疾步跨出门外，寻了背阴的隐蔽角落。

"太子令奴婢背负草席，是要将军躺身草席，等候陛下亲审定罪。"听完花山虎的话，朱据差点儿晕倒在地，憋屈了大半日，太子孙和就出了这么个藉草待罪的馊主意？

"本将军无罪！"他愤怒地脱口而出。

"有罪无罪，可不是将军你说了算，还得是由父皇来裁决。"小虎急忙伸手捂住他的嘴。

"罢罢罢，兵来将挡，水来土掩，听天由命。"朱据垂头丧气地悲叹道。

"不如去拜拜蒋王，指不定蒋王显灵呢。"花山虎边说边放下草席，平铺在地。

"不去！蒋王不过是尊泥菩萨，自身难保，哪能保本将军？"朱据在草席上摊平四肢，等候上苍的旨意、陛下的审判。

第四十六章　顿觉吾庐,溪山美哉

　　孙和在蒋王神像下磕完头,仰头凝视檀香萦绕中骑着白马、手执白羽的蒋王塑像,陷入沉思。从人到神的蒋王,原是广陵人蒋子文,嗜酒、好色、挑挞无度,常自谓:"己骨清,死当为神。"其死后立庙堂,享用建业城百姓的祭祀、供奉。

　　蒋王的命运能随心所愿,自己则事与愿违。孙和不觉黯然伤神,侧身在旁的太常顾谭碰碰他手肘,倦怠的眼神瞟向被众人环绕的吴王孙权的方位,孙和了然于心,忙颔首微笑踱步上前。

　　孙权正和全公主低声耳语,抬头冲他一笑,伸出手来。孙和稍有迟疑,孙权主动挽住他,孙和只得随他走下台阶,一众群臣尾随而至。

　　孙权寒暄道:"子孝,何时邀上子威陪父皇出城狩猎?"他了解父皇的秉性,一旦不称他为太子,话题都是家事。父皇主动提及鲁王孙霸,他虽不确定父皇的真实意图,但他不敢有半分犹豫,回应极为爽利:"儿臣谨遵父令,即刻安排。"

孙权放开他,突然感伤悲叹:"汝身为太子,须得为众位皇弟们做好榜样。唉,可惜子高病逝……"

孙和暗生不快,父皇总是这副患得患失的德行!孙权的话音戛然而止,昂头望向青石地板外的拱形门。孙和顺着他看去,左将军朱据平躺在草垫,素面朝天的朱公主与将军府邸的奴婢们均跪地哭泣。

"朕还以为他会负荆请罪呢?"孙权止步不前,一脸愠怒地甩袖冷哼。

"父皇,左将军本是无辜受陷害,望父皇查明真相……"孙和深知,若朱据真负荆请罪,岂不就是不打自招,还能有活路?他俯身长拜,谨言慎语替朱据说情。

怒容满面的全公主闯过来,尖锐的声音似长剑划破石墙,炸裂出炽烈的火光。

"真相?太子无非是为拉拢江东豪族的人心,为及早登基做准备,不就是这点私心吗?"

孙和听全公主这番意在挑拨离间的言辞,不觉怒火顿生,方明白母亲琅琊王夫人为何会对她心生怨念了——她就是传闻中那种蛇蝎心肠的女人!他掐住手背,疼痛令他清醒意识到这是全公主的激将法,意欲使他恼羞成怒与之争辩,卖弄唇舌争高低,把为朱据脱罪的事抛到九霄云外!摸清她图谋不轨的心思后,孙和垂首漠然以对。

气氛凝重且尴尬,两只白鹭飞来,清越的鸣叫打破沉闷的长空。与孙和并肩而立的太子太傅吾粲,踏步上前,朝面无表情的孙权躬身下拜:"陛下,朱公主和左将军在等候陛下的旨意。"

望着吾太子太傅吾粲瘦削似松柏的背影,孙和暗赞姜还得是老的辣。朱公主是全公主小妹,是父皇手心、手背的肉,他宠溺全公主,也不可能不顾念朱公主夫婿的生死。

孙权抬起下巴,从前飘逸的紫髯已显现枯黄苍色。他眼底涌现的怒火渐渐充盈眼眶,面色勃然骤变,直视孙和,厉声逼问:"小虎不过一介织布女子,岂会来掺和男人间的事?太子,可是你的那帮幕僚出的馊主意,牵扯上小虎?"

孙和虎躯一震,为朱据洗罪,他确是煞费苦心,急召太子太傅吾粲、太常顾谭、羽林都尉张休共商这出藉草待罪的良策。

"父皇,天下未定,用人宜以功覆过,弃瑕取用,天下虽定,但灾祸频繁,文武兼备的左将军乃不可多得的将才……"

"太子是想声东击西,避重就轻?"

全公主娇喝着打断孙和的话语,她抬下巴的神态与孙权神似,就连倨傲的眼神也在模仿他。面对她赤裸裸的挑衅,孙和犹似万箭穿心,大度地笑着退步至羽林都尉张休身旁,出掌猛推他后背,去抵挡全公主来势汹汹的恶意。精通文史的张休曾辅佐过前太子孙登,孙和对他的品性、才能深信不疑。

"陛下,孔子曰:'为君难,为臣不易也。'出自江东大族的左将军谦虚待士,轻财好施,绝非那贪图兵饷的盗贼鼠辈。"

孙权朗声大笑着搓揉双掌,边说边迈步至拱形门前:"你们一个个都成了左将军的说客,朕偏要听他亲口道来。"

朱公主见孙权走近前,慌忙起身驱散奴婢,孙和与他的重臣们追上去,吕壹跟在全公主身后,一干人马便将躺在草垫的左将军朱据围了个水泄不通。

孙权立定朱据头颅上方,抬腿踢打草垫边,孙和的心吊在嗓子眼儿上,生怕朱据沉不住气,所幸,他不为所动,仍闭目不语。所有人均静观其事,等候孙权发落。

风吹过孙权的朱红袍襟,瑟瑟轻响,中书典校郎吕壹似乎等不及,推开身旁的矮个子宦官,探头阴阴笑道:"陛下,左将军不是默认就是在耍无赖!他以为有南宫太子撑腰,且倚着人多势众,陛下定会念及朱公主的情分,饶他无罪免死。"

孙和憎恨地以眼尾余光斜睨那尖嘴猴腮的吕壹,说起仗势欺人,他这为人刻薄、操弄权势的兵家子才是真正的仗势欺人,狐假虎威!他向父皇诽谤江东旧臣的罪过,陷害无辜,搞得朝廷内外人心惶惶,丞相陆逊、太常潘濬屡次向陛下请求重惩,都不了了之。刚受到父皇重用,他便忙着去攀附全公主的高枝,妄想攀龙附凤一步登天的卑鄙小人。

"小虎,怎不回府织布、弹琴?你不是自诩淡泊名利的女子吗?怎会踏足庙堂纷争?"全公主轻移莲步到朱公主面前,连推带搡想让她离开蒋王庙。

"姐姐怎么喜欢多管男人们的事?龙葵、虎杖,在哪里?"泪目通红的朱公主尖叫着推开全公主,呼喊声惊动了朱据。他一个鲤鱼打挺翻身飞步至妻子身旁,将小虎搂在怀里,夫妻抱头痛哭。

孙和不忍卒听,无限伤感地踱步至孙权身前,双膝瘫软在地,嘶声跪求道:"父皇难道就真忍心骨肉相残?任由外人离间我们父子、君臣的情意?"

孙权面若冰霜,嘶嘶冷笑道:"凡人才会讲求子孝父慈、兄友弟恭、儿女情长,君王就得杀伐无情。慈不掌兵义不掌财,太子欲行仁慈之道,如何统领江山?"

孙和悚然心惊,他从未见识过父皇温情背后的这张陌生无情的面孔!回想起前太子孙登和他有过一段对话:"子孝,我真看不透父皇的心思,他对你的宠爱,连我都嫉妒。"彼时神情阴郁的孙登"咔嚓咔嚓"掰断手里的树杈,面露茫然之色。

"父皇都立哥哥为太子了,还有何烦恼?"孙和当时年幼,尚不知世事深浅。孙登摸摸孙和的头,语调充满无助的苦涩:"太子也能被废黜啊,这全在父皇的一念之间。"

孙和只觉万念俱灰,父皇是他的父皇吗?还是父皇并不属于他,父皇实则是整个东吴子民的王? 那么,他孙和又算什么?

朱据夫妇的哭声渐小,有人以胳膊肘触碰孙和,他忙埋身磕头回应:"父皇,儿臣愚钝,多谢教诲。"

孙权拍拍孙和的肩,语气和缓地责备朱公主:"小虎,大虎说得对,你一个妇道人家,就不该来蹚这浑水!"

"父皇就会一味偏袒大虎!"朱公主羞愤地尖叫着。孙权无视她柔弱的呐喊,怒声训她:"父皇当然偏袒大虎! 她敢想敢作敢为! 巾帼不让须眉。你呢,连杀只鸡的胆量都没有,既然喜欢织布、弹琴,那就当好你的贤内助! 这当口儿卷进来作甚? "

朱公主见孙权说得无情无义,半分回旋的余地也没有,她绝望地号哭着死死抱紧朱据,仿佛他是她在世间的唯一依靠,又仿佛朱据即将被定死罪。全公主脸上挂着不可一世的冷笑,吕壹与矮个子宦官得意地交换眼神。

环顾周遭众生百态的嘴脸,孙和不觉打了个寒战,年岁渐老的父皇怎会愈发残暴、绝情呢?他的目光越过拱形门,望望天色,再瞄眼地面的日影,估摸着侍卫孙左去捉拿典军令刘助也该到了。

威逼利诱典军令刘助报告工匠王遂贪污的这步险棋,由孙和独自谋划——朱据要想彻底洗清罪行,获得父皇宽恕,必须找到替罪羊,不然,那奸诈的吕壹定会咬住他不依不饶。

天空飞过一群呱呱乱叫的黑鸦,尚未见孙左押送典军令刘助出现的迹象,孙和不免焦灼起来。孙权大约也被弄得心烦意乱,骂完朱公主,呼呼喘着粗气绕着草垫走来走去,中常侍黄松亦步亦趋紧随其后。

顾谭、吾粲、张休三人劝慰孙权息怒,不要气坏龙体云云。说罢,他们均望过来,孙和以目示意,给他们吃定心丸。作为主谋者,他不能自乱阵脚。

孙权突然驻足下令:"吕壹,将左将军朱据押送大狱,听候审判!"话音刚落,他的侍卫雄侯就手执长矛迈向朱据,朱公主哭得肝肠寸断,死死环抱朱据的腰不肯松手。

全公主皱了皱远山黛眉,转头朝与她面容相仿的侍女努努嘴,那侍女面有难色地犹豫着,全公主凤目圆睁:"白秋水,你还敢抗令不成?"

白秋水畏惧地垂首徐行,行至咫尺之遥,就被朱公主的侍女龙葵、虎杖挡住。双方正僵持不下,庙外传来哞哞的青牛叫,伴随着铜铃在风中摇晃的清脆响声,羽林都尉张休飞奔出门,高呼道:"陛下,太子侍卫押送典军令刘助、工匠王遂来请罪了!"

孙和顿如卸下重担,松了口气。朱公主和朱据如得重生,相拥着喜极而泣。孙权紧皱的眉头瞬时舒展,快步迎上前。

"速速押进来!"

身材瘦削的孙左本是前太子孙登的侍卫,孙登病逝后,跟了孙和。他从牛背上跳下地,跪身禀报:"陛下,查明了,确是工匠王遂私自贪取兵饷,藏在家中地窖,被臣发现了,他也招认了。"

典军令刘助推搡着五花大绑的工匠王遂跪地认罪,孙和见王遂虽面如死灰,但眼神坚定,便知此人是个能信守承诺且有担当的人物。

孙权面色大变,双目搜寻出藏在全公主身后躲避的吕壹,指着他怒骂道:"吕壹竖子可恶!竟敢冤枉朱公主的夫君,何况其他人呢?重赏典军令刘助!雄侯,将其及工匠王遂拿下送往廷尉,交由丞相顾雍断狱。"

突然骤变的峰回路转,吓得吕壹脸色煞白,刚爬上巅峰,就被端下悬崖!他浑身哆嗦着俯身认罪,并不敢申诉半句,全公主见孙权态度转变,情知大局已定,找了个托词准备开溜。

"回宫!"孙权翻身上马,一行人马簇拥着他缓缓远去。

残阳如血,暮光在蒋王庙内洒下深深浅浅的金辉,孙和放松地长啸数声,朱据跪爬至他脚下,涕泪交加立下诺言:"太子,子范的命乃太子所赐。子范定当肝脑涂地,死生追随太子!"

"太子英明!臣等亦愿死生追随太子!"太子太傅吾粲、太常顾谭、羽林都尉张休、侍卫孙左皆跪身表明心迹。

庙外,青山尽头,云树苍茫,四壁隐隐回响他激昂高亢的啸声。此情此景,便有"我见君来,顿觉吾庐,溪山美哉"的旷达意境。孙和不免热泪盈眶,激动地仰天长叹:"人生如此,夫复何求?"

第四十七章　铁马冰河入梦来

赤乌四年，四月。吴王下令诸葛恪进军六安、朱然包围樊城、诸葛谨进攻祖中；任命全琮为大都督，统帅将领秦晃、张休、顾承及全琮的儿子全绪、侄子全端攻打寿春，大战魏国主将王凌。

论功行赏时，朝廷认为驻敌之功大，退敌之功小，张休、顾承并为杂号将军，全绪、全端等人只为偏裨而已。

散朝后，怒气冲冲的全琮回到府，直奔书房踞座席地，愤然捶胸怒吼："欺人太甚！分明是典军陈恂收受张休、顾承的贿赂，虚报功劳，徇私舞弊！"

"卫将军，因何事动怒？"侍女白秋水跨门进来，放下乳香四溢的豆粥，温言细语地关切问道。

全琮手指指后背的剑伤，嘶吼道："不就因论功行赏的不公平吗？同样是杀敌卖命，他们就能升为杂号将军，我的儿子们竟只为偏裨，王法何在！天理何在！"

这声怒吼，震得全琮背上旧伤撕裂复发，痛得他大叫！白秋水匆忙寻出金疮药,替他换药包扎。

全琮侧躺于睡榻,情绪逐渐恢复平静,回想与曹魏主将王凌这一战,可谓凶险至极!若无张休、顾承等人的奋力阻挠,儿子全绪、侄儿全端等拼死退敌,他或许就战死芍陂了。

看着眼前的白秋水,全琮惊魂未定地抹泪叹道:"秋水,芍陂之战,子璜还以为回不来了。"

"卫将军福德深,自会得上苍庇佑,别总说晦气话。"白秋水温柔地揉搓他僵硬的脖颈,娇声安抚他。

全琮偎依在她暖香的酥胸前,思虑重重。盘踞朝廷多年的江东大族们又开始作妖了!以前还有个兵家子身份的中书典校郎吕壹偷偷查找证据,逮住他们的把柄弹劾。处置左将军朱据时,被江东大族们联手反噬吕壹,他遭处决后,便没有谁能再撼动江东大族们的根基。此番论功行赏的不公正,表明他们排除淮泗老将的异己之心死灰复燃。

"吾不甘引颈受辱,宁愿与之殊死一搏!江东豪族那群老贼的嘴脸令人作呕。"身为淮泗士族的全琮自然难忍这口恶气。

"小不忍则乱大谋,将军何不放弃眼前的蝇头微利,退一步海阔天空?"白秋水手臂环绕他的双肩,柔声劝道。

全琮转过头,怒目圆瞪咆哮道:"吾不是亢龙有悔,也非潜龙之渊,而是飞龙在天!凭什么是吾等淮泗士族隐忍,他们江东豪族就肆意妄为?"

"将军颓废的眼神让秋水心痛。"白秋水并不理会他的狠话,一对美目顾盼生辉地凝视着他,轻轻吐出的情话,惹得全琮怒火顿消。

"大虎到哪儿逍遥去了?"他踱步至琐窗前。仲夏的庭院,绿荫葱茏,爬山虎的肥厚叶片匍匐在云白色的假山上,编织出油亮的翠衣;倭瓜藤蔓攀爬在以青竹扎成的拱形篱笆门框上,在微风里摇摆着几朵嫩黄色的花苞,如顽童在召唤全琮。

白秋水拿了件薄如蝉翼的玄色披风搭在他肩上:"全公主领着小公子、骑都尉孙峻去郊外狩猎了。"

熟悉的草香钻进他鼻窦,似抛向平静湖面的石块,激起层层涟漪,扰乱全琮的心。他转身抱紧白秋水的纤腰,与她耳鬓厮磨,半是吃醋半是认真:"总不见那擅吹长笛的花萼鼠辈,她还真是个喜新厌旧的风流女王,不时更换新宠。"

白秋水偏头伸出小指头撩拨他的后脖,捂嘴娇笑:"卫将军不知,全公主哪能离得开花萼呢?夜晚,她要伴着笛声入眠;晨曦,得随着笛声醒来。"

全琮抓起她的手摩挲刚冒出浅须的腮帮,半是艳羡半是无奈地感叹:"她比男人还骄奢淫逸!"

白秋水似乎无心与他温存,推开他,指向庭外的藤蔓,神色哀愁,语调凄婉:"倭瓜又开花了。"

全琮意识到她是忆及两人甜蜜的过往。他深情凝视她目如秋水的美眸,挽起她手,悄声耳语:"那就故地重游!她有她的逍遥快活,咱们也有咱们的小欢喜。"

白秋水娇羞地将头倚靠他肩膀,两人走向庭院。弯腰踏步进到黑黢黢的绿荫深处,全琮突然退身出来,摸摸驼峰鼻笑道:"秋水,作甚偷偷摸摸!她也不在府邸……"

白秋水的脸唰地红了,日光照耀下,像出淤泥不染的清水芙蓉,在夏风中摇曳。全琮看得心醉神迷,牵起她的手,奔向通往全公主正房的寝榻。

"卫将军不可!"白秋水突然如中魔怔,叫声急切地挣扎着不肯去。

"有何不可?"全琮不解。

白秋水脸上的笑意消失,她微垂眼帘的温柔模样最为动人,可她说出来的话，竟有穿透铜墙铁壁的力度："将军岂能因为儿女私情耽误大事？全公主嫉妒心重，府邸上下都有她安插的耳目，一旦知情妾身玷污她的凤榻，定会将我生吞活剥，妾身不敢触怒逆鳞。"

这一席义正词严的话，霎时将全琮的熊熊欲火浇灭。他羞惭地揉揉鼻翼："怪我糊涂！只是委屈你了。"

风吹来几片浅紫色的苦楝花，旋转着飘落在全琮肩头，白秋水踮足替他掸掉披风上的苦楝花，笑容明媚："人生嘛，不就得忍辱方能负重？"

白秋水这些轻描淡写的话语，仿佛世间就没有能伤害到她的人与物。全琮最痴迷她这宠辱不惊的仪态万方。他退后几步，仔细端详身着素色旧衣裳的白秋水，不施粉黛的她站在绿树婆娑的阴影里，像黑暗中的一点乍见微光，引领他走向光明的坦途。

继而想起浑身杀气的全公主，全琮不由得百感交集，攥紧她的手感叹："秋水，你是一团火焰般的谜。你与全公主，要么善得温柔，要么恶得凶残，上苍偏偏把你们都给推到我身旁，是祸也是福。"

白秋水笑而无语，抽出手，两人一前一后进到书房，白秋水扶全琮坐在胡床内，她单腿跪在地，神色庄严："将军，儿女私情与保存家族荣辱，孰轻孰重？全公主的猜忌心很重，猜忌的种子一旦生根，便很难阻止它发芽惹下祸端，唯有静极生慧的觉悟者能剔除嗔恨的心魔。"

全琮仰视窗外蔚蓝苍穹变化莫测的云霞，心有戚戚地为大虎辩解："她还不是随了猜忌心重的陛下。"

白秋水偎依他身旁："为人王者，谁不孤独？一旦握有重兵的权势，自然会滋生觊觎皇权的贪心。卫将军不要树敌太多，更不要做事太绝，吴郡顾氏、朱氏可都是江东本土的豪门大族。"

"他们是江东士族，本将军的父亲不也是追随讨逆将军打天下的淮泗部属？陛下虽是煞费苦心将大虎嫁给我，将小虎许配朱据以此平衡局面,无形中不也埋下了剑拔弩张的对立隐患。"

全琮愤愤不平扭身回应道。他与父亲追随孙策从江北来到江东,孙权刚继位,就面临"深险之地并未尽从,而天下英豪布在州郡,宾旅寄寓之士以安危去就为意,未有君臣之固"的艰险境地,先是武力强势打压,再来拉拢江东士族,导致"公族子弟及吴四姓多出仕郡,郡吏常以千数"的局面。

白秋水注视他的驼峰高鼻,冷不丁问他:"那又如何,卫将军忘记刚被处决的兵家子吕壹了吗?陛下利用吕壹这枚死棋,就为打压朝堂上尾大不掉的江东士族一家独大,可最终不以牺牲吕壹性命而告失败?"

全琮虎躯一震,仍然意难平:"难不成陛下就会永远容忍江东士族们的豪横?他们已经骑在本将军头上拉屎拉尿,不看僧面看佛面,大虎的颜面也不顾了?"

白秋水抚平他领襟间的褶皱,以置身事外的淡然口吻提问:"当初吕壹不也是想将小虎的夫君朱据问罪致死?百足之虫死而不僵啊,何况江东豪族后起之秀众多。"

全琮顿时泄了气,一副怅然不乐之状:"这报应来得也忒快了些。"

夏风薰薰,全琮烦闷地脱下被汗水湿透的战袍,如困兽般焦躁地不停晃动头颅。

白秋水掏出汗巾,替他抹去额头的汗珠,轻言细语劝慰道:"将军不如去沐浴更衣,等全公主归来再从长计议。"

全琮握住她柔嫩无骨的手腕,带着香气的汗巾覆盖他的双眼,全琮迷醉在阴暗的香氛中,背靠隐囊,喃喃问道:"你怎能做到暴风雨来袭还能安之若素的?"

白秋水揭开汗巾,忽然张嘴咬住他耳垂,语音含混不清:"妙法普行,成始成终。弘经全籍总持功。邪外远承风,常道流通,万类尽圆融。"

全琮亢奋得嗷嗷欢叫，低头反咬她手背："你是欺负本将军不识佛经？胡诌这些听不懂的玄妙天书。"

白秋水咬住红唇，话音柔媚："昨夜梦境偶得，未来是未知的。可你我与全公主是一荣俱荣一损俱损的同舟之人，须得合力前行。"

出生入死的将士最易梦到"夜阑卧听风吹雨，铁马冰河入梦来"的场景，全琮极少做梦。他抬起头来，凝视她比五月栀子花还纯洁的容颜，不由潸然泪下："偌大的将军府，深明大义的人竟是你。"

面若桃花的白秋水趴上身来，以唇吻干他的泪水："这人世间啊，好事不会让一个人占尽。秋水不贪，能得将军一时欢爱，足矣。"

全琮心疼地抱紧她，郑重许下承诺："若有来生轮回，我愿与你结为夫妇，永生永世不得分离！"

"不要你许诺！若诺言随风而逝，将军岂不成为失信之人？妾身知晓将军此刻的真心就是了，哪怕是片刻欢愉呢。"言毕，白秋水以丰唇贴紧他嘴，全琮兴奋得喘不过气来，与她紧紧相拥，真想此刻即永恒。

房梁上野猫发情的喵喵叫声惊扰两人的清梦，后院膳房的狗吠鸡鸣闹腾起来，隐约听得此长彼短的"全公主回府"的奴婢呼声。

全琮眷恋不舍地放开怀里的白秋水，见窗外的天色暗沉，不觉夜幕降临。两人四目相望，彼此心领神会，整理好衣裳，白秋水迈步出门，全琮则靠在隐囊上假寐。

须臾间，室内脚步纷纷，全琮睁开眼，奴婢秋蝉、冬妩手握灯台摆放得当，室内刹那间就烛火通明。

门外传来孙鲁班尖锐的笑语："将军还在酣睡？是在学曹孟德的'养怡之福，可得永年'的养生之术吗？"

全琮暗觉诧异，爱舞剑射箭的全公主何时转性起舞文弄墨了？

他快速下地,换上久别重逢的欢喜表情迎接她。

四五个浓妆艳抹的奴婢围拥着男扮女装的孙鲁班走进来,她褪下银色披风,露出包裹严实凸显身段的紫缎长袍,一见全琮,便高挑起远山黛眉,灼灼逼人的凤目审视他:"将军尚且安睡不起,真不在乎朝廷论功行赏的事?"

全琮惊喜交加,还以为她只顾自己逍遥快活呢,立刻示意闲杂人等皆退下,挽过她手臂,做出苦大仇深的痛苦状诉苦:"大虎,还得由你来评评理,论个公道!"

孙鲁班高傲地斜睨着他,跷起二郎腿背靠胡床内的隐囊:"怎么,终于知道你家母老虎的威风了?"

全琮窘得不知所措,太过谄媚的话语又羞于启齿,便半跪在地,王顾左右而言他:"怎不见那吹笛的花萼?"

孙鲁班面露洞悉人心的笑意,瞄向挂在墙面的驱蝇拂尘:"将军当年率步骑五万征六安,诸将欲分兵捕擒百姓邀功请赏,将军以大臣之节劝阻众将,宁愿以身受之,也不敢侥功以负国,而今为何因功小愤恨?"

人生百态,际遇迥异:有铁甲将军夜渡关,也有朝臣待漏五更寒,何况全琮并非山寺日高僧未起,算来名利不如闲的寻常僧人。他索性起身而立,摘取驱蝇拂尘,在空中毫无章法地乱舞一气:"当年是当年,而今是而今!岂可同日而语?他们不拿我这大都督当回事,不就是凭借江东大族的旗号作威作福嘛!连公主你的颜面也尽失了。"

他喘息着站定原地,撂下驱蝇拂尘,举袖擦拭满面汗水,不时偷望全公主的神色变化。

孙鲁班并不动气,她抬起饱满丰润的满月脸,眼神迷离的凤目流露出无所畏惧的神采,懒声懒气回应道:"父皇耳根太软,过早杀掉吕壹,才会让那帮江东豪族贼心不死。"

全琮见她都丧失斗志，不免心灰意冷，悲叹道："我是心疼公主你！眼前这处境，是我全琮人生最失意的时刻，淮泗老将终不敌江东士族威风啊。"

孙鲁班嘴角的笑意慢慢退去，眼神泛着冷光："不就是吴郡四姓顾、陆、朱、张在背后装神弄鬼嘛！"

全琮的神经绷紧了，立马附和道："可恨那顾承竟被授予奋威将军！"

孙鲁班端详着手腕的金环，噗噗吹气，冷哼道："他兄长是太子太傅顾谭，太子孙和的心腹爪牙。"

全琮掩面悲叹："他日太子一旦继承大业，我们这帮淮泗老将可就失势了。"

"说什么丧气话！他们有太子孙和，我们也可扶植孙霸……"全琮心头大震，孙鲁班突然媚笑着朝他招招手，他听话地挨近她，不安地道出心中疑问："孙和为太子乃木也成舟，孙霸受封为鲁王，真要废黜改立，此举行得通吗？"

孙鲁班的手探进他后背，轻揉他包扎的伤口："有什么行不通？用不着我们操心，梨花院的谢姬比我们还急呢。"

孙鲁班的指甲划过他伤口，全琮强忍疼，眼尾余光瞥见白秋水的身影从窗外一闪而过。

第四十八章　满庭萱草长

八月的建业城,蒸腾的暑气尚未有消退之意,建业宫内栽种的萱草大放异彩,尤以梨花院的萱花开得最为绚丽。

谢姬手摇纨扇,漫步在紫色萱草丛间,热浪的高温送来花蕊吐露的馨香。她惬意地打了个清爽的喷嚏,手里的纨扇也被震得摔落在地。侍女曲莲怀抱一盆含苞待放的紫花萱草走来,捡起纨扇,跪身禀报:"谢夫人,鲁王派人送来刚从山里挖来的新鲜萱草。"

谢姬接过纨扇,站在枝叶翠绿的萱草前,抚摸柔嫩的紫色花苞,喜忧交加:殷勤侍奉琅琊王夫人与陛下多年,终于守得云开见月明,儿子孙霸自封鲁王后,深得全公主厚爱。

她以纨扇遮挡泪水涟涟的双眸,无语凝噎。曲莲颇为善解人意:"夫人,这盆萱草是放在室内还是摆在外边呢?"

感怀儿子的拳拳孝心,且喜萱草的馥郁花香,谢姬令她搁在铜镜旁,以便朝暮能赏。

随后,她坐上花台,轻摇纨扇,看蝴蝶在花丛间翩翩起舞,暗自盘算。比起生下五皇子孙奋的仲姬、生下六皇子孙休的南阳王夫人及刚产下七皇子孙亮的潘淑，自己并未受到陛下过多的恩宠。

蝴蝶飞走了，空留花色殊丽的萱草花在天空高远的地面飘摇于风，向上攀爬的道路漫长且崎岖，谢姬的心情瞬时变得低落。

梅香手托银盏懒步走来，她是曾侍奉过皇后步练师的奴婢，被打发到梨花院来，总以宫中见过世面的老人自居，动辄倚老卖老，谢姬早就烦她，碍于投鼠忌器，安排她干些浇花、磨镜的杂事。

眼前的梅香也老了，褶皱的眼皮覆盖着人老珠黄的双目，破锣鼓响的声调透出衰败之态："夫人也算是苦尽甘来了，为何还闷闷不乐？"

谢姬扫了眼银盏内乌黑的汤汁，这是用紫苏水熬制的清凉饮品。她神色恹恹地摆摆手，淡淡回应："儿子封王就算苦尽甘来？依本夫人看来，这只是序章，往后的路还长着呢。"

若韶华已逝，犹失言妄语，便如老梅着霜却失香，徒留嶙峋惹人恨。梅香碰了一鼻子灰，也不觉尴尬，自以为能化解谢姬的愁绪，继续谄媚："后宫诸姬，属夫人你最幸运。"

谢姬指头点向她手持的银盏："紫苏水凉了，还不喝下消消你体内的暑气？"

从低空飞来两只花尾喜鹊，落脚于老梨树丫，冲着她喳喳地欢叫不停。儿子封王了，连这些自然界的灵物都那么势利眼咧。谢姬暗觉有趣，头梳双环发髻的雪雁碎步跑来，尖声尖气笑道："夫人，鲁王派人从武昌采买的铜镜送来了，奴婢已放置于厢房。"

"哟，那得去瞧瞧出了些什么新花样的铜镜。梅香，该你忙活了。"谢姬心花怒放地扭摆着酸痛的腰身站起来，握紧纨扇拍拍揉皱的裙摆，正欲随雪雁到厢房去。

内室的幕帘被曲莲掀开，她站在廊下欠身提醒："夫人，鲁王夫妇也在正堂候着夫人呢。"

谢姬抓起纨扇摔向走在前头的雪雁,怨她误事:"你这笨奴婢,不知轻重,怎敢将鲁王夫妇冷落一边呢?"

雪雁自知理亏,唯唯诺诺不敢吱声,纨扇砸歪她的双环发髻,她身子晃动着矮下来跪在地面。喝完紫苏水的梅香刚巧经过,调皮地将空银盏倒扣在雪雁头上,拍掌大笑。

谢姬愤恨地瞪了眼愈老愈像顽童的梅香,没空搭理她们奴婢间的打打闹闹,唤上曲莲陪同她去正堂。

吴王安排鲁王娶了他所倚重的老臣大司农刘基的女儿刘豆蔻为妻,并赐了座宅院,四季各有丰厚赏赐,享用与全氏家族同等的荣光。

谢姬刚走上台阶,端坐正堂的鲁王孙霸起身扯了扯宝蓝底色刺绣金线云纹的夏服,拉过朱衫黄裙的王妃刘豆蔻,并肩跪拜、施礼。

"鲁王怎不陪你父皇去消暑?"双方落座后,谢姬按捺不住好奇心,急切发问。鲁王孙霸与妻子四目对视,刘豆蔻收敛笑意,娇声低语:"母亲不知吗,父皇哪里得闲见我们?他成日不是携新宠潘妃游钓台垂钓,便是在榴环园饮酒……"

鲁王孙霸突然咳嗽起来,刘豆蔻立刻噤声不语。鲁王强笑着替吴王辩解:"母亲不必多虑,父皇老来得子,一时宠溺,属人之常情。"

谢姬心里酸溜溜的甚是不快,对那倚仗年轻美貌争宠的潘淑升起一颗杀心。她嫉恨以罪臣之女没入织室为奴的妖媚女子,竟然后来者居上!传言她是继步练师之后的又一位江东绝色!世间事,从来都是只听新人笑,哪闻旧人哭。自己多年苦心的经营,在潘淑的泼天富贵面前,真是小巫见大巫了。她难掩满腹妒火:"母亲已是年老色衰,哪能与风华正茂的她去争奇斗艳?"

谢姬继而念及孙和是太子,儿子鲁王终归要看他的脸色博取长久富贵。话锋一转:"子威,你虽被封为鲁王,不可丧失凌云壮志,多向你父皇学习治理朝政事务要紧。"

鲁王孙霸点点头,紧皱起浓黑的眉头,迅疾靠近她:"母亲,眼下有件棘手的事,须得我们母子合力。"

"能有何事须得如此大费周章?"谢姬深感纳闷,挥手令站立堂内的奴婢悉数退下。

等曲莲将大门关紧后,鲁王孙霸这才道出原委:"母亲,琅琊王夫人为获专宠,要父皇下令将后宫诸姬赶出建业城,回到各自的封地长居。"

谢姬惊得揪住孙霸的衣袖不放,看琅琊王夫人平日笑不露齿的娇羞模样,一旦掌权,比谁的手段都狠辣啊。她怀着一丝侥幸的心理自我安慰:"她也太猴急了些! 不过,母亲与她尚有情分,她应该不至于赶尽杀绝吧?"

一旁的王妃刘豆蔻快人快语:"她不已将母亲敬献的祥物白孔雀都杀了?""母亲,别天真了,后宫哪会有姐妹情深?"

一语惊醒梦中人,谢姬心知肚明,她与王夫人的情谊渐行渐远,更无法接受无法接受出宫别居的苦日子,她偏头靠向孙霸的臂膀,只顾垂泪啼哭:"不,母亲不要搬离建业宫,就算死也要死在宫内啊!"

鲁王孙霸和王妃刘豆蔻互换眼神,转而柔声安抚谢姬:"母亲,儿臣更不愿离开建业城,好似那短寿早夭的建昌侯,儿臣不想重蹈覆辙。"

谢姬抬起朦胧的泪眼,直视孙霸这张神似吴王的英俊面容,心中燃起了希望,自己可是有儿子鲁王撑腰的人呢。她绾了绾鬓角的黑发,充满自信:"子威,母亲这就去向琅琊王夫人求情,噢,不,向你父皇哀告……"

鲁王孙霸笑着摆摆手,看似胸有成竹。谢姬打住话头,饶有兴致地洗耳恭听。

"母亲,兼任鲁王傅的尚书仆射是仪给儿臣出谋划策呢。"鲁王神秘地环顾左右,贴着她的耳朵密语一番。

尚书仆射是仪曾辅佐病逝的宣太子孙登镇守武昌,是位刚正不阿、清廉奉公的忠勇之士。谢姬边听边点头称是,对鲁王的话深信不疑。

"我们母子明日就分头行动。"

鲁王夫妇辞别后,谢姬移步厢房,准备好好把玩那些新到的武昌铜镜。她推门而入时,梅香正忙着把崭新的羽纹镜、柿蒂佛像纹镜、飞凤镜一一摆在桌面。见到谢姬近来,她一脸不屑地嘟囔道:"夫人,镜面的铭文不是长宜子孙,就是家势富昌、君宜高官,以奴婢看来,字字句句都是妄念。"

谢姬很反感她一副看破红尘的厌世嘴脸,忍不住抢白她:"你老就老呗,为甚变成乌鸦嘴?就不能说点受人中听的吉利话,难不成是想学'神婆'阿离?"

"夫人,奴婢在这深宫多年,夫人们起起伏伏的命运看得多了,好听的话不过是水中月镜中花的假话。"梅香蹲身从装铜镜的铁皮箱底翻出垫底的十几条熏鱼,立马眉开眼笑拍掌欢呼,"夫人,赏奴婢一条熏鱼,奴婢告诉夫人一个小秘密。"

房内充斥着臭烘烘的鱼腥味,谢姬嫌弃地捂住口鼻,示意她随便挑拣一条就是了,想着疯疯癫癫的她能藏什么秘密。

瘦高的梅香,背显得有些驼了,她抓条肥大的熏鱼夹在腋窝,故作玄虚地捂嘴低语:"夫人,奴婢在后院磨镜时,偷听到凤栖堂的红蓼说琅琊王夫人想要把夫人们赶出宫去呢。"

还真有其事呢。谢姬推搡着梅香走出大门:"你怕是耳聋听错话了,快去吃熏鱼吧!"

梅香面露傻笑,颠跑着出门去。桌面那些花纹繁复的铜镜,折射出谢姬不同角度的侧影。她盯视镜中自己扭曲的面容,感到毛骨悚然——好似琅琊王夫人在向自己得意地狞笑。

第四十九章　老夫聊发少年狂

烈日灼心的昭明宫内，亭亭如伞盖的青槐树的绿荫，围出一圈弧线优美的清凉地。

孙权歪躺在清风送爽的紫缎帷帐内枕臂而眠，突觉鼻端奇痒难耐，他睁开眼，身着白衣的夫人潘淑手持一根柔软的白鹅毛在他鼻端来回拂扫。他大笑着扼住她手腕："昨夜宿醉后，朕的脑袋还昏沉呢。"

潘淑的樱桃红嘴微启，银铃般的甜美笑声听得他不舍婉拒："陛下不是海量吗？快起来饮酒。"

"还想与朕斗酒？那就去给朕煮碗醒酒浓汤来！"孙权不顾头重脚轻的醉态未醒，深情凝视被称为"江东绝色"的美人儿，逞强应道。

潘淑扭动曼妙的纤腰，对着立在门外的侍女挥手下令："灵芸、玉竹，快去膳房备好醒酒汤来。"

孙权的手在她滑如凝脂的后背游走，暗自伤怀岁月不饶人的残酷,又恨与她相逢太晚,他要及时行乐,不辜负流光美人。孙权摊平雄壮的虎躯,示意如野猫娇弱的潘淑爬上身来,明眸皓齿的她趴在他胸前,口吐兰香:"陛下,琅琊王夫人既要将那几位夫人打发到封地去,那袁花影也会一并被驱赶出宫吧?"

孙权的手从她嫩滑的后背抽出来,脸色阴沉:"袁花影孤身一人,且无儿女傍身,不可与产有皇子的谢姬、仲姬、南阳王夫人同等对待。"

潘淑扬起瓜子俏脸,温柔地磨蹭他疤痕纵横的胸膛,奶声奶气撒着娇:"陛下是不舍得半老徐娘的她?陛下可是许下了今生今世只爱妾身一人的诺言,怎能负了妾身呢?"

见她如斯痴情,孙权爱怜地搂紧潘淑,托起她娇俏如花的脸庞。莫要说不舍袁夫人,就算步练师死而复生,他都会置之不理。

"她孤苦一人,又没生个皇子,哪能享用封地的福荫?好歹对你也算有举荐之功,允她终老后宫吧。"孙权犹豫再三,到底还是怜惜袁花影的品行与才情。

潘淑根本不领情,嘟着菱形朱唇,斜吊的凤眼就连生气也别有一番魅惑风情:"什么举荐之功?不过是凑巧描了张妾身的画像,还把妾身尽往丑里描!怎不说是妾身赏面给她?以妾身这般神女的美貌,天底下唯有陛下才能有福消受。"

孙权目不转睛地盯着她胜过精灵的柔媚模样,愈发喜欢她率真的天性。征战多年,与人斗与天斗,他早已厌倦了那些惯会尔虞我诈的狡猾之徒。

潘淑捡起白羽毛使劲挠他鼻孔,挠得孙权大笑着求饶。她边挠痒痒,边威逼他:"陛下,那就对天发誓,以后不可与袁花影会面了!陛下只能是臣妾一人的陛下。"

孙权笑得上气不接下气,自己枭雄半生,什么样的绝色女子没见识过,临到暮年,竟然被这位豆蔻年华的小美人迷得神魂颠倒。

他心甘情愿拜倒在她的石榴裙下,含着她耳垂,道出誓言:"苍天在上,朕余生只爱潘淑一人!"

潘淑笑嘻嘻地亲了亲他的鼻头,仍不满足地摸了摸他引以为傲的紫髯:"听闻陛下从前嫌弃曲阿的徐夫人善妒,妾身同样善妒,陛下还会怪罪妾身吗?"

"她是她,你是你,岂能等量齐观?"孙权是真爱她毫无矫饰的通达本性,不禁脱口而出。

潘淑扔掉白鹅羽毛,双手托腮,一抹愁绪浮现眉宇间:"陛下的此生最爱是步皇后吗?步皇后心胸豁达,不仅不嫉妒陛下身边环绕的美人,还会举荐年轻貌美的良家女入宫,供陛下延绵子嗣。扪心自问,妾身可做不到。"

孙权的目光从潘淑的脸上移开,许久未曾梦见挚爱的女人步练师了,他伤感地抹抹眼眶,以看穿世间事的通透,笑道:"徐夫人是打着爱朕的旗号善妒。步皇后不同,她是真爱朕,就算她善妒,朕也不会怪罪她。她不仅不善妒,还处处替朕着想咧。"

潘淑扑闪着晶莹如宝石的美眸,语气间充满难以信服的疑惑:"陛下就从不怀疑步皇后的真心是出于伪装吗?"

孙权闭上眼,竭力想要搜寻到步练师生前的失误,可脑海里全是她身穿缀满蝴蝶、兰草纹样首饰的月白色衣衫,妩媚轻笑的美好画面!他的眼泪顿如决堤的洪流滚滚而泄,失态地挥拳嘶吼:"伪装?不,她不是伪装,一个人会伪装几十年如一日吗?或许她开始的大度是伪装,天长日久,伪装大度所获得的益处,使得她明白大度的重要,伪装的面具便与她水乳交融。"

潘淑并未被他发怒的样子吓怕,她的眉目间渐现哀婉之色,双手吊住他脖颈,眼含热泪,逼问他:"妾身此刻真嫉妒步皇后能深得圣心。陛下爱她如斯,也会如斯深爱妾身吗?"

潘淑柔嫩的肉身,散发着稻田间晨放的栀子花的芬芳,又似水蜜桃成熟的味道,这是令孙权迷醉的青春气息。他贪婪地呼吸她的体香,答得掷地有声:"朕定不辜负你的情意!"

潘淑欢喜地从他身上爬下来,双脚踮在地面,飘洒着长长的衣袖,舞姿优美地跳起白纻舞来。她那如星辰般的双眸不时瞟向他,好一个扬眉转袖若雪飞,倾城独立世所稀的神女!孙权以无限的爱意欣赏她灵动飘逸的舞姿,直夸她是跌落凡间的石榴花神。

一曲舞罢,潘淑娇喘吁吁,踉跄着差点儿扑倒在地,慌得孙权跳下龙榻,把她抱在怀里问东问西,生怕她有何闪失。

"陛下,妾身无大碍,恐是饮食减少导致的头晕眼花。"潘淑轻轻咬住苍白的唇,娇弱无力的模样,看得孙权更加心痛。他把她放在龙榻上,替她后背垫上隐囊,坐在榻边陪伴她。

侍女玉竹双手高举放了醒酒汤的托盘进来,侍女灵芸立在门口禀报全公主来访。

原本歪躺着的潘淑,立马挣扎着要坐起来:"陛下,全公主定是有急事才登门造访,快请她进殿来。"

"全公主又不是外人,你就不必起身了。"孙权甚是欣慰潘淑能与全公主交好,不似琅琊王夫人,会在他面前有意无意编排全公主的种种不是。

他离开龙榻,坐在侧旁的交椅内,啜饮着辛辣的醒酒汤,脂粉混着肉桂的烈香呛得他打了个喷嚏。他丢下汤碗,抓起汗巾抹去沾染在紫髯的鼻涕,嗔怪全公主就爱用些刺激的香味,刺激人嗅觉。

"女儿拜见父皇、潘夫人。"一袭红地蓝花缎面衣裙的全公主跨门直入,高挑明艳的她梳着油光水滑的灵蛇发髻,鬓边斜插绿宝石的步摇,随着她的步履轻移颤动不已。

"大虎,来昭明宫作甚?"孙权合拢双眼,揉揉隐隐发疼的太阳穴。

全公主眼尖,旋即扑上龙榻的潘淑身旁,大呼小叫:"父皇,女儿就不能来尽尽孝心,探望探望你与潘夫人?秋水,还不快将石榴、葡萄献上来!"

听见秋水的雅名,孙权张开眼,瞥见全公主的侍女白秋水,身着半旧的淡绿衣衫,脸上蒙了层同色面纱,露出乌黑莹亮的美目,漆黑如掩藏了诸多秘密的深渊。

经过他眼前时,她神情羞赧地垂首跪身,双手高举捧着堆满石榴、葡萄的青瓷果盘放在长条方案上。

"她为何蒙住脸?"孙权掰串紫葡萄,连皮带籽吃进肚。全公主从果盆内挑了个头儿最大的石榴,拿给潘淑看看成色,闲闲回道:"父皇,若她再不遮脸,就会让奴婢们雌雄难辨,以为她是本公主哩!"

孙权若有所思地凝望白秋水那对惊为天人的美眸,感慨造物主真玄妙,若说潘淑的美目是不食人间烟火的空灵、飘逸,那么白秋水的清澈则是浸淫在红尘浊世,出淤泥而不染的清澈、纯净。

全公主凑近潘淑耳边,两人说着他听不见的悄悄话,亲热如姐妹!孙权看不下去了,抓起个石榴剥开,啃着粉珍珠般的石榴籽:"大虎,是该言归正传了。"

全公主这才意犹未尽地从潘淑身旁离开,越姐代庖地喝令立在宫内的奴婢们悉数退下。

石榴籽吃下后,孙权腹内寒意直冒,他忙擦干手里黏糊糊的石榴汁,揉揉肚腩:"大虎,究竟是何事须得如此鬼祟?"

全公主笑了笑,跪在他脚下,双掌交叉搓搓他的腹部,仰头问道:"父皇,谢姬和鲁王孙霸也要出宫到封地去吗?"

大虎热乎乎的掌心搓搓得孙权腹部渐渐回暖,他点头默认。孙和刚被立为太子,琅琊王夫人就马不停蹄清扫障碍,要他将后宫诸多夫人全部迁移出宫。

全公主表情夸张地侃侃而谈:"父皇,此举不妥。若真听信琅琊

324

王夫人的话,置潘夫人与小皇子何地?偌大的后宫成为她只手遮天的世界,父皇是想成为他们母子的傀儡?"

孙权担心潘淑听见会醋意大发,急着分辩:"那夜,是朕喝醉酒,说酒话答应她的。大虎,不必大惊小怪,后宫岂能是她一人的后宫?"

潘淑清脆的语音似黄鹂在半空鸣叫:"全公主放心,陛下断然不舍得抛弃妾身与小皇子。"

潘淑的话,像春夜的喜雨敲打芭蕉叶,"滴答滴答"滴进孙权的心头,他甚至觉得空气中也充满了花蜜的甜香。孙权浑身酥软地眯眯笑道:"大虎,潘夫人的话可听清了?"

全公主抖动衣袖,露出戴着三只金环的手臂,从果盘内拣挑起一颗紫葡萄,也不剥皮,吃进嘴里,吐出葡萄籽,一本正经地提醒他:"父皇,潘夫人正值锦瑟华年,岂会是老练的琅琊王夫人的对手?不能让她一家独大,还得留个能牵绊、制约她的人。"

此话正中孙权下怀,大虎最像他,也最懂他。后宫是朝堂权力博弈的隐秘战场,可不是男女嬉戏的闺房。谁能统领中宫,还得他说了算。

"大虎,你心中可有妥当的人选?"孙权满怀爱意地凝望着侧身平躺龙榻的潘淑,脑海里浮现出谢姬窈窕的瘦削身影。

全公主抓起果盘剩下的两个大石榴,来回挑选,好似在权衡利弊,不经意地回应他:"父皇,梨花院的谢姬最合适。"

谢姬的儿子被封为鲁王,琅琊王夫人与她私交甚好。孙权颇觉棘手:"说来听听,为何不是别的夫人?她们可是一对好姐妹。"

全公主两手各捧了个石榴,眼里泛出冰冷的精光:"琅琊王夫人是专检软柿子捏的势利眼,管他是南阳王夫人还是仲姬,本性都过于软弱了。谢姬是琅琊王夫人最为熟悉和亲近的人,知己知彼百战百胜。姐妹反目,不就是一出好戏!"

孙权捻起斑白的长须,思忖一番,大虎的话不无道理。

"父皇既爱潘夫人胜过母后,爱她为何不封她为后?"全公主调皮地吐吐舌头,放下石榴,言笑晏晏。

"册封潘淑为后?"忆及当年,乌泱泱的江东豪族们集体威逼他封曲阿徐夫人为后的场景,孙权心有余悸,摇头不语。

全公主看穿他心思,出言抚慰:"父皇有何畏惧?今非昔比,封谁为后,是由父皇您来决定,而不是听朝臣们各怀鬼胎的谏言。"

大虎的话直击他心病,孙权捻须低吼:"朕再也不会受制于他人了!"

他早不是初创东吴江山的草莽皇帝了,那时忌惮江东士族,未曾封步练师生前为皇后……那真是他扼腕长叹的毕生遗憾。

第五十章　何须浅碧深红色

凤栖堂的青桐树上有鸟筑窝了。

梳妆后的王吟凤手持轻巧的墨蓝色孔雀羽毛扇倚靠琐窗前，闲闲看着院内那排高有百尺余的青桐树出神。一只灰尾的麻雀钻进青桐树间，落在鸟窝呼唤伴侣出去觅食。

时光总是催人老，苗壮成长的青桐树是"叶生既婀娜，落叶更扶苏"的茂盛气象，自己则红颜易逝，深深的挫败感如同天罗地网将她全身束缚得不能动弹。

王吟凤心绪不宁地打开孔雀羽毛扇，身穿绿地红花衣衫的侍女红蓼突然从琐窗外探出大半个头来，惊得她以为是白日撞鬼了，不禁愠怒地呵斥红蓼太过冒失。

怀中捧了青瓷酒壶的红蓼，鹅蛋脸上挂着不咸不淡的笑意，叉手回应："夫人，昭明宫来人传话，恭请夫人今夜赴宴。"

风卷起梧桐叶沙沙作响，王吟凤怒气渐消，拔掉金簪搔搔头："今儿夜宴可是有何由头？"

红蓼的神色大有"袖手归来茅屋下,任他鸥鸟自浮沉"的恬淡之气:"奴婢不知,昭明宫的人说陛下遍邀后宫诸夫人呢。"

王吟凤暗想,自然是陛下为迁出宫的夫人们饯行的宴会。她瞄向她怀中的青瓷酒壶,好奇地发问:"酒壶里装有何宝贝,护得那么紧?"

红蓼笑着用指头敲打青瓷酒壶身:"回夫人,里头是满满整壶的腌汁蜜枣。"她顿了顿,压低声音,指向地面一只血肉模糊的鸟雀:"夫人,好生奇怪,奴婢经过膳房,发现窗下有只被人用弹弓射死的麻雀。"

"谁还敢在后宫用弹弓射鸟?不知死活的捣蛋鬼。"王吟凤暗觉晦气,怒骂着挥挥手。红蓼弯腰捡起死雀,疾步离去。

她退步至铜镜前,挑剔地审视镜中的自己,远远望着,似乎与从前一般无二,可当凑近抿嘴轻笑时,眼角就会隐现细纹。王吟凤气急败坏地抓起篦子,在眼尾四周用力刮,希望借此抹平逝水光阴留下的痕迹。

"夫人,南阳王夫人到访。"秋裳撩开门帘走进来,她腋下夹了匹花纹繁丽的紫红锦缎。

"她献的锦缎?"王吟凤从铜镜里瞥见那一抹闪亮的锦缎,放下篦子,以指肚按压着泛红的眼尾,略带嫌弃。

秋裳唰地抖开锦缎,金线缠绕着银丝编织的紫葡萄花卉在日光下发出亮闪闪的刺目光彩。

"对,应当还是南阳王夫人压箱底的存货咧。"秋裳咧开嘴,嘎嘎坏笑道。平日不烧香,临时来抱佛脚!王吟凤心知肚明她此刻登门造访的用意。

"寻个托词打发她走。"

"王夫人,奴婢见这匹锦缎色泽喜庆,若裁剪成褂袍,夫人穿上不正好?"神色迟疑的秋裳贪恋地抚摸着锦缎的花纹,不肯动身。

"贪图小便宜的贱人!也罢,本夫人闲来无事,会会她也无妨。"王吟凤走过去捏了捏柔滑的锦缎,在铜镜前理理鬓发,扭腰出门。秋裳放下锦缎,乐滋滋地跟上来。

仲秋的凤栖堂内,修长的梧桐树与阔叶的芭蕉树竭力舒展着丰盛的翠绿身姿,藤蔓渐黄的爬山虎及匍匐在地的苍黄色的大葱、韭菜,则将肃杀的衰败隐藏于地。

王吟凤摸出艾草香囊,放至鼻端深嗅淡淡的药香,行走数步,复而停在前堂后墙的芭蕉树下,回首问道:"她可是带着六皇子同来?"

"不,南阳王夫人独自前来。"秋裳举袖擦擦鼻涕,捂着嘴打了个哈欠。

她还是那么不可一世的清高啊。原以为她会带上六皇子来哀求自己呢。王吟凤有些失落,觉察到香囊的药香味变淡了,她顺手抛向身旁的秋裳,刚转过芭蕉树,就瞥见灰白色的墙脚边,站立着南阳王夫人浓淡相宜的纤细背影。

"南阳王夫人……"秋裳捏住油腻腻的鼻翼喊她,欲言又止。

南阳王夫人如受惊的小鸟转过身,她穿了胭脂红的轻衫,青绿腰封束着同色长裙,妆容明艳的脸庞,难掩眉尖积攒的一团愁云。

"妾身拜见王夫人。"南阳王夫人语音战栗,软软下跪行礼。王吟凤高抬下巴,微微颔首,并不伸手去扶她,甚至连邀请她进室内坐下吃盏茶的客套话也免去了当下不比往昔了,两人虽然同为刚进宫的新人——但自己的儿子孙和被封为太子,她就有可能问鼎皇后宝座,统领中宫。

"不如就在这院内走走?"王吟凤神色冷漠地自顾说着话,抬腿走向直插云霄的芭蕉树。南阳王夫人低头哈腰地尾随而至,不多时,恢复落落大方的常态,回应道:"如此甚好,时值秋高气爽,妾身早听闻凤栖堂的青桐树与芭蕉最为壮观,能亲睹风采,乃夫人恩赐之福。"

王吟凤对她违心的恭维话嗤之以鼻，她站在高大的芭蕉树下静默不语。她素爱芭蕉的体态粗犷洒脱，蕉叶碧翠似绢，兼有北方的粗豪与南方的婉约。

南阳王夫人见状，做出伏低做小的身段，借芭蕉来搭讪："王夫人，世人都不喜芭蕉有离别凄楚寓意，妾身以为芭蕉所结果实紧密相挨，恰是后宫姐妹同心同德的体现啊。"

王吟凤听着她看似诌媚实则暗示的露骨话语，娇笑着戳破她幻想的泡影："同心同德？后宫也是人人自顾不暇啊。个个都会如芭蕉冬死一复生，一年一枯荣，起死回生的跌宕命运，谁又能靠得上谁呢？"

一阵干风吹来，掀翻芭蕉的阔叶，露出纹路清晰如玲珑入画的叶背。南阳王夫人脸上的笑意凝固，她无奈地摆摆梳着堕马髻的脑袋，愁眉不展地哀叹道："早知今日，还不如当个平头百姓院内的蕉下客，胜过在后宫苦撑时日的煎熬。"

"你可别身在福中不知福了。"王吟凤喷出轻蔑的冷哼。

南阳王夫人见四周无人，突然跪在她面前，搂紧她的腿："王夫人，妾身不想离开建业宫，求夫人开恩在陛下面前说说好话，留下我们母子……"

王吟凤双臂交叉胸前，任凭她如何求情，就是不发一言。她怎会留下她母子？往日不是自诩品性清高，任谁也不放在眼里吗？这会子来求爹爹告奶奶，迟了！

南阳王夫人见自己百般求情，她依旧无动于衷，爬起身来立马翻脸不认人："王夫人不就是耿耿于怀当年妾身独占鳌头，抢了先机得陛下的恩宠，趁机报复以泄私愤！"

终于捅破这层窗户纸了！王吟凤带着猫戏老鼠的神情，媚笑着看她如何作妖。南阳王夫人的丹凤眼内噙满泪花，透出一股破釜沉舟的狠劲,王吟凤长呼口气,知道她还是没变,灵魂深处仍旧是一头不甘人后的母花豹。

两人进宫那会儿,因同为王姓氏族后裔,曾在月下结拜为姐妹,并立下誓言,谁先得宠爱,就须提携另一方,共享富贵。

"你先违背诺言,你无情,我若不无义,岂不是显得我太愚蠢了?"王吟凤注视鬓发有些许散乱的南阳王夫人,向她追责到底。

南阳王夫人擦擦泪眼,神色凄楚地追忆往事:"不过是天意如此。后宫的奴婢们分不清大、小王夫人,错将我张冠李戴,送至陛下的寝殿,怎能算是我违背诺言?"

事已至此,随她信口雌黄,王吟凤不会被她的花言巧语迷惑。她冷笑着揭开她伪装无辜的面具:"就不会是你贿赂宫女所为?"

南阳王夫人急得面颊赤红,她一手提起裙摆,一手抹着泪眼,拉下颜面尖声哭喊道:"就算是妾身当年太过性急,眼下不还是你的儿子被立为太子,你就不能慈悲为怀,网开一面放过我?"

慈悲为怀?后宫是教你做人、还给你机会试错的桃花源?这可是一步不慎、步步皆错的竞技场。王吟凤感到好笑,她厌恶地挥挥衣袖,令她即刻退下。

南阳王夫人捂面飞奔,临到大门前,忽然转头,以幸灾乐祸的语气激怒她:"吟凤,你也别得意太早!潘淑梦龙而孕,妾身也曾做过龙梦,后宫夫人中,谁产下的不是吴王的龙子?花落谁家,鹿死谁手,且难说呢。"

这些话犹如支支利剑齐刷刷插进她心脏!王吟凤被气得眼冒金星,手脚瘫软,不得不背靠青桐树强撑住。若是手中有刀,她定会冲上前,把净说晦气话的南阳王夫人乱刀砍死!

她无力地嘶喊着秋裳、红蓼的名字,让她们快把那口无遮拦、口出狂言的南阳王夫人撵走。

"小王夫人,可别把话说绝了,日后还要相见呢。"红蓼端着盆

331

水走到门前,冲着南阳王夫人的脚下泼去,吓得她仓皇逃跑。

红蓼放下水盆,甩干手上水渍,来到王吟凤身旁,搀扶她进到寝殿躺身于睡榻。

"夫人何必为小王夫人的胡言乱语动气呢,不值当。"红蓼拿过装有蜜枣的青瓷盘,王吟凤拣了颗丢进嘴里,酸甜的滋味减缓了方才的痛楚。

"她太恶毒了,竟敢诅咒太子。"王吟凤吐出枣核,捶打着填满闷气的胸膛。

红蓼跟随步练师多年,到底老成些:"小王夫人终归眼浅,动辄翻脸,谁敢与之深交?"

谎言说一千遍就成事实了。王吟凤没说出口,掏出绸巾正擦嘴,忽闻秋裳的呼声:"王夫人,仲姬来访。"

王吟凤瞟向门口,单臂挎着沉重食匣的秋裳,手扶门框喘粗气呢。她猜出定是仲姬派人送来的吃食,懒得费神搭理这些个不安好心的势利眼。

"不见,不见!"

嘴馋的秋裳苦着脸,眼巴巴地吞咽口水:"这烂熟的蒸鹅、香脆的酥鱼、炙烤的羊蹄怎么办?"

王吟凤拿眼盯住红蓼,聪明的她会意,立马替王吟凤解答:"送上门的吃食,不吃白不吃。你去对仲姬转达夫人的意思,夫人会在陛下面前替她美言。"

秋裳进屋摆好食匣,便屁颠颠地跑出门去。

"夫人,最该来的人还不现身?"

王吟凤似被蜜蜂蜇了下,她揉揉刺痛的胸口,最该上门求情的谢姬,为何还不见人影?

"可能她去别的庙拜佛了。"王吟凤沮丧地平躺在睡榻上,语带酸楚,心里惦念着南阳王夫人的一番话。

"整座后宫,就数夫人这尊佛至高无上,她岂会舍近求远？"红蓼俯身为她盖好锦被。

王吟凤拽住红蓼的手,欲求证真伪:"南阳王夫人说她梦见龙,是故意欺骗还是真有其事？"

红蓼抽出手,目光坚定地给她吃定心丸:"自然是她说谎！龙生九子,还九子不同呢。她这是留宫不成,恶心夫人你呢。"

王吟凤转念想起大局已定,谁也无法扭转乾坤,便放下心,思虑起赴宴的装束来,今晚必得要艳压群芳,方能一泄多年积攒的怨气！

第五十一章　清狂使君初燕喜

　　南阳王夫人居住的燕喜堂并无名贵的杂树繁花，唯有苍苍横翠微的紫竹林环绕前院后庭。

　　石块垒砌的矮墙间，两扇朱漆木门的门框上方挂束干枯的菖蒲、艾草，房梁上筑有燕子窝，不时有燕子飞进飞出。

　　侍女苏木跟在南阳王夫人身后喋喋不休："夫人，你太性急了，何不留些余地，撕破脸面可就是两败俱伤。"

　　南阳王夫人等闲观之地拍掌笑道："反正都是老死不相往来了，撕破脸就撕破脸！"

　　苏木揉揉眉心，叹口气："奴婢是心疼那匹上等的锦缎，夫人平素节衣缩食，浪费可惜了。"

　　南阳王夫人站在朱门前，踮足搓揉门框上的艾草，干枯的艾草叶片化成细碎的艾草灰，纷纷扬扬飘洒在地。她神情惆怅地环顾周遭熟悉的景物，伤感自语："莫要说一匹锦缎了，真迁出宫，连这燕喜堂的一草一木都要舍去咧。"

头梳双环发髻的苏木听得面露愁容:"唉,奴婢命苦!本就为讨生活背井离乡,又得要终老客死他乡,夫人怎不去找陛下求情?"

南阳王夫人默然不语。陛下?他的魂已被潘淑勾走了,就连琅琊王夫人、袁夫人、谢姬也被冷落一旁,自己和仲姬恐怕早就被他抛之脑后,自惭形秽的她可不愿到潘淑那座金碧辉煌的昭明宫去自取其辱。

苏木见状,识趣地推开朱门,扶她踏足进去,南阳王夫人边走边安排:"你去备好香汤,本夫人要洗去从凤栖堂沾染回来的通身晦气。"

"时辰尚早,夫人不等用过午膳后再更衣?"

"本夫人这会子可是被满腹怨气塞得饱饱的!先消气,不然如何欣赏夜宴的一出好戏呢。"

"什么好戏?"一脸傻气的苏木扬起娃娃圆脸,不解地追问。南阳王夫人落寞地望向翠色无边的紫竹林:"每有宴会,诸姬贵人,谁不竞自修整,簪珥光彩,袿裳鲜明?"

苏木不识愁滋味地边跑边欢呼:"噢,各宫夫人们争奇斗艳,奴婢们有眼福啰。"

看着她迅疾隐进茂林修竹中的娇小背影,南阳王夫人不由得心生艳羡,奴婢虽地位卑贱,可无争宠的烦恼,也不失为一种自在的活法。

当暮色的金光染进竹林,南阳王夫人就已梳妆完毕。夜风吹过竹林,发出沙沙的呢喃竹语。南阳王夫人望着铜镜内盛装的自己,内着洁白单衣,外裹散开在地的深紫袿袍,如朝花夕拾的牵牛花,晨曦华丽盛开,暮色孤寂凋谢。

即将离别属于她的龙兴之地,前途难测,不知是去往瘴气弥漫的越南还是酷热的武昌,或者更遥远未知的吴国边境……

南阳王夫人难免悲伤,担忧儿子孙休尚未成年,为了儿子,她必须得坚强！于是，她倔强地仰起脸，生生把眼泪咽了回去。

夜宴安排在昭明宫。

掩映在苍松翠柏阴影里的昭明宫，如同灯火通明、仙乐飘飘的海市蜃楼。立定白玉台阶下，面对触手可及的四壁涂抹椒香的昭明宫，南阳王夫人心生怯意地踟蹰不前。

"南阳王夫人，快进去吧，她们都到了呢。"苏木低声催促道。

何必怯场？既要离开，不如洒脱些。南阳王夫人暗暗给自己鼓气，一步一台阶徐缓登上去。

红烛照耀的正殿内，谢姬与袁夫人正襟危坐地抿着茶汤，相对无言。仲姬在末端的席位，她一袭酱紫色曲裾深衣，显得灰暗沉闷，可能与她自知无法留在宫内的绝望心境相关。见到南阳王夫人走进来，仲姬脸上挤出一丝敷衍的苦笑。

"夫人们来得早哇。"南阳王夫人故作若无其事，高声招呼。袁夫人闻讯，起身离开席位，轻飘飘地走向她。身穿茜素青色衣衫的袁夫人，天然一段镜中花、水中月的飘逸清冷之气。她笑意温柔地指向她的席位，谦让道："小王夫人，请坐这里。"

南阳王夫人深感愕然，本能拒绝："不是袁夫人你的座席吗？"

"妾身无儿无女，哪敢消耗福报？"袁夫人说着笑着，揉揉泛红的眼眶。

南阳王夫人能感受到她肺腑之言，不想拂了她的好意，或许这是自己此生最后一场的宫廷盛宴，便欣然在属于袁夫人的席位上坐下。

高位上的宝座空荡荡，陛下不现身，琅琊王夫人和潘淑也不见踪影。南阳王夫人干脆放任自流，瞅着桌案上摆放的丰盛美酒、肉食、瓜果蔬菜，忍不住摘了串紫葡萄吃。

对面埋头啜饮茶汤的谢姬突然抬起头，葱绿色的褂袍将她面色映衬如雪一般白，她眉宇间隐藏着揶揄的意味："小王夫人，西域葡萄很甜吧？那可是太子派人从集市买来敬献给琅琊王夫人的。"

南阳王夫人听出她的弦外之音，真想拿手抠出肚内的葡萄！念及日后与她们都不会再见了，何必费神再树敌呢，南阳王夫人便笑着扯下串个头儿更饱满的葡萄，不顾仪态地一颗颗丢进口里，边吃边赞："难为太子一片孝心，大家都沾了琅琊王夫人的余荫。谢姬，趁着她们未到，你不尝尝吗？"

谢姬缓缓起身，蜜合色的裙摆散落成花，她摸摸灵蛇发髻的树叶银步摇，笑得眼角弯弯："本夫人素不爱夺人所好。再者，别人稀罕的宝物，本夫人则视如草芥。"

南阳王夫人心里百感交集。当年误被宫女错当琅琊王夫人送进吴王寝殿，纯为巧合，可琅琊王夫人揪住她不放，百口莫辩的她只得沉默以对，又被说成是默认！她处处小心，不敢抢风头，却落个假装清高的骂名。至此，她与琅琊王夫人心存隔阂，谢姬趁机常去捧琅琊王夫人的臭脚，势利小人竟冒充起清高来，当真荒唐可笑！

南阳王夫人吐出酸涩难咽的葡萄核，不满地嘲讽她："谢姬会不会迁至武昌长居呢？"

谢姬眼帘低垂着摆弄手腕的金钏，姿态娴雅："何人留宫，何人迁出去，皆是陛下做主。小王夫人那么喜欢武昌，妾身可愿成人之美。"

南阳王夫人忍不下这口闷气！她捏碎盘中的一颗葡萄，横竖自己是留不下了，横竖与琅琊王夫人已翻脸，不惧再撕破一次脸！南阳王夫人正待动怒发作，袁夫人走到她侧身，言笑晏晏："同为后宫姐妹，又是离别在即，欢欢喜喜聚一场不好吗？何必你以为我刀枪不入，我以为你百毒不侵地内讧呢。"

"袁花影，你就别装老好人和稀泥了。"谢姬拨弄得手腕金钏叮当响，冲着袁夫人翻白眼。

"陛下到了！"殿外忽闻宫女们的惊呼细语。谢姬瞬时换上笑脸,南阳王夫人忙将食案的碟盘、碗盏放齐整,袁夫人疾行至席位,四人皆屏息凝神地安坐在前,唯有四壁灯台的烛花偶尔噗噗跳动。

纷至沓来的脚步声由远及近,陛下鼻息粗重的浑厚嗓音传进殿内:"夫人们可都到齐了?"

"陛下,妾身们早恭候圣驾多时了。"

南阳王夫人翘起臀部,刚欲张口,谢姬越俎代庖的谄媚之音令她浑身起层鸡皮疙瘩。她忍住不满,甜笑着望过去。

满脸酡红的吴王左手搂着潘淑,右手挽住琅琊王夫人,三人亲密无间地跨门而入。

南阳王夫人心怀嫉妒地打量着风头正盛的潘淑,她身穿衣角长曳于地的紫色裷袍,外罩浅紫色燕尾纱衣,微风吹起时,尤显绰约仙姿。琅琊王夫人身穿热烈似火的朱砂色的宽大裷袍,外罩冷艳淡雅的藕荷色纱衣,冷暖交替的明暗色调,彰显出母仪天下的高贵气韵。

眼看她们一个个不是繁花似锦,就是烈火烹油的灼灼其华气象,南阳王夫人独自黯然伤神地握住酒盏,闷头饮酒!

身居高位的吴王,一手持金樽,一手捻紫髯,含情脉脉地注视着左下首的潘淑,朗声笑道:"夫人们可知今夜欢宴所为何事?"

南阳王夫人见陛下眼里只有潘淑一人,不由得心生快意,瞟向双目凝视陛下的琅琊王夫人,她精心修饰的鹅蛋脸上,看不出丝毫吃醋的痕迹。她不甘心地将目光移向谢姬,她正得意地喧宾夺主:"陛下仁慈,是为了给迁居出宫的夫人们饯行。"

这也叫仁慈?南阳王夫人暗觉好笑,眼泪不争气地滑落进唇边,她舔舔泪珠,比砒霜还要苦!

吴王放下酒樽,神色自若地高谈阔论:"天下大势,分分合合,合久必分,分久必合。诚如男女情感。仲姬、南阳王夫人上前来,朕有赏赐。"

南阳王夫人突听陛下召唤仲姬与自己，已然明白她们定是被选中迁居出宫的人选。她迟疑片刻，就见仲姬也哭倒在地，不肯听令。罢了，罢了，既是命中注定，那就顺命而为。这般思索后，她反觉得很踏实，不卑不亢走出去，跪拜在地，娇声言道："陛下，无功不受禄，妾身何德何能呢？"

仲姬啼哭的音量渐大，吵得陛下怒容隐现。他挥起衣袖，高声呵斥："仲姬，又非上刑场，不过是去豫章替朕守着那些樟木，有何伤悲？"

平日最不老成持重的仲姬哭得呼天抢地："陛下，臣妾感念此去一别，怕是再难睹圣颜……"

听着她绝望的哀哭，南阳王夫人生出兔死狐悲之意，但她不愿做无谓的挣扎与哀求，已成定局，不如安然接纳。

"陛下，天下没有不散的筵席，臣妾愿出宫！"

"南阳王夫人尚有些见识，算朕没白宠你。来，这对金燕步摇赏你。到公安后，再建造一座燕喜堂吧。"

南阳王夫人颤抖着双手，接过那对金光刺目的金燕步摇，泪水夺眶而出！物是人非事事休，当初名之曰"燕喜之堂"，取《诗经》所谓"鲁侯燕喜"者颂也。就算新建座燕喜堂，还不是年年岁岁花相似，岁岁年年人不同，怎能同日而语？

仲姬在袁夫人的安抚下，一脸悲痛地接过陛下赏赐的整斛越南珍珠，跪坐席位上抹泪不止。

吴王陛下饮酒的兴致正浓，他阔袖挥舞，突然发问："众位夫人，谁在孕前做过龙梦？"

南阳王夫人敏感地意识到是琅琊王夫人在背后搞鬼，她是梦见过一条见不到尾巴的金龙在云雾中飞翔。

"陛下，妾身听闻南阳王夫人亲口承认她梦见龙。"琅琊王夫人以平和的笑语，将她推进口舌之争的激流旋涡。

"南阳王夫人,此言当真?真是雷电交加的初夜?"吴王的醉眼里闪现一抹温暖的柔光,语气暧昧追问道。

南阳王夫人既羞且恐慌,她怎能旧事重提,承认雷电交加的夜晚就是宫女错将她当成琅琊王夫人的夜晚啊?她羞惭地拽紧腰间玉佩,多希望琅琊王夫人能发善心放过她。

"陛下,南阳王夫人说笑而已,琅琊王夫人可别当了真。后宫传闻甚嚣,潘妃才是梦见龙首的幸运可人儿呢。"南阳王夫人欣喜地寻声望去,竟是人淡如菊的夫人袁花影!

琅琊王夫人瞬间神色大变,潘淑一脸怒色地拍案而起:"袁花影,少在陛下面前搬弄是非!"

袁花影若无其事地笑道:"潘夫人为何动怒?梦龙可是大吉大利的喜事。不信,问问陛下。"

言罢,袁花影明亮的眼神投向南阳王夫人,她蓦然醒悟,袁花影故意搅浑这锅粥,是为帮助自己脱离梦龙的灾祸——她们是时时可死、步步求生的同类人。

"南阳王夫人,你已梦到龙了?"潘淑红彤彤如石榴籽的小嘴微微张开,露出粉色牙床,好一朵娇艳无比的暖阳春花。

"不,妾身是为了激怒琅琊王夫人而撒的谎。"望着正当豆蔻年华的潘淑,南阳王夫人无法控制嫉妒之情,愤然矢口否认。

吴王忽然起身,手举酒樽,高声安抚诸位夫人:"你们都是朕的女人,生的都是朕的龙子,有何计较?快快斟酒畅饮!"

"陛下真乃心如工画师,能画诸世间的贤明圣君。"袁花影娇俏地笑着跪伏在地,称颂道。

吴王乐得仰头大笑,南阳王夫人长松口气,暗暗替腹有诗书气自华的袁花影的结局不值——这般才情容貌双绝的女子,却落得个无儿无女孑然一身。

第五十二章　蓬山此去无多路

酒宴持续至子夜。

月亮躲进云层，昭明宫内的烛火逐渐暗淡，众人皆有或深或浅的醉态。潘淑、琅琊王夫人陪伴吴王在高台浅斟低酌；袁夫人、南阳王夫人、谢姬在食案前推杯换盏；仲姬坐在距离稍远的末端独自啜饮，如同被爱情遗忘在角落的可怜人。

心如死灰的仲姬藐视着光影里模糊不清的一张张面孔，想起她居住的半山堂有棵枝干被雷电劈断的洋槐古树。须得三人合抱的树身，长满奇形怪状的巨大树瘤，在昏暗夜色里，似有魍魉魑魅的鬼神附体。

不过是一帮突现原形的妖魔鬼怪！她举起青瓷酒盏放在唇边，杯内残留的冷酒气韵悠长，仍无法令她舒颜释怀——为何选中她去豫章守护做棺椁的香樟树，而不让袁夫人、谢姬她们去？

潘淑半跪在位居高台的吴王身前，左手拿葡萄，右手握酒盏，一颗葡萄一口酒地喂食他，吴王不时发出的爽朗笑声，刺激得仲姬妒火中烧。

陛下对潘淑满眼怜惜的一往情深,对自己则是敷衍、推诿的冷漠。仲姬愈想愈羞愤!她的手剧烈颤抖,失手将酒盏摔落于竹篾席,她弯腰捡起酒盏时,无意把食案的那斛珍珠也碰倒在地!大大小小的莹白珍珠滚向四面八方,她捡了十几颗,就觉腰酸背疼,索性任由剩下的珍珠滚落,不要也罢!

"仲姬,姐妹一场,吃盏离别酒?"手捧青瓷酒盏、脸颊桃红的袁夫人走来敬酒。望着她未曾生育过的柔娜似柳枝的娇躯,仲姬委屈地摸摸赘肉隐现的腹部,将无处发泄的愤懑迁怒于她:"谁与你是姐妹?你的好姐妹是琅琊王夫人,是谢姬!怎会是我这即将出宫的失意人?"

"一盏酒罢了,何必满腹牢骚?怪我酒醉失言,自罚得了。"袁夫人神色怏怏抿口酒就抬腿离开,前行几步,又忍不住回首劝她,"仲姬,聚散两依依,不如善意待他人,何苦为难自己?"

南阳王夫人一手拎着酒壶,一手举袖挡住通红的额面,立定仲姬身旁,言辞间大有同病相怜的悲切:"袁夫人,落魄人的善意,只会害了自己;高贵的人大发慈悲,才会彰显高贵。"

仲姬感激涕零地面朝南阳王夫人躬身示好,同是天涯沦落之人,方能心意相通。

"说什么低贱高贵?谁不是活在自我编织的牢笼中?就连诸神也如此。人生变化无常,沉沉浮浮常有的事。赵夫人的荣光不就是短暂的昙花一现?"袁花影好似触动心事,情绪激动之下,竟然提及死去多年的赵夫人。

赵夫人好赖还死在宫内呢。仲姬对能留在宫内的夫人皆充满敌意。她瞟了眼伏案酣睡的谢姬,再看向像菟丝子死死缠绕着吴王臂膀的琅琊王夫人。她醉得面色绯红,手握白羽扇,似沉浸在美梦里的怀春少女,不愿醒来。

仲姬去求过琅琊王夫人，却吃了闭门羹。她心有不甘地扯扯南阳王夫人的衣袖，存心挑起祸端："眼下最高贵的自是你的好姐姐琅琊王夫人。"

"非也！非也！你没见到陛下与潘淑正你侬我侬吗？"南阳王夫人放下酒壶，不以为然地掸掸袿袍的纹绣，幸灾乐祸地笑道。

仲姬望向琅琊王夫人，她已从醉梦里苏醒，正轻摇白羽扇呢。仲姬贴近南阳王夫人，亲昵地耳语："潘淑的皇子尚在襁褓中，人家的儿子可都被封为太子了。"

南阳王夫人微微一笑，语气平淡地"噢"了声，便没了下文。袁夫人纤手执酒壶，动作优雅地斟着酒，语出惊人："谢姬的儿子不也被封为鲁王了？那可是一匹脾气暴躁的脱缰野马。"

仲姬和南阳王夫人四目对视，均有心照不宣的狐疑。袁夫人并不以为然，提起酒壶正欲仰头狂饮，仲姬舒展玉臂抢过酒壶，"咕咚咕咚"将半壶酒灌下肚。

"你疯了？！想借酒消愁也不看看场合？"南阳王夫人劈头夺过空酒壶，推搡着她走向龙柱后的角落。

仲姬边走边揉着泪眼："是，我是疯了！借着酒劲想要去摸摸老虎须，何罪之有？"

袁夫人紧跟其后，三人凑在微光幽暗的暗处。袁夫人嘴角抿出揶揄笑意："仲姬是想效仿'捋虎须'的将军朱桓？"

一片金光闪过窗前，冲破阴云的圆月悬挂高空绽放光辉。仲姬提起绛紫色的沉重裙身，真想拿剪刀剪断拖在地面的燕尾状的冗长裙摆。镀金的月色令她备感人生无望："不，妾身就想知道琅琊王夫人的老虎屁股摸不摸得？"

林中响起枭鸟断断续续的啼叫声，惊得仲姬扫眼四望，袁夫人、南阳王夫人约定俗成一般静默不语。仲姬以为她们是默认了，她独自绕过龙柱，疾步登向高台，冒着大不韪的禁忌，挑衅醉态慵懒的琅琊王夫人："琅琊王夫人,你怎能食言呢?你不是答应妾身会在陛下面前美言吗?"

吴王懒懒撑开惺忪醉眼,将手搭在野猫般蜷缩他怀中的潘淑肩头,静观事态发展。

目光游离的琅琊王夫人笑不露齿,出言轻佻:"仲姬,你是三岁孩童吗?提两盒吃食就想收买本夫人,就想赖在半山堂不走?不是夫人我食言,是你太蠢!不知好歹。"

望着琅琊王夫人盛气凌人的倨傲神态,仲姬气得浑身哆嗦,她不能不忌惮陛下的龙威,正搜肠刮肚合适的言语回应时,缓过酒劲的谢姬伸腿踩着仲姬的裙摆,辱骂道:"目无尊卑的贱婢,胆敢与琅琊王夫人讨价还价,索要公道?"

仲姬愤恨地紧盯谢姬那张白里透青的冷脸,后宫诸多姬妾,就数她吐刚茹柔,总围着琅琊王夫人团团转,自己与她同为姬妾,为何陛下没让她出宫?不就是背地里讨好琅琊王夫人所致。她愈想愈气,感觉身边所有人都在欺负她,就因为自己无显赫的背景,无满腹才学,不肯阿谀奉承……

我要毁灭你们!一个个虚情假意的贱人!仲姬在心中谩骂,冲动地伸出短粗的兰花指,戳向谢姬脑门:"谢姬,你不就是攀了琅琊王夫人的高枝吗?奈何人家儿子是太子,你家儿子才被封个鲁王,白攀附一场,人家永远骑在你头上撒尿拉屎!"

唇色煞白的谢姬扯扯葱绿色的裙摆,跪爬向前,边哭边磕头:"陛下,仲姬借酒撒泼,出言不逊,挑拨离间,理应拖下去杖责重罚!"

琅琊王夫人站起身,朱砂红的裋袍映衬得她褪去酒气的粉面娇艳似桃花,她轻摇白羽扇,神情庄严地推波助澜:"陛下,仲姬已为人母,举止不知进退,言行荒诞,是该责罚,引以为戒。"

仲姬无所畏惧地旁观她们一唱一和的双簧戏,已沦落出宫的人了,怕甚呢?

南阳王夫人踏着步步生莲的空灵姿态,跪伏在地:"陛下,仲姬不过喝醉失态,万不可严惩啊。"

在这幽深的后宫,仲姬本没期望与谁可通梦交魂,推襟送抱,乍见南阳王夫人主动替她说情,一时百感交集,暖意升腾。

"仲姬。"

幽光下,袁夫人缓步走来。戴了翠蓝耳环的她,搭配一身茜素青色袿袍,似只蓝蝴蝶穿过幽暗的岁月,飘向仲姬。

"别太强唇劣嘴。"袁夫人柔声警示她。随即,她放低曼妙身姿在地,声似山风敲铜铃,字字清脆:"陛下,博询刍荛,以成盛勋。陛下曾受大司农刘基力劝陛下酒醉勿滥杀谏言,南阳王夫人所言甚是,仲姬离宫在即,且为陛下产有皇子,陛下当应体恤她日后孤身于豫章抚育皇子的劬劳之功。"

仲姬忍不住掩面呜咽!袁夫人欲以"先民有言,询于刍荛"的谦顺说辞劝导陛下,后宫才女的美誉真不是浪得虚名!她透过指缝,望向捻须思索的吴王,烛光下的他,垂至胸前的美髯曾以浓黑得发紫为名,而今失去光泽且过半斑白,已然老态毕现。

吴王推开怀里的潘淑,颤步行至仲姬面前,一股黏稠的酒味从他张开的阔嘴窜出来,他伸手为她拂去眼窝泪迹,仲姬激动得浑身发抖,吴王多久未曾与她亲近了?她期待地仰起脸,希望他能感念旧情,他却缩回手,迟疑不定。

仲姬失望地别过脸,紫衣如云的潘淑踏着狸猫般的轻灵脚步走来,抱住吴王的臂膀撒娇:"陛下,仲姬是酒后吐真言吗?"

吴王满目柔情——是慈父对爱女的宠溺,言语温和地支走她:"潘淑,给朕斟两盏酒来。"

潘淑调皮地两手提着裙摆,半蹲下身,甜笑着答应,逗得吴王会心一笑。仲姬自觉做不到潘淑这般青春烂漫,年轻的美人如菜畦,割了一茬又一茬,她能握得住什么?吴王心海底针,她能握住的只有儿子孙奋。

吴王面对她,神色显得倦怠,他牵起仲姬,语调沉重,与之话别:"仲姬,豫章虽不比建业,也算物产富庶的地方。你有皇子陪伴,那斛珍珠是朕想你串珠子解解闷,安心去就是了。"

仲姬绝望地惨笑无语。她从未感受到吴王带给她的半点儿柔情,他恩赐她的片刻温存,似吉光片羽,飘零于时空。原来自己从来就不是受到上苍厚爱的女子,恰如吴王对她只有丁点爱意。

潘淑手持酒盏,毕恭毕敬地递给吴王,吴王转给仲姬,她顺从地卑躬屈膝,认命了:"陛下,妾身知错。"

吴王终于展露她熟悉的欢颜:"知错就改善莫大焉!来,朕与你同饮此酒!"

仲姬听话地浅浅啜饮小口,酒入愁肠,太酸!酸得她真想倒掉残酒。谢姬与琅琊王夫人各自手执酒樽围过来,谢姬跪身吴王旁,言语尖酸:"陛下,岂能独乐乐?怎可厚此薄彼呢?南阳王夫人也是要出宫的人噢。"

吴王摇晃着酒樽的剩酒,点头称是:"唔,是该雨露均沾。来,各位夫人,斟满酒,与朕痛饮。"

几位宫女送来酒盏,潘淑、南阳王夫人、袁夫人、琅琊王夫人、谢姬全躬身致谢。

谢姬那张刀子嘴吐出的利刃再次插伤仲姬本已平复的内心。她要报复她!勉强吞尽残酒,憋着满腹戾气,仲姬将矛头指向谢姬:"陛下对谢姬言听计从,不会有一日欲改立太子吧?"

此言一出,似大地惊雷,琅琊王夫人痛苦地咬紧嘴唇;谢姬被吓得脸色焦黄,支支吾吾,道不出个所以来;潘淑慌忙搂住吴王臂膀,生怕他让别的夫人抢走。

吴王的笑容凝固了,他双目泛起刺破人心的冷光,高举起手,指向昭明宫的大门,咬牙切齿怒吼:"仲姬,此番大逆不道的言论,休得再说!"

不过是在地上抛了些诱饵,洞穴的蚂蚁都被引出来了。仲姬大胆地回望众人,内心充满泄愤后的快意,转身离去。她刚跨出昭明宫的大门,脑后响起琅琊王夫人尖锐的喝声:"仲姬留步!"

后半夜的天空,星辰暗淡,云团低沉,有种黑云压顶的窒息感。仲姬蠕动着脖颈,缓慢转过头,琅琊王夫人的凤目露出怨毒的寒光:"你就不怕遭受夷灭之祸?"

"不怕!"仲姬挺胸上前,与神情骄矜的她直视着。琅琊王夫人阴阴笑了:"本夫人指的可是你的子孙后代!"

仲姬始料未及,遥望暗黑上空一颗颗闪灭的星辰,仿佛看到多年后,她的儿子孙奋及孙子们被斩杀的惨景。她眼里噙满泪水,强撑一口硬气:"妾身自身难保,哪能顾得上他们?"

第五十三章　劝君更尽一杯酒

　　孙和搬进的新宫殿，因其地势方位朝南，俗称南宫。遵循前宫后院的布局，后庭种植有数棵老桑树、几棵枸杞树，树间摆了一条石案、四张石凳。这日风和日丽，孙和携众位妃妾围坐其中，对酒射乐，雅歌投壶。

　　几百个回合下来，孙和便觉得厌了，仰躺于交椅，枕臂休憩，任由太子妃张怀夕、何姬、邓夫人三人玩去。

　　体态娇弱的邓夫人投出去的三支箭均落空了，她犹不甘心，终究是屡投屡掷空，直到地面散落密密麻麻的羽箭，邓夫人才气馁地举手向太子妃张怀夕与何姬告饶。

　　红衣的张怀夕牵着粉衣的何姬迎着徐徐和风，站在树荫下拍掌娇笑，笑声如琴音绕梁。孙和忍不住望向她们，锦瑟年华正当时的两人，如出水的并蒂莲花映日红。

　　长眉朱唇、红装白肤的邓夫人朝他扑过来，孙和把她抱在双膝上，邓夫人白皙的眼角有团突出的殷红色，那是他月夜挥舞水晶如

348

意不慎误伤她落下的印痕。当时眼见血流污裤，孙和命太医重金求白獭髓并琥珀成药。敷药后的红痕，显得肌肤尤为白嫩，戏称为"晕红妆"，引得宫内奴婢纷纷效仿，成为时兴的风尚。

邓夫人以脸颊轻轻磨蹭他的腮帮，娇声言道："殿下，妾身不玩投壶了，陪妾身下棋可好？"

孙和最不能抵挡她柔情似水的哀求，刚欲满口应承，太子妃张怀夕从旁阻拦："邓夫人，夫人情犹不能无嬉娱，嬉娱之好，亦在于饮宴琴书射御之间，何必博弈然后为欢！"

孙和抱着狸猫般柔媚的邓夫人，开怀畅笑："太子妃竟能丝毫不差地照搬本宫说过的话！果然有名门望族的风范。"

媚眼如丝的邓夫人扭摆着美人鱼软腰，狡黠笑言："太子妃，南宫有你和何姬姐姐撑场面足矣！妾身不学无术，就爱博弈玩乐呢。"

何姬手指头刮了刮漆黑的远山黛眉，嫣然笑道："殿下，甚爱必大费，多藏必厚亡。姐姐是在言传身教呢。"

孙和深感欣慰，太子妃张怀夕与何姬姐妹惺惺相惜，也不会对他最宠爱的邓夫人恶言相向，三人恪守本分，相处和睦，免去他诸多无谓的烦恼。他拍拍邓夫人的后背，示意她下地，来到两人身旁，拉着张怀夕与何姬的手交叠一起，感怀颇多："何姬，本宫怎不知你们对本宫的拳拳忠心，怎不知太子妃的良苦用心？"

张怀夕倚靠着他肩膀，深情低语："殿下，妾身愿与殿下生死相随。"

性情敏感的何姬拉着张怀夕的衣袖，嗔怪道："姐姐，好端端的，可不许说晦气话！"

"无妨，无妨。太子妃不过是真情流露。"孙和轻轻揽她在怀，端起石案上的茶碗刚抿两口，侍卫孙左风风火火闯进来禀告："殿下，大将军诸葛恪来访。"

"舅舅到了？"张怀夕兴奋地尖叫着拉起何姬的手，意欲出门恭迎,被何姬拦住:"姐姐都是当娘的人了,还这么任性妄为吗?"

张怀夕忙收回脚,扶着孙和端坐于交椅,静候大将军到来。深灰色的月洞门后,闪过大将军诸葛恪体态肥胖的身影。他单手托个硕大的鸟笼,内有一只多肉少毛、形如白鹤的奇鸟。

诸葛恪迈着八字步跨进来后,放下鸟笼,跪身参拜:"臣参见殿下、太子妃。"

孙和抬手令他免礼,太子妃张怀夕端来热茶,递给诸葛恪:"大将军一路舟车劳顿受累了,先吃碗茶汤。"

邓夫人蹲身鸟笼旁,紧盯着笼中鸟,好奇地发问:"大将军,笼中是个什么宝物?"

诸葛恪并不急于回应,一面吹着茶汤浮沫,一面抬手擦拭蒜头肉鼻的汗滴,指向那怪鸟笑道:"殿下,此鸟名为背明鸟,巢常对北,声音百变,闻钟磬笙竽之声,则奋翅摇头,时人以为吉祥。臣敬献殿下,为南宫增福添寿。"

"背亡鸟?"邓夫人是江东人,错将"明"听成"亡"音。诸葛恪黑胖的脸色瞬间暗沉:"邓夫人,此鸟为背明鸟。"

孙和手扶锦帽,内心沉思道:"明明气氛祥和,太子妃的话透出生离死别的悲伤意味,邓夫人的口误更令人胆战心惊,为何皆巧出不祥之语?"

眼看众人都闷头不语,想必也有些狐疑,忙打起精神,抓住诸葛恪问东问西。

不咸不淡地寒暄一番后,诸葛恪突然问他:"殿下,鲁王陪陛下到郊外的鸡笼山射雉,殿下何不同往?"

孙和震惊不小,鲁王怎可事事与他争先?吴王早年最喜射雉,潘太常谏言并撤坏雉翳:"天下未定,万机务多,射雉非急,弦绝括破,皆能为害,乞特为臣姑息置之。"吴王由是自绝,不复射雉。

太子妃张怀夕同样一脸错愕:"大将军,陛下不是不复射雉吗？"

诸葛恪甩动头颅，肥肉下垂的双下巴勒出浅浅汗渍，语气笃定推断道："恐是受潘妃怂恿，陛下对她可是言听计从。"

邓夫人拣起盘内的青豆，喂食背明鸟。那鸟啄食几粒青豆后，兀自抖动翅膀高声欢叫，声若琴音，着实有趣。孙和望着沉浸在自己世界里玩耍的邓夫人，不禁羡慕她与世无争的童稚心性，他是身负重任的太子，不可有淡泊明志的心性。

面若银盘的何姬，素来心思深沉。她长眉紧皱，双手交叠于腹，目视诸葛恪："大将军，鲁王怎敢目无尊长，不讲礼数？"

"鲁王愈发放肆，无非是因为攀上全公主、卫将军他们那些淮泗老将。"

诸葛恪的豆眼笑成一条细线，边说边走向歪脖子的老桑树，动作灵活地折断条桑树枝，驱赶几只绿头蚊蝇。

孙和心头一紧，父皇既立他为太子，封弟弟孙霸为鲁王，初拜犹同宫室，礼秩未分，进而引出鲁王滋生觊觎之心跑去攀附全公主，他这位太子是隐忍不发还是蓄势待发？

太子妃张怀夕比他还惊恐，慌得转头向诸葛恪求助："舅舅，岂非对殿下大不利？快想想法子啊。"

诸葛恪神色自负地抖动肥胖的双臂，笑眯眯地宽慰张怀夕："太子妃莫慌，有殿下，有老臣们在咧。庙堂的事，后宫夫人就别操心了。"

孙和心烦意乱地抬腿踢翻箭壶："尔等且先退下。"

何姬拉走张怀夕、邓夫人，三人碎步转进内庭回避。两名宫奴手执扫帚，快速扫走乱箭，另一名提起背明鸟的鸟笼，后院被很快打扫干净，仅剩下坐在交椅内的孙和与站在桑树下的诸葛恪，相视无语。

寂静的庭院，是黎明前的黑暗的静寂。顶着向日葵般的圆黑胖脸的大将军诸葛恪,丢掉桑树枝,挥洒着衣袖间的汗酸体味,走到孙和身旁耳语:"殿下,此事不可大意。"

孙和的心情陡然沉重,是陪侍父皇射雉还是原地不动,正迟疑不决时,身着布衣的辅义都尉张纯跑来,他高举双袖,朗声说道:"殿下,总不能让鲁王近水楼台先得月,臣与尚书仆射兼鲁王傅是仪商议好了,他会去劝说陛下。"

"殿下,辅义都尉所言甚是。"诸葛恪附和道。见自己的心腹大臣都在替自己打抱不平,孙和情绪高涨,起身击掌下令:"元基,说得好! 孙左,备马出发! "

建业城外的鸡笼山,因山势浑圆,形似鸡笼而得名。此山长满青杠树、黄葛树,林下野雉、灰兔、獐子、野猪出没甚多。

孙和率领一队轻骑,抵达鸡笼山脚下时,已是夕阳西下,炊烟四起。暮色掩映下的鸡笼山,廓影模糊,偶有斑鸠的倦怠懒叫声,落日的余晖为他的部属们镀上一层厚重的金边, 个个犹如威武的金甲神胄。快抵达时,孙和勒住马缰,逡巡不前。

诸葛恪看出他的顾虑,手中马鞭指向散落麦田的一座座农舍,从容不迫地解惑道:"殿下勿忧,按往常惯例,吴王会留宿鸡笼山两夜。"

一只毛发鲜亮的野雉从路边的桑树上滚落下来,它拖着色彩艳丽的长尾巴,在路面慌张跳跃。孙和的神经绷得很紧:"鲁王呢?"

"他那时可还没封王,殿下。"丰神俊朗的尚书选曹郎陆胤不紧不慢答道,徐徐抽出支箭,轻松射中尚未逃远的野雉。

孙和挥动双臂,仰视渐渐隐没天际的橘红色的落日,一轮莹白的满月腾空升起,斗转星移的宇宙运行规律,使得他心生苍凉:"这人生啊,就是过关,一道道难关,一道道越过。"

"殿下有江东士族的重臣拥戴,有何忧惧? 想那上蹿下跳的典校郎吕壹奸人不都已被处决了?"

太常顾谭出言抚慰他。孙和摇头无语,想起阴险、恶毒的典校郎吕壹,以下作手段诬陷宰相顾雍、左将军朱据,这竖子也是个狠人,重刑之下,也宁死不屈。可他此番面对的是骨肉兄弟孙霸,背后牵扯的是父皇宠溺的全公主,局势严峻、复杂多了。

太傅吾粲建议:"殿下,天色已晚,臣熟悉地形,前方不远有处空旷地,旁边有排宽敞农舍,可先去那里静候吴王圣驾。"

众人都有些乏了,纷纷响应,一行人骑马踏上阡陌纵横的麦田小道。过几日便是芒种,月色下,晚熟的麦穗谦卑地弯下腰,沉甸甸地匍匐在地,如一头褐金色皮毛的庞然大物正在酣睡。

空旷的圆丘地上,有棵枝繁叶茂的百年黄葛树,浓密的枝叶覆盖大半个空地,士兵们在树下劈柴生火,牵马喂食草料。

孙和独自登上泥土筑成的高地,这里有座刻印梵文的六角石塔,塔尖挂着六个泛着清幽冷光的铁铃铛,在风中轻摇飘动,奏响黄昏的离歌。

"此尊石塔何人、何时建造?"孙和的手划过凹凸不平的蚯蚓字体,自言自语。

白衣飘袂的尚书选曹郎陆胤像只白鹤飞身跃来,对他拱手作揖:"殿下忧心忡忡,所为何事?臣愿为殿下分忧解难。"

清俊出尘的陆胤是建武都尉陆凯的弟弟,丞相陆逊的族侄。吴郡陆氏的后裔都有种儒雅、清冷的斯文之气,深得孙和喜爱。他拍拍陆胤结实的肩膀,念及陆凯喜读扬雄的《太玄经》,常用蓍草卜筮,有意捉弄他:"卿就不会用蓍草卜筮,预测本宫心意?"

陆胤装模作样地掰开五指,板起面孔回应:"殿下,家兄是手不释卷的武将,臣虽愚钝,也算近朱者赤近墨者黑。臣夜观天象,掐指一算,殿下的忧虑乃鲁王称大。"

孙和被陆胤一本正经胡诌的样子逗乐了,他手举向半空,陆胤立马与他击掌响应。两人打闹一番后,陆胤道出症结所在。

"殿下，鲁王不可惧，关键在陛下。他是大局走势的掌控者。眼下局势不明朗，只能走一步看一步。"

孙和俯视棋盘格的麦田，静静埋身大地，隐藏着丰收在即的喜悦。他颇有微词："本宫不愿坐以待毙！"

"殿下，臣的本意并非不作为，而是以静制动。"

"如何以静制动？"

"在陛下身旁安插耳目，查探消息。不过，此人定是那种功成不必在我的正直良善之辈，不可找那贪心不足蛇吞象之徒。"

孙和陷入沉思，能符合此种苛刻条件的人选不好找，此事还得交给处事有主见的何姬。比起动辄啼哭的太子妃张怀夕，何姬深沉机敏，值得托付重任。

麦田响起人马欢腾的喧嚣，松脂的芳香在夜空炸裂。孙和俯身望见侍卫们手举燃烧的火把，像一颗颗明珠环绕麦田。

"陛下射雉归来了。"孙和拉起陆胤就向黄葛树下跑去。四角燃烧火堆的明亮空地，黑压压跪满他的部将。

"臣等恭迎圣驾凯旋。"

火束照耀下的吴王，眼神冷漠环顾周遭，抬手取下银甲头盔，声音透出体力不支的疲惫："子孝，你不在南宫好好待着，过来作甚？"

孙和早想好应对之词，神色恭敬地跪上前："父皇，儿臣担忧父皇龙体欠安，特来护驾。"

吴王的面色稍加缓和："有鲁王子威在呢。他听闻朕食欲不振，安排人碾磨新麦，蒸胡饼给朕尝个鲜。"

孙和见父皇言语间对鲁王掩饰不住的褒奖之词，心中自然不快。孙霸不就是惯会用这些奇巧淫技魅惑君心？他才不屑使用这些伎俩，又不能流露于表，只得讪笑着沉默不语。

立在吴王身旁的鲁王孙霸面露得色，他推出身着锦袍的心腹谋臣杨竺,急切地邀功:"父皇,新麦养胃,此乃精通医道的杨竺的谏言。"

"臣布衣杨竺谒见陛下,陛下有高寿之相,臣将野雉佐以药材炖汤,陛下饮用后,必定精神抖擞。"孙和瞟向杨竺,这厮生得清秀文雅,满脸谄媚之色,满嘴浮夸之词,真真斯文败类。

"噢?真有延年益寿的功效?"吴王笑得合不拢嘴,方才的疲态早已抛至九霄云外。

"何止延年益寿,且能返老还童呢。"卫将军全琮次子全寄从人群后钻出来添油加醋,献媚道。

目睹这帮狼狈为奸的家伙此唱彼和,孙和恨得牙痒痒,他频频望向身后的太傅吾粲、大将军诸葛恪,希望他们能站出来灭灭鲁王的嚣张气焰。

吴王突然注视他,语气变得严厉:"太子,你们赶紧连夜回宫,朕有子威陪侍,不劳尔等费心。"

孙和岂能就此回宫?他盯向混在人群中的尚书仆射兼鲁王太傅是仪,他低头沉思,应当在酝酿说辞。大将军诸葛恪蹒跚着肥胖的身躯,晃悠至鲁王孙霸身前,拱手作揖:"鲁王,臣也患有胃疾,能否赏块新麦蒸熟的胡饼呢?"

鲁王孙霸猝不及防,脸上掠过一丝不太自然的笑意,语气生硬地推托:"大将军来晚一步,新麦胡饼专供陛下独享。"

杨竺捂嘴偷笑,全寄倚仗着父亲全琮身份高贵,对大将军诸葛恪冷嘲热讽:"大将军俸禄丰厚,怎会如此猴急尝新麦?就不怕芒种后丰收的新麦噎了大将军的喉?"

孙和岂能容忍太子妃的舅舅、大将军诸葛恪遭受羞辱?他勃然变色,正要出言警告,被陆胤拉住,他面无表情暗示全寄嘴下留情:"何必说狠话伤和气。"

吴王阴沉着脸:"子孝、子威,一两斛新麦而已,且管好自个儿的人。"

孙和与孙霸四目对视,都不肯服软。正相持不下时,尚书仆射兼鲁王太傅是仪手拄拐杖,缓步至孙和、孙霸面前躬身行礼,他有要事向陛下禀告。

孙和暗喜,快步躲进黑暗中,孙霸脸上浮现踌躇满志的笑容,转身走向黄葛树的背面。

孙和徐徐行走,耳听鲁王太傅是仪上疏曰:"臣窃以鲁王天挺懿德,兼资文武,当今之宜,宜镇四方,为国藩辅。宣扬德美,广耀威灵,乃国家之良规,海内所瞻望。愚以二宫宜有降杀,正上下之序,明教化之本。"

毕竟是侍候过宣太子孙登的老臣,见识不凡。孙和暗自赞赏。陆胤悄悄靠来,掩嘴私语:"殿下,速速安插细作在陛下身旁,盯紧杨竺。"

此时,月悬中天,素白的月光照着陆胤的清俊脸庞,孙和紧握他软绵的手,迎视他坚毅的目光,动情宣誓:"卿对本宫一腔赤诚,本宫定不辜负卿。"

陆胤的双目泛出晶莹泪花,半跪在地:"殿下以国士待我,我定以国士报之。"

忽然,不知是谁在月下吹奏起篪,篪声悠悠,悲凉壮阔。孙和望向隐入暗夜里那些衷心拥戴他的部将,不觉心情压抑,泪湿衣襟,他必须得坐上皇位,方不辜负这帮部将对他寄予的厚望。

第五十四章　南宫漏更长

白秋水被翠鸟清婉、曼妙的叫声惊醒，还以为是有人在身边催促呢。她侧耳细听，琐窗外传来宫奴扫地的沙沙声响。

"芒种时节，花神归位喽。"这是宫内年长的白头阿婆在颤声念叨。白秋水立马翻爬起身，记起全公主前几日要她提醒送花神的事，不禁慌了神，赤脚走到门边，撩开布帘，朝佝偻着背扫地的白头阿婆招招手："婆婆，快进来。"

"白姑娘，有何贵干？"白头阿婆虽驼背，长年嗜酒的她，面皮黄红，耳不聋眼不花，走路利索。

"请教婆婆，宫里往年的钱花会是什么光景？"白秋水扶着白头阿婆坐下，先从酒坛舀了半瓢酒递给她。

白头阿婆眉开眼笑地接过酒瓢，呲溜吸净后，放下酒瓢，抿抿紫皮嘴，打开话匣子："宫里的钱花会由牡丹花神转世的步皇后主持，用各色绸缎裁剪成花样，以彩色丝线绑于树上，红红白白、黄黄绿绿，迎风飞舞，可热闹喜庆了。"

白秋水边听边记,心中约莫有数。白头阿婆忽而放下酒瓢,神色悲戚地抹抹眼眶:"唉,步皇后还会以'梅香酌'敬献花神呢。自她离世后,陛下再没提酿'梅香酌'的事,怕是以后都难再见了。"

白头阿婆是交趾人,凭借会用杨梅酿酒的绝活,得以留在宫中。罗浮山顶有杨梅,五月中熟,其大如杯碗,青时极酸,红味如崖蜜,酿酒名"梅香酌",非贵重客人不得饮之。

吴王宠爱的潘淑是石榴花神,她喜欢吃南越的龙眼、荔枝。白秋水见白头阿婆忆起伤心往事,忙扶她走出门去:"婆婆,这下乐得清闲啊。"

白头婆婆捡起扫帚,胡乱扫着地:"没用的闲人,等死宫中啰。"

假山后冲出小跑过来的甘草,她扬手高嚷:"秋水姐姐,快!全公主召唤呢。"

白秋水刚套上鞋履,听闻全公主召见,猜她是为送花神归位的事,来不及梳头绾发,随着甘草向全公主居住的庭院走去。

"甘草,一大早就催人,全公主可真性急。"白秋水边疾步匆匆边笑道。

提着裙摆比脚踩风火轮的哪吒还快的甘草,摆摆梳双环的黄发脑袋:"秋水姐姐,全公主是为陛下的病着急。也不知怎么了,陛下从鸡笼山射雉回宫后,就开始腹痛至夜不能寐。"

白秋水怔住了,她放缓脚步:"太医可开过药方?"

"不知。"

"卫将军可知此事?"

"不知。"

白秋水急得扯她耳朵训斥:"你可真是一问三不知的呆鹅!"

两人正说着话,半道撞见捧着锦匣的秋蝉、端盆清水的冬妍。全公主尚未梳洗完吗?白秋水好些时日没见到卫将军了,也不知他是被派出宫外执行任务还是忙别的公务了。

冬妩的双手稳稳抱紧银盆，边走边与她寒暄："秋水姐姐，钱花会弄妥了吗？给我剪几朵杏花可好？"

秋蝉撇嘴皱眉地攀比着："杏花有侥幸之意，你尽挑好的。那我选桃花，秋水姐，请帮我剪个粉红色的桃花！"

白秋水听她们这通玩话，不禁哑然失笑。全公主是桃李芬芳都爱、天下好事皆占尽的心气，哪里能轮得上身为奴婢的她们挑挑拣拣？

"你们猴急作甚？还不得先看全公主眼色行事？"两人悻悻作罢，低头赶路。

全公主的院落，栽植四季不衰的奇花异草，热烈的肉桂杂糅花椒、干姜的暖香萦绕其中，白秋水前脚刚踏进花径，就被这股浓香呛得连打几个喷嚏。全公主在屋内听见后，高声下令："秋水，快进来！冬妩、秋蝉，你们放下东西，快滚开！"

冬妩乐得偷懒，将银盆放在门槛后，凑在白秋水身旁道："秋水姐，就烦请你帮着侍奉那尊活菩萨啦。"

就几步路呢，偷奸耍滑的奴婢。白秋水不便发怒，弯腰端起银盆；秋蝉老老实实将锦匣摆好，再帮她接过银盆搁妥当，退步出去，掩紧门。

披散及腰乌发的全公主，手攥金背玉齿的篦子，坐在铜镜前，背对白秋水，从镜子里定定望住她一言不发。

白秋水跪在她身后，心里忐忑不安，不知这尊极难伺候的活菩萨又在捣鼓什么新花样折磨奴婢。

"你向天发个毒誓。"全公主面无表情拿着篦子在手心摔打。

"奴婢斗胆请教公主，发誓所为何事呢？"白秋水心跳加剧，腿部的旧伤如蚂蚁在咬，似在提醒她不能好了伤疤忘了疼。

"先发毒誓再说！"全公主从来都不是有耐性的人，尤其对地位卑贱的奴婢。

"苍天在上,白秋水定不辜负全公主重托,若有半点儿违抗,天打五雷轰!"白秋水硬着头皮说完,起身端来银盆,扯下洗面巾在水盆蘸湿,跪趴着递给全公主。

全公主转过身,她裹了件桃红单衣,映衬她的面色尤为娇嫩,她的凤目射出两团火焰直视白秋水,白秋水惶恐地躲闪着不敢与之对视。全公主娇笑道:"本公主令你去南宫给太子送口信,就说陛下病重,他该去宗庙祭祀,为父皇祈福。"

"奴婢去送信?这,妥当吗?"白秋水感到一丝不安,全公主放着她宠信的骑都尉孙峻不用,怎会把此事交给自己这位从不沾染政事的局外人?

"你是想教本公主做事?"全公主勃然变色,举起篦子砸向她。白秋水躲避不及,被篦子砸在眼角处,疼得她眼冒金星,她忍着痛,大气不敢吭一声。

全公主把蘸湿的汗巾丢给她,神情变得狰狞:"你去南宫送完信,就跟踪太子、太子妃到宗庙,将所见所闻一五一十道来,不得有半个字隐瞒!"

白秋水咬紧下唇,原来全公主是让她去当细作!她用湿汗巾捂住火辣辣疼的眼角,领命走到门前,回首问全公主:"饯花会不办了吗?"说完,就恨自己软弱,本想问卫将军的去向,临到嘴却改了口。

全公主打开锦匣,随手挑了一副葫芦形的红珊瑚耳环抛给她,语气淡然:"有何可办?本公主即花神转世。听卫将军说你在托他打探走散的父亲、妹妹下落?"

白秋水窘得脸皮滚烫,这是她与全琮的闺房密语,怎会传到全公主耳内?她局促不安地捏住红珊瑚耳环,算是默认了。

"男人怎么靠得住!倘若南宫的事办得漂亮,本公主就全城张贴告示替你找回亲人!"全公主带着嘲弄的表情笑道,随后,嘱咐白秋水到马厩骑她的那匹大青马出门。

白秋水忍着眼角的刺痛，回到房内换上便服，骑马朝南宫奔去。南宫的守卫都认得她是全公主身边的白姑娘，不敢怠慢，领她到太子孙和的殿内。

殿内熏着安息香，孙和正在伏案书写，太子妃张怀夕在旁磨墨，邓夫人在窗前逗弄着笼中大鸟，何姬怀抱儿子，轻声哼唱童谣，哄他入眠。好一幅琴瑟相和的美好图景。

白秋水暗自艳羡，将来意道明。太子孙和听闻父皇病重，扔掉狼毫笔，反复追问白秋水吴王病情的种种细节。

白秋水也答不上来，正觉尴尬，见怀抱孩子的何姬走近太子妃张怀夕，两人耳语一番。张怀夕唤过逗鸟的邓夫人："妹妹，你那有白獭髓琥珀的药膏，拿点给白姑娘涂抹。"

白秋水心中流淌一丝暖意，太子妃真是心慈貌美的女子，肯对她这奴婢关怀备至。白秋水刚欲磕头表达谢意，美如天仙般的邓夫人轻移莲步走来，托起她的脸，说道："太子妃，宫中不是时兴'晕红装'？妾身看白姑娘那疤痕反而很美呢。"

太子孙和面色突变，挥袖下令："邓夫人，白姑娘是全公主的贴身侍女，休得无礼！太子妃的话也不肯听了？速去装点白獭髓琥珀药膏来。"

邓夫人见太子发怒，吓得花容失色，遵令离去。何姬将熟睡的孩子交给奶妈，抬手令她也退下。

何姬又推着太子妃的后背，催促道："太子、太子妃，陛下病重，你们快换好衣服，带上祭祀品去宗庙祭拜。妹妹来送送白姑娘。"

众人都离去后，殿内只有两人，何姬拉着白秋水的手，脸上堆满笑，套着近乎："白姑娘，在全公主面前，还请姑娘多多美言。"说着话，她从发髻取下金簪，硬塞给她。

此举令白秋水受宠若惊，连忙推脱："何夫人太高看奴婢了，奴婢人微言轻，哪敢受此重托？"何姬脸上掠过暧昧的笑意，按住她，将金簪插进她发髻,拍手笑道:"姑娘,整座后宫,谁不知容貌神似全公主的姑娘深得卫将军宠爱?卫将军可是全公主的药引子。问世间情为何物,不就是一物降一物?"

自以为的爱情秘密,却早成为后宫茶余饭后的笑柄。白秋水臊得手脚无措,咬破嘴皮,强忍不住辩解——不就是愈描愈黑的男欢女爱那点拿不上台面的小事?

"姐姐,白獭髓琥珀药膏拿来了。"珠帘后立着娇小玲珑的邓夫人的身影,她手里捧着巴掌大小的锦盒,怯生生的语气似乎有些惧怕何姬。

"劳烦妹妹跑一趟,给我就是了。"何姬接过锦匣,顺手就把殿门关上。白秋水暗暗吃惊,何姬竟然不给邓夫人留半分情面,怪不得风传她才是太子深受器重的女子呢。

何姬拉起白秋水坐在妆奁前,打开镜匣,以指甲盖挑起豆大的白獭髓琥珀药膏,轻轻涂在她瘀红的眼角处。

何姬的脂粉香在白秋水鼻端萦绕,她陶醉在这奇特的香味里,何姬的温言细语在耳旁响起:"以色侍君,色衰爱弛。女人啊,总得要学会自个儿能安身立命的本领,是也不是,白姑娘?"

"奴婢愚钝,还请夫人明示。"白秋水猜不透她话里深意,仔细端详镜中的她,眼角的刺痛渐渐消散,瘀红的地方貌似淡了些。

"姑娘是聪慧的女子,日后自然明了。"何姬卖了个关子,把装有药膏的锦匣递给她。白秋水自知无功不受禄,忙推辞不要。

"白姑娘,不必多虑,并非值钱的宝物。"何姬上扬着弧线优美如弓弦的朱唇,硬将锦匣塞给她,并亲自送她走出大门。

白秋水跨上马背,与她挥手作别,径直朝卫将军府走去。行至岔道,她果断掉转马头,挥鞭疾驰,踏上通往宗庙的山道。

时值午后,郁郁葱葱树木的山道人烟稀少,白秋水不敢耽搁,她得先到宗庙寻个隐蔽处藏身,窥探太子孙和的动静。

穿过山道，拐上一截平坦的青石板路，绕过大片苍翠的松林，此时，已是暮色霭霭，天地苍茫。

白秋水拨开松枝，远远见到状若马背的青山脚下一排巍峨、雄壮的庙宇，一条褐色岩石铺平的宽路通向宗庙。

石路左边是栽种青青秧苗的稻田，右面是碧绿繁密的柑橘园，稻田有蛙鸣传来，好一处避世修行的清幽乐土！白秋水正欲下马，身后响起渐近的马嘶狗吠之声，定是太子孙和一行！她忙闪身躲进松林的背后。

身着黑袍的太子孙和与太子妃张怀夕两人并辔而行，太子妃张怀夕的话音断断续续传到白秋水耳内："太子，祭祀、祈福完毕，恐将夜黑，天黑回南宫，马若受惊，后果不堪设想，叔父就住宗庙附近，不如到他那儿借宿一夜，明晨回宫岂不更安全？"

孙和恨恨挥起马鞭，嘟囔道："都怪醉酒误事的马夫，竟令坐骑受惊迷路，耽误时辰。孙左，速去羽林都尉张休府上报信，今晚本宫将会留宿一夜。"说着话，一行人冲上石板阔路，迅疾消失在松林间。

白秋水抬头看天际褪色的云霞，犹豫着是继续偷窥还是趁着天色未暗，打道回府向全公主禀报。

稻田的蛙鸣响起来，树上的倦鸟已归巢。白秋水思忖再三，自己不过是个胆怯的弱女子，并非力大无穷的彪形壮汉，还是赶回将军府保全自身要紧。

夜色如黑鸟张开的翅膀，渐渐收拢。白秋水拍马奔向返城的官道。回到将军府，她刚从马背上翻滚下地，迎头就与秋蝉撞了个满怀！

秋蝉扭住她臂膀，含酸带醋地透露消息："哎呀，白姐姐，你可赶回来了，全将军四处寻你不见，在书房等你呢。"

白秋水难以置信，惊喜地掐住秋蝉的手腕不放："当真？"秋蝉猛地推开她,嘻嘻笑着跑开:"骗你玩呢!"

白秋水累得浑身散架,也没力气追上去和她逗乐,还是抱着一丝希望,向书房走去看个究竟。

书房的琐窗透出全琮伏案读书的身影,白秋水欢喜得推门而去,有满腔的话想对他倾诉,但说出口的只是平淡的问候:"卫将军,这些日子去哪里了?"

身披白色单衣的全琮抬起头,伸手捏捏高挺的驼峰鼻,朝她张开双臂,白秋水猛扑进他怀中!全琮温柔地抚摸她后背,带着怜惜的口吻怪罪全公主:"她怎么安排你去干那些脏事?"白秋水感动得泪水涟涟,在这世间,或许全琮才是真正关心她飞得累不累的人。全公主阴阳怪气的腔调在背后响起:"她怎么就不能干那些脏事了?"

白秋水被惊得魂飞魄散,慌得推开全琮,跪身向全公主行礼。

全琮捡起案上的纨扇,替全公主打扇,赔着笑脸:"大虎,细作是男人干的事,哪有让柔弱的女子去冒这风险的?"

孙鲁班并不回应全琮,反问白秋水为何半途而废,不追到底。白秋水心头大震,全公主是长了千里眼,还是顺风耳?她忙收拾心神,不疾不徐地道来:"公主,太子与太子妃在宗庙祭祀完毕,因见天黑,太子妃提议留宿在她叔父羽林都尉张休府上。"

"哼!又是那老贼张休!"全琮勃然变脸,发作起来。白秋水一头雾水,不知她说错什么话惹怒他了。

"父皇病重,太子孙和是不是心情很好?"

白秋水不知她肚内有何算计,急得为太子孙和辩解,说他很悲痛,准备的祭祀品也多,是真心诚意为陛下祈福。

孙鲁班夺过全琮手中的纨扇,啪的击打在白秋水旧伤的眼角处,白秋水忍不住呻吟两声,不知她为何莫名其妙发怒。全琮定睛一看,神情变得乖戾:"你怎么也学那些谄媚的宫奴涂抹'晕红妆'

了？"

白秋水是有苦难言，只能一个劲磕头谢罪。孙鲁班扔掉纨扇，徐徐走到全琮身旁，搂着他脖颈，柔声诉说："将军，这次可逮住机会，替你报仇雪恨了，本公主要一箭双雕，一网打尽！"

孙鲁班的话音充斥着阴狠的毒辣，白秋水听得瑟瑟发抖又稀里糊涂。只听全琮的语调充满讨好："你安排骑都尉去羽林都尉府上搜寻证据了？"

"骑都尉是本公主的宗族后裔，值得信赖。难不成指望手无缚鸡之力的弱女子？"孙鲁班坏笑着掐住全琮的手臂，故意当着白秋水的面，与全琮打情骂俏。

白秋水忍住心在滴血的痛与脸上的刺痛，暗暗告诫自己，她不能吃醋，不能动心，不能动情！

全琮还在拍马屁："公主乃智勇双全的巾帼英雄！佩服得紧，佩服得紧！"孙鲁班收住笑，幽幽叹气道："谁让你是本公主的药引子？不为你，又为谁？"

白秋水蓦然想起何姬的话，不由得悲喜交织。这世间的情关，真是一物降一物吗？

只听全琮像是在说给她听："公主，你我是唇齿相依，都得先保全自己，才能去爱护他人。"

孙鲁班促狭地摸摸圆润的下巴，笑问："你不是痴情于她吗？肯为她赴汤蹈火？"

全琮窘得乱摆双手，急切申辩："哪能呢？大丈夫男子汉何患无妻？哪有为一个弱女子就赴汤蹈火的道理？"

白秋水的心彻底凉了，琐窗外的明月照进来，她突然醒悟，孙鲁班与全琮上演的双簧戏，不过是想杀人诛心。

是的，杀人诛心。她充满恨意地摸摸衣袖里装药膏的锦匣，一个荒唐而大胆的念头冒出来：她为何不能成为南宫何姬的细作？

第五十五章　群燕辞归鹄南翔

　　凤栖堂的王吟凤做了个奇梦，梦境很诡异：身着皇后大红礼服的步练师，站在碧绿的芭蕉树下，朝她徐徐招手。

　　许久未曾见过步练师了，王吟凤暗觉不安，自命清高的她怎会亲自登门来访？来不及多想，她局促不安地跪拜行礼：“姐姐，妹妹贺喜姐姐被封为皇后。”

　　“琅琊王夫人的儿子孙和被立为太子，该是姐姐向妹妹道喜。”步练师依旧是笑意盈盈的拒人千里之外的高贵姿态。

　　儿子立为太子，撵走南阳王夫人、仲姬迁出宫外别居，算得上心想事成了。王吟凤得意之余，终究还是说漏了嘴：“姐姐说笑，陛下年富力强，春秋正盛，太子不过是个提线的木偶摆设，哪比得上姐姐掌管中宫的大权在握？”

　　步练师咻咻笑道：“妹妹可不要得意忘形，听妹妹这话，分明是嫌陛下不肯早日传位于太子监管国事？”

　　“啊?! 姐姐，姐姐别误会！妹妹岂敢啊？”王吟凤意识到自己口不择言,变得焦躁不安,竟口吃起来。

"群燕辞归鹄南翔,念君客游思断肠。"步练师面露令人神往的笑意,挥舞起大红袿袍的金边阔袖,忽然吟唱此句诗后,背对她离去。

"姐姐!"王吟凤慌忙追赶,被脚下的石头绊住,跌倒在地。她一个激灵清醒了,步练师不是早已死去多年了?她却与死人在梦中对话,这太不吉利了。

她慢慢坐起身,感到头昏脑涨,抓住闪烁着银光的斑丝隐囊塞在后背,摸出压在枕头下的葫芦香囊准备闻香,竟摸到满手的碎叶子!她惊得推开枕头,五色葫芦香囊早被老鼠咬得破烂不堪!她暴跳如雷,抓起破香囊朝榻下扔去,眼前顿时弥漫着草药与香囊似尘埃的碎渣。

"红蓼!室内怎会有老鼠?"王吟凤翻身下地,坐进铜镜旁的交椅内,冲着推门进来的侍女红蓼怒声责问。

红蓼躬身递来飘溢乳香的一碗豆粥,戏言道:"夫人,恐怕是膳房的油水太多,引得后宫的鼠辈都跑来偷食。"

王吟凤接过青瓷碗,忧心骤然病重的吴王,胡乱吃两口就放下。她烦躁地揉揉眉心,斜眼问道:"秋裳去建业宫,还没回来?"

红蓼将床榻被褥铺平,手抓拂尘清扫散落在床榻边沿的药渣碎末,低头作答:"尚未呢,夫人勿忧。太子去宗庙祭祀、祈福,陛下定会得先祖庇佑,龙体无碍。"

"但愿如此。"王吟凤合上眼,梦境里的口误令她惴惴不安,才撑开眼皮,就见手举摆放梳篦托盘的梅香从屏风后转出来,跪地请求道:"夫人,该梳洗了。"

王吟凤刚起身,就觉头重脚轻,梅香眼快,搀扶她站稳。王吟凤命红蓼去院内采摘新鲜的薄荷叶或是到膳房寻些香料来,给她提神醒脑。

梅香扶她侧躺于睡榻,关切询问:"夫人面色不太好,可是睡得不安稳?"王吟凤捉住她的手,想着梅香是侍奉过步练师的老人,看四下无人,苦恼地皱眉叹气:"你说怪不怪,无缘无故地梦见皇后步练师了。"

梅香一怔,神色慌乱地躲避着王吟凤的目光,扭身打开木柜,取出一条汗巾,替她抹去汗渍,轻声说道:"步皇后是担心陛下龙体,托梦给夫人吧。"

王吟凤内心冷笑道:"步皇后与陛下琴瑟相和,皇后不知陛下喜新厌旧,早已移情别恋潘妃?"她猜出梅香没说实话。这一个个在她眼前唯唯诺诺的奴婢,全是喂不饱的白眼狼,谁也信不过。还得是自己的亲儿子靠得住,王吟凤便萌生到南宫见太子的念头。

她扯过梅香手里的汗巾:"扶我起来梳洗。"

王吟凤换上新缝制的夏服,立定铜镜前左顾右盼。她深爱这件以粉红蜀葵花朵的蜀绣杂以青绿色领襟的夏服,不仅一扫她暗沉的气色,更显得她肌肤白嫩红润。

她向梅香伸过手:"梅香,取那支红宝石的金钗来。"

红宝石金钗是陛下得知她怀孕时赏赐的首饰,她视如珍宝。梅香刚把金钗替她插在灵蛇发髻间,铜镜里冲进涂抹"晕红妆"的秋裳来。

"夫人,陛下有请。"

"陛下痊愈了?"王吟凤虽觉意外,也不忘细细打量镜中的自己,粉嫩衣裳包裹着丰腴的娇躯,别有番富贵庄重的美态。她撩起袍襟,抬腿跨出门。

秋裳举手搓揉自己的鸡嘴耳,紧跟上来:"夫人,陛下应该无恙。听膳房的奴婢说陛下胃口大开,吃了盘炙烤的鹿肉,喝了几樽酒呢。"

"潘妃和谢姬可在?"王吟凤散漫地瞟了眼庭院那丛叶片碧绿

的芭蕉树,思绪恍惚,似乎见到身着红衣的步练师倚在翠绿芭蕉树下的恐怖画面。

"嗯,奴婢只见到全公主来去如风。"

秋裳的话令王吟凤原本烦躁的心情雪上加霜。她并不把后宫的潘妃、谢姬放在眼内,但那位飞扬跋扈的全公主,实实在在是她绕不过去的宿敌。

"夫人,奴婢装了肉桂、干姜、胡椒、栀子等香料。"红蓼走近王吟凤,她手捧一把纨扇,扇坠系了个鼓囊囊的豆紫色香囊。

王吟凤接过红蓼递来的纨扇,侧首嗅嗅肩颈间散发出的清新的安息香味,她嫌香囊味重且刺鼻,犹豫片刻,她扯下香囊别在胸前的璎珞旁。

"红蓼,陪本夫人去去就回。"王吟凤一手抽出发髻插的红宝石金钗,又将它插戴紧实,一手慢摇纨扇,走向建业宫。

建业宫门前跪着对高昂着头的铜驼,有只翅膀散开如裙摆的花鸟停在铜驼头冲着她啾啾叫。王吟凤驻足铜驼前,抚摸着被烈日烤得温热的驼峰,升起似曾相识的熟稔感。或许,在轮回的无数世里,她是沙漠部落的公主,骑着骆驼带上族人寻找水源。

"夫人,发什么梦呓啊?"红蓼扯扯她衣袖,王吟凤如梦初醒,疾步跨进建业宫。

风吹得深紫色的帷幕轻轻摇摆,龙涎香的袅袅青烟游荡其间。神色肃穆的吴王坐在案后,双目透出大病初愈的倦怠。他一手搭在膝盖,一手放在案上把玩着掌中的小石榴,无言直视前方。

王吟凤暗自纳闷,往日召见她,吴王身旁少不了偎红倚翠的后宫夫人,眼下孤家寡人,可是有重大事与她相干?

"王吟凤!你教的好儿子!"吴王突然拍掌怒吼,头也不抬,好像都不想见到她。她不知道太子犯了什么错,还是她又错在了哪里。王吟凤手一抖,纨扇也被抛落在地,她立马跪下身,磕头不止:"妾身愚钝,望陛下明示。"

吴王奋力掀翻桌案,踱步至她身前,低喝道:"愚钝?你这是在扮猪吃老虎!朕病重,你们母子不就得偿所愿了?"

王吟凤恐惧得浑身抖筛子似的颤抖不停,是哪个恶鬼会给陛下吹风,向她们母子泼洒这些致命的脏水?气急之下,她话也说得不利索:"陛下,是谁在血口喷人陷害太子?"

吴王的手托起她脸,溅着怒火的双眸逼视她:"你明知朕病重,仍然奇衣艳饰,面带喜色,是不是希望朕早些死?真是气杀朕也!"王吟凤惊恐万状,扑向他怀里倾诉衷肠。

"陛下忘记了?妾身夏服的面料、头插的金钗不都是你所赐?妾身无时无刻不在挂念从前与陛下郎情妾意的初识时光。"

吴王无情地一掌推开她,神情冷酷站起身:"少来这一套了!太子夫妇到宗庙祭祀、祈福为假,留宿羽林都尉张休家中饮酒作乐为真!"

王吟凤知道吴王是杀伐果断的人,原以为他能看在往日情分上,给她个台阶下。她心如死灰,扭身歪坐于冰凉的地面,追着吴王的身影问:"陛下,究竟是谁在污蔑太子?子孝孝顺、聪慧,身为他的父皇,你应该比谁都清楚啊?"

"朕又不是只有他一个儿子!"吴王语气决绝,挥动阔袖,背对她。

除了谢姬有这狼子野心敢怂恿孙霸与孙和分庭抗礼,还能有谁?

王吟凤嫉恨地咬住嘴,暗暗反驳道:"是,你还有谢姬!还有鲁王孙霸!"

看吴王绝情如斯,王吟凤心一横,抽出金钗刺向脖颈,胁迫他:"陛下,是想妾身以死明志?"

吴王侧过身,眼神冷漠:"你如何能让太子孙和自证清白?羽林都尉张休家中的老奴亲口承认,太子夫妇与张休饮酒作乐,全然不顾朕重病缠身,醉饮至半夜寅时,是在庆贺朕得病吗?"

王吟凤的头嗡地大了,眼前仿佛飞来无数只蜜蜂,将她团团包围。她知道太子夫妇去宗庙祈福,并不知他们夫妇会留宿太子妃叔父张休家内至天明。谁买通了羽林都尉府中老奴诬陷太子?一时大意,酿成大祸啊。她对孙和怀有恨铁不成钢的怨气。泪眼朦胧中,她见到躲在帷幕后的全公主、谢姬、潘淑,她们一个个笑得好阴险!

"你先回去面壁思过!"吴王绝情地挥挥手。

王吟凤狠心将金钗刺进脖颈的肌肤!一股热腥的鲜血迸射出来,染红她的手掌,她感到万箭穿心的绝望,颓然倒地。

吴王回身见状,气得怒喝:"休想以死相逼朕!"随即,他击掌高呼:"骑都尉,快唤凤栖堂的奴婢抬走琅琊王夫人。"

待王吟凤醒来,她已置身于熟悉的纱帐内,脖颈的伤口缠绕着浸了草药的汗巾。朦胧的烛光下,太子孙和在来回踱步。忆及陛下对太子的猜忌和无中生有的诽谤,她心疼至极,张嘴喊他,喉咙如被塞住一团乱麻,发不出声来。她使劲敲打榻边,嘭嘭声惊得太子孙和撩开纱帐,蹲身下跪,握住她的手,泣不成声:"母亲,你又何苦呢?"

王吟凤的眼泪止不住涌出来,亏得她下手不重,这点皮外伤,养些时日就无碍。她抿抿苦涩的泪水,哑声问他:"为何留宿羽林都尉家,给人抓住把柄?"

孙和的双眼布满红血丝,看样子也是辗转难眠。他苦笑道:"母亲,他人想要作恶,儿子留不留宿都有罪。欲加之罪何患无辞。"

王吟凤听懂他的言外之意,不无忧虑地吞咽口水:"唉,真成了匹夫无罪,怀璧其罪。你可想好应对之策?"

孙和放开手,双眸闪现鹿死谁手的英勇无惧的光彩:"兵来将挡水来土掩。母亲,你就别操心了,好好养伤。"

王吟凤哪能不忧心？虽说儿孙自有儿孙福,她比谁都清楚,太子的父皇孙权靠不住,偌大的后宫还得是他们母子相依为命。奈何自己势单力薄,只会拖累太子,前路漫漫,太子须得独自负重前行。

"你快回南宫,这里交给奴婢们照顾。"王吟凤口是心非地催促他离去。孙和拗不过她的强硬态度,一步三回头地走了。

王吟凤眷恋不舍地凝望着她挚爱的太子的背影渐渐淡出视线,撞入眼帘的是眉眼带笑的梅香。她飞奔过来,附在王吟凤耳边告密:"夫人,奴婢方才在柴房听见梨花院的奴婢说谢姬于梦中得了句诗,好像是什么明月皎皎照我床,星汉西流夜未央。"

王吟凤暗自心惊,顿有不妙的预感,为掩饰内心的不安,她假装费劲地指向喉咙的伤口,暗示她去煮点热茶来。

待梅香退下后,红烛的灯花噼噼啪啪突然爆炸,然后熄灭。黑暗中,王吟凤想起梦里步练师吟诵的诗句:"群燕辞归鹄南翔,念君游客思断肠。"恐惧如一阵惊涛骇浪,将她裹进悲伤的旋涡……

第五十六章　星汉西流夜未央

人言帝王子弟，犬牙相制，所谓磐石之宗。

孙霸跷腿仰坐于殿内的交椅，半眯着眼享受奴婢跪地侍奉掏耳的乐趣。太子孙和打着为父皇祈福的旗号，跑到羽林都尉张休府上饮酒作乐，父皇听闻龙颜震怒，闹得琅琊王夫人以死相逼——首战告捷，多亏全公主出力！

一串凌乱的脚步声踏进殿内，地面倒映的四位人影，均为他亲信：散骑侍郎、武骑都尉孙奇，卫将军全琮次子全寄、丹阳太守吴景之孙吴安，才子杨竺。他摆摆手，掏耳奴婢立刻退下。

"鲁王，大喜！"走在前首的孙奇面带喜色地拱手道贺。他是庐陵太守孙辅之孙，以秀才入侍帷幄，是争相依附于他的心腹大臣中学识较为渊博的雅士。

"有何大喜？"孙霸明知他所指，故作平静地掸掸胸前绶带鸟的纹绣。性急的吴安憋不住，叉手拖开孙奇，学着猴子拜寿的滑稽动作，笑声朗朗朝他作揖："鲁王，我等可是百年修得同船渡的人，就别惺惺作态了！"

孙霸乐得咧嘴大笑，就喜这家伙说话露骨的爽利劲。才子杨竺突发剧烈咳嗽，弯腰捂嘴干咳。孙霸起身去拍拍他后背，关切问道："卿的风寒还未痊愈？"

杨竺摇摇头，指指喉间条条状若蚯蚓的青筋，说不出话。孙霸忙令侍女去端点石蜜水。面容冷峻的全寄倒背双手，走向墙角的连枝铜灯旁。此灯呈树状，由灯座、灯柱、灯枝和灯盘组成。灯上饰盘有龙、乌龟、跪坐人，排列齐整地分布着九盏灯，在幽暗的夜色里，宛如浩瀚宇宙的小星星。

"太子的殿内也有这盏连枝铜灯，陛下对鲁王与太子真是一视同仁呢。"全寄抚摸刻纹灵动的青铜灯柱，若有所思。

孙霸自满地撩起袖袍，露出缠绕手腕的耀目串珠，不无炫耀道："连枝铜灯算什么！？还有这水晶和绿柱石混穿的串珠呢。"

"鲁王，陛下是不是对您有所暗示？"吴安耸动着八字黑粗眉，有意无意地瞄向太子孙和居住的方位。

父皇授意孙霸也住进南宫，各种赏赐珍玩均与太子孙和平起平坐。此种安顿，孙霸早有察觉，不禁蠢蠢欲动地注目他的众臣："彼可取而代之否？"

杨竺的咳嗽声瞬息消停，他喘息着以衣袍擦擦嘴，双掌交叉抵住胸口，似在向天祈祷，随即俯首称臣："南宫之位，理应鲁王所得。"

孙霸大为快意，暗想太子孙和并未建立任何功业，不过是出生比他早点儿而已！他萌生夺嫡争储之心，也合乎常理，便笑吟吟望向全寄、吴安、孙奇三人。他们面面相觑一番后，鹦鹉学舌跪地齐呼："南宫之位，理应鲁王所得。"

孙霸大喜，笑着将三人搀扶起身，一时兴起，疾奔至墙面，抽出悬挂之上的青冥剑挥洒起舞。四人将他团团环绕，附和着节拍击掌而鸣。

一曲舞罢，孙霸放好青冥剑，坐在椅内抹着汗，忽而面露愁容：
"自古谋大事，知易行难。诸卿谁去向父皇禀明我的心迹？"

分头坐下的四人正端起酒爵把酒言欢，闻言后，个个放下酒
爵，凑在一起交头接耳。

孙霸手捻顺滑的绿柱石串珠，腹内沉思。他是意属才子杨竺
的。全寄、吴安、孙奇不是父皇的血脉至亲后裔，就是宗室子弟，唯
有才子杨竺白丁一个，且无外戚干涉朝政的嫌疑之忧。

身躯肥胖的吴安素来无所顾忌，他撸起袖袍，起身高呼："鲁
王，我等商榷推杨竺出面最为妥帖。"

孙霸听这话竟与自己不谋而合，满怀期待望向杨竺，他低垂着
头，看不清真实的表情。他甚是失望，杨竺突然手持酒爵，顿首表
态："臣是上无君上之事，下无耕农之难。臣愿为鲁王赴火蹈刃，死
不旋踵！"

孙霸满意地颔首赞许，想着打铁须得趁热，忙唤侍从换上热
汤、热茶供众人醒酒，以保持清醒的意识，共谋大业。

鸡鸣五更，孙霸仍不觉有困意，安排四人从后门鱼贯而出后，
他才揉揉眼角来到寝殿。

玫瑁屏风后隐现出夫人刘豆蔻坐在铜镜前梳妆的朦胧身影，
他绕过屏风，迎头撞上端着铜盆的侍女百灵！铜盆的水倾洒在地，
溅得衣袍湿漉漉的。孙霸照着她前胸踹上一脚，不理百灵跪在地上
磕头请罪，悄悄挨近王妃刘豆蔻的背后，伸手蒙住她双眼，让她猜
猜是谁。

"鲁王，还用猜吗？胆敢蒙上妾身双眸的除了鲁王，还能有谁？"
刘豆蔻扭摆着腰身撒娇，趁势掰开他的手。孙霸佯装生气，走到睡
榻边，骗腿斜躺上去："好生无趣！都不会装一装？"

一袭白衫绿裙的刘豆蔻绽放的娇俏笑容，如带露的茉莉花开。
她坐在睡榻旁的锦凳上，手摇纨扇，语音轻柔："鲁王，你整宿未眠，

先歇息。"

孙霸闭上眼，随口问道："可是有何事需要禀报本王？"

刘豆蔻起身，放下紫纹罗帐，絮絮说道："鲁王操劳过度，先睡会儿，醒来再说。"

"王妃，但说无妨。"孙霸掀开罗帐，揪住她柔若无骨的手腕，探出身来。刘豆蔻欲言又止，吞吞吐吐说道："梨花院的奴婢说谢夫人受到惊吓，催促鲁王前去瞧瞧呢。"

孙霸并不着急，他深知母亲生性胆怯，又敏感多疑，时常把一些芝麻大的小事当成天塌下来的大事。

"没请太医诊断诊断？"孙霸垂下双臂，口气淡然。

"太医开了药方，可夫人就是不吃不喝，定要等鲁王……"刘豆蔻踮起足尖，取下挂在罗帐上方的香囊，替他别在腰间。

"母亲怎么愈发成了小孩心性？"孙霸嗅着香囊的花草香，盯向琐窗外一只黄母鸡领着群毛茸茸的小鸡在"咯咯咯"地叫着觅食。

"都说人老返童，老小孩嘛。依妾身来看，鲁王才是母亲的药引子。任凭世间别的什么千金方，都不及鲁王这一味儿子药剂灵效。"

"王妃，装些甘露丸、清凉果、橄榄果脯，陪本王去梨花院。"孙霸又是心疼又觉好气，他坐起身，手臂撑住榻边，双腿悬吊榻边晃悠，决定还得去趟梨花院，以解母亲的心结。

夫妇二人跨进梨花院，就见发髻散乱的谢姬站在绿影婆娑的梨树下，手拿匕首在树身用力地刻画着什么。

孙霸大惊，从未见过母亲这般失态！他怕惊吓她，轻手轻脚走上前，低声呼唤："子威拜见母亲。"

"子威我儿，你终于来了！"谢姬一愣，定定地望着他，喜极而泣地扔掉匕首，抓住孙霸的手，看也不看旁边的王妃刘豆蔻一眼，拉着他向正堂走去。

孙霸心里很不是滋味，母亲这是撞邪了吗？自己大业未定，后院就起火,可不能就此分神,枉费了众人的良苦用心。

刘豆蔻扶着谢姬进到内室,不过片刻,从帘幕后走出来的谢姬,发髻平整,妆容精致,整个人恢复常态。

"母亲,发生何事了?"孙霸端起茶碗,嫌茶汤太烫,放至唇边又放下。

"子威,母亲梦见死去的步皇后……"谢姬掏出丝巾擦擦嘴角,眼里露出惊恐之色。

"梦而已!母亲何须惧怕?惧怕步皇后的人应当是琅琊王夫人,她们早就面和心不和。"孙霸放轻松地笑言。全公主对琅琊王夫人恨之入骨的恶相,连他这局外人都不禁为之胆战心寒。

刘豆蔻忙顺从他的意思:"是咧,是咧!择个吉时,妾身愿陪同母亲到宗庙祭祀、祈福。在先帝的牌位前祈祷,让步皇后不再托梦给母亲了。"

"王妃,可别东施效颦节外生枝了。"孙霸对宗庙祈福已经有阴影了,也不便透露实情给她。

刘豆蔻做出恭顺的模样,退至一边。谢姬神色凄婉地摇摇手,屏退左右后,方才神秘兮兮地哭诉道:"子威,步皇后给母亲留下句诗,母亲总觉不祥。我与她,无缘无故,无冤无仇,哪有托梦赠诗的道理?"

"什么诗句?母亲可曾记得?"孙霸也觉不妙。

谢姬眼里冒出清冷的微光,她清清喉咙,一字一句徐缓道来:"当然记得!就好似她拿匕首刻印在母亲的脑中:明月皎皎照我床,星汉西流夜未央。"

孙霸皱皱眉,细细思量,这是曹子桓的《燕歌行》,并无不妥,忙将话题转移:"不过是曹子桓的抒怀诗句,母亲不必多虑。儿子还未告知天降喜信,琅琊王夫人已被父皇打入冷宫了。"

"当真?!她儿子可是太子啊!"谢姬露出难以置信的神色。

孙霸不服气了，想着室内无外人，敞开心扉吐露秘密："太子？他干了什么丰功伟绩？不过是出生早些时辰而已！"

谢姬神色大变，慌忙伸手捂住他嘴，凑近他耳朵训斥道："事以密成！岂能将此大逆不道的话语挂在嘴上？"

孙霸毫不在意地摊开双手："母亲，这里可是母亲的梨花院。"

谢姬的嗓音透出无尽的落寞与沧桑："你就不怕隔墙有耳？后宫哪里有安全、洁净的角落？就连那些墙头缝隙的杂花乱草、石雕的灵兽神物、木头的房梁门柱、丝染的幕帘衣裳，都长了耳朵、眼睛咧。"

孙霸听得毛骨悚然，看到母亲神叨叨的语态，他不得不耐住性子哄她："母亲，你就别庸人自扰、大惊小怪了。儿子大业未成，后院不能起火。"

谢姬取出袖笼里的梳篦，理理鬓间黑发，拍拍他手背，催他走："放心去，子威我儿。"

回宫的途中，王妃刘豆蔻突然神色惆怅地叹息道："步皇后那句诗，意境算是极好，不过太清冷、颓丧了些。"

"你还记得？不是自诩女子无才便是德吗？"孙霸不由嘲笑她。刘豆蔻娇羞地笑道："你好生听罢，'明月皎皎照我床，星汉西流夜未央'是不是颇为凄凉哀怨？"

孙霸顿觉一股秋日肃杀的寒意从后背升起，他强笑道："本王听着是曹子建的《白马篇》中的'白马饰金羁，联翩西北驰。借问谁家子，幽并游侠儿'的豪迈之情呢。"

"弃身锋刃端，性命安可怀？父母且不顾，何言子与妻！妾身感到很悲壮。"刘豆蔻靠在他肩上，语气凄凉。孙霸无言以对，箭在弦上不得不发。他曾想过放弃争储，就当鲁王。念及依附他的这帮人，想起全公主的信誓旦旦，想起父皇的所作所为，不是他想夺嫡争储，是形势所逼，是顺势而为，是天意如此。

第五十七章　一弦清一心

余晖落在泥金的纹绣缠枝莲的琴套上，折射出赤乌的羽翼在太阳下闪耀的金光。何姬望了眼琐窗外渐渐西沉的血色残阳，埋首褪去琴套，拨弄琴弦以调其音。

"夫人，白姑娘求见。"婢女玉壶的声音隔着墨蓝色的幕帘传进她耳内。

何姬的指头刚拈起根琴弦，铮的一声弦断了！她以指尖挑起皱缩的琴弦缠绕成结，搁置好后，起身到门前掀开幕帘，拍拍头梳双环髻、身穿鹅黄色衣衫的玉壶后背："将白姑娘迎进来。"

面色白净的玉壶正值豆蔻年华，柔嫩如山坡上的豌豆苗，平庸的五官也难掩青春的气息。她扭捏作态地跷起兰花指，蜻蜓点水般划向廊下假山后，露出葱绿裙摆的纤细背影。

"夫人莫急啊，你不见那白姑娘在阴暗潮湿地采摘野草，说是那草药能治小儿惊风。"

何姬暗自纳闷，她素爱洁净，殿宇前后清理得连根杂草也无处躲藏，哪会有什么药草？兴许是白秋水为掩人耳目的说辞罢了。何姬便扯住玉壶耳朵，令她去开箱装袋金豆子来。玉壶人小鬼精灵，咋舌低呼道："夫人不是常夸她非贪图财物的俗物，怎会还是要拿金豆子收买她心？"

"哟，翅膀硬了，要来替本夫人当家做主？"何姬不满地瞪视她道。玉壶吓得吐吐舌头，飞一般跑下石阶，口里念念有词："奴婢知错，知错了。"

假山后探出白秋水红扑扑的俏脸，她抛下草药，就欲原地下跪行礼。何姬快步上前扶起她，掏出汗巾替她擦拭手，笑道："白姑娘不必拘礼，你我难得投缘，虽非姐妹，可本夫人早视你为妹妹，就无须遵照宫内的繁文缛节了。"

白秋水轻轻掰开她手，执意跪拜，言辞恳切："奴婢谢夫人青眼相待，更因此不能坏了尊卑有序的规矩，辜负夫人厚爱的美意。"

何姬深深地望着她清澈如黑潭的美目，感触良深，人家一个奴婢都能明事理，知尊卑有序的礼数，鲁王孙霸岂能不知？他能明知故犯，也怪他身后那一帮妄想荣华富贵的附庸者的唆使与怂恿。

她好奇地将目光转向湿润的青苔地面的紫色花植物："是何草药，真能有奇妙的药效？"

白秋水并未回应她，突然收敛笑意，凑上前来低语："夫人，请进里屋谈。"

何姬暗自窃喜，果不出所料！两人一前一后进到内室，何姬关好门窗，拉着白秋水，与她并肩坐在榻沿："可是鲁王那边有什么动作了？"

"不，是陛下！"白秋水目光沉静，字字如惊雷霹雳。何姬的心咚咚跳得好快，她按捺住不吱声，意料之中的事，就是来得迅疾了些！且听她徐缓道来：

"夫人，实属巧合。奴婢有位要好的姐姐在建业宫当值。那日，她的玉环不慎掉落滚进龙榻,待她钻进榻下寻找时,陛下就带着鲁王孙霸的才子杨竺踏足进到室内。听陛下喝令左右退下,她吓得埋身榻底躲藏,才得以听见才子杨竺向陛下谏言鲁王孙霸有文武英姿,宜为嫡嗣,建议废黜太子,改立鲁王的密谈。"

"陛下可曾表态应许?"何姬抱着一线渺茫的希望问道。憋不住的怒火在胸间燃烧,她用力扯着汗巾,好好的崭新汗巾被她生生撕成两截碎布!

"陛下沉吟良久,似有认同之意。"

何姬不由得跌足哀叹:"唉!陛下糊涂!这不是坐生乱阶,自构家祸?"

白秋水面露难色,神情拘谨地望望窗外,骗腿下地,抄手作别:"夫人,请赶紧想好应对之策。奴婢担忧全公主生疑,得先告退了。"

何姬情知白秋水是冒了杀头的性命危险送信,不能让她空手而归,寒了人心。她打开妆奁,一股脑儿捧出满匣的金银珠宝,有金钗、金环、宝石戒指、珍珠串珠,灼灼华光,耀目异常。白秋水见状,面露惶恐,步步后退着连连摆手不要。

何姬注视白秋水那双闪耀着黑宝石光芒的桃花美眸,暗暗替她惋惜,她有天生神似全公主的皮囊,可命运迥异。全公主是含着金钥匙出生的贵公主,她则是贫寒卑贱的奴婢。

她强行拽住白秋水,硬话软说:"秋水,本夫人知道你不是贪图财物的平庸之辈。给你的姐妹,要她找个托词出宫,另寻他处安顿余生,可别卷进宫廷内的血雨腥风,无辜受牵连。"

白秋水神色庄重:"秋水谢承夫人美意,凡事过犹不及。奴婢的姐妹不过是个资质愚笨的俗人,讨个寻常营生就行,宫内人多耳杂,奴婢担忧适得其反呢。"

何姬见她聪慧异常,且处处替他人着想,身为奴婢,尚能克制贪心欲望,愈发对白秋水更为敬重。为免去她的顾虑,何姬转身从针线筐里抓起银剪,咔嚓两下把琴套剪烂两个破口,再挑选珍珠串珠、金臂钏、宝石戒指、金钗等首饰塞进琴套,扎好封口,递给她:"若半道撞到人问起,就说是缝补琴套。"

"夫人明智。"白秋水将折叠好的琴套刚夹在腋下,门外就响起婢女玉壶的声音:"夫人,东西取到了。"

"拿给白姑娘,替本夫人送送她。"何姬推开门,送走白秋水,迅速换上轻便的鞋履,来到太子孙和住处。

太子孙和听完,面色煞白地扼住她手腕,难以置信地再三追问:"消息可信?可是你安插的细作打探而来?"

何姬的手腕被他勒得生疼,更加痛恨怂恿鲁王孙霸的那帮恶人。为了保全白秋水,她只得含糊其词:"殿下放心,那奴婢是妾身信得过的人。"

孙和松开她,搓着手来回踱步,念叨着不满:"父皇也不顾念父子情分吗?母亲受到惊吓,成了卧病在床的病秧子,也不见他去瞧瞧。"

何姬听得心酸,太子孙和好学下士,甚见称述,自带文人雅士的阴柔怯弱之态。陛下就是因有人告密,诬陷太子以祭祀宗庙的借口,跑到太子妃的叔父羽林都尉张休府邸密谋而猜忌太子,还冤枉琅琊王夫人得知陛下病重,面带喜色,身穿彩衣……

陛下与琅琊王夫人已形成水火不容的僵局,重新赢得陛下的信任才是当务之急。她张开双臂拦住孙和,语气严厉地逼迫他保持冷静:"殿下,不是抱怨的时候!速速召唤那些幕僚们出谋划策啊。"

孙和举手拍拍额头,恢复理智:"不妥,事以密成。并非韩信点兵多多益善。"

"殿下是要找谁呢?"何姬心里默念过一张张面孔的名字:太常顾谭、太傅吾粲、左将军朱据、大将军诸葛恪。

"何姬,此事唯有丞相陆逊。"孙和沉思良久,语气笃定道来。

"但丞相人在武昌啊,远水救不了近火。"何姬点头认同。论及老谋深算、根基深厚,非他莫属。

孙和俯身书案,摊开白绢,拾起支狼毫,放在嘴边舔湿:"总得先让陆丞相获知他们图谋不轨,他若亲自谏言,陛下一旦采纳,本宫的地位自然高枕无忧。"

"殿下是打算写好信以飞鸽传书?"何姬走到案前,端来盛有清水的碗,给墨汁干涸的石砚台添水,拢起衣袖,开始磨墨。

"不用书信,派人送口信?"孙和在白绢上刚落笔,手忽地剧烈抖动起来,墨汁摔跌于白绢,晕染成菱形的霜花。他迟疑着放下狼毫,活动手腕,抬头问她。

何姬手握松烟墨,沿着砚台慢慢磨动,一团一团的墨汁如花苞绽放在砚台内,散发着麝香的墨气。她突然幽幽叹气:"如有合适的人选亲自跑一趟武昌最好不过。"

"派谁去最稳妥?"孙和向何姬投来期许的目光。何姬左思右想,毫无头绪,羞惭地摇头不语。

"可恶!本宫的手腕酸麻无力,连支狼毫都提不起来。"孙和突然大叫一声,倒在胡床内,神色沮丧地捶打胸膛。惊得何姬放下松香墨,柔声安抚他。斯文俊秀的太子殿下患有不为外人所知的双手痉挛的暗疾,近来发作频繁,甚是苦恼。

"何姬,本宫不会像宣太子那般短寿早夭吧?"孙和后怕地握住何姬的手,眼里闪现恐惧之色。

何姬生出恻隐之情,男人始终是孩子!她将孙和的头搂在怀里,像怀抱儿子孙皓,唱着歌谣哄他睡觉:"殿下,一点风吹草动怕什么?别胡思乱想,自乱了阵脚,有妾身,有那帮忠心侍奉殿下的老臣呢。"

孙和躺在她怀里,闭眼哼道:"本宫才不屑学那蛮横无理的鲁王。本宫日后定要以德服人,以孝治理天下。"

何姬耐住性子劝说："老子曰,治大国若烹小鲜。殿下,治理天下言之过甚呢。手腕的疼痛好些了吗？"

孙和强撑着落地,双掌相互搓揉着走向书案："你真是本宫的贤内助,可惜是女儿身,不然,就是本宫的左膀右臂。本宫还得写好信,送到武昌的陆丞相手中。"

孙和再次执起狼毫,手指哆嗦,下笔写成弯弯曲曲的蚯蚓字,望着被墨汁晕染的肮脏白绢,他泄气地掀翻书案上的竹简,坐在地面懊恼地捶胸自责。

孙和贵为太子,众人对他期望很高。何姬明白,卸下太子桂冠的孙和不过是凡夫肉胎的常人。她扶孙和坐在胡床,安慰道："殿下,妾身可为殿下捉刀代笔。"

孙和摆摆手："陆丞相为人谨慎,他熟知本宫笔迹,就算你捉刀代笔,他不信,也是徒劳无功。"

何姬捏着狼毫怏怏放下,眼前闪现侍卫孙左疾步奔跑的身影,他立定门外说尚书选曹郎陆胤来辞行。

"辞行？陛下委派他去何地上任？"孙和背靠隐囊,搓揉双掌,淡淡问道。

"听闻陛下派他到武昌公干。"

太子孙和沉默不语,何姬喜出望外,岂非神人相助？两人心有灵犀一点通,默契地四目相对,片刻后,孙和神色平静对孙左下令："让他先回去。"

孙左傻傻地站立不动："殿下平素不是最敬重尚书选曹郎？怎么连辞别都不肯去相送？"

何姬猜出太子不见尚书选曹郎陆胤定是有所顾虑,厉声呵斥孙左："服从命令就是了,问东问西作甚？"

孙左被抢白一顿,灰头土脸地慌忙离去。孙和喜得跳下地,冲着何姬击掌欢呼："陛下此时派他到武昌公干！陆胤乃陆丞相的族侄,真是天助本宫!"

"殿下为何方才不见他?"何姬内心充满疑云。

孙和清澈的双目蒙上一层荫翳,他举袖擦擦额面,惶恐不安:"唉,本宫怕了。父皇病重,全公主竟然构陷母亲神色欢喜……你不觉得很可怕?仿佛这宫内都有她布下的天罗地网。"

何姬也听得毛发倒竖,她长吸口气:"侍卫孙左也不可信?他侍奉殿下多年,不可谓不忠诚。"

"忠诚?那得因人而异。对于混饭吃的奴婢们,大多数是贪财好利的凡夫俗子,不能有所奢望。唯有一小撮的人,富贵不能淫,贫贱不能移,威武不能屈,可那毕竟是少数。"

何姬信服地连连称是,想那白秋水应算是少数中的人物了。

"殿下,眼下应作何打算?"

"你我乔装打扮,微服私访陆胤。此事定要做到神不知鬼不觉。"孙和露出如履薄冰的谨慎之态。

"殿下如何确定陆胤可信赖?"

"父皇曾曰,满朝文武,论及忠诚恳至、忧国忧民就数丞相陆逊;陆胤的兄长陆凯又是忠壮质直,皆节概梗梗,有大丈夫格业的人物,自然值得托付重任。"

末了,孙和眼神坚定地强调道:"本宫与他们是祸福相依,唇亡齿寒。他忠诚本宫,就是忠诚他们吴郡陆氏的宗族,绝非以利相倾的蝇营狗苟。"

何姬充满爱意地仰视英明睿智的太子,这一刻,她能感同身受太子妃为何愿意与太子许下生死相随的诺言。

"更衣出发!"孙和挽住何姬手臂,双双消失在玳瑁屏风后。

第五十八章　了却君王天下事

孙权趿拉着鞋履,站在廊下闲看天上绿酒浮沫般的云团,忽闻高空有啾啾鸟叫,三只白头鸟从厚重的云间飞至齐集殿前的屋脊兽,叽叽喳喳叫个不休。

"元逊,此为何鸟?"他侧身问向自诩为诙谐多能、应对敏捷的东方朔的诸葛恪。平定山越归来,拜为威北将军、都乡侯的诸葛恪体态愈发肥壮。他抬起黑胖的圆脸,只拿眼瞄了瞄白头鸟,神色自负地耸动短促的扫帚黑眉,躬身回道:"陛下,此鸟乃产自益州、交州的白鹦鹉,善学人语。"

孙权缓步下阶,探手欲擒住只白头鸟,哪知它们灵性得很,"哗啦啦"扑腾着翅膀冲向院落的桑树,停靠树梢上,摇头晃脑叽叽乱叫,似在嘲弄他的无能。

过了花甲之年,他的手脚早不及往年灵便了。孙权沮丧地揪住垂至胸前的花白胡须,懒懒闲问。

"山越可有这善学人语的良雀?"

"陛下，待臣为陛下捉鸟来。鹦鹉学舌而已，算不得良雀！不过是能逗人开心解忧的小玩意儿。"

诸葛恪摇摆着水桶粗腰，迈着外八字步，行至女贞树下，仰面噘嘴，发出咕咕鸟叫，并列枝头的三只白头鸟歪着脑袋倾听，以为找到同类，迅疾飞到他手臂，诸葛恪捉住只白头鸟，敬献给孙权。孙权犹豫着摊开手掌，那鹦鹉就跳进来，他以手指梳理鹦鹉的羽毛，甚为讶然："元逊，何时习得鸟语了？"

"陛下，鸟语易学，人心难测啊。"诸葛恪神色自若地笑言。一只白头鸟飞落他头冠，成为装饰帽冠的神鸟摆设。

孙权缓缓将手中的白头鸟递给亦步亦趋跟随他的宦官黄松，要他寻个金丝鸟笼装这白头鸟送至潘妃的宫内。

"陛下对潘妃的宠爱俨然胜过步皇后。"诸葛恪发出言不由衷的喟叹。

孙权拊掌大笑："朕不过是随了窈窕淑女君子好逑的男儿本性罢了。"

诸葛恪也笑了，君臣二人心照不宣地步行于绿荫环绕的桑树下，孙权背倚树身，扫视着诸葛恪故作镇定的表情笑道："元逊是有难言之隐？"

"是陛下心有所变。"

"此话怎讲？"孙权镇定自若地张开五指，抓挠后脖颈。

"陛下不是欲扶持鲁王孙霸取而代之南宫太子孙和？"诸葛恪黑胖的油面浮现一层难掩的悲愤之色。

孙权大惊，心脏顿若骤停。他与杨竺的密谋，诸葛恪如何知晓？踌躇片刻，他方故作愤恨地捻须怒喝："元逊，这般无中生有的空穴来风也肯当真？"

诸葛恪面无怯意，昂起黏糊糊的黄鳝色的面容，振振有词哭诉道："陛下，绝非空穴来风。若陛下无此心，臣又岂敢提及这等无妄之灾?自古废嫡立庶,皆为不祥,望陛下三思,太子孙和万万不可废啊!"

体胖身重的诸葛恪涕泪交加地跪在他脚下,似盘绕在地的胖头蛇,向他嘶嘶吐出毒芯子。

诸葛恪是太子妃的舅舅,羽林都尉张休又是太子妃的叔父,盘根错节的亲情牵绊,一荣俱荣一损俱损的利益瓜葛,不知不觉,太子孙和已成长为难以撼动的参天大树了。孙权后悔过早立孙和为太子,而今造成进退两难的局面。

"元逊,快快起身!朕说过,这是别有用心的无中生有!"

"陛下当真无二心?"诸葛恪半信半疑地追问道,浮肿的鱼眼闪现一抹狐疑的微光。

孙权怨怒至极,怨鲁王孙霸的才子杨竺这厮走漏风声,恨诸葛恪竟敢当面问责,只得强笑着敷衍。

"自然!君无戏言。"

"既如此,陛下为何让太子与鲁王共处南宫,不分尊卑次序?鲁王早该离宫别地镇守边疆。"

诸葛恪得寸进尺地步步逼问,换作往日,孙权必定会下令侍卫雄侯将他轰出去暴揍一顿方才解恨。怒火冲顶,刺激得头风顽疾复发,孙权瘫坐树下,双手抱头,痛得难以表述。

诸葛恪慌得不知所措,侍卫雄侯旋风似的奔过来,双手托举起孙权,冲着一脸茫然的诸葛恪安排:"陛下犯病了,请将军进内殿侍奉陛下,臣去请太医!"

孙权的鞋履啪嗒掉落,诸葛恪忙捡起来,如肥鹅摇摇摆摆进到内殿。内有三五个宫女,捧茶的捧茶,翻箱的翻箱,跪伏榻前等候的等候,乱成一团。

躺在龙榻上的孙权气息虚弱地挥手下令:"都退下。"

雄侯将孙权安顿好,迅疾如风出得门去,内殿仅剩下两人。孙权忍着疼,朝诸葛恪招招手,示意他在榻前的矮凳坐下,腹内正酝酿说辞,不识好歹的诸葛恪紧咬不放:"陛下,臣乃拳拳输情,陈露肝膈啊。"

孙权厌恶地紧闭双目,他悲哀地意识到自己老了,成了一头软绵的、怒声都似咩咩哀叫的羔羊。

琐窗的梅花窗棂漏进一束束光影,无数尘埃在光影里飞舞,转瞬消亡。孙权不自觉地紧皱眉头,有气无力地感叹道:"元逊,朕老了。鲁王也好,太子也罢,随他们去。"

"陛下,破虏将军草创东吴基业不易,陛下不能就此撒手不管啊。"诸葛恪重重的磕头声如鼓槌敲击孙权的心脏,震得他五脏六腑都开始疼挛!他痛苦不堪,攥紧锦被,沉声闷喝:"元逊,朕尚在人世,尔等如此心急拥戴南宫太子,是何居心?"

"陛下,臣等不都是为东吴基业永固谏言,何错之有?"擅长舌辩的诸葛恪摆出无辜的嘴脸,重申道。

孙权捻起下颌一绺斑白的胡须,盯着引以为傲的变色长髯,内心涌起无限悲哀:"元逊,别以为朕年迈昏聩了,就任由你来数落不是。扪心自问,尔等是为东吴基业,还是为永保你们宗族的泼天富贵?"

诸葛恪大言不惭地嬉笑道:"陛下,臣等既为东吴基业,也图自个儿的荣华富贵。唇齿相依,祸福相依,臣等何错之有?"

门帘晃动,雄侯领着手提药匣的太医踏步进来,床幔前飘浮着苦涩的药味。孙权琢磨着诸葛恪的话,是无可挑剔,不由莞尔一笑:"横竖你都占理。暂且退下,朕须得先治好头风顽疾,再与你理论。"

诸葛恪的胖脸挤出一丝油浸浸的苦笑,他迈着蹒跚的步伐,一步一回头挪近门口,不厌其烦地嘱咐:"陛下,万不可动摇东吴根基。"

"元逊,你可真啰唆。"孙权不快地讥笑道。他仰躺于软硬适中的锦纹羊角枕,闭目静候太医替他把脉、诊断。

"陛下是忧思过度引发的头风,这一帖草药有助安睡。"太医说完,探手解开赤帻,在孙权额面覆盖张清凉的草药贴,他顿觉整圈头皮火烧火燎地难受,眼皮沉重得似被泰山压顶。他真想昏睡过去,不再搭理这人心不可测的惶惶现世,可另一个声音又在催促他该尽快宣才子杨竺那厮进宫对质。

雄侯的脚步声渐渐响起,他躬身榻前禀报:"陛下,臣派人通知潘妃、全公主了。"

"多事!朕病未痊愈,召她们来不是瞎胡闹?"孙权挣扎着坐起身,顺手揭下额头的草药贴,晃晃头颅,头风症状果真减轻些许。

雄侯蹲身替他穿上鞋履,赔笑道:"臣等粗鄙汉子,笨手笨脚如何能侍奉好陛下?"

孙权拍拍他结实的肩膀,刚撑着他立起身,窗外飘过一袭朱红长袍的全公主,她如团炙热的火焰飘移至孙权身旁,神色焦灼地询问道:"父皇,可好受些了?"

见大虎擦拭着眼角的泪痕,孙权暖意顿生的同时又唏嘘不已。他看似有五位儿子,孙和、孙霸、孙奋、孙休、孙亮;实则孤家寡人。孙奋、孙休远在各自的封地,孙亮尚是牙牙学语的黄发儿童;孙和、孙霸忙着争抢南宫之位,谁会惦记他这位父皇的生死?几个儿子加起来都比不过一个女儿大虎对他的孝心真挚。

孙权拉起大虎的手,两人分头落座后,他才悠然笑道:"大虎放心,你父皇不是轻易就能被打垮的凡人。"

"父皇是女儿心中屹立不倒的神山,女儿疼惜父皇病发,身边无人照顾的凄凉。"

大虎摇摇头,斜插在灵蛇发髻的金步摇簌簌作响。她撩起袖袍,露出白生生的手腕,朝向那几位跪伏在地的宫女指指戳戳:"你们这些贱婢,一个两个就知偷奸耍滑,混吃等死!父皇的头风顽疾发作,内殿也不常备些草药丸?"

"全公主恕罪,奴婢们知错了。"

孙权饶有兴致地等她要完威风，吩咐侍卫雄侯召鲁王孙霸及才子杨竺进宫。

"陛下,潘妃到了。"立在门框旁的宦官黄松掀开半截门帘禀报。潘妃人未到,娇声娇气的咒骂声先传进来。她这位花神的脾气可是比大虎还喜怒无常咧。

孙权不顾风疾未愈,连忙迎上去,拾级而上的潘妃,一身淡青绿色衣衫,宛如月中仙子下凡,身后的乳娘怀抱沉睡的幼子孙亮。孙权龙颜大悦,亲热地搂着她进到内殿,明艳动人的潘妃就是一轮皓月,走到哪里都能映照得满室生辉,让其他人黯然失色。

孙权从乳娘臂弯接过孙亮,安放至睡榻,方才高举潘妃的手,满足地向全公主炫耀:"大虎,别忘了,父皇还有潘妃呢。"

全公主双袖并举,换上盈盈笑脸,对着孙权、潘妃下拜顿首:"父皇与潘妃鹿车共挽、松萝共倚,真乃女儿之大幸。"

潘妃殷切地扶起大虎,亲昵地攀住她的臂膀,娇笑道:"陛下,妾身最喜欢全公主这张涂抹蜜糖的嘴了，天大的烦恼也能融化了。"

眼见他挚爱的潘妃、大虎两位女人相处融洽,孙权心满意足地仰天大笑,侍卫雄侯突然而至的高呼,扫了他兴致。

"陛下,陆丞相十万火急的信函。"

孙权收敛笑意,整顿衣袍,正襟危坐,令雄侯念。

雄侯抖开信函,跪伏在地,声调抑扬顿挫:"太子正统,宜有磐石之固;鲁王藩臣,当使宠秩有差。彼此得所,上下获安。谨叩头流血以闻。"

全公主的桃花面色渐呈铁青色,孙权见此,命宫奴们皆回避。他夺过雄侯手中丞相陆逊的信函正欲撕烂,想想还是作罢,随意浏览信尾一行苍劲有力的楷体:"臣愿书三四上,及求前往建业,欲口论嫡庶之分,以匡得失。"

"子孝还真会笼络人心!"全公主笑嘻嘻地嘲笑太子孙和。

"谁走漏了消息?远在武昌驻守的丞相陆逊竟能得知。"密谋泄露的挫败感令孙权恼羞成怒,他怀疑太子孙和密布耳目监视他。

"父皇,女儿方才见到胖驴诸葛恪,他自是来当太子的说客。那太傅吾粲屡次上书确立嫡庶之分,要父皇将鲁王孙霸调出朝廷驻守夏口。他们一个个的自命不凡,都喜欢擅自替父皇做主,父皇就不管管?"

孙权没回应大虎的怨言。他坐在大虎和潘妃中间,话里有话:"大虎、潘妃,记住喽,你二人和子明才是朕最爱的人。"

大虎亲热地偎依在他身边,表明心迹:"父皇,女儿懂得父皇心思。"

"陛下真英明!陛下是妾身臣服的大英雄!"潘妃明媚的双眸流露出崇拜的爱意,孩子气地撒娇,动情地恭维他。

孙权对此极为受用,同为三国英雄,曹阿瞒、刘玄德都不及自己福德深厚,厮杀大半生,暮色残年,他心甘情愿陷进潘妃为他编织的温柔网。

孙权爱怜地握紧潘妃的手,胸有成竹地高声下令:"黄松,速去南宫召太子孙和! 朕要坐堂亲审太子孙和、鲁王孙霸!"

"哇! 有热闹可看了!"大虎兴高采烈地拍掌欢呼,发髻的金步摇晃动得更响了。

"妾身也爱看热闹,尤其是能死人的大热闹! 赵夫人发疯的样子真好玩!"潘妃挣脱他,兴奋得双颊泛红,说起陈年旧事。

孙权痴痴凝视她的绝世容颜,心想:就算她爱看杀人,我也要满足她的心愿。她毕竟只是个淘气的孩子。

第五十九章　随意春芳歇

昭明宫的清晨,虫鸣啾啾。

潘淑慵懒地倚在床头,转动手指的红宝石戒指,回想起与陛下畅饮的欢愉时刻,禁不住甜笑起来。

庭院内突然传来姐姐潘樱的高嗓门:"咦,青鸟!快来把红石榴摘几个尝尝鲜。"

青鸟拖长的声调透出不情愿的懒怠劲儿:"潘姑姑,这青皮的石榴果刚泛红,缓几日再摘也不迟啊。"

潘淑听得火冒三丈,昭明宫内的奴婢中,就数青鸟这贱婢最爱自作主张,时常顶撞人,也不照镜子看谁是主谁是奴!这坏德行就是从前的赵夫人给纵容惯的!她掀开锦被下榻,推开琐窗,只见身穿紫衣的潘樱正踮足攀摘一个拳头大小的青皮红果兜在怀内。她探头冲着姐姐娇喝:"姐姐,对那些不会听人话的蠢货,费力啰唆什么?打便是了。"

潘樱缓步走至窗前,皱了皱远山黛眉,把石榴递给她,以息事宁人的口吻劝道："妹妹，你现今可是当贵妃的人，何必自降身份和奴婢们斗气呢。"

潘淑抓过石榴，狠砸向面容苍白的青鸟，笑嘻嘻骂道："姐姐，你太过善良了，贱人就得毒打，岂能任由她作妖！"

青鸟偏头闪过，石榴摔在硬邦邦的地面，完好无损地溜溜乱滚。她倔强地站立原地不动，神色孤傲地申辩："敢问潘妃，奴婢哪里做错了？"

潘淑扯住潘樱的紫花衣袖，气得声音颤抖："姐姐，你听听，她还敢问责妹妹，不知尊卑有别，谁借她的胆了？"

潘樱贴着她耳朵喁喁私语："妹妹，没见她目光呆滞、神情麻木，估计是个可怜的傻子。撵她到膳房去当个烧火、劈柴的奴婢不就解恨了，强过留在眼前瞅着心烦。"

潘淑搂着潘樱的脖子，气呼呼说道："傻子才好呢，就要留她在身旁随时能解个闷。"

"青鸟，快去唤玉竹来。"潘樱回头吩咐傻站一旁的青鸟，刮了刮潘淑鼻头，"那你可不许置气了，哪有聪明人与傻子事事较真的理？"

说着话，她闪身进到殿内，姐妹两人并肩坐在床榻上。潘淑嗅到姐姐身上有股栀子花枯萎的甘香，比起平日常用的安息、龙涎的熏香更为清新。她凑拢潘樱的后脖颈问道："姐姐这是涂抹的什么花香？闻着真好闻。"

潘樱怕痒，轻轻推开她，从胸前摸出崭新的翠绿色绣花香囊递给她："是全公主府上的白秋水拿来的药香囊。"

"白秋水？可是与全公主神似的那名奴婢？"潘淑印象中见过她。陛下那日还问全公主怎么不见那女子。全公主遮遮掩掩暗示那奴婢太过聪明，她得提防着。

潘淑起身到妆奁前，拉开镜匣摸出银剪刀剪断香囊的封口。

"姐姐怎会与她走得近？"

"姐姐是看她与别的宫女有些不同。"

"有何不同？不就是与全公主略略有几分相似吗？"香囊里是分辨不出何物的黄绿色的细碎残渣叶片，隐隐含香。潘淑失望地扔下剪刀，拿起绸巾擦擦手。

潘樱走来收拢起细碎的残渣叶片，眼里跳动神往的灼灼光芒："不，她待人温言细语，让人不由自主就想靠近她，与之亲近。姐姐看她就是后宫暗夜里的一缕烛光。"

潘淑听得很不服气，白秋水不过是个低等奴婢，凭什么就能俘获姐姐的心？她打量着潘樱色泽娇艳的紫花衣衫，伸手替她抚平花卉的褶皱，一口气吹散那些残渣叶片，好意提醒道："姐姐，后宫的太阳是全公主，月亮也是全公主。她怎配成为光！全公主对白秋水防备得很，你得离她远些。"

潘樱一怔，目光追寻着飘飞不知何处的细碎残渣叶片，行至铜镜前，对镜自顾良久，忽而有感而发："姐姐老了，不想在宫里打发余生，再守候你些日子，给陛下说说情，准许姐姐嫁人出宫，可好？"

潘淑忆及与姐姐睡在织室狭小空间的困顿岁月，瞥见到她乌油油鬓发冒出几根刺眼的白发，不由得搂着潘樱柔弱的肩，心疼地对着铜镜里的姐姐诉说自己的无奈："姐姐，虽说陛下宠爱妹妹，可妹妹只是妃嫔，人微言轻，就算陛下给姐姐指婚，也不过是平庸之人。"

潘樱痴迷地望着镜中潘淑那张石榴花神的美人脸，与她脸贴脸，铜镜里重叠出两张美人脸，一张明艳妩媚，一张清冷质朴。

"妹妹是认准陛下将会封你为皇后？"潘樱一脸狐疑地柔声问道。潘淑哧哧笑了，她顽皮地磨蹭着姐姐柔嫩如夏日花瓣的面颊，闭上双眸，仰头向苍穹悄声祈祷："我的石榴花神，请垂青于我，赐予我皇后的宝座与凤冠。"

潘樱素来性情平和,不易为外界变化所动心。她拍拍潘淑的后背提醒道:"妹妹别忘了,南宫太子是孙和,最有可能封为皇后的应当是他生母琅琊王夫人。"

吴王已经信誓旦旦向她及全公主表明,未来继承皇权的人非孙和、孙霸。潘淑神色得意地来回晃动上半身,笃定地嫣然娇笑:"姐姐,你不觉得这世道变化莫测? 妹妹也料不到会从沦落织室的罪臣之女荣升为吴王后宫的妃子。"

潘樱低头抓起把篦子,不紧不慢地梳理鬓角,若有所思:"依我看来,南宫太子孙和会是个贤明的君王。因循守旧不好吗? 非要弄得亲骨肉自相残杀?"

潘淑不乐意了,摇摆着腰肢反驳她:"姐姐怎么胳膊肘拐向外人? 皇子孙亮可是你血浓于水的至亲,怎不为他谋划未来? 妹妹才是梦见天神将龙首放置于膝上的人哦。"

潘樱咧嘴憨笑,像小时候那样搂着她腰际,温柔地哄着她:"怎么扯到梦龙了? 姐姐当然希望皇子孙亮继承正统,但他尚年幼,等南宫太子继承皇位后,再做打算也不迟呀。"

潘淑素来不满姐姐凡事均以为然的无所谓态度,她急得跺脚驳斥:"姐姐糊涂!那得是猴年马月了? 荣华富贵与妹妹的国色容颜一般稍纵即逝,定要抢占先机抓住,不可错过!"

"妹妹,不必刻意为之,老天自会有安排……"

两人正争执不休,侍女灵芸慌里慌张从前殿的假山后绕过来,一路颠跑着招手呼叫:"潘妃,不好啦,南宫大乱了。"

潘淑闻言,眼皮也不抬下,举手拢拢鬓发,摆出事不关己高高挂起的冷漠状。轮到潘樱急了,她上来扯扯她衣袖:"妹妹,咱们去瞧瞧究竟。"

"姐姐,南宫大乱关我们何事?"

潘樱低头细细一想,咬住下唇叹道:"唉,貌似妹妹言之有理呢。"

潘淑满意地笑了，从妆奁里挑拣出一串金钏，走过去拉起她的手套上金钏，得意地卖弄道："姐姐，鹬蚌相争渔翁得利啊。"

潘樱摆弄着金灿灿的金钏，忧喜交加地凝视她："妹妹长大啦，比姐姐聪慧十倍、百倍，真好呢。"

侍女玉竹缩头缩脑地欲言又止："那，潘妃不打算去南宫？"潘樱转头问她："可是谁令你传话来着？"

玉竹摸摸头上的十字髻，面有难色地嗫嚅："是全公主，噢，像是全公主，不，是和全公主极为相像的一位姑娘。奴婢眼拙，实在分不清她们。"

潘淑望向头梳灵蛇髻的潘樱，两人相视而笑。潘淑暗想，既是全公主的人递话，还得赏脸去打个照面，看个热闹，便坐在镜前催促潘樱："姐姐，替妹妹梳个惊鹄髻！"

"你就独爱梳这高髻？别的夫人都爱学曹魏后宫的文昭甄皇后，将万根青丝绾就光泽可鉴的灵蛇髻呢。"潘樱弯腰从妆奁抓起梳子，手指在她黑发中灵巧翻飞。

"妹妹才不会邯郸学步呢！何况她都是死去的人了，妹妹如今可是名满天下的江东绝色！"潘淑高傲地直视镜中自己那张百看不厌的俏脸，对死去的文昭甄皇后嗤之以鼻。

潘樱俯身挑了树枝状的金步摇插进潘淑的发髻，捧正她的头，冲着镜中人说道："妹妹，无极甄氏是中山国内的豪强望族呢，那甄宓尚有'闺中博士'的雅号，咱们家可比不上。"

潘淑嫌树枝金步摇太过招摇，伸手拿碧玉簪插戴，哧哧笑道："姐姐，文昭皇后虽专宠数十年，却落了个被赐死的下场！妹妹才不稀罕她呢。妹妹要专宠到死！"

潘樱很忌讳她提"死"的字眼，忙捂住她嘴，义正词严纠正道："呸呸呸，净乱说！花都无百日红呢，不懂见好就收的道理？"

我芳华正茂,陛下却是英雄迟暮,我当然会比陛下活得长久。潘淑笑而无语,起身舒展双臂,手捧朱红锦衣的玉竹忙趋步上前侍奉她更衣。她瞟向对镜理云鬟的潘樱打趣:"姐姐可是看上哪位大将军了?妹妹找陛下提亲去。"

潘樱臊红了脸,神色羞答答的,语气半真半假:"以姐姐的蒲柳之姿,哪敢奢望嫁大将军?孔武有力的武将即可。"

潘淑刚欲笑问姐姐为何钟情粗蛮武将,继而想起年过花甲的吴王陛下,到底是年岁不饶人,陛下的神力宛如夏夜在林间飞舞的萤火虫的微光,愈来愈模糊,湮没在黑暗里。生不逢时的淡淡哀伤萦绕心头,她拽着潘樱的手:"妹妹定会让姐姐嫁个疼惜你、照顾你的武将。"

第六十章 南宫冷月无声

"父皇、鲁王，你们既不仁，那就怨不得我不义了。"跪在台下的孙和满腹怨气。他无法相信父皇真会有废黜自己的念头，不，是行动！他瞟向站满重臣们的正殿，一边是以全公主为首的全寄、吴安、孙奇；一边是以诸葛恪带队的吾粲、顾谭、张休。

"到底是何人授意？"吴王坐在南宫太子高位上，怒容满面追问尚书选曹郎陆胤。

"禀陛下，无人授意。这消息是才子杨竺告知臣的。"刚遭受鞭打刑罚的尚书选曹郎陆胤语气坚决。

他的话音一落，立刻遭到才子杨竺落水狗般尖锐号哭的回击："陛下，他在血口喷人！他在污蔑啊！臣岂能与他成为一丘之貉？"

陆胤抬起衣袖擦拭嘴角渗出的血迹，咧嘴嘶嘶怪笑道："杨兄，你我一直不都是狼狈为奸吗？"

才子杨竺被他的话激得眼珠暴突，他以狗的速度冲过去抓住陆胤又啃又咬，被陆胤反手一推，栽倒在地！他似落荒而逃的丧家之犬,窝囊地掩面哇哇大哭。

孙和暗自松口气,偷偷望向跪在侧身的鲁王孙霸,后者正巧偏过头,两人四目相视。孙霸目光凶狠,眼里跳跃着要将他摧毁的两团怒火,孙和立刻低首回避。他清楚,两人的内心都萌生了杀机,不过尚未到鱼死网破的时候。

杨竺的哭声惹怒了吴王,孙权怒斥他:"该死的废物!眼泪能替你说出真相?哭声能替你申冤?"

杨竺生生将哭声吞进肚内,殿内顿时一片死寂。吴王缓和了语气,突然将这烫手的山芋踢给孙和。

"太子,你来审判,究竟是杨竺撒谎还是陆胤狡辩?"

孙和的心脏"咚咚咚"跳得发慌,他竭力克制混乱的思绪,内心斟酌着应对的措辞,双眼习惯性转向诸葛恪、张休、顾谭,渴求他们中的任何一位能替他解答。

面色黑沉的诸葛恪迈着稳健的八字步,紧簇着扫帚黑粗短眉:"陛下,此事关乎的是杨竺与陆胤,臣以为,太子和鲁王都该避嫌回避。"

孙和颇为认同他的观点,他和鲁王孙霸都需要置身事外,躲在幕后暗中较量。

"父皇,威北将军的话也不无道理。"坐在吴王下首的全公主跷起二郎腿,拈起一绺黑发缠绕在指尖,笑吟吟说道。

吴王摩挲着颔下花白的长胡须,点头称是:"元逊所言甚是。子孝、子威起身!陆胤,你详细道来杨竺是如何对你提起此事的?"

如释重负的孙和爬起身,拖起发麻的双腿,行至顾谭与张休身后,单手撑住龙柱,掏出汗巾揩干后脖的汗水。透过张休与顾谭两人的身体缝隙,他见到陆胤的背部衣衫破烂,露出血印斑斑的鞭痕,心里不由得一阵绞痛——陆胤是为自己而遭受的酷刑啊。

"陛下,那日杨竺专程跑来见臣,神色兴奋对臣夸下海口,说他已经说服陛下废黜太子孙和的南宫之位,要改立鲁王孙霸为太子。臣哪肯相信,那厮就一五一十说出与陛下是如何在建业宫内密谋的……"

脸色青白的杨竺如同乡村泼妇扑上前,张牙舞爪地伸出双手想要掐住陆胤的脖颈,又被他闪身躲过。扑了个空的杨竺摔翻在地,坐起身来时,头发散乱,脸上擦破得血污满面,怪是瘆人。

鲁王孙霸的脸色铁青,他抖抖酱紫色的绸花阔袖,踏步至杨竺身旁,语态凶狠地责问他:"杨竺,你不承认泄密给陆胤?为何他连细节都清清楚楚?"

杨竺抱住孙霸的双腿喊冤:"鲁王,臣冤枉啊!臣怎么会干搬起石头砸脚的蠢事啊?你得相信臣,替臣说说情啊。"

孙和立定群臣后,冷冷地注视孙霸,暗自期盼个性蛮横的孙霸快快爆发怒火——人在冲动之下的决策都会带来致命的危险。

孙霸攥紧双拳,奋力挣脱杨竺的死缠烂打,回身一个跟跄,若非全寄眼疾手快托住他腰身,他也差点儿来个狗啃屎。

全寄扶稳孙霸后,目光扫向陆胤,语气不善:"陛下,若不施重刑,恐怕难以逼他吐露真相!"

孙和紧张得手心冒汗,他担忧加重刑罚,会让陆胤承受不住从实招来,那他将会一败涂地!上回到宗庙祭祀就被污蔑成饮酒作乐,母亲解释不通,以自杀逼迫父皇,引发父皇厌恶,借机冷落她,已是输了一局,这次不能再输了!

他连忙扯扯张休的袖笼,张休偏过头,深邃的双眼散发出坚毅的神采,孙和满怀期待地目送他缓步出去,耳听得他干巴巴的话音:"陛下,圣人云,君不密则失臣,臣不密则失身。几事不密则害成,是以君子慎密而不出也。"

孙和听得一头雾水,张休的葫芦里想卖什么药呢?书生意气的寻章摘句,父皇岂能不知?

吴王也拿眼瞪了瞪张休,意思不言而喻:"你当朕是三岁孩童,

401

还来说教？"

鲁王孙霸的亲信吴安趁机上来煽风点火："陛下，就算是杨竺走漏风声，可罪大恶极的人是陆胤！他竟跑到陆丞相那里告状，使得陆丞相震怒，接二连三写书信送回宫，引发人心大乱。陆胤罪加一等，当以重罚处刑！"

孙和见孙霸的爪牙一个个露出利齿来摇唇鼓舌，忙拿胳膊肘触碰太常顾谭的臂膀，示意该他登场了。

顾谭回眸一笑，疾步绕过张休，立在吴安身旁，不卑不亢笑对道："陛下，才子杨竺扬言与陛下谋划而不信守秘密，他不就犯下了灭族的欺君之罪？望陛下定夺。"

孙霸、吴安、全寄、孙奇均变了脸，四人面面相觑。性情乖张的孙霸张张嘴，被全寄强行捂住，他愤然掰开全寄的手，将求助的目光投向全公主。坐姿慵懒的全公主低垂眼帘数着一颗颗垂至胸前的东海珍珠，语气甚为玩味："父皇，南宫太子和鲁王是在玩田忌赛马的把戏呢。"

孙和乍见全公主识破双方的伎俩，不由自主地瞄向鲁王孙霸，孙霸毫不示弱直视他，两人再次四目相对，整个殿内顿有剑拔弩张的窒息感。

吴王忽然发出一声叹息："朕是问不出真相来了？"

环顾整座后宫，谁不是编织着谎言，又活在谎言之中？孙和的心中泛起一阵阵悲恸的涟漪，真想冲着吴王大声哭喊："父皇，戳破了谎言，后宫还剩下什么？那些被岁月腐蚀的雕廊画柱？那些风吹不尽的杂草繁花？"他强忍住宣泄委屈与愤怒的欲望，步履沉重走到体态肥壮的诸葛恪身后轻声哽咽。

"陛下，真相恐怕永无天日了。也许是天意，那就不要再追究了。"诸葛恪的话音透出息事宁人的疲态。

"天意？何为天意？朕的意志难道不是天意？"吴王好似被毒蜂

蜇刺敏感的神经,他霍然起身,朝诸葛恪挥舞衣袖大声嘶吼。

太常顾谭上前一步,与诸葛恪并肩站立,表情严肃言道:"陛下,天意无非是遵循嫡庶之义、理不可夺的天道。"

"老生常谈!朕的耳朵都听出茧子了!"吴王不耐烦地捂住自己的双耳咆哮道。

沉默寡言的孙奇现身发言:"陛下,自古贤者为王,鲁王孙霸允文允武,应被立为太子。"

孙和的心都碎了,他绝望地怒视鲁王孙霸身旁一张张贪婪的面孔,他们为了自己的一己之私,甘愿抛弃祖宗道义,信口雌黄、颠倒黑白。

一阵哭声传来,孙和寻声望去,是跪伏在地的张休,他一面重重磕头,一面痛哭流涕:"陛下,岂能听小人众口铄金、积毁销骨?太子仁明,显闻四海。今三方鼎峙,实不宜动摇太子,以生众心。"

孙和顿觉鼻头发酸,这崎岖不平的黑暗世道啊,还是有明辨是非的人坚持良知埋头修补。他揉揉鼻翼,抬头撞见太常顾谭向他投来胜券在握的目光,孙和没他那么乐观,点点头敷衍他。

吴王忽然发出洞穿世事的冷哼声:"你们啊,摇唇鼓舌不都是各为其主吗?朕反而成了孤家寡人!"

"陛下,潘妃觐见。"宦官黄松颠颠跑进来禀报。

江东绝色的潘淑,艳名远播,所有人的目光齐刷刷望向殿外。孙和很是不快,深居简出的潘淑怎会来南宫,是谁偷偷将她请来?他疑惑不解地转向诸葛恪,见他也是一脸茫然。孙和的心又悬吊在半空——一个全公主就能左右父皇的心意,又跑来一位父皇宠爱的潘淑,她自会偏袒鲁王孙霸。

当一身橙红衣衫的潘淑出现在殿外,犹如殷红的昙花在夜色突然绽放,殿内的老臣们皆屏住呼吸,埋首跪拜,臣服于她的美貌之下。

潘淑唯我独尊的傲慢眼神掠过众位老臣，徐缓走向高位的吴王，娇滴滴笑道："陛下，天色已晚，妾身来请陛下回昭明宫用晚膳。"

忐忑不安的孙和放松警惕，巴不得父皇潦草结案呢。吴王张开双臂将潘淑搂进怀中，喜笑颜开地下令："雄侯，将杨竺、陆胤拖进死牢！朕就不信死牢的严刑拷打撬不开他们的嘴！"

"父皇，陆胤已身受鞭笞……"孙和顾不上身旁老臣的阻拦，冲出去跪地请求，却被全公主打断："太子是想替他认罪，还是顾虑陆胤受不了重刑招供出实情？"

当了大半日哑巴的孙霸跳出来，一把鼻涕一把泪地哭诉："父皇，太子又在惺惺作态展现他的假慈悲，实则是做贼心虚！既是拖进死牢，理应一视同仁！"

孙和的怒火噌地被点燃了，他正欲与之辩解，诸葛恪在暗处向他摇摇手，孙和望着后背皮开肉绽的陆胤，脱下新袍走到他身旁，将新袍给他披上。陆胤眼泪汪汪地躬身欲行礼，孙和双手扶住他，想着此去一别，极有可能是生死相隔。不禁百感交集，心中有千言万语，一时不知从何说起。

侍卫雄侯率领两员铁甲武将走来："太子，臣是例行公事，请太子包涵。"孙和慢慢松开手，帮陆胤穿戴好新袍，目送着武将们押送他步履蹒跚地渐渐离去。

吴王左手牵潘妃，右手拉全公主，三人缓步走下来，大臣们集体跪伏在地，恭送他们跨出殿门。鲁王孙霸及他的亲信们一刻也不愿停留，疾步跟上去。

喧嚣热闹的南宫恢复往日清冷的寂静，一轮皓月挂在中空。孙和环顾殿内的诸葛恪、张休、顾谭、吾粲，个个都露出劫后余生的苦笑，他忙击掌吩咐宫女们准备桌酒菜，犒劳这几位忠心耿耿的老臣。

众人步出殿门，在庭院缓步徐行。孙和仰视围栏苍穹上空的一轮明黄色的圆月,大为感叹:"月色明媚,本宫却无赏月的心境,当真验证了人生不如意事十之八九啊。"

月色溶溶,将张休笼罩在淡淡的月光中,他眺望着星河灿烂的天空,出言安抚他:"殿下,不可丧气!就算陆胤下了死牢,他能扛得住,殿下大可高枕无忧。"

顾谭不以为然地反驳:"高枕无忧?就算这一局扳平,殿下也不可大意啊。鲁王孙霸与他的宾客可是势在必得啊。"

"势在必得?"孙和感受到一阵胸闷心悸,浑身泛起森森寒意。

吾粲看出他的忧虑:"殿下,鲁王那帮人邪僻不正,胜算定在南宫,不然天理难容!"

"殿下勿忧,世无常贵,事无常师。暂且走一步看一步。"诸葛恪也上前来,四人众星捧月一般,将孙和团团围住。

孙和大为欣慰,情知不能在臣子面前流露半点怯意,摆出豪情万丈的风范,潇洒笑言:"有劳各位出谋划策了,本宫看那才子杨竺非意志坚定之辈,当有胜算。"

吾粲笑着附和他:"鲁王孙霸这回是一子落错,满盘皆输。"

众人皆大笑起来,孙和仰望天空,这轮明月静静凝视他,如同邓夫人的深情双眸,他心中升起悲喜交加的虚空、茫然来。他爱南宫,爱这帮大臣,爱他拥有的一切,果真要走到与鲁王孙霸决裂的这一步,又有如鲠在喉的痛楚。

若抛下南宫尊位,让位鲁王孙霸,是不是就能避免兄弟相残的悲剧?此念头一闪而过,他自己也否决了。依附他的是那些盘根错节的江东豪门望族,南宫之位不属于他个人,属于他及身后这帮重臣们。

"鲁王,我们兄弟只能厮杀到底了。"孙和心中惶恐,鹿死谁手?话音未落,已泪流满面。

此时,南宫上空的月色,皎洁妩媚如旧。

第六十一章　问君能有几多愁

"鲁王,杨竺那厮竟未熬过重刑,亲口招供是他把秘密泄露给陆胤……"全寄羞惭得垂首搓手。

与父皇密谋的馊主意全是才子杨竺那厮自作主张,却疏忽大意泄露风声,偷鸡不成蚀把米。孙霸恨得挥拳砸向墙面,对杨竺主动招认的行径极度不满:"怨本王眼拙,当初就没看出这竖子不是个有担当的汉子!"

吴安从靛蓝的幕帘后走出来,一脸沉痛地皱眉抱怨:"鲁王,陆胤那厮嘴硬,身板也硬,重刑全能扛。反观那杨竺,到底是个文弱书生,就会逞嘴皮功夫,这下可是真的成了假的,假的成了真的。"

手心捏着颗干核桃的孙奇倚靠墙面,似笑非笑:"怨我没给他喝烈酒!不都说酒壮英雄胆?谁知他这么不禁打?"说完自顾大笑起来。

"咚咚咚"的沉重脚步声踏进来,阴沉着脸的中书令孙弘从殿外迈步进门,他目光威严地扫视众人,厉声训斥道:"杨竺认罪,必会灭族！你们还有心思说笑逗乐？”

鲁王孙霸的怒火正盛，他没好气质问孙弘：“中书令可别顾着放马后炮！才子杨竺是个小棋子，灭族的下场是他自作自受！与本王并无瓜葛。”

孙弘双手揣进袖笼，面色难看地冷笑道：“鲁王此言差也！君不见孙和对陆胤特殊优待，深得人心，为他肝脑涂地拼却性命也无悔。杨竺人虽懦弱，他对鲁王也是一片赤诚啊。”

一腔热血的赤诚不还是为了自己的荣华富贵？孙霸没吱声，他心中有数，谁对谁忠诚，要不是背叛的筹码不够，要不就是打着各自的小算盘谋私利。

“依中书令而言，本王该去向父皇求情，劝其对杨竺网开一面？”孙霸抖动刺绣仙鹤纹样的橙黄袖袍，不满地反话正说。

“杨竺可会遭到灭族的极刑！他这枚死棋既成弃子，无谓再费精力。鲁王，你当真能咽下这口气认输？”孙弘皮笑肉不笑地盯着孙霸，像是试探他的心理防线。

“你不就是指太子孙和的那帮宾客毫发未损——陆胤重伤出狱，调养数月，又是条生龙活虎的壮汉？”孙霸冷眼相向，替他把话说完。他并不信任阴险、邪僻的孙弘，猜出这老奸巨猾的老狐狸是因与诸葛恪、张休素来不和，才会借机站在自己这边假公济私。

“鲁王，用人之道，不过是用师者王、用友者霸、用徒者亡。”孙弘从袖笼抽出黑毛羽扇，走出自以为学富五车的步态，阴笑着卖弄道。

孙霸素来看不惯他一副好为人师的嘴脸，腹内琢磨着拿什么话堵他的嘴。吴安走来掩嘴低语：“鲁王，中书令是不是认为你不如太子会用人？”

孙霸的怒火直冲脑门，差点儿就要出口伤人，顾及母亲的告诫，这世上，只存在两种人：捕食者和猎物、掠夺者和被掠夺者。他按捺住冲动,推开自作聪明的吴安,背对孙弘:"中书令可是有何锦囊妙计?"

"鲁王,万不可就此认输,总得要挫挫他们的锐气方解此恨!"中书令孙弘的套话引起全琮的不满:"中书令,别钝刀子割肉,痛快拿出你的阴谋诡计来,挫挫南宫那帮人的锐气!"

孙弘嘿嘿笑道:"鲁王,妙计要去请教全公主,她才是吴王腹内的蛔虫。"庭院内一阵骚动,孙霸推窗看去,是一身素衣的骠骑将军步骘与白发苍苍却精神矍铄的镇南将军吕岱、英气逼人的卫将军全琮、越骑校尉吕据齐齐踏步前来。

孙霸欣喜若狂,猴急地跑步出门去恭迎。他对性情宽宏、深得人心的步骘充满敬意——他是淮阴士族步氏的后裔、父皇深爱的夫人步练师同族,以他的实力、威望方能与丞相陆逊、威北将军诸葛恪分庭抗礼。

孙霸立定在前,掩饰不住满心欢喜地拱手作揖行礼:"哎呀呀,是什么风把各位贵客吹到子威的寒舍?"

老成持重的步骘紧抿阔嘴,微微颔首,卫将军全琮似有顾虑地望了望镇南将军吕岱,还是越骑校尉吕据心直口快:"臣等在卫将军府邸饮酒欢宴,惊闻才子杨竺即将遭到灭族大祸,二宫之争已是图穷匕见,吾等不可袖手旁观,便相约同来,听听鲁王打算。"

孙霸喜之不尽,急急击掌下令摆上酒肉,从头欢饮。须臾间,坛坛烈酒、盘盘蒸鱼、盆盆炖肉、碟碟时令瓜果蔬菜搁置食案,宾主分头落座。

火光照耀得庭院如白昼明亮,孙霸环顾众人:骠骑将军步骘的黑红脸庞平静如水,卫将军全琮依旧是风流贵公子的神采奕然,老态毕现但双目炯炯有神的镇南将军吕岱则是不怒自威。他暗暗思量,假若自己只是有封地的鲁王,假若父皇对待他与太子稍有尊卑分别,他们岂能俯首为臣?不就是天意要他当南宫之主?

这般思量后,孙霸志得意满地举起盛着醇酒的酒樽,向座中的诸位贵客敬酒倾诉衷情:"子威不才,承蒙各位将军垂青、厚爱,子威嘴笨,不善言辞,一切尽在酒中,先干为敬了。"宾客们齐齐附和一扬脖子,喝个底朝天。

酒过三巡,菜过五味,众人推举骠骑将军步骘发言。步骘也不推辞,手举酒樽,神色迟疑,似在斟酌措辞。孙霸瞥见他眉宇间掠过不易觉察的一团阴云,正待出言安抚,步骘神色变得悲壮,直视他:"鲁王,骑虎难下啊,逆水行舟,不进则退。"说完,大口吞掉樽中酒,默然不语。

孙霸被惊得虎躯一震,座中人均寂然无声。是赢还是输,成王败寇在此一举。他顿觉肩上承载着千钧之重的压力,他略一思索,便左手执酒壶,右手握酒樽,缓步至步骘的食案前,提壶替他斟满酒:"子威斗胆请教骠骑将军可有妙计?"

"兵不厌诈。搜寻太子罪证,罗织罪名,再到陛下耳旁煽风点火,拉几个人也下死牢陪葬去。"步骘面无表情的脸庞生动起来,孙霸看出他眼底闪过稍纵即逝的凌厉凶光。

"得是什么罪证呢?"他掂量着酒樽的轻重,退步问道。

"什么罪的刑罚最重,就挑什么罪证啰!"两颊酡红的越骑校尉吕据摆摆头,举手掸掉胡须的酒珠,咧嘴笑道。

步骘不再言语,俯身坐在食案前,袖袍被羊汤的汤渍浸湿,他也无暇顾及,撸起衣袖,抓起盆内肥瘦相间的羊腿啃得津津有味。

孙霸闷头喝掉樽内酒,突然记起中书令孙弘的戏言,向卫将军全琮的食案走去:"卫将军,邀请全公主来共谋大业,可好?"

全琮正与他的儿子全寄头挨头地窃窃私语,对他的问话充耳不闻。孙霸将酒壶用力搁在食案,全琮父子这才惊觉。全琮拿手摸摸高耸的驼峰鼻,一对丹凤眼闪烁着迷离的醉意,瞟了眼食案的凤首青瓷酒壶:"鲁王海量,又喝光一壶酒了?"

孙霸自嘲道："子威哪敢与卫将军相比？子威只是小河小江，卫将军才是大江大海。"他说着话，拎起酒壶摇晃，"哐当哐当"还有半壶呢。他揭开壶嘴，把酒倒进全琮的酒樽，全琮屈身捧起酒樽接酒，笑中带着谄媚："鲁王多礼贤下士啊，未来肯定是贤明的君王。"

"能让全公主青眼相看的人，自然有其过人之处！"全琮傲气地抬起脸，更显得他的驼峰鼻如山峰挺拔。孙霸感到一丝不安，听全琮的话语，貌似言不由衷。不过，明眼人都清楚全琮惧内，卫将军府邸是全公主掌权。

"卫将军，全公主乃子威的伯乐，不如趁今夜月色皎洁，邀请全公主秉烛夜游赏月如何？"

全琮面有难色，握住酒樽一饮而尽，在掌中转动着空酒樽，笑得不太自然："鲁王，近日大虎劳累过度，此时应该安寝了。"

孙霸碰了个软钉子，只得干笑着岔开话题："哎呀呀，卫将军，是子威失误！当自罚酒三樽！"孙霸尴尬地摇动空酒壶，醉醺醺的中书令孙弘腋下夹壶酒晃荡着醉步靠近他。

孙霸大喜，夺过他腋下的酒壶，从吴安、孙奇的手里抢下酒樽，三只空酒樽齐整摆在食案，他快速倒满，刚喝掉一樽酒，就有侍卫疾步跑来禀报："鲁王，全公主那边派人来接卫将军回府。"

孙霸翻翻白眼，不快地训道："蠢材，卫将军府的人，怎么不请来痛饮啊？"

侍卫是满脸肉疙瘩的壮汉，他神色拘谨地扭动脖颈，犯难地支支吾吾："鲁王，人家是位姑娘咧。"

全琮正埋首剥豆荚，闻言推开剥好的一堆青豆，擦净双手，起身笑道："噢，定是大虎的贴身奴婢白秋水。鲁王别费心了。时辰也不早了，本将军该回去喽。"

中书令孙弘张嘴打了个酒气四溢的饱嗝，摊开双臂拦住他，说着含混不清的醉话："卫将军要走，这酒喝着还有什么劲？"

孙霸听这厮的酒话甚是刺耳,在这帮老臣心中,他这鲁王是任由他们牵线表演的傀儡还是个摆设?要向太子泼脏水,这帮千年老妖是指望不上了。他失望地转过身,眼角瞥见一位白衣飘袂、身段柔娜的年轻女子从黑暗里徐徐前来,她眼波流转、眉目含情宛如全公主。孙霸吓一跳,立马跪在地上高呼:"子威不知全公主驾到,有失远迎,请全公主恕罪。"

　　全公主并未如往日那般与他客套,只是咯咯咯娇笑不停。孙霸纳闷地抬起头,全寄过来附耳解释:"她便是全公主的贴身奴婢白秋水。"世间还真有两朵相似的花?孙霸暗暗称奇,难为情地忙爬起身,快步走进殿内,站在琐窗前,目视全琮搂着白秋水离去,追随他而去的是骠骑将军步骘、镇南将军吕岱、中书令孙弘。

　　他充满希冀地环视留下的全寄、吴安、孙奇、吕据,这些人才是他的心腹干将,他用力拍拍每一个人的肩头,一切尽在不言中。

　　吕据是喝酒愈多,面色愈会发青的人,他口齿伶俐地表态:"富贵险中求!鲁王,你放心睡去,待臣等去搜索罪证。"

　　孙霸欣慰地点点头,继而,愤愤不平补充道:"还有那太子太傅吾粲!他最为可恶!几次三番在陛下面前谏言要调本王出朝廷驻守夏口。"

　　众人都喏喏称是,领命散了。孙霸刚将他们送出门,回身就见到母亲谢姬躲在幽暗的门后等着他。

　　"母亲因何半夜三更到儿子这里?"孙霸吓了一跳,拿眼偷瞧,烛光下的母亲谢姬容颜消瘦。她握住他的手,她的手冰冷软绵,语气炽热:"子威,你不是一个人在战斗,还有母亲呢。"

　　孙霸不忍她这位妇道人家卷入灾祸的旋涡,抽出手来,委婉暗示她:"母亲,你就别添乱了,好好在梨花院颐养天年。"

　　"子威啊,你还是太稚嫩了。事成事败,母亲都脱不了干系啊。"谢姬哭哭啼啼,一串泪珠滚下来。

"母亲放心,事必成!你就等着当皇太后。"孙霸不舍伤母亲的心,强颜欢笑说着硬话。

"子威,母亲也替你干了件事。"谢姬突然抬起泪眼,嘴角的笑意透出一丝邪魅。

"什么事?"孙霸心里有些发毛。

"母亲给琅琊王夫人送了雪上一枝蒿的剧毒良药!"谢姬得意地撩了撩额前一绺乱发,嘻嘻笑道。

"母亲!"孙霸愕然不已,毒性极强的雪上一枝蒿别名"磨三转",在碗内摩擦三下,碗内的水就能毒死人而神不知鬼不觉。娇弱的母亲何时蜕变成阴险的蟒蛇了?他既觉得不可思议,又认为理所当然。这真是个于他而言,一切皆有可能的黄金世道啊。

"琅琊王夫人警惕性很高,此事能成?"

"钱财通路,母亲买通了她身边的人。"谢姬神色警觉地掩嘴低语。

孙霸脑中灵光一现,杨竺与父皇密谋败露的事,会不会也是太子孙和收买了父皇的近臣所为?

第六十二章　当时只道是寻常

突如其来的一场暴雨将凤栖堂内柔弱的花草冲刷得东倒西歪，唯独叶片泛黄的梧桐树倔强地挺立其中，随风吹来末日来临的哗啦啦的惨笑。

王吟凤被忽长忽短的蝉鸣惊醒，气温骤降带来的凉爽之意，使得连日缠绵病榻的她忽然生出些精神来，扯起嗓子喊侍女红蓼侍奉她起床梳洗。

幕帘后走出身穿绯红衣衫的侍女红蓼，一股浓烈花香钻进她鼻窦。王吟凤瞥见她的十字髻间斜插串洁白的茉莉花，暗暗哀叹岁月若白驹过隙。

红蓼歪头细细打量她一番，笑道："夫人面色桃红，气血充盈，应该是凤体安康了？"

"昨夜的汤汁放了何种灵丹妙药，本夫人早起就觉精神尚好呢。"王吟凤满腹狐疑盯着她远山黛眉下的那对波光粼粼的桃花眼。

"夫人莫非是怀疑奴婢放毒药在汤汁里？"红蓼单腿跪在床榻前，双手捧起她的丝织鞋履，扬脸笑问。

王吟凤有心无力地笑而不语。自从与陛下怄气后，她就一病不起，躺在睡榻已许久不见天日了。陛下从未来探视过，连虚伪的客套也免了，根本无视她的存在——当初有多缠绵，如今就有多冷酷。她把手移到酸麻的后脖颈，伤感地抽动鼻翼，怅然叹气。

"下场雨，连花香都发酵了。"

"是啊，池塘的青蛙彻夜鸣叫，聒噪得很。"红蓼答得牛头不对马嘴。王吟凤没与她较真，自己都是大病初愈的人，能睁只眼闭只眼的事，何必劳神？等红蓼套上鞋履，她站在地面，仍觉浑身虚弱乏力，顺手扯下搭在架上的玄色薄纱长袍罩于身，缓步到琐窗前懒懒倚坐胡床，只觉脑海一片空白。

"夫人，可有胃口吃些糕点汤汁？奴婢去安排。"红蓼手持青玉细齿梳，走来替她梳头。

王吟凤摇摇头，目光停留在梧桐树卷边的枯黄阔叶上，深切的悲哀涌上心头——人生的变化与梧桐树一般，都禁不起无常的摧残。原以为自己无坚不摧，能陪着儿子并肩作战，与他们斗到底，成为笑到最后的后宫赢家，可眼下这凤体一日不如一日，把那争强好胜的心性也都被消磨掉了。她忽然心生怯意，思绪回到现实中："秋裳呢？"

红蓼从身后转过来，双手握住青玉梳，躬身答道："夫人昨夜安排她早起到南宫，尚未到日上三竿的时辰，兴许还在回来的途中。"

王吟凤将头靠在软绵的隐囊上，斜睨着侍女红蓼，总感觉她神色不寻常，便问道："你是不是有心事瞒着我？"

红蓼的手指头拨弄着玉梳齿，侧身看向琐窗，一束束暗光穿过梅花格的窗棂，将她的侧脸陷进模糊的阴影里，她的声音透出不真实的虚幻感："夫人愿放奴婢出宫嫁人吗？"

她是在怀念旧主？王吟凤动气了，语气刻薄地讥讽道："你可是侍奉过步夫人的香饽饽，要走要留该去问她啊。"

红蓼愣了片刻，举起青玉梳拍拍手心，回头笑道："奴婢说笑啦，夫人何必与死人置气？"

"是你不想留在凤栖堂啊！你不就是想去攀昭明宫的新高枝吗？"王吟凤的疑心更重。

红蓼神态平和地回避与她的争锋："夫人多虑了，奴婢去膳房端碗蒸奶酪给夫人提提神。"

王吟凤抬高音量，缠住她："慌什么？我可是说中你的心思了？"

红蓼摆出一副无动于衷的淡然状："唉，夫人说什么就是什么吧，只要夫人喜欢。"

王吟凤对这位机敏沉着的奴婢束手无策，想赶她走，可身旁那些头脑愚蠢的奴婢言语不知轻重，使唤起来劳心费神，有时竟不知到底是谁侍奉谁。

明知红蓼就是一座焐不热的冰山，一头养不熟的白眼狼，王吟凤想着用得顺手，就算她不忠诚，自己都能忍，难道是红蓼已暗地里投靠潘妃，才萌生离开凤栖堂的念头？她愈想愈生气，这帮势利小人，该不会是趁她病，要夺她命？

红蓼走近妆奁，低头扒拉着里面的首饰，双手举起金簪和步摇问道："夫人，是戴金簪还是步摇？"

"都不用，过来陪我说说话。陛下还是长居昭明宫吧？"王吟凤从衣袖里摸出绸巾，擤擤鼻涕，总觉得鼻塞不通气，如同心里憋着这一股挥之不去的怨气。

"夫人，就算陛下想来凤栖堂，也还要征得潘妃同意呢。"红蓼站在铜镜前，举起衣袖擦拭镜面的污垢。

"真是笑话！他是那么英明一世的枭雄，临到老了竟肯听命一位弱女子？"王吟凤按捺不住满腹的忌恨，一时悲从中来，就算步练师重生,陛下也不可能宠她如潘妃这般程度。

"潘妃可不是平庸的弱女子,她是江东绝色的美人。哪有君王不贪爱青春的美色?夫人不要以为陛下有何不同,世间男子本性一样,甭管他是田间的农夫、征战的将军还是儒雅的读书人。"

"你既然看得这么明白,为何还想出宫嫁人?"王吟凤迷惑不解地注视她那对桃花眼里跳动的灿若星辰的光芒,质问道。

"白玉有瑕,金无足赤人无完人。勘破世情,嫁人方无后顾之忧咧。"红蓼吐吐粉红的舌头,露出百年难遇的调皮笑容。

王吟凤也笑了,不过是违心的笑。她认为红蓼在做白日梦。

"夫人快看,秋裳回来了。奴婢这就去膳房备些吃食。"红蓼突然转头指向院外,王吟凤见到臂弯挎着食匣的秋裳提着裙摆,一路小跑而来。王吟凤颔首应许,起身迎上去。

红蓼扭腰出门,几乎与低头赶路的秋裳撞个满怀。她敏捷地闪身躲过,偷袭秋裳后背一掌,不等秋裳回应,捂嘴咯咯笑着一溜烟儿跑开了。

秋裳放下食匣,捶打臂膀,扭头抱怨道:"有何好笑嘛,肯定是红蓼姐姐近来遇上大喜事了。"

王吟凤目视祥云花卉的食匣漆面,冷哼道:"她那是红鸾星动,痴心妄想着要嫁人!"随即,话锋一转,满怀期待地问她:"太子那边可有什么好消息?"

秋裳提着三层食匣,将其搁置于食案,抽出一层,揭开盖碗,露出洒了葱花的胭脂红的香喷喷肉羹。王吟凤咽了咽口水,她已是数日未沾荤菜。

"夫人,南宫已赢了一局。奴婢去时,太子正和太子妃、何姬、邓夫人围坐饮酒呢。"秋裳头也不抬,闷声作答。

王吟凤端起温热的肉羹,放在鼻端深吸,想要把这满碗的葱香肉味顺着鼻腔吸进五脏六腑,滋养她干涸的心田。秋裳的话引发她满腹愁绪,太子都不居安思危吗？

"太子太傅吾粲可在？"

"未见到呢。"秋裳凝思片刻,迟疑地摇摇头。

"威北将军诸葛恪、羽林都尉张休、太常顾谭呢？"王吟凤心中一颤,急急追问。

"奴婢均未见到。"秋裳面露难色地抓耳挠腮半日,语气肯定。她弯腰捧着二层食匣的一碟熏黄鱼干,那是条昂首睁大白眼珠的黄鱼,似乎死不瞑目。王吟凤看得恶心,挥起衣袖把秋裳手里的熏鱼打翻在地。

"拿走! 太子怎会送些腌制的臭鱼来!"王吟凤捂住口鼻,熏鱼的腥味令她的心情瞬间坏到极点。

两颗苍白的鱼眼骨碌碌满地滚落,秋裳追跑着捡起来,托在掌心递给她,献媚道:"夫人,鱼眼用东海珍珠镶嵌,是太子妃的孝心。不是让夫人吃鱼,是为博夫人一笑。"

王吟凤稍感好受些,她挑剔地审视着珍珠的成色,笑道:"难为她用心良苦,送珍珠就珍珠,何须费神搭上条臭鱼？"

秋裳拉开食匣的第三层,端出一盘金黄的精美糕点,舌绽莲花:"夫人好福气,肉羹是邓夫人亲手烹制的,何姬献来酥脆可口的'一合酥'糕点。"

王吟凤拣了块"一合酥",吃两口又嫌太过甜腻还掉渣,便赏给秋裳。她心里始终放不下太子孙和与鲁王孙霸争斗的事。

"来说说太子怎会赢了这一局？"她走到睡榻前,侧身倚靠隐囊,拍拍床榻,要秋裳坐在下方的矮凳上。

"奴婢听见鲁王身边的才子杨竺被满门抄斩了。"秋裳抬起手背抹抹嘴,将在南宫的所闻所见一一道来。

王吟凤听完,并不为喜反觉甚忧。服罪死去的才子杨竺不过是小喽啰,根本不会使孙霸伤筋动骨。以恃强好胜的孙霸本性而言,岂会善罢甘休？幕后撑腰的全公主更不是轻易认输的主。

"太子有没有谈到接下来的打算？"

"太子说先静观其变，审时度势。"

也就是走一步看一步？他就不防备鲁王孙霸会卷土重来？王吟凤的心悬吊于半空。秋裳不懂事地凑近，卖力地讨好道："夫人，太子嘱咐奴婢劝夫人放宽心，他可是稳操胜券，夫人就安心养好凤体，等着日后当皇太后享清福咧。"

王吟凤突感胸闷气短，她揉着胸，吃力地蹬腿躺上睡榻，张嘴要喊秋裳，喉咙一阵刺痛，说出口的声音嘶哑无力："秋裳，秋……"王吟凤被吓得心惊肉跳，立马闭嘴不言。

"夫人，你这是怎么了？是想喝水？还是吃饭？"秋裳见她突发状况，不明就里，只会语无伦次地乱问一通。

"去，快唤……喊，喊红蓼！"王吟凤的喉咙好似被人掐紧，她费劲地吐出此话后，便四肢瘫软仰躺于榻。耳听秋裳碎步出门去，殿内落进幽深的诡异世界，墙外响起细弱的鸟啼、蛙鸣，王吟凤听着儿时熟悉的乡音，忍不住哽咽起来。她多想变成一只能破茧而出的蝴蝶涅槃重生，不要被选进宫，遭受痛彻心扉的灵与肉的折磨。

她想一阵，又哭一回，最后，迷迷糊糊睡着了。睁眼醒来时，窗外明月高悬，殿内红烛高燃。

侍女红蓼坐在床榻的矮凳，眉目娴静地注视她，温柔地欠身说道："夫人，让奴婢等得好苦，您终于醒了。"

王吟凤怕嗓音愈发嘶哑，她抬手指向喉咙，聪敏的红蓼会意，将她扶身坐好，端盏散发花香的汤汁坐在榻边，手拿调羹舀汤汁喂她，轻言细语说着话："夫人，兑了石蜜水的温开水能润润嗓。"王吟凤正觉喉咙干渴似火，很快就啜饮完这盏石蜜水。

石蜜水落肚，王吟凤觉察到口腔内残留一股酸涩的怪味，一种不祥之兆笼罩着她，她猛然抓住红蓼的手："此石蜜水味道古怪，你

418

加了什么，什么作料？"

红蓼嘴角浮现一抹诡异的笑纹，脉脉含情的桃花眼藏满不可告人的秘密。王吟凤的左右眼皮忽然突突跳动不停，心跳加快，她感到头脑昏沉如被大山压顶。她缓缓松开红蓼的手，心虚气弱催问她："你该不会是怨恨我不放你出宫嫁人就怀恨在心吧？"

"夫人忘了？奴婢是步练师皇后的奴婢。"红蓼笑容明媚地弓腰在她耳畔低语。

王吟凤被惊得浑身发麻，她惊恐地伸出手指向喉咙深挖，徒劳地想要挖出刚喝下去的石蜜水。

红蓼直起腰，双目垂着鳄鱼的晶莹泪珠，替她盖好锦被："王夫人，没有用。人生如梦幻泡影，早点儿离世，不见得是坏事。"

王吟凤怒气攻心，她怎会料到身边的奴婢红蓼会对她下毒手？这该死的白眼狼，忠心的永远是旧主步练师！

"是大虎指使你？就不怕太子知道真相追杀你？！"王吟凤的腹内是翻江倒海的疼痛发作，她咬破嘴皮，无力地发狠问道。

红蓼避而不答，悲悲切切地擦拭着眼泪，柔声问道："王夫人听说过'雪上一枝蒿'的草药吗？"

王吟凤痛得在睡榻上来回翻滚，五脏六腑如同被利刃生生砍断一般疼得撕心裂肺。她喊不出声来，她想哀求红蓼救救自己，她还没看到儿子孙和登基呢。

"求求你，救救我……"王吟凤听到自己的求救声变成陌生的牛蛙的叫声。

"夫人可知'雪上一枝蒿'毒性很快？再忍忍就好了。"红蓼无视她的求情，言毕，擦去泪水，步履平静地走到灯台，吹灭红烛，剩下半截摇曳不定的蜡烛，将殿内映照得阴森恐怖如冥府。

王吟凤感觉自己的身体正向见不到底的深渊坠落，她知道自己快死了，不甘心地乱蹬腿，可又蹬不动。她长叹口气，索性放弃垂死挣扎。

　　"王夫人,知幻即离。"红蓼的话音愈来愈遥远,王吟凤的躯壳被慢慢掏空, 轻盈如飞鸟冲向天空, 她眷恋不舍地望向南宫的方位,伤痛到无语凝噎:"子孝,子孝,母亲不甘心啊……"

第六十三章　在天愿作比翼鸟

人心才是一座幽深的迷宫啊。

昭明宫的后花园，无数盏宫灯像星星点点的萤火虫在夜空漫天飞舞。曲径通幽的竹林环绕着花香蔓延的荷塘，荷塘中央的亭台内，孙权搂着潘淑，嘴对嘴喂她喝酒，享受两人的极乐世界。

天边突然划过一道耀眼的白线，好似银河的织女取出织布的梭子刺破墨黑的布匹。孙权惊得推开潘淑，起身走至亭台的扶栏旁，那些立在白纱飘飞的亭台外的宫娥们均翘首仰望头顶一闪即逝的白光，齐齐低呼："是流星呢！"

孙权手握盛满酒的陶耳杯，注视幽暗的月影在酒面飘荡的涟漪，他不知这天相变化是何征兆，要是丞相赵达在人世就好了，他能推演出天象的吉凶。忽而想到赵丞相的妹妹赵羽飞略懂皮毛啊，兴奋地转向爱妃潘淑，朝她努努嘴："潘妃，快唤人召赵羽飞进宫。"

身披朱衣的潘淑动也不动，眼波流转着歪靠于隐囊，扭摆着美人鱼般的柔娜身段，一手摸着粉桃花瓣的香腮，一手整理云鬓，媚笑道:"陛下是醉糊涂了吗?那赵夫人恐怕早投胎为人了呢。"

"赵、赵羽飞死了?因何而死?"孙权的意识混沌,他晃动着头颅,舌头打结,说话也不利索。

"陛下,提死人作甚?赵夫人的丛蔚居早化为废墟了!她与明瑟堂的袁夫人情同姐妹,两人相约不替陛下产子嗣,陛下何必挂念这等昧良心的毒妇?"

孙权听完潘淑这话,情绪暴躁起来:"可恨的贱人!不知好歹!竟敢辜负朕的厚爱!多少年轻貌美的女子想进宫博取朕的欢心啊!"

"可不是吗?陛下,那明瑟堂的袁夫人自命清高,都不把妾身放在眼里呢。还有谢姬,妾身在织室为奴时,她就仗势欺人,时常羞辱妾身呢。"潘淑起身趴在他肩头,嘴里的酒气喷出异香,好似魅惑的八爪鱼缠紧他。

鲁王孙霸的骄纵个性不就是遗传了谢姬?孙权心知肚明,他托起她下巴,故意逗潘淑:"袁夫人有何资格清高?不过是美人迟暮的老妇人。"

潘淑硬生生挤出两滴泪珠,扮出一副楚楚动人的愁容:"陛下不是最爱她才华横溢吗?妾身可怜,比不得人家才高八斗。"

孙权沉默了。

一团乌云遮挡住半轮皓月,稀疏的星子一颗接一颗地逐渐黯淡。后宫诸多妃嫔,袁夫人与赵夫人的卓越才情各有千秋,这毋庸置疑。唯一的遗憾是两人都不曾为他生育一儿半女。

他敬重袁花影,有心扶持知书达理的她为中宫之主,多次将别的夫人的儿子交给她抚育,可也许是天意,个个都夭折了。袁夫人痛哭流涕地请求他不要封自己为后,他才悻悻作罢。

孙权摸了摸潘淑柔滑的黑发,咬住她的耳垂,语重心长地劝道:"潘淑,袁夫人不是不明事理的女子,放过她。"

潘淑任性地别过头,后脑勺对着他,尖声哭喊道:"不!陛下口口声声说最宠爱妾身,将以何为证呢?妾身只爱陛下一人,愿为陛下生儿育女,就算要上刀山下火海,妾身也愿意!陛下怎能对不肯为你产下子嗣的薄心女子一往情深呢?"

潘淑耍小女孩脾气的模样惹得孙权愈发怜爱她,他深知潘淑对自己是一片痴情,他抱紧她,嗅着她发间的香味,既欣慰又难过。人生譬如朝露,他宠爱过的夫人们接二连三先离他而去,上苍还是眷顾他,将江东绝色的潘淑送至他身边,慰藉他孤独的暮年。

"朕岂能辜负潘妃的情意呢?"孙权环抱着潘淑的细腰,紧贴着她滚烫芬芳的脸颊,柔情绵绵地吐露心声。

潘淑嘟嘴摇头,神态娇憨地不依不饶:"妾身不信!陛下的甜言蜜语只怕也给那些夫人们都说过呢。妾身不信!"

"那你要朕如何做才能相信呢?"孙权又觉好笑又觉她真有趣——她的天真可爱激发了他消逝的童真心性。

"陛下可敢和妾身一起对天发誓?"潘淑忽然转过脸,拉起他的手,向亭外走去。

墨黑的苍穹,一轮明月奋力冲破乌云,高悬于上空,照耀满地清辉,荷塘的蛙鸣骤响,似在欢庆夜明之神的胜利。

孙权任由潘淑牵着手,走下台阶。他心里充盈着从未有过的无上欢喜——青春的活力重新回到他体内,他成了当年那个会为伊人憔悴、为红颜冲冠一怒的血气方刚的少年。

两人双双跪拜在月下,孙权转头望着合掌闭目祈祷的潘淑,夜风吹得她衣袂飘然,她绝美的侧颜像极了巫山的神女。他对她升起一种别样的刻骨铭心的情愫,他爱她,超越他所喜欢的那些夫人们。

月色溶溶,虫鸣啾啾,此情此景似曾相识,孙权顿有刹那间的迷茫,自己与她可是上辈子修来的情缘、今生注定的宿命?

"陛下,发誓了吗?"潘淑睁开眼推着他问道。

孙权凝视着她那双会说话的眼眸，泪水止不住地流出来。他好似与她相爱很多年，在许多次轮回中相爱，誓言在他耳畔回荡："我愿与潘淑生生世世结为夫妇。"

"你发什么誓言了？"孙权哑声问她。他不再痛恨自己多愁善感如妇人了，只有在潘淑面前，他才甘愿成为无拘无束的大男孩，毫无保留地袒露他的阴暗、他的孱弱与无奈、他的丑陋与卑鄙、他所不齿的卑劣行径……

月光下的潘淑，朦胧且飘逸，美得宛若上古神女：那么遥远，那么魅惑，那么清冷，那么妩媚。她身上集合了世间大美人的所有优点，他深爱于她，愿意一直爱下去！

"妾身愿与陛下生生世世结为夫妇。"潘淑抬起手，为他抚平肩上的褶皱。孙权激动得无语凝噎，这是他想说而未说出口的情话啊！原来真有心有灵犀一点通！他抱紧她，生怕她变成飞鸟飞走了，动情地发誓："潘妃，朕爱你，愿意把世间的宝贝都赏赐给你！"

"陛下，妾身不稀罕金山银山！妾身只要寸欢喜、椒房之喜的独宠！"

"你可早已是独宠多年的幸运儿啦。"孙权揉揉她的鼻头。

"不，独宠多年又如何？妾身还不过是地位低下的妃子！"潘淑顽皮地把手伸进他的胸膛，像一条灵活的青蛇在他的胸膛肆意游走。

孙权克制她对他的诱惑，颤声问她："小妖精，你还想要什么啊？"

潘淑把嘴凑近他脸颊，冷不丁咬住他耳垂："妾身要当皇后！成为皇后，妾身才能算是与陛下生生世世结为夫妇！"

孙权立刻噤声不语。刚刚点燃的欲望之火，被潘淑的话浇灭了。若封潘淑为后，除非废黜太子孙和，铲除觊觎太子位的鲁王孙霸，改立他与潘淑所生的小皇子孙亮为太子——这可是动摇根基的难事、大事！

潘淑等半日不见他回应,用手蒙住他双眼,耍起无赖:"陛下,妾身就晓得陛下说好听的话哄骗人家白欢喜一场!陛下是真当我是不谙世事的小女孩吗?"

孙权拿她没办法,他认定潘淑是上天派来降服他的小冤家,就算他一意孤行要这么去做,也不会对她泄露半分实情。她毕竟还是一个不知人间就是一座恶魔横行的炼狱、人心就是一座幽深迷宫的无知少女。

他耐住性子,轻轻剥开她的手,搂着她慢慢走进亭内。

夜色深沉,宫灯暗淡。寂寥的夜风把亭台的白纱围幔吹得像美人在跳白纻舞甩出去的长袖。孙权靠在潘淑的肩膀,当年那些铁马金戈、血染沙场的诸多往事涌上心头,他感慨万分地半眯着疲乏的醉眼,说了句不着边际的醉话:"人心才是一座幽深的迷宫啊。"

潘淑大约是累了,她双目紧闭着倒在隐囊上呼呼入睡,孙权好生艳羡她,她就是无忧无虑的九色鹿,幻化到人间享受爱的供养。

"陛下,鲁王孙霸派人送信来。"宦官黄松站在白纱飘飞的亭外禀报。

"信上说了些什么?"孙权打了个酒气熏天的哈欠,懒懒问道。

宦官黄松迟疑片刻:"是丞相步骘、卫将军全琮他们联名上书弹劾南宫不配为太子的种种罪证。"

孙权精神大振,默然望向漆黑的天空,一颗闪闪发亮的星星倏忽隐没云层。又得死人了!他竟有些兴奋,鹬蚌相争,渔翁得利!凝视着在他怀里沉沉睡去的潘淑,孙权在她耳边低语:"潘淑,朕可都是为了证明真爱你才大开杀戒,让他们兄弟自相残杀!"

"陛下,南宫与鲁王纷争,朝廷大臣颇有微词,还望陛下阻止手足相残的祸乱发生。"宦官黄松跪在台阶下,磕头求道。

朕的儿子不只有他们!朕还有孙亮!这句话孙权没说出口,喝令黄松退下。

第六十四章　人似秋鸿来有信

　　卫将军府内的桂花树结满了挨挨挤挤的金黄米粒，府中上下皆萦绕着馥郁的香气。

　　白秋水刚推开琐窗，桂花的芳香便迫不及待闯进来，满室飘香呛得仰躺睡榻的孙鲁班打了个喷嚏。她翻身起来，得意地笑道："哼哼，连这八月的桂花也来谄媚本公主了。"

　　白秋水抿嘴微笑着举袖抹抹额面，弯腰捡起湿巾，勤快地擦拭摆放几案的青釉花瓶。孙鲁班盯着光可鉴人的青釉瓷瓶，极像善吹长笛的奴婢花萼的纤长背影。她走到妆奁前，揽镜自顾："花萼呢？许久没听见他的笛声了。"

　　"公主真健忘，花萼已病重多日，吹不了笛呢。"白秋水擦完青釉瓷瓶，取下长柄拂尘，清扫帷幕的尘土。

　　近来为鲁王的事耗费心神，孙鲁班都顾不上花萼的死活了。她丢下铜镜，抓起把金梳子砸向白秋水："怎不早说？你就没给他诊治抓药？"

白秋水歪头躲过，扬手稳稳接住金梳子，神色自若地笑问："全公主，别发火啊。谁不知他是公主的心头肉？再休养几日便能为公主吹笛了。"

孙鲁班的怒火来得快去得也快。府中传闻她喜爱眉目如画的吹笛少年花萼不假，自古嫦娥爱少年，粉面朱唇的翩翩少年郎谁不爱？夫君全琮不在意，她更不可能理会闲杂人等的谣言。

她走到挂有五色丝织绸衣的架子旁，摩挲丝滑面料繁复华丽的花纹，随口问道："秋水，陛下与杨竺密谈，怎会就走漏风声呢？"

白秋水停顿稍许，浅笑盈盈："奴婢怎知？也许是天意如此。"

"天意能阻挡得了人在背地里使出的阴谋手段？"孙鲁班冷笑着一把扯下那件深紫底色刺绣金蝙蝠的常服，走至落地铜镜前，贴在身上比划。

"已成定局的事，公主何须庸人自扰？"白秋水放下拂尘，擦了擦手，开镜匣取出金梳子，躬身回应道。

"定局？不过是开场的热身战，鹿死谁手，天知道。"孙鲁班披上深紫金蝙蝠的常服，坐在镜前，静候白秋水为她梳妆。

噼里啪啦的珠帘脆响，孙鲁班瞥见侍女甘草立在门框前，向自己欠身禀报："全公主，武卫都尉求见。"

孙鲁班恍惚听见清脆的马蹄声由远及近，她抬起头，见到骑着黑骏马、背负长剑的孙峻从夕阳深处快速靠近她，暮色为他俊朗的面容洒层金光，好似冷峻无情的金刚战神。近了，更近了，他灼热的目光凝望着孙鲁班，烧得她浑身滚烫——是怀春少女邂逅意中人的心动。

"全公主？"白秋水悄声呼唤她，将孙鲁班从浪漫的幻象里拖出来。她难为情地摸摸火辣辣的腮帮，话说得颠三倒四："令他来侍奉本公主梳洗！"

"全公主，是奴婢耳聋了？"甘草撩开珠帘，前倾着纤弱的上半身，一脸困惑追问道。

白秋水按住孙鲁班的肩膀，掩嘴耳语："全公主，武卫都尉是带兵打仗的猛将，并非会梳头、绣花的女子。公主还沉浸在醉梦中吗？"

孙鲁班自觉失态，硬撑着不吭声。白秋水就自作主张摆布甘草，要她别让人久等，去斟盏茶摆些果食侍候武卫都尉。

"你这鬼人精，上辈子和本公主究竟是何缘分才会有今生的相逢？"孙鲁班美滋滋地捂住心窝，拿脚踩了踩白秋水的裙摆。

"公主，恐怕这都是上苍的安排，凡夫肉胎的奴婢怎知呢？"白秋水提起裙摆，趁势走去开箱取出一件月白底色刺绣桃红芍药花的新服，在孙鲁班眼前铺平展开："公主，紫衣色泽浓艳，显得公主仪态万千，月白色新衫会衬得公主清新明朗，要不要换上这件淡雅新服？"

孙鲁班比武卫都尉孙峻年长七岁，按辈分她还是他的堂姑妈呢，可她偏偏会对他会生出异样的情愫，怪不怪哉？颠倒人伦的禁忌情爱令她欢喜又烦躁，她苦恼地取下金叶耳环，采纳白秋水的提议。

白秋水替孙鲁班换好新衣，拿出系有香囊的玉佩，戴在她的腰间，边系紧带子边笑道："公主不知，武卫都尉眼下可是后宫女奴追逐、热议的风流人物呢。自古嫦娥爱美男，果真不假！"

孙鲁班听得妒火难抑，她用力收腹，令白秋水再勒紧腰封，同时不屑地冷哼道："她们一个个不过是水中捞月的猴子！骁勇果敢的武卫都尉怎会将她们这些庸脂俗粉看上眼？"

"公主所言甚是，以奴婢看来，武卫都尉早已心有所属了。"白秋水神情暧昧地笑道。

"你又如何得知？"孙鲁班的呼吸急促，心儿怦怦乱跳。

"奴婢不敢说，怕公主怪罪奴婢出言冒犯。"白秋水半跪在地，支支吾吾。

"说与不说,你早已冒犯本公主了。你不是对卫将军一往情深吗?"孙鲁班拆穿她欲擒故纵的把戏,直击她内心隐秘的欲望。

白秋水的脸唰地红了,她系好玉佩,缓缓起身,老老实实作答:"武卫都尉看公主的眼神出卖了他的心思。"

孙鲁班心里乐开了花,却紧绷着脸,故作凉薄无情:"哼!你不就想着本公主和武卫都尉两情相悦,你就能与卫将军长相厮守吗?再说了,哪个精明强干的男人不想讨好本公主,助自己鸡犬升天、飞黄腾达?"

白秋水被吓得忙跪地磕头辩解:"全公主,奴婢不敢有此私心啊。武卫都尉喜欢公主你,就如花萼喜欢公主一样,奴婢虽蠢笨,但不是木头人,能感知得到他对公主的一腔真情实意。"

世间人的贫穷与男女的情爱最是难以遮掩。孙鲁班享受被众多英雄群星捧月般仰慕的感觉——她是吴王的女儿,但凡有些志向追求的男人,谁不想巴结奉承她呢?所以,她会无所忌惮地选中擅吹笛的花萼留在身旁侍奉自己,在她看来,全琮的卫将军封号不就是仰仗了她吗?

"秋水,去令冬妩备上西域葡萄美酒,让秋蝉弄些下酒菜,再请武卫都尉进来,本公主要与孙氏宗室的青年才俊小酌一杯。"孙鲁班手持铜镜,歪坐在琐窗下的席面,从不同的角度认真审视镜里的女人。

神色迟疑的白秋水缓慢走向珠帘,以不确定的语态问道:"公主,这、这妥当吗?"

"有何不妥?照办就是了。"孙鲁班抖抖衣袖,对着铜镜里的自己左顾右盼。

白秋水走出门去,孙鲁班欢喜得如情窦初开的少女,欢快地丢下铜镜,起身拉开妆奁,朝着脖颈、手腕涂抹香粉,她希望自己能重回豆蔻年华,成为那个全身会散发芝兰香气的少女。

冬妩、秋蝉陆续进来,一个高举青瓷酒壶、琥珀酒杯,一个手提食匣,有条不紊地忙活。

一切就绪,白秋水领着身穿白袍的武卫都尉孙峻踏足而来,孙鲁班装出不经意的样子,扭身侧面斜视他。她见到的孙峻都是武将装束,甚少见他今日斯文俊秀的着装,果然是风度翩翩的玉面公子! 就算潘安在世,也会自惭不如。

"臣孙峻参见全公主。"孙峻近身跪于她跟前,近得孙鲁班都能嗅到他雄性十足的男人体味。她偷偷屏住呼吸,生怕露出破绽,换了较为舒适的坐姿,以长辈对晚辈的关怀,盈盈笑道:"何必如此见外? 应该是侄儿拜见姑妈才对啊。"

孙峻低垂头颅,孙鲁班清晰见到他汗津津的后脖颈覆盖一层密密的汗毛,她听见梨花绽放的声音,不由得向后仰靠身躯,躲避这近在眼前的青春诱惑。

"儿臣,噢,不,臣不敢造次。"孙峻也变得口吃且遣词混乱,连站在角落的冬妩、秋蝉也忍着笑。孙鲁班心如猫抓,尽管她亲近孙峻是打着宗亲的旗号,可明明是她的私欲作祟。

"你们都退下,无事不要打扰。"冬妩、秋蝉顺从地低头离去,最后走的白秋水,识趣地把大门关紧。

大门吱呀的声响,慢吞吞如花萼吹奏的笛声的尾音,孙鲁班捂住胸膛,真担忧她这一颗悸动的心会跳出胸腔。她弯腰拉住孙峻软绵的手,一直走到食案前,才不舍放开,柔声说道:"来,边吃边谈。"

孙峻撩起袖袍揩了揩额头的汗,脸上带着腼腆的笑意:"公主真是聪慧过人,是知道臣有急事相奏,故意让奴婢们回避? "

"不急,先喝口酒压压惊,壮壮胆。"孙鲁班挽起衣袖,露出白嫩的手腕,蹲身为他斟满酒,琥珀酒盏内的西域葡萄酒,殷红似血。孙鲁班满怀愁绪——这位孙氏宗亲的晚辈竟然唤醒她体内的柔情,在他面前,孙鲁班才会意识到自己是一位柔弱需要依靠的小女人。

孙峻眼神慌乱地瞥了她一眼,又快速移开,伸手抓过酒盏吞饮后,垂首哑声道:"臣尊令!臣甘愿为公主肝脑涂地!公主要臣饮酒便饮酒,杀人便杀人!"

孙鲁班爱怜地抚摸他稍显稚嫩的面庞,手指滑过他下巴冒出来的扎手的短浅胡须,她的心房流淌着蜜汁,舒缓而美妙,令她意乱情迷。

"别动不动就杀人杀人,姑妈是想你日后能成为辅佐新帝的重臣,对抗那些大而不倒的江东大族的老家伙们。"

"侄儿的锦绣前程,全仰靠姑妈提携!侄儿敬姑妈满杯酒。"孙峻手提酒壶,分别给两盏琥珀杯注满酒。孙鲁班接过酒盏,虚伪地与之保持着长辈与晚辈的距离。

知父莫若女,父皇的心思她知情。太子孙和万万不能成为新皇帝,不然就有她的苦果子吃,须得废黜处决为好;鲁王孙霸骄纵暴躁,就算扶持他上位,她也难保能掌控他,毕竟他的生母谢姬也不是好调教的善茬。太子之位的最优人选,还得是潘妃的小儿子孙亮,这是父皇不便言说的心事。孙鲁班浅浅啜饮着一口蕴含着果浆馥郁香气的葡萄酒,手指停留他肩,如蜻蜓飞过水面,动情地激励他:"子远,你也该建立功业,立下赫赫战功。"

"臣愿做公主手里的箭,公主要射向哪里,臣就射向哪里!"孙峻的棕黄色眼珠灼灼发亮,散发出北方苍狼的野性之光。

年轻人,血气方刚最容易笼络。孙鲁班欣慰地笑了。她怀着少女之心走近他,他比她高半个头。孙鲁班仰望孙峻,她从未爱过男人,两位夫君皆是父皇为权衡利弊的匹配;她也从未仰视过父皇以外的男人,孙峻似乎是个例外——她对他的喜欢,是纯粹的男女之爱,无关乎现实世界的精明计算。她明明知道她不应该爱他,却更想跃跃欲试——在她的世界,充斥着计算与争夺,她其实是厌倦的,真挚的真情于她,比天上的星星还遥远。还是不要爱,以爱之名利用他。孙鲁班在心底说服自己,她举起空酒盏,不由自主地靠在他宽厚滚烫的胸膛,媚笑着命令:"喂我吃口酒!"

第六十五章　井桐叶落池荷尽

南宫殿内，燃烧半截红烛的烛泪盘绕出赤蛇的形状堆于灯台，甚为诡异。

太子孙和盯着赤蛇形烛泪呆呆发愣。刚庆贺将鲁王孙霸的才子杨竺打垮不过数日，他就遭到孙霸猝不及防的诬陷报复——父皇下令把太子太傅吾粲收监审问，凶多吉少。屋漏偏逢连夜雨，母亲琅琊王氏突发急病，竟不治身亡！接二连三的噩耗如泰山压顶，孙和双手抱头，感觉自己快撑不住了……

殿外传来响动，太子妃张怀夕领着邓夫人、何姬跪在殿外哀求他开门。

"殿下，你已三日米粒未沾了，千万不能想不开啊。"

孙和悚然心惊，他已晕厥三日了？他甩甩脑袋，多想成为锁在牢笼的困兽，不，哪怕是成为民间布衣的屠狗之辈呢，也强过当这表面风光、暗地窝囊的南宫太子。

"殿下，当务之急是操办琅琊王夫人的丧事啊。"太子妃张怀夕扑打着殿门,声嘶力竭哭喊道。

"不,姐姐,迫在眉睫的是应对卷土重来的鲁王。逝者如斯夫,活着的人更要紧。"何姬的语气是不容置疑的坚决,她一向比太子妃处事果决。

孙和瘫坐在地,无助地怔怔不语。母亲的丧事、应对鲁王孙霸的计策,都是刻不容缓的大事。他仰视空荡荡的殿内,万般想不通,胜券在握的事怎么眨眼间就变成如此结局?

"殿下开开门,妾身为殿下跳一曲白纻舞解忧。"孙和听到邓夫人娇滴滴如小狐狸的叫声。换作平日,他自然开门,今时今日大不同,孙和硬起心肠不搭理她。

"邓夫人,这步田地了还想寻欢作乐?"太子妃张怀夕怒气冲冲打了邓夫人一耳光,孙和听见也只是睁只眼闭只眼。

"姐姐,不如我们走吧,殿下是想独处。"何姬走上前劝架,反遭张怀夕的一顿抢白:"就你善解人意,你是殿下的知音,你留下来!邓夫人,我们走!"

殿外安静下来,孙和靠近琐窗,双眼贴着窗棂偷偷看她们走远没有,不想撞上另一只眼瞪视他,吓得他大叫着连连后退。

"殿下,还不开门吗?"何姬拖长的声调,蕴含着无尽的哀愁。

"门没锁,推开即可。"孙和缓口气,知道他当不了缩头乌龟,只得嘶哑着声音作答。殿门推开,一道刺目的亮光照进来,浑身素白衣衫的何姬,不施粉黛的样子,好似一株春日梨花。她走近他,眼泪突然流出来:"殿下都有白发了。"

孙和一惊,摸摸发鬓,还真有一夜白头的事!他摆摆头,做出无所谓的洒脱姿态:"朝花夕拾,人生苦短,谁不会白头?"

何姬擦干眼泪,挽住他臂膀:"殿下,眼下可不宜面壁思过。鲁王孙霸攻其不备,出其不意,殿下理应杀人须见血,救人须救彻!"

孙和点点头,何姬也动了杀机!鲁王孙霸来势汹汹,诬陷太子太傅吾粲,激怒父皇对其下狱处决!双方等于公然宣战了。

　　"是到了鱼死网破的处境。"

　　"不,是他死你活!"何姬仰起脸,丹凤眼里的寒光宛如无形的利剑,刺穿孙和的肉体。他顿觉惶恐不安,真的要成为被后世人唾骂的弑弟篡位的南宫太子?

　　何姬眼神锐利,察觉他的不安,急得扭住他手臂摇晃:"殿下,看看太子太傅吾粲的下场!想想身首异处的才子杨竺!杀机已动,不可再有妇人之仁的迟疑不决。"

　　孙和难过地闭上眼,从诬告才子杨竺那一刻起,他与鲁王孙霸就注定了生死决斗。

　　"这报应来得太快了些!"孙和悲痛地喃喃自语。他这边的陆胤诬陷杨竺致其灭族身死,鲁王孙霸就绝地反攻陷害太子太傅吾粲致其被打入地牢。

　　何姬表情严肃地抽出手臂,徐徐说道:"他们是在以其人之道还治其人之身。孙霸仰仗有全公主撑腰,不也就是全公主身后是父皇这座坚如磐石的高山?"

　　孙和忽觉心神不宁:"这该不会是父皇使出的螳螂捕蝉,黄雀在后的计谋?"

　　"可谁是猎人呢?能与殿下实力抗衡者唯有鲁王孙霸啊,殿下别想多了。"何姬上前抱住他,面颊贴着他脸颊质疑道。孙和愣了愣,或许真是自己神经过敏多虑了。

　　孙和伸长脖子,直视殿外惨白色的日光,脑海里闪现母亲琅琊王夫人临终前的面无人色。他的心刹那间痛极了,他缓缓蹲身在地,像个孤儿号啕大哭。曾经以为父亲是能替他遮风挡雨的高山,可父亲的儿子众多,母亲对他才是满满的爱,可母亲尚未等到他登基称帝就撒手人寰。与至亲生离死别的悲痛,是撕心裂肺,是肝肠寸断，是痛彻心扉。

"子孝，母亲的心、心这儿，好、好痛呀。"面若白绢的琅琊王夫人用手心顶住腹部，咬牙蹙眉低语。

"太医呢？太医何在？"孙和心如刀绞，朝着跪伏于榻前的一排奴婢大发雷霆。

一位神态娴雅的侍女抬起头，孙和依稀记得眉清目秀的她名叫红蓼，是一种生长在浅滩的寻常植物。红蓼低头作答："殿下，王夫人不肯吃药。"孙和瞥见泼洒一地的黑陶瓷药罐的碎片与棕黄色药汤，遂改口疾呼："陛下呢？还不去请他到凤栖堂来！"

红蓼咬住下唇，声若蚊音："殿下，秋裳去请过了，陛下在潘妃的昭明宫大醉不醒……"

大醉不醒？孙和如万箭穿心，顿觉年迈昏聩的父皇面目可憎！他猛扑到琅琊王夫人的睡榻，气若游丝的母亲眼角噙泪，努力挤出一丝苦笑请求他："子孝，母亲好冷……你，你抱抱母亲……"

孙和明白母亲的心愿，她不过是想死在父皇的怀里啊，可父皇的怀里躺着另一个女人潘妃！他爬上睡榻，将瘦弱的母亲抱于怀，学着儿时母亲抱他的样子，轻拍母亲的背，像母亲哼唱着旋律舒缓的歌谣哄他入眠，一直到母亲身体变得冰冷、僵硬，他也昏迷不醒。

醒来后，他人就躺在南宫的殿内，他知晓，这是何姬的悉心安排。何姬蹲下身来，温柔地抚摸他的后背，这似曾熟悉的动作令孙和更加痛不欲生。年幼时，母亲也常替他这样抓痒痒啊。他霍然起身，踏步行至殿门前，将满腔悲愤化为嘶哑的低吼："何姬，本宫母亲的死，鲁王孙霸也是凶手！本宫定要他来偿命！"

"殿下想如何除掉他呢？"何姬靠近他，伸手在他头上扒拉出一根白发，揪住拔掉，缠绕在她的指头上，轻声问道。

孙和疼得咧嘴嘶叫一声，太阳穴忽然突突跳不停，他举手搓揉，目视何姬秀挺的高鼻，叫苦道："本宫此刻心乱如麻，哪能想出什么好计谋？还是请左将军朱据、羽林都尉张休、太常顾谭来商榷。"

何姬仰头吹掉白发，摸了摸手臂上的金钏，低垂的眼睫毛浓密细长如飞鸟展翅的羽翼："听闻丞相陆逊回宫了，要不要一并请来？"

"他是为二十条罪证回宫？"

拥戴他的众位大臣里，丞相陆逊无疑是制衡鲁王孙霸最强的撒手锏。才子杨竺死前罗织了陆逊的二十条罪证，父皇震怒之下速派使者前往丞相驻扎地武昌当面责问。

何姬的黛眉舒展，眉眼间流露出小荷才露尖尖角的欣喜，她双掌合十道："丞相定是回宫想当面向陛下申辩无罪，望能有转机。"

父皇已猜忌到老臣陆逊头上，这可不妙。孙和则以为不然，情绪愈发低落："本宫乔装打扮登门造访丞相府。"

"殿下是要旧戏重演，再走独身拜见陆胤的老路？"何姬清澈的双目洞穿他的秘密，孙和无声地笑了。能歌善舞的邓夫人是他的解语花，名门之后的太子妃张怀夕是忠诚于他的坚强后盾，聪慧机警的何姬，隐藏在一团和气下的敦厚且狡黠的缜密心思，是孙和最为欣赏的地方，他方对其委以重任。

何姬走到衣柜前，开箱取出面纱斗笠、青衣黑帽递给他："殿下尽管去，妾身会对奴婢们谎称殿下忧伤过度，仍需闭门静养来做掩饰。"

比起只会哭哭啼啼的太子妃张怀夕，何姬才是他真正意义上的贤内助。孙和握紧她的手，深怀内疚拜托她："母亲的丧事，就劳烦你与太子妃费心了。"

何姬垂泪哽咽道："殿下，放心去吧。宫内的事交给妾身即可。"

孙和换上夜行轻装，腹内咕咕乱叫起来。他拍拍干瘪的肚皮，双手一摊，像个大男孩向何姬讨要吃食；

何姬早有准备,提出装好胡饼、熏肉、炖肉的食匣,一件一件摆出来,供孙和尽情享用。

何姬伺候他吃饱喝足后,才起身出去锁上殿门。孙和戴上面纱斗笠,从后门骑马扬鞭直奔丞相陆逊的官邸。

第六十六章 江南阔,无处觅征鸿

弦月高悬于空,月光如银又似霜,稀疏铺陈于虫鸣啾啾的丞相官邸四壁,门窗紧闭的正堂未点烛火,浑如幽邃的深井。

陆逊正襟危坐于案前握拳沉思。二宫相争的势头愈发严酷,且呈两败俱伤之势:杨竺虽沉尸于江,可留下构陷自己的二十条罪证摆在陛下案头,如夜叉的勾魂剑高悬头顶,使得他夙夜兢兢,寝食不宁;太子太傅吾粲坐监、侄子陆胤遭受酷刑重伤缠身……

陛下派来的使者宦官黄松火速赶来武昌,以子虚乌有的二十条罪证逐条问责时,陆逊哑口无言,以沉默对之。但他不能一直沉默,那会成为他默认指控罪证的事实。

送走宦官黄松,陆逊着手收拾行装,准备启程回宫。妻子孙兰芳走来,她是长沙桓王孙策的女儿,当他拜定威校尉,军屯利浦时,由吴王下诏赐婚,生有儿子陆抗,两人风雨相伴数十余载,感情甚笃。

孙兰芳颇为自负地请求道:"伯言,妾身愿随你同回建业城面圣。兴许陛下能看在妾身的面上,宽恕夫君呢。"

陆逊苦笑着摇头拒绝,吴王孙权与他的兄长孙策同类,均非会顾念手足情义的平庸之辈。当年,道士琅琊于吉,往来吴会,立精舍,烧香读道书,制作符水以治病,深得东吴将士百姓的欢心。孙策就认为他是妖妄,能幻惑众心,远使诸将不复相顾君臣之礼,不可不除。孙策母亲吴氏苦劝仍无果。

他放下手里的衣物,将孙兰芳拥入怀,安抚道:"你就别操心了,伯言自有主意。"

孙兰芳推开他,突然跪地哭求:"伯言,陛下年迈,难免不犯糊涂。妾身知道那些罪证都是无中生有,使你蒙受这天大的委屈,还请多多担待陛下。"

陆逊一时语塞,他的满腹凄凉与何人诉说?自己是为东吴基业立下汗马功劳的老臣,谁来体谅他?谁来替他分担?往事涌上心头,二十一岁,始仕幕府,历东西曹令史一步一步走到丞相高位,从意气风发的少年到白发苍苍的老将。罢了,罢了!他的人生,从来都不是为自己而活,他是身负巩固江东大族的地位,保护东吴的万里江山的天命之人。

这般思量后,陆逊扶起孙兰芳,动容感慨:"昔桓王创基,兵不一旅,而开大业。陛下承运,拓定江表。伯言天命如此,纵然忧国亡身也无憾!"

此番表白,听得孙兰芳的双目发红,她解下挂在颈间的蟠螭心形玉佩,俯身为他戴在腰际,仰头表达她对他的崇敬之情:"伯言,你生来就是一座替别人遮风挡雨的巍峨高山,你从未让妾身失望,你是妾身的骄傲,是儿子陆抗的荣耀,是你们陆氏宗亲的一面旌旗啊。"

陆逊寂然不语。高山仰止,终会不堪重负;旌旗猎猎,也会惨遭祭旗。

窗外响起枭鸟惊悚的啼声,陆逊转头看见弦月露出弯弯笑意,一缕夜风吹拂面庞。他手握蟠螭心形玉佩,信步出门,手提灯笼的奴婢徐徐走来,跪身禀告太子孙和造访。

南宫也坐不住了,恶战在即啊。陆逊心情沉重地望向庭院外的垂花门,空无一人的门外飘荡无数明明暗暗的萤火虫,似蜉蝣于天地的飞蛾。

"恭迎殿下登堂入室。"他背转身,哑声发令。

"伯言留步!"太子孙和熟悉的呼声夹杂着浓重的鼻音。陆逊慌忙回头,锦衣夜行的太子头戴斗笠,失魂落魄地站在垂花门后,像是被世界抛弃的孤儿。陆逊不禁老泪纵横,疾步冲上前垂首跪迎,泣不成声:"殿下!"

"进里面说话。"孙和如惊弓之鸟慌张环顾四壁,拽住他臂膀,直奔屋内。奴婢们已将正堂的灯悉数点燃,书案上堆满齐整的竹简,花架的兰草青翠欲滴,疏朗明阔的室内飘拂着檀香袅袅升空的青烟,散发着室雅人和的暖香。陆逊屏退左右,将太子孙和迎到上位。

孙和坐在席面,摘下斗笠,露出眼窝乌青的倦怠神色,未语泪先流:"丞相,本宫的母亲病逝了。"

陆逊大惊,太子生母琅琊王夫人正值风华正茂,莫非是受到二宫之争的牵连忧惧暴崩?他掏出罗帕,递给孙和,克制悲痛劝慰他:"琅琊王夫人病逝,对殿下可大不利。"

"丞相是认为本宫之位危于累卵?"孙和瞪大布满血丝的泪眼,双手砸向案台。

太子与陛下都是性急多疑之人。陆逊如坐针毡,磕头辩解:"殿下息怒。陛下手中还握着杨竺罗织老臣的二十条罪状,老臣与殿下乃唇齿相依,岂能袖手旁观?此番回宫面圣,一则为洗刷二十条罪名,二则借机扳倒鲁王孙霸!"

孙和抓起罗帕擦拭鼻翼，语气缓和："伯言起身说话。本宫当然知道丞相的拳拳之心，才会连母亲的丧事都撂下，屈尊到丞相府内商议。"

奴婢奉上斟好的茶汤，陆逊手握茶碗，跽坐于孙和下首，垂头思虑。孙和环顾周遭俭朴的器皿陈设，神色欣然："父皇常在本宫面前夸赞丞相不喜奢华，是忠诚耿直的社稷良臣。"

陛下的褒奖，是他笼络人心的伎俩，陆逊早已习以为常。他举起茶碗："殿下，臣已派人去请太常顾谭兄弟二人。"

孙和点点头，低头吃茶，"呼哧呼哧"吸溜茶汤的声响，回荡在寂静的空间。忽然，呼哧声骤然停息，孙和的半张脸躲在茶碗后，面露质疑之色："诸葛恪会站在本宫这方还是鲁王孙霸那头？他那被封为骑都尉的长子诸葛绰可是依附鲁王孙霸。"

陆逊放下茶碗，以袖擦拭唇沿的茶渍，徐缓道来："元逊自有主张，定会大义灭亲，殿下无须担忧。"

"伯言就不怕他学卫将军全琮？"孙和也放下茶碗，摸出罗帕擦擦嘴。陆逊并不急于辩解。当年，全琮写信给陆逊，告知儿子全寄成为鲁王孙霸的宾客；他回信劝阻，并要全琮效法杀儿免家族灾难的西汉匈奴族政治家金日磾。全琮怒极，两人自此心生芥蒂。芍陂之役，全琮父子不满评定的功劳，屡屡上疏弹劾，诬陷顾承、张休与典军陈恂串通虚报战功，至此两家交恶。反观诸葛家族的三兄弟，各有各的盘算：诸葛亮辅佐蜀国刘备，被封为蜀汉丞相；诸葛瑾为东吴大将军；诸葛诞成为曹魏大将军。身为权臣、大将军诸葛瑾的长子诸葛恪，育有三子，历经宦海沉浮，他不会不知孰轻孰重。

"诸葛恪非全琮，诸葛家族非全氏家族。"陆逊的指头有节奏地敲打茶碗的碗边，胸有成竹。

"也不能怪卫将军，虎毒都不食子嘛。"孙和攥紧拳头，砸向空无一物的半空，喟然叹息。

"那得看是什么样的儿子。倘若是会祸害宗族的逆子,就该食子!"陆逊不以为然地捻须说道。

孙和的脸色瞬间大变,陆逊立刻意识到自己失言,上古殷商朝代,弑君弑兄不也是常事?担心太子恐会浮想联翩,陆逊便拱手作揖赔笑道:"殿下,臣等明日上朝谏言,望殿下称病回避。"

"不,本宫要为母亲守孝。"孙和的语气不容商量,神情坚定,恢复王者霸气。

"殿下英明!以孝治国,乃贤君所为。"陆逊言不由衷地称颂道。

灯台的烛火忽然摇曳不定,门外的嘈杂声响渐行渐近,陆逊猜想定是他的外甥顾谭、顾承两兄弟到了,忙起身上前。

"禀丞相,太常顾谭、奋威将军顾承、左将军朱据、尚书仆射屈晃到。"侍卫的呼声刚落,太子孙和拊掌大笑:"姜还是老的辣啊!尚书仆射屈晃以刚直耿介、忠义著称于时。"

陆逊颔首微笑推开房门,为首的左将军朱据与尚书仆射屈晃并肩前行,顾谭两兄弟随后。四人见到太子孙和,惊得齐齐跪身行礼。

众人分头落座后,太子孙和环顾左右,目视陆逊,故意拿话激他:"伯言,本宫就不信,你们吴郡四大豪族会抵不过鲁王孙霸那帮草创班子?"

陆逊暗自摇头,太子孙和还是太年轻啊,看不破鲁王孙霸背后真正的主谋者。

太常顾谭面色凝重,语气低沉:"殿下,万不可轻敌。单凭鲁王孙霸一人不足为虑,他身后有丞相步骘、卫将军全琮、中书令孙弘等人。"

奋威将军顾承的话,隐含着杯弓蛇影的后怕:"步骘与死去的皇后步练师同族,是陛下倚重的老臣;卫将军又是陛下宠溺的孙鲁班的夫君,芍陂之战后的论功行赏,他们父子对我们兄弟早就恨之入骨,此番站在鲁王孙霸那头,还不是借机泄愤,公报私仇?"

陆逊对外甥顾承中肯务实的言论颇为认同。作为前丞相顾雍的孙子,顾承颇有些城府。

听完顾谭、顾承两兄弟的悲观论调,众人均沉思不语。太子孙和也有些丧气,他拍拍案面,逼问陆逊:"伯言,你以为二宫之争,本宫胜算可大?"

历朝历代的宫廷权斗,何人能预测胜算,最终局势,还不是天意使然?陆逊笑得牵强:"殿下,少安毋躁,尚未到盖棺论定之时。"

左将军朱据面向孙和,弓腰作答:"殿下,臣以为步丞相年迈多病,来日无多,断不会卷进其中,不过是鲁王孙霸一伙拉大旗作虎皮的傀儡。幕后的始作俑者极有可能是卫将军全琮。"

太常顾谭冲着朱据拱手作揖,补充道:"卫将军惧内,只怕他也是孙鲁班的牵线木偶。谁不知全琮的卫将军封号是迎娶吴王的女儿孙鲁班所得?这对父子明目张胆要抢功劳,不就是欺负前丞相顾雍病逝,他们有孙鲁班撑腰!"

孙和听得面色发青,终于忍不住拍案而起,低吼道:"本宫早恨透了她!一介女流不好好在后宫安分守己抚育子嗣,当丈夫的贤内助,总是插手干预前朝政务,鸾凤颠倒,成何体统?"

陆逊忙趋步至他身旁,提醒道:"殿下,别忘了,陛下宠爱中宫女主步练师夫人,爱屋及乌才会宠溺孙鲁班啊。"

孙和委屈地捂面大哭:"本宫就是不明白父皇所欲为何,既封我为南宫太子,为何又与鲁王孙霸同等对待,令他滋生妄想?还冒出来个不让须眉的姐姐孙鲁班从中作梗!"

此乃君王的家事,陆逊无言以对。他摸了摸官帽的绶带,征战半生归来,他刻骨铭记的是君为臣纲、父为子纲、夫为妻纲以及仁、义、礼、智、信的三纲五常。

"尔等能猜透陛下真实的心思吗?"

"君心叵测，不宜揣摩。"顾谭兄弟相视而笑，默契地摇头摆手。左将军朱据走近灯台，烛光映照着他棱角分明的俊朗侧颜，他目视窗外，以饱经沧桑的口吻安慰太子孙和："殿下，人生就是渡道道劫难、通过重重难关，兴许陛下是设置障碍来磨砺殿下呢。"

尚书仆射屈晃站起身，义正词严表态："殿下，丞相，甭管鲁王背后是谁指点江山，老臣明日上朝将以死谏言，殿下乃嫡子，本该是继承大统的未来天子。若嫡庶不分，祸起萧墙，引发祸乱，陛下不会不权衡个中利弊。"

孙和受到尚书仆射屈晃的鼓舞，神色兴奋地目视左将军朱据："左将军可想好妙计？"

朱据看向陆逊，语气蕴含着路漫漫其修远兮的悲壮："丞相，我们只能逼上绝路，走死谏？"

众人的目光齐刷刷望过来，一双双充满希冀的眼神写满渴求胜利的坚定意志。陆逊不忍直视，他当然希望是孙和赢，可他不是掌控局势的人，他比谁都明白，实际的操纵者是吴王孙权！什么卫将军全琮、孙鲁班、鲁王孙霸都是吴王的棋子。说到底，是吴王在与他们这帮江东豪族抗争，太子孙和、鲁王孙霸不过是明面上的幌子。

戎马半生的他深知真相远比现实惨烈，何必浇灭这帮年轻后辈的希望之火？或许会有转机呢？陆逊攥紧蟠螭心形玉佩，正色言道："左将军，陛下手头有老臣的二十条罪证，卫将军还在弹劾顾谭兄弟串通典军陈恂虚报功劳，不死谏不足以明志啊。"

众人面面相觑，神色变得惨然。陆逊暗自叹息，强笑道："引经据典，前朝废嫡立幼，有违祖制，且两败俱伤，难得善终。"

"本宫不信，父皇真会罔顾亲情而弑子？"孙和布满红血丝的眼里迸裂出绝望交织悲愤的寒光。

陆逊转头望向沉寂黑暗的天穹，血腥往事浮现脑海：孙策据会稽,屠东冶,乃攻破虎等。时有前合浦太守嘉兴王晟,与孙坚本有升堂见妻之分,仍被孙策聚众万余引兵扑讨,诸子兄弟两百多口人皆已枭夷,经孙策母亲吴氏劝阻,独余一老翁,何足复惮乎?王晟虽得以存活,最终也投缳自杀。

枭鸟的叫声如鬼哭狼嚎,陆逊如梦方醒:"殿下,南宫的斗兽场,只有你死我活。这既是上苍的旨意,也是命定的征途。"一语未了,掌中的蟠螭心形玉佩突然无故碎裂!

陆逊虎躯一震,暗觉不祥。

第六十七章　梨花满地不开门

沉寂许久的二宫之争,开始隐现蠢蠢欲动的迹象。

孙权坐在神龙殿的御座上,环顾人头攒动的文武百官,不见丞相陆逊、步骘两位老臣的熟悉面孔,不禁掩面悲叹。

陆逊忧惧而死,与自己的雷霆手段有关:拿杨竺弹劾他的二十条罪证威逼的同时,下诏诛杀狱中太子孙和的太子太傅吾粲。

剑拔弩张的南鲁之争,因位高权重的江东豪族老臣陆逊、淮泗士族的重臣步骘一前一后猝然身死,暂时偃武息戈。震怒之下,孙权严令太子孙和、鲁王孙霸闭门思过,专心向学,禁断宾客往来,不得阿党比周。

至此,两拨人马看似消停,平静的水面实则暗藏波涛汹涌。今日早朝,丞相陆逊的外甥太常顾谭神态恭顺地诘问孙权为何软禁太子孙和于南宫。

"明主坚内,故不外失。南宫不可一日无主,臣斗胆相问,陛下究竟意欲何为?"

若非丞相陆逊猝死,他才放过顾谭一马,不然早将其发配到瘴气萦绕的交州了。丞相尸骨未寒,你这竖子就胆敢追责朕?孙权轻咳了声,一手捻垂至胸前的花白长髯,一手握着玉如意摩擦略觉发痒的右眉心,将目光移向太常顾谭,挖苦他:"子默,你也会有猜不出朕心思的时候?"

"君心难测,臣不敢妄揣摩圣意。"正值壮年的太常顾谭仰首作答。眼里的光芒锋利如刀,能感受到他忠诚拥戴太子孙和的雄心壮志。

孙权得意地朗声大笑,朝廷诸臣,一派太子党,一派鲁王党,都是愚蠢的家伙! 不知皇权在握的人是他孙权?

年过八十高龄的新任大将军吕岱,抬腿踏出廉颇老将军的雄赳赳步态,跪地疏弹劾太子孙和:"陛下,太子孙和结党营私,忤逆不孝,德不配位,理应废黜另立鲁王孙霸为南宫之主。"

孙权冷笑不语,鲁王孙霸萌生夺嫡争储之意,已是司马昭之心路人皆知了。陆逊、步骘死后,他为钳制双方势力平衡,特任诸葛恪、吕岱为大将军,两人各为其主,自然针锋相对。

谁会站在他的阵营? 谁会忠诚于他? 孙权环视群臣,他们不是胜算在握押宝太子孙和,就是孤注一掷赌注鲁王孙霸,竟然无人窥探他的心事——幼子孙亮已满七岁了!

想起幼子孙亮那双清澈无邪神似潘妃的美目,孙权便心生炙热爱意——在这无情无义的无趣人世间,尚有年轻美貌的潘淑令他心甘情愿地温柔相待。

"陛下,您答应过要封妾身为后,陛下何时诺言成真呢? "昨夜一番缠绵温存后,潘淑热切地催促他。

"别急,朕答应你的事何时不算数了?"孙权亲吻她红嘟嘟如樱桃的朱唇,抚慰道。

"妾身可不想成为第二个步夫人喔……"潘淑媚笑着把手按住

他敏感的腋窝挠痒，挠得他笑得喘不过气来。

"你可是给朕生了皇子的宠妃。"孙权握住她纤嫩的双手，含着她圆润的耳垂，痴情地表白。他曾深爱过步练师，可他当下最迷恋潘淑。潘淑像灵蛇扭动娇躯，软糯糯的声音勾得他意乱情迷："陛下是不是要成为第二个曹孟德呢？宁教我负天下人，休教天下人负我？"

三国霸主，魏国曹操、蜀国刘备都没活到现在，而他这位碧眼儿的东吴王才是笑到最后的高寿者。孙权不免有些趾高气扬："朕是朕，何必学曹阿瞒？朕是宁负天下女子，也绝不负潘淑！"

潘淑欢喜地钻进他身下，双臂吊紧他脖颈，从鼻腔内哼出嘤咛的娇声："陛下，真英雄也！妾身没有错付真情。"

孙权心满意足地翕动鼻翼，回味潘淑身上散发的迷人体香。他征战半生，见识无数佳人，人道是"北有甄宓，南有二乔"，这几位佳人均香消玉殒，殊不知江东绝色的潘淑后来者居上，会成为自己暮年的一味春药。

眼帘下飘过一道壮实的黑影，孙权注目而视，大将军诸葛恪粗壮的双臂托起一卷拖在地面的朱字白绢，近前跪身磕头言道："陛下，大将军指责太子忤逆不孝，皆为颠倒黑白。太子孝思不匮，字字泣血的悼文，便是太子为亡母所写。陛下，太子仁孝，理应辅佐陛下主政。"

孙权不快地丢掉玉如意，心想：这帮老臣如此猴急就想朕退位让贤，是嫌弃朕年迈昏聩？他不满地扫视大都督施绩、尚书丁密、左将军吕据、中书令孙弘，目光落在殿外的骑都尉孙峻的身上。

尚书仆射屈晃出列，走至大将军诸葛恪身旁，并排匍匐在地，磕头高呼："陛下，子孝好文学，善骑射，承师涉学，精识聪敏，尊敬师傅，爱好人物。此乃陛下厚福，望陛下三思。"

屈晃的话绵里藏针，是在威胁朕若不放太子出门，就会有失人心?此举令孙权愈发嫉恨孙和——就他会笼络人心?朕尚是宝刀未老,壮志未酬,他们一个个的眼里除了孙和,何曾有过朕?

就在孙权捻须不语时,年轻的骑都尉诸葛绰踏步上前,他是大将军诸葛恪的长子,攀附鲁王孙霸。孙权饶有兴致想听听他的狗嘴里会吐出什么象牙来。父亲依附太子孙和,儿子背投鲁王孙霸卖命,父子相斗真真有趣。

诸葛绰替鲁王孙霸道出一通赞溢之词,顺带中伤太子孙和德不配位,谏言就该废黜太子改立鲁王孙霸。

"逆子!"大将军诸葛恪听得怒目圆睁,眉心的皱纹挤成一坨肉团。他愤恨地丢下白绢,上前扭住诸葛绰开始厮打。群臣们个个摇头偷笑,孙权乐得看他们父子当庭出丑,忍不住击掌讥讽:"大将军调教得好个孝顺的儿子!"

"父亲,不是儿子不孝,儿子与父亲不过是狗吠非主,成王败寇,胜负难分呢。"骑都尉诸葛绰有恃无恐地用力推开诸葛恪,自认冤屈地强词夺理。

诸葛恪肥腻的驴脸涨成猪肝色,素来能言善辩的他气得口吃,一拳挥向诸葛绰,将他踹出门外:"你、你、你这不辨是非的竖子,败坏门风!还、还不退下?"

狼狈不堪的诸葛绰摔翻在地,爬起身落荒而逃,殿内恢复肃穆、庄重的气氛。孙权思忖着该退朝了,大都督朱绩又挺身而出,磕头哀告:"陛下,既以立太子而复宠鲁王,无疑坐生乱阶,自构家祸。"

陈词滥调的常理,孙权早已听得腻烦。他烦躁地搓搓双耳,暗想连执法公正的朱绩都出面力挺太子孙和,这竖子当真深得人心!他不禁且嫉且恨,怒声责备朱绩:"公绪,你还嫌事不够大,也来蹚这浑水?"

朱绩一脸正气凛然:"陛下,依礼,鲁王孙霸本就位居南宫太子孙和之下,被居心不良的奸贼蛊惑,滋生鸠占鹊巢的妄念,非老臣想蹚浑水,实乃天理难容!"

天理难容?朕就是东吴的天!孙权懒得辩解,偏头将怒气发泄到大将军诸葛恪头上:"元逊,管好你的儿子!尔等都退了。"

面色阴沉的诸葛恪一反常态地沉默不语,捡起地面的白绢,揣在袖笼,弯腰退步离去。

群臣们施礼拜别,鱼贯而出。

望着空旷寂静的殿堂,孙权的心里生出孤独的惆怅之感。

"陛下,还是启程回昭明宫?"宦官黄松趋步近前,请示道。孙权望望殿外晴空万里的天色,距夜宴的时刻尚早呢。忽而想起自琅琊王夫人病逝后,自己许久未曾踏进凤栖堂了,只怕是寂寞空庭春欲晚,梨花满地不开门了。

"不,要骑都尉牵马来,朕到凤栖堂走走。"

"陛下,臣愿当陛下的胯下良驹啊。"宦官黄松把手里的拂尘斜插在腰间,双膝跪地,眼巴巴等着孙权骑上他背。孙权抬腿将他踢飞:"歇一边去!朕非三岁小孩!你是想朕留下千古骂名?"

"速唤骑都尉孙峻来侍奉朕。"孙权仰坐于龙椅,双手搭在雕刻繁复的龙纹扶手上,居高临下命令道。

须臾间,华丽的帷幄后,走出明朗似皓月的骑都尉孙峻。孙权目不转睛盯视他年轻的俊朗面庞,暗暗喝彩,他这孙氏宗族的子弟,果然不负兵圣孙武后裔的美誉。

骑都尉孙峻上前行礼,从容自若作答:"陛下,臣已令堂弟孙綝去牵马来,陛下稍等片刻即可。"

孙綝是昭义中郎将孙静曾孙、安民都尉孙绰之子。孙权满意地捻须笑问:"汝等均为朕的皇亲宗室,守护东吴江山永固,定要责无旁贷,义不容辞。"

"臣定当肝脑涂地!万死不辞!"孙峻情绪高涨,面色通红地磕头表忠。

孙权笑了笑,起身走下龙椅,牵起孙峻的手。君臣二人刚跨出殿门,就见孙綝牵着匹枣红瘦马跑过来。

孙綝跪地禀报:"陛下,臣思虑后宫人多,性烈的汗血宝马易伤人,特选了匹温顺的良驹,恭请陛下上马。"

日后幼子孙亮登基,他二人倒是可用之才。孙权暗想。他翻身上马,扬鞭朝凤栖堂疾驰,孙峻两兄弟撒腿跟上来。

途经梨花院,半截朱墙冒出枝头缀满累累青皮梨的树丫,孙权放下缰绳,任由枣红瘦马缓步慢行,他在马背上站起身,扬手扯断那根树丫,就听见里面有奴婢在尖声叫骂。

梨花院的朱漆大门的门缝里,探出一位头梳十字双环发髻的侍女,她一眼瞥见孙权骑马而过,吓得缩头便关紧门。

孙权大笑着扔掉梨树树丫,手挽缰绳,直奔凤栖堂,风中留下他爽朗笑声的隐隐余音。

凤栖堂的门前铺满枯叶,余晖在紧闭的桐木圆门上投射一抹温柔的暮色光影。

孙权翻身跳下马,孙峻两兄弟就气喘吁吁跑过来。

"拿钥匙开门。"孙权瞅着生锈的铜锁,想起自己曾对琅琊王夫人恶言相向,使得她忧惧抑郁病亡,他沉醉在年轻的潘淑殿内,并不曾探视过她一回,顿觉对她有所愧疚。

孙峻迟疑着不动,神色恭敬地试探道:"陛下,凤栖堂早成荒园了,恐会有不洁的邪物入侵,有损陛下龙体,全公主与潘妃会怪罪臣等侍奉不周。"

孙权抬眼望见凤栖堂内那一片翠色森森的梧桐树,固执地下令:"开门!"

"臣尊令。"孙峻上前掰断铜锁,推开桐木圆门。吱吱如老鼠哀叫的干涩推门声闯进孙权耳内,他徐徐转过头,将双手背在身后,立在门旁踌躇不前——庭院内生长一丛丛高过人头的剑麻与蓬蒿，好似怨气冲天的琅琊王夫人的化身，挡住他去路。

孙权心虚地向后缩缩腿，嘟囔道："太子就没派人清扫过庭院？"

孙峻机敏地关上门，躬身回道："陛下，太子都是泥船过河，哪有闲工夫打理此等琐事？"

孙綝趁机添油加醋说起风凉话："陛下，太子所谓的仁孝虚名，皆是为博取陛下欢心、百官臣服的饰伪。"

"你们兄弟俩唱双簧咧，一副鲁王孙霸宾客的嘴脸，是想来说服朕？"孙权拨开一丛紫竹，踏上碎石堆砌的花径。

孙峻朝孙綝使使眼色，两人撩起袍襟，跪地齐呼："陛下，臣心中眼里只有陛下一人，臣愿死生忠诚于陛下！"

孙权快意地仰面大笑，总算有明白人了。他随手掰断纤细的紫竹枝条，就为听其悦耳的脆响。

辛辣的脂粉浓香钻进孙权鼻窦，他停下手，回首见到身穿艳丽新服的谢姬，迈着小碎步款款而来。她远远下跪，干巴巴的话音透出不自信的怯弱："陛下，妾身恭迎陛下到梨花院小憩片刻。"

风吹得谢姬头戴的金步摇簌簌作响。孙权走近她，谢姬的浓妆艳抹，也遮挡不住眉梢眼角间的憔悴。他有些心软，终归是与自己欢愉过的女人，为他生下鲁王孙霸的母亲，便向孙峻下令："骑都尉，尔等先回宫待命，让宦官黄松到梨花院来接朕。"继而对谢姬伸出手，以饱含怜悯的语气说道："谢姬，起身陪朕走走。"

谢姬松了口气，眉眼笑盈盈地倚靠他臂弯，轻言细语："陛下，妾身备好薄酒热菜，就等陛下圣驾光临。"

"可有荷叶烧鸡"？孙权也觉腹内饥肠辘辘。谢姬手巧，能烹制香酥爽口的荷叶烧鸡。

"醇酒与烧鸡都在等候陛下呢。"谢姬娇俏地将头紧贴于他臂弯娇笑道。

一只杜鹃鸟悲啼着从凤栖堂的高墙掠过头顶，孙权拦腰抱起她，疾步行至枣红马旁。这畜生通人性，立马将前腿跪于地，孙权跨上马背，搂着谢姬，慢悠悠走向梨花院。

梨花院的风景如旧，树木葱茏，潮湿阴暗的墙脚长满大片青苔，透出一股阴森森的冷气。孙权落座后，连吃三碗酒，正啃食炙烤得皮焦肉嫩的荷叶烧鸡腿，宦官黄松疾步冲进来附耳低语："陛下，大将军诸葛恪把他长子诸葛绰用鸩酒毒死了。"

孙权闻言，手里半截鸡腿掉落在地，谢姬不解地问他发生何事。孙权恢复镇定，抓过酒壶抿上口酒压压惊，神色不变回应她："大将军诸葛恪把不听话的长子鸩杀了。"

"啊？亲生父亲也对亲儿子下得了毒手？"谢姬脸色大变，斟满酒的酒碗摔落在食案，晶莹的酒珠四处乱溅。

"有何大惊小怪？"孙权笑着掸掉衣袍的酒滴，丞相陆逊就写信劝过卫将军全琮学金日磾杀掉依附鲁王孙霸的儿子全寄。

谢姬慌忙重新端起新碗，注满酒，递给孙权，欲言又止："陛下，子威年少鲁莽，还须陛下多费心调教，方能继承大统啊。"

孙权凶狠地直视谢姬那张自以为是的可憎面孔，谁给予她的权力和自信，认定鲁王孙霸会取代太子孙和？他接过酒，仰头喝尽后，手撑住黄松的肩，慵懒地起身向外走去："谢姬，朕要回昭明宫陪潘妃了。你再做份荷叶烧鸡送去给潘妃尝尝。"

迟迟未见谢姬应答，孙权纳闷地回首斜睨，方才还笑脸盈盈的谢姬，成了面色黑沉、眼神恶毒的怨妇。他回眸与她对视，谢姬立马跌坐在地，神情倔强地嘟嘴哀号："陛下，妾身的手只为陛下一人烹制。"

"唉，妇人之见！愚蠢至极！"孙权无奈地摆摆头，谢姬的话倘若被潘妃听见，可就保不住她那双手了。

他才跨出梨花院的正门,谢姬爆发的号哭声就在身后响起,孙权充耳不闻,翻身上马去往昭明宫。

杜鹃的悲啼再次响起。

第六十八章　无边落木萧萧下

立秋,天云收夏色,木叶动秋生。

无边落木萧萧下,是秋;霜叶红于二月花,也是秋。孙鲁班登上白爵观,迎着缕缕凉爽秋风,眺望宫外殷红枫叶连缀着青葱松柏的绚丽山景,不由得一时兴起,抒发感怀:"秋风萧瑟天气凉,草木摇落露为霜。"

"公主好雅兴!要不要摆桌酒宴,让花萼吹笛,一道且听风吟?"侍女白秋水穿了件半新不旧的赭黄色素单衣,手摇纨扇走到身后捡起拖在地面的披帛,搭于她臂弯。

孙鲁班趴在白爵观的扶栏上,引颈张望晴空飞翔的一排白鹤:"本公主登高望远,并非为听什么风声鹤唳。不是说尚书仆射屈晃连日诣阙请和,怎么不见人影?"

白秋水挨近她,边摇动纨扇,边幽幽叹气:"估摸着还不到时辰呢。陛下囚禁太子孙和于南宫,为他请愿的大臣势必会愈来愈多呢。"

宫阙前戒备森严的左右无难营兵，是替代无难督陈正、五营督陈象的新人。孙鲁班瞪大睥睨众生的凤目，蔑视道："再多又何惧？总会有识时务者为俊杰的后来者居上！"

白秋水突然停摇纨扇，掩嘴惊呼："全公主，他们、他们来了！"她的话音刚落，呼声震天的悲号声像天边的闷雷滚滚压过头顶。孙鲁班探头望去，果见尚书仆射屈晃率领诸将吏泥头自缚，哭哭啼啼走向宫阙！左右无难营兵手持兵器挡住他们，双方争执不休，一场恶战即将开始！

"屈晃这头犟牛！本公主最喜看热闹，窝里斗出高下才有趣呢！"孙鲁班退步坐回锦凳，摆出看热闹不嫌事大的坐姿。

白秋水神色不安地摇动纨扇："全公主，看这架势愈演愈烈，奴婢还是去请陛下出面息事宁人吧？"

孙鲁班不悦地直视她那张神似自己的面庞，怒哼道："你急什么？皇上不急宦官急。"

白秋水讪笑着轻摇纨扇，退步到一边。微风带来一股龙涎香，孙鲁班的嗅觉敏锐，辨认出这是父皇常用的香料味。她正欲起身，回首便见披着刺绣金龙黄袍的父皇，由骑都尉孙峻搀扶着登上楼来。

孙权愁眉紧锁地冷冷问道："大虎，你来白爵观作甚？不怕刀光剑影伤到你？"

剑眉星眸的骑都尉孙峻，穿了翠绿新袍，竟有郎艳独绝、世无其二的风姿。他浅浅行礼，深深凝望孙鲁班，弄得她神不守舍，勉强镇定心神，起身作答："父皇，女儿是来劝说骠骑将军朱据……"孙权粗暴地挥臂打断她："朱据已升为丞相。"

孙鲁班一愣，想起骠骑将军朱据为维护太子孙和的谏言曾激怒父皇。迅疾回应，将矛头指向朱据："女儿是替父皇不值，朱据的高官厚禄皆拜父皇所赐，竟不与父皇分担国忧，反而搅乱朝堂，他是真愚蠢还是装糊涂？"

城下宫阙的争吵声愈发混乱，孙权不为所动，他捻起一绺斑白的长髯，凑在眼前细细端详，语气间隐现英雄垂暮的悲伤之情："他们是欺负父皇老了，说什么'太子雅性仁孝，天下归心。昔晋献用骊姬而申生不存，汉武信江充而戾太子冤死'的鬼话来暗讽父皇年迈昏聩。"

孙权愈说愈动气，双臂撑住白爵观的墙头，俯身朝乱哄哄嚷成一团的那帮人怒吼："尔等休得无事生非！"

宫阙下的嘈杂声平息了，头面涂满淤泥的尚书仆射屈晃走出人群，跪拜于地，叩头谏曰："太子仁明，显闻四海。今三方鼎跱，实不宜摇动太子，以生众心。愿陛下少垂圣虑，老臣虽死，犹生之年。"说罢，他不停磕头直至流血污面，仍辞气不桡。

"此老生之常谈！"孙权高举双拳，斑白的长髯在风中抖动，朝天怒吼。孙鲁班凝视父皇视为生命的稀疏长髯，他确实苍老了，就连他的怒吼也显示体力不支的孱弱气象。

一身布衫的丞相朱据，额头被淤泥涂抹得面目全非，若非他亮出洪亮的嗓音，孙鲁班都无法辨认出是他："夫老生者见不生，常谈者见不谈。陛下，东吴以草创之国，信不坚固，望陛下慎之慎之。"

孙权听得面罩黑气，他攥紧长髯，朝宫阙前泥塑般的朱据、屈晃、陈正、陈象等人挥袖咆哮："子范，别寻是生非，胡搅蛮缠！"

"陛下，南宫不可一日无主。"朱据毫不退缩地扬起头颅，大有以命相逼的决绝。孙鲁班看得鬼火冒："小虎也不管管他，任由他胡作非为，专与父皇作对！"言罢，她又朝朱据娇喝道："朱丞相，你的丞相乃父皇所赐，并非太子孙和所封！"

朱据抬头望见是她，畏惧地缩头钻到屈晃背后，孙鲁班暗自得意，甭管朱据是何等官职，她都能将他治得服服帖帖。

瑟瑟秋风起，孙权打了个喷嚏，孙鲁班见天色有变，挽起他的手道:"父皇,咱们回殿去,这冷风会寒人心。"

父女二人刚走到楼梯口,宫阙下面突然响起排山倒海的海啸呼声:"陛下,臣等以命请愿,请陛下释放太子!"

"无法无天了!"孙权张嘴骂道,吸几口冷风,打了串唾沫横飞的喷嚏,溅得孙鲁班的衣襟也沾上唾沫星子。白秋水忙躬身递上罗帕,孙鲁班先拿给父皇擦拭鼻涕。孙权边擤鼻涕,边对骑都尉孙峻下令:"让左右无难营兵打开宫门,放朱丞相、尚书仆射等大臣进殿议事。"

孙鲁班扶着父皇缓步前行,临近大殿时,孙权突然停下脚步,郑重其事地叮嘱她:"大虎,你可得把子瑝管紧点,别去替鲁王孙霸为虎作伥。"

孙鲁班隐约察觉到父皇话里的潜台词,便有意替夫君全琮开脱:"父皇放心,子瑝升为右大司马以来,身体抱恙,索性闭门休养,哪有精力管他人闲事?侍女秋水一直侍候着他呢。"

侍女白秋水慌忙点头,算是默认。孙权浑浊的双眼,流露出有心无力的倦怠之色,他瞄了瞄白秋水柔娜的腰身,颔首笑道:"那就好。小虎太看重儿女私情,若能有你一半明智,子范此刻也是在丞相府乖乖养他的芥藓之疾。"

孙鲁班放下心来,凑近孙权耳旁,诉说羞于启齿的苦恼:"父皇,女儿是不是命硬克夫?嫁给周公瑾那短命的儿子骑都尉周循,再嫁的全琮,本是生龙活虎的卫将军,眼下也成了个病秧子……"

孙权捏了捏她的脸颊,笑道:"你是王的女儿,自然比常人命硬!无惧!王的女儿哪会愁嫁?"

父女二人相视而笑,一同踏进殿内。孙权坐进大殿的宝座,孙鲁班在他下首的侧位。

宦官黄松忙前忙后安排宫娥点燃檀香,当殿内萦绕着淡淡檀香时,骑都尉孙峻领着丞相朱据、尚书仆射屈晃、无难督陈正、五营督陈象跪在殿前。

孙权怒不可遏，对着他们怒骂不休："你们一个个平日里是威武雄壮的将领，现在脸上抹的泥浆如鬼脸、都成了跳梁小丑！"

无难督陈正是位身躯健硕的壮汉，污泥糊满整张脸，露出棕黄色的牛眼，看着就有让人望而生畏的杀气。他的语气绝情："陛下，臣等谁愿自污脸面、丢人现眼？愿陛下以正上下之序，臣等皆为陛下的股肱社稷之臣，义虽君臣，恩犹骨肉，荣福休戚，相与共之。"

孙鲁班听得嗤嗤冷笑，武将就是武将，嘴上逞能也要争出高低胜负。父皇是吃软不吃硬的人，哪会吃这一招？

"朕不正上下之序，爱卿就不肯与朕有君臣之义？"孙权果然拊掌冷笑道。面容瘦削的五营督陈象的谏言，更为慷慨悲壮："臣闻有国有家者，必明嫡庶之端，异尊卑之礼，使高下有差，阶级逾邈，如此则骨肉之恩生，觊觎之望绝。若嫡庶无别，则亡国之祸随之。"

孙鲁班环视四周，不期然与骑都尉孙峻热烈的双目对视，孙鲁班抬起下巴，坦然接受孙峻对她爱慕的眼神。这帮太子的亲信大臣，以为齐心协力就能说服父皇？孙和啊孙和，你会聪明反被聪明误的。

"亡国之祸？草创之国？你们认为东吴的国祚就这般不堪大用？"孙权气得暴跳如雷，抓起坐榻上的玉如意狠狠砸向地面，润泽的羊脂玉如意裂成碎片，众人皆唬得跪地不语，以沉默应对孙权的怒火。

孙鲁班见戳到父皇的痛处，便来了个推波助澜："无难督典殿中宿卫、五营督典军师宿卫，陈正、陈象，你们二人禁军兵谏，无异于向父皇逼宫，就不怕被父皇下诏族诛？"

殿内顿时死寂如无人荒漠，望着死气沉沉如殉葬陶俑的群臣，孙鲁班感到一股杀气从四面八方袭来。她无所畏惧地挺直脊梁，立在阴影里的骑都尉孙峻向她悄悄竖起赞赏的大拇指。

"陛下,鲁王和太子打起来了!"宦官黄松突然如受惊的野兔从殿门冲进来,打破这诡异的沉静。黄松真是及时雨!孙鲁班抬起屁股,换了坐姿,双手操进袖笼,准备隔岸观火。

"朕不是囚禁他二人了吗?谁又放虎归山了?"二宫正面决斗,群臣哗然,孙权倒是神色自若。孙鲁班从父皇反常的神态中嗅到一丝窃喜的意味。

"陛下,奴婢刚出殿门,撞见南宫的奴婢跑来报信,鲁王醉酒持刀闯进南宫扬言要手刃太子孙和……"

"可曾伤及太子?"朱据、屈晃、陈正、陈象几人,神色焦虑地打断宦官黄松,追问道。

"太子应当无碍,南宫守卫制服了鲁王孙霸。"

尚书仆射屈晃跪下磕头哭诉:"陛下,鲁王无兄友弟恭之情,以下犯上,不杀不足以平民愤!"

孙权捻起一绺斑白长髯,神色平静下诏:"鲁王孙霸结党朋以害其兄,死不足惜!太子同样罪不可恕,废黜为庶人!"

众人皆露愕然之色,孙鲁班暗自佩服,想不到父皇会借机一箭双雕,达成扶持幼子孙亮为太子的隐秘意图。丞相朱据神色不安地问道:"陛下,倘若太子被废,鲁王处决,谁来继承东吴江山?"

"子明!朕的第七子孙亮,已年满八岁。"孙权答得爽利。

此言惊得群臣面面相觑,尚书仆射屈晃情绪激动地悲呼道:"陛下,万不可一意孤行啊!万里江山岂能托付于黄毛儿童之手啊!"

"你们以为朕即将归天?朕是老了,可还没死!"孙权高举双手,冲他们大肆咆哮着证明自己宝刀未老。孙鲁班暗喜,父皇亮出扶持孙亮为太子的底牌,证明了孙和、孙霸的二宫之争不过是鹬蚌相争,得利的父王才是高明的渔翁,不动声色将两人一举拿下。

恍然大悟的朱据神色凄凉,垂泪苦笑:"陛下,你原来是哄骗臣

461

等玩了一出螳螂捕蝉黄雀在后的好戏。"

孙权脸上划过一抹邪恶的笑意,他大笑数声,高声下诏:"骑都尉孙峻听令,将丞相朱据、尚书仆射屈晃拖下去杖责一百!诛杀无难督陈正、五营督陈象,两家灭族!看谁还敢再兵谏逼宫!"

"陛下冤枉啊!"殿外的文武百官群起喊冤,此起彼伏的喊冤声,震动房梁,惊得斗拱间的飞鸟四散逃窜,啾啾叫着逃向秋日晴空的云层。

宦官黄松撩开殿堂侧门的帷幔,躬身扶着孙权:"陛下,潘妃驾马车接陛下回昭明宫。"

孙鲁班暗想,潘妃的消息真灵通,日后可得仰仗他们母子了,趁着孙亮年幼,替他物色一位家世相当的太子妃,自己不就能掌控全局?孙鲁班腹内想好计策,抬头见侍女白秋水红着双目,缓步走来:"公主,我们也从侧门回府吧。"

"你哭什么?是担忧右大司马的身体,还是怜惜太子孙和的境遇?"孙鲁班不屑地将手搭在她肩上。

"公主误会,风沙吹进了奴婢眼,揉红了。"白秋水腰弯得如成熟的麦穗。

第六十九章　长剑独归来

南宫的庭院,血流成河。

"父皇! 父皇! 你为何给儿臣希望又打碎这希望?"孙霸跪在血泊中号哭。

横插地缝间的流星宝剑上耀目的宝石纹饰, 带他进入被封为鲁王的荣耀往昔, 父皇从珍藏的 "白虹""紫电""辟邪""流星""青冥""百里"六柄宝剑中选了流星宝剑赏赐于他。比起赐给太子孙和的青冥宝剑,流星宝剑的纹饰更为繁复贵重。孙霸当时误认为父皇爱自己胜过太子孙和,夺嫡争储的念头就在那一刻萌芽。

披着黑金色斗篷的骑都尉孙峻骑着高头白马踏进血河, 像夜色中的枭鸟飞至近前。他眼皮也不抬,面无表情地在马背上冷冷宣读诏令:"鲁王孙霸结党营私,图谋危害太子,坐罪赐死! 同党全寄、吴安、孙奇一律诛杀! "

孙霸的世界瞬间坍塌了! 他无法相信自己的耳朵、自己的眼睛——父皇竟真会虎毒食子? 真会罔顾人伦大义? 真会舍得杀掉他？

他高举流星宝剑指向居高临下的骑都尉孙峻，不顾后背伤口向外渗血的痛楚，歇斯底里地大吼：“本王不信！定是你这竖子假传诏令！本王不信！”

全寄神情癫狂地挥舞滴血长刀，瞪大杀红眼的泪目，朝向骑都尉孙峻嘶吼：“不可能！我父亲是刚升为右司马的全琮！他不会允许他的亲儿子被斩杀！”

骑在马背上的骑都尉孙峻向后退几步，俯视他们的丹凤眼里闪烁着不可一世的寒光，傲慢地冷哼道：“你们这些阶下囚，胆敢违抗陛下的诏令？”

孙霸绝望地抛掉手中的流星宝剑，跪爬上前抱住孙峻踏在马镫上的腿肚，一把鼻涕一把泪地胁迫他：“骑都尉，全公主在哪儿？你和她交情匪浅，不会不知道是皇姐怂恿本王夺嫡争储的啊？”

孙峻抽出腰间的长笛，戳向他的手，在他手背上敲敲打打：“别的英雄好汉是人之将死其言也善！鲁王反其道而行之，还想拉上全公主垫背？这可违反礼、义、仁、智、信的儒家道义。”

孙霸自小到大，处处被人当宝贝捧着宠溺，何曾受到这般奇耻大辱？他暴露出霸气刁蛮的本性，爬起身叉腰怒喝：“仁、义、礼、智、信的圣贤言论，尚轮不到区区的骑都尉来教本王吧？父皇安排教本王的师傅可是尚书仆射是仪！”

骑都尉孙峻面露轻松的笑意，抢起长笛插进后背挠痒痒，一边发出快乐的呻吟，一边嗤笑道：“鲁王真是贵人多忘事啊，是仪也是做过骑都尉的。你是想骂臣不是个东西，不配说圣贤的言论？”

一语未了，天际隐隐飘来一团阴沉的乌云兜头罩住南宫，淅淅沥沥的秋雨像筛子洒下一颗颗青豆，砸向大地，溅起夹杂着血腥味的泥浆。

孙峻掉转马头冲上殿前的廊下避雨，侧身坐在马背上，百无聊赖地吹奏横笛，笛声似尖锐的弯月镰刀，刺破黑沉、静谧的天穹。

"鲁王，救、救我。"远处传来微弱的求救声，孙霸抹了把遮住眼帘的雨滴，透过雨珠幕帘，见到头面血污的吴安、孙奇从殿前的死尸堆里挣扎着想要爬上殿前的台阶去避雨。

孙霸从未率兵征战过沙场，原野狩猎、射杀飞禽走兽与真正手起刀落杀人有着天壤之别。过惯锦衣玉食好日子的贵公子，哪想某一日会在尸横遍地中淋雨求饶？背部的伤痛在折磨他的意志，骑都尉孙峻带着嘲弄的悠扬笛声摧毁他的斗志，他心如死灰，更憋着满腔怨气——父皇抛弃了他，全公主背叛了他，他成为众人唾骂的弃子，他的大势已去，他的太子梦已碎，他即将成为刀下鬼。

孙霸任由雨水浇灌他的全身，他甩了甩湿漉漉的头颅，想起至亲的太子妃刘豆蔻、母亲谢姬，不仅悲从中来！自己即将身首异处，无法保全心爱之人，此种肝肠寸断的痛苦，真是生不如死！他恨自己轻信全公主的话，恨父皇给他假象，恨自己愚蠢，成为被他们父女操纵的棋子而不自知，他死不甘心！死不瞑目！

孙霸托起流星宝剑，一步一步挨近殿下台阶，说着尖酸刻薄的风凉话："骑都尉也会东施效颦，向擅吹笛子的花萼效仿每日晨起吹笛唤醒全公主？"

骑都尉孙峻闻言，放下长笛，神色漠然地望望渐渐停息的秋雨，嘴角浮现一抹邪魅的笑意："吾不和死人争辩，免得沾染晦气！"

"死人？本王是死人？"孙霸大笑着回过身，双手杵着流星宝剑，想起他的亲信：诸葛绰被其父亲诸葛恪用鸩酒毒死，才子杨竺被父皇沉尸江底，仅剩下全寄、吴安、孙奇三人，即将与自己在黄泉做伴，他不由得质疑自己毫无意义的人生、自己贵为皇子的宿命……

雨止了，天边露出一丝胭脂红的微光。三人跪爬至孙霸身旁，像往日欢宴那般众星拱月围住他。孙霸托起全寄年轻的脸庞，他空洞、绝望的眼神令孙霸身似遭万箭穿心般痛入骨髓。

"鲁王,"全寄啜泣着说,"我们原来都是苦命的人,我们的父亲都不管我们的死活……"

孙霸感同身受他内心的矛盾与煎熬的痛苦,他们一旦失势,就成为被父亲抛弃的孤儿!倘若他们得势呢?胜者为王,这些只图自保的父亲们定会以他们为光耀门楣的骄傲吧?

"哭什么!说好的富贵险中求,成者王侯败者寇,臣死而无憾!"孙奇还真是条汉子,对生死素无畏惧。

"你们可曾后悔跟了我这不成器的鲁王?"孙霸替他们三人分别抹去眼泪,羞惭地问道。

"臣等不悔!鲁王,下辈子还当吾等的王。"全寄、吴安、孙奇三人异口同声跪地发愿。

孙霸悲喜交集,耳听夜枭在哭啼,磨刀在霍霍,地府的勾命鬼神快到了。这一刻,他后悔了,后悔没听尚书仆射是仪对父皇的上疏:"臣窃以鲁王天挺懿德,兼资文武,当今之宜,宜镇四方,为国藩辅。"

奈何当时年少轻狂,不听老人言,不然,他就是镇守一方的诸侯,怎会成为怨气冲天的刀下鬼?他惨然笑道:"不当王了。下辈子,咱们要当就当有福同享有难同当的兄弟!学那桃园三结义的刘、关、张!"

四人正说到动情处,骑都尉孙峻在旁警示他们:"时辰到,无难督、五营督何在?"

"臣等在此,听候骑都尉下令!"催命鬼的煞气从身后传来,孙霸手中的流星宝剑被人夺走!

"还我流星宝剑!"孙霸盯视着空空如也的双掌,感觉身躯的五脏六腑被人掏空。流星宝剑是父亲孙权对儿子孙霸的爱意,是支撑他活着的魂魄。

"孙霸,臣要拿流星宝剑交还陛下,完璧归赵!"骑都尉孙峻的话,字字诛心。

孙霸踉跄着栽倒在南宫的地面，如斩断百足的蜈蚣蜷缩着身躯朝殿外咒骂："父皇,你骗得儿臣好苦啊!皇姐,你这个毒妇,害我们手足相残,我诅咒你们不得好死!"

第七十章　梦回吹角连营

白昼的光，不知夜晚黑暗的深。

"父亲，你岂能置儿子于死地不顾？"背插一撮利箭的全寄，如血淋淋的一团刺猬滚落在他脚旁。

"全寄吾儿，你怎会伤成这样了啊？"全琮心痛得狂吼，从噩梦里醒来，眼前烛火跳跃，夜色清冷。

"将军，又做噩梦了吗？"掀帘进门的是着白衫绿裙的白秋水。她柔和的声音如塔檐下的风铃敲叩全琮的心扉。

全琮抹了把后脖的冷汗，强撑着坐起身，白秋水朝他腰后塞来只隐囊，正待回身去取汗巾，全琮拽住她的手，白秋水便侧身坐在榻边，举起衣袖为他擦拭面颊的汗。

全琮扼紧她手腕，焦灼不安地反复追问："全寄呢？这几日为何见不到他人影呢？"

"将军，你勒疼我了。"白秋水抬起脸，全琮见到她眼眶蓄满泪水，顿时明白次子全寄的命运大抵不妙。他眼前一黑，脑袋重重栽倒在隐囊,喃喃自语:"我在梦里见到他背上中了许多弓箭,他真的被处死了?"

白秋水的泪珠簌簌滑落:"将军,人死不能复生。大将军诸葛恪亲自以鸩酒毒死儿子诸葛绰。"

全琮的心猛地抽搐不停,大将军是学杀子防祸的金日磾。回想起陆逊的话:"逊以为子弟苟有才,不忧不用,不宜私出以要荣利;若其不佳,终为取祸。且闻二宫势敌,必有彼此,此古人之厚忌也。卿不师日磾,而留宿阿寄,终为足下门户致祸。"

悔恨交加的全琮痛苦地抱住白秋水,哭得上气不接下气:"陆丞相那年写信要我学金日磾杀掉阿寄,早知阿寄会身首异处,不如自己动手,让儿子死得好受些啊。"

"明者见危于无形,智者见祸于未萌。将军,人各有命,怨不得你,怨不得你。"白秋水抚摸他的后背,以波澜不惊的语调安抚道。

正在气头上的全琮喋喋不休如怨妇:"当然怨我!赤乌四年,与魏将王凌战于芍陂,因功小愤恨,我们父子与顾谭兄弟交恶,他们是太子孙和的亲信啊!阿寄自然不想与他们为伍,才会依附鲁王孙霸,形成水火不相容的局势。"

"将军,阿寄不会埋怨你。"白秋水耐心地安慰他,突然伸出舌头舔了舔他的鼻梁。

白秋水温热的舌头像蜻蜓点水划过全琮的鼻,停留于唇。全琮知道她最爱自己高挺的驼峰鼻,立刻热烈地回应她的爱抚——他需要这片刻的欢愉制止他继续沉沦或者深陷悲伤的旋涡。

漫长且伤感的缠绵后,全琮倦怠地斜靠于隐囊,不无担忧地望着背对他抬手理云鬓的白秋水。

"我死后,你将怎么办?"

"将军不许说丧气话!"白秋水把手放下来,转过线条美若箜篌的后背,她的面容尚残留着激情未褪的桃红,目光虽清冷,却饱含深沉的爱意与眷恋。

全琮觉得胸闷气短,他虚弱地摆摆手,对想娶为妻子而不得的女人敞开心扉:"迎娶孙鲁班的男人,谁长寿了？是命定的诅咒也好,是本该为这滔天富贵付出的代价也罢,我自甘认命。"

白秋水撩撩鬓角的乱发,欲语先笑:"将军当敌临难,奋不顾身,以当世之才,贵重于时。就算不娶公主,依靠自身实力同样能坐上今日右大司马的高位。"

全琮且喜且悲,喜的是白秋水这般聪慧、善良的女子,懂得去激发男人奋勇上进;悲的是若他没迎娶孙鲁班为妻,他根本不可能平步青云。真相残酷,令人绝望。他发出力不从心的苦笑:"人皆有一死,我最牵挂的是孤独无依的你呀……"话至中途,他记起白秋水提起她还要寻找失散多年的妹妹与父亲。于是,转身从睡榻的隔层取出纹饰华美的朱漆匣塞给白秋水:"别枉费心思找你那音讯全无的妹妹、父亲了。生逢乱世,各自安好。"

"将军,妹妹与父亲命苦!妾身能在世间与将军相逢,乃妾身大幸……"白秋水把朱漆匣推回去,泪水汹涌而出。全琮极少见到她这般动容,在府邸人眼里的白秋水,是机警、冷静的奴婢,是不发脾气、不落泪的木头人。全琮将朱漆匣打开,满满当当的金钏、深海珍珠、香料等宝贝,映照得白秋水的面庞熠熠生辉。

"这匣珠宝权当给你的陪嫁物。我无用,无法庇佑你余生……"全琮深知世事难料,内心总有短寿的惧怕,他垂首叹气,"唉,世道艰难,你留在她身旁,强过出外讨食。"

白秋水正眼也不瞧漆匣内的宝物,直接合拢匣盖,放至全琮腹部,苦笑道:"鄙谚曰:'家累千金,坐不垂堂。'依全公主的醋缸子脾气,若被她知晓,妾身还有命活吗？妾身可不想成为被吕后做成人彘的前朝戚夫人,享用过度的宠溺,却以惨重的代价来抵偿,漫说什么富贵荣华,妾身宁愿不要。"

她？她哪会看得上这些边角料？全琮没吱声。皇帝的女儿，金银财宝不缺，精壮的年轻武将更不缺。她的那些情意绵绵都抵不过野心权欲。走了个吹笛的花萼，又有新欢骑都尉孙峻，这些风言风语都落在全琮耳内，他佯作不知。

白秋水看出他神色间的异样，俯身帮他把漆匣放回原处，给他盖上锦被，拿起剪刀剪掉一截灯花就待离去："将军，夜深了。"

全琮向她招招手，白秋水听话地上前来，他伸出手，她默契地握住他。全琮柔声对她说："怒者常情，笑者不可测也。大虎不足为虑。"

白秋水咬住下唇，神色变得凄楚："将军，药材里有一味名为'独活'的药草，妾身便是那株独活。"

眼见她故作坚强的凄美模样，全琮愈发心疼她，他怎肯让正值芳菲华年的她独活于世？全琮直视她盈盈秋水的美目说道："答应我！不要独活，不要离开大虎！"

"将军如此深爱全公主，还要妾身替你守护在她身旁吗？"白秋水误解他用意，含酸吃醋地问道。

大虎是吴王宠爱的长公主，何须地位卑贱的弱女子白秋水来守护？守护大虎的可是东吴的王啊。全琮苦笑无语，他不愿解释，他或许爱过孙鲁班，就如孙鲁班或许也短暂地爱过他，两人的婚配，纯粹是吴王为顾全大局的联姻，与爱情无关，休戚相关的是生存。他更不忍心揭穿，走出将军府的白秋水的下场不就是被卖到别家为奴吗？

"就当是我的遗愿，你可愿遵从？"全琮深情地注视她的美目，奈何自己不是她命定的归宿，仅能成为陪她走一段路的同行者。

"将军休再说了，妾身答应你，守护全公主，直到老去。"白秋水托着脸，似黑珍珠的眼眸透露出审视凡尘的清醒。

"全公主回府啰！"门外突然灯火摇曳，车马喧嚣，搅乱清冷的夜色。白秋水慌忙起身跨出去,不忘把门虚掩。

全琮迅速滑进被窝假寐,腹内憋着对孙鲁班隐忍不发的怒火。他无法怨恨陛下无情,人家把亲儿子鲁王孙霸都处决了,牺牲宗族子弟孙奇、自己的儿子全家的性命又算得了什么?

门吱呀被推开,掺和着酒味的脂粉香气伴随着环佩的清脆声响闯进室内,全琮强忍着这股子呛鼻的怪味,侧身装睡。

"他还没醒来?"孙鲁班的嗓音带着醉酒后的慵懒与不耐烦的躁动,她迈着轻快的步履,一屁股歪坐进睡榻对面的胡床内。

连夫君都不肯称呼了?全琮故意翻过身,发出痛苦的呻吟,朝面色桃红的孙鲁班伸出手,希望能博取她哪怕只言片语的关心。孙鲁班似受到惊吓般转过头,朝着门外的奴婢大叫:"速叫白秋水过来伺候!"

全琮绝望无比地缩回手,大虎冷漠的回应给了他重重的打击——多年的纡尊降贵,换来她颐指气使的嫌弃。瞬间,他便觉生无可恋。

灯台的烛火摇摆不定,两团黑影掀帘进来,全琮以眼尾余光瞥见被封为扬武将军的全绪拉着三子全怿扑在他身上,哭喊:"父亲,父亲!儿子们来了。"昔日上阵的父子四人,唯独少了次子全寄的身影,全琮不禁心如刀割,父子三人抱头痛哭一场。

哐当声的炸响,惊得全琮止住哭声,寻声望去,一地的青色碎瓷片间,站立着双臂抱于胸的孙鲁班。飞扬跋扈的她向他们指指点点:"你们父子皆为男子汉大丈夫,哭哭啼啼成何体统?以后有你们哭的时候呢。"

全绪被惊得跪地哭道:"全公主息怒,父亲病重,兄弟全家身亡,全氏家族突遭此等生离死别的灾祸……"

"生离死别?就你们全氏才有生离死别?别忘记了,本公主的胞弟鲁王孙霸也死了!"

年轻气盛的全怿不服输地嘟囔道:"明明是公主唆使鲁王孙霸图谋南宫之位引发的祸乱!"

孙鲁班二话不说,抬手先打了全怿两个巴掌,随后才怒骂道:"你这狼心狗肺的家伙,竟敢推责到本公主头上?你们父子不就是芍陂之战论功行赏不满顾谭他们虚报功绩结仇,本公主处心积虑所做的这一切,还不是为了替你们全氏家族出头?子璜,还不管管你的蠢儿子?"

全绪麻利地将全怿的脑袋摁在地,强迫他不停磕头,哀求孙鲁班宽恕罪过。小儿子全怿胆敢当众鲁莽顶撞全公主,全琮不由得气急攻心,苦于身体羸弱,无法下地,只得拼出老命冲孙鲁班赔笑恳求,力争化解这场干戈:"大虎,全吴呢?让我抱抱吴儿。"

提到两人抚育的幼子,孙鲁班神色稍见缓和,她飞起眼梢瞄了瞄他,皱紧的远山黛眉藏不住对他的嫌弃:"你都成了病秧子了,就不怕会惊吓到吴儿?"

全琮拱拱手,强笑道:"阿怿不懂事,还望你大人不记小人过。"孙鲁班扬起面如满月的菩萨脸,牙缝里挤出一丝硬邦邦的冷笑:"你们父子好好叙叙旧,恕不奉陪。"言罢,扭腰甩胯地拂袖而去。

烛火微光,散落地面碎裂的青瓷片,泛出清幽的寒光。全琮、全绪、全怿父子三人相视无语,静等孙鲁班的脚步声消失后,全绪才敢喝令门外的奴婢进来打扫满地狼藉。

重新燃起熏香,灯台换了雕花粗烛,映照得室内红光冲天。望着焕然一新的室内,仰躺榻上的全琮更加痛恨自己的懦弱,万物重生,他的次子全寄并不能死而复生!他望向躬身榻前神态毕恭毕敬的长子全绪:"阿寄的尸首可收拢好了?"

"父亲放心,已装进棺椁了。"全绪忍悲作答。

"择个吉日速速安葬吧。"全琮呆望着琐窗外黑漆漆的夜色,活着的人还得苟且偷生啊。

整座将军府仿佛是陷进丝绒般静谧深夜的一叶小舟。

"父亲，二宫之争，朝廷两拨人马大伤元气，陛下滥杀无辜，也寒了好些大臣的心，不如投奔……"

面颊尚存全公主手指红印的全怿东张西望一番后，欲言又止。全琮知晓儿子受到惊吓，心生投奔曹魏的叛逆念头。若被全公主惊觉，他们全氏家族可就得遭灭族之灾！他慌得出言警告："阿怿，休得再逞口舌之强！做甚自讨苦吃，惹大虎动怒，白白挨打？"

"阿绪，断臂的东野荒木被请回建业城了？"

"回父亲，儿子已安排东野荒木住在府内。"全绪毕竟是长子，言行举止素来谨小慎微，不似小儿子全怿急躁冒失。全琮忽然又悲从中来："阿寄能有你一半沉稳，就不会丧失性命了。"

"父亲，生死有命富贵在天。莫要伤悲，养好身体要紧。"神色平静的全绪喜怒不形于色。

窗外的天际，露出一抹鱼肚白的曦光。全琮满腹悲凉，黎明将至，而他的大限来临。

"阿绪，父亲命不久也，你们定要设法留白秋水在府，善待她。"

"儿子们谨遵父令。"全绪拉着全怿，兄弟二人并列叩首作答。全琮挥挥衣袖，示意他们退下。

所有人都离去后，全琮环顾熟悉、静默的四周，既感眷恋又觉厌倦。马厩那边突然传出骏马昂首惊叫的响动，他不禁老泪纵横，那是他的胯下宝驹在召唤他啊，他浑身打摆子似的颤抖不休，多想能梦回吹角连营，率领他的三个儿子，于金戈铁鸣的战场厮杀。

第七十一章　醉把茱萸仔细看

　　月亮如上苍诸神随意抛落的胡饼，掉进缀满无数小星星的靛蓝夜幕。朱据俯身趴在睡榻，背部杖伤的疼痛，如同有人狠力抡斧劈开他的肉身，他咬牙忍痛，仰视那一轮昏黄的圆月，痛恨自己愚不可及——陛下的真实意图是要扶持年幼的七皇子孙亮为继承人！连老谋深算的丞相陆逊、大将军诸葛恪都被蒙骗了。谁也未能预测太子孙和会遭吴王废黜，他们这帮死心塌地拥戴孙和的老臣会成为替陛下击鼓雷鸣庆贺的蠢人。

　　屏风后响起细碎的碎步声响，朱公主的侍女虎杖手端飘散腥味的药草汤颠颠走来。

　　"将军，该换药了。"头梳十字双鬓的虎杖半跪在地，麻利地给他背部敷上滚烫的药草糊糊，火辣辣的灼热痛感直冲朱据脑门，辣得他泪水涌出眼眶。

　　"药性这般生猛，是出自'神婆'阿离之手，还是宫里太医？"朱据抹抹眼泪，闷闷问道。

"将军，'神婆'阿离病逝半载啦。这是朱公主央求陛下令太医开的药。"敷完药，虎杖摇动纨扇，徐徐冷风吹得，朱据背部的疼痛由灼热渐变为清凉，可他内心仍充斥着被陛下愚弄的愤懑与苦涩的悲凉。

尚书仆射屈晃挨了百杖的重罚，被斥归田里。他躲在府邸养伤，鲁王孙霸及同党被处决，被封为右大司马的全琮次子全寄也惨遭斩杀，太子孙和被废黜流放，鹬蚌相争渔人得利的竟然是为鲁王孙霸摇旗呐喊的孙鲁班，她与吴王合谋摆弄了众人，朝廷上下恢复了往日平静。

"真能回归岁月静好？回不去了。"心灰意冷的朱据自问自答。

一抹明黄的色彩落进眼内，是身裹鹅黄色衫裙的奴婢龙葵手捧盏龙泉青釉的葵口碗蹲身近前："将军，朱公主为你蒸的羊奶乳酪，趁热吃了吧。"

"小虎还在忙着织布不成？"

"是，朱公主在织室忙碌。"龙葵扬起稚气未脱的银盘脸，轻笑道。

朱据手掌撑榻，忍痛坐直身，接过碗来，雪白如凝脂的乳酪飘荡着甜腻的乳香。他三两口吃完羊奶乳酪，不经意瞥见窗外淡月朦胧，庭院的景物模模糊糊，顿生起借酒浇愁的念头来。

"去请公主来院内陪我吃几盏酒吧。"朱据抹抹嘴，活动双臂，舒展筋骨，两腿刚跐足在地，踏步进门的侍卫花山虎肩扛把胡椅，抬手拍拍椅背，咧嘴笑道："将军坐进来，奴婢背将军出门去。"

朱据咧嘴笑道："好个糊涂蛋！吾背伤重，如何能坐胡椅？"

"是咧！在下思虑欠妥，可是将军如何行路呢？"花山虎放下胡椅，发愁地搔搔头皮，傻乎乎问道。朱据把手搭至他肩："本将军是背受伤，又非腿脚不灵便。"他边说着话，边走出门来。

花山虎扶他步下台阶，此时月色渐至明媚，庭院花径冒出一闪一闪两盏宫灯,暗黑的林荫深处响起朱公主清脆的娇喝:"虎杖,备好麻沸散给将军佐酒止疼。"

话音刚落,通身莹白衫裙的孙鲁育从阴影处闪身出来,宛如皎洁的月色冲破乌云,照耀大地。

朱据甚是动容,勤俭持家且善解人意的小虎啊,并未沾染皇帝女儿的半分骄奢淫逸之气,他何德何能拥有这般贤妻?念及此处,便不顾背痛,朝妻子疾奔而去,揽她入怀:"小虎,女儿朱砂可睡着了?"

孙鲁育神色羞涩地挣脱开来,抽出搭在手臂的绯红披风,为他披戴在身,嗔怪道:"将军是无话找话说吗?已快三更时辰,她一个黄毛孩童最是贪睡,不睡作甚?"

朱据讪笑无语,握紧她柔弱的手腕,她的纤纤玉手的小指肚结有厚厚的茧皮,他爱怜地以脸颊磨蹭她的掌心。

孙鲁育似有所感,抽出手来,柔声提议:"将军连日卧榻养伤,恐怕腹内酒虫早憋坏了,小虎愿陪你大醉一番!"

朱据大为感动,凑近小虎柔软厚实的水滴耳垂,亲吻道:"你本不胜酒力,何必呢?"

"为君拼醉又何妨?将军认为我在惺惺作态吗?"孙鲁育眼圈泛红,低眉强笑道。朱据自然欣喜若狂,夫妇二人手挽手登上台阶,进到室内,并肩坐下。

龙葵提食匣,虎杖举食盘并行进来,屈身跪拜:"公主,煮热的麻沸散酒来了。"

麻沸散的辛辣味,刺激得朱据剧烈咳嗽,牵扯伤口撕裂的疼痛,朱据忍不住叫起来,过后又自惭形秽地悲叹:"想那蜀国关云长刮骨疗伤的英勇,吾辈竟不及他!汗颜啊。"

"将军又来灭自家威风,长他人志气!快快喝了麻沸散,同饮醇酒吧!"孙鲁育腾出手,捂住他嘴,阻止他胡言乱语。

朱据吐出舌头舔舔孙鲁育的掌心,怕痒的她咯咯笑着甩开手。朱据接过滚烫的热酒,咕咚咕咚喝两口就觉意兴阑珊,快快放下酒碗,目视窗外昏沉的月色沉思不语。

"将军,此乃寻常惯有的酒,不合口味吗?"孙鲁育目视朱据,一脸不解。

朱据注视她那双神似吴王的深邃眼眸,似能直击他的心灵。他想起曾经与太子孙和、诸葛恪那帮人醉酒同欢的时光,终究是一去不复返了!他悲伤地抚摸她发髻间的银步摇:"不,酒是上等佳酿的醇酒,兴许是喝酒的心境不同。"

突然,噗噗的巨响惊得两人回首相望,两只花灰色羽翼的斑鸠哀鸣着一前一后从房前的古树上坠落!

夜色静谧如深海,房檐下飘落一粒粒金屑银碎,似冬日的初雪降临。朱据嗅到潜藏于将军府的危机四伏。他忘记背上的伤痛,警觉地向庭院内那一丛丛密集的竹林张望,生怕有刺客潜伏在内。

"将军,妾身隐约听得有剑吟虎啸之声呢。"侧耳凝听的孙鲁育神色紧张,手臂战栗着抓起食案的酒壶藏于后背。

"花山虎何在?"

"虎杖、龙葵何在?"两人四目相对,异口同声朝门外齐呼。

无人回应,唯有婆娑竹林在簌簌轻响,府邸的奴婢们仿佛全部消失。朱据大惊,攥紧孙鲁育的手,要她去取长剑。孙鲁育刚起身,忽闻墙外有人在吹奏篪,篪声凄凉幽怨,使人潸然泪下。她停下脚步,头插的银步摇瑟瑟发抖:"将军,莫非是府邸闹鬼?"

"吾辈并未做亏心事,何惧半夜鬼敲门?"朱据自诩平生为人坦荡,走到孙鲁育身旁,搂紧她腰。

孙鲁育双手环抱他的腰,仰起苍白的俏脸,话音哆嗦:"将军,妾身好怕,整座将军府瞬间成了座孤坟。啊!咱们的女儿朱砂呢?"她急切推开朱据,被他死死抓住不放:"小虎,别自乱了阵脚!朱砂是小孩儿，哪会有事？"

孙鲁育胆战心惊地将头埋在他怀中，哭泣道："那些奴婢们是死了吗？一个个都不见人影，太诡异了啊，将军。"

朱据虽说在战场上也是遇敌杀敌的狠人，可这般死寂的场景，尚是头一遭碰上。想起那些年被酷吏吕壹诬陷，自证清白的困境不也熬过来了？他洒脱地甩甩头颅，握住她的手："小虎，是福是祸躲不过！你留在原地，待我出门瞧个究竟！"

孙鲁育的双臂如藤蔓缠绕他的脖颈，哭泣着挽留他："将军，你背伤未愈，别去！"

"小虎放手，夫君命硬，理应无碍。"朱据掰开她的手，喘息着揉揉喉结。

"天底下哪有理应的事？将军乃父皇女婿，还不是遭到奸臣陷害？不准去！不准去！"两人正纠缠不下，黑暗中响起花山虎声如洪钟的叫声："将军，朱公主，殿下来访。"

孙鲁育闻言即刻松开手，朱据惊喜交加直起腰来，忍着背疼，叉腰谩骂道："你这贼眉鼠眼的家伙，又跑哪里去偷食去了？方才喊了你半日，连个鬼影都没见到。"

花山虎委屈地垂手嘟囔："将军冤枉啊，奴婢与虎杖、龙葵窝在大门前分食膳房的残羹剩饭呢，并未听见呼喊声啊。"

朱据还要追责，被孙鲁育拦住："将军，恭迎殿下要紧。"

"混账东西！快去洒水铺地、焚香点灯，恭迎殿下大驾光临！"朱据稍微动气，背部伤口便如万千蚂蚁在咬噬。他忍痛挺直脊梁，拉起孙鲁育走向门外廊下迎接孙和。

秋风萧瑟，月色皎皎，太子孙和伟岸的身影映入朱据眼帘。他快步登上台阶，双手握紧朱据的手，语音哽咽："子范，不必劳师动众！本宫是来与你匆匆话别的。"

"殿下要去何地？"朱据顿有不祥之感，话语带着哭音。

"唉,常言道:'人算不如天算。'可天算也不如父皇的算计啊,进屋说去。"孙和站在月色朦胧的光晕下,浸透浑身的浓郁哀伤如铠甲披挂在身。三人走进室内,分头坐下。

"想不到啊,二宫之争,落了个两败俱伤的下场。陛下废黜本宫为南阳王,本宫明日离宫启程赴任。真正的赢家竟然是黄毛儿童孙亮。"三人走进室内,分头坐下。孙和双手捻着起皱的衣袍,神色悲痛且心怀不甘。

"父皇也太狠绝了些!家眷也要随行吗?"孙鲁育双目垂泪,哽咽着问道。

孙和抬起头,向孙鲁育拱手恳求:"子孝正为此事而来,恳请朱公主在父皇面前美言,留下邓夫人和孩子们。"

朱据暗自摇头,吴王对大虎全公主能言听计从,小虎朱公主的话只是耳旁风,太子孙和是病急乱投医,拜错神仙了。

孙鲁育面露难色,语音凄楚:"爱莫能助啊,若父皇肯照拂我的话,他又怎会为难将军?"

孙和慌了神,一副六神无主的样子,话语中透出穷途末路的无助与焦灼不安:"父皇最宠爱的是潘妃、全公主,可本王与她们是水火不相容啊,哪能去自投罗网,自寻羞辱呢?"

朱据看得心下恻然,念及孙和曾对自己出手相助的情义,孙和正遭劫难,他岂能等闲视之?

"不然!陛下连亲生骨肉孙霸都能处决,我承受些皮肉之苦,又算得了什么?太子身边的何姬是位机敏不让须眉的女中汉子,小虎,何不死马当活马医?"

朱据对孙鲁育频频以目示意,她犹豫片刻,勉强应许:"那,我明日早起去拜见父皇试试。"

孙和抿现一丝欣慰的苦笑,言辞间已流露出大势已去的颓败意味:"患难见真情啊。王妃张怀夕忠贞刚烈,她要与本王同生共死,出宫随行。"

朱据不由得涕泗纵横,尚未到盖棺论定的时候,孙和就丧失斗志,前路堪忧啊。孙鲁育也出言安慰:"殿下好福气。何姬能深谋远虑,自告奋勇留在宫中承担养育皇子们的重任,难能可贵啊。"

孙和手搭双膝,扭头望向窗外的淡月,无限伤感吟诵起曹孟德的诗句:"对酒歌,太平时,吏不呼门。王者贤且明,宰相股肱皆忠良……"一语未了,也泪满衣襟。

朱据也垂泪无语,孙和想成为贤君造福百姓苍生,奈何造化弄人。

万籁俱寂,夜色空蒙。座中人皆感怀物是人非转头空,千头万绪不知从何说起。真是"明年此会知谁健?醉把茱萸仔细看"的无语话凄凉。

"将军,这对死斑鸠烤熟下酒正好呢。"花山虎突然跪在门前,高举烤焦的斑鸠,不知深浅地来献媚。

烛光下的斑鸠,耷拉着黑糊糊的丑陋脑袋,白眼珠突出地瞪视朱据,朱据突感心神不宁,孙和夫妇这一去该不会是诀别了?

"还不滚开!"朱据低声怒叱。花山虎不知所措地悻悻退下。

孙和抬身站定,朝朱据、孙鲁育作揖:"子范,小虎,子孝的何姬、孙皓、孙德、孙谦、孙俊就拜托你们照拂了。"

"殿下言重。"朱据和孙鲁育慌忙跪伏在地,恭送孙和离去。

"吾已不是太子,是落魄的南阳王。"孙和高举衣袖遮挡面容,悲声道。

铅云层层,星辰暗淡。朱据目送孙和离去,仰视阴霾的天际,暗自思忖:"宇宙真的存在上苍诸神吗?还是别有用心的人编造的神话,给众生撒下渺茫的希望?"

无人回应他的天问。

第七十二章　青楼梦好，难赋深情

天地为逆旅，光阴皆过客。

白秋水跪在将军府的厢房内，举目四望，仿佛全琮的身影无处不在：或伏案翻阅书信，或倚靠隐囊饮酒，或斜躺睡榻假寐……

她揉揉眼，环顾空荡荡的室内，不由得悲从中来，怨恨上苍为何对她如此凉薄，遇上真心相待她的全琮，却又让他骤然离世！

窗外响起熟悉的"啪嗒啪嗒"奔跑声，应是膳房的奴婢甘草跑来报信。不出白秋水所料，甘草脸贴住窗棂，举手敲打窗棂，火烧火燎地疾呼："秋水姐姐，秋水姐姐，快躲起来！全公主又发威啦。"

"母老虎发威不是常事？"白秋水擤擤鼻涕，抬起衣袖擦拭脸上的泪痕，嘟囔着推开琐窗。

甘草缩头缩脑地回首张望半晌，挤眉眨眼地问她："将军已不在了，你还不为自己谋个退路？"

白秋水垂首不语，前院正堂猛然爆发出一阵呼天抢地的痛哭声，震得甘草立马捂耳躲避，白秋水猜测应是全琮的儿子们在为父亲哭灵。她默默拎起席面的长柄拂尘，温柔地摩挲拂尘光滑的手柄，回味全琮生前留下的气息。

哭声渐小，白秋水高举拂尘胡乱擦拭琐窗的尘土，有一搭没一搭闲聊："甘草，你可是有了打算？还是和冬妩与秋蝉在将军府终老？"

甘草碎步前来，在窗台前扬起方圆大脸，阴阳怪气嗤笑道："打算？秋水姐姐，奴婢们可比不上你，你是和全将军有过肌肤之亲的女人。"

白秋水臊得周身滚烫，手一松，拂尘跌落在地。她转身埋下头，眼泪不争气地滴落脚面。她暗骂自己愚蠢，将军府的侍女甘草、冬妩、秋蝉谁是善茬？哪能与之推心置腹？全琮在世，她们对自己的善意，不过是狗眼看人低的虚情假意。

甘草摇摆臀部，趴在窗台，面带幸灾乐祸的笑意，不依不饶在她耳旁聒噪："秋水，全公主发话了，要把一些不中用的奴婢撵走贱卖呢，你可有打算？"

白秋水明知她不安好心，要套自己的话说东道西，本不愿再搭理她，转念一想，人生在世不就是逢山开路，遇水搭桥？她弯腰捡起拂尘，在窗台前扫来扫去，蹙眉诉苦："唉，甘草妹妹，我生来苦命，能有何打算？不过是听天由命罢了。"

甘草伸出舌苔厚重的舌头舔舔紫青色的厚唇，向身后瞟了瞟，故作神秘问她："你就不怕全公主对你下狠手啊？"

白秋水使劲摔打拂尘，真想朝甘草那张不安好心的笑脸狠摔过去。说不怕是假的，可怕能有何用？

"怕，怕得要命。"她挤了个假笑，抢起长柄拂尘抵向甘草胸口，逼迫甘草滑溜落地。从今往后，她便是孤身一人独活于世了。她顺手合拢琐窗，背靠墙面，咬着手背低声啜饮。

"将军，妾身没了你，可怎么独活啊？"白秋水卸掉套在身上的厚厚铠甲,捂面痛哭——她从未示过弱,并非她天生强悍,只是无人能依靠啊。

"白秋水,全公主有令,速去灵堂侍候! 命贱如蝼蚁的人,还有闲暇伤春悲秋?"屋外传来冬妩肆无忌惮的挖苦声。

白秋水强吞屈辱的泪水,人生行到低谷,唯有一味忍耐,徐图自强。她顾不上整理妆容,拔腿出门。

天光乍破,浮云蔽日,她尽可能贴着墙根走,畏惧地躲避奴婢们投来的怪异眼神,似乎人人都在期盼看她遭全公主撵跑的好戏。

从厢房到正堂,须经过藤蔓缠绕的绿荫拱墙,她驻足片刻,念及昔日全琮与她在绿荫环绕间亲昵的场景,心底涌起物是人非的悲痛,踉跄着步履奔向正堂。

迎头有人单腿下跪,拦截她去路:"秋水姑娘留步!"白秋水定睛一看,是通身着孝服的全琮长子扬武将军全绪,身旁站着一位脸罩青铜面具的独臂怪人。她慌乱得不知所措,正欲行礼,全绪双手作揖,轻声言道:"父亲有安排,请姑娘勿惧。"

白秋水听此话暗含深意,壮胆抬起头,见全绪的眼神温暖、明亮,隐约明了他的善意,感激地点头回应,起身绕过他,踏上通往正堂的碎石路。她正待登梯而上,全公主的高嗓门直冲耳膜:"冬妩、秋蝉! 快点燃龙涎香薰薰,免得沾染死人晦气上身!"

甘草手捧锦匣,狐假虎威地立在门前,东施效颦的姿态像极了全公主的骄纵做派。

"秋水,愣着干甚,还不上前拜谢全公主的恩赏?"

白秋水深感世事荒唐,明明是全琮赠予她的财宝,她只能对全公主感恩戴德。

"秋水姐姐的祖坟冒烟啦!碰上重情重义的全公主。"甘草这条变色龙,口齿伶俐得令白秋水恶心。她诚惶诚恐地接过沉甸甸的锦匣,如捧烫手的山芋——虽说全绪给她吃了定心丸,但喜怒无常的全公主发作起母老虎威风来，将她滥杀或者撵走贱卖也不是不可能。

浑身缟素的全公主位居高位，眼神流露出睥睨众生的自负与傲慢。白秋水如履薄冰，跪伏在地，把锦匣高举过头，低声下气推辞道："全公主，奴婢福薄命贱，不配享用世间宝物。"

全公主起身在她眼前轻移莲步，微风掀开她的裙裾，露出内里半截朱红洒金裙摆。白秋水暗暗替全琮鸣不平，到底孙鲁班不是遵循妇道的寻常女子啊。

甘草在旁奚落她："秋水姐姐，你配不配，不是你说了算，得是全公主认为你配才配！"

白秋水强忍愤恨，不发一言。全公主坐在椅上，跷起双足，慢悠悠笑道："秋水，本公主寻思着给你许配一门好姻缘呢。"

"不！奴婢宁愿独活也不嫁人！"白秋水如遭晴天霹雳，全公主会真心给她许配好儿郎？恐怕是将她打发给猪狗不如的人令她受尽屈辱。她扔下锦匣，脸贴在冰冷的石面，呜呜哭泣抗拒。

众人均冷眼旁观，随风送来桂花馥郁的龙涎香气。侍女冬妩手捧五彩披帛，跪在白秋水身旁："公主，奴婢已将所有衣物以龙涎香熏过了。"

全公主没理会她，跷起兰花指，嘿嘿哂笑："哟，这般刚烈的女子不多见噢。奈何青楼梦好，难赋深情呢。"

白秋水立即咬住下唇，噤声不语。全琮已逝，一腔深情不可错付了。她揩干泪，竭力使自己意识清明。

"你不肯嫁人，是何打算？"全公主朝冬妩招招手，冬妩举起五彩披帛，小心地搭在全公主双臂。

"回禀公主，奴婢愿侍奉你到老。"违心的话语冲口而出后，白秋水于泪眼婆娑中仰视房顶，好似见到全琮在天上冲她笑，顿觉既甜蜜又苦涩。

一连串沉重的脚步声蓦然而至,白秋水偷偷张望,是骑都尉孙峻、中书令孙弘两人并排立定门后,躬身向全公主行礼:"臣参见公主。"

全公主扭头引颈张望,目光落在骑都尉孙峻身上,面带怒容责问道:"朱据怎敢不来?"

"只怕是杖伤未愈……"孙峻不敢与她对视,垂手嗫嚅作答。中书令孙弘与鲁王孙霸交情甚笃,他脸上浮现幸灾乐祸的笑意:"骑都尉错也!骠骑将军朱据是心伤未愈,他的靠山南宫孙和被废黜为南阳王了!无颜面对江东父老!"

白秋水暗暗心惊,南鲁之争就没个赢家?她莫名心疼起太子孙和身边机警、聪慧的何姬。

全公主微垂圆润的面庞,漫不经心地抚弄起手臂的披帛,发起感叹来:"太子孙和、鲁王孙霸是聪明反被聪明误啊!选谁成皇位继承人,不得是父皇说了才算数?他们一个两个作茧自缚,聪明反被聪明误罢了。"

中书令孙弘脸上挤出奴颜媚骨的谄笑:"全公主高见,无愧江东女中豪杰的美誉。"

骑都尉孙峻面露不易觉察的鄙夷神色,全公主听厌了阿谀奉承,摆出不为所动的冷漠表情。她忽而手头托额头,蹙眉哀叫:"哎哟哟,头风又发作了,都怨昨夜的噩梦。甘草,快瞧瞧扬武将军请来的方士东野荒木可曾到了?"

骑都尉孙峻从袖笼摸出一块香囊,递至全公主手上,语态温顺谦卑:"公主,把这些鸡舌香含在嘴里,能止疼。"

全公主眼波流动,听话地将鸡舌香含在口内,两人眉目传情,旁人难窥其意。白秋水伤悲地注视停摆在重重叠叠幕帘后的全琮棺椁,耳旁隐隐回响全琮酒醉后的清泠歌声。生死相隔,阴阳相离,她多想再为他唱一曲失意人的哀歌……

"公主勿慌，方士东野荒木到了。"白秋水的哀思被似曾相识的话音打断，她探头望去，扬武将军全绪领着面罩青铜面具的独臂怪人缓步前来。

一群羽翼苍色的奇鸟从他们头顶缓缓飞过，两人犹如天外来客。此境此景，让白秋水神思恍惚，以为置身于天上人间。

第七十三章　人言落日是天涯

昭明宫内，一尊里装香球的龙泉青瓷的扁壶，飘荡出袅袅暖香，溢满于室。

潘淑愁眉不展地坐在胡床内，儿子孙亮双臂被捆绑于睡榻，他的半张脸已溃烂成猩红菜花状，就算隔着纱帘，仍令见者心惊胆寒。

世间事，祸福相倚。南鲁党争，得益于吴王的运筹帷幄，她和孙亮成为幕后最大的赢家。全公主做主将全尚之女许配给孙亮，亲上加亲，吴王下诏改立孙亮为太子。双喜临门的大喜之日，孙亮的脸颊就莫名发痒生出脓疮，经太医问诊。吃药、涂抹，终不见效。潘淑盛怒之下，处决好几位太医，如此一来，宫中的太医们谁也不敢妄下诊断。束手无策的孙权只得传令张贴告示，重金悬赏民间神医治病。

七日已过，尚未见动静，怕是民间也无高人来揭榜了！潘淑从未有过的惊恐与绝望之感萦绕心头。她的好日子才开头啊，不能就此断了大好前程!

正在一筹莫展之际,窗外传来扫地奴婢的私语。她扭身望去,翠色衣衫的奴婢是个高嗓门:"哎哟,听膳房的烧火婆说,小皇子恐怕是被丛蔚居的冤鬼附体了,那里住着的可是横死的赵夫人,邪门得很!"

黄裙奴婢接嘴,道:"赵羽飞夫人死不瞑目啊,后宫那些贪宠求媚者,言夫人幻耀于人主,因而致退黜。"

潘淑勃然大怒,这不是指桑骂槐说她?她起身直奔窗前,探身训斥:"谁在那儿胡言乱语蛊惑人心?不怕本妃撕烂你们的脏嘴?"

"潘妃饶命,奴婢们不敢多言了。"黄裙的奴婢是玉竹,她慌忙俯首磕头不休。翠衫的奴婢则对她的呵斥置若罔闻,缓缓抛下扫帚懒懒下跪。潘淑认出她正是丛蔚居的女奴青鸟!怪不得呢,想必是妄想给旧主人赵羽飞复仇,就来她的昭明宫乱嚼舌根,诅咒她的心肝宝贝皇子孙亮?潘淑愈想愈觉得是这个理,气呼呼地转头朝门外的侍卫尖叫:"侍卫,快把这妖言惑众的奴婢拖下去,割掉她的舌头喂狗吃!"

侍卫闻风而动,玉竹跪爬至琐窗下覆盖青苔的石块上,痛哭流涕地哭求:"潘妃,手下留情啊,青鸟所言并非空穴来风,宫内上下都传开了……"

"什么?!"恼羞成怒的潘淑扯下墙面的拂尘,冲出去,劈头盖脸朝玉竹身上抽打,边打边骂:"既然宫内传言甚嚣,为何偏偏瞒住本妃,你们这些歹毒的奴婢是何居心?"

玉竹本能地抬起手臂承受她的疯狂毒打,潘淑见她竟然替青鸟说情还不求饶,对玉竹更为怨恨,下起手来就没轻没重!

"潘妃,别打了,再打玉竹可就没命了!"翠色衣衫的青鸟呜呜哭泣着爬到玉竹身前,想要替她挨打。

潘淑直打到手腕酸麻,才无力丢下血迹斑斑的拂尘,她喘息着盯了眼瘫倒在地的玉竹,已是浑身渗血,没块好肉了。她气喘吁吁趴在窗台前,嘴里犹自谩骂不休:"她没算什么!不就是踩死只蚂蚁?本妃的皇子呢?谁关心过本妃的皇儿死活了?"

潘淑刚骂完,见呆鹅样的侍卫傻傻立在一旁不知所措,正待张嘴开骂,石榴树环绕的院门前,跑出面带喜色的侍女灵芸:"潘妃,南宫的何姬造访。"

"她不是跟废太子随行出宫到长沙居住了吗?"潘淑一怔,狐疑地打量着院门外密密匝匝的石榴树林,猜测何姬平白无故登门造访的用意。

"皇子有救了,何姬夸口她是揭了皇榜来为皇子治病的呢。"灵芸瞧见蜷缩在地面痛苦呻吟的玉竹,粉红的小脸蛋被唬得煞白。玉竹和青鸟抱头痛哭惹恼了潘淑,她冲侍卫呵斥:"笨手笨脚的蠢蛋,还不把她们拖下去,在这碍手碍脚丢人现眼!"

侍卫粗暴地将玉竹扛在肩,拖起青鸟,大步离去。潘淑半信半疑,暗想偌大的东吴,就剩她一介女流懂医术?可宫内不作为的太医全杀光了也无济于事,权且试试。

"快请何姬进来。"潘淑吩咐完毕,回身走近睡榻,撩开纱帘,四肢不能动弹的孙亮醒来了,他睁大无辜的双眸定定望着她。母子同心,潘淑体会到儿子承受的切肤之痛,难过地垂泪哀泣。

"母亲,帮孩儿抓痒痒啊,又痒又疼!父皇怎不唤太医为孩儿治疗?"孙亮呼吸微弱,张开裂皮的双唇,吐出的话语,如针刺疼潘淑的心。

潘淑的眼泪"啪嗒啪嗒"砸落地面,她无法回答儿子的疑问,寻不到良药,吴王同样焦头烂额。瞥见何姬缓步前来,潘淑硬生生把眼泪憋回去,握住孙亮的手,强颜欢笑:"子明,再忍忍,神医已到,定能药到病除。"

说罢,潘淑徐徐起身,立在原处,摆出拒人千里之外的冷傲表情,目视走近她的何姬。

白衫绿裙的何姬,不施粉黛,自带一股浮出水面的清气。她怀抱幼子孙皓,朝潘淑跪拜行礼。潘淑并不急于问她治病的良方,待灵芸退身关紧房门后,她才一步一步走近何姬。两位母亲面对面,近在咫尺,彼此都能感受到双方的呼吸声。

"你是黄鼠狼给鸡拜年还是真有神丹妙药?"潘淑充满戒备,先发制人,直视何姬清澈的杏眼。

何姬泪光盈盈,凄楚地凝视怀里熟睡的儿子孙皓,长叹道:"潘妃是忧惧妾身会陷害子明不成?太子被废黜,大势已去,吴王立孙亮为太子的诏令已下,不可动摇。妾身眼下不过是因病侥幸暂留宫内抚育南阳王儿子们的弱女子,唯有接纳命运的安排。"

潘淑稍感安心,窗外飞来一只羽翼麻灰的珠颈斑鸠,目不转睛地盯视两人。这只养在宫内的斑鸠,颇甚聪慧,洞晓言辞,是儿子孙亮的玩伴。潘淑挥洒衣袖,那只斑鸠听话地飞走了。

"你就不怨恨陛下废黜孙和,改立孙亮为太子?将本该属于你的荣华富贵夺走?"

何姬扑哧一声,笑得比哭还难看:"莫要说妾身了,满朝重臣,谁敢去对抗君王的意志?自然界里鸠占鹊巢也是常态,世间人事,皆为上苍诸神的安排,我等凡人,唯有接受。"

见她能如此认命,算得上是识时务的明白人。潘淑放松对她的警惕,从袖笼里摸出罗帕,擤擤鼻涕,闷声闷气说道:"早就耳闻太子身边的何姬是生了个七窍玲珑心的明白人,今日一见,果然如是。"

她的恭维话,何姬并未放在心上,她朝潘淑身后的睡榻望了望,欲言又止。潘淑明白,随即加重语气:"若能治愈子明的怪病,本妃定会重金酬谢。"

"妾身不要重金,潘妃能应许妾身三件事即可。"

潘妃心头一紧，果然是有备而来。她搓揉着罗帕，冷哼道："说来听听，哪三件事？"

"头件事，善待丛蔚居的女奴青鸟，她侍奉过赵羽飞，对其忠心耿耿。逝者为大，善待她的侍女，也算是敬重亡灵，自会少些鬼神作祟的谣言。"

潘淑暗自思忖，看来丛蔚居的赵羽飞还真是阴魂不散呢，宁可信其有，谣言止于智者，对她也是百利而无一害。

"本妃答应你，不割青鸟的舌，也不毒打她就是了。"

"第二件事，差遣全公主身旁的医奴白秋水到昭明宫，她早年跟随华佗学过医，略懂医术。"

潘淑听全公主提过她府邸那位颇通医术的医奴，便满口答应。"第三件事呢？"潘淑已经急不可耐了。

何姬神色哀婉，放下熟睡的儿子孙皓，欠身下跪："妾身请求长留宫中抚育幼子孙皓长大成人。"

潘淑暗自冷笑，她是妄想被废黜的南阳王孙和还会有东山再起的那日吗？她咨啬地不肯表态，只顾嘶嘶吸气。

何姬见她久久不回应，忙磕头发誓："妾身对天发誓，不会有非分之念。妾身是母亲，与潘妃一样，不过是一位母亲对孩子的爱意。孙皓年幼，体弱多病，禁不住颠沛流离的折腾，请潘妃开恩，权且让我们母子苟活于宫。"

潘淑走到琐窗前，回望纱帘后被丝带捆绑双臂的儿子孙亮，矛盾万分。她其实没得选择，只能放手一搏，自己和何姬，都是为了孩子。

"本妃全依了你，不过……"潘淑瞟向何姬的儿子孙皓，冷冷说道，"若不能治愈子明的怪病，你的儿子同样小命难保！你还敢治吗？"

何姬爬起身，洁净的素颜神色平静——仿佛世间不会有任何事能触发她的情绪起伏。她撩起衣袖,露出光溜溜的白嫩手腕,语气决绝:"妾身抱他来,就是为了替子明挡灾驱魔。"

"驱魔?昭明宫有魔吗?"潘淑愕然地环顾陈设华丽的四周,难以置信。

何姬的神情透出些许诡异之色,她摇摇头,神色迷离道出一番梦呓:"红尘世间,众魔环伺。满座芳香,看似馥郁袭人,天长地久,就是成精的花妖、虫妖啊。"

潘淑听得起鸡皮疙瘩,她惊恐地后退着,畏惧自己也会随何姬走火入魔。

"母亲,快疼死了,快来救救孩儿啊。"纱帘内孙亮发出的惨呼声让潘淑如梦初醒,她弯腰抱起孙皓,急速走向睡榻,心急火燎地下令:"何姬!别废话了,快给子明治病!"

何姬跟上来,伸出双臂,示意潘淑把孙皓递给她。

"潘妃,不可轻举妄动。妾身自有安排。先派人到全公主府邸把医奴白秋水带来。"

潘淑犹豫不决,臂弯的孙皓太过沉重,她很想像扔掉包袱一样将他扔给何姬,可又不放心何姬独自在室内随意摆弄病中的儿子。

何姬走到睡榻前的方几旁,注目散发香气的扁壶,若有所思地自言自语:"室内香气太重,得敞开门窗透气。"见潘淑仍旧一动不动,她颇为无奈地叹气:"潘妃,妾身的儿子也在,快去吧。"

屋门外传来裙裾拖地的窸窸窣窣声响,随后是姐姐潘樱在拍门低呼:"潘妃,子明好些了吗?"

姐姐来得正是时候!潘淑兴冲冲地拉开门,潘樱身着石榴红忍冬纹的曲裾深衣,亭亭玉立在廊下光影中。

潘淑对守候在走廊下的侍卫下令,到全公主府邸假传陛下的口谕,即刻将医奴白秋水带到昭明宫。

"何姬,还需做何准备?"安顿好后,潘淑拉着姐姐潘樱走向何姬紧张地问道。

何姬把儿子孙皓并头睡在孙亮的旁边,扭身坐在睡榻的地面,不紧不慢回应:"静候天黑,子明的病,两日便可痊愈。"

潘樱扯扯潘淑的腰封,神色狐疑地朝门外努努嘴。潘淑会意,姐妹二人走出房来,站在廊下角落耳语。

"真是病急乱投医了?还是时无英雄,使竖子成名?"面对姐姐的诘问,潘淑不以为然地撇撇嘴。

"就不怕她滞留宫内,另有所图?姐姐可是存了私心,还想要出宫嫁人呢。"潘樱手捏衣襟,面色忸怩起来。

潘淑眼瞅着姐姐潘樱鬓发隐现的几根白发,踮足替她拔掉。当初她答应姐姐,待她被封为皇后,就会向陛下求情,为姐姐择门好夫婿嫁人出宫。眼看封后一事已是一步之遥,可孙亮的面颊突然溃烂,慌得她无暇顾及。

"姐姐放心,子明痊愈后,必有喜讯。"潘淑自有打算,待何姬先将子明的病治好,再过河拆桥、釜底抽薪,寻个理由打发她出宫。

潘樱心领神会地笑了,眼梢飞起一抹鱼尾细纹:"天底下的好事,总不让他们无穷无尽地占有,这滔天的富贵是该轮到我们姐妹了。"说完,潘樱挽住潘淑臂膀,悄声提醒她:"妹妹,得防备着他们,终究是咱们夺取他们的富贵。"

"甭怕!东吴江山属于吴王,妹妹是王的女人,唯一的皇后。"潘淑笃定地道出心里话。

一排白雁飞过澄澈如洗的丽日晴空,潘淑许久未曾眺望宫内头顶的苍穹,不免触景生情:"从前盼望着天亮,谁承想还会盼着天黑呢?"

"妹妹勿忧,宫内人都在艳羡妹妹,宠冠后宫的妹妹是独占鳌头呢。"潘樱站在她面前,得意地捂嘴娇笑。

潘淑挤出个懒笑。吴王对她的宠爱,明眼人都知道,可谁会在乎已拥有的恩宠呢？她在意的是触手可及的皇后封号。

"说什么独占鳌头，他真封我为皇后那日，姐姐的夫婿才算有着落。"潘淑摸摸鬓发间的金钗，冷哼道。

潘樱的笑意凝固了，继而蹙眉点头："板上钉钉的事呢，就怕君王的情爱变化无常，封后此事还得要趁早。"

叮叮当当，廊下风铃忽而撞响，院外传来车马喧嚣，侍卫奔走高呼："潘妃，全公主家的医奴到了。"

潘淑走到阶前石栏的神兽前，空气中飘散一股五月急雨后潮湿的淡雅花香，潘淑很是惊诧，此香比起经久不息的龙涎香更沁人肺腑。

绿荫缠绕的石榴树下，走出一位身穿紫地白花相间的曲裾直裙的年轻女子。她低头缓行，灵蛇发髻间斜插翠绿的碧玉发簪，如月下悄然绽放的紫丁香，神秘清新。

潘樱露出惊为天人的诧异表情，叹道："全公主身边的医奴，都这般绝色吗？"

"姐姐，江东绝色是妹妹。"潘淑不满姐姐对他人的称赞，愤而出言纠正她。潘樱捂嘴笑着逗她："妹妹忧戚不食，减瘦改形，吴王夸赞愁貌尚能惑人，况在欢乐！妹妹当然是世间神女也！"

说话间，白秋水已跪在石阶，从容不迫地行礼道："奴婢白秋水拜见潘妃。"

潘淑瞧见她那张酷似全公主孙鲁班的俏脸，悚然心惊，世间真有两片相似的花瓣？

"快进屋治病吧。"房门被推开，嘴角浮现一抹浅笑的何姬立在门后，朝白秋水招手。

她们很熟稔吗？潘淑暗自猜疑，因惦念着病儿孙亮，心急如焚的她只得强笑着让道。

第七十四章　满庭寒露湿苍烟

时当素秋,风肃气爽,万木凋落,碧空寥廓。

建业城外的官道两旁，高大齐整的白桦树在风中奏响哗哗如流水的音符。林下缓缓走来一批骑马的人,为首的是南阳王孙和与王妃张怀夕,两人的坐骑并头前行,后面依次是孙和的侍卫志远、羽林都尉张休、丞相诸葛恪、骠骑将军朱据。

何姬远远落在众人之后,内心纵有万般不舍,也得强装洒脱。眼看快到山坳了,她勒住缰绳,见到山坳高处那座八角亭的廓影,情知送君千里终须一别,忍不住潸然泪下。

孙和似有所感应,转头对送行的人群挥袖作别:"诸君请留步,已到怀翠亭,该与你们作别了。"

何姬深情凝视孙和俊朗的面孔,鬓角隐现的白发,不由得悲叹命运不公:本该是稳坐南宫位的太子孙和,风云突变,竟成被废黜逐出宫去长沙居住的南阳王。

"子孝,请诸君登上怀翠亭畅饮一番再走不迟。听闻长沙多山,山中多毒虫猛兽，比不得物产富饶的建业城啊。"体态肥胖的丞相诸葛恪举起马鞭，颤巍巍地提议道。

"是咧，此次一别，还望早日再相逢。"骠骑将军朱据的背伤未愈，他驼着背，抬起手掌揉揉泛红的眼附和道。

"臣备有桂花酿成的烈性醇酒！"羽林都尉张休拍马上前，手中高举套住酒坛的鼓囊囊花色包袱，向众人夸耀。

秋高气爽，触目所及，树树皆秋色，山山唯落晖的秋意正浓。孙和眼含热泪，环视群臣，击掌回应道："好！那就与诸君大醉一场，再走不迟！"

说完，仰面向空长啸一声，拍马冲向山坳的怀翠亭。

男人们个个豪情万丈，踏马奔向山坳的怀翠亭。心情阴郁的何姬慢吞吞打马走向落单一旁的王妃张怀夕身前，举起马鞭指向山坳的背后："王妃，咱们姐妹到山涧那边说会儿体己话去。"

一袭红衣的张怀夕，神情难堪地捂住哭肿成红桃的双眼，娇声反驳她："别叫王妃！谁稀罕当王妃谁去！"

何姬真心羡慕她的任性娇憨，明明是落魄的凤凰不如鸡，还总当自己是从前风光无限的太子妃，殊不知昭君出嫁单于，尤是生活。她强笑道："那边的木芙蓉开得正盛，要不要喊侍卫去摘来簪花？"

张怀夕摸摸头插的金菊花簪，蹙眉悲叹今时不比往日："寒露后，就剩下木芙蓉、残菊、金桂等无名之辈的俗花，终究比不上百花齐放的立春时节啊。"

路边的莎草抽穗了，四五棵枫叶殷红如泣血的歪脖古树，傲然耸立于苍松翠柏林间，两只灰褐色脖颈的斑鸠旁若无人在地上飞来飞去。山坳下棋盘状的广袤稻田，尽收眼底。炊烟四起的田间村舍，隐约有鸡鸣狗吠，好一派世外桃源的田园风光。

秋日美景，何姬无心赏看。她从马背落地，搀扶张怀夕下马，挽手走向山涧旁的青石板。立定此地,山涧水流哗哗,水珠溅得石缝间那株开出紫红花的木芙蓉的花枝乱颤。张怀夕见四下无人,敛容正色道:"宫里的事靠你了,等着我们回宫,应该不会等太久。"

清冽的山风裹挟着松针的清香飘来,何姬不觉寒意袭身,她双臂抱胸,瞥见衣袂飘然的张怀夕眼里闪耀的希冀光彩,只得点点头,不忍给她泼冷水——陛下已下诏改立他与潘妃的儿子孙亮为太子,南阳王孙和还会有东山再起的时机吗?就算再起,朝廷的老臣还会保证忠诚辅佐他吗?未来有太多不可预料之事了。

张怀夕猜出她心存顾虑,话锋一转:"陛下昏聩,竟罔顾人伦大义,改立孙亮那九岁的黄毛儿童为太子!不过,朝廷尚有丞相诸葛恪他们把持呢。"

何姬则不如此认为,摆手说道:"不然!若只得一个孙亮,自然无惧。全公主已将全尚之女许配给孙亮当太子妃,潘淑和全公主这两个女人联手,可就胜算难测了。"

张怀夕侧身凝神思索片刻,低头浅笑道:"若那潘淑暴毙呢?父皇痛失所爱,必会思念成疾,忧惧……"何姬心思一动,惊恐地捂住她嘴:"可别乱说气话!"

张怀夕竭力挣脱她,面色涨得通红,埋怨道:"我不与你争执,也不知是哪一世结下的孽缘,全公主竟成了咱们子孝的克星!"

停顿稍许,张怀夕直视何姬,她眼里掠过一抹残忍的冷光:"邓夫人处置利索了?"

孙和败北后,邓夫人遭到他冷落,不甘心的她常借故邀宠、献媚,惹得孙和心绪不宁。张怀夕便令何姬处死邓夫人。何姬不忍残杀同类,偷把邓夫人送出宫外。

"王妃放心,已处置妥当。"何姬眺望五彩斑斓的群山,轻声作答。

山坳的八角亭内忽然传来孙和悲凉的长啸声,随后是骠骑将军朱据、丞相诸葛恪、羽林都尉张休三人的痛哭声,仿佛生离死别。

何姬的内心一片凄惶,张怀夕突然靠近她,咬牙切齿低语:"妹妹,若孙亮猝死,子孝回宫继位便十拿九稳了。"

何姬悚然心惊,后背渗出冷汗,张怀夕总说这些大逆不道的话语是何用意? 她不敢声张,抬起衣袖,默然擦拭汗滴。

风更猛烈了,如群鬼在号哭。

"那,就此别过,彼此珍重。"张怀夕见她没回应,失望地拍拍她肩,翻身跨上马背,像一片红叶,飘落于碧海波涛,倏忽不见。

昭明宫内,何姬冷眼睐着痛苦挣扎的孙亮,脑海里蹦出张怀夕的话:"妹妹,若孙亮猝死,子孝回宫继位便十拿九稳了。"

她紧张得手心出汗,杀还是不杀? 迟疑良久,她杀机暗动,瞟向溢出香气的扁壶,内有令孙亮面部溃烂的罪魁祸首——啃食人肉的白虫。

何姬的手刚伸向扁壶,房外响起白秋水跪拜潘妃的清脆嗓音,她惊得缩回手……

强装镇定的何姬拉过白秋水,踱步至潘淑面前,躬身禀报:"潘妃,今夜有妾身和医奴守夜,大可放心。"

身形纤弱的潘淑嘟起樱桃小嘴,抽出金簪挠挠手心,以作威作福的惯有的口吻吓唬她:"那就明日见分晓。谅你也不敢胡来,你也是有儿子的母亲。侍卫,把那孩子抱走! "

何姬怒视面广鼻长的潘淑,俗话说:面广鼻长,伎俩非常。她强压如排山倒海席卷而来的满腔恨意,赔笑自嘲:"哪能呢,除非是妾身不想活命了。犬子孙皓不能离开,他得替小太子挡灾驱魔。"

潘淑一愣,伸展纤腰,打了个哈欠,扯起潘樱的衣袖,娇声笑道:"也罢,姐姐,走! 陪妹妹醉饮解乏。"

日光暗沉,石榴树后的膳房绕道飘来香料烤肉的烈香,两只野猫从房顶蹿到墙根,一前一后追赶着钻进石榴树中。

潘淑拖着潘樱,疾步走下石阶。见二人远去,何姬才悄然松口气,扭身进到室内,白秋水跪在睡榻旁,俯身在孙亮的伤口涂抹着药草糊糊。

何姬摇动纱帘,冷笑道:"她们都走了,你就别装模作样了。"

"嘘!"白秋水回头竖起食指,放在唇边暗示她不可妄语。

"有何可怕?孙亮不过是个黄毛稚童。"何姬心想,瞅见安置在墙角的睡榻,一阵困意涌来,便抬臀压上去,后背仰靠隐囊,双腿垂在半空晃动。

四周寂静,何姬身心放松,好似回到南宫——南宫的傍晚,也是这般安宁。此时,乳母抱着熟睡的儿子孙皓离去,太子孙和携太子妃张怀夕、邓夫人宴饮,她就会斜躺在琐窗前的胡床上,怀抱隐囊,看着残阳缓缓消失在地平线,慵懒地度过属于她的时光。

"喵喵",房顶野猫凄厉的叫声把何姬惊醒。她睁开眼,面前站着低眉垂眼的白秋水,她说话的声调柔顺至极:"何夫人,奴婢方才给他涂了迷药,这下便可畅所欲言了。"

何姬警惕地看了看窗外,上空飘浮着一片低沉的橘红与灰蓝交织的云团,压得她呼吸沉重。她如惊弓之鸟,不满地白了她一眼:"畅所欲言?这是宫内,处处都有别人的千里眼、顺风耳。"

白秋水捏着她的手,何姬感受到她掌心的温暖:"夫人,可别因为忧伤过度,引发心智衰弱,疑神疑鬼。"

何姬触到痛处,她摇摇头,手指向腹部,笑意凄凉:"秋水,本夫人不会忧伤过度,本夫人装满了一肚子的恨意啊。"

"原本泼天的富贵,眨眼工夫就没了。换作是你,恨不恨?若无那妖媚惑主的潘淑进宫,她若不产下孙亮,若……"怨恨和嫉恨填塞她胸腔,何姬一时语塞,忍不住流泪。

白秋水静静聆听,递给她一方罗帕。何姬推开她,猛地走到睡榻前,对着紧跟而来的白秋水亮出她锋利的獠牙:"不如杀死他!一了百了！"

睡榻上的孙亮鼻息均匀，发出轻微的鼾声，紧挨他的孙皓同样沉睡不醒。白秋水神色惊恐，连连摆头："夫人，万万使不得！夫人不顾自己的性命，难道还不顾惜幼子孙皓吗？不可违背天意啊。"

何姬疾奔至方几，捧过扁壶，高举过头，怒吼道："天意？天意是要废黜太子孙和？天意是改立孙亮为太子？天意是让潘淑封为皇后？倘若这是天意，那就太不公平了！"

"夫人，息怒啊。世间所谓的公道，不过是各人替各人的利益考虑。若太子未被废黜，哀号不公道的人就会是鲁王孙霸，是不是？"白秋水的目光一刻也不离开何姬手里的扁壶，她伸出双手，意欲接住扁壶。

一通发泄后，何姬只觉身心疲惫，手中的扁壶愈来愈重，她无力地垂下双臂，白秋水顺势接过扁壶，搁置在方几。

何姬揉揉酸麻的手臂，撇撇嘴数落她："你这奴婢，是天性凉薄吗？总替别人应声接茬。"

白秋水含羞笑道："夫人，接下来如何收场？"她伸出手指头，点了点扁壶。

偷放嗜好香料的白虫啃烂孙亮的脸，是何姬为了能留在宫中预谋的把戏。此事唯有天知、地知、她知、白秋水知。

"只是苦了我的儿子孙皓。"何姬不安地扫了眼扁壶，想到肥嘟嘟的白虫夜晚啃食儿子孙皓面颊的恐怖画面，她不觉毛骨悚然。

白秋水绞着手心的罗帕，神情凝重："夫人这出苦肉计，潘妃定会深信不疑。"

"唉，不以身入局，焉得有胜算？"何姬后怕地拍着脑门，苦笑道。今夜，让白虫咬烂孙皓的脸颊，造成是孙皓替孙亮挡灾的假象，再杀死白虫，就万事大吉。

室内光线暗淡，门外传来怯生生的话音："何夫人，请开门，奴婢青鸟送膳食来了。"

不等何姬应答，白秋水快步上前打开房门，侍女青鸟左手提食匣，右手托举灯烛走进来。

白秋水接过灯烛，放在窗台，室内霎时火光明亮。白秋水取出食匣，里面是一盆散发着浓稠面香味的焦黄胡饼。

何姬迎过去问青鸟："玉竹身体可无大碍？"

青鸟的眼窝凝结一团瘀青，像是磕碰受伤。她的眼泪扑簌簌往下落，悲悲切切抹泪哭道："玉竹姐姐替奴婢受罪，怕是命不久也。"

何姬尤为气愤，顿足臭骂道："只怪潘妃下手太重！她本是织室的奴婢，一朝富贵，就忘了从前她也是奴婢的身份？何苦作难天涯沦落人呢。"

白秋水保持着"素贫贱，行乎贫贱，素富贵，行乎富贵"的从容状态，举起手里的胡饼劝她："夫人，少动怒。吃点胡饼垫垫肚，晚上还得守夜呢。"说完，拿眼频频看向青鸟。

"青鸟，你乡关何处？"白秋水啃着胡饼，闲闲问她。

青鸟腼腆地憨笑道："回姐姐，青鸟是丛蔚居的赵羽飞夫人从大街上捡来的失忆孤儿，从前种种，一概不知呢。"

何姬暗想，青鸟失忆，难得糊涂，未尝不是福气呢？白秋水眼含泪花笑道："我有个失散多年的妹妹，算起来，应该和你一般大了呢。"

青鸟傻傻笑着走向何姬，跪地磕头："青鸟没亲人，青鸟的亲人是赵夫人，现在是何夫人，奴婢愿为夫人上刀山下火海！"

"哎呀呀，你这是作甚呢？本夫人的举手之劳，可不是为了让你报恩。"何姬又惊又喜，无意造成的小事，竟能收买人心。

青鸟不肯起身，她的脸罩在袖笼内，话音稍显沉闷："何夫人，是不是恨死了潘妃？终有一日，奴婢会把她杀死，来答谢何夫人的恩情。"

何姬大喜过望,天助我也! 青鸟就是借刀杀人的这把刀啊! 她嘴上假意推辞:"她是陛下的掌中宝,即将被封为皇后,权势熏天,不要冲动白白送死。"

青鸟是个执拗的性子:"奴婢是蝼蚁贱命,早死晚死都一样,已将生死抛之脑后。再说了,宫里的奴婢们谁背后不怨她心狠手辣,总是欺凌弱者,算什么英雄? "

何姬暗喜,正待说几句话激她,白秋水弯腰扶起青鸟,拿手戳向她额头,轻笑道:"傻姑娘,少掺和宫里的事,何必惹火上身?各人有各人的命呢。"

青鸟神色天真,憨笑道:"白姑娘好意,奴婢明白。是她视我等奴婢猪狗不如,就算我不起心动念,也会有别的奴婢先下手为强呢。"

眼见白秋水胆敢搅乱她好事,何姬无法掩饰愤懑,怒目相向白秋水,后者意识到不妙,举张胡饼讨好她,何姬哪有胃口?她移步至窗前,黑夜降临,天上的星辰,发出疏离的微光。

何姬感伤地抬起手臂,理理云鬓:"白驹过隙,寒露时节。"

"蒹葭萋萋,白露未晞。"白秋水在她身后应声接茬。

夜色清冷,满庭寒露湿苍烟。远方的宫阙灯火闪亮,鼓乐喧天,恍如仙境,那应该是潘淑在庆贺吧?何姬只觉满腹酸涩,恨意顿生。

第七十五章　人间别久不成悲

　　一条银蛇从阴暗处爬上食案的空盘，姿态惬意地蜷缩成环形的肉肠。靠在武卫都尉孙峻胸前的孙鲁班看成是一道新菜，她抓起银筷去拣菜，银蛇猛然昂起三角脑袋，吐出殷红腥臭的蛇芯，咬住她鼻尖！孙鲁班惊叫着撒手掀翻食案，眼前赫然站立脸罩青铜面具的方士——独臂老者东野荒木。

　　"全公主可是屡次梦中遭银蛇咬噬？"草履雪鬓的东野荒木，气质清古。他是全绪找来为她解梦的世外高人。全琮病逝，她常夜梦遭毒蛇咬噬，恐惧她坐卧难安。孙鲁班举袖抹去额头冷汗，笑得不太自然："高人名不虚传，还能看清本公主的梦境。"

　　"非也！非也！银蛇是公主心魔的化身。"东野荒木故作谦虚地摆摆硕大的脑袋，笑声似枭鸟在啼哭。

　　孙鲁班自恃身份贵重，哪肯轻信民间术士？她不置可否地冷笑道："心魔？本公主的心魔是条蛇？"

　　东野荒木抬手抓抓青铜面具的怪脸，隐藏在凸起面具后的豹眼瞬间没了光彩："银蛇的毒性能致命。全公主，你有个分身，她是你的福星，与你是唇齿相依的宿命。"

莫非是和自己容貌神似的白秋水？孙鲁班暗自猜想，不屑身份卑贱的白秋水成为自己的分身。她冲上前抓住东野荒木的独臂，不死心地追问："本公主的分身在哪里？"

"全公主，此人远在天边近在眼前，与公主形影不离。"东野荒木嘿嘿怪笑，他的眼神促狭，好似讥笑她在明知故问。

"赏！重赏！"孙鲁班清楚，她碰到高人了，便讪笑着松开手。

"全公主，不必破费。贫僧云游四方，世间钱财反是累赘。"东野荒木挥挥衣袖，洒脱地拜别离去。

孙鲁班也不强留，暗想全绪办事得力，找来的真是不食人间烟火的方士。全琮这短命鬼死了，她本意要贱卖与他相好的奴婢白秋水，听这高人的话，白秋水既是自己的分身，那就好生相待，长留府邸，替自己担祸。

"留不得啊，留不得啊。"屋外上空飞过啼叫的杜鹃，惊得孙鲁班打了个寒噤，她抓起方案上的金如意，朝窗外狠砸过去。

随着"哐当"的闷响声，冬妩"哎哟哟"叫着疼，秋蝉碎步跑来，上气不接下气跪身禀报："全公主，大喜啦。"

"笨奴婢，谁大喜了？"孙鲁班听糊涂了。

"全公主，是潘妃，不，昭明宫的潘淑封后了。"秋蝉原是牙尖嘴利之徒，这会子也词不达意了。

"看你激动成这样，还以为是你封后了呢？那你还不改口尊称潘皇后？"孙鲁班舒展纤手，转动手指的红宝石戒指，心里升起五味杂陈的情愫，有嫉妒，也有替母亲步练师不值的懊恼。

秋蝉奴颜婢膝地点头称是："全公主教训的是。潘皇后那边打发人来报的喜讯呢。"

等着讨要喜钱的人。孙鲁班走到妆奁前，取出包金叶子，全扔给秋蝉。她坐在妆奁前，难掩失落与狂喜交织的矛盾心情。失落的是母亲命运不济，生前未能被封为皇后，被潘淑抢占荣光；狂喜的是她将全尚的女儿许配给孙亮当太子妃，皆在她掌控中，可谓是心想事成。

暗中不觉流年换，一载光阴转瞬即逝。

孙鲁班打量着铜镜里的女子，容颜露出岁月沧桑的痕迹，眼里透出疲惫的暗光。英雄白头，美人迟暮，谁也逃不脱的天道循环。她抚弄着脖颈的颈纹，冲着镜内俯身书案埋头整理衣衫的白秋水发问："秋水，这世间可有青春永驻的灵丹妙药？"

白秋水直起秾纤合度的身段，手臂搭条色泽艳丽的披帛，来到她身后，语态亲昵："全公主，这就为难奴婢了。迷惑人心的媚药好调配，容颜永驻的仙丹还没听过有配方呢。"

孙鲁班接过披帛，缠绕于手腕，仰头靠在白秋水怀里，白秋水双手有节奏地揉捏她的肩膀，孙鲁班惬意地享受她贴心的侍奉，言不由衷地夸赞道："秋水，府中上下的奴婢们全加起来，都没你识情趣，知分寸。本公主是愈来愈离不开你了啰。"

白秋水并未及时答话，停顿许久，方才做出无奈的神情，叹道："谁让奴婢和公主有缘呢？奴婢还以为和全将军情缘深重，哪知是和全公主你才是情深义重呢。"

孙鲁班瞥见镜内的白秋水伤心欲绝的痛苦样，甚为得意，全琮那死鬼跑得快，等不及她变老。也好，顺遂吾意，孙鲁班抚摸着掌心柔软的披帛，幻想是在与英俊的武卫都尉孙峻肌肤相亲。

侍女冬妩突然闯进来，惊扰她的春梦了无痕："全公主，武卫都尉来访。"

孙鲁班暗自窃喜，还真是心有灵犀一点通呢。好些时日未见武卫都尉孙峻，他是让别的花花草草勾住了脚吗？孙鲁班心里怨他，念他，仿若重回怀春少女，使出小性子，存心要晾他一晾。她瞪视冬妣额面被金如意砸伤的那块紫红色疤痕,骂道:"粗笨的奴婢,还这般毛手毛脚?就说本公主凤体有恙,不见客,要他改日再来。"

"公主不是好端端的,这会子怎么就病了呢?"憨头憨脑的冬妣傻傻追问。你这个傻瓜,不知道本公主得了相思病?孙鲁班跷起二郎腿,要白秋水下手重些捏她的肩。

墙根处漏出奴婢冬妣捂嘴的嘻嘻笑声:"全公主这病来得蹊跷,人虽病着,精气神足着呢。"

换作往日,孙鲁班定会奔出去抓冬妣个现行,撕烂她的嘴,狠狠重罚。时过境迁,一切都在变化。她骄纵的性子已被磨平了,就如她和白秋水的感情,从死对头成为相互守护的同伴。

"全公主,怎不见武卫都尉了?是想欲擒故纵吗?"白秋水动作舒缓,挪到她臂弯处慢慢揉捏。

孙鲁班斜睨着容色常定、人也莫测的白秋水,坏笑道:"传闻昭明宫的潘皇后是用了媚药,才会令父皇俯首称臣,你可会调配?"

白秋水环步从容,恍如执卷且吟,眼底闪过一丝若即若离的忧戚微光:"公主,是想学前朝宫娥们的媚术吗?"

一股子无名怒火在孙鲁班的体内乱窜,她挽起衣袖,从手腕褪下金钏,狠狠砸向地面,命令道:"怎么就不能学?本公主也是女人,男人的宠爱如韩信点兵也得是多多益善!速速给本公主调配药性最烈的媚药!"

白秋水不为所动,早习惯她喜怒无常的乖戾性情。只是耐心劝阻:"全公主,媚药虽能使男女两情相悦,可也会反噬导致情迷神乱,举止癫狂……"

"少啰唆,人生苦短,应及时行乐。"孙鲁班没来由地涌上时光不饶人的愁绪,她自负地摆摆手,自认有掌控媚药的自控力。

白秋水沉吟良久,从袖笼摸出香囊,递给她:"奴婢新调配有强身壮体的香料,用以泡酒饮用,定能延年益寿,特意敬献给全公主。"

孙鲁班抓起香囊,在鼻端前嗅了嗅,随手丢弃于胡床:"本公主不稀罕香料,本公主只想要有神奇药效的媚药。"

"那驻颜仙丹呢?"白秋水捡起地面的金钏,拿起罗帕擦拭沾染在金钏上的灰尘。

"想拿驻颜仙丹来吊本公主胃口?你不肯调配媚药,无非是嫉妒我拥有勇士的情爱。"孙鲁班自认为看透她。

白秋水哭笑不得:"奴婢岂敢嫉妒全公主,奴婢是为全公主风体所虑……"

话音未落,蜜桃成熟的甜腻香气突然钻进鼻窦,孙鲁班寻味望去,身披银白色斗篷的武卫都尉孙峻出现在她的视线中!她心跳瞬间加速,这竖子竟然不听令,敢闯进她的内室!不等她开口,门槛外的孙峻单腿下跪,语音哆嗦:"全公主,请恕子远鲁莽冲撞,是昭明宫出大事了!"

"昭明宫能出什么大事?是父皇还是太子孙亮?"孙鲁班慌忙抛下手中披帛,朝他直奔而去。

"不,是潘皇后……"孙峻缓缓抬起脸,孙鲁班屏住呼吸,留意到他的面色发青,心疼地靠近他,手指在他脸腮抚弄,不以为然问道:"潘皇后正值春风得意之时,能有何事?"

"全公主,潘皇后她、她骤然暴崩了。"孙峻拿手推了推锦帽,灼灼逼人的双目游移不定,没了往日注视她的脉脉含情,

"啊?!全公主,奴婢突感不适,先行告退。"白秋水忍不住变色惊叫。孙鲁班不满地瞪她一眼,平素不是自诩为泰山崩于前面不改色的人?她经历的大风大浪多,虽感潘淑死得突然,细细思虑,潘淑性情妒忌,常诋毁父皇的其他夫人,对奴婢下狠手责罚,宫内树敌甚多,乍然横死也算是自作孽不可活的命数。

"潘皇后年纪轻轻,怎会无故暴崩?自是有人背后插刀使坏所

为。"孙鲁班见白秋水离去，一头扑向孙峻，两人搂抱着走向睡榻，并头仰靠一起。

"此事万不可让父皇得知，若突闻噩耗，会引发他病情加重。"孙鲁班躺在他胸前，不无忧虑地抚弄他下巴冒出的短浅胡须。

孙峻捉住她的手，叹道："迟了！潘皇后的姐姐潘樱一早就冲进宫内，面奏陛下了。"

潘淑被封为皇后不久，吴王孙权就将年轻有为的名将谭绍赐婚于潘樱。孙鲁班明面对潘氏姐妹恭敬顺从，暗地里还是瞧不上她们罪臣之女的卑微出身。

"潘淑还是福薄了些，刚封皇后不久，且孙亮尚未登基，就死于非命。"

"她死倒无碍。安插的耳目透露，丞相诸葛恪想要在陛下面前借机弹劾孙亮年幼不堪大任，力劝陛下将南阳王孙和接回宫，重立为太子呢。"

孙鲁班惊得魂飞魄散！孙和那竖子素得人心，朝中诸葛恪又是太子妃的舅舅，且骠骑大将军朱据与孙和交好。自己与他是死敌，一旦孙和翻身手执大权，自己和孙峻这帮同伙，还有安身立命之地吗？恐怕连性命也堪忧呢，万万不能让孙和死灰复燃，回宫掌权。

"父皇不会老糊涂了吧？"她心怀一线侥幸。

"公主以为陛下还是从前的陛下？陛下已过古稀之年，历朝历代，年老昏聩的君王比比皆是。就怕吴王对废黜孙和一事心生悔恨，那就麻烦了。"

"万不可让诸葛恪的奸计得逞！横死暴崩的怎不是孙和？"生死存亡威胁逼近的巨大压力，令孙鲁班无端暴怒起来。

孙峻的手不老实地摸进她后背，修长的手指在她后背温柔地四处游走，附耳的深情话语隐含着杀气腾腾的戾气："自修理，以待敌之虚懈也。趁生米未煮成熟饭，趁陛下正犹豫，断绝他改立太子的念头。此事须得公主你出面，以孝心感化陛下，方能实现我们图谋的大业。"

孙鲁班翻身趴在他怀里，满足地享受这片刻的欢愉。不用孙峻提议，她也会主动出击，只因她想要活命；再者是自己选择的路，哪怕前方是万丈深渊，也要硬着头皮跳下去。

第七十六章　榴环台惊梦

修缮一新的建业宫扩建后，更名为太初宫。

孙权侧躺于内殿的龙榻，一口一口吞咽宦官黄松喂食的羊酪。银盏内尚余大半碗羊酪，孙权就觉饱腹肚胀。

"陛下龙体初愈，再多吃几口也无妨啊。"黄松举起满调羹的羊酪，劝他再吃点。

孙权摆摆头，抓起绸巾，无力地擦擦嘴，神情呆滞地眺望宫外高处的榴环台的树木花卉，有些已开始冒出参差不齐的姜黄与浅绿的枝芽。他的目光停留在台面"浅草才能没马蹄"的稀疏嫩芽，悲伤地自语道："廉颇老矣，尚能饭否？朕老了，饭量大不如从前。"

黄松也成了驼背糟老头儿，他搁好银盏，开箱取出披风，搭在孙权双肩，安抚道："陛下何苦伤春悲秋？潘皇后正值风华正茂，太子尚未登基，全都要仰仗陛下护佑呢。"

非悲秋也，悲人之生也。韶年即宛若春，及老耄即如秋啊。非悲人也，悲离别之无常。相见欢若春，及离散即如秋。孙权暗想，潘皇后和太子孙亮,母壮子幼非吉事,但始终是神人授书,他才告以改年、立后,当是无灾无险无碍。他一面自我安慰,一面揽镜自顾,镜中人已是须发皓雪的垂暮老者!他颓败地丢下铜镜,抓起枕头旁的琥珀如意,横在后脖颈搔痒。

"朕骤然病发,潘皇后昼夜侍奉,真难为她了。"

"潘皇后对陛下可谓拳拳真心。侍奉的奴婢们稍有怠慢,就会遭到潘皇后的鞭打惩罚,昭明宫的奴婢们现在可是怨声载道呢。"宦官黄松替他盖上锦被,赔笑道。

想起潘淑细骨轻躯的柔弱风姿,孙权的心里泛起温柔的涟漪,若她离开了他,可怎么活?他举起琥珀如意,敲向黄松的脑门,警告他:"潘皇后还不都是在替朕担待?谁敢对朕的皇后不恭,就是对朕大不敬! 皇后本就弱不禁风,她们若不懂爱护她,怎配成为皇后的奴婢? 活该责罚。"

宦官黄松面色微变,慌得跪身请罪:"是,怪老奴疏忽大意,任由那些个胆大包天的奴婢胡作非为,胆敢对潘皇后出言不逊,皆为老奴之错。"

不过一通呵斥,孙权便觉力不从心,他扔下琥珀如意,喘息着指向搁在长案上的银盏。他得好生爱护龙体,期盼着五月石榴花开,携手潘皇后上到榴环台重温旧梦,醉饮作乐呢。

"陛下,羊酪怕是放凉凝固了,容老奴去热热,再淋些石蜜调和。"

孙权点点头,触目所及的内殿四壁,皆是潘皇后所爱的华丽装饰,忽然升起和潘皇后饮酒的念头。

"好主意!那就备些松江的霜后鲈鱼、山野的竹䖺,用雕轮请潘皇后陪朕小酌。"

黄松深感讶然:"陛下好兴致!肉白如雪且无腥味的霜后鲈鱼,所谓金玉鲙,东南佳味也。紫花碧叶,间以素鲙,亦鲜洁可观。巨如野狸,其肉肥脆的竹䶉者,乃是非竹不食的老鼠也,生于深山溪谷竹林之中无人之境。两者均是膳房的宝物。"

"朕只爱膳房备有的百斛羊酪、东吴的千里莼羹,潘皇后口味刁钻,唯有霜后鲈鱼、山野竹䶉她才肯吃些。"孙权捻起雪白的胡须,念及潘皇后,胸臆间便盈满无尽怜爱。

君臣两人正闲闲说话,宫门闪过一个人影,伴随着撕心裂肺的号啕大哭声:"陛下,潘皇后暴崩了啊。"

"来者何人?是谁暴崩了?"孙权以为自己眼花耳聋了,探头细看,光影里冒出潘皇后的姐姐潘樱的灰青色面孔!她身披死气沉沉的灰褐色斗篷,裹挟着初春刺骨的寒气闯进寝殿。

"陛下,是潘皇后暴崩啊……"宦官黄松听得明白,泣不成声蹲地哭喊。

"潘皇后暴崩?这、这,怎么可能?"孙权左手捶打被面,右手抹去嘴角的涎水,一股冷风灌进口鼻,胸腔犹如被巨石压住,他的喊声戛然而止,他的头颅歪倚在墙面,整个人呆若木鸡。

潘樱焦急地朝宦官黄松挥舞衣袖,催促他去请太医。中书令孙弘跨步进来,凑近细看后,神态笃定地搓揉孙权的胸部,回头对潘樱说道:"陛下并无大碍,只是惊悸过度,稍缓片刻,就能回过神来。"

孙权悠悠醒来,见中书令孙弘正在卖力搓揉他的胸口,怪不得胸膛发热呢。他张嘴吐出口黑血,示意黄松扶他坐正。

"潘皇后呢?朕要见她。"孙权惊惧不安地揉着胸口,大脑一片空白。

潘樱、孙弘、黄松三人面面相觑。孙权忽而记起潘皇后暴崩的事实,所谓的神人授书也是在欺骗他?他不由得万念俱灰,盯着被褥上刺绣的鸳鸯交颈的花纹,老泪纵横地问众人:"朕的潘皇后啊……是谁作的恶?"最后这句话近乎咆哮。

潘樱止住啼哭,变得色厉内荏:"陛下,皇后日夜侍奉陛下,积劳成疾,竟被恶毒的坏人趁机陷害,勒死于睡榻!"

"究竟是谁作的恶?"孙权放缓语气,悲痛地哽咽着追问。从今往后,他的枕边就空落落的,失去了巧笑倩兮、美目盼兮的潘淑陪伴,他的余生还有何乐趣可言?绝望与空虚交织的痛楚,恰似万蚁钻心。他环顾沉默不语的左右,费劲地憋出句狠话来:"好,好!诸卿都不肯说?速召丞相诸葛恪、武卫都尉孙峻、全公主、骠骑大将军朱据进宫!朕来亲审,定要查个水落石出,替皇后报仇雪恨!"

驼背的黄松哭喊着阻拦他:"陛下,你龙体未愈,不如将此事交给武卫都尉去操办。"

孙权乏力地挥起手臂,抬眼触及青筋暴露的手背,一团团灰黑色的老年斑,触目惊心。他不服输地坐起身,刚令黄松扶他下地,只听屏风后传来全公主的干号声,说:"父皇,大虎来迟了!未能侍奉父皇龙体康泰。"

身披紫红披风的全公主转出身,旋风般扑倒在孙权的怀里,面无泪痕地干哭道:父皇,别逞强了,舒舒服服躺在龙榻不好吗?说完话,她取出隐囊垫在他腰后,服侍他坐直。孙权大为欣慰,论孝心,还得是大虎。自他病重,大虎隔三岔五嘘寒问暖,小虎托词他有潘皇后侍奉,从不来请安问候。

"大虎,你终于肯来了。"病体的虚弱令孙权多愁善感,他虽是偌大的东吴王,可信赖的亲人寥寥无几。他的几个儿子,孙休随他母亲南阳王夫人、孙和带着王妃张怀夕被打发到千里之外的封地;孙奋受封为齐王,迁居武昌;被立为太子的孙亮尚不足十岁,当时废黜孙和是不是草率了些?孙权开始怀疑自己的决定了。

"武卫都尉他们呢?"孙权挽起衣袖,引颈张望,壮阔的宫门外空无一人。

潘樱突然爬过来,神灵附体般高声叫嚷:"陛下,潘皇后死得好

惨啊,脖颈都被锦缎勒断了!昭明宫那帮心怀不轨的奴婢们也脱不
了干系啊!"

孙权想起江东绝色的潘皇后身首两端的死状,顿时心如刀绞。
他似遍体鳞伤的垂死之人,爆发出绝望的呐喊,令宦官黄松带领侍
卫将昭明宫的奴婢们悉数捉来。

殿内熏香的气味渐渐消散,丞相诸葛恪、骠骑将军朱据、武卫
都尉孙峻便抵达太初宫内殿,分立龙榻两旁,静候圣命。

"丞相,你来判别,杀死潘皇后的可有幕后主使?"孙权的神志
恢复理性,他不认为潘皇后的死会是那帮卑贱的奴婢所为。会是谁
呢?他狐疑地扫视众臣,他们一个一个装模作样地忠诚于自己,实
则都不可信。

诸葛恪抬起油腻的驴脸,举袖擦拭额前汗滴,敛容道来:"陛
下,潘皇后性情暴躁,对奴婢们动辄打骂责罚,所谓天作孽犹可恕,
人作孽不可活啊。"

孙权听得怒极,老奸巨猾的狐狸,净扯些冠冕堂皇的废话。他
面部的肌肉抽搐着,转头看向其余等人:"骠骑大将军、武卫都尉、
中书令,潘皇后暴崩,众卿有何见解?"

骠骑大将军朱据双臂抱胸,为难地摆摆头。武卫都尉孙峻踏步
上前,阴阳怪气地说:"陛下,臣与丞相的看法不同。臣以为会不会
是南阳王安插的刺客谋杀潘皇后?他最怨恨潘皇后,时刻想要死灰
复燃回宫重夺太子之位。"

孙权暗想,孙峻虽是年轻气盛,说话不留情面,他的推断也不
无道理。

骠骑大将军朱据勃然动怒,指着孙峻的鼻头怒叱:"一派胡言!
武卫都尉可别血口喷人!冤枉南阳王,败坏他的清誉,离间陛下与
他的父子亲情!"

武卫都尉孙峻毫不示弱地回击道:"骠骑大将军果真是对废太

子孙和忠心耿耿啊！潘皇后之死，莫非你才是幕后主使？"

骠骑大将军朱据二话不说，挥起拳头就冲着孙峻的脑袋砸去，幸得中书令孙弘强行拉开，不然一场恶战就会在孙权的眼皮子底下爆发。

"潘皇后生前可曾见过谁？"孙权突然发问。潘樱手捏湿漉漉、皱巴巴的罗帕抹抹眼角，抽泣道："皇后召见过中书令孙弘。"

"你可知她为何召见他？"孙权大感诧异，抓起琥珀如意在手心把玩，眼神紧盯向孙弘。

中书令孙弘面色平静地回应："陛下，皇后召见臣，是询问吕后临朝听政的旧事。"

"方才为何不说？"孙权甚为失落，原以为天真烂漫的潘皇后不谙政事，怎么也会趁自己病重，竟敢打探起吕后临朝听政的旧事？难道她也想我早点儿驾崩，学吕后执掌大权？

"陛下，臣以为潘皇后是随意闲谈。毕竟，陛下年富力强……"中书令孙弘吞吞吐吐的话里隐含着对他的畏惧，孙权嗅到一丝丝不安。孙弘与鲁王孙霸私交甚笃，他会不会动歪心思呢？他陷入沉思。

宫门外，侍卫押送的一批哭天喊地的奴婢跪拜在地。孙权犯了愁：杀害潘皇后的人若是废黜太子孙和，牵扯的人就是骠骑大将军朱据、丞相诸葛恪；若是替昔日旧主孙霸报仇的中书令孙弘，拔出萝卜带出泥的会是哪些大臣？怨恨潘皇后的昭明宫的奴婢们，不过是听背后人主谋的刀子，并非真凶。

"昭明宫的奴婢可到齐了？"孙权的目光横扫瑟瑟发抖的奴婢们，个个皆为歪瓜裂枣的平庸长相，不像是有胆量勒死潘皇后的狠人。

"陛下全带来了，共十四人。"侍卫答道。

"拖出去，通通勒死！"孙权毫不迟疑，神色冷漠地下令。

那些奴婢顿时炸锅了，争先恐后跳脚喊冤："怎么会是奴婢啊？冤枉啊，奴婢冤枉啊！陛下！"

众人喧嚣，唯有一人坦然静立其间，仿若事不关己。孙权放下琥珀如意，直视她："汝为何不求饶，不喊冤？莫非是你所为？"武卫都尉孙峻冲出去，拎小鸡一般把那沉默的奴婢扔在殿内。

那奴婢俏脸惨白，眼神麻木，紧抿着单薄的嘴，倔强地不肯言语。孙峻连连扇打她十几记耳光，她双颊霎时红肿，人也东倒西歪滚在地，终不肯吐露半个字。

中书令孙弘站出来说："陛下，沉默就是默认。准是这嘴硬、骨头硬的奴婢杀害的潘皇后！"

孙权正觉得孙弘的言辞可疑，骠骑大将军朱据平素就看不惯孙弘，此时出言讥讽："中书令，何必猴急去欺凌弱女子呢，不会是中书令做贼心虚？"

中书令孙弘被羞辱得急红了眼，反咬他一口："骠骑大将军，莫要仗着皇帝女婿的身份就欺压老臣！谁不知你和丞相、南阳王都是一丘之貉，随时想迎接废太子回宫继承大业？"

诸葛恪拉长着黑胖的驴脸，反唇相讥："中书令，欺君之罪的妄言可是会身死灭族的。"

潘樱如临大敌，奔至龙榻前哀求："陛下，可不能撼动皇太子地位啊。倘若真让南阳王掌权，妹妹和陛下的皇太子孙亮将无法存活啊。"

孙权不动声色地旁观他们狗咬狗，暗觉有趣，谁来接东吴江山的大业，不应该由他说了算？全公主端来盏热乎乎的石蜜水，掩面轻语："父皇，他们都在为自个谋私利，不知这天下是父皇掌管？"

知朕者，全公主也。孙权浅浅啜饮口甘甜芬芳的石蜜水，内心无力的绝望与虚无的厌倦，懒声懒调下令："尔等太过聒噪，拖出去，勒死！"

"陛下,臣等无罪啊。"众臣全变了色,跪地请求。

"朕口误,把那些奴婢拖出去勒死。"孙权体虚气弱地挥挥手,死亡迫近的气息渐渐逼近他。

宫门外响起奴婢们铺天盖地的诅咒声:"青鸟,你这贱人拖累姐妹,我们化成厉鬼也不会饶你!"

下毒手的还真是这帮奴婢!孙权嘴角不停抽搐,泪光涟涟中,他仿佛见到双颊酡红的潘皇后在榴环台为他跳起舞姿勾魂摄魄的白纻舞……

第七十七章　楼台恍似游仙梦

漫天云霞中的如血残阳跌落天边，一群褐鸟从孙峻的头顶翩飞而过，目送吴王孙权郁郁寡欢的背影化为苦楝树林间的一粒黑点，孙峻的鼻端突然嗅到肉体溃烂的腐烂臭味，该不会是吴王命不久矣吧？他悚然惊醒，原来是南柯一梦！自己置身于大孤山的石室内，仰卧于铺了一张兽皮的长条石榻上。

房顶的巨石爬满枝叶枯萎的藤蔓，石门的门帘用树杈、麻绳编织而成，稀薄的门帘遮不了风，挡不了雨，就是个摆设。有只手扯开半条缝，堂弟孙綝贼头贼脑地探身在外。

"鬼鬼祟祟作甚？"孙峻撑臂起身，不快地呵斥他。

"就不怕我撞破你和全公主的好事？"孙綝坏笑道，抬手掀翻门帘，一束耀目的亮光不偏不斜照向他脑门，射得孙峻眼睛睁不开，他忙横起手肘遮挡，骂骂咧咧起身到铜盆前，拧干面巾胡乱擦脸。

"胸无大志的庸才！出宫祭祀天地神灵的大事，扯上儿女私情作甚！"

"全公主弱骨丰肌,又手握翻手为云覆手为雨的大权,岂能是小家碧玉的俗女子的私情?"

孙綝留着短黑胡须的嘴角,抿出一丝偷香窃玉的暧昧笑意,动作轻佻地叉开五指,扑向石桌上的瓷盘内剩下的豆豉青豆,一颗一颗朝嘴里丢,嚼出咯嘣咯嘣的脆响:"潘皇后是吴王的一块心头肉,她暴崩了,吴王会不会也活不长久? 不是臣诅咒,是那些奴婢们私下传出的谣言。"

孙綝仿佛是他腹内的蛔虫,孙峻早就习以为常,每临大事,两人的感应屡屡相似。三足鼎立,魏国曹操、蜀国刘备早已离世,吴王虽熬过这两位枭雄,也是夕阳无限好,只是近黄昏的苟延残喘。

他握着水淋淋的面巾抛向孙綝,警告他:"是要变天了!你是孙氏宗族的后裔,少搭理闲言碎语,谋划自个儿的锦绣前程方为正道。"

孙綝歪头躲过,双手稳稳接住滴水的面巾,一边胡乱甩动,一边嬉皮笑脸:"臣的前程不是有你?孙亮那黄毛小孩坐江山,也是受人牵制的傀儡,富贵逼我,指日可待。"

孙峻没他那么欢天喜地的乐观。他盯着倚靠角落剑鞘沾满灰尘的宝剑,记起他已许久未曾舞剑了。他若有所思地伸出双手,骨节粗大且修长的手指,能琴挑女人,也能挥剑杀敌,恰似人生的阴阳面,他不由得轻言自语:"你依附我,我依附全公主,咱们都是一条绳上的蚂蚱,谁也离不开谁。"

孙綝面有得色,夜猫似的眼珠滴溜转,双臂上下旋转,做出些怪模怪样来:"不然!全公主终究是女流之辈,咱们兄弟的靠山得是太子孙亮。"

"刚夸人家非小门小户的小家碧玉,你这翻脸也忒快了。"孙峻笑着摸摸干燥脱皮的鼻翼。孙亮年幼,吴王驾崩前会预先安排顾命大臣辅佐少主,论资排辈,他自然也该在其中。

"启禀武卫都尉,中书令求见。"营帐的门帘外,立着位煞气满面的矮壮侍卫,他禀报的声音却如雏鸟鸣叫般清脆。

孙峻倏然动容,中书令孙弘不在太初宫侍奉陛下,莫非是陛下有急诏传达?他不敢怠慢这位受到吴王重用、同为孙氏宗族的子弟,实则他忌惮且畏惧——孙弘为人阴险邪僻,之前依附鲁王孙霸,与丞相诸葛恪、骠骑大将军朱据不和,并不得人心。

"速速请进来。"孙峻朝着孙綝使使眼色,两人躬身跨出石室。

初夏的苦楝树林,绿意葱茏的枝头冒出此起彼伏的浅白色花苞,灌木草丛中飞出一群毛色艳丽的野鸡,它们也不怕人,咕咕叫着扑腾来扑腾去。

孙峻手搭额头向前张望,云雾升腾,给繁密的苦楝树林蒙上一层阴骘的神秘雾色。

"中书令人在何处?"矮墩墩的侍卫同样一脸困惑,踮足搜寻。

"陛下从南郊祭祀归来,当夜便突发风疾,传诏令武卫都尉追神人献出知命丹救治咧。"身披黑袍的孙弘突然从侧面密不透风的铁锈红色的荆棘丛中钻出来,惊得藏匿其中的十几只花尾斑鸠唰唰唰唰飞停于苦楝树枝。

服下神人的知命丹后,若大限将至,服丹之人的肋下会微微作痛,丹丸自然排泄出来,就得准备后事。孙峻瞥见他眼神闪烁不定,怀疑他以陛下之名假传诏令,故意装傻:"神人?哪位神人?"

"全公主举荐的神人,替右大司马全琮治过病的面戴青铜面具的独臂方士啊。"孙弘嘿嘿哂笑,伸出瘦骨嶙峋如鸡爪的手指掸了掸飞来臂弯的落叶。

孙峻暗想,孙弘所指的神人就在苦楝树林的山中闭关苦修,此番假借狩猎之名出宫,就为掩盖全公主私会另一位秘密的神人占卜吉凶。是走漏消息了,还是陛下真的突发风疾?孙峻对堂弟孙綝努努嘴,暗示他速去给全公主通风报信。

"陛下病情严重吗？中书令一路赶来，甚是辛苦，先进石室内吃碗热酒。"孙弘面露忧心之色，摆手拒绝："陛下歪嘴斜眼，口流涎沫，不能言语，怕是凶多吉少。"言毕，他蹲身抓住根树枝，在沙石地面唰唰画些奇形怪状的字迹。

这竖子哪会是忧心陛下龙体，分明是忧心他自己的前程。孙峻心知肚明，攀摘垂落枝条的殷红浆果，一颗颗掰扯着玩。

风吹过沙石地面画出的万字符形状，孙弘俯首欣赏自己的杰作，语气淡然问孙峻："全公主祭祀天神该完毕了吧？"

"呱呱呱"，密林深处传来枭鸟的叫声，孙峻顿感心神不宁，这竖子在自己身边也安插了耳目？他有些愠怒："恐怕还须等候吉时呢。"

"你也无须动怒，《孙子兵法》曰：'故明君贤将，所以动而胜人，成功出于众者，先知也。先知者，不可取于鬼神，不可象于事，不可验于度，必取于人，知敌之情者也'"。孙弘泰然自若地抛掉树枝，搓揉双掌，细细沙粒从掌间飘落于万字符，像是在施展什么法术。

有些细沙落进孙峻眼内，他忍着不满，假意恭维道："中书令所画出的万字符寓意吉祥喜庆，应该也是成竹在胸了？"

孙弘不置可否地笑了笑，出其不意地扼住孙峻的手腕，死气沉沉的死鱼双目射出道亮光："若陛下骤然薨逝，你我会成为顾命大臣，不如联手除掉胖驴丞相诸葛恪，共图富贵、平分天下秋色可好？"

山风飒飒，吹来苦楝花呛鼻的浓香，密不透风的苦楝树林如一道天然屏障，掩盖人世间种种不可告人的肮脏秘密。孙峻暗笑孙弘幼稚，自己岂能与他成为平分秋色的同谋者？他扮出听不懂的懵懂憨笑样儿，用力抽出手，意欲挣脱他的钳制。

孙弘断然甩开孙峻，后退至幽暗的林中，鼻喷冷气，语带嘲讽："怎么？武卫都尉以为攀上全公主的高枝，就不把我这中书令放在眼里了,也不顾念同宗的情分了?"

孙峻心中冷笑,和他这般不入流的人,哪会有什么同宗情分?他虽不惧怕孙弘,表面还得装出惶恐不安的神色,麻痹他:"中书令说笑了,你我同为孙氏宗亲,哪敢有高下之分?臣这就去后山请出神人恭迎回宫。"

忽有人马鼓角的喧嚣之声,孙峻神情恍惚,以为回到阔别已久的陪同陛下御驾亲征的场景。

披裹色彩斑斓的豹纹披风的全公主骑着高头黑马,与她并辔同行的是神态娴雅、白面无须的神人。他头戴竹编斗笠,身披破旧的玄色麻布长袍,腰间斜插一管青幽幽的竹笛,对他们露齿欢笑道:"怕是亡羊补牢,为时晚也。"

孙峻大喜,疾行至全公主身旁,见她面如死灰,仿若大病初愈,不知发生何事,心中忐忑,施礼拜道:"臣恭迎全公主祭祀归来。"

全公主手撑孙峻的肩膀,跳下马背,目中无人地转身朝石室走去,话音哽咽:"武卫都尉,神人预言,父皇即将薨逝……"

孙峻早有预感,本欲出言安抚,全公主蓦然回首,红肿泪目透出凌厉杀机:"你们兄弟还不快向神人请教前程?"

孙峻收住脚,望向孙綝,后者凑上来掩嘴低语:"神人预断全公主不得善终,怕是惹怒她了。"孙峻推开他,嫌弃他嘴里散发的热烘烘的口臭。孙綝继续说道:"神人的话也不可全信。他断言潘皇后性秉温庄,度娴礼法,有母仪天下吉相,不也没言中?"

陛下一旦薨逝,太子孙亮年幼,东吴江山会否易主?他的雄心壮志能否实现?孙峻心中涌起千重忧虑,拍拍孙綝的肩:"走,请神人赐教一二,问问无妨。"

"咦,神人去哪里了?"孙綝指向甩起马尾、低头啃食苔藓的黑骏马,惊呼道。

马背空无一人,方才那位仙风道骨的神人转眼间不见踪影!孙峻也觉愕然，神人是施展了隐身法术？他慌忙向树荫处高呼："神人，你在哪里啊？"

中书令孙弘走来，双手拢在袖中，面色灰败："神人不肯回宫，无法向陛下复令，这可如何是好？"

一阵悠扬的笛声从上空传来，孙峻抬起头，只见神人骑在树杈上，正悠闲自在地吹笛呢。笛声空灵忧伤，听者无不沉醉其间，一曲罢了，三人还如痴如醉不愿醒来。

神人手持竹笛，打着节拍，朗声高歌："争那金乌何，头上飞不住。红炉漫烧药，玉颜安可驻。今年花发枝，明年叶落树，不如且饮酒，朝暮复朝暮。"

三人如遭当头棒喝，瞬时清醒。中书令孙弘跪下磕头请求："神人开恩，若不能回宫面圣，请赏赐几粒知命丹让陛下心安吧。"

"唉，世间俗人，都以为慈悲为怀，殊不知小慈是大慈之贼？大圣犹不能度无缘之人，况其初心乎？拿去活命吧。"

神人的竹笛重重敲打苦楝树枝，几朵白花颤抖着簌簌掉在孙弘面前，翻滚几下，幻化成白色药丸。

孙綝被惊得目瞪口呆。孙弘抓起几粒药丸，塞进袖笼，迭声拜谢。孙峻明白神人确实非凡人，忙拱手作揖，请求神人指点迷津。

神人腾空而下，稳稳坐在黑骏马背上，眯眯笑言："武卫都尉，贵当烈士，非常人也。君鼻中之气，左如龙而右如虎，二气交王，应在立夏。"

"此话当真？"孙峻喜不自禁，匆忙掏出腰间的凤首玉佩，毕恭毕敬呈送给神人，"无以回报，权且算是个沾染昆仑山灵气的小玩意儿，供养神人。"

神人并不接受，他将竹笛横放唇边，随着笛声吹奏，他忽地腾空飞跃，瞬时消失于云雾中。

黑骏马仍旧甩动马尾，啃食苔藓。仿佛神人从未来过。真是如梦幻泡影,如露亦如电啊。孙峻看着掌心散发体温的玉佩,以为做了场黄粱美梦。

梦醒时分,孙峻走向一脸欢喜的孙弘,伸手索取:"中书令,知命丹何不分赏臣等一粒?"

孙弘神色警惕地攥紧袖口,语气蛮横地耍赖:"武卫都尉不要为难臣,只得这几粒,臣要回宫敬献给陛下。"

孙峻不便揭穿他想独吞的谎言,明知陛下即将薨逝,他才不会浪费仙丹呢。他正犹豫着是硬抢还是软要,身后传来全公主慵懒且威严的声调:"中书令,父皇用不上此药,快把知命丹拿来,本公主分发给各位爱卿。"

中书令孙弘见全公主发话,急忙施礼参拜,乖乖捧出四粒知命丹。全公主沉吟良久,先拣起一粒给孙綝,再拣起一粒给孙峻,最后拣起一粒丢入自己口中,囫囵吞下。

孙弘见状,忙把最后一粒咽下肚内。孙峻、孙綝依样画葫芦,四人均分了知命丹。

全公主走到一株花开得尤为繁盛的苦楝树下,背对孙弘,徐徐下令:"宫内人都夸奖中书令善假传诏书的手段最高明,那就替本公主也假传一道父皇诏令吧。"

"臣愿为公主效犬马之劳。"孙弘受宠若惊地跪地回应。

"人啊,生来死去本是常事。趁父皇不能言语,寻个莫须有的罪名,速速将骠骑将军朱据贬到偏远的郡地。他不在宫内,南阳王孙和就少了左膀右臂,太子孙亮便能无惊无险地顺利继位。"

孙峻听得毛发倒竖,全公主果真是手段狠毒的真英雄!他不由得对她生出一丝畏惧之感。

"全公主思虑周全!臣这就回宫办理此事。"中书令孙弘面露喜色,迅疾翻身跨上黑骏马,一溜烟儿钻进浓荫遮蔽的树林中。孙綝也识趣辞别。无人之境的大孤山,寂寞、清冷,却又异常繁茂、喧哗。

"这竖子绝非善类,公主须得谨慎。"孙峻上前搂住全公主浑圆的腰身,心惊胆战地强笑道。

"借刀杀人而已,他不过是本公主用得顺手的一把利刃。"全公主偏过头,亲吻他的脸腮,柔声笑道。

孙峻的脸腮如被吸血的蚂蟥爬过,留下黏糊糊的唾沫,征服她的欲望之火被她激燃,孙峻翻身将她扑倒在潮湿松软的苦楝树下。

"你不怕朱据中途返回杀进宫?"包裹在色泽斑斓的豹纹披风中的全公主,歪头倚靠树身,嘴角挂着若有若无的媚笑,神似发情的母豹,狂野诱人。

"中书令是极会揣摩圣意的猎人,岂能让朱据活着回宫?他假传的一定会是死诏。"全公主面色赤红,娇喘微微如风中凌乱的红芍药。

"怎么不是丞相诸葛恪?"孙峻对她低喝道。苦楝树剧烈摇晃,簌簌白花的花雨纷纷飘洒。

"不要急,热豆腐一口一口地吃,他们一个个来解决,朱据虽是深谙谋略的将军,丞相也只是熟读四书五经的一介书生,在本公主眼内,均为不逞之徒,不足为虑。"

全公主的脸、头、胸落满白花,她咬住下唇,咯咯娇笑,如同花妖现形。

第七十八章　只有江梅伴幽独

孙亮摩挲龙椅扶手上斑驳的纹路，如坐针毡。他下意识向龙椅背后低垂的紫红帷幕张望——帷幕后本该站着他年轻的母后潘淑……母亲暴崩、父皇也追随她而去，他虽坐上九五之尊的帝位，但却无人可信赖、依靠，孙亮不觉泪盈于睫，尚未来得及擦拭，驼背的宦官黄松颤巍巍走近前，边咳嗽边禀报："太子，他们到了。"

孙亮点头回应。父皇病重，急召丞相诸葛恪入朝，拜其为太子太傅，升武卫都尉孙峻为侍中，宦官黄松当时就牵着他的手跪在龙榻前。

当着诸葛恪、孙峻、中书令孙弘、太常滕胤、将军吕据这五位顾命大臣的面，嘴角流淌亮晶晶涎沫的孙权，用颤抖的手指点向孙亮，满目悲凉的眷恋不舍，断断续续道出遗言："太子，东吴江山，就靠各位爱卿辅佐了。"

说罢，父皇的头一歪，手垂落床榻，瞑目而逝。

"父皇！"孙亮撒开黄松的手，扑在龙榻上，悲痛大哭。他才十岁啊,就成了父母双亡的孤家寡人!那晚,他彻夜未眠,是黄松默默守护着他。

"老糊涂!还不改嘴?该称太子为陛下!"中书令孙弘耳尖,他疾步赶来,厉声训斥。

宦官黄松是身旁父皇多年的近侍,父皇刚驾崩,中书令孙弘就对他疾言厉色,孙亮于心不忍,不快地责备他:"中书令,何必发怒?不过是人老糊涂,说错话也情有可原,他好歹是侍奉先帝的老人。"

跪身仰头的孙弘,红一阵青一阵的脸上堆满难堪的笑意,奉承他:"陛下心怀仁慈,真乃东吴苍生百姓的福气。"

孙亮听出孙弘窝火的憋屈,孙弘以为是对陛下、对东吴江山忠诚的言行举止,于自己而言,却是恶心、作呕的邀功。

深秋的旋风刮进殿内,孙亮的脚心发冷、鼻子瘙痒,他张嘴连打了两个喷嚏!宦官黄松动作灵敏地钻进帷幕,不多时,便手捧裘衣替孙亮披在身上。孙亮心头一暖,宫内的文武百官、奴婢、宦官、宫娥、美人们,能让自己感到温暖的人,就是这位驼背的宦官黄松——这是父皇在酒醉后抱着他,指着黄松说的。

"子明啊,甭看那些平日对你俯首称臣的人表面唯唯诺诺,没一个安好心,他们都是图谋各自的私利。除了朕与你母后,就这驼背老头儿会对你真心真意,无欲无求。"

"怎能是他呢?父皇。"孙亮不解,他还有全公主、朱公主两位姐姐啊。父皇的神色凄楚,他摸摸孙亮的头,笑得牵强:"他老了,且无儿无女,所图不过果腹。"

孙亮认为父皇太过悲观了,眼前晃过为他热心操劳婚事的全公主的脸庞,她那双灵动的桃花眼里跳动着灼灼光华,令胆怯者不敢直视。他迫切追问:"全公主总该能信任吧?"

父皇将手搭在他肩,语气耐人寻味:"子明,谁也不能信,哪怕是全公主。你母后的暴崩就是前车之鉴啊。女人一旦狠毒起来,犹胜男子！"最后这句话颇为严厉，听得孙亮不寒而栗，眼瞅父皇老态毕现的颓败之势，只怕自己日后将成为荒原上孤立无援的头狼呢。一念间，他对这万千人垂涎的东宫宝座丧失了兴趣。

"父皇，儿臣岂不成了孤苦伶仃的可怜人？"

"说什么丧气话！耐得住孤独才能成为王者！你不见头狼都是独来独往？散兵游勇才会成群结队壮声威。"孙权不满他的怯弱言语，倒背双手，暴躁如困兽，来回踱步。

孙亮捻着鼻子不敢吱声。

宫外的天色阴晴不定，孙亮拉回思绪，挺胸收腹，竭力学着父皇平素的威严坐姿，两手放在双膝，扫视群臣，清清喉咙，正待说话，地面突然发出轻微的抖动，宫门出现道神似铁塔的黑影。孙亮抬眼一看，是健步如飞的太常滕胤，他亮出的粗嗓门如惊雷震得孙亮两耳嗡嗡作响。

"陛下，贬为新都郡丞的朱据，未到任就死了！"

朝堂内乱哄哄如捅乱的马蜂窝。孙亮惊得从龙椅上站起身来，颤声问道："啊？！死因为何？那、那朱公主呢？"他与二姐朱公主虽感情淡薄，终究是同父异母的血亲。

人群里走出神色大变的太子太傅诸葛恪，他神色悲愤地瞪向站在孙亮身后屏风前的中书令孙弘，扯起嗓子高声质问："中书令惯会阳奉阴违，不是你假传诏令赐死骠骑大将军还能有谁？"

"太子太傅莫要血口喷人！生死有命富贵在天，他在外地丧命，与我何干？"中书令孙弘勃然动怒，撸袖握拳便要冲下去打他。诸葛恪扭动滚圆的腰身，高举阔大双袖，如鹰隼灵活飞掠，张嘴骂道："你私下干的好勾当，骠骑大将军并非积弱之躯，怎会无故暴毙？"

孙亮乐得袖手旁观这两头恶兽相互撕咬——他们咬得越凶，君王就越能制约他们。这同样是父皇对他的循循诱导：凡做大官，处安荣之境，即时时有可危可辱之道，正所谓富贵当蹈危机也。

武卫都尉孙峻站起来,夹在两人中间,当和事佬:"太子太傅、中书令,朝堂不是任由醉汉泼妇骂街的集市,逞口舌之能有何益呢?"

孙亮笑着摆摆手,学着父皇捻须的动作,摸着光滑下颌:"不,他们吵得热闹,朕就当看场戏。"黄松凑近孙亮提醒他,该问问朱公主消息。

孙亮颔首微笑,眼光瞟向正在气头上的诸葛恪与孙弘,冷不丁发问:"谁去接随骠骑大将军朱据赴任的朱公主回宫?"

太子太傅诸葛恪趁孙弘分神的当口,手肘使力撞向孙弘胸膛,孙弘踉跄着几欲栽倒,武卫都尉孙峻出手将其扶稳,趁势把两人拉开。

偷袭成功的诸葛恪低垂猪肝黑紫的油腻驴脸,喘息未定地躲在角落整理凌乱得不成模样的衣袍。

处于下风的孙弘,咆哮如疯狗冲上前,半道上被孙峻拦腰抱定,任凭他乱蹬乱踢也无济于事。

太常滕胤跪拜向前:"臣去接朱公主回宫。"孙亮一时拿不定主意,转头望向武卫都尉孙峻,他正与孙弘手牵手,脑袋紧挨着脑袋,好似密谋大事。

孙亮失望地转向将军吕据,他心领神会,击掌高喝:"武卫都尉、中书令,陛下有诏,你们耳聋了不成?"

中书令孙弘刚平复怒气,突遭此喝问,面色涨得通红,张口结舌无言以对。孙峻疾步走到殿前,跪拜行礼道:"陛下息怒。臣方才与中书令商议派谁去接朱公主稳妥呢。"

孙亮听他这么说,立马眉开眼笑,问道:"你们可商议出结果了,派谁去?"

孙峻探头探脑,望向将军吕据,促狭地笑道:"陛下,此人远在天边近在眼前,将军吕据是也!"

朝堂寂然,将军吕据呆着脸,声调里憋着股恶气:"武卫都尉净会捉弄人,太常滕胤不是已主动请缨了?"

孙亮看这几位老臣斗来斗去,煞是有趣。其实,派谁去迎接朱公主,并非如调遣出征迎敌的将军须得慎重选派。他的目光转向孤身站立殿内的太常滕胤,他面露喜色,弯腰跪在地面磕头,朗声恳求:"陛下,臣曾是会稽太守,熟知武昌郡地形,臣愿去接朱公主。"

孙亮当下首肯,"好!朕令太常即刻出发到武昌接朱公主回宫。"总算完结一桩烦心事。孙亮轻松地伸展双臂,并不为骠骑大将军朱据丧命感到惋惜,他自幼听父皇谈及历朝历代的帝王、大臣命运,谁不是生死有命,富贵在天?

待太常滕胤领命退下,孙亮就宣布散朝。回到后宫,累得浑身瘫软的孙亮就迫不及待爬上龙榻,令宦官黄松替他揉揉酸麻的腰背。

"陛下,坐龙椅的滋味如何?"黄松终于改口尊称自己为陛下了,他的问话看似戏语,但在孙亮听来,竟有如鲠在喉的痛苦。本想说龙椅冷冰冰似冰窖,且硬邦邦如生铁硌得慌,话到嘴边,还是强咽下肚,语气轻快地含糊应允,"容朕想想,龙椅的滋味既好受又不好受。"

黄松用双掌慢慢在他背上搓揉,絮絮说道:"先帝在世,夸陛下你年幼而聪悟,有成人之鉴。天下多少英雄好汉为争夺万乘至尊的龙椅,落得个身死族灭。龙椅之位,得之不易,望陛下珍惜。"

孙亮心想,那是自然!南鲁二宫相争的惨剧还记忆犹新呢,若非逼不得已,谁肯将皇位拱手让人?孙亮存心拿话语逗他:"你是担忧你自己老无所依吧?"

"陛下,老奴这条贱命算得了什么?老奴是替陛下担忧啊,陛下身旁虎狼环伺……"

"皇后到。"侍女的娇呼声截断黄松的话头,皇后是全尚的女儿全意如,由全公主做媒引荐,自孙亮登基,便封为皇后。他忙翻起身,扯着锦被遮盖腹部,他是怕皇后身旁会跟着形影不离的全公主。

须臾间,玳瑁屏风后闪出皇后娇俏的身影。二八佳人的全意如穿了嫩黄色新服,像一株在春风里摇曳生姿的迎春花,洋溢着春天的气息,朝他扑来。

"陛下,全公主派人捎来口信,邀请我们夫妇到她府邸观赏宝物呢。"

孙亮喜得从龙榻上翻身跃起,边穿鞋履边笑问:"是何宝物啊?"

全意如咧嘴娇笑,露出粉色的牙床与可爱的小虎牙,显出少不更事的天真无邪:"妾身不知啊,全公主能看上眼的宝物,应是世间稀罕之物。"

驼背黄松站立屏风前,满面堆笑道:"陛下,好事不在急上。天色已晚,用完膳再去不迟。"

全意如扑进孙亮怀里撒着娇:"不饿,不饿!也许全公主府邸有可餐之秀色呢。"

孙亮抚摸她柔嫩的腮帮,打心眼里儿喜欢全公主为他选的这位性情豁达的皇后,她无寻常女子的醋意,时常念叨要为他广选丽人,充实后宫,瓜瓞绵绵。

驼背的黄松颤颤巍巍走近前来:"陛下,虎狼环伺,不可不防备。"孙亮踌躇不定,最终硬起心肠,支走全意如:"朕累了,尚有要事商榷,你快去安排人回话明日再去。"

全意如信以为真,从他怀里脱开身,空余一地的脂粉香气。孙亮重新爬上龙榻,依旧令黄松继续为他捶腰揉背,他心知肚明,黄松所言的虎狼环伺,不就是父皇给他留下的五位托孤重臣?太子太傅诸葛恪与中书令孙弘早已是水火不容、剑拔弩张之势。

"陛下,中书令原是鲁王孙霸的门徒,此人阴险奸诈,须得慎之又慎啊。"

"朕也是装傻充愣,骠骑大将军猝死,他确实最可疑……"孙亮迷迷糊糊嘟囔着,一阵倦意涌来,他不由得沉沉睡去。

不知睡了多久,孙亮被黄松的呼喊声吵醒,睁眼一看,龙榻前站立着神色慌张的太子太傅诸葛恪与面色发青的武卫都尉孙峻!

"发生何事了?"孙亮的鼻端隐隐嗅到浓烈的血腥味,窗前明月当空照,耳听枭鸟在悲啼,他忽感头皮发麻。

体形肥壮的诸葛恪突然下跪,将头重重磕地,嘶声哭喊道:"陛下,中书令孙弘那竖子竟欲谋反,妄图假传陛下诏令,要杀死老臣啊。"

"他人在哪儿?"孙亮被吓得浑身战栗,惊恐万状地四面张望,生怕孙弘怀揣利器,图谋不轨冲撞进来。

武卫都尉孙峻走近榻前,他轻轻咳着嗽,一手按住腰间佩剑,一手抹了抹额前冷汗,话语里充斥着劫后余生的镇定自若:"陛下,勿要惊慌。臣等已将他制服扑杀。"

孙亮稍感安心,他对中书令孙弘本就不满,处决他是迟早的事。眼下,太子太傅诸葛恪联手武卫都尉孙峻替自己将这心腹大患除掉,倒是一桩好事。

他抬头四顾,搜寻着宦官黄松的身影。微火烛光里,陌生面孔的守卫们排列在玳瑁屏风后,孙亮暗觉不快,武卫都尉竟将值守殿堂的守卫擅自调换?他不敢声张,强颜欢笑,道:"中书令孙弘死有余辜,亏得太子太傅下手快,替朕清除害群之马,整顿朝纲。"

诸葛恪不停举袖擦拭头面的冷汗,尚未从死里逃生的恐慌中走出来,语音战栗:"陛下英明,此事多亏武卫都尉告知,不然今夜成为刀下鬼的就是老臣了。"

孙亮更觉毛骨悚然,这两人神不知鬼不觉就杀死了中书令孙弘！这，也太儿戏了！他心有余悸地看了眼面色不改的武卫都尉孙峻，明白这是与中书令孙弘不相伯仲的狠毒之人。

武卫都尉面上挂着功高震主的得意之情，孙亮不敢打草惊蛇，只得与之周旋："武卫都尉顾全大局，心系东吴社稷，真乃朕的股肱之臣也！"

"陛下谬赞，全公主捎话来问陛下，若朱公主回宫，陛下得费心给她赐门好姻缘，不能让她成了寡妇。"

孙亮的心情变得郁闷且愤恨。这朝堂是朕的朝堂，何时由得你们二人来发号施令了？朕是父皇钦定的皇位继承者，不是供你们颐指气使的傀儡。

"全公主不愧思虑周详，她与朱公主姊妹情深，朕记得了。"孙亮想起父皇的叮咛，表面上还得以软话应付孙峻。

刻漏的时辰指向寅时，诸葛恪渐渐恢复常态，他扯扯孙峻的衣袍，施礼辞别："臣等告退，不扰陛下休憩。"

"也罢，中书令的丧事，交由你们处置。"孙亮巴不得这刚杀完人的两位屠夫滚开，等他们的脚步声消失，召唤宦官黄松点上安息香，驱散隐隐飘散的血腥气。

孙亮回顾富丽堂皇的殿堂，内心空荡荡如无根的浮萍，挥之不去的孤独感像乌云笼罩着他。他按住怦怦急跳的心脏，苦笑道："你说得对，朕周围真是虎狼环伺，可为何少了中书令孙弘这头狼，朕却开心不起来呢？"

"陛下，当你搬起石头的时候，还要小心石头下的蛇啊。他们心太急了，烂掉的水果自然会从树上掉来的。"黄松晃动着满头银发的头颅，面露勘破世情的淡漠之色。

"朕成了孤家寡人，是幸还是大不幸？"孙亮偎依在宦官黄松的身旁，并不在意他话中深意，只觉忧患重重。

黄松笑了，笑意充斥着等闲老去年华促，只有江梅伴幽独的无

534

奈。他微微躬身作答："陛下，天底下孤独的人都是相似的，热闹的人各有各的热闹罢了。"

孙亮呆呆凝视月朗星稀的夜空，无端思念起父皇、母后来。倘若父皇没有崩逝，他仍然是无忧无虑的小太子，那该多好啊。

可惜，没有倘若，只有残酷的现实，他是受百姓敬仰、遭权臣钳制的傀儡皇帝。

第七十九章　豆棚密语话别离

是日也，天朗气清，惠风和畅。诸葛恪推开窗，庭院内那座状若凉亭的豆棚枝头垂挂一串串紫红色的豆花，豆花香气扑入眉宇，直透肌骨。

他不由得跨门出去，走向豆棚。

豆棚是夫人觅得几株羊眼豆秧，种在院落的空闲地边，以三五根竹竿支棱搭起，再搓些草索、结彩绕将起来的。数月后，豆藤在地上长起来，挨挨挤挤地依傍竹竿向上攀爬。蔓生延缠，叶大如杯，圆而有尖，其花状如小蛾，有翅尾之形，皆累累成枝；白露节气后，结果繁衍，嫩时可充蔬食菜料，老则收籽煮食。

金风一夕，绕地皆秋，豆棚只剩一种扁豆，交到秋时，豆花开得愈发热闹，结的豆荚俱圆润、饱满，与鼓钉相似。往年这时，夫人会亲摘些熟豆荚，奴婢们则笑唱起乡间俗语："天上起了西北风，羊眼豆子嫁老翁。"

夜晚，和家人齐坐豆棚内，摆上酒宴，煮熟的豆子佐以延年益寿的药酒,欢聚一堂,吟诗作对,好不快活。

行至豆棚前,一簇蓬蒿野草拦住他去路,夫人许久未曾打理豆棚了。诸葛恪停下脚步,望向高处门窗紧闭的阁楼,满腹惆怅地自语:"又逢豆棚花盛,丰熟之年,夫人当真还不肯原谅老夫?"

"虎毒不食子,你连禽兽也不如!绰儿不过是学你们诸葛三兄弟,蜀得其龙诸葛亮,吴得其虎诸葛瑾,魏得其狗诸葛诞。各为其主,他何错之有?"夫人眼底的寒光足以冻死他。

"错在他命不好。"诸葛恪嚅动着嘴皮,终究未说出口。长子诸葛绰投靠"南鲁党争"的鲁王孙霸,自己辅佐太子孙和,父子成为仇敌。那些追随鲁王孙的人,谁不是身死族灭?亏他先下手,以药酒鸩杀儿子,不然,势必会牵连诸葛家族宗亲。诸葛恪举起肥胖的黧黑双掌,百感交集,这双手,昨夜刚将中书令孙弘杀死!

"夫人,若非逼迫无奈,老夫也不想落得个毒杀亲儿的骂名啊。"诸葛恪冲着阁楼低喊,阁楼的门窗纹丝不动。自诸葛绰被他鸩死,夫人执意搬上阁楼独居,誓要与他决裂夫妇之情。诸葛恪虽自认是大义灭亲,但对夫人始终心怀愧疚。

他神色怏怏退步回正堂,半道与一路小跑而至的侍卫撞了个满怀:"太傅,南阳王派黄门陈迁上疏中宫,并致问太傅,随行敬献十篓长沙郡蜜柑。"

几只云雀欢叫着掠过头顶,诸葛恪望了望日落西山的天际。长沙郡曾是东吴孙氏王朝的龙兴之地,废太子孙和与外甥女张怀夕在此长居。他身为孙和王妃的舅舅,明为托孤首辅,掌握吴国权柄,实则少主孙亮执政的朝堂由全公主、武卫都尉孙峻暗中把持。

"可有书信?"诸葛恪警惕地张望左右,见四下无人,才轻声发问。

"未曾有书信。不过,有一篓蜜柑个头儿肥大,色泽金光,说是太傅专用。"诸葛恪听后暗喜,不动声色吩咐:"长沙郡的蜜柑天下闻名，难为他们有心。摆些下酒菜，请黄门陈迁进堂来。"

食案上仅得盘熏鱼、煮熟的扁豆、温热的胡饼、金灿灿的蜜柑。诸葛恪举起斟满药酒的酒碗，递给跪坐下首的黄门陈迁："为我达妃，期当使胜他人。"

黄门陈迁激动得双手颤抖，他接过酒碗，仰头喝得一滴不剩，放下酒碗，磕头谢道："太傅，臣定不辱使命！"

诸葛恪选了个头儿最大的蜜柑，缓缓剥开柑皮，掰开一瓣丢进嘴里，果浆汁水爆满口腔，真甜啊。他指了指装在竹篓内的酒坛："此药酒乃以西域美酒，选用珍稀药材浸泡而成，故有延年益寿之效。请君带给南阳王与王妃享用。"

不苟言笑的陈迁唯唯诺诺退下。诸葛恪独坐席位，手剥豆荚，一颗扁豆就口酒，愈嚼愈香，不多时，残酒饮尽，他晃动着空酒壶，暮色里映出口吐血沫的中书令孙弘的身影来，他对着自己悲愤地怒吼："你别得意太早！武卫都尉会背叛我，定会背叛你！今日我的下场，就是你明日的结局！"

听得他这般狠毒的诅咒，诸葛恪不禁潸然泪下。命运叵测，谁不想指星望月，谁又能慎始慎终、富贵到头？可谁能抗得过天意啊！

"咚咚咚"，侍卫的呼声伴随着急促的敲门响："太傅，武卫都尉求见。"

"快请进来，重新备桌酒菜。"诸葛恪抓起汗巾在脸上胡乱擦拭，拉开房门，行至廊前，迎接救命恩人的光临。

身形矫健的武卫都尉孙峻身披云霞绚烂的锦袍，踩着残阳的余晖，意气风发地朝他走来。

"何劳太傅出门迎接？折煞人也。"孙峻抬起英俊的面庞，露齿大笑道。诸葛恪注意到他腰间剑鞘嵌满宝石，在暮色里光耀夺目，不由得暗中嫉妒这走运的年轻小子，凭借俊朗容貌与威猛身材的一副臭皮囊，受到全公主青睐，步步高升成为先帝、少主的宠臣。诸葛恪挽起孙峻的手，谄媚地笑着奉承他："谁让武卫都尉是我的贵人呢？"

孙峻的笑意戛然而止："太傅言重！我何德何能成为太傅的贵人？不过太傅是知恩图报的人，才会将臣的滴水之情铭记。"

诸葛恪一愣，料不到他竟然忌讳。当时，孙峻向他告知："陛下嫌太傅刚愎自用，是臣以当今朝臣皆莫及，遂固保之，太傅才得陛下征召。诸事一统于诸葛恪，唯杀生大事然后以闻。"那日，他与孙峻同时受诏床下，吴王诏曰："吾病困矣，恐不复相见，诸事一以相委。"诸葛恪痛哭流涕曰："臣等皆受厚恩，当以死奉诏，愿陛下安精神，损思虑，无以外事为念。"

中书令孙弘想要陷害自己，也是孙峻跑来告密，某种意义而言，孙峻是成就他伟业、并救下他性命的大贵人。世间事，就怕成也萧何败也萧何。诸葛恪虽感疑惑，还是笑着替他解围："好，大恩不言谢，日后不提便是。"

两人相对而坐，诸葛恪提壶斟酒时，眼尾瞟见孙峻的目光停留在那盘金灿灿的长沙郡蜜柑上，似乎陶醉在蜜柑的甜香中。

"太傅，这金黄饼似的蜜柑，建业的水土可产不出来啊。"孙峻抓起个蜜柑，似笑非笑地冲他摇晃。

黄门陈迁出门会否被孙峻撞见了呢？诸葛恪心神不宁地递给他斟满酒的酒碗，语气寻常回他："是长沙郡的蜜柑。"

"长沙郡的蜜柑天下闻名。"孙峻端起酒碗，浅浅抿一小口，神秘莫测地笑了。

诸葛恪从他的眼神里感受到他猜忌的心思，谁让自己是南阳王妃的舅舅？他和全公主终究是忌惮自己要扶持深得朝廷大臣人心的废太子、南阳王孙和为帝。为打消他的疑心，诸葛恪吞下整碗酒，击掌笑道："少主聪慧，深得民心，有你我等众臣的尽心辅佐，自会延续先帝基业。"

"太傅为争取民心,广施德政,取消监视官民情事的制度,罢免耳目之官,免掉拖欠的赋税,取消官税,事出恩泽,众莫不悦啊。"

孙峻动作粗野地掰开蜜柑,连籽囫囵吞下肚,粲然大笑对他竭尽吹捧之能事。

诸葛恪笑而无语,他的此番举措,是为了实现自己建功立业的抱负。孙峻见他沉默,忙岔开话题:"太傅勿要多虑。听闻府中有用上等药材浸泡的药酒,能延年益寿,太傅有此等佳酿,何不多赐几坛,让众人雨露均沾?"

这竖子果然撞见黄门陈迁了。诸葛恪强作镇定,替他续满酒,与之虚与委蛇:"药酒不多,都尉既然开口,府中所余的几坛,我悉数奉上便是了。"

"多谢太傅割爱!太傅,是该轮到你建功立业的时候了。"武卫都尉孙峻突然抽出腰间佩剑,横放于案,目光灼灼直视于他。

诸葛恪悚然心惊,撂下酒碗,躬身作揖,表述忠心:"吾身受顾命,辅相幼主,窃自揆度,才非博陆而受姬公负图之托,惧忝丞相辅汉之效,恐损先帝委付之明,是以忧惭惶惶,所虑万端……念出万死,无顾一生,以报朝廷,无忝尔先。"

孙峻慢条斯理地剥开蜜柑,低垂眼帘,慢吞吞说道:"太傅不必高谈阔论。当务之急,是要筑东兴堤遏湖水。陛下年幼,此等大事,臣先请太傅赐教,满朝文武百官,谁能堪当重任?"

"天将降大任于斯人也!臣去!"诸葛恪抽出宝刀,也横放于案。

烛光下,两人的一对宝剑交相辉映。

第八十章　雨打芭蕉闲听雨

建初寺内的殿前殿后种植有几株芭蕉树。孙鲁班坐在偏殿的琐窗前，透过阔长的芭蕉树叶的间隙，能清晰窥见寺内那座以铜铁铸造、圆锥形的阿育王塔的全貌。

"叮当叮当"，房檐的铃铛在微风中奏响秋的乐章。孙鲁班昂首望向白云悠悠的晴朗天色，埋怨武卫都尉孙峻为何迟迟未现身。

"秋水，去庙前看看。"孙鲁班拍拍侍女白秋水的头，她正弓腰趴在一片芭蕉树叶上以银针刺字。

白秋水头也不抬，不紧不慢地回应她："全公主，少安毋躁。从太傅府邸到建初寺，就算快马加鞭，须得有好几盏茶工夫呢。"

孙鲁班垂首细看，蒲扇大的蕉叶上，刺满密密麻麻的蝇头小字，看得重重叠叠不甚分明。她揉揉眼，嘲笑道："你刺的是什么啊？难道是想蕉叶传情寻觅个如意郎君？"

白秋水放下银针，褪掉指间的顶针，神态恭敬："回禀全公主，奴婢刺的是西域胡僧支谦翻译的《无量寿经》。"

"经文?"孙鲁班不置可否地哦了声。这座建初寺与阿育王宝塔便是持锡东游、世居天竺国的沙门康僧会，以舍利与金刚杵的神威，令父皇叹服所建。孙鲁班郑重其事地捡起芭蕉叶，凑在光线充足的窗前细细看，轻轻念出声："佛告阿难，夜摩、兜率乃至色无色界，一切诸天，依何而住？阿难白言，不可思议业力所致。"

孙鲁班对佛经的经文似懂非懂，她想起曾为父皇预测潘淑为后的神人遁去，戴着青铜面具的独臂东野荒木告诫她，白秋水是她的魂魄所在的分身，不可伤害，连他也不知所终了。她不禁质疑他们无所不能的神通法术都是骗人的伎俩。

"甭管是东土神人、方士独臂东野荒木，还是西域沙门，一个两个神神道道，谁值得信服，还真是个谜。"

"圣人不死大盗不止。依奴婢愚见，凡事别认死理，不痴信他们为好。"白秋水站起身，将银针、顶针收拢在匣内，不疾不徐回应她。

"说得妙！就算皎日当空，也照不到覆盆之下。"孙鲁班亢奋起来，照着白秋水的屁股，用力拍了一掌。

"哎哟，奴婢的臀部得罪公主了吗？对也打错也打，可怜的屁股啊。"白秋水挨打后，慌不迭地起身躲闪。

孙鲁班见不得她娇媚的模样，就算全琮已去世，她时不时还会吃些干醋。她把手中的芭蕉树叶朝她兜头扔过去，嘴上怒叱："你全身上下的肉都归本公主，莫要说本公主想打便打，就是想吃肉，还不是能割了你的肉，喝了你的血！"

白秋水听得面色煞白，她扑通一声，跪爬着捡起刺绣经文的芭蕉叶，小心卷起来揣在怀中，伏地磕头谢罪："公主，奴婢再不敢造次了。奴婢生生世世都是公主的奴婢，再也不敢造次了……"

她这般低贱的身份，怎会长出和自己雷同的花容月貌，还与自己同享将军全琮！念及往昔，孙鲁班对白秋水的恨意加重："犯不上生生世世，本公主早已厌倦了你，恨透了你！就这一世了结情缘最好。"

她正说得起劲，窗外传来人仰马嘶的喧嚣声。白秋水爬起身，神色自若地向她垂首请示："全公主，恐是武卫都尉到了，待奴婢去迎接。"

孙鲁班的火气来得快去得更快，她行至妆奁前，推开镜匣，边揽镜自顾，边下令："速去恭迎武卫都尉，再备些可口的酒菜端来。"

偏殿房檐的铃铛又敲击出清脆的声响，孙鲁班慌忙理理云鬓，重匀脂粉，收拾停当，殿外便响起武卫都尉的脚步声。白秋水把门帘掀开，武卫都尉孙峻踏步进来，单腿跪地，纳头便拜："臣参见全公主。"

端坐席面的孙鲁班含笑不语，待白秋水关上门，她才拍拍身旁的空位，示意孙峻靠着她坐下说话。

精神抖擞的孙峻抬起俊朗的脸庞，眼角闪现一丝坏笑，扑上来抱紧她，贴着她鬓角说："大虎，太傅果然有二心！"

"此话怎讲？"孙鲁班见惯不惊地缓缓推开他，倚坐于靠墙的隐囊。

"臣撞见了南阳王的黄门陈迁那竖子，你说是不是天意？几番套问，那竖子说了实情，太傅要他转告张怀夕，'为我达妃，期当使胜他人'。"

孙鲁班抓起身边的一把玛瑙如意，用力敲打墙面，怒喝道："使胜他人？不就是要迎接孙和与他那贱人王妃回宫继承皇位吗？太傅这是摆明了要谋反，连遮掩的功夫也不做了，可见是早有预谋，他留不得了！"

孙峻猛然捧住她的脸，用嘴堵住她的唇，含混不清叮嘱道："公主，事以密成，语以泄败。提防隔墙有耳。"

墙脚响起"喵喵"的野猫叫声，孙鲁班喘息着挣脱他，起身趴在琐窗的窗台向外张望，芭蕉树叶在轻微晃动，她心知不妙，高声呼喊:"白秋水!"

无人应答。一排侍卫从庙门急匆匆赶来。孙峻冲着为首的侍卫下令:"快去把全公主的奴婢白秋水找到。"

野猫惊扰得两人都没了亲昵的兴致。"公主怎不除掉那奴婢?留下个祸根。"孙峻关上琐窗,跪伏案前,随手翻起书册来,语气里充满了厌恶。

孙峻的问话触到孙鲁班的心病,她嫣然轻笑:"小小一个奴婢,就把都尉你吓成这样,日后还如何领兵打仗?"

孙峻面露邪魅地坏笑:"哈哈哈,尚轮不到臣出征!太傅诸葛恪领命筑东兴堤遏河水,魏以吴军入其疆土,耻于受辱,定会率兵围攻,破坏堤遏。吴军少不了会与魏军恶战一场!兴许,用不着我们动手……"

孙鲁班心思一动,父皇安排武卫都尉孙峻为顾命大臣之一,是看在她的情面——孙亮为王,自己推举了太常全尚的女儿全意如为太子妃,眼下已立为皇后。父皇最信赖她,明面将少主孙亮托付给朝廷大臣,暗地也需要她来庇佑,操控朝堂的实则是她与孙峻。

"胜败难定,你就能稳操胜券?"孙鲁班半信半疑,诸葛恪可是老奸巨猾之辈。

"天地万物之道,万物人之道。太傅虽位居高位,也是逞强好斗的庸人,有勇无谋的俗物。"孙峻轻蔑地撇撇嘴,一副幸灾乐祸的蔑视表情,"公主可听闻过,那诸葛恪的父亲诸葛瑾生前曾悲叹断言:'恪不大兴吾家,将大赤吾族也'。"

孙鲁班这才放心,诸葛恪与孙和是父皇留下的两根大毒刺,她正欲回话,殿外响起白秋水语调舒缓的声音:"全公主,酒菜备好了。"

她不满地骂道:"你死到哪儿去了?一桌酒菜需要耽误这么长时间?"白秋水的语调仍旧是不起波澜的一潭死水:"回公主,奴婢到膳房后的山坡，采摘了些应季的扁豆、倭瓜，给公主换换口味，所以迟了些，望公主宽恕。"

殿门推开，两名侍卫抬着摆设满满当当菜肴的食案进来，白秋水手持酒壶、酒樽，躬身斟满酒，识趣地低头离去。孙鲁班瞟见炖鸡、烤鸭、炸鱼、熏鹅的肉菜里，果有盘紫色皮壳的扁豆和一盆蒸熟的褪皮倭瓜。

"尔等守在殿外，不许闲人进出。"孙峻关上殿门，走至孙鲁班身旁坐下，两人相拥着吃菜饮酒。

酒至微醺，面颊通红的孙峻紧拽她手，硬要与她同饮合卺酒。孙鲁班素来豪饮，三两盏烈酒如喝白水，毕竟辈分有别，她本觉尴尬，拗不过孙峻的撒泼无赖哀求，只得勉强与他交杯同饮。

孙峻摔了空酒盏，涨红的俊朗脸挨上来，他喷着满口酒气，手指窗外的宝塔，醉醺醺地诉说衷肠："大虎，今生能与你缔结良缘，真乃三生有幸。就让那铜铁铸造的阿育王宝塔见证，你我此生不能结为夫妇，那就来生，生生世世结为夫妇，可好？"

酒不醉人人自醉的孙鲁班怜爱地亲吻他滚烫的额头，回首往事，她的两位夫君都中了短寿的咒语，年轻力壮的孙峻可不要走他们的老路，能陪伴她富贵长久、白首到老就谢天谢地了。

明天与未来，谁也无法预料与掌控。她悲观地摇摇头，老老实实地吐露心扉："不奢望有来生，更不想生生世世！珍惜杯中酒，眼前人，当下时即可。"

一番缠绵激情后，躺在她怀里的孙峻眼角乜斜，晃荡着空酒盏，醉话里透出清醒。

"大虎，朱公主接回宫，作何打算呢？"

"能有何打算？父皇当年将小虎与朱据的女儿朱砂赐婚与琅琊王孙休为妃，总不能让皇帝的女儿守活寡？再挑个人嫁呗！"孙鲁班轻佻地伸出舌头舔舔他空酒盏的边沿，媚笑道。

"你们姐妹不是不和吗?那就寻个由头,把朱公主赶到她女儿、女婿的封地会稽郡,彼此不相见,你也不就眼不见心不烦了?"

孙鲁班腹内另有筹谋:"琅琊王孙休是个醉心看书、射雉的纨绔子弟,小虎看不惯这般人物。尚不如我们替小虎选个可靠的人嫁了,咱们在宫内也多个帮手不是?"

"公主英明!臣熟知一位豫章郡的男子刘纂,书法写得极好,斯文儒雅,必能入朱公主法眼。臣就以陛下的诏令赐婚,封刘纂为车骑将军,为我等所用。"孙峻对她佩服得五体投地,连连亲吻她的脸颊。

"听从都尉安排。你我结党营私,可不许别的人学咱们。"孙鲁班摩挲着他光溜溜的下巴,娇笑道。

冬去春来,又逢立秋,孙鲁班照旧来到建初寺的偏殿,稍坐片刻,房檐的铃声突然大作,叮叮当当乱响一气。

"全公主,诸葛恪死期近也!"行色匆匆的孙峻撞门而入,孙鲁班正俯身于芭蕉树叶刺字抄经,她不快地蹙眉问道:"何事慌张啊,都尉?都没点执掌大权人物的稳重样。"

她虽在后宫,前朝的一举一动都了如指掌。诸葛恪自十二月东兴大捷后,遂有轻敌之意,开春复欲出军。此举不仅遭到朝堂群臣反对,就连与之亲善的太常滕胤、丹杨太守聂友也写信劝阻,诸葛恪皆不为所动,执意率众出军,引得百姓骚动,始失人心。

孙峻讪笑着,从身后环抱她腰身,附耳密语:"诸葛恪领兵出征,大败归来;他不上朝请罪,回到府馆,竟急召中书令孙嘿呵斥,卿等何敢妄数作诏?这不是在自寻死路?"

"听闻诸葛恪私自煽动少主迁都武昌呢,他是在为迎接孙和做准备吗?既然不肯依附我们,那是该轮到他消失了。"孙鲁班冷冷地说道,离开孙峻,独自坐进胡床。

"顺我者昌逆我者亡!他是孙和一派,必须得死。"孙峻神情凝重地附和道。

"铲除诸葛恪,你可有妙计?他可不是已故的中书令孙弘。"孙鲁班清楚,杀掉不忠诚于她的死敌以绝后患,乃是一着不慎全盘皆输的大事。

房檐的铃铛乍然大响,起大风了,一阵黄沙弥漫眼前。孙鲁班感到一丝不安,她向孙峻招招手,孙峻如一头忠犬,紧挨前来,面带神秘说道:"臣有对策,以陛下安排酒宴为名,诱他只身前往宫内赴宴。此事不能告知陛下,唯你我二人得知。"

孙鲁班心头一紧,他是要在酒席上亲自动手诛杀诸葛恪?"就不能用毒酒鸩杀?"她的嘴对着他的耳吹气如兰。

"这招使不得!诸葛恪疑心甚重,平常只喝自泡的药酒。当日诸葛恪如何拿下中书令孙弘,臣如法炮制便是了。"孙峻的嘴覆上她的唇,两人像顽皮的孩童捉迷藏。

"先斩后奏,他日陛下年岁大后,会不会迁怒并降罪于我们呢?"秋风从地面的缝隙灌进来,孙鲁班感到寒意浸身。

"臣那日试探过陛下,陛下尚存妇人之仁,不肯下手。"

"你是如何试探他的?"

孙峻面呈灰败之气,语气低落:"陛下,不可迟疑,再不下手将其铲除,他若接南阳王回宫……浑身簇新锦袍的陛下沉吟不语。"

"如此,只能速战速决!定要万无一失!"孙鲁班若有所思,手指指甲掐进孙峻的手臂皮肉。诸葛恪已不受两人掌控,一旦翻脸,他真去接南阳王孙和夫妇回建业城,废黜孙亮自立为王,到那时,不仅多年苦心谋划即将付诸东流,自己和孙峻还将性命难保。

孙峻面色凝重,他拉开她的手,直视她,两人近在咫尺,彼此都能感受到对方熟悉的心跳与紧张的呼吸。

孙鲁班瞥见孙峻炯炯目光的眼底,划过一抹破釜沉舟的寒光,他狠狠说道:"抚我则后,虐我则仇。不是鱼死便是网破!公主在此静候佳音就是了。"

孙鲁班情知他毕竟年轻,气盛而已。

"危急时刻,本公主岂能袖手旁观?你在前堂,本公主就在幕后。本公主的剑法杀个把人,绰绰有余。"

"不,公主不能去!若有不测,臣不能连累你。"孙峻眼含热泪,神色凄惶地哭喊道。

孙鲁班感动之余,又有些许悲怆。走到这一步,全赖诸葛恪那竖子!他平日轻视孙峻,也从未将她一介女流之辈放在眼里,这也罢了,可恨是他念念不忘扶持孙和,这不是逼他们走入绝路吗?前面就是悬崖也得跳下去啊!她忧惧的是,这样杀来杀去,终究一日,会杀到孙峻头上,杀到自己身上。

这难道就是她孙鲁班的宿命?她正暗自叹悲,一阵风动雨声中,传来几个孩童蹦蹦跳跳边跑边唱的童谣,细声细气的声音在雨中格外清晰:"诸葛恪,芦苇单衣篾钩落,于何相求成子阁。"

"公主,你听那童谣!莫不是天助我们?天意所为!"孙峻欣喜若狂地摇晃她的双肩。

诸葛恪已是民之所怨,众之所嫌。孙鲁班如释重负地松口气,仍觉战战兢兢,不敢松懈半分——跟随父皇见多生死险战,不到盖棺论定,就不知鹿死谁手。

童谣声渐渐远去,仿若大梦一场,唯有翠绿芭蕉树叶中的阿育王塔默然矗立微风斜雨中。

第八十一章　流光容易把人抛

太初宫的正殿,鼓瑟吹笙,檀香袅袅。

孙峻站在摆设齐整的食案后,焦躁不安地瞄了眼屏风后纹丝不动的厚重帷幄——他已派孙綝伏兵于帷内,万事俱备只欠东风了。

陛下孙亮由乳母搀扶着走出来,他穿了前胸、后背刺绣金龙团纹的黑袍,显得少年老成,颇有先帝年轻时丰神俊朗的风采。端坐于主位后,孙亮扫了一眼太傅诸葛恪的空位,朝孙峻下令。

"都尉,你去亲迎太傅。"

孙峻欣然领命,他也唯恐诸葛恪不赴宴,导致密谋泄露。刚到宫门,远远就瞥见背对他的诸葛恪与散骑常侍张约、常侍朱恩两人正窃窃私语,孙峻忙躲在墙后窥听。

"今日张设非常,疑有他故,望使君三思。"散骑常侍张约劝道。

"竖子可恶,竟识破我计谋!"孙峻心中怒骂,不敢鲁莽行事。

"峻小子何能为邪!但恐因酒食中人耳。"着红袍的诸葛恪不改自负嘴脸,傲然回应。孙峻暗喜,诸葛恪素来就爱拿言语辱骂自己,只能忍气吞声,诸葛恪才会轻慢于他,诚如他轻敌魏军吃了败仗也死性不改。

张约两人劝说一番,便辞别诸葛恪。等他们走远,孙峻见诸葛恪在原地徘徊不前,似有犹疑之意。他抖抖灰白色宽松长袍的阔袖,缓步过去,以退为进拿话试探他:"使君若尊体不安,自可须后,峻当具白主上。"

"都尉来得正好,臣恐昨夜偶感风寒,卒然腹痛,不任入……"诸葛恪眼神躲闪,慌张地捂住腹部,退步至路门。

孙峻眼睁睁目送他离去,正无计可施时,前来赴宴的太常滕胤与诸葛恪迎头相撞,此人素来与诸葛恪交好,孙峻暗暗祈祷神灵保佑。滕胤不知有诈,惊喜地拉住诸葛恪的手劝道:"君自行旋未见,今上置酒请君,君已至门,宜当力进。"

诸葛恪迟疑着探头向宫门内张望,孙峻紧张的心都快蹦出来了!决不能功亏一篑!他知道这狡猾的老狐狸的顾虑所在,强作镇定向诸葛恪招手笑道:"主上下令,使君可剑履上殿。"

诸葛恪迟疑良久,最终与太常滕胤踏步进宫,孙峻按捺住狂喜之情,缓缓坐回他的席位,静候猎物上钩。

诸葛恪进得殿来,先向陛下孙亮施礼拜谢,再回到席位,孙亮不明就里,手持酒爵要与众位爱卿同饮。唯独诸葛恪面部僵硬地端坐不动。孙峻意识到这家伙是担心酒中有毒,故意不饮。想到诸葛恪平日有喝药酒的习惯,便替他解惑:"使君病未善平,当有常服药酒,自可取之。"

诸葛恪这才脸色缓和,从腰间的酒囊取出药酒放心大胆地自斟自饮。君臣之间,故作亲热,闲话家常,三炷香工夫,诸葛恪带的药酒就快喝完,胖乎乎的黑脸放光,看样子也放松了戒备。孙峻忙向堂弟孙綝使使眼色,后者便到太常滕胤身旁假传消息,先支走滕胤。

孙峻端着溢满酒的酒爵，走到孙亮食案前，敬酒时，他故意失手洒湿他衣襟，转头唤乳母领孙亮到内室更衣。他则借口如厕，迅速换上短装黑衣，手持长刀直奔诸葛恪面前，边砍向他胸膛，边高呼道："有诏收诸葛恪！"

微有醉意的诸葛恪始料未及，与他怒目而视的当口抽出长剑，孙峻的长刀比他拔剑的速度还快，一下砍掉他手臂，诸葛恪惨叫一声，长剑和手臂应声掉落在地！散骑常侍张约趁乱举刀砍伤孙峻左手，孙峻杀红了眼，护着左手，举剑砍下张约右臂，追上想要逃跑的诸葛恪，直接斩断诸葛恪的头颅。殿外武士们皆奔进殿内，团团围住孙峻，他得意地以长刀高挑起诸葛恪滴血的头颅，如同凯旋的将军在士兵面前展示胜利品，毫不无惧地与诸葛恪死不瞑目的双眼对视，厉声呼道："所取者恪也，今已死！"

常侍朱恩背负奄奄一息的张约飞步冲出殿门，武士们即刻四下散开，孙亮哆嗦着上半身，探头窥见血渍里横躺着诸葛恪肥胖的尸体，被吓得脸色乌青，浑身颤抖着连连摆手辩解推责："非我所为！非我所为！"

孙峻暗自冷笑，孙亮终究是小孩心性，不堪大用。女扮男装的全公主从内室出来，她拉起孙亮，冲着六神无主的乳母下令："快扶陛下回寝宫。"说罢，她朝孙峻抛来计谋得逞的媚笑，随同孙亮离去。

大事已定，孙峻顿觉手脚酥麻，他"哐当"丢下沾血的长刀，瘫靠于墙，鼻端弥漫的血腥臭气，恶心得他不住干呕。

诸葛恪的胖头颅滚翻在地，被赶来的孙綝提剑拦住，他面露难以置信之情，一通肉麻的大放厥词，流露出对孙峻佩服得五体投地的敬仰之心。

"尔等笨奴，速速清洗打扫，重开宴席！"狐假虎威的孙綝朝趴在地上瑟瑟发抖的宫娥们下令。

孙峻呕得腹内空空,他擦擦嘴,吞下三两盏薄酒落肚,神志恢复清醒后,立马吩咐孙綝安排两路人马斩草除根:"一路到诸葛恪府馆捉拿家眷,都乡侯张震、常侍朱恩皆夷三族;一路到长沙郡,夺去南阳王孙和的玺绶,迁徙新都。"

孙綝手执长剑,向他跪拜道喜:"兄长真能人也!只身铲除劲敌,日后就能高枕无忧了,往后的锦绣前程便是芝麻开花节节高啊。"

孙峻的心境与他大不同,侥幸胜利的喜悦仅停留瞬间,即将背负重任的压力接踵而来——哪有什么高枕无忧、万事大吉?不过是嗜血杀伐的征程刚拉开序章。

漏刻指向酉时,孙峻渐觉微醺,仰头喝下盏中酒,全公主的侍女白秋水走近前禀报,称全公主已在建初寺为他设好庆功夜宴。

怎么又是建初寺?他不喜在寺庙与她幽会,总觉得有鬼神在暗黑处窥视。

拗不过全公主的淫威,孙峻还是乖乖骑马出宫。

建初寺的夜色,清冷幽静,有别于建业城宫内的月色皎皎,仿佛来到另一个混沌世界。

他刚推开偏殿门,就被一股温馨的暖香包围。食案的佳肴色香味俱全,窗台的红烛与窗下两坛贴有朱笔喜字的酒坛,引人遐想。孙峻脱掉长袍,向一袭翠金色新衫裙的孙鲁班拜跪行礼,假惺惺谦虚道:"公主隆重设宴,子远诚惶诚恐啊。"

孙鲁班嫣然巧笑,走到他身后,一手抚摸他的后脖颈,脸趁势挨上来,对他吹着香喷喷的热气:"大虎给丞相贺喜!快去沐浴更衣,洗去尘埃,饮酒欢宴,共度良宵,岂不妙哉?"

孙峻欣喜若狂,她都称呼自己为丞相了!知她是嫌弃自己刚杀过人沾有血气,忙忙去洗漱。

换上紫红新袍的孙峻真有被封为丞相的快意，与盛装的孙鲁班相对而坐时，借助腹内酒意，傻笑不停。

　　孙鲁班手持酒樽，与他先喝满满一大樽合卺酒，就露出不胜酒力的娇羞媚态，她一面擦拭唇边酒滴，一面柔声问道："他们两家的家人都安排妥当了？"

　　孙峻痴痴凝视着烛光下的孙鲁班，今夜的她面色绯红，朱色单衣包裹得她身段窈窕，微醉的神韵像极了一株在春风里荡漾的出墙红杏。

　　"是，安排妥当了。诸葛家族诛杀三族，南阳王孙和夺去玺绶，迁徙至穷乡僻壤的新都。"

　　孙鲁班撩了撩鬓角秀发，娇笑道："你就不怕孙和得知诸葛恪死讯，煽动将士谋反，直扑建业城反杀吾等？"

　　孙峻悚然心惊，忙放下酒盏，凑拢孙鲁班私语："公主，怨臣疏忽，明日就派使者带上赐死孙和的诏令。"

　　孙鲁班这才露出满意的笑意，偎依在他怀里，夸耀道："丞相真英雄也！若不是你能屈能伸，又岂能杀掉那一贯自负骄纵的诸葛恪？"

　　孙峻暗自庆幸，举袖抹抹额面的汗滴，这真是场险胜的死亡博弈，悬吊多日的心，终究得以放回原处。他也要把自己灌醉，唯有酒醉能驱除他恐惧的心魔。

　　你一壶我一盏，几十个回合下来，两坛酒很快见底了，孙峻彻底大醉，他紧紧抱住孙鲁班痛哭流涕地追问："为什么，为什么，我杀死诸葛恪、杀死那些位居高位的人，并无胜利的喜悦，反而是无尽的空虚与无限的恐惧？"

　　孙鲁班拢了拢凌乱的黑发，醉眼迷离的笑意很是凄凉："为什么？因为你杀的人愈多，你树立的敌人就愈多；你从都尉登上丞相的权力高位，就会有无数觊觎权力高位的人想拉你下来啊！既然要享受身处巅峰的荣耀,就得承受虎狼环伺的危险,高处不胜寒的孤寂。"

夜风吹来,窗外高大的芭蕉树的剪影像隐藏在黑暗中掌控生死大权的魔王,诡异地注视他。孙峻心有余悸地望向芭蕉树,从前仰望的权力,终于握到手了,他能杀掉大将军诸葛恪,这世间,他不再畏惧谁。

孙鲁班忽然叹口气:"想那诸葛恪,他离开府邸那会儿知道自己会一去不返吗?"

孙峻只觉毛骨悚然,胆战心惊追问道:"那他们也会像杀害太傅诸葛恪、中书令孙弘、南阳王孙和那样来陷害我?"

"那是必然。以牙还牙。"全公主拍手笑了,笑得既骄狂又坦然。

那可怎么办?孙峻可怜兮兮哭道。他可不想那些死人阴魂不散,斩断他好不容易才到手的富贵生涯。

"如履薄冰,及时行乐。"孙鲁班托起他的下巴,笑得肆意放荡。孙峻带着崇拜的眼神凝视全公主,她不愧是帝王的后裔,看得深远,想得豁达。有风吹灭窗台的蜡烛,他冲动地将孙鲁班压在身下:"那我们还是及时行乐,不辜负这切切良宵夜。"

情到深处,孙鲁班突然翻身趴在他胸前,带着哭腔呜咽:"子远,我无端生出离别的伤感,今夜会不会是你我最后一次的欢愉……"孙峻的泪水奔涌而出,他不能接受痛失所爱,不能!夜色浓重,四周静寂,此时此刻,他深切感受到自己和她其实是这黑暗世界里的一对弃儿——他们看似赢了局势,欲望得到满足,获取唾手可得的富贵,可他们也输了人心,欲望满足后的空虚如猛兽撕咬他们的肉体,将他们啃食得体无完肤。

"大虎别哭,你不是说,不如及时行乐吗?"孙峻的笑中带着哭声。

"嗯嗯,及时行乐。"全公主瘫软在他身下,两人水乳交融,灵肉一体……

孙峻升任丞相、独揽朝政、都督国内一切军事后,他整日活在惶惶不可终日的恐惧中,想要杀害他的人死了一茬又一茬:先是吴侯英要谋害他,事泄自杀;接着是将军孙仪、张怡、林恂等趁蜀国使节来访,图谋害他,亏得他警觉发现。

孙峻惊惧不安,且频频夜梦死去的诸葛恪提剑刺杀他!他身旁无人可倾诉,只有打马跑去建初寺与孙鲁班幽会。

经过偏殿窗前的芭蕉树,孙峻发现俯身在案刺绣的孙鲁班恍若是喜好女红的朱公主。他静静站立良久,蹲身从墙角采摘一把狗尾巴草,蹑手蹑脚走到她身后,故意卖关子:"大虎,本丞相欲为你除掉心病。"

"说来听听,本公主的心病是什么?"孙鲁班抬起头,夺过他手里的狗尾巴草,在指尖揉捻着把玩。

"朱公主回宫嫁人,就没来感谢你这大媒人吗?"

"哼,我和她虽是姐妹,竟如宿世仇敌,她对我恨之入骨,还不如没她这妹妹呢。"孙鲁班捻碎狗尾巴草,神色惆怅地凝视芭蕉树叶间的阿育王塔。

孙峻细看她刺绣的花样,是傲立于世的玉兰花。他话里有话暗示道:"图谋陷害我的将军孙仪虽自杀了,可牵连者众多,朱公主怕也不能独善其身。"

"丞相近来杀戮甚重,不怕他们一个个勾结起来索命啊?"孙鲁班抢起琥珀如意,轻轻敲打掌心,温柔笑问。

孙峻忐忑不安地来回踱步,内心无比煎熬:"是他们逼我啊,不杀他们,就被他所杀。唉,明知本丞相横竖都得死,可毕竟舍不得啊,刚刚过上富贵日子,更舍不得你啊。"

孙鲁班立在他眼前,举着罗帕擦拭他额面渗出的冷汗,语带哀伤,叹道:"杀来杀去,何时是个尽头?"

孙峻知道她在担忧自己的安危,感动地亲吻她的手背,向她半开玩笑地发誓:"我答应你,这是本丞相最后一次杀人,以后就放下屠刀立地成佛,永生极乐世界。"

孙鲁班面色霎时变得难看, 她嗫嚅着低语:"莫要说不吉的丧气话。"

孙峻不以为然地笑了笑,他真没料到自己会一语成谶。他最后一次杀人,杀的就是朱公主,然而他也死在这一年,享年三十八岁。

第八十二章　寒露惊秋晚

寒露惊秋晚，朝看菊渐黄。

孙亮退朝回宫，路过西苑，鼻端嗅到一股清幽花香，应是苑内菊花开了，他踏进苑内，果见橙黄姹紫的菊花渐次绽放，热闹纷繁。他驻足在一丛花开绚烂的紫菊前，陷入沉思。

上朝时，江都来报，丞相孙峻骤然病死营帐，以从弟偏将军孙綝为侍中、武卫将军，领中外诸军事。孙亮闻之，且悲且喜且怒。悲的是看似身强力壮的孙峻也如斯短寿，朝堂上又少了位骁勇善战的猛将；喜的是自己不用再当孙峻的傀儡，终能成为真正掌权发号施令的君王；怒的是孙峻擅自主张，竟将兵权交由他堂弟、偏将军孙綝！

"先帝数有特制，今大将军问事，但令我书可邪！"身旁无将可调遣，他定要成为坐在正殿、躬亲政事的帝王，而非受人指使的傀儡。

"狂妄自大的家伙，死了还想控制朕吗？"孙亮扯断一株连枝带叶的紫菊,愤然抛掷地面,抬脚碾碎,以泄心头怒火。

尾随而至的左右两位黄门侍臣,看穿他心病一般,赔笑说道:"陛下,何必动怒,有损龙体安康。"一个又添油加醋:"陛下,天象异常,想来丞相也是为陛下考量,毕竟陛下年少嘛。"

建业城发生火灾,又逢瘟疫肆行。孙亮有些疲于应付内忧外困的处境。他揉揉眉心,懒得搭理这两个总会有意无意暗示他年幼好欺的宫中老滑头。

"你们就别在朕耳旁聒噪了,容朕安静赏会儿花。"孙亮背对他们怒叱,两位黄门侍臣只得悻悻离去。

碎石花径上落满秋风刮来的枯黄树叶,孙亮踏步徐行,枯叶发出破碎的脆响。前方一头梅花鹿跪伏在高墙的老桑树下,他蹑手蹑脚上前,想要捉住这只灵兽。

梅花鹿见到他,并不惧怕也不逃走,仰起精灵般的小脑袋朝他叫,眼眸里闪耀着孩子气的柔光,与他好似多年的老友相逢。

孙亮大为感动,蹲身从衣袖里摸出装有生花生的锦袋,一颗一颗剥开喂食它。高墙外突然传来呜呜呜的哭泣声,孙亮好奇地爬上老桑树,见到一位身着素白衣裳的妇人,从竹篮内捡起厚厚一沓冥币,燃烧的冥币,灰烬如一只只黑蝴蝶在空中飞旋,她低声哭诉:"姐姐,你们夫妇双宿双飞走了,留下妹妹独自抚育孩子,在天之灵的你们可要保佑妹妹和孩子们的平安啊。"

火光映照她蜡黄、憔悴的面容,孙亮细看,竟然是废太子孙和的嫔妃何姬!

孙亮大惊,悄悄滑落下地,抱起梅花鹿,背靠老桑树呆呆出神。孙峻借口孙和有篡位谋反之意,先斩后奏,传诏将孙和赐死,王妃张怀夕秉承忠贞的志向,"吉凶当相随,终不独活也",亦自杀殉情。这也罢了,刚丧夫再嫁人的朱公主,孙峻还寻个牵连的理由将其强行处死。孙亮猜出定是全公主授意所为,两人罔顾礼义廉耻,勾搭成奸,还处处陷害无辜,天理昭昭定不能轻饶!孙峻啊孙峻,成也是你,败也是你!

孙亮枯坐良久,没精打采回到后宫,一袭桃红锦袍的皇后全意如笑盈盈地迎上来,侍奉他坐在食案前。

"拿酒来!"孙亮瞄了眼丰盛的珍馐美味,想起容色消瘦的何姬祭奠亡者的凄凉场景,顿觉食欲全无,下令把满桌菜品赏赐给宫内别居的何姬。

"陛下,是有什么烦心事吗?"全意如刚封后不久,眉目间尚未褪去初为皇后的喜悦之色。她紧挨他身旁,浅笑低语。

"丞相孙峻病发身亡,朕又少了位重臣。"孙亮举起衣袖假意伤悲地擦拭眼角。

乳母秦氏躬身献上青瓷鸡首酒壶和盛满西域葡萄酒的两个玛瑙酒盏。全意如的衣袖晃动间,差点儿把酒壶掀翻,幸得乳母秦氏眼疾手快,护住酒壶。

全意如端起酒盏,放至唇边又放下,蹙眉叹道:"啊?丞相正当三十有八的壮年啊。全公主若获悉,恐会伤心动情呢。"

孙亮抿口葡萄酒,只觉酒味酸涩难咽下肚,忙要乳母去取盅石蜜来。待乳母秦氏颠颠走出去,孙亮沉下脸来,教训皇后全意如:"别瞎说话!丞相是丞相,无端扯上全公主作甚?"

全意如被吓得粉面煞白,惊惧地俯身磕头请罪。孙亮摆摆手,全意如起身立一旁,不知所措地搓揉手里的绸巾。孙亮毫无食欲,独自踱步出来,举目四望,靛蓝天幕一轮孤零零的明月高悬上空,竟无一颗星辰围绕。他暗自苦笑,皇后年轻无知,乳母愚笨温顺,他虽贵为天子,却是关在金丝牢笼的孤独囚徒。

"陛下,可为因无人可信,无将可调遣所愁闷?"全意如走来,挽住他臂弯,柔声问道。

孙亮不置可否地哦了声,不再多言。宫墙外隐约的蛙鸣,宫内殿宇上枭鸟的鸣叫,让他不由得萌生出冷月寒霜的苦楚。

"陛下常召中书阅览先帝旧事,理当能效法先帝。"全意如的头靠着他,毛茸茸的秀发抵着他下巴,像一只毛发浓密的狐狸温暖着他。

天边冒出几颗星子,月色暗淡,此明彼暗,这世界,悲欢离合皆是平分秋色。孙亮突然灵光乍现:"对啊,朕明日上朝便下诏,征召兵家子弟年十八岁以下十五岁以上三千余人,从中选大将子弟年少有勇力者为他们的将帅,每日于皇苑内操习。"

全意如垂首愀叹:"偏将军孙綝秉事用权,五侯骄奢僭盛,并作威福。《书》曰:'臣之有作威作福⋯⋯害而于家,凶而于国⋯⋯'陛下不得不防啊。"

"无惧!吾立此军,欲与之俱长。"孙亮自有主意,他推断孙綝是听全公主使唤的奴婢,匍匐在更高的掌权者脚下。他厌恨全公主躲在帷幕后指手画脚——当年诛杀丞相诸葛恪的血腥画面,想来就觉不寒而栗。他要尽快脱离全公主的掌控,让孙綝听命于自己。

星象有异,太白犯南斗。

孙亮批阅孙綝递上来的奏折,愈看愈气,忍无可忍,起身推翻书案,堆积如山的奏折"哗啦啦"倾洒在地。

黄门侍郎手捧摆放一碟蜜渍青梅、一盏蒸乳酪的食案,小心翼翼地跨门进来。眼见满地的奏折挡路,他刚俯身要捡,被孙亮喝住:"别捡了,搬去膳房当废柴烧毁!"

放下食案,黄门侍郎壮胆说道:"陛下,此举不妥当吧?臣子们会谴责陛下霸道专横,陛下恐会背负暴君骂名呢。"

孙亮疑心这黄门侍郎都是孙綝安插的耳目,他有意以傲慢的语气冷笑道:"哼,就算礼贤下士,也得分谁!偏将军孙綝的奏折,纯属无稽之谈的废言,当柴火烧都算高看他了。"

"陛下,趁热吃乳酪吧,冰凉了会伤胃。"獐头鼠目的黄门侍郎

560

容色微变,点头哈腰退避一旁。

"竖子可恶!还想教朕为人处世?朕不知过犹不及?"孙亮暗生不快,端起乳酪,三两口吃完这入口即化的乳酪,意犹未尽,欲再来盏给皇后尝尝,却遭到黄门侍郎推三阻四:"陛下,乳酪不多,换羊酪可好?"

孙亮见他推三阻四的,认定这家伙故意使坏,随手抓起铜铸造的香炉朝那黄门侍郎砸去!躲避不及的黄门侍郎脑门霎时破了个血窟窿!血流如注的他号哭着晕厥在地。孙亮若无其事地坐在食案前,一粒一粒挑起蜜渍青梅,安心地吃起来。

不一会儿,身着朱红锦袍的皇后全意如神色慌张,跪地低语:"陛下,因何无故震怒,伤及奴婢?圣人垂训:骄多矜尚,先哲所去。"

孙亮沉吟不语。封全意如为后,岳父全尚任命为城门校尉,接替太常滕胤总领朝政,外戚贵盛莫及,全氏一门的荣华富贵均在他手,干系重大,皇后自然诚惶诚恐。

奴婢们把受伤的黄门侍郎抬走,将地面的血痕清扫洁净,换上散发出缕缕安息香味气的铜铸香炉。窗外的栾树、室内的几案,景物依旧,仿佛什么也没发生。

孙亮闭目享受着蜜渍青梅的酸甜滋味在口腔内回荡的美妙感受,良久方才托着泛酸的牙床,支支吾吾敷衍她:"朕批阅奏折半日,略觉困乏,你先退下,容朕歇息。"说罢,他摊开四肢,侧身倒卧休憩。

"陛下,全公主求见。"侍臣唤醒他时,已是红日西沉的薄暮时分。自丞相孙峻病亡,不知是悲伤过度还是别的缘由,全公主就足不出户。眼下,她终肯现身了。孙亮如临大敌,起身洗把脸,端坐于御座上。

通身翡翠色衣衫的全公主站在开枝散叶如伞状的红叶栾树后,像挂在树枝上的一颗光芒四射的绿宝石。孙亮正襟危坐,故作威严地向她招招手。

门槛外的孙鲁班皮笑肉不笑问责他："业精于勤荒于嬉。陛下果真是明君啊,听说陛下批阅的奏折多得都能当柴烧了呢。"

孙亮怨恨地瞟了她一眼,内心充满怨毒之情——难道身边的宫奴们都成了全公主的眼线?东吴江山的主人究竟是她还是自己?他决定来个下马威,挫挫全公主不可一世的骄纵锐气。

"朕听到传闻,大姐公报私仇,污蔑朱公主是同谋者,丞相孙峻趁机害死她,是真是假呢?"

孙鲁班面色如常,嘴角浮现一抹转瞬即逝的高深莫测的笑意。她举手摸摸插戴灵蛇髻间的金步摇,动作夸张地直奔进来,双手按住书案,瞪得溜圆的凤目直视孙亮:"小虎乃我胞妹,我岂会如此?是朱据的两个儿子朱雄、朱损向我告密!陛下宁愿信造谣的小人,也不肯信我这为你忙前忙后操心的姐姐?"

孙亮被惊得起身倒退,奸诈的全公主反咬他一口,搞得他骑虎难下了。孙鲁班猝不及防捉住他衣袖,正气凛然催促他:"陛下,小虎死得冤枉!冤有头债有主,若追责论罪,就该将那朱雄、朱损两兄弟缉拿处决!"

窗外,栾树的红叶无声无息向下飘落,孙亮原以为孙鲁班只是厚颜无耻,没料到她翻手为云覆手为雨的手段这般了得,怨不得孙峻、孙綝两兄弟能臣服于她麾下。他思索良久,轻轻推开孙鲁班的手,掠过她媚眼如丝的凤目,强笑道:"大姐,处决朱家兄弟容易。可……"他犯难地紧锁眉头,精明算计的孙鲁班应该猜得到他的顾虑。

暮色深沉,几只寒鸦停栖在栾树上呱呱叫,鱼贯而入的宫娥开始陆续掌灯。

两人都不说话,诡异的沉寂后,孙亮见孙鲁班仍旧装傻充愣,只得打破僵局:"大姐,丞相病逝后,其委派的偏将军孙綝独断专横,朕名为君王,实为摆设,先帝含辛茹苦拼出的江山,就任由他们外戚成了坐享其成的摘桃人!大姐,于心何忍啊……"孙亮说到动情处,忍不住啼哭起来。

孙鲁班一愣,往昔气焰嚣张的表情此刻如风雨中飘摇的衰败花朵,她的眼底闪过一抹失神落魄的暗光。凝神片刻,她侧头抽出发髻的金步摇,复而插好,眼神恢复凌厉:"陛下是容不下偏将军孙綝了?"

"非朕容不下他,是他眼里没有朕!威远将军孙据入苍龙宿卫,武卫将军孙恩、偏将军孙干、长水校尉孙闿分屯诸营,重要岗位安插的皆为他的兄弟!他真当朕是个摆设的木头人?"孙亮动气地拂袖怨道。

孙鲁班面色惨白:"那陛下还等什么呢?他若敢谋逆,就得杀无赦!"

"等大姐啊,顺天行杀机。"孙亮暗自松口气,和颜悦色说道。

孙鲁班思忖半日,笑得勉强:"他们孙家兄弟始终是外人!你我才是父皇的子女,大虎自然听命于陛下。"

孙亮喜得起身,绕到全公主身旁,牵住她的衣袖,亲昵地笑道:"朕就知道大姐是深明大义的巾帼英雄。朕即刻传召太常全尚、将军刘承共商大事。"

孙鲁班蹙眉深思,似有所忌惮:"太常全尚惧内,他的妻子又是偏将军孙綝的堂姐……"

朕唯愿能快刀斩乱麻!惧内不过得罪一妇人尔!朕掌握全氏满门的富贵荣华,太常自会权衡利弊,朕信他会识大体!孙亮兴奋地搓着手,满怀信心地打消她的疑虑。

孙鲁班耷拉着翠眉,露出勉为其难的苦笑,垂首躬身,温驯如猫状:"请陛下传召。"

第八十三章　黄昏庭院柳啼鸦

"都是过来人，你爱古色苍茏之慨的秋，本公主则喜葱翠争荣的夏。"

孙鲁班踞坐琐窗前，目视栾树上成串的鹅黄、粉红蒴果，对跪坐身旁煮茶的白秋水感怀。丞相孙峻骤然病亡对她打击甚大，仿佛晴空万里的苍穹倏忽坍塌在地。

白秋水提起煮沸的陶罐，往赤褐色茶碗内注了七分满的猩红色茶汤，双手捧起茶碗，吹掉漂浮茶汤之上的绵密泡沫，递给孙鲁班，躬身回道："奴婢虽喜桂月皎洁的初秋，也爱凛冽萧瑟的晚秋。"

孙鲁班看着猩红的茶汤，类似鲜血的腥味，她反感地把茶碗推还给白秋水。丞相孙峻在梦中见诸葛恪手持利剑刺杀他，惊恐忧惧发病而死。那么孔武有力的勇将，仍然逃不脱成为全公主的男人都得短寿的诡异诅咒。

"三十八岁，正当壮年啊。"就算她要强自负，口口声声不信邪，失去孙峻，等同失去强大的同盟者，孙鲁班的内心早就崩溃得六神无主。

"怨不得你。逝者已逝，全公主，你别自责了。过好你的富贵日子要紧。"白秋水接住茶碗，将茶汤倒进她的茶碗内，浅浅啜饮。

"我的富贵日子？提心吊胆时刻提防遭人陷害的富贵日子？过一日算一日罢了。"孙亮问责朱公主的死因，借此事来敲打她，是警告自己少干预朝政吗？这让孙鲁班胆战心惊——少了孙峻的庇佑，她这只凤鸣九皋的凤凰便折断了翅膀，无法飞天，落魄如野鸡。

"寻常百姓，谁不是过一日是一日呢？谁不是骑着驴骡思骏马，官居宰相望王侯？全公主你不同，你是陛下的姐姐，自然会如东吴江山皇祚永固，福禄连绵。"

白秋水的奉承话，并未博得孙鲁班强颜欢笑。孙亮那日瞪着眼，歪着脖，声色俱厉地逼迫她成为他的同党，反杀偏将军孙綝，陷自己于左右不是人的两难之际。她的好日子还会延续吗？孙鲁班惴惴不安地望向窗外的栾树，累累果实的丰盛，花团锦簇的繁荣，不过是虚假的幻境。她突然有种不祥的预感——明年今日，她还能与此树同在此地吗？

"全公主，不如到建初寺住几日，霜降后，寺院后山的枫叶皆红，绚丽夺目，蔚为壮观。"白秋水看她心事重重，取了彩色披帛，搭在她双肩，提议道。

建初寺的偏殿是她与孙峻幽会的隐蔽处，人去楼空，有何意趣？再者，那后山坡的枫树下埋葬着男宠花萼的尸身——孙峻善妒，将花萼诱入山坡树下活埋。孙鲁班慢慢起身，揉揉酸疼乏力的后腰。

"本公主哪儿也不想去，过来给我捶捶腰。"孙鲁班前倾上半身，白秋水顺从地跪爬至她身后，轻轻搓揉她的腰。

谋反是成王败寇的生死抉择。倘若陛下失算，自己则跟着倒霉，轻者倾家荡产，重者流放处死。孙鲁班愈想愈感心惊肉跳，腰部的疼痛算什么! 她挺直腰脊, 面朝白秋水, 摩挲她柔顺的乌发, 愁苦地哀叹:"父皇若在, 种种困难便迎刃而解。唉, 时无英雄, 使竖子成名!"

"公主是指陛下还是偏将军?"白秋水的笑容恬静, 孙鲁班有些嫉妒她天然一段静气的神韵。

"放眼当下, 谁能与父皇争雄?"孙鲁班不屑地冷哼道。陛下孙亮固然聪慧, 但年轻自负;扪心自问, 南阳王孙和实则是较为合适的君王, 但他恪守孔孟大道, 太过愚忠迂腐, 无狠劲反杀回宫, 只能成为任人屠杀的刀下鬼。

她走至窗前, 碧空浩瀚无垠, 树木焕发倔强的葱翠绿意, 几只蓝尾翠鸟和珠颈斑鸠从房檐飞过, 风捎来晚秋的寒意, 孙鲁班双手合掌, 向隐藏在苍穹云层后的诸神祈祷, 祈愿太常全尚、陛下孙亮猎杀孙綝成功。

白秋水走来, 递给她熏过香的绸巾, 两人并列琐窗前, 眺望高空变化多端的云彩。

"全公主, 为何不想个万全之策的脱身之法?"

"世间可有万全之策? 想要拥有什么, 必会失去什么作为代价。"孙鲁班嗅着肉桂、花椒、栀子花杂糅的芳香味觉, 自己都快修炼成庭院内那株饱经风霜的老树妖了。

"至于脱身之法嘛……"她边说边缓缓转过头, 凝视白秋水那张酷似自己的俏脸, 父皇的话回响在她耳畔:"她既与你相像, 便是个奇缘, 留下她, 替你躲灾避难, 日后派得上用场。"孙鲁班把绸巾塞到白秋水手里, 瞥见她褪色的绿衣肩上起皱的纹路, 她抬手抚平褶皱, 语带双关暗示白秋水:"本公主的脱身之法得靠你成全。"

"奴婢? 奴婢何德何能啊?"白秋水一脸不可思议的迷茫状, 摇头笑道。

"你的脸、你的身啊。李代桃僵, 金蝉脱壳。"孙鲁班揪紧她衣领,附耳说道。

白秋水的表情顿时凝固,孙鲁班知道她也怕死。不慌不忙放开手。短暂沉默后,白秋水敛容正色俯身下拜:"奴婢遵命。公主是要与奴婢互换身份？"

"算你聪明！若太常全尚的后院不起火,过了今夜,自是相安无事。"

孙鲁班赞许地点点头,正要拉她起身,手举在半空,还是放弃。她绕到书案后,坐在胡床内,随意抓一支狼毫笔蘸上墨汁,在摊开的纸上胡乱涂画。

白秋水在一旁,慎之又慎地察言观色:"偏将军孙綝是太常夫人的堂弟,公主忧虑她会向偏将军泄密？"

"换作你是太常夫人,在夫君和堂弟间,会选择谁？"孙鲁班头也不抬,寥寥几笔就勾勒出一朵花的雏形。

白秋水踌躇半日,陷入进退两难的抉择:"自古忠孝难全啊！家国大义是男人们的雄心抱负,儿女私情是女人的软肋。若是奴婢,断然不忍堂弟丧命。"

"夫君就能草率应对？"孙鲁班语带轻佻地嘲笑道。她扔掉狼毫笔,将纸揉成一团弃之。

"可,奴婢从未有过明媒正娶的夫君……"白秋水嗫嚅作答,忽而泣不成声,似乎感怀自身命途多舛。孙鲁班厌恶地挥挥手:"哭什么丧？也不嫌晦气！"

落叶飘零,暮色将至。

灯台的蜡烛剩余短粗的半截,火光闪烁不定,孙鲁班此刻的心境如有芒刺在背。

漫长的等待最折磨人。

明晨见分晓。此番不比当年辅助丞相孙峻谋杀诸葛恪。那时,她能稳操胜券,皆因有孙峻兄弟。短暂数月后,自己竟成杀害孙綝的帮凶,是世事难料,还是诸神的旨意?孙鲁班坐立不安,每一分每一秒,都是如履薄冰的战战兢兢。

"是陛下孙亮翅膀硬了,不甘再受你这妇道人家的掌控而酿出的祸乱。罪魁祸首是你啊!"夜空里传来凄厉的鬼哭狼嚎,如此突兀,惊得孙鲁班头皮发麻。她抽出金刚宝剑,提剑踏步出门,朝空荡荡的院内虚张声势地高声呐喊:

"是谁!是谁在装神弄鬼?"

月光清冷,树影婆娑。

"你若没做亏心事,怕甚装神弄鬼?"一只长尾鸦惨叫着从黑漆漆的殿堂后飞出来,借助微弱的月光,它惨白的圆脸看上去像死人的鬼脸。孙鲁班被吓得将手中的金刚宝剑摔落在地,刺目的剑花四处迸裂。

"啊!来人哪!"

披着单薄素衣的白秋水慌忙拉开偏殿门,如离弦之箭冲来,捡起金刚宝剑,躬身禀报:"全公主,寅时已过,还是进殿歇息吧。"

"寅时刚过?尚有三个时辰,真是度时如年哪。"惊魂未定的孙鲁班捂住胸,软绵绵地揽住白秋水的臂膀,任由她搀扶着进殿。孙鲁班歪躺在胡床上,斜睨着镜中的白秋水,一时,心乱如麻。

不管是陛下孙亮取胜,抑或孙綝战败,明日都是辞旧迎新的日子,孙鲁班突然萌生出梳妆的兴致。

"秋水,赶紧添上红烛,开箱取出新缝制的锦袍,悉数铺在睡榻。本公主要选两套新服赏你。"

白秋水惶惶不安地跪拜致谢:"多谢公主厚爱!希望明日也是公主的大喜之日,让奴婢也沾沾喜气。"

孙鲁班盯着摇曳不定的烛火,忧心忡忡,明日是胜者为王的大喜日。不是孙亮便是孙綝,偏偏不是她孙鲁班。

"秋水,你方才可曾听见夜空下有人在训话?"孙鲁班站在睡榻前,观望着铺陈满满的胭脂红、黛青、朱红、翠绿、茄紫、鹅黄等色泽艳丽的锦衣华服。

"奴婢不曾听见呢,奴婢睡得正熟,是被金刚宝剑敲击青石地板的响动惊醒的。"白秋水手里捏了件白缎紫花的素雅衣裳,爱不释手地放在身上比划着。

"喜欢就去换上,看看合不合身。"孙鲁班顿觉兴趣阑珊。她是千真万确听得清清楚楚啊。

白秋水走到屏风后换衣,孙鲁班打开妆奁,满满当当的金银首饰,光耀夺目。她挑出平日视为弃履的凤首金钗、红宝石耳环、一串金钏、西域的玉石串珠。

"公主,合身吗?"身穿白地儿紫花新衣的白秋水羞羞答答地走出来,站在烛光里,好似一枝绽放在荒凉沙漠里的罂粟花,清新纯洁的背后,隐藏着勾人魂魄的妩媚风流。

孙鲁班竟然看呆了,还真是人靠衣装马靠鞍啊!她热情地拉白秋水坐在铜镜前:"来,来,秋水,重新梳头,就梳和本公主同样式的灵蛇髻。"

"公主,这合适吗?"白秋水难以置信地瞄了眼搁在妆奁上的首饰,畏首畏尾地问道。

"有何不妥?穿戴齐整,你就是全公主孙鲁班。"孙鲁班强行将她按在锦凳上,催促她梳头。

"公主,不是说等天亮以后再论吗?"白秋水抓着玉梳,眼含泪花,不情不愿地哀求道。

"啰唆什么?别给脸不要脸!"孙鲁班怒喝道,扬起巴掌,忍了又忍。

白秋水不再吱声,顺从地对镜梳头。

孙鲁班瘫坐睡榻上,夜空中那人的话语,萦绕耳畔,挥之不去,会不会是诸神在警告,要我逃命去,不然,将会遭到清算?她一个激灵,褪去所有的金银宝石的首饰,翻找了半新不旧的衣裳穿好,外面套上新的锦服,把头发梳成奴婢们的双环髻。

"全公主,我们真就到了要逃命的地步？"穿戴齐整的白秋水,活脱脱就是孙鲁班本尊！她惊愕地望向一身奴婢装束的孙鲁班。

"是大难当头,各自逃命。记住,别叫我全公主,从此刻开始,你是全公主孙鲁班,我,是奴婢白秋水。"

"奴婢是要替公主去送死？"白秋水神色凄楚,她的宿命是替全公主挡灾避祸。

"别那么脆弱,也许死不了。可无论是陛下赢还是孙綝输,他们都不会让本公主好受。"

孙鲁班毫不留恋地推倒妆奁内琳琅满目的珠宝, 望向黑漆漆的夜空,冷哭道。

第八十四章　夜来八万四千偈

晨曦的金光穿过梅花窗棂,倾洒一地的斑驳疏影。早起的鸟雀飞落枝头欢快鸣叫,又是如常的一日。

白秋水抚弄着胸前拇指盖大小的藕粉色玉石串珠,神思恍惚,喜忧半参。仿若做了一场荒唐大梦, 她真就成了位居尊位的全公主?

"秋蝉,见到白秋水了吗?"甘草尖声尖气的呼喊刺破白秋水的耳膜,她悚然心惊,走近斜靠胡床假寐的孙鲁班,慢慢推醒她,惊惶地发出疑问:"全公主,怕不怕府邸上下的奴婢们告发?朝夕相处的她们可瞒不过啊。"

"冬妩、秋蝉、甘草她们三人?"孙鲁班霍然起身,扯开外罩的紫缎披风,双目眯缝着盯了眼洒进屋内的余光,再瞟向堂下计时的漏刻,喃喃说道:"喔,曙光重现,太常府和太初宫派来送信的人也该到了。"

白秋水下意识地走至门前撩开幕帘,刚探出半个头,就被秋蝉的叫声惊得缩回了头，噔噔后退："全公主，今儿怎么起了个大早？"

是秋蝉眼瞎，还是自己扮相与全公主难辨真假？孙鲁班是日上三竿不下榻的富贵公主，她们则是鸡鸣三更，星光还若隐若现的时辰，就得下地为府君及其家眷们干烧水、打扫庭院等杂活的低等奴婢。

"有何感受？全公主。"孙鲁班戏谑道。她把手搭在白秋水的肩上，嘴凑近她耳，吹出的黏糊糊热气，像刚出洞穴的青花蛇缠绕她。白秋水难为情地歪歪头，趁机挪开她的手："全公主就别取笑奴婢了。"

"全公主，太常府来人报信了。"身着酱紫色衣裙的甘草卷起幕帘，一头直冲进来。

白秋水紧张地转身背对甘草，孙鲁班掐了把白秋水的手背，示意她问问太初宫。白秋水忍痛鹦鹉学舌重复道："太初宫那边有信吗？"

"呱呱呱"，一群黑鸟突然从栾树枝头怪叫着飞向高空，它们受到惊吓的怪叫声，纵使在青天白日，都让白秋水生出汗毛倒竖的恐惧感。

甘草不明就里，呆头呆脑地东张西望一番，拍掌欢叫道："冬妩姐来了。"白秋水侧过身，眼尾余光瞥见侍女冬妩裹了身枣红色旧衣衫，立在门外，屈身禀报："全公主，陛下派黄门侍郎送信来了。"

孙鲁班的脚踩住白秋水的裙摆，白秋水闭目深吸，竭力学着孙鲁班冷漠、傲气的腔调，从鼻孔里哼出短促的话："信呢？"

"回全公主，是邀请您午时到太初宫朝贺的口信呢。"

午时朝贺？白秋水甚觉怪异，与孙鲁班异口同声而出："朝贺？"

"黄门侍郎所言如是。"

"莫非太常府送来的也是口信？"白秋水听见自己模仿的语调

极似孙鲁班,不知是福是祸的惊惧弥漫全身。

"全公主聪慧,太常府送来的是……这也算是书信吗?"甘草歪着脑袋从袖里摸出张并无文字的白绢汗巾,铺陈在案。白秋水注视四角刺绣橙色罂粟花的汗巾,疑虑重重。她无助地望向孙鲁班,后者拢起阔袖,手指点向两位奴婢:"你们都退下!"不过瞬间,她改变主意,温柔笑着招手,道:"不,先回来!"白秋水急忙闪身一旁,静观事变。

冬妩、甘草两人乖乖下跪聆听指示。孙鲁班望向门外苍白的日光,几只灰麻雀滑进光晕里,低头寻找缝隙间的口粮。白秋水大气也不敢出,全公主沉默良久,昔日流光溢彩的凤目折射出暮色沉沉的灰暗:"去唤秋蝉来,本公主有要紧事问话。"

"公主,让奴婢去吧。"白秋水突然意识到全公主的恶意,以近乎哀求的语气恳求。全公主仰起脸,面带冷酷而残忍的笑意:"甘草、冬妩,还傻站着做甚?秋水,你得侍候本公主更衣、进宫、朝贺。"最后的这句话,带有胁迫的戏弄意味。

白秋水扶她在铜镜前坐好,一面手握玉梳替她梳头,一面轻言细语赔笑道:"全公主,方才秋蝉就没看出端倪来呢,她们三个,眼拙又愚笨呢。"

"眼下想替她们求情饶命?迟啦,不是你提醒,我还大意了呢。"全公主俯身在怀里的缎面匣内翻找什么。忽而,她扭头摊开手,掌心三颗珍珠大的朱砂色丹丸赫然在目!公主是要用毒药毒死她们?白秋水被吓得松手摔掉玉梳,那玉梳竟然裂成碎片。

全公主没动怒,慢悠悠地吹口气:"甭说她们,我与你,就连宫里的人,谁都是迟早要死的,何须大惊小怪?"

"始终是奴婢害了她们呀。"白秋水难过地自责。

"宁肯操她们的闲心,都不顾虑自个儿的性命?你还想当圣人不成?"全公主眯起吊梢凤眼,咬牙憋气骂道。

573

"喵喵喵",房顶突然传来无数只野猫狂叫的喧嚣,好似全城的野猫齐聚在此。"怪哉,并非野猫发情的春天啊。"白秋水深感不安,走到窗前,不等她推窗观望,甘草、冬妩、秋蝉三人慌慌张张冲进来,惊叫道:"全公主,将军府被重兵包围了!"

孙鲁班充耳不闻窗外事,摸出朱砂红丹丸,令三人张开嘴,朝每个口里硬塞一颗:"你们来得正好,吞下这驻颜益寿的西域仙丹,就能万事大吉了。"

"全公主,不,不会是要毒死奴婢们吧?"秋蝉吞下后,神色不自然地笑问道。

孙鲁班嘴上云淡风轻:"毒死你们,谁来伺候本公主吃喝拉撒?"她监督着冬妩、甘草吞咽药丸后,将三人赶鸭子似的撵向屏风后的暗门:"宫里出大事了,你们快躲进内室。"

白秋水死死咬住下唇,强忍悲痛。姐妹本是同林鸟,大难到头各自飞。她还有比这更重要的事要应付。孙鲁班锁死暗门,拍拍手掌,神色轻松地扯起紫缎风袍披在白秋水身上,拍手欢笑道:"这世间,再也无人能揭穿真假全公主了。"

白秋水心如槁木,世事荒唐不公,孙鲁班享用了半生富贵,轮到要渡劫难,便将她这卑贱的肉身推出来渡劫。

"宫里真出事了?"白秋水心存侥幸凝视孙鲁班。孙鲁班翻翻眼白多过眼黑的凤目,处变不惊地点点头:"肯定出事了,且是天翻地覆的大事。"

白秋水的泪水情不自禁地流出来,不仅为自身的性命堪忧伤悲,还为这今日不知明日事的变化无常落泪。

"捉拿谋反同党孙鲁班及其余党!"伴随着惊天动地的呼喊声,偏将军孙綝带着一队精兵强将冲进来。

孙鲁班早换上白秋水的装束,两颊涂好几个醒目的黑点,黑发里泼洒些白粉,远看就是位面相老成的老妪。她叮嘱白秋水定要装出不可一世的自负神态与孙綝周旋。

"大虎恭喜偏将军得胜归来。"白秋水瞬间孙鲁班附体,她平静地环顾四周的将士,坐在交椅内,无惧生死地说道。

偏将军孙綝站在她面前,脸上露出劫后余生的奸笑:"全公主,念在堂兄的情分,姑且再称你声全公主。你竟敢串通陛下、太常谋害本将军,真是不知廉耻礼义、反复无常的卑鄙小人!"

"偏将军已是胜者为王了,何苦还来羞辱本公主作甚?"

"胜者为王?我们孙家两兄弟为你们孙氏姐弟抛头颅洒热血卖命,你们姐弟反倒来算计我?恩将仇报!没取你性命,羞辱你算什么?"

面对充满杀气的孙綝,白秋水低头盘算着如何作答时,孙鲁班突然插话开脱罪孽:"我们家公主是被逼无奈,要怪也是怪陛下,皆是他强迫她,望将军能轻饶恕罪。"

孙綝冷眼斜视着她,阴阳怪气地骂道:"哼!你个奴婢算什么东西?陛下追责朱公主死因,全公主推责给朱据的两个倒霉儿子背锅替你消灾免罪,莫非全公主又想故技重施?"

"将军打算如何处置呢?"白秋水猜出假传入宫朝贺的消息是孙綝用来稳定人心的缓兵之计。

"我已派人攻杀将军刘丞于苍龙门外,废黜陛下为会稽王,召大臣们入宫;至于全公主你嘛,流放豫章郡,即刻动身!"

流放豫章郡好过被诛杀。白秋水暗想孙綝对她们还算是网开一面,她转向孙鲁班,见她的眼泪如断线的珍珠扑簌簌滴落。

"国不可一日无君,废黜陛下,将推举何人继任为王?"白秋水忍不住斗胆多嘴。

孙綝趾高气扬地捻起胡须,大笑道:"此事就不劳全公主费心。后宫做过龙梦的夫人,可不止潘皇后一人,琅琊王孙休的母亲王夫人不也做过龙梦?都是先帝的血脉,琅琊王孙休可堪大任。"

怪不得要来处置孙鲁班了！琅琊王孙休的夫人朱砂是朱公主孙鲁育和朱据之女，既推举孙休为王，他日，朱砂便是王后。她肯定会报孙鲁班的杀母之仇。白秋水还想再追问，孙綝假惺惺地关怀道："全公主，穿厚实点。豫章不比建业繁华，好在豫章盛产樟木，那是制作棺椁的好料，免去你死无葬生之地的后顾之忧。"

言毕，孙綝走到门前，蓦然回首阴笑道："听丞相提及全公主有把金刚宝剑，是个稀罕的宝物。"

不等白秋水回应，孙鲁班气咻咻地取下墙上的金刚宝剑，重重丢向地："拿去！"

"将军，全公主府内比金刚宝剑值钱的宝贝多了……"有位贼眉鼠眼的老兵贪婪地四处逡巡。

白秋水急了，捡起金刚宝剑横在脖颈间："将军没听过圣人言，见小利，则大事不成？将军真要血洗府邸，本公主便自刎！看将军有何颜面向先帝、丞相孙峻、继任的新帝交代！"

孙綝似乎被震慑住了，他面有愠色地慢慢拔出白秋水手里的金刚宝剑，不声不响跨步出门。那帮将士尾随他而去，将整座院落包围。

孙鲁班神色哀婉地埋怨："他们又去讨好新帝！插翅难飞了啊，可恨孙亮，不知'君不密，则失臣；臣不密，则失身；几事不密，则害成'。提醒过他不可信赖全尚操办，偏要一意孤行，落得个一败涂地的下场，连累了本公主。"

"事已至此，抱怨无用。"白秋水比她要冷静。

"择些金银细软换上棉袍、裘衣，活命要紧！"孙鲁班知道大势已去，慌忙下令。

午时刚过，白秋水和孙鲁班就被押送上牛车，先出宫门，再出城门，上到银杏树叶飘黄的官道。

上路后，白秋水就塞了袋金叶子给押送的官兵，她和孙鲁班才未受尽刁难与羞辱。

黄昏时分,到了名为"昼锦亭"的驿站,白秋水和孙鲁班跳下牛车,她们要在此过夜。

破败失修的昼锦亭外,有一排树叶凋零的苦楝树,斜坡下是几十棵花开得密匝匝的金桂树,稀稀落落的橘红色金桂花粒,有的飘在灰黑色房顶瓦片上,有的落在青苔石地板上,风吹来,卷起馥郁的浓香。

"乡村郊野的桂花开得这般绚烂,这般不管不顾,也是奇了。"孙鲁班站在花树下感叹。她回过头,于袅袅炊烟遮蔽的模糊轮廓中寻找建业城的方向。白秋水扯下一根结满果实的桂花树杈,递给她闻香。

"我们还能重回建业城吗?"注目寒鸦枯叶的衰败景象,白秋水满怀眷恋地自语道。

"你们啊,就尽情闻闻桂香,明日后的路途坎坷崎岖,可不太平。"押解两人的小吏走来,他长了张一团和气的黑圆脸,额头的三道紫红色如蜈蚣的刀疤,显得面目狰狞。

"路上有官爷你照拂,不就是太平坦道?"白秋水违心地满面堆笑恭维他。

小吏揉揉额前的蜈蚣疤,伸脚踢了踢卷边的树叶,摆头道:"不然!不然!每到下一个驿站就会把你们交当地官吏,由他们押送。冥府那些黑白无常的妖魔鬼怪都会出现。"

白秋水听得不寒而栗。孙鲁班走来,将金桂花枝条塞给她,语气决绝:"全公主,是福是祸躲不过!就算前路有刀山火海、万丈深渊,不还是得设法越过去?与其忧心,不如放心蒙头大睡。"

黑圆脸的小吏指着孙鲁班,咧嘴大笑:"是咧,这位大姐言之有理。全公主,吃好喝好睡好,才能与修罗场的那些妖魔鬼怪斗智斗勇啊。"

白秋水嗅着金桂的花香,不知所措。

次日晨起,孙鲁班就在嚷嚷肚疼拉稀。看她唇色发紫,白秋水便将裘衣丢给她穿。

孙鲁班如厕许久不见归来,白秋水也没当回事——孙鲁班素来就是慢条斯理的习性。她正在整理行囊,小吏闯进来说,孙鲁班途经桂花树,失足跌落山崖,该是丢了性命。

白秋水猜到孙鲁班是诈死逃命去了。前方的路,便是她这位假冒的全公主踽踽独行。她压抑着悲痛与不安,神色木讷地说道:"死个奴婢而已,我们上路吧。"

爬上牛车,白秋水握着昨日采摘的桂花枝条,忍不住回望驿站门前那些苦楝树后的金桂花树林,桂花的芳香依旧,闻花香的人却少了一位!孙鲁班滚落山下,是伤是死,顾不得了。上空飞来只黄蓝羽色的怪鸟,在她头上叽叽喳喳盘旋,好似孙鲁班的叮咛:"姐妹本是同林鸟,大难临头各自飞。"

人生如逆旅,相逢即注定会别离。白秋水想起失散的父亲与妹妹、病亡的全琮、被毒死的冬妩、甘草、秋蝉,诈死的孙鲁班……

她的泪水几乎夺眶而出,便仰起脸,硬生生将眼泪憋回去。秋风乍起,冷得她瑟瑟发抖。白秋水心有戚戚地眺望前方。此去豫章,生死难料,她这位失势的全公主替身,此刻真成了一株深山幽谷的"独活"药草了。

第八十五章　月华如水过林塘

寥廓天地,残阳如血。

满山殷红的枫树,焕发出蓬勃、旺盛的生命力。琅琊王孙休与夫人朱砂踩着满地松软的银杏落叶,如在云端漫步。

此地是永昌亭,距建业城不过十里地之遥。回首身后峰峦叠嶂的群山淡影,孙休悲喜交集——父皇七子,逝者四人:孙登、孙虑、孙和、孙霸;生者三人:他、齐王孙奋、会稽王孙亮。

当偏将军孙綝派遣宗正孙楷与中书郎董朝往虎林请他为君时,孙休且惊且疑——武卫将军孙恩行丞相事,率百僚以乘舆法驾迎于永昌亭,以武帐为便殿,设御座。

"谁能预料,本王还能回宫?若母亲在世,应会欢喜落泪吧?"

"继承皇位,荣归故里。人生大喜莫过于此。奈何父母俱亡,无法同欢庆。"朱砂递给他一方锦帕,同样五味杂陈,百感交集。

朱砂的母亲朱公主死于全公主的恶意陷害,孙休伸手搭向她腰,安抚道:"夫人莫忧,将军孙綝已将全公主一行驱逐出宫,贬到豫章郡。往后余生，她都不可能再有回宫之日！"

"可惜人死不能复生。"朱砂微合凤眼，泪盈于睫。孙休不想她沉浸在悲伤的往事，拉她走向前方的拱门石桥，桥上的石刻神兽貔貅憨态可掬。孙休抚摸着覆盖貔貅脑袋的青苔，喜忧参半："真是时也运也，半点不由人。废太子孙和遭谋害，少主孙亮继位，君王的宝座走马灯似的换人，可谓步步惊心啊。"

一片红叶飘落于貔貅的脊背，朱砂捡起红叶盖于貔貅头顶，怔怔望着桥尾苍翠松树后蜿蜒如蛇的土褐色泥路，低声问道："夫君是心存犹疑，才会留一日二夜，遂发？"

孙休沉吟不语，他当然惧怕。"南宫之争"废太子孙和被毒酒鸩杀，鲁王孙霸一伙被诛杀，谁都没落个好下场！就算扶持了少帝孙亮，还不是说废黜就废黜？对于操纵权力的人而言，立谁为君，不过是一场儿戏。

再者，昔魏武王受王爵之时，三辞而诏不许，然后受之。若非行至曲阿，路遇白头老翁叩头曰，"事久变生，天下喁喁，愿陛下速行。"他仍不敢轻易进宫。

孙休俯身桥栏，静止的蓝墨色河面漂着稀疏的红黄落叶，像是藏匿秘密的浑浊暗流。他目视爬满青苔的桥墩，心有戚戚："同为孙氏宗族的血肉至亲，意合则胡越为兄弟，不合则骨肉为仇敌。本王岂能不谨小慎微？就如这龙子貔貅，不漏则藏。故鸟兽不厌高，鱼鳖不厌深。夫全其形生之人，藏其身也，不厌深眇而已矣。"

松树的浓密树梢传来寒鸦的悲鸣，于潮湿阴冷的林间，显得愈发凄苦、幽冷。朱砂高举青绿色镶银边的衣袖，抹抹眼角，欢颜舒展："大喜之日，说这些伤心话作甚？妾身想进宫看看母亲当年居住的燕喜堂那片紫竹林尚在否呢。"

"莫要心急，本王也要三顾茅庐，三请三辞。"孙休掸落肩头碎叶，兴致益然地长啸数声。清朗的啸声隐隐回荡林中，经久不息。

一串沉重的脚步声由远及近，孙休抬起头，见到长水校尉张布大步前来，身后跟着抬乘舆的宫奴们。

张布是跟随孙休多年的心腹老将。此刻，这满面春风的家伙急切地叩头拜曰："陛下，武卫将军孙恩率群臣于便殿恭候圣驾多时。"

朱砂闻言，忙推着他走向乘舆，催促道："气温骤降，夫君还是随校尉去吧，别让群臣染了风寒，连累你。"

"让他们多等等有何不妥？偏将军孙綝到哪里了？"孙休任性地摸了摸石刻貔貅线条笨拙的脊骨，想要摆摆君王的威严派头。

"回禀陛下，偏将军以兵千人迎于半野，拜于道侧，恭迎圣驾。"

孙休看天色将晚，便随张布登舆前行，并决计先不到偏殿接受群臣拜贺，住东厢房以表谦让。

孙恩捧玺符，户曹尚书赞奏，孙休三让，群臣三请，孙休这才惺惺作态地起身曰："将相诸侯咸推寡人，寡人敢不承受玺符！"

群臣伏地齐声称颂完毕，空中突然飞来五只羽色绚烂的大鸟停在廊下，百官顿时欢呼雀跃："吉兆！瑞鸟降临，天意如斯！"

端坐御座的孙休，心如止水。

群臣散去，孙休独站于太初宫的神龙殿内，恍如置身梦境。他想起初次拜见父皇，他还是紧张不安的翩翩少年。那时，父皇宠爱的是宣太子孙登、建昌侯孙虑、太子孙和及鲁王孙霸，自己和齐王孙奋因母亲不得宠，并不受他待见。

父皇身边总立着女扮男装的全公主。他记得，目光之凶猛更胜以往的全公主总会对母亲投以鄙夷的表情。孙和被封为太子后，他的母亲王夫人借此机会，要父皇将别的妃嫔迁出建业城，到各自的封地长居。

作别母亲南阳王夫人居住的燕喜堂，那日早晨，母亲偷偷告诉他，她怀孕前，数次梦见有条隐藏在云团的黄龙追赶她，龙头昂扬，龙身游动,可她怎么也见不到龙的尾巴。

孙休当时正为离开熟悉的宫廷而伤悲,甚至还迁怒母亲无能耐留在宫中:"母亲,神龙见首不见尾。梦龙的夫人不止你一人,何况太子已是孙和!"

南阳王夫人伤心欲绝,哀哀哭泣。孙休于心不忍,只得拿话诓她:"也是,你们都是吴王的女人,所生皆为龙儿。只不过龙生九子,九子不同命罢了。"

坐在马车上,母亲泪水涟涟地痴痴问他:"子烈,有生之年,我们母子还能有回宫之日吗?"

孙休无言以对,认为母亲是在痴人说梦,他的封地在丹阳郡,父皇做主把朱公主的女儿朱砂嫁他为妃,此生,他们的命运应该是终老封地,客死异乡。

往事如烟,孙休收回思绪,神色肃穆地朝向燕喜堂方位,磕头祈祷:"母亲,儿臣衣锦还乡回宫了!儿臣成为东吴的君王,母亲在九泉之下得知,定要庇佑儿臣文成武德,皇祚无极。"

翌日,永安元年冬十月壬午日,孙休上朝,御正殿,大赦天下。诏曰:"夫褒德赏功,古今通义。其以大将军綝为丞相、荆州牧,增食五县。武卫将军恩为御史大夫、卫将军、中军督,封县侯。威远将军据为右将军、县侯。长水校尉张布辅导勤劳,以布为辅义将军,封永康侯。封孙皓为乌程侯、皓弟德钱塘侯、谦永安侯。"

下朝回后宫,朱砂迎上来,侍奉他换上常服。孙休坐于书案,俯首翻阅书册,朱砂立在身旁,默默磨砚不语,夫妇恍如回到在虎林当琅琊王的清闲时光。

"陛下可在?"隔着棕色幕帘,孙休听见有人在问当值守卫。

"回将军,陛下在里间看书。"

孙休辨出是辅义将军张布的嘶哑嗓音,他放下书卷,起身蹑步至窗前,见到一只虎纹长尾野雉从假山上跳下地,忙向后招招手。

朱砂会意,递给他弓弦和弓箭。他凝神屏息,搭弦射箭,哪知,箭仅从野雉尾巴穿过,刺进地面,野雉咕咕叫着逃跑了。

孙休刚丢下弓弦,身披黑斗篷的张布掀开幕帘,跪地拜曰:"陛下锐意典籍,欲毕览百家之言。好则好也,但当下执掌朝政,应以政务要紧哪。"

朕平生所好不过林下射雉,窗前读书而已,坐上御座,反得不自在。孙休心中愠怒,闷声不吭地端起茶盏,抿口香气馥郁的桂花茶,不紧不慢道来:"书籍之事,患人不好,好之无伤也。此无所为非,而君以为不宜,是以朕有所及耳。王务学业,其流各异,不相妨也。"

张布神色惶恐,拜表叩头,孙休笑道:"君之忠诚,远近所知,往者所以相感;今日之巍巍,皆君之功也。《诗》云:'靡不有初,鲜克有终',终之实难,君其终之。"

张布这才面露笑容,向前挨近一步说话:"陛下,臣从越南擒获数只羽翼漂亮的野雉,散养于西苑,何时得空,臣陪你射雉?"

往年是春、夏两季到城外的密林山涧射野雉,眼看入冬,荒郊野外秋草萋萋,野雉也难觅踪迹。能在宫内过过手瘾,孙休当然乐意。他放下茶盏,兴冲冲地俯身拉起他,掀帘出门:"君知朕心!现时就得空,现时就去!"

出得门来,他的坐骑黄骠马便朝孙休昂首嘶鸣。孙休翻身上马,张布跃上他的枣红马,两人手挽缰绳,纵马驰骋,冲向西苑。

西苑内的参天古树,假山藤蔓,浅滩芦苇,均被寒霜点染,静悄悄地毫无声息,哪见什么飞禽走兽的踪迹。孙休手持长弓,东张西望一番,不免有些泄气:"野雉怕冷,不是躲进树洞,就是占着鸟巢,如何射杀?"

"赳赳武夫,能狩能战!陛下,臣变个戏法博君一笑!"张布冲着芦苇丛击掌,"咕咕咕",数十只毛色艳丽的野雉边叫边飞出来,孙休一时眼花缭乱，耳旁鼓声震天，芦苇丛里冒出战士们威武的身影，他们边敲鼓，边高呼《诗经》《国风·周南·兔罝》："肃肃兔罝，椓之丁丁。赳赳武夫，公侯干城。肃肃兔罝，施于中逵。赳赳武夫，公侯好仇。肃肃兔罝，施于中林。赳赳武夫，公侯腹心。"

孙休听得热血沸腾，仿佛回到战场厮杀！他兴奋地跟随鼓点节奏，追逐仓皇逃窜的野雉。

射了约十只野雉，孙休就累得大汗淋漓，真是许久未曾感受过的快意！他抛下长弓，平躺于曲廊的胡床，边擦汗边喘息。

"陛下，臣的戏法还能入陛下慧眼吗？"张布俯身在地，虚情假意地问道。

"明知故问。出身热汗，浑身舒坦。"孙休斜睨着卑躬屈膝的他，他的身后皆为阿谀奉承之辈。

"陛下，臣听闻恩宜自淡而浓，先浓而后淡者，人忘其惠；威宜自严而宽，先宽后严者，人怨其酷……"

孙休不耐烦地摆摆手，张布立即噤声不语。孙休翻起身，充满警惕地直视张布那双熟悉的虎眼："将军引经据典，是何用意？"

瑟瑟秋风萧瑟，芦苇轻舞飞扬。

曲廊里就剩下孙休和张布二人。张布垂首低语："陛下，丞相孙綝一门五侯皆典禁兵，权倾人主，有所陈述，敬而不违，恐其有变。那前丞相诸葛恪可就似他今日的权势滔天。"

"他是他，诸葛恪是诸葛恪！"孙休明白，张布是不满，甚至是嫉妒位高权重的丞相孙綝。当年孙峻和孙亮密谋，杀死诸葛恪并灭其三族，看似为孙亮除掉尾大不掉的权臣。孙峻死后，孙綝不照样反攻孙亮，废黜他为会稽王？

倘若孙氏宗族还要如此轮番内讧，先帝旧日的辉煌，尚能延续多久？孙休一时顾虑重重，迟疑不决——他被封琅琊王时，张布是服侍他的左右都督，素见信爱，及至践阼，厚加宠待。

孙休微闭双目，揭穿张布的心思："将军是想取丞相而代之？"

"陛下，一朝天子一朝臣，本当如此。丞相孙綝昨日敢逆谋废黜孙亮，今日他功高震主，这般性情反复无常的狡诈之人，不得不防啊。陛下，卧榻之侧，岂容猛虎相伴？"张布被揭穿心思，索性摊开来，处处击中孙休要害。

孙休听得心惊胆战，明白丞相孙綝不能久留："君可想好应对计策？"

"陛下，臣打探了，十二月戊辰腊月初八，百官朝贺之际。"张布举起手掌，做了砍头的动作，左右张望，生怕被人知晓。

孙休环顾四周，若有所思。丞相孙綝死不足惜，远在会稽郡的会稽王孙亮才是他的心头大患，毕竟孙亮是父皇指定册封的少主。

"潘皇后的姐姐、姐夫也随孙亮流放会稽？"

"陛下忽而提及不相干的小人物作甚？"张布神情纳闷地皱眉追问。

孙休无语轻笑，想起诸葛恪死前建业城内就有童谣兴起，大约是说人也能被文字、隐喻诅咒而死。他揉揉耳垂，出其不意说道："将军没听闻会稽郡有谣言四起，曰会稽王孙亮当还为天子，而亮宫人告亮使巫祷词，有恶言？"

空气里飘来一股烤红薯的甜香，张布舔舔嘴皮，抓耳挠腮想了想，心领神会地阴笑道："陛下，臣现在不就听闻了？先擒丞相孙綝，接着是会稽王孙亮。"

"不分先后，同步行动。"

下完诏令，孙休且喜且忧。杀掉孙亮，他便能高枕无忧。剩下的齐王孙奋不足为虑。他定要成为贤君，佐证自己厚德配位："朕以不德，托于王公之上。夙夜战战，忘寝与食。"以此告慰母亲、父皇的在天之灵。

第八十六章　谁家玉笛暗飞声

霜降，浅碧露凝华，霜寒木叶秋。

孙鲁班从昼锦亭驿站的山坡滑落进密匝匝的芭茅草丛，幸无大碍，她颤颤起身，放眼望见白茫茫的皆是野蛮生长、开着花穗的芭茅草。天助我也！广袤的芭茅丛就是绝佳的藏身处。

不过须臾间，她的喜悦之情就被望不到尽头的芭茅丛冲散。天黑前，必须得走出这片芭茅草丛，不然，迷失在此，夜晚若遇猛兽出没，可就性命堪忧了。

孙鲁班拨开芭茅草，尖锐似剑的叶片割破她脸颊，她忍痛狂奔于繁密的芭茅草丛中，不停奔跑，生怕走不出这片芭茅草的丛林。

跑了大半日，她已累得精疲力尽，前方的芭茅草丛逐渐稀疏，地势开阔的前方岔开一条褐红色的田字格菜地，栽种着绿油油的菜苗，菜畦尽头是青石板铺就的官道，两旁是树冠齐整、赤叶红胜火的乌桕树，几只乌鸦立定树梢，呱呱如哭的啼叫，在空无人烟的旷野回荡，使人心生恐惧。

"躲到何处安全呢?"她揉着剧烈跳动的心脏,气喘吁吁地挪步至乌桕树下,舔着手背渗血的伤口,思索自己的出路——她为全氏家族苦心经营的满门荣耀,随着太常全尚谋反失败而灰飞烟灭;承袭父亲爵位的全怿统领部曲,救援寿春时,中了司马昭奸计,率众打开东城门投降曹魏,被封为平东将军、临湘侯,她的儿子全吴,被封爵为都乡侯,她若去投靠儿子就会连累他,大难临头,唯有独寻活路,各自安好。

农舍前一丛直插云霄的芭蕉树,给了她扑面而来的熟稔感,脑海里灵光乍现,建初寺偏殿墙下就有这样一丛芭蕉树啊。

"回建初寺?"犹如福至心灵,孙鲁班仰望湛蓝的天空,雪白的云朵不停变着戏法,孙鲁班闭上眼,相信自己的直觉,最危险的地方最安全,她要设法回到建初寺避难。

满天星辰的夜空,像缀满宝石的斗篷。孙鲁班冷且饿,灰头土脸地从建初寺的后门爬上高墙,经过庙内矗立的阿育王塔,摸索到偏殿的芭蕉树,见到窗户透着盈盈烛光,孙鲁班心存疑虑,谁会在偏殿内呢?

她刚踮起足尖,欲偷看个究竟,窗内响起熟悉的沙哑嗓音:"故人归来,别来无恙?"

是建初寺的沙门,西域的黑面老僧!她喜得推窗翻身爬进去,一屁股坐进胡床,黑面老僧手持灯台,移近孙鲁班面前仔细瞅了瞅,笑道:"全公主破相了?"

"破相?我的脸怎么了?"孙鲁班惊惶不安地摸了摸脸,指尖触碰到的是一道道纵横交错的伤口。她惊恐地缩回手,举起衣袖遮住半边脸,不悦地纠正道:"师父认错人了,我可不是全公主。"

黑面老僧笑了,脸颊深陷的数颗黑点蕴藏着看破红尘的淡然:"你是全公主也好,不是也罢,在贫僧眼里,均不着于相,众生平等。"

孙鲁班如释重负，强笑道："祸兮福兮，破相也好。我不过是一个想求沙门收留、苟且活命的凡人。"话虽如此客气，她仍一动不动。

黑面老僧的琥珀色眼珠闪烁着看破不说破的慧光："芸芸众生，谁不是肉眼凡胎的一粒星河尘埃？建初寺本是吴王出资所建，自然可供东吴的子民享用。"

孙鲁班暗想，这西域的沙门竟通达人情世故，怪不得能说服父皇出资建庙。她长松口气，目光所到之处，皆是既熟悉又陌生的陈设摆件，她明白，自己身份转换，一切需要从头开始。她望向窗外，那一丛高大的芭蕉树叶挺立于夜色，如同一尊守护神。她想起白秋水在芭蕉叶上刺绣经文的画面，谎称道："沙门师父，我会抄写经文。"

黑面老僧端着灯台走到门前，回头笑道："好！庙里正需要抄经人！朝代更迭，变化无常，富贵贫贱，朝夕之间。这偏殿想来与你有缘，你就住这里便是。"

孙鲁班求之不得，侥幸活命又侥幸有个容身之地，她感恩戴德地向黑面老僧行礼致谢。

黑面老僧眼帘低垂，单掌回礼："你该谢的人是先帝吴王。你和先帝有深厚的业力纠缠。建初寺乃他当年的一缕善念，你来缔结善缘。"

孙鲁班听得潸然泪下，原来她这一生，真正眷顾她、照拂她的唯有父皇！夫君、儿子皆靠不住。眼下这般落魄的困境，若父皇在世，不知会作何感想？她背转过身，强忍不住哭出声来。

四周静寂，时光仿若灯台的烛泪凝固。

"无念，贫僧为你取此法号，可好？"黑面老僧一脚跨出门，忽而回首问道。烛光映照着他琥珀色的眼睛，好像夜空最亮的星辰。

"无念？沙门是想我放下所有，无所挂念？"孙鲁班琢磨着法号的寓意,脱口而出。

"无念,夜安。"黑面老僧并不解答,随手关门离去。孙鲁班呆坐许久,禁不起困意涌来的疲惫,和衣而眠,她睡得正昏沉,婉转悠扬的笛声似一支冷箭穿破夜空,刺中她心脏!孙鲁班悚然惊醒,蓦然记起擅长吹笛的花萼就被孙峻活埋在寺庙后山坡的树下。

那日,浑然不觉危险的花萼晨起照旧来到窗前吹笛唤醒她,一曲终了,花萼并未离去,动听的嗓音在潮湿的晨雾中如悦耳的黄鹂鸣叫:"全公主,后山坡的柿子熟了,奴婢去摘些红柿子给公主讨个好彩头。"

孙鲁班尚未回话,躺在她旁边的孙峻翻身起来抢先答话:"等等,本将军陪你去。"

"将军和他去后山坡作甚? 花萼乃恂恂公子,别欺负他。"孙鲁班扯住孙峻强壮的臂膀,怕他会对身娇体弱的花萼图谋不轨。

"是,他是恂恂公子,美色无边。"孙峻出言不逊,冷嘲热讽道。

"将军是有匪君子,终不可谖兮。"孙鲁班情知他吃醋了,忙出言抚慰。

"他能摘柿子,将军我就去捡银杏果,公主不是喜闻熟透的银杏果的腐烂臭味?"孙峻坏笑着亲了亲她,下地穿衣推门出去。

落霞满天时分,孙峻带回一篮子臭烘烘的银杏果独自归来,孙鲁班追问他花萼的行踪,他神色可疑,闪烁其词地敷衍道:"谁让他生得细皮嫩肉,活该成为猛兽的猎物!"

至此,孙鲁班不再过问。

纵深的殿堂内似乎仍有余音绕梁的笛声隐隐。回首半生,孙鲁班滥杀无辜者众多,皆能心安理得、理直气壮。唯独对屈死的花萼,她满怀愧疚,与世无争的花萼,偏遇上嫉妒心重的孙峻,引发无妄的丧身大祸。

"花萼,花萼,对不起……"孙鲁班捂面哽咽,自责地喃喃自语。

鸡鸣三更天,孙鲁班止住伤悲,见窗外透进朦胧光影,往常此时,奴婢白秋水就会进来侍奉她梳洗。

人生的变数,此一时彼一时。白秋水替代自己的罪臣身份,被贬向豫章郡。长途跋涉,沿途凶险异常,稍有变生不测,便性命难保。

"秋水,看你的福分和造化了。"孙鲁班默默念叨。此刻,两人都是泥菩萨过河自顾不暇,唯有听天由命。

借助窗棂的一束曙光,她见偏殿陈设依旧,忙翻找出以前存放内室的衣物,所幸,里间的洗漱用具一应俱全。她放下心来,备好清水,洗去浑身污脏的尘埃。

孙鲁班换上柔软华贵的新服,刚躺下,就闻不徐不疾的叩门声。她恂恂而起开门,黑面老僧端来三足青瓷圆砚台和一块松香墨锭,笑容亲切:"无念,今日功课抄写《安般守意经》。"

她接过砚台,闻着墨香四溢的墨锭,饥肠辘辘,真想啃一口。她厚起脸皮问道:"好香的墨锭!沙门,有饱腹的糕点吃食吗?"

"这是制墨家韦诞以中草药入墨,防虫防霉,保持黏性的松香墨。可不能吃,会中毒身亡。"说罢,黑面老僧转过身,从身后的食篮取出碟盐煮银杏果、一碗肉糜、半张胡饼放于食案。

孙鲁班喜地跪坐案前,先端起碗吃肉糜。

黑面老僧踱步至窗前,仰头张望许久,搓手叹道:"近来天象异常,恐不久会有兵乱啊。"

孙鲁班心中倏地一惊,放下碗,抓起胡饼没滋没味地咀嚼着,怔怔出神,该不会是宫内出事的征兆?罢了,罢了,由得他们去斗去争去夺。

转眼进到腊月,天气时阴时晴,很是反常。孙鲁班也觉浑身肉颤,坐卧不安。

腊月初七的夜晚,她与黑面老僧坐在窗前饮茶闲谈。灰褐底色的天幕,飘浮着大团猩红云朵,一轮暗黄色圆月挂在阿育王塔尖之上,如垂死者的灰败面容,流露出暗沉的诡异之相。突然,一颗星星划过阿育王塔,坠落在天际。

黑面僧人摇头叹道:"将星坠落,必有将军死啊。"

孙鲁班的眼皮突然快速跳起来,惊得她胸闷心慌,正恐慌狐疑之际,黑面老僧突然问她:"无念,你还想回宫吗?"

"不,回那牢笼无疑自寻死路。"孙鲁班惨笑道,语速急促且决绝。

一轮圆月从阴暗的云层里飞跃而起,照耀得偏殿地面一片光明。黑面老僧拊掌笑道:"好,安守本心。"说罢,他起身跨步出门,边走边吟哦:"人在世间,爱欲之中,独生独死,独去独来。不如随缘延岁月,安分度时光。"

若非走投无路,谁愿安守本分? 孙鲁班暗自神伤。她走到阿育王塔前,月色皎洁,像是给塔身铺了一层早秋薄霜。孙鲁班回望这清冷、哀戚的天地,一时悲从中来,她怎么就走到这孤家寡人的田地了呢?无人可靠,无所依傍,唯有清风徐来的皎皎月华!她不由得双手合掌,虔诚地拜月祈福,希望夜明之神能大发慈悲,为她指引一条否极泰来的光明道路。

尾声

腊祭日前一天,豫章郡的天空就飞起漫天碎雪。

白秋水发愁地仰起头,冰冷的雪粒落在脸庞,她打个寒战。透过细细飞雪望着豫章郡的朱红色城墙,抵达本该是全公主流放之地了,她却有种不知路在何方的惶恐不安。

这狗日的雪天,还让人活不活了?押送她的青面士兵从马上跳下地,裹紧陈旧的斗篷,骂骂咧咧。

"是要去驿站还是官署?"白秋水侧过身,不敢直视青面士兵那张杀气很重的脸,尽管她抓草药敷治好了他脖颈剑伤溃烂的疮口。

半晌听不到他的回应,白秋水正欲催问,寒气逼人的长刀突然架在她肩膀,青面士兵搋着鼻涕,阴笑道:"全公主,拿命来!"

"我不是全公主!放开我!"白秋水吓得双腿发软,跪在齐膝深的雪地。肩头长刀滑落,悄无声息插进深雪,只露出刀柄似鲜血殷红的红穗,在风里飘摇。

青面士兵举起被冻得紫红的指头捋捋乱如杂草的短眉,瞟了瞟万径人踪灭的大雪天,狞笑道:"管你是不是公主,这里天高皇帝远,我想杀便杀!别怨我,要怨就怨这逼人变鬼的世道!"青面士兵抽出大刀,用力晃动刀背的雪花,喝令白秋水脱下棉袍。

"你这是要冻死人啊?我刚治好你的病,你这般恩将仇报就不怕报应?"白秋水又气又怕,拖起冻僵的双腿深一脚浅一脚地走向香樟树。

"报应?活都活不下去,还怕啥报应?我想留你条贱命,你不知恩图报,连件棉袍也舍不得咧!"青面士兵嘎嘎坏笑着追上来。

白秋水听他这话有转机,便站在香樟树下,盯着马背上脏污的牡丹花纹的破被褥,一面脱掉棉袍扔给青面士兵,一面与他讨价还价:"你放过我,我治好你疮伤的草药有金银花、南蛇藤果、车前草,你记下这些药草名,采药卖能换金银活命。"

风雪肆虐,夜幕降临。

"行,我就当回好人,这买卖你可占尽便宜!"青面士兵穿好棉袍,扯下搭在马背上的红花破被褥扔给白秋水,骑马跑远了。

又闯过一道鬼门关!白秋水暗自庆幸,裹紧红花破棉絮,便觉天旋地转,晕倒在香樟树下。

白秋水被"吱嘎吱嘎"的车轱辘响声惊醒。她缓缓睁开眼,天亮了,雪仍未停息。她揉揉沾满雪屑的眼睫毛,豫章郡城门前的香樟古树,如千手观音的无数长臂往苍穹下舒展,白雪覆盖的粗枝,真似一座能遮风挡雨的房舍,来来往往的牛车、马车进进出出,无人搭理埋在雪地里的她。

绵密的细雪渐似扯絮,大团大团砸落在白秋水的头身,她蜷缩着冻僵的躯体,丧失知觉的嘴唇不停祈祷神灵出现。

天道无亲,常与善人。她终究等来了碧眼老僧和他的徒弟。

碧眼老僧端坐佛像的供案前,侧头望向房檐晶莹剔透的冰柱融化成水,滴答滴答往下淌。

碧眼老僧回过头，他那对绿宝石一般的碧目在幽暗的光影内显得暗沉阴郁："腊祭前日，天象异常，有将星坠落，宫里会出大乱子啊。"

"我只在宫里见过日月同辉的盛景，也不过是昙花一现……"白秋水不为所动，撩起衣袖，以手指梳理打结的鬓发。建业城的那段生涯，已成为遥远的往事，如一颗滑落天际的星辰，不知所踪。

"唉，作威作福，则凶而于国家，害而于国。老生常谈的道理，世间几人能遵循？"

碧眼老僧边说边起身走近摆在供案那只破边残缺的高脚青瓷空盘，用骨节粗大的手指敲打盘沿，愁肠百结地叹气道："荒庙难以为继，该作何打算？"

"作何打算？活下来啊，困苦自有尽头。"从鬼门关又走了一趟的白秋水已修炼得心如坚冰，安如磐石。前方生满绿色霉菌的墙角有一株车前草，她惊喜地上前扯断车前草，欢喜地朝碧眼老僧摇晃："我能采摘草药，治病救人呢！"

草药的清香，不顾不管地钻进白秋水鼻窦，钻入她的五脏六腑乃至浑身的每一个毛孔。她闭上眼深深亲吻着冰凉的草叶，仿若将军全琮拥她在怀所嗅到的他的体香味——遗失的美好世界在她眼前渐次展现。

火盆的火势渐微，碧眼老僧抱来捆青冈树杈，噼里啪啦的青冈树杈燃起来，散发的烟味呛醒了白秋水。

碧眼僧挥起衣袖驱散青烟，合掌笑道："咳，糊涂！有北方财神的玄武大帝镇守在此，哪能饿肚皮呢？降伏病魔，利益众生，甚好，甚好！"

雪渐渐停息，火盆的火势愈来愈旺，烤得白秋水通体暖融，睡意昏沉。她揉烂车前草，低头闻着被草汁染成黄绿色的手心里的草本气息，无声地笑了。

闲云潭影日悠悠,物换星移几度秋。

六载流光过,豫章郡的荒庙正殿是修葺一新的真武庙,偏殿挂匾"伏虎堂"。寺院后山栽有金桂、枸杞、花椒、杜仲,林下种植有薄荷、白芍、车前草、忍冬、白英、常春藤、紫藤、苍术、茯苓等中草药。初春时节,草木纷纷吐新芽,远望好像冒出一股股灰绿色的青烟。

"是这里从前有老虎,才取名'伏虎堂'吗?"

白秋水正在偏殿窗下烹煮药草茶汤,听那人说话带有建业城的口音,好奇地探出头,视线越过与窗台差不多高的芭蕉树叶,她见到义父碧眼老僧引领一位身形消瘦、着孔雀蓝长袍、面蒙黑纱的信徒在阿育王塔前站定。

"那是因为人人皆是心有贪、嗔、痴、怨、恨的猛虎。"白秋水替义父碧眼老僧回话,望向那人。

那人转过身,他那双目如深渊的明眸直勾勾盯着白秋水,她的心不由得怦怦直跳,那双灵动的美目似曾相识,牵引她推门出去,拨开芭蕉树,行至阿育王塔前。塔檐的铃铛乍然清脆作响,白秋水不自然地摸了摸发髻的竹簪。

"君从建业城来?"

"建业城有座建初寺,寺里也有座阿育王塔,是注定还是巧合?"来人撇开碧眼僧,径直向她走来,两人并列立于阿育王塔前。

漫卷的云雾,升腾变幻,波澜不惊的白秋水抚摸着锃亮的铜铸阿育王塔身,咽下本想要说的寒暄:"庙内偏殿前的芭蕉树该长高了吧?"出口则成了虚伪的说教:"夫塔寺之兴,以表遗化也。昔阿育王起塔,乃八万四千,不过是其一而已。"

"当真如此?"他半信半疑,明亮的眼神瞬时暗淡,目光停留在大气舒朗的庑殿顶,轻问道,"太初宫的神龙殿又换了废太子孙和的儿子孙皓为新君,你可知?"

"不知,也不想知呢。"布谷鸟咕咕欢叫着飞过低空,白秋水的内心不再支离破碎,更不再狼奔豕突。她深知,希望、情欲、抱负,理想都斗不过世事的无常与光阴的虚无。人人都有属于自己的月亮,潮起潮落,皎洁隐晦,各有其时。

"日月不恒处,人生忽若寓。吾等红尘俗物,偏安一隅笃养神光,视为逍遥自在。"须发皓白的碧眼老僧合掌抖抖僧袍的衣袖,从旁插话道。

蓝袍的男子环顾四壁,面纱被风掀翻边角,露出轮廓清秀的下颌。他勃然拂袖冷笑:"数典忘祖指的便是尔等鼠辈!躲进以寺为名的樊笼就妄想自在?"

碧眼老僧抄手一笑:"贵贱无常,时使物然。心有樊笼,处处皆樊笼。"

白秋水灵光乍现,此人飞扬跋扈为谁雄的气势,没来由地无故责难,该不会是女扮男装的全公主本尊?她忙蹍步进殿,斟了两碗花草香的汤汁,一碗递给碧眼老僧支走他:"义父,太守夫人的药膏该熬好了。"她将另一碗端给蓝袍者:"君欲去往何处?饮盏花草茶,洗洗尘埃。"

蓝袍者接过茶碗,挑剔地审视黑色粗陶碗的边沿,略带嫌弃地瞧瞧碗内漂浮的忍冬花枝,把碗搁置于阿育王塔基间空隙地。

待碧眼老僧的身影隐入垂花门,蓝袍者缓缓取下黑纱,他的脸颊布满条条蚯蚓般的紫红疤痕,状若鬼怪!白秋水飞速掠过那张面目全非的面容,心惊肉跳地掩嘴惊呼:"你,你是全公主?"

她的眉眼带笑,疤痕牵扯着嘴角,笑得比哭还难看:"我愿以所有的财富换你这张肤如凝脂的俏脸!"

白秋水忍不住浑身哆嗦,暗自庆幸换了新帝,倘若全公主依然大权在握,剥她皮喝她血不是易如反掌?

"怎么成这样了?"白秋水强作镇定,端起放在阿育塔底座的茶碗,抿了口温热的花草汤汁。全公主出其不意打掉她手中陶碗,以居高临下俯瞰众生的倨傲语气怒叱:"你这势利小人,见到旧主,竟不下跪?"

春日和煦,碎裂的陶碗在春光下折射出乌亮的黑光。白秋水蹲身将片片碎瓷归拢,屈辱的往事涌上心头,原以为已逃脱全公主的掌控,还是未能如愿。当真是一日为奴,终生为奴了?她不信,更不愿认命。兵来将挡水来土掩!垂花门前,一群香客在祈福跪拜,为免引发骚乱,她低声下气请求全公主,移步至偏殿休息。

全公主抱臂于胸,并不动身,拿手以黑纱遮挡好面容,眼里流露出白秋水曾经熟悉且令其胆战心惊的戾光。

白秋水知她傲气的习性未改,躬身行礼:"恕奴婢眼拙,公主真好福气!奴婢刚调配一剂消疤祛痕的膏药,原是送到太守府给太守夫人祛毒败火,先给公主试试,想能药到病除。"

"当真?"全公主的眼里跳动两团跃跃欲试的火苗。白秋水趁势挽其手,缓步绕过芭蕉树时,全公主稍作停留:"你到底还是顾念些旧情。"

一年春尽一年春,野草山花几度新。天晓不因钟鼓动,月明非为夜行人。绿意盎然的窗前芭蕉自由生长,与顾念旧情毫无瓜葛。白秋水笑笑无语,恭迎全公主进到殿内。侍候好全公主沐浴更衣,替她敷好草药,待全公主饮下安神助眠的汤汁沉沉睡去,也是月明星稀了。

白秋水走出殿外,义父碧眼老僧从他的黑白花斑马上跳下地,踩着阿育王塔前的朦胧月色,摸索着走来,见他步履蹒跚,白秋水心疼不已,跑去搀扶他。

"义父,夜深了,还不安睡?"

"你睡得着?来,为父有话说。"碧眼老僧塞给她半张面饼。父女二人进到垂花门的走廊内。昏黄的月色在地面投射半圈光晕,像一泓洒落碎金的秋池。

碧眼老僧斜坐廊下石墩,仰头望月,缓缓道来:"为父从太守府回来,太守夫人病情加重,怕是熬不过暮春……"

白秋水此刻心乱如麻,一点一点掰扯面饼,思绪纷纷。那日,膝盖受伤的太守拄着拐杖来看病, 白秋水在后院煎药, 太守路过后院,盯着她目不转睛地看时,不留神撞上石桩摔了一跤。她捡起拐杖,搀扶他起身,无意瞥见他高挺修长的驼峰鼻,顿时怔住,以为他是卫将军全琮的转世。

两人一见钟情,秘密交往。多病的太守夫人善妒,太守私下对白秋水承诺,待他夫人离世,他将迎娶白秋水为正室夫人。

白秋水将撕碎的面饼渣均匀洒在假山等虫鸟吃,她靠在走廊门柱上,想起不速之客的全公主,不觉闷闷不乐:"半路跑出个拦路虎!义父,是女儿福德浅薄吗?"

"她算什么拦路虎?住几日就离去的蕉下客罢了,不必犯难。"碧眼老僧轻笑着安慰她。

"女儿是担忧她会不会真的要和女儿换脸?"白秋水后怕地抚弄着光滑的脸颊,痛恨自己为何会长了与全公主相似的容颜,带给她无尽的痛楚与逃不脱受她掌控的宿命。

碧眼僧沉吟良久,忽而笑道:"新君是前太子孙和的儿子,全公主是忧惧遭到清算复仇,才离开建业城到曹魏访亲探友的,义父成全她便是了。"

"义父要亲自护送?此去曹魏得数月之久,半路若遭不测,万万不可!"白秋水连连摆手。

"有何不可?义父老了,你到时嫁给太守为妻,义父这一遭就算无法生还,也能死而瞑目。"

"义父!"白秋水急得欲哭无泪。面对义父处处护念她的情意,原以为已修行得如如不动的此心还是动了情。

"太守虽为武将,对他患病的夫人真情实意,不是见异思迁的薄情寡义之辈。你本良善,值得他深情相待。"

"义父,换个年轻力壮的人护送吧。全公主平生最爱美,我炮制了能治愈她疤痕的草药,可使她焕颜新生。"

碧眼老僧踏步月晕,仰望明媚的月光,地面拉出他纤长的身影:"不,吴王对我有恩,人生在世,知恩报恩。以德报怨。全公主虽性情可恶,也心存些许善心。她到曹魏投靠平东将军、临湘侯全怿是明智之举。他们会念在昔日全公主护全氏满门的情分善待于她。义父让全公主饮下半盏'千日醉'的烈酒,躺进香樟木打造的棺椁,待她昏睡数月,抵达曹魏境内醒来后,寻访平东将军、临湘侯府邸,义父便交了差。"

天空星月遥遥相望,看似无所依傍。无所依傍自有无所依傍的强大。谁不是从荆棘密布的血路上杀出个绝处逢生的大道来?月晕里的碧眼老僧,衣袂飘然,形如神人。

"义父,你真如神灵啊,不怨不恨,不争不抢,宠辱不惊,笑看风云。"白秋水见他将全公主的归宿也能安排妥当,大为欣慰——她们各自安好,才能相忘于江湖。

"义父本就是骑着黑白花斑马的神,掌管白昼和黑夜的运转。"碧眼老僧笑道。

月色溶溶,晚风徐徐,房檐上晒干的忍冬花的隐隐香气随风飘荡,一阵倦意涌来,白秋水回到睡榻,进入梦境。

穿过漫漫黄沙,她来到广袤边疆闪耀金光的昆仑神山下的村落,这里家家门前院后都有高大的老杏树。

白秋水走进有两棵花开得正盛的杏树的院落前,正倚门赏花,雪域的神山突然散发出刺目的万丈光芒,她抬起头,身披银光铠甲的将军全琮,骑着高头黑马,恍如凯旋的天将,出现在她眼前。

"啊,将军,你回来了!"白秋水深呼一口气,疾步走到他身前,惊喜呼喊。全琮摸摸高耸的驼峰鼻,同样深吸一口气,咧嘴大笑道:

"是啊，秋水，我回来了。"

　　说罢，全琮伸手拉她跨上马背，两人同骑黑骏马，慢慢踏进杏花盛放的花海。

　　梦醒了，白秋水再无伤感，世间事，本就大梦一场。也许，在另一个世界，她和全琮真如梦境那般重逢了呢。

　　白秋水慵懒地倚靠隐囊，注目窗外。春日的晨光笼罩着正殿真武庙、偏殿伏虎堂及阿育王塔，幻化出流光飞舞的彩虹之光，真真是丽日熔金的美好世界。